國家古籍整理出版專項經費資助項目

教育部人文社會科學重點研究基地
復旦大學中國古代文學研究中心 叢刊

楚辭彙評

黃霖 陳維昭 周興陸 主編

羅劍波 輯著

鳳凰出版社

圖書在版編目（ＣＩＰ）數據

楚辭彙評 / 羅劍波輯著. -- 南京 ： 鳳凰出版社,
2024.6
　（古代文學名著彙評叢刊 / 黄霖，陳維昭，周興陸
主編）
　ISBN 978-7-5506-3574-6

　Ⅰ．①楚… Ⅱ．①羅… Ⅲ．①楚辭研究 Ⅳ.
①I207.223

中國國家版本館CIP數據核字(2023)第047834號

書　　　　名	楚辭彙評
著　　　者	羅劍波 輯著
責 任 編 輯	許　勇
裝 幀 設 計	陳貴子
責 任 監 製	程明嬌
出 版 發 行	鳳凰出版社(原江蘇古籍出版社)
	發行部電話 025-83223462
出版社地址	江蘇省南京市中央路165號,郵編:210009
照　　　排	江蘇鳳凰製版有限公司
印　　　刷	蘇州市越洋印刷有限公司
	江蘇省蘇州市吳中區南官渡路20號,郵編:215104
開　　　本	890毫米×1240毫米　1/32
印　　　張	12
字　　　數	260千字
版　　　次	2024年6月第1版
印　　　次	2024年6月第1次印刷
標 準 書 號	ISBN 978-7-5506-3574-6
定　　　價	128.00圓
	(本書凡印裝錯誤可向承印廠調換,電話:0512-68180638)

總　序

黃　霖

一

評點是一種富有中國特色的文學批評樣式，其主要特徵是在正文邊或天頭上有評語或點圈。其評之源可上溯到秦漢的經史之學。如《易》之有繫辭、説卦，《詩》之有《毛傳》《鄭箋》，乃至司馬遷的“太史公曰”，《楚辭章句》每篇前的小序，等等，均可視爲其濫觴。後加上看書時隨手“點煩”“點抹”“鈎識”“朱墨別異”等，就形成了一套有圈點、有批語、有總論的評點模式，並逐步完善。宋中葉以後，始有刻本①。宋元間曾産生過吕祖謙、真德秀、方回、劉辰翁等著名的文學評點家。至明代，刊刻評點之風大盛，整個清代也久盛不衰，以至到當代，一些評本的出版還絡繹不斷，致使若干小説作家也按捺不住，紛紛伸紙弄筆，批點起一些古典文學名著來了。

文學評點的走紅，恐怕與宋代吕祖謙《古文關鍵》的一炮打

---

①　葉德輝：“刻本書之有圈點，始於宋中葉以後。”耿素麗點校《書林清話》卷二，國家圖書館出版社 2009 年版，第 23 頁。

響頗有關係。俞樾曾評此書曰:"先生論文極細,凡文中精神、命脉,悉用筆抹出;其用字得力處,則或以點識之;而段落所在,則鈎乙其旁,以醒讀者之目。學者循是以求,古文關鍵可坐而得矣。"①《古文關鍵》的評點,不僅使一些經典選文精神全出,而且其卷首的"總論"也十分精闢,如《論作文法》云:

文字一篇之中須有數行齊整處,須有數行不齊整處。

或緩,或急,或顯,或晦。緩急顯晦相間,使人不知其爲緩急顯晦。

常使經緯相通,有一脉過接乎其間,然後可。蓋有形者綱目,無形者血脉也。

有用文字,議論文字是也。爲文之妙,在敘事狀情。

筆健而不粗,意深而不晦,句新而不怪,語新而不狂。

常中有變,正中有奇。

題常則意新,意常則語新。

辭源浩渺而不失之冗,意思新轉處多則不緩。②

諸如此類,都是創作經驗的總結,具有高度的概括意義。

其後,樓昉《崇古文訣》、謝枋得《文章軌範》、周應龍《文髓》、真德秀《文章正宗》等相繼致力於選文評點,揭示"文法","抽其關鍵,以惠後學"③,捲起了第一陣文學評點的旋風。這一代評家,多深得文章奧秘,下筆淵雅得體,故其書能風行,其人

①　俞樾《東萊先生古文關鍵後跋》,清光緒廿四年江蘇書局本《東萊先生古文關鍵》卷末。

②　呂祖謙《論作文法》,清光緒廿四年江蘇書局印本《東萊先生古文關鍵》卷上,第3頁。

③　樓昉《崇古文訣》卷首,景印文淵閣《四庫全書》本,臺北商務印書館1986年版,第1354冊,第2頁。

亦足傳世。明人隨其後,文學的評點擴而大之,推向詩詞稗曲各體,乃至對儒家的經典也敢用文學的眼光、評點的手法去重新解讀,真可謂是百花競放。到明末清初,終於出現了如金聖歎這樣天才的評點大家,將文學評點推向了高峰,爲中國古代的文學理論特別是敘事文學理論做出了不可磨滅的貢獻。然而,凡事如一窩蜂式地爭上之時,必然是泥沙俱下,並招致一些嗜利之徒蠅營蟻附而拼命跟風炮製,幾使部部名著有評點,家家書肆出評本,其粗劣、惡俗、拼湊、抄襲之作也就層見疊出,這就必然使評點遭致一片詬病,乃至詈罵之聲。

當然,假如對於評點的否定僅僅是針對一些粗劣惡俗之作而發,當天經地義,無可厚非。然在歷史上蔑視與否定評點的緣由並非這麼簡單,主要還是有相當一批有影響的文人學士在思想認識上並不認可這種批評樣式。

第一類是封建社會中的儒學衛道者。他們將儒家經典奉爲神明,就將用非傳統的儒家觀點與方法來評點《詩經》《尚書》之類視爲旁門左道,甚至是洪水猛獸。如錢謙益、顧炎武等看到孫鑛、鍾惺等評點《詩》《書》而被世人"奉爲金科玉律,遞相師述","天下之士,靡然從之"之時,就起而痛批,甚至上綱到"非聖無法"的地步,説:

> 古之學者,九經以爲經,三史以爲緯……敬之如神明,尊之如師保……越僭而加評騭焉,其誰敢?……妄而肆論議焉,其誰敢?評騭之滋多也,論議之繁興也,自近代始也。而尤莫甚於越之孫氏,楚之鍾氏。孫之評《書》也,於《大禹謨》則譏其"漸排矣";其評《詩》也,於《車攻》則譏其"選徒囂囂",背於有聞無聲矣。尼父之刪述,彼將操金椎以毀之,又何怪乎孟堅之《史》、昭明之《選》,詆訶如蒙僮,而揮斥如徒隷

乎！……是之謂非聖無法，是之謂侮聖人之言。……學術日
頗，而人心日壞，其禍有不可勝言者！①

後來，顧炎武在《日知錄》中談及鍾惺時，照抄了錢謙益的
話，在指責鍾氏評點"好行小慧，自立新說"的同時，更説他是
"文人無行"，甚至是"病狂喪心"②。

第二類是將評點同"八股"簡單等同者。評點流行過程中，
確與時文八股關係密切。八股文本身也是古代的文章之一，其
"文法"自然與"古文之法"息息相通，所以，《古文關鍵》一類書
所揭示的"作文之法"，對於應試者來説也是枕中秘寶。而評點
這些"作文之法"者也往往是爲了給應試學子提供方便。比如
《文章軌範》一書，王陽明在爲其作序時就指出，謝枋得的選評
是"有資於場屋者"，他所標揭的"篇章句字之法"，"獨爲舉業者
設耳"③。萬青銓在《文章軌範跋》中進一步引申説，編選者"蓋
欲學者由舉業以達於伊、傅、周、召，不能不教之，用韓、柳、歐、
蘇之筆，發周、程、張、朱之理，以期有當於孔、曾、思、孟之心，有
當於千百世上下人之心"④。事實上，大量的評點之作爲當時的
應試學子提供了仕途進取的實用門徑。所以，明清兩代，特別
是科舉廢除之後，學界往往給評點戴上"八股"的帽子而加以否
定。如胡適、魯迅等在否定金聖歎的評點時，都用上了這頂帽

① 錢謙益《葛端調編次諸家文集序》，《牧齋初學集》卷二十九，《四部叢
刊初編》本，第 269 册，第 6 頁。

② 顧炎武《日知錄》"鍾惺"條注，《日知錄集釋（外七種）》影印本中册卷
十八，上海古籍出版社 1985 年版，第 1428 頁。

③ 王守仁《文章軌範序》，謝枋得《文章軌範》卷首，景印文淵閣《四庫全
書》本，第 1359 册，第 543 頁。

④ 萬青銓《文章軌範跋》，謝枋得《文章軌範》卷首，清光緒二十一年冬
湖北官書處重刻本，第 1 頁。

子。胡適在《水滸傳考證》中說金聖歎評《水滸》曰:"這種機械的文評正是八股選家的流毒,讀了不但沒有益處,並且養成一種八股式的文學觀念,是很有害的。"①魯迅在《談金聖歎》一文中全面否定金聖歎時也說《水滸》經他一批,"布局行文,也都被硬拖到八股的作法上"②。胡適、魯迅等人的看法在二十世紀三十年代到七十年代影響很大。

　　第三類是將評點視爲"純藝術論"而加以抛棄者。在相當長的一段時間内,我們的文學理論的指導思想是重内容而輕形式,甚至簡單地將注重形式美判定爲"形式主義""純藝術論"。在這樣的潮流中,評點也就被看作是表現"形式主義""純藝術論"的糟粕。郭紹虞在 1979 年版的《中國文學批評史》之"六二"《評點之學的理論》中就說:"明代文壇也可說是熱鬧喧天了。然而結果怎樣呢? 最後的結穴却成爲評點之學。我們從這一個歷史的教訓看來,也就可以知道唯心的觀點和純藝術的論調之爲害於文學與文學批評是没法估計的。"他說"評點之學"的"眼光只局限於形式技巧,那就所得有限。然而他們沉溺其中,迷不知返,還自以爲走的是正路呢"③。

　　從明代以來的這些蔑視、否定文學評點的看法實際上都是不能成立的。古代的文學評點不是壞在"非聖無法",恰恰相反,好的評點作品往往就在於能離經叛道,特立獨行,有創新意識。凡是不成功的評點之作,大都壞在不能衝破一套封建教條

---

　　①　胡適《〈水滸傳〉考證》,《胡適古典文學研究論集》,上海古籍出版社1988 年版,第 745 頁。

　　②　魯迅《談金聖歎》,《文學》第一卷第一號,1933 年 7 月 1 日。

　　③　郭紹虞《中國文學批評史》,上海古籍出版社 1979 年版,第 446、452 頁。

與僵化的批評方法,只知一味順應封建統治者所好,而背離了百姓,背離了時代。不要説像《詩經》那樣本身是屬於"經"的作品要擺脱"尊聖""宗經"的觀念十分困難,就是小説、戲曲類的作品,大量枯燥無味的評點就是用一套封建的標準來臧否人物,評價是非,而對作品的藝術性則置若罔聞。這樣的評點作品,理所當然地要被讀者所拋棄,被歷史所淘汰。只有像金聖歎那樣有膽有識,用獨特的思想、文學的觀點和精美的語言來評點的,纔是真正有價值的文學批評,值得我們去發掘與研究。至於評點受八股的影響,並不全是壞事,甚至可以説在總體上看是好事。因爲八股恰恰是引導中國文學批評走進追求文學形式美大門的重要使者。八股作爲一種考試形式,要求代聖人立言,束縛人們的思想,當然要拋棄,但八股是建築在中國文字特點上的一種形式美的總結。應該承認它作爲一種表現形式,確實是美的。壞的不在於八股這一形式的本身,壞是壞在將這一種、僅僅是一種美的形式僵化,一元化,逼着文人們都去走這華山一條路。正像肉是美味的,但假如要你天天吃、頓頓吃,那就味不美了。金聖歎等總結的種種"文法",即明顯地帶有八股味,但正是在這裏他們很好地總結了一些小説、戲曲、詩文表現的藝術特點與表現技巧,對中國古代文學理論與創作的發展是大有貢獻的。實際上,好的評點,就是當時的"新批評",就是將文學當作文學來讀。它們既講藝術,也有思想,如金聖歎評《水滸》,既將《水滸》的藝術奧秘條分縷析,也充分地暴露了貪官污吏的醜惡嘴臉,揭示了《水滸》英雄的人性之美。他的評點根本就不是"純藝術"或"形式主義"的。因此,如今要將評點的研究引向康莊大道,首先要徹底拋棄以上所説的三道"緊箍咒",特別是後兩道,因爲這已經深深地印在現當代一些人的頭腦中,恐怕不時還會有人拿出來念念有詞。

　　解放了思想，纔能正確地去認識評點的價值。我曾經將包括評點在内的中國古代文學批評的特點概括成"即目散評"四個字。所謂"即目"，即寫於閱讀直覺的當下；所謂"散評"，即顯得並不完整與條貫。這實際上與中國文論的思維特點着重於直覺體悟密切相關，可以說是直覺體悟思維的必然結果與外在表現。在中國古代，曾經有過一些經年累月寫成的較有條理、略成體統的文論之作，如《文心雕龍》《詩藪》《原詩》等等，但這樣的作品實在不多，大量的是在感性直覺的主導下，將即目或即時體悟所得，信手揮灑而成，因而多爲散體的點評。像詩格、詩話（包括詞話、曲話、文話等），乃至以詩論詩及詞、文、曲、稗等都是，評點即是其中的一種。它們大都是由評論者即目所悟，直抒己見，隨手作評，點到爲止，往往給人以一種零散而雜亂的錯覺。但實際上，一個成熟的評家往往在心底裹潛藏着一把理性的標尺，其直覺的批評從根本上是並未脱離他的理性思維，所以多數著作是表現爲形散而神完，外雜而内整，有一個核心的見解或理論包容在裹面，或重格調，或標性靈，或倡神韻，一絲不亂。一部《第五才子書水滸傳》，金聖歎就小說中的人物、叙事、寫景，乃至一句一字的點評，看似信手拈來，隨意點到，却都圍繞着他的"性格論""因緣說""動心說""結構論""文法論"等，井井有條。其中不少評點本不但有評議，而且有圈點。一些圈點記號，十分醒目，不繁言而使人一目瞭然。當然這裹也留下了一定的空白，讓讀者自己去想象，去思考。這些評點就是用了最爲經濟的符號與文字，引導讀者用最爲節省的時間去理解詩歌的要義與文法的美妙，這就是中國古代文論的一個明顯的表現特點。

　　這種特點，現在還常常被一些人否定。說得不客氣一點，這些人中相當一部分實際上根本不懂文學批評的本質特點。文學批評就要從文學的角度來作批評。評點的長處，就在於憑着切身的感受、真實的體味，用自己的心貼近着作者的心去作出批評，而不是編造懸空的理論，或者是搬用別人的所謂理論來硬套。現在西方的有些理論，越來越離開文本，弄得那麼玄乎，甚至爲了理論而理論。然後有一些人跟在屁股後面，戴着某種理論的眼鏡，將文本作爲沒有生命的標本放在手術臺上，去作冷漠的解剖，這樣的批評早已離開了鮮活的生命體驗，往往就會給人一種“隔”的感覺。可惜的是，我們現在的文學批評大都是這樣的批評。而評點就與此相反，能呈現出一種“不隔”的特點。這種“不隔”的特點，往往能在讀者與評者、再與作者的兩個層次上達到心靈融合的境地：第一個層次是評者與作者的心靈融合，第二個層次是讀者與評者、作者的心靈融合。評點家在評點每一部作品時，絕不能走馬看花、浮光掠影地將文本一翻而過，而是必須細讀文本，身入其境，通過對每一個字、詞、句的細細咀嚼，與作者心心相印，真正達到“知人論世”的地步，纔能一言中的。而當讀者在閱讀時，由於正文與評點是緊密地結合在一起的，所以往往能通過評點而深入地瞭解作者的匠心，引發更廣闊的想象空間，或者通過正文而體味到評者的眼光，從而更細緻、更全面地理解作品的旨意與妙處。評點就是溝通讀者與作者之間的一座橋梁，就是一種鮮活而不僵硬、靈動而不冷漠的文學批評。它有鮮明的民族特點，有豐富的理論資源，是我們的祖宗留給我們的一份寶貴遺產。正因此，它雖幾經風刀與霜劍，但仍明媚鮮豔，直到今天。

二

　　對於評點這樣一份寶貴而豐富的遺産，今天我們有責任將它整理、研究並發揚光大。彙評，就是一種很好的整理方式。

　　文學名著評點的彙輯工作，原盛於明代。當時，由於社會經濟的發展，版刻事業的進步，作者、讀者、出版商從各自的立場上分別認識到了評點的價值，同時又受到了解經之作"集解""集説""義海""纂言""輯説""義叢""會説"之類的直接影響，於是在歷史與文學的名著作品中陸續出現了"評林""合評"等彙評式編著。較早且形成影響的有凌稚隆輯《史記評林》《漢書評林》等。之後，明清兩代各種文集乃至小説的集評層出不窮，諸如楊慎選《合諸名家評注三蘇文選》、周珽輯《唐詩選脉會通評林》、李廷機選《新刻注釋草堂詩餘評林》、于光華編《文選集評》等等。這些彙評本多數是用心彙輯、認真出版的，充分顯示了它們特有的文獻價值、理論價值與傳播價值。

　　彙評本的文獻價值顯而易見。在網羅一時有關名著評點的目標下，必然保存了大量或罕見或珍貴的材料。一部《史記評林》，彙集了自漢晉至明代嘉、隆年間百餘家論評《史記》的文字，保存了十分豐富的資料。茅坤爲此書作《序》稱："猶之採南山之藥，而牛溲、馬渤、敗鼓、破鼓，君無不以貯之篋而入之肆，以需異日倉公、扁鵲者之按而求也。……噫，兹編也，殆亦渡海之筏矣。"①它確實爲後來研究《史記》者鋪設了一條堅實的道

---

①　凌稚隆輯校、李光縉增補、于亦時整理《史記評林》第一册，天津古籍出版社 1998 年版，第 21—22 頁。

路。而且，在其引用的百餘家書目中，至今不少已經亡佚，就賴此書以存其吉光片羽，這就顯示了它的文獻價值。這也誠如《四庫全書總目》評《古文集成》的彙評所云：此書"所録自春秋以逮南宋，計文五百二十二首。其中宋文居十之八。雖多習見之作，而當日名流，其集不傳於今者，如馬存、程大昌、陳謙、方恬、鄭景望諸人，亦頗賴以存。所引諸評，如槐城、松齋、敦齋、郎學士、《戴溪筆議》、《東塾燕談》之類，今亦罕見其書，且有未知其名者。宋人選本，傳世者稀，録而存之，亦足以資循覽也"①。

爲了保證我們的彙輯也具較高的文獻價值，故在主觀上也是力求窮盡當下所存的評本。比如《西廂記》一劇版本繁多，現存明刊本（包括重刻本）有 110 餘種，清刊本也有 70 種左右。自日本學者傅田章作《明刊元雜劇西廂記目録》以來，已有多種專論、專著著録或考論其各種版本的異同優劣。粗看起來，人們對其版本的搜求與著録已經網羅殆盡。其實不然，如現存的少山堂本《新刻考正古本大字出像釋義北西廂》，刊於萬曆七年，是弘治本後萬曆年間最早的《西廂》刊本②，比人稱"《西廂記》評點史上的發軔之作"③的徐士範本《重刻元本題評音釋西廂記》早一年。然而由於此本藏於一個比較特殊的圖書館，致使長期"藏在深閨人不識"。這個圖書館是日本東京的御茶之水圖書館。這是一個"婦人專用"的圖書館，一般只爲 18 歲以上的女性提供閱讀服務，所以連當年在不遠的東京大學工作的傅田章

---

① 《四庫全書總目》，中華書局 1965 年影印本，第 1703 頁。

② 美國加州大學伯克萊東亞圖書館藏劉應襲刊本《李卓吾先生批評西廂記》有牌記云梓於"萬曆新歲"。此"新歲"是指新的一年，而並非是"元年"。據李贄批點《西廂記》的具體情況及文本批評文字，此書當刊於萬曆後期。

③ 譚帆《論〈西廂記〉的評點系統》，《戲劇藝術》1988 年第 3 期。

教授編寫《明刊元雜劇西廂記目録》時也著録爲"未見"，東京大學名教授田仲一成所撰《關於十五、六世紀爲中心的江南地方劇的變質》一書中詳論明代"《西廂記》諸本"時也未論列，至於他國學者更未置一詞①，故往往被研究者所忽略。其實，這是一部很有價值的評點本。筆者就設法將此本的評點抄出，輯進我們的彙評本。與此情況相近，新近發現的劉應襲評點的《李卓吾批評合像北西廂記》，也是一部稀見的孤本，藏於美國加州大學伯克萊東亞圖書館，也輯進了我們的彙評本。這些都增強了我們彙評本的文獻價值。可以説，本叢書各彙評本都輯進了數量不等的珍本，特別是杜詩的彙評本，收羅了大量稀見的稿抄本、孤本，一旦問世，都可給學者提供不少有用的文獻資料。我們在整理彙評的過程中，還發現了不少評本本身就輯録了一些後來亡佚的評點文字，十分珍貴。例如在金批系統的《西廂記》中，有一種《朱景昭批評西廂記》，係抄本，其書中録有王思任批語數則，十分罕見。本來，王思任有關《西廂》的評論文字僅見兩篇，一爲《三先生合評本北西廂》的序言，一爲《王季重十種》中的《王實甫〈西廂記〉序》。至於是否有過"王思任《西廂》評本"，却早已成爲一樁學術公案。傅惜華先生《元代雜劇全目》等重要書目都將它列出，但也都無法提供文獻證據。蔣星煜先生因而認爲它"並不存在，王思任嘗爲《三先生合評本北西廂》作過一篇短序，因此書流傳不廣，後人以訛傳訛，王思任'作序'

---

① 蔣星煜《論徐士範本〈西廂記〉》："而萬曆七年(1579)金陵胡氏少山堂刊本……過去我國戲曲家也從未有過評述。"(《〈西廂記〉的文獻學研究》，上海古籍出版社 1997 年版，第 53 頁)後也未見有人評述。

本竟成爲王思任'評本'了"①。但是,我們在整理彙評本的過程中,發現就在王氏身後不久的同鄉朱璐批本中録有幾條罕見的王氏批語,這就不能不使人相信確實有王氏評本的存在,並進一步瞭解王思任的戲曲觀點②。與此同時,也更使我們明確彙輯文學名著的評點本,將會使我們發現更多的文獻資料,推動文學研究的進展。

彙評本的文獻價值不僅僅表現在文論方面,而且對於鑒別各本的先後、優劣與真僞等也具有實用的意義。特別是在明代,評點盛行,書商見有利可圖,往往用抄襲、托名的辦法紛紛炮製,搞得同一種名著、同一個評家的名下不斷冒出不同的版本,各本間良莠不齊,魚龍混雜,真假難辨。但假如將它們彙輯在一起,冒牌的狐狸尾巴馬上會顯露出來。這種現象,在《西廂記》出版過程中表現得特別突出。或許是由於《西廂記》故事特別能打動人心,篇幅又比之《三國》《水滸》之類較小,刊刻的成本不大,出版迅速,因此,其不同的版本包括評本恐怕比任何一部小説、戲曲更多。據目前所知,《西廂記》的評點本尚存20餘種,其中顯然有一些是抄襲前人、臨時拼湊的急就章。我們且看《西廂記》"楔子"中老夫人説"因此俺就這西廂下一座宅子安下"一句後的評語就可略見一二:

　　容與堂本李卓吾眉批:老夫人原大膽,和尚房裏可是住的?

　　孫鑛本眉批:老夫人原大膽,和尚房裏可是住的?

①　詳見蔣星煜《王思任評本〈西廂記〉疑案》,載《華東師範大學學報》(哲社版)1998年第2期。

②　參見韋樂《清代〈西廂記〉評點研究》,復旦大學2010年博士學位論文,第26—27頁。

　　三先生合評本眉批:和尚房豈可内家住? 老夫人甚欠
明白。

　　魏仲雪本眉批:老夫人原大膽,和尚房裏可是住的?

　　徐筆峒本眉批:老夫人原大膽,和尚房裏可是住的?

　　從中可見,這句批語自容本之後,孫鑛本、魏仲雪本、徐筆峒本都是一字不差在照抄的。三先生本的文字雖然不同,但語意也是一樣的。再看"楔子"中張生嘆曰"暗想小生螢窗雪案,刮垢磨光,學成滿腹文章,尚在湖海飄零,何日得遂大志也呵"之後,容與堂本旁批:"不獨你一個。"後三先生合評本、魏仲雪本眉批、徐筆峒本眉批也都照樣批曰:"不獨你一個。"諸如此類相同的批語極多。在當時,孫、魏、徐等都頗有名氣,似不會這樣張狂抄襲。合理的推測,當爲書商借用他們的聲名來炮製贋品。彙輯本將不同評本的批語彙輯在一起相互比較,猶如蔥拌豆腐一樣,其評本的真僞優劣就一清二楚了。

　　彙評的理論價值,就在於它能集各家之説於一處,"可以融會群言"①,在客觀上形成了對批評對象的一種個案批評鏈,方便人們在縱橫比較中認知歷史,認知真諦,認知方向。這種比較的優勢,是由於就某一篇文章、某一種觀點、某一類表達不同的批評鱗次櫛比地集中在一起,給人以一種短兵相接、針鋒相對、一針見血、痛快淋漓的衝擊。例如劉濬的《杜詩集評》在彙評《八哀詩·故右僕射相國張公九齡》處共引録了朱鶴齡、李因篤、吳農祥、王士禛等人批語多條。在這些人的衆多批評中,一般多作贊揚語,而王士禛則發表了與衆不同的意見,説:

————————

　　① 《四庫全書總目》關於張鳳翼《文選纂注》的提要,中華書局 1965 年影印本,第 1773 頁。

《八哀詩》本非集中高作，世多稱之，不敢議者，皆揣骨
聽聲者耳。○《八哀詩》最冗雜，不成章，亦多囈語，而古今
稱之，不可解也。

後來有人進一步批評《八哀詩》"拉拉雜雜，紛乘龐集"的缺
陷。這類批評十分尖鋭，讀後足能增進人的見識。

同時，彙評將前後不同時代具有不同思想品格、藝術趣味
的批評家的觀點彙集在一起，它實際上成了有關名著、有關作
家、有關問題的一部接受史、闡釋史，從中可以看出不同時代的
哲學觀念、學術思想、文學觀念之異同與演進。在這裏，可以看
到後人的批點不僅僅在於發表不同的批評意見，也有補充、完
善、發展性的。如對杜甫《發同谷縣》一詩，吳農祥稱該詩"一氣
讀，一筆寫，相見尋常事却説得駭異不同，此人人胸臆所有，人
不道耳"。對此，吳廣霈補充説："非人不道，實人人道不出耳。"
從"人不道"，到"人道不出"，就進一步突出了杜詩的超妙和難
以企及，是一種發展。有些問題也將會沿着同一個大方向論述
得越來越深入。這在關於論定《西廂記》之類歌頌青年男女愛
情的作品中表現得比較突出。當時抒寫的青年男女違反封建
禮教而自主戀愛，就容易在社會上引起爭議。在這漫長的爭議
過程中，評點都從不同的角度來肯定《西廂記》的愛情描寫，充
分地展示了闡釋、接受《西廂記》的歷史過程。

評點與彙評工作的文學價值，還表現在各抒己見的過程
中，在理論上豐富與發展了中國古代的文學批評的内涵。首先
看我國古代的寫人論。在宋明以前，以詩文批評爲基點的文
論，雖然也偶爾涉及人物批評，但很不充分。元明以後，隨着小
説、戲曲創作的繁榮，中國的寫人論也得以迅猛發展，特別是在
傳統哲學與畫論的影響下所形成的"形神論"，在小説與戲曲的

評點本中得到前所未有的豐富與完善。作爲形神論的補充與發展，在中國古代文論中，特別是在小説、戲曲的評點中，又引人注目地提出了一個富有創意的理論範疇"態"。"態"超越了描寫對象的形與神，而又相容了人物形象的神與形。正因爲"態"具有形神相容而又超越形神的特點，它似無形而有形，説有形而實無形。可見，"態"就是傳統寫人論中超越形神的一種特殊的審美境界，具有相對獨立的品格。它又與現代的所謂"體語""態語""體態語""態勢語""人體語言""肢體語言"等方面的理論具有相通之處，故值得我們重視①。

　　評點也豐富、發展了傳統的範疇論。如戴問善在《西厢引墨》中提出的"恰"，指的是《西厢記》作者寫出了一般人不能道出的讀者對作品的接受期待。換一個角度看，也就是劇中人物的一言一行都最恰當地表現了當時的心理狀態、性格特徵與身份處境等等。這個"恰"與"真""自然"等範疇的意思有點接近，但也略有差別。"真"是側重在作品所反映的客觀世界作爲標準來加以衡量，"自然"也關係到主體表現的角度上加以考慮，而"恰"是側重在從主體表現的角度來批評，又融入了讀者接受時的感受，所謂"蓋人人心頭口頭所恰有"者也②。又如方拱乾批點《杜詩論文》時以"緒"論詩，也值得注意。"緒"字本義是絲綫的端頭，由此而衍生爲清理頭緒之意，就有思路、綫索、條理的意思，再有餘留、遺下之意，所謂"餘緒"等。此"緒"字自劉勰在《文心雕龍》中引進論文，説"章句在篇，如繭之抽緒"之後，至

---

　　①　參見李桂奎、黃霖《中國古代寫人論中的"態"範疇及其現代意義》，《學術月刊》2007 年第 11 期。

　　②　參見韋樂《清代〈西厢記〉評點研究》，復旦大學 2010 年博士學位論文，第 145 頁。

宋明以下用"緒"論文者漸多,到清代使用者更爲普遍。正是在這樣的背景中,方拱乾在卷首的題識和序言中提綱挈領地申述了有關"緒"的理論,又輔以大量的批點,將"緒"這個範疇突出了出來,不但成爲他論文的一大特色,同時也豐富了中國古代文論的寶庫①。

在明清兩代的評點中,"文法論"的蓬勃發展也特別引人注目。"文法論",就是在《古文關鍵》卷首《總論看文字法》所總結的多種"作文法"之後,加以發揚光大的。《新刻繡像批評金瓶梅》就在評點中提出了諸如"躲閃法"(第 21 回)、"捷收法"(第 57 回)等文法,雖然比較零碎,但明確概括了一些"文法"。到金聖歎在批評《水滸傳》時就比較系統化了。他在《讀第五才子書法》中就集中總結了"倒插法""夾叙法""草蛇灰綫法""大落墨法"等近二十種法。後來的毛綸毛宗崗父子、張竹坡、脂硯齋等又有所發展,名目更多,如"回風舞雪、倒峽逆波法""由遠及近、由小至大法""橫雲斷嶺法""偷度金針法"等等。這些叙事"文法",雖然有的含義比較模糊,但它畢竟形象地總結了不少叙事文學的表現手法和形式美,不但推動了以後的創作,而且對今天也還是有一定借鑒作用的。

文學名著的彙評本還有巨大的傳播能力,這是由於評點這種批評形式是隨文下筆,即興感言;有批有點,點到爲止;文筆靈動,餘意不盡。所以不論男女老少,讀來明白好懂,饒有興味,常常會愛不釋手,容易接受與傳播。如今將它們彙集在一起,猶見千岩競秀,萬壑争流,更能引人入勝,"興起其嗜學好古

---

① 參見曾紹皇《杜詩未刊評點的整理與研究》,復旦大學 2010 年博士學位論文,第 194 頁。

之念"①,很能引發讀者的閱讀欲、想象欲。更何況大量的評點之作是面向廣大青少年學子的。它們作爲古代教學的實用教材,如今又將有關評點彙輯在一起,省去了許多查覓翻檢之勞,這正如王世貞《史記評林序》所言:"蓋一發簡而瞭然若指掌,又林然若列璵寶於肆而探之也。"②這就自然會得到廣大家長與學子的普遍歡迎,擁有了巨大的市場,從而使一部部文學名著經彙評的新包裝後,以一種新的面貌,又一次得以傳播。

三

彙評在保存有關文獻、總結理論批評、傳播文學名著等方面有如此重要的作用,這就是引起我們重視這一工作的根本原因。再看當前古籍保存的實際情況,國內外各大圖書館還塵封着相當數量的評點本,由於長期以來對評點的忽視,致使這些多爲孤本、罕見本的評點本不少已在存亡之間,亟待搶救、整理和研究。這就更使我們下定決心,對尚存的文學評點本進行一次廣泛的調查、輯録、考辨、整理與研究。

當然,在我們的前輩與同行中,早有一些有識之士在這方面作了努力,特別是在一些小説名著的彙評方面,已經取得了可喜的成績。早在 20 世紀 50 年代,俞平伯就開始對《紅樓夢》的脂評進行整理,60 年代有《聊齋志異》彙評,至 80 年代以後,《三國演義》《水滸傳》《金瓶梅》《儒林外史》《紅樓夢》等都陸續有了彙評本。近年來,一些唐宋詩、詞、散文等也有若干彙評之

---

① 黄汝亨《批點前漢書序》,《寓林集》卷一,明天啓四年刻本。
② 王世貞《史記評林序》,凌稚隆輯校、李光縉增補、于亦時整理《史記評林》第一册,天津古籍出版社 1998 年版,第 13 頁。

作。但是,總的説來,除小説文體的彙評之外,多數工作顯得比較零碎,不成系統,疏漏與闕略也多。有鑒於此,我們這次的彙評工作,除小説之外,準備將歷代文學名著的評點有系統地進行收輯與整理。從《詩經》《楚辭》《文選》一類文學經典,到陶淵明、杜甫、韓愈、柳宗元、蘇軾、歸有光等名家詩文別集,再到《西廂記》《琵琶記》《牡丹亭》等戲曲名著,開放性地逐步擴大範圍。這一工作實際起步於 2006 年,屈指算來,已有十多年,但由於這一工程規模浩大,困難多多,非親歷其事者,恐難知其中之甘苦。令人欣慰的是,這項工作同時也得到了各方專家的關注與支持,故還是一步一步地按計劃前進。我們將成熟一部先出版一部,希望在不久的將來,當全部告竣付印之時,再集中推出一套比較完整的中國古代文學名著彙評的叢書,以饗讀者。

凡　例

一、南宋以降，尤其是明清兩代，評點《楚辭》蔚爲一時風尚，其中亦不乏名家之作，然年代久遠，時至今日，不少已成孤本秘籍。楊金鼎主編《楚辭評論資料選》、李誠和熊良智主編《楚辭評論集覽》、周殿富選編《楚辭論──歷代楚辭論評選》三書，雖收羅繁富，但於評點，所錄則不出蔣之翹《七十二家評楚辭》之範圍。今不揣譾陋，將輾轉各地搜羅所得諸家評語彙爲一帙，以供《楚辭》研究者和中國文學批評史學的愛好者參考。

二、本彙評所依據的版本有：

明萬曆十四年(1586)馮紹祖校刊《楚辭章句》，簡稱馮本

明萬曆十九年(1591)陳深輯《諸子品節》，簡稱陳深本

明萬曆二十八年(1600)凌毓柟校刊朱墨套印本《楚辭》

明萬曆二十九年(1601)朱一龍、朱燮元刻，張符升批點《楚辭章句》，簡稱張符升本

明萬曆三十二年(1604)朱崇沐刻、佚名批點《楚辭集注》，簡稱朱崇沐本

明萬曆四十四年(1616)題焦竑輯《二十九子品彙釋評》

明萬曆三十九年(1611)林兆珂刻、佚名批點《楚辭述注》

明萬曆四十六年(1618)陳仁錫選評《古文奇賞》

明萬曆四十八年(1620)閔齊伋校刊套印本《楚辭》，簡稱閔齊伋本

明萬曆間刻《楚辭集注》六册本

明萬曆間刻《楚辭集注》二册本

明萬曆間刻《楚辭集注》三册本

明萬曆間刻、佚名批點《楚辭集注》

明天啓間陸時雍《楚辭疏》

明天啓五年(1625)題歸有光輯《諸子彙函》

明天啓六年(1626)蔣之翹校刊《七十二家評楚辭》,簡稱蔣之翹本

明崇禎十年(1637)沈雲翔《楚辭集注評林》,簡稱沈雲翔本

明崇禎十一年(1638)來欽之《楚辭述注》,明崇禎十一年(1638)來欽之刻、佚名批點《楚辭述注》,簡稱來欽之本

舊抄本《楚辭》

明末張鳳翼《楚辭合纂》,簡稱張鳳翼本

明末寫刻本潘三槐《屈子》

明末刻陸時雍疏、金兆清評《楚辭権》

明末黃泰芑刻、黃廷鵠評注《詩冶》

明末毛氏汲古閣《楚辭補注》之手批過録評點

方人杰評輯《莊》《騷》合刻本,簡稱方人杰本

李陳玉刻、佚名批點《楚辭箋注》,簡稱李陳玉本

另以多種上列諸本之重印本、翻刻本及其他相關文獻參校,於此一概從略。

三、《楚辭》評點,本有評批,有圈點。考慮到彙輯、排印技術上的困難與實際的參考價值,今只録評語,不收圈點。

四、文中所録評家,姓名皆用全稱,如馮覲、陳深、孫鑛、蔣之翹等。有些評家或是他人托名,已經考實的皆予以糾正;未曾確考者,則仍沿用舊名。此外,另有五種佚名批點:朱崇沐

刻、佚名批點《楚辭集注》；林兆珂刻、佚名批點《楚辭述注》；萬
曆間刻、佚名批點《楚辭集注》；來欽之刻、佚名批點《楚辭述
注》；李陳玉刻、佚名批點《楚辭箋注》。對此，姑依次簡稱之爲
朱刻佚名批本、林刻佚名批本、萬曆本佚名批、來刻佚名批本、
李刻佚名批本。

　　五、關於評語形式，凡眉批皆簡稱“眉”，夾批簡稱“夾”，旁
批簡稱“旁”，《楚辭》總評、卷（篇）末後的評語皆簡稱“評”。同
一評語在不同評點本中，位置或不一致，或作眉批，或作旁批，
或在卷（篇）末，對此則以評語所存在的最早評點本爲準。由於
有的評點本選録了前世評家的評語，如司馬遷、沈約、劉知幾、
洪興祖、朱熹等，爲了更準確地反映出它們的性質，亦全稱之爲
“評”。另外，明萬曆間刻《楚辭集注》三種都過録了較多汪瑗
《楚辭集解》的内容，對此亦稱之爲“評”。

　　六、關於評語内容，有些評語在不同的評點本中，内容詳略
不一，爲了能更充分地發揮它們的作用，對此皆從較詳者。

　　七、有關評家的校注語，一般不録。但有的校注語與評語
很難區分，故對此也酌情録入。

　　八、個別文字漫漶不清，又無他本可校，則一般仍保留原
狀，不敢妄改。

　　九、由於本人才疏學淺，孤陋寡聞，還有的本子尚未聞見；
在彙輯過程中也可能有不少疏誤，敬請方家一并指正。

目　録

楚辭卷第一

離騷經第一①（蔣之翹本）焦竑眉：讀
《騷》且未觀文辭，只其題數引，便不覺百端交集。苟未免
有情，亦復誰能遣此。（沈雲翔本）《戰國策》："楚有昭奚
恤。"《元和姓纂》云："景氏有景差。"金蟠眉：王逸本"不忍
以清白久居濁世，遂赴汨羅"，便見得小了。此云"不忍見
其宗國"云云，終得屈子大端。（來欽之本）班孟堅評："離，
猶遭也。"顏師古評："擾動曰騷。"洪興祖評："其謂之經，蓋
後世之士祖述其詞，尊而名之耳，非原本意也。"佚名一眉：
欲悟君而反正道，使用己以保國，此《離騷》之所以作也。
其或詞重意複者，正朱子所謂憂心煩亂也。（來欽之本手
眉）吳汝綸評：魏文帝《典論》云："優游案衍，屈原尚之；窮
侈極妙，相如之長也。然原據托譬喻，其意周旋，綽有餘
度，長卿、子雲不能及。"（閔齊伋本篇名下）邵璜解曰：述世
系名氏不言姓者，楚同姓也。已爲宗姓，（然）遠述高陽，近
不本封國，此亦大夫不敢祖諸侯之義。（萬曆本佚名批）
眉：（墨）錢牧齋曰："風格自是從詩來，然（銹）詞却全祖

---

① 　慶安本此處引焦竑語，作："讀《騷》且未觀文詞，只其□引，便不覺百
端交集。苟未免有情，亦復誰能遣此。"沈本"題引"作"數引"，且無"苟未免有
情"一句。

《易》，總是鑿空亂道，環偉奇肆，真足驚心動魄。"又云："構
法全亂，不可謂似亂非亂，然別是一格調。中間突然陡説
處，了不具原委，總是患難氣苦人，東説兩句，西説兩句，不
管人省不省，然却是真切語，不必盡而實無不盡。"(朱)此
二條善狀一經之全體、大段，不必他人説得零星瑣碎，不著
痛癢。(朱)朱子《論讀詩》云："《詩》中頭項多，一項是音
韵，一項是訓詁名件，一項是文體。若逐一根究，然後討得
些道理，則殊不濟事。須是通悟者方看得。"讀《騷》亦然。
《騷》之作，原本於《詩》。朱子讀詩法十二條，最爲精微，須
一一參看。能讀《詩》者，未有不能讀《騷》也。(葉邦榮本)
蘇轍曰：吾讀《楚辭》，以爲除書。李涂曰：《楚辭》氣悲。劉
鳳曰：詞賦之有屈子，猶觀游之有蓬閬，縱適之有溟海也。
賈島曰：騷者，愁也。始乎屈原，爲君昏暗時，寵乎讒佞之
臣，含忠抱素，進於逆耳之諫。君暗不納，放之湘南，遂爲
《離騷經》。以香草比君子，以美人喻其君，乃變風而入其騷，
刺之貴正其風，而歸於化也。洪興祖曰：古人引《離騷》，未有
言經者，蓋後世之士祖述其詞，尊之爲經耳，非屈子意也。宋
祁曰：《離騷》爲詞賦之祖，後人爲之，如至方不能加矩，至圓
不能過規矣。馮覲曰：《離騷經》斷如復斷，亂如復亂，而綿邈
曲折，讀者莫得尋其聲，而繹其緒，又未嘗斷，未嘗亂也。至
其才情艷發，則龍矯鴻逸；志意悱惻，則啼猩嘯鬼，濃至慘黯，
并臻其妙。蓋由獨創，自異規仿耳。蘇軾曰：屈原作《離騷
經》，蓋風雅之再變者，雖與日月爭光可也。可以其似賦，而
謂之雕蟲乎？朱熹曰：古人文字，大率只是平説，而意自長。
後人文字，務意多而酸澀。如《離騷》初無奇字，只恁説將去，
自是好。後人如魯直，恁地著力做，却自是不好。王世貞曰：
《離騷》所以總雜重複，興寄不一者，大抵忠臣怨夫，惻怛深
至，不暇致銓，亦故亂其叙。使同聲者自尋，修飾者難摘耳。

今若明白條易，便垂厥體。

　　帝高陽之苗裔兮，①（**馮本**）劉知幾曰：作者自叙，其流出於中古。《離騷經》首章，上陳氏族，下列祖考，先述厥生，次顯名字，自叙發迹，實基於此。降及司馬相如，始以自叙爲傳，至馬遷、楊雄、班固自叙之篇，始繁於代。（**沈雲翔本**）補錢陸燦旁：世系。（**閔齊伋本眉**）（**朱**）前世未聞，後人莫繼，亘古奇作也。劉勰曰：不有屈原，豈見《離騷》。信哉！（**靛**）《離騷》變風之遺也。興比賦錯出成章，驟讀似未易瞭，細玩井然有理。（**方人杰本**）旁批：自叙起。朕皇考曰伯庸。（**來欽之本**）佚名一眉：上舉始祖，見我同姓之臣。（**李陳玉本**）（**朱**）起手十二句，見此身不同於人處。（**墨**）千古孤忠，原本家教，忠孝豈二致耶？（**方人杰本**）旁批：藹然深惻，關切動人。攝提貞於孟陬兮，錢旁：生年月。（**閔齊伋本旁**）誕辰。惟庚寅吾以降。錢旁：日。錢眉：楊誠齋《讀罪己詔》："詩辭起吾將日。"自注："降，音烘。"（**萬曆本**）佚名手眉：此二節叙己之內美。（**光緒本**）手眉：發端便有宗國不可去之義。（**葉邦榮本**）劉知幾曰：……（同上馮本）鍾嶸曰：……（同下馮本）洪興祖曰：屈原有以美人喻君者，"恐美人之遲暮"是也；有喻美人者，"滿堂兮美人"是也；有自喻者，"送美人兮南浦"是也。皇覽揆余初度兮，（**光集本**）手眉："初度"，最初之氣度也。下文許多"度"字，俱本於此。肇錫余以嘉名。（**林兆珂本**）佚名手眉：本自同源。高陽，世載令望矣，於伯庸以顯，於時是不得。行路其君，傳舍其國明矣。且天授以性，皇錫以名，履忠蹈信，死而不渝，則"騏驥"有具，而"彭咸"亦有胎

───────────

　　①　慶安本此處引劉知幾語，作："上陳氏族，下列祖考，先述厥生，次顯名字，自叙發迹，實馬、班、揚雄自序篇之祖。"蔣本此處作："上陳氏族，下列祖考，先述厥生，次顯名字，實爲馬、班、揚雄自序篇之祖。"沈本引作："先述厥生，次顯名字，實爲馬、班、揚雄自叙□之祖。"萬曆本佚名手批作："劉知幾曰：上陳氏族，下列祖考，先述厥德。"

也。名余曰正則兮，錢旁：名。字余曰靈均。①（馮眉）鍾嶸曰：夏歌曰"鬱陶乎予心"，楚謠曰"名予曰正則"，雖詩體未全，然是五言之濫觴也。洪興祖曰：《史記》"屈原名平"，《文選》以平爲字，誤矣。正則以釋名平之義，靈均以釋字原之義。名有五，屈原以德命也。（馮旁）以上賦也。（陸本）張煥如眉：屈原譜世，蓋在言情。自馬遷以降，幾乎名籍矣。孫鑛眉：名字却只以意説，煞是奇絕。錢旁：字。（萬曆本）汪瑗曰：王臣以"正則"爲釋原名，靈均爲釋平字，其見卓矣。（來欽之本）王予安評：此志咳名以及冠字。佚名一眉："正則""靈均"，已是下"中正"意，非自夸美己也。金兆清眉：屈原譜世，妙在言情，自馬遷以降，幾乎名□矣。（慶安本）汪玉卿眉：五臣以"正則"爲釋原名，"靈均"爲釋平字，其説善矣。"靈"者，善也；"均"者，匀也。（李陳玉本）（朱）"高陽"二句，見宗臣世系不同；"攝提"二句，見生辰稟氣不同；"攬揆"四句，見家學相承不同；"紛吾"四句，見才得本領不同。（萬曆本）佚名手旁：錢云："名字却只以意説，煞是奇絕。"（方人杰本）旁批：名字却只是意説，奇絕。（光集本）手眉：顧名思義，便有不當從俗之意。（張德純本）眉：述世系、名字，不言姓者，楚同姓也。已爲宗姓，乃遠述高陽，近不本封國者，亦大夫不敢祖諸侯之義。（朱崇沐本）佚名手眉：（朱）今人不顧名，皆不知所錫之嘉也。又曰：依彭咸之遺則，無負嘉名矣。（潘三槐本）孫鑛曰：名字却只以意説，煞是奇絕。（葉邦榮本）汪瑗曰：王逸以"正則"爲釋原名，"靈均"爲釋平字，其見卓矣。紛吾既有此内美兮，錢旁：好潔。金兆清眉："紛""汩""來"，俱一字作句。（慶安本）汪玉卿眉："内美"，總言上二章祖父世家之美、日月生時之美、所取名字之美。（萬曆本）佚名手旁：上下轉接。（方人杰本）旁批："余""吾"上用一字作句法，最有意致。（葉邦榮本）汪玉卿眉："内美"，總言上二章祖父世

---

① 蔣本、沈本、百大家本亦録此處鍾嶸語，除最后一句作"然是五言之濫觴語也"外，餘皆同馮本。慶安本所録全同馮本。蔣本另一本無"語"字，全同馮本。

家之美、日月生時之美、所取名字之美，故曰“紛”。又重之以修能。
（**來欽之本**）佚名一眉：不徒生質之美，又有學問之功。錢眉：歸熙甫
《季舟墓志銘》：“又修能也。”張符升眉：篇中言修，皆本於此。（**光集
本**）手眉：又加以修治之力，下文許多“修”字，俱本於此。“修能”二字，
不必依注解。（**朱崇沐本**）佚名手眉：（**朱**）自負不淺。（**葉邦榮本**）按，
“能”字即古“耐”字，通用見《禮記》。“扈”字與“護”義通。扈江離與
辟芷兮，桑悦旁：語極香艷。（**朱崇沐本**）佚名手眉：（**墨**）“離”，《文選》
作“蘺”。紉秋蘭以爲佩。[①]（**蔣之翹本**）桑悦眉：語極香艷。（**萬本**）
佚名眉：“内美”，總言上一章祖父、世家之美，日月生時之美，所取名字
之美，故曰“紛”。（上云汪玉卿）按，“能”字即古“耐”字，通用見《禮
記》。“扈”字與“護”義通。（**沈雲翔本**）桑悦眉：語極香艷。（**李陳玉
本**）（**墨**）天性既已絕倫，又加之以學問，不如此，不足以致君也。又曰：
家世已承顯懿，生辰又得陽剛，所謂“内美”也。“修”，主學問言；“能”，
主木略言。（**朱**）“江蘺”二句，揭出一生受患之根。蓋一應議論設施，
決不肯一豪假仿。下文“衆女之嫉”“女嬃之詈”，俱從此來。（**萬曆本**）
佚名手眉：此二節叙己之修能。又曰：一生志行，托意草木冠配，是原
獨創之格，令人尋其意而自得之，語有餘味，否則，徑直而腐爛耳。○
草木冠配，是詩人比體，非騷創格也。汩余若將不及兮，錢旁：憂年。
（**李陳玉本**）（**朱**）八句欲乘時有爲。（**方人杰本**）旁批：撫時懷念，不禁
自深。恐年歲之不吾與。（**蔣之翹本**）陳深眉：“汩余”十二句，總是
汲汲慕君，繼日待旦之意，寫得濃至。（**沈本同**）（**來欽之本**）佚名一眉：
唯其汲汲自修如此，所以不忍一刻忘君也。（**陸本**）張焕如曰：“吾”
“余”上俱一字作句，法最簡。若後人得此入之句，腹衍一長文矣。（**閔
本旁**）此“恐”字謂身之修。（**萬曆本**）佚名手旁：一恐容。（**張德純本**）
眉：此“恐”字謂身之修。朝搴阰之木蘭兮，錢旁：承“江蘺”句。（**慶**

---

①　百大家本録此處桑悦語爲旁批，文同。

安本）汪玉卿眉：“阰”與“坒”同，亦作“坒”，音陛，地之相次而比者也。對下句“洲”字而言可見。（閔本旁）“朝”“夕”，即“若將不及”之意。夕攬洲之宿莽。（萬曆本）張之象曰：長篇長句爲（“爲”，據馮本當作“如”）《離騷經》一篇，如（“如”，據馮本當作“中”）轉換反復，凡更七十餘韻。其間有八句爲一韻者五段，十句爲一韻者一段，十二句爲一韻者二段，餘皆（“皆”，馮本作“則”）四句爲一韻也。（萬曆本）佚名手眉：愛己。又曰：錢云：自此至“余心之可懲”，大約不得已，君、衆三意，然亦無倫次，只隨意錯出，以泄其無聊之意。重疊反復，淋灕纏綿，讀之久趣味愈長。佚名手旁：申上節未盡之意。吳汝綸評：以上自修。（張德純本）眉：“朝”“夕”，即“若將不及”之意。（林兆珂本）佚名手眉：“宿莽”，一名卷舒，摘去其心，復生不死。（葉邦榮本）張之象曰：……（同前萬本）日月忽其不淹兮，春與秋其代序。（潘三槐本）孫鑛曰：淡語。惟草木之零落兮，（方人杰本）旁批：隨叙隨束説，自己不覺跌入君身。恐美人之遲暮。①（馮眉）洪興祖曰：屈原有以美人喻君者，“恐美人之遲暮”是也；有喻善人者，“滿堂兮美人”是也；有自喻者，“送美人兮南浦”是也。錢眉：出題意，此《離騷》之根。（蔣之翹本）李賀評：《詩》曰：“云誰之思，西方美人。”意甚悠婉。《離騷》曰：“惟草木之零落兮，恐美人之遲暮。”意甚激烈。可見風與騷僅在一間耳。（沈雲翔本）李賀評：《詩》云：“云誰之思，西方美人。”意甚悠婉。《離騷》曰：“惟草木之零落兮，恐美人之遲暮。”意甚激烈。可見風與騷僅在一間耳。（來欽之本）佚名一眉：既恐年歲之去，又不知日月之往，誠汲汲自修者也。又曰：孝子愛日，是以思逮親之存；忠臣慮遠，是以欲及國之盛。佚名一夾：抑揚盡致。又曰：上文歷叙世系、名字、生質、學問，至此方及事君。下文忽云：“何不改乎此度”，不知其爲何度也。文章奇突之妙，莫可名言。（張鳳翼本）鍾惺眉：二語蕭騷，澹惋意盡於此。

---

① 萬曆《集注》本録此處洪興祖語爲眉批，位置在前“字余曰靈均”句眉端。

（**李陳玉本**）（墨）木蘭春榮，宿莽冬生，朝搴夕攬，以流光迅速之意，未及進賢退不肖也。"美人"二字，始見此。後屢稱"靈修"，本此來。曹子建云："盛年處房室，中夜起長嘆。"此正屈子"美人遲暮"意。（**閔本旁**）慮君（二字朱）此"恐"字謂君之正（以上墨）。（**萬曆本**）佚名手眉：愛君。又曰：此二節言己之欲輔君以有爲。佚名手旁：二恐主。又曰：漸漸引出。（**張德純本**）眉：此"恐"字謂君之正。**不撫壯而棄穢兮，何不改乎此度？**（**萬本**）佚名曰："撫"字注皆不解，有撫己自省之意。（**慶安本**）汪玉卿旁："態度"之"度"，即指穢行而言。汪玉卿眉：此"壯"字，是泛論年富力強、足以有爲之時，對上"遲暮"而言。不必依《禮記》説。而王逸又兼德字言，洪氏、朱子皆從之。非是。獨五臣惟以壯盛之年爲言，得之矣。（**閔本眉**）（靛）朱校定本無"也"字，宜刪。（**葉邦榮本**）"撫"字注皆不解，有撫己自省之意。**乘騏驥以馳騁兮，來吾道夫先路。**（**馮眉**）朱熹曰：自"汩余"至此同一韻，意亦相承。（**來欽之本**）佚名一眉：爲臣者，當及國之未衰而事君；爲君者，亦當及年之未老而用賢。又曰：既乘騏驥而道先路，必吾可知楚之能道君於善者，屈子自信一人而已。佚名一夾：惟其有生質之美、學問之功，所以能道夫先路。道之，則爲堯舜；不，則爲桀紂。然必棄穢乘騏驥，而後能道，故下文即接"衆芳"云云。看來此句乃數節關鍵。（**陸本**）孫鑛曰：淡語。錢眉：以上第一節，正意已寫竟，下曲折寫之。蔣之翹眉：十二句總是汲汲慕君意，寫得濃至（指自"汩余"至此十二句）。張符升眉：以上言欲以其修能，與君及時圖治也。（**萬曆本**）佚名手旁：峭勁。（**光集本**）手眉：修治有年，可佐君美政，故爲左徒時，以匡君濟國自任。（**潘三槐本**）朱熹曰：自"汩余"至此同一韻，意亦相承。

　　昔三后之純粹兮，錢旁：援古推開説。王念孫眉：張載《魏都賦》注引班固曰："不變曰純，不雜曰粹。"（**閔本旁**）（朱）徵古。（**閔本眉**）開説妙！三后，堯舜。桀紂是樣子。起己之不得君。（**方人杰本**）旁批：俯仰開闔，落墨最大。（**葉邦榮本**）"昔三后"指楚先君，而後及堯舜，在屈子則得立言之序也。**固衆芳之所在。**（**來欽之本**）佚名一眉：楚廷必皆君子，而後屈子能安。（**慶安本**）汪玉卿眉：以理揆之，當指祝融、鬻熊、熊繹也。又云：大抵"純粹"二字，皆無駁雜之意也。"衆芳之所在"，即喻衆善之所在也。衆善，即在純粹之内。"純粹"二字，總言之，下又申言之耳。言三后純粹之德，固衆善之所在，而後王所當法者也。此上章并論人君之當修德，未論及用賢意。用賢意亦自在其中，不必專指用賢一端而言也。**雜申椒與菌桂兮，豈維紉夫蕙茝？**（**蔣之翹本**）孫鑛眉：構法全亂，不可謂似亂非亂，然別是一格調。中間突然陡說處，了不具原委，只是難苦氣人。東說兩句，西說兩句，只道自己心事，不管人省不省。然却是真切語，不必盡，而實無不盡。（**萬曆本**）佚名曰："昔三后"指楚先君，而後及堯舜，在屈子則得立言之序也。（**來欽之本**）佚名一夾：棄穢然後能紉芳。（**慶安本**）孫鑛眉：構法全亂，不可謂似亂非亂，然別是一格調。中間突然陡說處，了不具原委，只是難苦氣人。東說兩句，西說兩句，只道自己心事，不管人省不省。然却是真切語，不必盡，而實無不盡。（**萬曆本**）佚名手眉：二節引古以作鑒。又曰：錢云：微古。**彼堯舜之耿介兮，**（**朱崇沐本**）佚名手眉：（**朱**）"耿"，□明。"介"，有分辨。明惟在於正路，不見有所謂捷徑。故反得廣大也。又曰：不耿不介，故昌披。從捷徑而反窘步，故君子之迂非迂。○懷王入關，從捷徑也，其窘何如？（**葉邦榮本**）按，"耿"謂如火之光，"介"謂如石之確。**既遵道而得路。**（**萬本**）佚名曰：按，"耿"謂如火之光；"介"謂如石之確。（**閔本旁**）道之者，非故至於捷徑窘步也。（**張德純本**）旁：緣上"先路"來。**何桀紂之猖披兮，**（**來欽之本**）來伯方眉：下一"何"字，則見其憂疑而駭愕也。**夫唯捷徑**（**方人杰本**）旁批：微陥。**以窘步。**（**來欽之本**）佚名一眉：上文道夫先路，正道之以堯舜之道路，不使之行桀紂之捷徑也。又曰：捷徑必窘步，而今人舍大道而不由，何也？（**陸本**）張焕如曰：《騷》中語多特創，類此。（**光緒本**）手眉：叙歷代君德治道之得失，以起下文。

（張德純本）眉：道之者，非故至於捷徑窘步也。惟黨人之偷樂兮，路幽昧以險隘。① （陸本）張煒如曰：指堯舜桀紂以爲喻，而不敢怨君、誹君，惟歸罪黨人居多。原亦奈此黨人何哉！（萬本）佚名曰：王逸以"幽昧"喻君道不明，"險隘"喻國將傾危，非是。（方人杰本）旁批：才逗本懷，淺淺淡淡，迫切中有步驟。（葉邦榮本）王逸以"幽昧"喻君道不明，"險隘"喻國將傾危，非是。（同萬本）豈余身之憚殃兮，（萬曆本）佚名手旁：析。恐皇輿之敗績。（馮旁）以上賦而比。（來欽之本）佚名一眉：惟用小人，故行桀紂之捷徑。（慶安本）《蒙引》曰："余身之憚殃"句，即承上二句而言。言己不行幽昧險隘之路者，非爲己身之畏禍也，蓋爲皇輿之敗績也。"敗績"，即指顛僕傾危而言。王注以爲："敗，先王之功。"非是。（萬曆本）佚名手眉：此二節言黨人間之，己雖欲輔君，而君反信讒而怒己也。佚名手旁：三恐主。（張德純本）眉：此"恐"字謂國之安。（朱崇沐本）佚名手眉：（墨）三字陶藏本無，天麻本亦無。忽奔走以先後兮，（萬曆本）佚名手旁：根前"道夫先路"來。（張德純本）旁：緣上"馳騁"來。及前王之踵武。（來欽之本）佚名一眉：惟欲道以堯舜之道路，故强諫而不憚殃。荃不察余之中情兮，反信讒以齌怒。② （馮眉）馮覲曰：歷叙至此，方説出被讒，何婉而切也。然于荃略無怨言，又見其怨誹而不亂矣。（馮旁）以上四句比而賦。（陳深本）張之象眉：長篇長句如《離騷經》，一篇中轉換反復，凡更七十餘韵。其間有八句爲一韵者五段，十句爲一韵者一段，十二句爲一韵者二段，餘皆四句爲一韵也。（來欽之本）佚名一夾：已伏下就舜陳辭一段。（慶安本）《蒙引》：古謂火毬爲"火齌"。此謂怒氣之盛□，可畏如火齌也。張符升曰：以上承上"道路"而言，序其忠而遇讒也。（萬曆本）佚名手眉：提出。又曰：自"道夫先路"至此，一"路"用字，皆照顧此句。如云"遵道得路""捷徑窘步""幽昧險隘""皇輿敗績"，及

---

① 此處金兆清眉："歷叙至此，方説出被讒來，何婉而切。"
② 慶安本此處録馮覲語，作："歷叙至此，方説出被讒，何婉而切也。"

此“奔走先後”“前王踵武”，如草蛇灰綫，細□無比。（**潘三槐本**）馮覲曰：歷叙至此，方説出被讒，何婉而切也。（**葉邦榮本**）馮覲曰：歷叙至此，方説出被讒，何婉而切也。然於全篇無怨言，又見其怨誹而不亂矣。余固知謇謇之爲患兮，（**萬曆本**）佚名手旁：析。（**方人杰本**）旁批：即匪躬之故，語較加婉而痛。（**林兆珂本**）佚名手旁：發□長嘆。忍而不能舍也。（**萬本**）佚名曰：按，屈子此章之義，本諸《易·蹇卦》“六二”爻詞而來。孔子曰：蹇，難也，險在前也。當作“蹇蹇”爲是。指九天以爲正兮，夫唯靈脩之故也。（**馮旁**）以上四句賦而比。（**沈雲翔本**）張鳳翼眉：即匪躬之故，然語較加婉而痛。（**來欽之本**）來旦卿眉：“夫惟靈脩之故”，故雖知患，不能自已。佚名一眉：不忍乃仁，仁乃愛君。又曰：只是欲堯舜其君耳。佚名一夾：已伏下上征一段。錢眉：與“美人遲暮”遥相呼應。（**慶安本**）五臣曰：“九，陽數，謂天也。”《蒙引》：“‘正’，古與‘證’通。”（**李陳玉本**）（**朱**）“撫壯”以下十六句，言己以人事君之義。（**墨**）幼學壯有何等期待，守耿介爲遠捷徑，正朱子□□生平所學，惟“正心誠意”四字也。又曰：“撫壯”四句，望君；“三后”四句，望君廣求賢臣；“堯舜”四句，乘君言；“黨人”四句，承□言；“奔走”四句，見昏君讒□，□成一路，□邪道從□不并立矣。“信讒齌怒”，是《離騷》一篇之根。“謇謇”四句，乃全篇關鍵也。（**朱**）“奔走”十句，叙己所以不得於君。（**萬曆本**）佚名手眉：此三節言己雖知君怒，而終不能舍，但君志無定，使我傷之而已。（**光緒本**）手眉：取怒於君之故。實由愛君欲導乎先路，而心迹無以自明故。曰黄昏以爲期兮，羌中道而改路。（**馮眉**）洪興祖曰：“曰黄昏以爲期，蓋中道而改路”，一本有此二句，王逸無注。至下文“羌内恕己以量人”，始釋“羌”義，疑此二句，后人所增耳。（**蔣之翹本**）蔣之翹眉：予讀《騷》至“黄昏”二語，未嘗不垂涕也。本是同調，得無相憐。（**萬本**）佚名曰：按，《淮南子》曰：“日薄於虞淵，是謂黄昏。”《文選》注云：“羌，辭也。”（**來欽之本**）佚名一眉：“中道”，堯舜之道路；“改路”，則桀紂之捷徑矣。錢夾：古人親迎之期，《儀禮》所謂“初婚”也。（**慶安本**）“羌”，《文選》注“乃”也。玉卿曰：直解作語詞，可也。蔣之翹眉：予讀《騷》至"黃昏"二語，未嘗不垂涕也。本是同調，得無相憐。(**葉邦榮本**)按，《淮南子》曰："日薄於虞淵，是謂黃昏。"初既與余成言兮，錢旁：慮君。後悔遁而有他。余既不難夫離別兮，(**方人杰本**)旁批：言至此，氣爲之咽，拍爲之節。傷靈脩之數化。(**蔣之翹本**)陳仁錫眉：此怨誹而不亂處。(**來欽之本**)佚名一眉：前"夫唯靈修之故"，欲君之爲堯舜。此則傷君之爲桀紂也。(**國來本**)佚名三手夾：人知先生之忠，顧其縱恣奇詭，搏弄千古，要自一氣流出，雖奇偉而實真情，千古一人。吴汝綸評：以上事君不合。(**慶安本**)陳仁錫眉：此怨誹而不亂處。(**李陳玉本**)"黃昏"六句(**以上墨**)承"信讒齋怒"來，言君之所以"齋怒"，只爲有人暗移其心者耳。(**以上朱**)"離"字始見此(**以上墨**)。張符升眉：以上惜君德之無成也。(**萬曆本**)佚名手眉：惠然肯來，莫往莫來，君臣之際，猶夫(物)矣。又曰：自首章至此十三節，乃述己之好修不殆，欲以道君而讒人間之，君遂怒而變易無常也。佚名手旁：束住上文。(**光集本**)手眉：己之見疏不足恨，但君無常德，不能有爲，爲可悲也。(**張德純本**)眉："化"與"訛"同，"數訛"，屢訛其路也。(**朱崇沐本**)佚名手眉：(墨)陶藏本一無"既"字，"既"作"夫"。(**葉邦榮本**)郭正域曰：人知先生之忠，顧其縱恣奇絶，搏弄千古，要自一氣流出，雖奇偉而實真情，千古一人。

余既滋蘭之九畹兮，錢旁：自喻。(**李陳玉本**)(**朱**)"滋蘭"以下八句，言讒人既惑其君，使將害類一網打盡。(**方人杰本**)旁批：又自叙起，愈緩愈婉。又樹蕙之百畝。(**百本**)劉辰翁評：别得而變此。畦留夷與揭車兮，雜杜衡與芳芷。① (**蔣之翹本**)劉辰翁評：纏綿宛戀，一字一泪，亦一字一珠也。(**萬本**)佚名曰：以"畦"字對"雜"字，當從隴種呼，種之訓爲切。(**沈雲翔本**)劉辰翁評：纏綿宛戀，一字一泪。(**萬曆本**)佚名手眉：二節言己雖被讒間，而其好修之志，有加無已如

---

① 張鳳翼本録此處劉辰翁語，作："纏綿宛戀。一字一泪，亦一泪一珠矣。"(慶安本爲"亦一字一珠也"，餘同。)另，此處萬本佚名批，慶安本亦録，作："或曰：以'畦'字對'雜'字，當從儸種呼，種之訓爲切。"

此。又曰：前固"紉秋蘭以爲佩"矣，此之"九畹""百畝"，則所蓄者更多。前"扈江離與薜芷"矣，此之"留夷""揭車""杜衡""芳芷"，則所收者更廣，乃進而不已之意。（葉邦榮本）按，以"畦"字對"雜"字，當從隴種呼，種之訓爲切。（同萬本）**冀枝葉之峻茂兮，願竢時乎吾將刈。**（萬曆本）佚名手旁：言將刈以爲佩。**雖萎絶其亦何傷兮，哀衆芳之蕪穢。**（馮旁）以上比也。（陸本）張煥如曰：人謂《離騷》複，信複矣。然結撰至思，指各有趣，但覺其意變，而不知其詞複也。吳汝綸評：舊謂"衆芳"爲衆賢，姚以"衆芳"爲道德，某謂扈離辟芷，爲道德之衆芳。後之"詰荭矯桂"，凡言服配者，是也。樹蕙滋蘭，謂賢人之衆芳，後之蘭爲可恃，椒榝干進，是也。此衆芳蕪穢，即芳草爲蕭艾。故曰：衆皆競進。此不宜分畫章段，致失本指。張符升眉：以上惜群賢之無主也。（萬曆本）佚名手旁：引下。（光集本）手眉：以上言以道事君，見疑而不改。**衆皆競進以貪婪兮，**錢旁：刺時。（李陳玉本）（朱）"競進"以下八句，言讒人之所以相忌者，只爲以小人之心，度君子之腹，彼豈知有流芳百世之事哉！張符升眉：此以下序遭讒而不改其"修"也。（萬曆本）佚名手旁：即黨人之偷樂者，承上"蕪穢"意來。（方人杰本）旁批：誰生厲階，何能已已。**憑不厭乎求索。**（陳深本）郭正域眉：人知先生之忠，顧其縱恣奇絶，搏弄千古，要自一氣流出，雖奇偉而實真情，千古一人。（萬本）佚名曰："索"字當"素"字讀爲是。金兆清眉：即"汩余"一段意，而語益深，旨加惻矣。（葉邦榮本）"索"字當"素"字讀爲是。**羌内恕己以量人兮，**（葉邦榮本）佚名手批：羌，楚人語詞也，猶言卿何爲也。《文選》注云："羌，乃也。"一云嘆聲也。**各興心**（林兆珂本）佚名手旁：二字道出小人必不能容君子情狀。**而嫉妒。**（來欽之本）來聖源眉："雖憑不厭"，正以見其貪婪。"内恕己以量人"，還是着自家身上説。蓋言既恕己以量人，而又不免夫嫉妒也。佚名一眉：寫盡群小心肝。（慶安本）洪氏曰：貪婪之人，不知其非自恕以度人，謂君子亦有競進求索之意，故各興心而嫉妒也。（朱筆旁）《文選》注：嘆聲。

（**萬曆本**）佚名手眉：此五節言衆皆嫉己，而己惟以修名不立爲患，愈益修潔，雖與世不合，而不□。佚名手旁：讒之之由。（**張德純本**）眉："嫉妒"，恐其復用也。忽馳鶩以追逐兮，錢旁：自明。（**萬曆本**）佚名手旁：承上。（**方人杰本**）旁批：挽回獨不在人事耶？又自慰又自奮。（**張德純本**）旁：緣"不難離別"來。非余心之所急。老冉冉其將至兮，（**萬曆本**）佚名手旁：轉下。又曰：根上"年歲不我與"句。恐脩名（**林兆珂本**）佚名手旁：應"嘉名"。之不立。（**蔣之翹本**）陳深眉：即"汩余"一段意，而語益深矣。（**馮旁**）以上賦也。（**來欽之本**）佚名一眉：非好名者也，亦非但疾没，而名不稱己也。恐其一失中正，有愧前聖也。又曰：人見屈子憂心煩亂，又必恕己量人，謂同干進，故此處道出所以。（**慶安本**）洪氏曰："修名"，修潔之名。陳深眉：即"汩余"一段意，而語益深矣。（**萬曆本**）佚名手眉：與前遙應。佚名手旁：四恐容。又曰：錢云：自斷。朝飲木蘭之墜露兮，（**李陳玉本**）"朝飲"十二句，承"修名不立"來。（**以上朱**）言雖不得志於時，願依彭咸之遺則，修名亦於此立矣（**以上墨**）。（**萬曆本**）佚名手旁：不特寡之也。夕餐秋菊之落英。（**萬本**）洪興祖曰：屈原悲冉冉之將老，思餐秋菊之落英。輔體延年，莫斯之貴。（**張鳳翼本**）胡應麟評："落英"，辨如聚訟，詞人托物，何所不有耶？（**萬曆本**）佚名手旁：不特宿莽也。（**朱崇沐本**）佚名手眉：（**朱**）何等清修。吸風飲露，何等韵致。（**葉邦榮本**）洪興祖曰：……（同萬本）苟余情其信姱以練要兮，（**林兆珂本**）佚名手旁：練潔而要妙也。長顧頷亦何傷？（**來欽之本**）陳章侯眉："信姱練要""顧頷何傷"，自信之確也。當對上貪婪看。擥木根以結茞兮，貫薜荔之落蕊。（**萬曆本**）佚名手旁："蕊""尾"二音。矯菌桂以紉蕙兮，索胡繩之纚纚。（**林兆珂本**）佚名手旁：長垂貌。（**來欽之本**）來與京眉：此自鳴其矯矯處。（**慶安本**）"根"，名茝，喻本。洪氏曰：花外曰萼，萼內曰蕊。蕊，花須頭點也。（**萬曆本**）所蓄愈多，所收愈廣，至此則刈而取之，以爲佩扈之具矣。（**張德純本**）眉：此言志節之不渝，以善保其卒也。曰"木根"，曰“落蕊”，皆指末路之意。謇吾法夫前修兮，吳汝綸評：“謇”，詞也。非世俗之所服。錢旁：自斷。（**朱崇沐本**）佚名手眉：（墨）“世”，《文選》作“時”。雖不周於今之人兮，（**萬曆本**）佚名手旁：承前伏後。（**方人杰本**）旁批：順勢語氣，却只是反跌，讀下便知其步驟。願依彭咸之遺則。（**林兆珂本**）佚名手旁：應“正則”。（**馮眉**）洪興祖曰：屈原死於頃襄之世，當懷王時作《離騷》，已云：“願依彭咸之遺則。”又曰：“吾將從彭咸之所居。”蓋其志先定，非一時忿懟（沈本作“懑”）而自沉也。《反離騷》曰：“棄由、聃之所珍兮，摭彭咸之所遺。”豈知屈子之心哉！錢眉：以上第二節，已斷自己究竟。（**萬本**）虞翻注曰：彭祖名翦，封於彭城，爲彭姓。《神仙傳》云：“彭祖，姓籛，名鏗。”《系本》亦云：“籛鏗，是爲彭祖。”（**來欽之本**）佚名一眉：此正其立修名也。視自沉而死，遠勝於周於今之人。所謂舍生取義，所欲有甚於生者也。佚名一夾：不但自沉之意於此已見，即文章之法，亦工妙絕倫。結處更用此一句，是何等法脉。（**張鳳翼本**）陳繼儒眉：“遺則”承“服”字來，未如注投水至采□方是。（**萬曆本**）佚名手眉：總束上文，言己之好修如此者，皆以法夫前修，不有合於今，必有則於古矣。佚名手旁：主意先於中間提出。（**朱崇沐本**）佚名手眉：（朱）已矣！志如此。（**潘三槐本**）郭正域曰：人知先生之忠，顧其縱恣奇絕，摶弄千古，要自一氣流出，雖奇偉而實真情，千古一人。（**葉邦榮本**）洪興祖曰：屈原死於頃襄之世，當懷王時作《離騷》，已云：“願依彭咸之遺則。”又曰：“吾將從彭咸之所居。”蓋其志先定，非一時忿懟而自沉也。《反離騷》曰：“棄由、聃之所珍，摭彭咸之所遺。”豈知屈子之心哉！自己究竟。虞翻注曰：彭祖名翦，封於彭城，爲彭姓。《神仙傳》云：“彭祖，姓籛，名鏗。”《系本》亦云：“籛鏗，是爲彭祖。”長太息以掩涕兮，錢旁：自嘆。（**李陳玉本**）“太息”八句，承彭咸遺則來（**以上朱**）。言我所哀者，民生之涂炭耳。若以修姱見背，九死亦吾願矣。哀民生之多艱。（**朱崇沐本**）佚名手眉：（朱）胸有本領。（墨）“民”，《文選》作“人”。余雖好脩姱以鞿羈兮，謇朝誶而夕替。（**來欽之本**）佚名一眉：憂民，正是憂國。又曰：觀“羈羈”二字，可知屈子非直言敢諫，如後世沽名者也，常以規矩自束□臣也。（**萬曆本**）佚名手眉：此二節承上“靈脩數化”來，言因怒而遂至廢棄也。又曰：錢云：怨君。（**張德純本**）眉：四句涕替首尾相叶。○即申上一節言之。（**林兆珂本**）佚名手旁：謂朝廢諫君，而夕廢身。（**朱崇沐本**）佚名手眉：（墨）“朝諝”與天麻本同，仍之。既替余以蕙纕兮，錢旁：怨君。（**方人杰本**）旁批：不以一決□絕，義盡仁至，筆力足以達之。又申之以攬茝。（**陳深本**）唐順之眉：“蕙纕”“攬茝”，與前“江離”“辟芷”等一意。總之，自表其清白之節也。（**林兆珂本**）佚名手旁：“替”者自替，“申”者仍申。亦余心之所善兮，雖九死其猶未悔。（**馮旁**）以上賦而比。（**沈雲翔本**）上圖本佚名二夾：承上“替”字言。言“替”我如此，而猶知我之所善，則善固在我，雖死亦無所悔。而所怨者，如下文云云。（**來欽之本**）佚名一眉：此所以依彭咸遺則也。佚名一夾：此以上，應“夫為靈脩之故也”。張符升眉：以上八句歷序遇讒之后得罪眾多也。（**萬曆本**）佚名手眉：看“未悔”。又曰：唐云：“蕙纕”“攬茝”，與前“江離”“辟芷”等一意。總之，自表其清白之節也。佚名手旁：峭。又曰：一言之。（**林兆珂本**）佚名手眉：前云“朝搴”“夕攬”，此復言“滋”，言“樹”，言“既”，言“又”，功進乎□之日矣；前云三后之為眾芳□也，雜申桂也，此云余之為眾芳主也，雜薜芷也。前後淺深有驟，照應有眼，法度森嚴。不善讀《騷》，而曰《騷》文復也，嗚呼！誣《騷》矣！又曰：“搴”之、“攬”之、“滋”之、“樹”之，□幾芬矣。冀得一用，棄而置之，莫我心惻。嗚呼！已矣！蘭露墜矣，菊英落矣，顧此纏纏，竟何為矣。甜苦自知，辛酸自茹，血自吞也。胸自抒也。朝飲其墜，夕餐其落，結之貫之，矯之索之，□□□也，苟吾自憐也，莫吾珍也；苟□自□□□哉。（**葉邦榮本**）唐順之曰：“蕙纕”“攬茝”，與前“江離”“辟芷”等一意。總之，自表其清白之節也。怨靈脩之浩蕩（**光集本**）手旁：即上文“昌被”之義。兮，（**李陳玉本**）靈脩終以下二十句，承“九死未悔”來（**以上**

朱）。從來小人害君子，只誣他一個沽名□直彰君之遇。人主便汲忌入骨，屈子所以負自伐之痛也。引避此謗，須是入他□□周容爲度，方可免及□。知此態，固死不肯爲此乎。（**萬曆本**）佚名手眉："怨"字説出，"怨靈脩"。**不察夫民心。**（**來欽之本**）佚名一眉：其怨君處，只在不察耳。不察所以數化，所以小人得以讒間忠良。金兆清眉：言娟娟而嫵媚，娓娓與黨人爲理。（**慶安本**）玉卿云："民心"，亦原自謂也。（**張德純本**）眉：萬民好善惡惡之心。**衆女**（**萬曆本**）佚名手旁：即黨人，承前"各興心嫉妒"句。**嫉余之蛾眉兮，**（**馮眉**）洪興祖曰：《反離騷》云："知衆嫭之嫉妒兮，何必揚累之蛾眉。"此亦班孟堅、顏之推以爲露才揚己之意。夫冶容誨淫，目挑心與，孟子所謂不由其道者，而以污原，何哉？錢旁：刺邪。（**方人杰本**）旁批：反反復復，原之恕之，總無一字怨及君身。（**葉邦榮本**）洪興祖曰：《反離騷》云："如衆嫭之嫉妒兮，何必揚累之蛾眉。"此亦班孟堅、顏推之以爲"露才揚己"之意。夫冶容誨淫，目挑心與，孟子所謂"不由其道"者，而以污原，何哉？**謡諑謂余以善淫。**（**蔣之翹本**）蔣之翹眉：蛾眉受妬，是古今最可恨事。《反騷》云："知衆嫭之嫉妒，何必飇累之蛾眉。"所見亦淺矣。（**馮旁**）（洪興祖語）彼淫人也，而謂我善淫，所謂恕己以量人。（**來欽之本**）佚名一夾：此以下，應"傷靈修之數化"。（**慶安本**）蔣之翹眉：蛾眉受妬，是古今一大恨事。《反騷》云："知衆嫭之嫉妒，何必飇累之蛾眉。"所見亦淺矣。張符升眉：如北齊祖珽以謡言殺斛律光之類。（**萬曆本**）佚名手眉：三節言君所以廢我，由不察彼衆人之心，各嫉我而誣我，而彼之所爲，余固有所不忍也。佚名手旁：雖嫉之，莫能勝之，無已而□以善淫之罪，使蛾眉開口不得，説盡小人毒計。不揆余心則怒，不察民心，則信讒矣。（**朱崇沐本**）佚名手眉：（朱）以浩蕩、女子面形出聽讒之心。又曰：衆人□我，醴酒□□，皆浩蕩意也。**固時俗之工巧兮，偭規矩而改錯。背繩墨以追曲兮，競周容以爲度。**（**馮旁**）以上比也。（**萬曆本**）佚名手眉：此正衆女之善淫者，乃知謡諑之意，是要同入渾水去。

（**潘三槐本**）潘三槐眉：莊語帶有逸致。忳鬱邑余侘傺兮，錢旁：自嘆。（**葉邦榮本**）"侘傺"，當如彷徨徘徊之意。吾獨窮困乎此時也。（**方人杰本**）旁批：激昂慷慨。寧溘死以流亡兮，（**萬曆本**）佚名手旁：在言之。余不忍爲此態也。①（**馮旁**）以上賦也。（**萬本**）佚名曰：按，"侘傺"，當如仿佛徘徊之意。（**蔣之翹本**）蔣之翹眉：激昂慷慨，雖千載下，猶生氣凛然。（**沈雲翔本**）蔣之翹旁：千載下，猶生氣凛然。（**來欽之本**）佚名一眉：此正其所以朝誶夕替，九死未悔也。非獨承前二節而已。佚名一夾：惟"鷙鷉"，故不忍爲此態。（**陸本**）張燁如曰：言娟娟而嫵媚，娓娓與黨人爲理。（**萬曆本**）佚名手眉：看不忍。又曰：皆濁獨清，皆罪獨醒，此謡諑之所由起也。鷙鳥之不群兮，（**方人杰本**）旁批：沉著。自前世而固然。（**張鳳翼本**）陸時雍評："鷙鳥不群"，語莊而排；"美人遲暮"，語淺而□；"鵜鴂先鳴"，語深而思。何方圜之能周兮，夫孰异道而相安。（**馮旁**）以上比也。（**來欽之本**）佚名一夾：已伏下"前修葅醢"意。（**萬曆本**）佚名手眉：二節言我之窮困以死，亦固其所。佚名手旁：申上"獨窮困"之意。屈心而抑志兮，（**萬曆本**）佚名手旁：被以淫名，亦不復置辯。忍尤而攘詬。（**蔣之翹本**）黃汝亨眉：蔣楚稚有《攘詢賦》，本此。張符升眉：蔣注本"詬"作"詢"。伏清白以死（**萬曆本**）佚名手旁：字法。直兮，（**萬曆本**）佚名手眉：此"死"字，束上二個"死"字，言己所以九死不悔，及寧死不忍者，以我之死，固死於直，而前聖之所深嘉也。固前聖之所厚。（**馮眉**）朱熹曰：自"怨靈脩"以下至此一意，爲下章"回車復路"起。（**馮旁**）以上賦也。（**來欽之本**）佚名一眉：此其所以依彭咸而立修名也。佚名一夾："前聖"句上應彭咸，下應舜。（**陸本**）張燁如曰：自處抑，復慨然。吳汝綸評：以上見排同列。（**慶安本**）"攘"字，如《孟子》"攘鷄"之"攘"。朱子

---

① 慶安本此處手録作："'忳侘傺'，如彷徨徘徊之意。"同萬本佚名批。所録蔣之翹語，原刻爲眉批，作："激昂慷慨，雖千載下，猶生氣凛然。"

注曰：攘物自來而取之也。此言耻辱自來而取之，猶物自來而取之。"所厚"，猶言爲古之聖人之所取，不爲所鄙薄賤惡而棄也。黄汝亨眉：蔣楚稚有《攘詢賦》，本此。（**李陳玉本**）（**朱**）所謂不有□於今，必爲□於古。張符升眉：以上極言讒人之禍，非徒慶其身，又并其修名而污之也。自"衆皆競進"至此，歷言讒人之禍日甚，而己之修愈堅，以明願爲彭咸之意。（**萬曆本**）佚名手眉：自"余既滋蘭"起至此十四節，言己益潔其志行，以法前修。君不察讒言，而遂廢之，爲有死而無他也。佚名手旁：申上"寧溘死"之意。（**方人杰本**）旁批：一慟而絶。（**光集本**）手眉：以上言讒人之害，而將擠於死。〇提出彭咸作主。（**張德純本**）眉："厚"，重也，遲迴鄭重，不遽引決也。（**林兆珂本**）佚名手眉：前吞聲而悲，此放聲而哭。又曰：獨困此時也，不忍爲此態也，憤世嫉俗，滿肚不平極矣。於此又作自解，自解自慰。（**潘三槐本**）朱熹曰：自"怨靈脩"以下至此一意，爲下章"回車復路"起。

　悔（**萬曆本**）佚名手旁：轉。相道之不察兮，錢旁：反初服。吴汝綸評："相"，讀《論語》"相師"之"相"。（**李陳玉本**）"相道"以下二十四句，又承"伏清白以死直"來（**以上朱**）。言心態如此，吾若引身而退，獨善其身，有何不可。然一片用心熱腸，終是按抑不住的。一知己於四荒之外，可以不悔，豈可以一死求懲（**以上墨**）。（**萬曆本**）佚名手眉：看悔。（**張德純本**）眉：以下言吾自行吾之義，豈可以讒謗之，來遽自引去，故復屈心抑志，忍尤攘詬，悔向之不難離別者，相道之不察也。延佇乎吾將反。（**陳深本**）楊慎眉：同姓無相去之義，故欲還也。（**萬曆本**）佚名手旁：反。（**方人杰本**）旁批：復間間頓起，思入退修初服，意尤凄惋。下"女嬃""靈氛""巫咸"，從此入想，俱是無中生有。回朕車以復路兮，（**林兆珂本**）佚名手眉：堯舜遵道得路，迷者貴回車復路。及行迷之未遠。[①]（**蔣之**

---

　①　沈本此處所録陳深語作："願國□□想□還修初服，意猶凄婉。下文女嬃、重華、靈氛、巫咸，俱就此轉出。"慶安本原刻所録陳深語作："顛倒深思，想及退修初服，意猶凄惋。下文女嬃、重華、靈氛、巫咸，俱就此轉出，具是無中生有。"

翹本)陳深眉:顛倒深思,想及退修初服,意尤凄惋。下文女嬃、重華、靈氛、巫咸,俱就此轉出,真是無中生有。(來欽之本)佚名一眉:屈子諫君,人臣當然,本無可悔,悔爲臣子自責。即"天王明聖,臣罪當誅"意也。佚名一夾:忽然一悔,遂生出無限頓挫。又曰:前云"雖九死,其猶未悔",後云"雖體解,吾猶未變",又云"覽余初其猶未悔"。則知此處一"悔",固人臣自責應然,正文章跌宕之妙。(萬曆本)佚名手眉:上面意已到盡頭處,直水窮山盡矣。忽然又轉一意,波起峰回,別得勝境。自此以下皆然。(葉邦榮本)楊慎曰:同姓無相去之義,故欲還也。

步余馬於蘭皋兮,馳椒丘且焉止息。進不入以離尤兮,退將復修吾初服。(萬本)佚名曰:曹子建《七啓》云:"願及初服,從子而歸。"李太白詩云:"久辭榮祿,遂初衣義。"取諸此。(來欽之本)佚名一眉:本無可悔,所以回車復路,終不能就邪而舍正。佚名一夾:"馳椒丘"句,句法變換。(萬曆本)佚名手旁:上下轉接。(張德純本)眉:欲處身於進退之間,已不虧其節,國亦猶有人也。(葉邦榮本)曹子建《七啓》。

製芰荷以爲衣兮,(馮旁)(朱熹語)此下正是修吾初服。錢旁:自信。集芙蓉以爲裳。(萬本)佚名曰:《反離騷》云:"紛芰荷之綠衣,被芙蓉之朱裳。"《北山移文》曰:"苟芰製而裂荷兮。"杜甫云:"不妨游子芰荷衣。"蓋用此語。(朱崇沐本)佚名手眉:(朱)□"朝飲""夕餐"二句看,令人神骨俱馨。不吾知其亦已兮,錢旁:倒句。(萬曆本)佚名手旁:(墨)孫鑛曰:"不吾知"二語,倒句也。苟余情其信芳。(馮旁)以上比也。(蔣之翹本)孫鑛眉:"不吾知"二語,乃倒句也。(沈雲翔本)孫鑛眉:"不吾知"二語,乃倒句也。(萬曆本)佚名手眉:低個唱嘆,以逆筆爲縮筆。佚名手旁:所謂"初服"者如此。(方人杰本)旁批:提倒句法。高余冠之岌岌兮,長余佩之陸離。(方人杰本)旁批:修修之致,琅琅之辭,振衣高咏,亦可以死黨人之魄矣。芳與澤其雜糅兮,唯昭質其猶未虧。(馮旁)以上賦也。(蔣之翹本)王世貞眉:數語更俊亮雅潔。(來欽之本)佚名一眉:初服未虧,何悔之有?(張鳳翼本)

王世貞眉：數語更俊亮雅潔。（**萬曆本**）佚名手眉："佩"至末方説出，蓋佩最足□淺灟之序也，以伏後半芳變而佩不變張本。佚名手旁：所謂"信芳"者如此。（**林兆珂本**）佚名手眉：修□□□，琅琅之章，振衣高咏，亦可以死黨人之魂矣。忽反（**萬曆本**）佚名手旁：再反。顧以游目兮，錢旁：顧四方。（**萬曆本**）佚名手眉：轉。將往觀乎四荒。（**李陳玉本**）（**朱**）"四荒"句，已伏下半篇。（**萬曆本**）佚名手旁：伏後數段。（**光集本**）手旁：伏下"周流上下"數段。佩繽紛其繁飾兮，芳菲菲其彌章。（**萬本**）佚名曰：屈原當時實有去楚之志，非別有賢君而事之。賈誼謂"歷九州而相其君"，失之矣。（**來欽之本**）來聖源眉：次爲下"濟沅湘"等張本。（**國來本**）佚名一眉：意若曰：天下甚大，吾得君而事，皆可以使之爲堯舜。（**萬曆本**）佚名手眉：此節雖承"佩"與"芳"來，然單主"佩"説亦可觀。後言佩之可貴，而以芬芳□之，則芳固不必主於草木也。此云"芳菲菲其彌章"，後云"芳菲菲而難虧"，相對説，但主"佩"言爲是。民生各有所樂兮，張符升眉："民生"四句，總承篇首至此之意而結之，以起下文，實一篇之樞紐也。（**朱崇沐本**）佚名手眉：（**朱**）各有所樂，好惡已自不同，況并舉而好朋乎？余獨好修以爲常。（**沈雲翔本**）陳仁錫眉：一篇精神□□處。（**萬曆本**）佚名手眉：（**朱**）看未變。（**墨**）陳仁錫曰：一片精神結聚處。（**方人杰本**）旁批：辭氣峻而潔。雖體解（**萬曆本**）佚名手旁：三言之。吾猶未變兮，豈余心之可懲。（**馮眉**）朱熹曰：自"悔相道"至"可懲"，又承上文"伏清白以死直"之意，而下爲女嬃詈予起也。（**蔣之翹本**）陳仁錫眉：一篇精神聚結處。（**來欽之本**）佚名一眉：於是悔而欲之他國，然在他人則可，在我，宗國也。所以不改初服，雖死不悔也，此其終依彭咸之所居也。（**陸本**）張煥如曰：□□之致，琅琅之章，振衣高咏，亦可以死黨人之魄矣。錢眉：以上第三節，徘徊去國，而不知所從。張符升眉：上既已死自誓矣，又念殺身無益，不若退而自全，又於退息之中轉生一念，欲相君於四方，然其好修卒不敢廢也。此本節之意也。（**萬曆本**）佚名手眉：以上六節，言已□從此隱去，以保其昭質，而猶不能忘情此世，乃嘆其好修之志，終不可懲者如此。又曰：忽離。吳汝綸評：以上窮無可入，欲變而不能。（**光集本**）手眉：以上言欲退隱不涉世患，而不能。提出昭質無虧，將好修守死，寫出全副精神。（**潘三槐本**）朱熹曰：自"悔相道"至"可懲"，又承上文"伏清白以死直"之意，而下爲女嬃詈予起也。

女嬃之嬋媛兮，（**馮眉**）洪興祖曰：觀女嬃之意，蓋欲原爲宵武子之愚，不欲爲史魚之直耳，非責其不能爲上官、椒蘭也。而王逸謂女嬃罵原以不與衆合，不承君意，誤矣。（**沈雲翔本**）金蟠眉：《水經》云："屈原有賢姊，聞原放逐來歸，喻令自寬全，鄉人因名其地曰姊歸，後以爲縣。縣北有原故宅，宅之東北有女嬃廟，搗衣聲猶存。然則忠良萃於一門，其姊亦不□之杰哉。"錢旁：又一一波，女嬃詈。（**李陳玉本**）"女嬃"以下十二句，又與"衆女謠諑"者不同。蓋"謠諑"謂余以善淫，是明明出而作對，顯者女嬃一段，又是一□□願見讒，正所謂奄就媚於□者。前"恕己量人"，還曉得自己本相不堪，此則居然自以爲是矣（**以上朱**）。"嬃"非原姊，注中辨之極明。蓋嬃是女中賤者之稱，古人多以賤者名其男女，如□如小名犬子是也。果如舊說，原豈應以小名呼其女兄（**以上墨**）？（**方人杰本**）旁批：無聊之思，泛濫之筆。（**葉邦榮本**）觀女嬃之意，蓋欲原爲宵武子之愚，不欲爲史魚之直耳，非責其不能爲上官、椒蘭也。申申其詈予。（**蔣之翹本**）陸時雍眉：借女嬃以發端，就重華以明志，以世無可語，而爲此不得已之辭也。（**慶安本**）"嬋媛"，玉卿曰：猶娟妍也。本美女嬌媚美好之稱，亦可以爲妖嬈邪淫之稱。（**又**）玉卿云："申申罵予"，蓋謂罵之不已也。王曰："重也"，是矣。（**又**）《補注》曰：女嬃詈原之意，蓋欲其爲宵武子之愚，不欲爲史魚之直耳。非責其不爲上官靳尚，以徇懷王之意也。而說者謂其詈原不與衆合，以榮君意，誤矣。此說甚善。陸時雍眉：借女嬃以發端，就重華以明志，以世無可語，而爲此不得已之辭也。張符升眉：自此以下，又承往觀四荒，而以好修之有合與否，反復設辭，而終歸於從彭咸之意。（**朱崇沐**

本)佚名手眉：(朱)罳雖申申中情實是急迫。曰鯀婞直以亡身兮，吳
汝綸評：方依五臣，蓋讀身爲命，盤庚女悔身何及。漢石經"身"作
"命"，下言"天乎羽野"。此不應先言亡身也。終然殀乎羽之野。
(來欽之本)佚名一眉：屈子羈羈而不婞直，固當辨明。世之柔媚者，必
指屈子爲婞直，此真婦人之言耳。屈子蓋謂楚臣盡婦人，非必其姊實
有是言，後所以接"衆不可戶説"云云。佚名一夾：悔而未變，屈子胸
中，已見得明守得完。而世人猶以婞直訊之，所以必就舜陳詞也。(張
德純本)眉：身雖在野，而節愈高，望愈歸，忌者必不能釋，女嬃所以復
以鯀死羽野戒之也。汝何博謇而好脩兮，紛獨有此姱節。薋菉葹
以盈室兮，吳汝綸評："以""已"通。判獨離而不服。(馮旁)以上賦
而比。吳汝綸評：梅伯言云女嬃之言止此。衆不可戶説兮，(方人杰
本)旁批：又憤又宛。孰云察余之中情。(朱崇沐本)佚名手眉：(朱)
"云"字深妙，不特不察，并無人提起，説去察他。世並舉而好朋兮，
夫何煢獨而不予聽。(馮旁)(《集注》語)爲下章就舜陳詞起。(來欽
之本)佚名一眉：朋黨作邪，衆人無識，安知中道？惟聖知我心，天知我
心耳。錢眉：此起下就舜陳詞。吳汝綸評：以上并女嬃詞。(萬曆本)
佚名手眉：忽合。又曰：此三節言己心既不可懲，而女嬃亦以是而責
之，遂嘆斯世之無可告語如此。(光集本)手眉：以上設爲女嬃詞，勸其
和光同塵。(林兆珂本)佚名手眉："紛獨有此內美"，屈子所以自負也；
"紛有此夸節"，女嬃所指爲禍端也。得意在此，受罪亦在此。倚恃前
聖，熱血自如，忽接女嬃攢者，所無□□嫉妒有志□□□，至於骨肉之
言，涕泪交下，此景此況，能不心煎？依前聖以節中兮，吳汝綸評：
"節中"，當爲"折中"。《反騷》所云"將折衷乎重華"，即用此文也。(李
陳玉本)"依前聖"以下三十六句，痛闢女嬃邪説(以上朱)。(方人杰
本)旁批：縱觀千古，取衷先聖，興懷憑吊，在身尤痛。喟憑心而歷
茲。(來欽之本)來聖源眉：此以至"跪敷衽以陳詞兮，耿吾得此中
正"，皆其就舜所陳之詞也。佚名一眉：屈子只是要堯舜其君，故就舜

陳詞。又曰：“節中”二字，是通篇綱領。有生質之美，又有學問之功，所以能“節中”。（**林兆珂本**）佚名手眉：至底所可自解，只是前聖耳，世無可語，奈何？ 濟沅湘以南征兮，就重華而陳詞：（**馮眉**）陳深曰：以下告重華之詞也。（**蔣之翹本**）陳深眉：進退維谷，就先聖以取衷，志亦苦矣。劉辰翁評：意出無聊，而托寄悲遠。（**沈雲翔本**）劉辰翁評：意出無聊，以托寄悲遠。（**慶安本**）王云：以前世聖人之法，節其中和。陳深眉：進退維谷，就先聖以取衷，志亦苦。（**李陳玉本**）“就重華”句，遙接“將往觀乎四荒”句（**以上墨**）。“就重華”句，注極妙，正以重華是高陽氏一家眷屬也（**以上朱**）。（**萬曆本**）佚名手眉：忽離。佚名手旁：幻思。（**張德純本**）眉：“就重華”，所謂“依前聖以節中”也。（**潘三槐本**）陳深曰：以下告重華之詞也。（**葉邦榮本**）陳深曰：以下告重華之辭也。 啓《九辨》與《九歌》兮，（**馮旁**）自此至篇末，皆比而賦。錢旁：微古。夏康娛以自縱。不顧難以圖後兮，五子用失乎家衖。（**馮眉**）朱熹曰：此為舜言之，故所言皆舜以後事也。（**蔣之翹本**）蔣之翹眉：歷叙興亡之事，大堪聳聽。（**萬本**）佚名曰：太康、五子之罪卓矣。彼懷襄之苟且，康娛而輕棄其國，不數年果為秦所滅。錢夾：衖，音弄。（**慶安本**）《蒙引》云：五臣以“啓”為開義，則是也。此“啓”字，即上文陳詞之“陳”字也。不言“陳”，而言“啓”者，變文耳。“康娛”二字，當相連講，下文曰“日康娛而自忘”。蔣之翹眉：歷叙興亡之事，大堪聳聽。（**葉邦榮本**）太康、五子之罪著矣。彼懷襄之苟且，康娛而輕棄其國，不數年果為秦所滅。羿淫游以佚畋兮，又好射夫封狐。固亂流其鮮終兮，浞又貪夫厥家。（**蔣之翹本**）鍾惺眉：《天問》意稍稍逗此。（**萬本**）佚名曰：《左傳》言“樹之詐慝，以取其國家”，不必專取奪羿□事。（**來欽之本**）陶岸生眉：此言羿以逆取，而羿即以逆亡。羿之距，浞之弑，一轍耳。錢夾：“家”，叶古胡反。（**朱崇沐本**）佚名手眉：（**朱**）妙眼。國固然也。“又”字疏出鮮終。亂人作報，俱妙在輕說，真如水流，無怒張，亦無過止。 澆身被服强圉兮，縱欲而不忍。（**林兆珂本**）佚名手眉：歷數上古，縷言之，長言之，詞愈冤，悲愈□。（**朱崇沐本**）佚名手眉：（**朱**）亂人之貪，實忍不住。○"身"字映下"首"字。日康娛而自忘兮，厥首用夫顛隕。（**來欽之本**）來正侯眉：寒浞娶羿妻而生澆，澆復爲少康所誅，乃知亂流鮮終，不特對羿而言，亦足爲千古亂臣之殷鑒也。鍾伯敬眉：《天問》意稍稍逗此。（**朱崇沐本**）佚名手眉：（**朱**）"顛隕"輕説得妙，可見首身□難系之物。夏桀之常違兮，（**方人杰本**）旁批：歷叙處筆墨淋漓，拉雜不可逼視。乃遂焉而逢殃。后辛之菹醢兮，（**朱崇沐本**）佚名手眉：（**墨**）"菹"，從天麻本作"葅"。殷宗用而不長。（**萬本**）佚名曰：《謚法》："賊人多殺曰桀，殘義損善曰紂。"桀名履癸，紂名辛。湯禹儼而祗敬兮，周論道而莫差。（**蔣之翹本**）王應麟評：閨中既以邃遠兮，哲王又不悟。以楚王之暗，而猶曰哲王，蓋屈子以禹湯望其君，不忍謂不明也。太史曰：王之不明，豈足福哉！非屈子意。（**百本**）王應麟眉：閨中既以邃遠兮，哲王又不悟。以楚王之暗，而猶曰哲王，蓋屈子以禹湯望其君，不忍謂不明也。（**朱崇沐本**）佚名手眉：（**朱**）"莫差"，兼三聖説，注皆字好，所謂先後同符也。（**潘三槐本**）陳仁錫曰：一語該周家八百。舉賢而授能兮，循繩墨而不頗。皇天無私阿兮，覽民德焉錯輔。夫維聖哲以茂行兮，苟得用此下土。（**來欽之本**）佚名一眉：是楚國必至於亡。（**萬曆本**）佚名手眉：總束上文。（**葉邦榮本**）洪興祖曰：言己所以陳詞於重華者，以吾得中正之道，耿然甚明故也。《反離騷》云："吾馳江潭之泛溢兮，將折衷乎重華；舒中情之煩或兮，恐重華之不累與。"余恐重華與沉江而死，不與投閣而生也。瞻前而顧後兮，（**方人杰本**）旁批：總上更婉而激。相觀民之計極。吳汝綸評："計極"，猶"紀極"。（**慶安本**）"瞻前顧後"，《蒙引》云：猶左顧右盼，反復詳視云爾。夫孰非義而可用兮，孰非善而可服。（**來欽之本**）佚名一眉：爲人君者，只可以爲堯舜，必不可以爲桀紂，此其"節中"而"先路"者也。又曰：瞻前顧後，惟此爲中正之道。當引君者也，所以雖危死而未悔。（**李陳玉本**）（**墨**）"非義非善"，便是大惡,豈有同流合污人立脚處。(**萬曆本**)佚名手眉:上七節歷引前代興亡之迹而結之。**阽余身而危死兮**,吳汝綸評:"危",讀《漢書》"危殺之矣"之"危"。(**萬曆本**)佚名手旁:四言之。**覽余初其猶未悔。**(**萬曆本**)佚名手旁:峭句。(**方人杰本**)旁批:進則身危,退則君危,至此方迫切言之,急節中筆筆咽住。**不量鑿而正枘兮**,錢旁:自傷。**固前脩以菹醢。**①(**蔣之翹本**)陳深眉:進則危吾身,退則危吾君。**雖舜其何以告知**("知",另一本作"之")**哉**!(**萬本**)佚名曰:前"后辛之菹醢",言暴君恣殺戮之慘。此"前脩以菹醢",言忠臣受殺戮之禍。屈子在當時瀕於死者數矣,故有是言。(**沈雲翔本**)金蟠眉:告舜既如此矣,忽又一折,時事極難,幽思曲延,文章結□之妙也。(**來欽之本**)來子問眉:此又欲效前人龍逢、梅伯菹醢之一流。佚名一眉:得"中正",故無可悔。(**慶安本**)五臣曰:今觀我之初志,終竟行猶未悔。陳深眉:進則危吾身,退則危吾君。雖舜,其何以告知哉!(**萬曆本**)佚名手眉:(**朱**)看未悔。又曰:忽合。(**墨**)金蟠曰:見下。佚名手旁:峭句。(**光集本**)手眉:以上言質之於舜,而又不敢不爲善,不敢與世和同。**曾歔欷余鬱邑兮**,(**李陳玉本**)(**朱**)"曾歔欷"以下十六句,言見以訴之重華,爲我證明,十分自信。及過,遂發見帝、求女之想。**哀朕時之不當。攬茹蕙以掩涕兮,霑余襟之浪浪。**(**來欽之本**)佚名一眉:菹醢者,時之不當,非道之不中,所以涕泣至死而不悔。錢眉:以上第四節,因女嬃之詈,而自寫其悲哀。金兆清眉:□唉如清商之音。吳汝綸評:以上因女嬃之言,就正於舜。言得道則興,失道則亡,從古如此,故不敢阿諛以絆身。又曰:陳辭重華,明己之不能改爲不善耳。乃歷引君國善敗爲喻,此實者虛之之法。若移此文於"三后純粹"一段,則文法平實,無奇觀矣。梅氏曰:就正重華,知中正之無可悔,則仍以此望吾君、

---

① 　上集本佚名批此處録金蟠語作:"告舜既如此矣,忽又一折,時事極難,幽思曲迴,文章結構之妙也。"

吾相矣。以下言求君也，羲和、望舒等，皆喻己所以悟君之道。（**萬曆本**）佚名手眉：上二節言己以羲善爲必可行，雖死不悔，而時之不當，則又不能不歔欷而掩涕也。自"依前聖"至此十節，言己之白其志於重華如此。（**朱崇沐本**）佚名手眉：（**朱**）掩涕而猶浪浪，泣下不可止也。

跪敷衽以陳辭兮，（**蔣之翹本**）孫鑛眉：以下大率寓言。錢眉：此下大率皆寓言，遙接上陳詞而中説之。張符升眉：此以下承"量鑿正枘"之説，而觀於四荒以求賢君。（**萬曆本**）佚名手眉：（**朱**）忽離。（**墨**）錢云：此下大率皆寓言。（**朱**）自此下節節幻甚。佚名手旁：承上。（**方人杰本**）旁批：無可奈何矣。將天上天下求之，以竭吾志乎？辭假托而意沉摯，后幅從此生出。耿吾既得此中正。（**馮眉**）洪興祖曰：言己所以陳詞於重華者，以吾得中正之道，耿然甚明故也。《反離騷》云："吾馳江潭之泛溢兮，將折衷乎重華；舒中情之煩或兮，恐重華之不累與。"余恐重華與沉江而死，不與投閣而生也。（**來欽之本**）佚名一眉：既得聖道，自合天心。佚名一夾：二句承上起下，極斷續之妙。馴玉虬以桀鷖兮，溘埃風余上征。蔣之翹眉：此《遠游》之所本。（**慶安本**）洪曰：謂中正之道，耿然甚明。《蒙引》言己忽然出乎塵埃、濁風之外，而往上征耳。孫鑛眉：以下大率寓言。蔣之翹眉：此《遠游》之所本。（**張德純本**）眉：可以告於神明，豈不可感悟其主，故復幡然上征，欲少留靈瑣也。朝發軔於蒼梧兮，錢旁：上征。（**陳深本**）王慎中眉：前云"就重華而陳詞"，故此云"發軔於蒼梧"，一字非漫用。（**潘三槐本**）王慎中曰：前云"就重華而陳詞"，故此云"發軔於蒼梧"，一字非漫用。夕余至乎縣圃。（**陸本**）張煥如曰："朝發蒼梧"，"夕至懸圃"，何其迅也！非所云借神景以往來者與？欲少留此靈瑣兮，吳汝綸評："靈瑣"，日也，以諭國祚。日忽忽其將暮。吾令羲和弭節兮，望崦嵫而勿迫。路曼曼其脩遠兮，吾將上下而求索。（**蔣之翹本**）陳深眉：重華亦無所折衷，故將上下求索。（**沈雲翔本**）陳深眉：重華亦無所折衷，固將上下求索。（**來欽之本**）佚名一夾：下云"周流乎天余乃下"，是從此句分別。（**李陳玉本**）（**朱**）"上"字爲見帝作引，"下"字爲求女作引。（**萬曆本**）佚名手旁：領起。（**光集本**）手眉："上下求索"句，爲下文總引，不必依注作"求賢君"解。飲余馬於咸池兮，①（**蔣之翹本**）蔣之翹眉："飲余馬"至後"與此終古"數段，如劉錦剪翠，奇艷逼人。（**李陳玉本**）（**朱**）"飲馬"下十八句，言□至帝所，而帝所之混濁不分，與世無異也。（**光集本**）手眉：以下數節，蓋陳詞既畢，而往觀於天也。總余轡乎扶桑。（**方人杰本**）旁批：奇艷如劉錦剪翠，然望中皆黯淡之氣，此長歌悲於痛苦哉。折若木以拂日兮，（**朱崇沐本**）佚名手眉：（**朱**）當作拂拭之"拂"。聊逍遙以相羊。（**沈雲翔本**）蔣之翹眉："飲余馬"至後"與此終古"數段，奇艷逼人。吳汝綸評："須史"，五臣作"逍遙"。（**萬曆本**）佚名手旁：又作二頓。（**朱崇沐本**）佚名手眉：（**朱**）"相羊"，疑即"徜徉"。前望舒使先驅兮，錢旁：倒字法。後飛廉使奔屬。鸞皇爲余先戒兮，雷師告余以未具。（**北大集注本**）佚名手批：詳《周》《儀》二禮注。古文"屬""注"二字通，不勞借叶。"具"，無入聲，朱子誤矣。（**萬曆本**）佚名手旁：又一頓。（**林兆珂本**）佚名手眉：時愈不可爲，心事愈急。佚名手旁：□不如意常八九。心煎意急。（**潘三槐本**）陳仁錫曰："未具"一折妙。吾令鳳鳥飛騰兮，繼之以日夜。飄風屯其相離兮，（**朱崇沐本**）佚名手眉：（**朱**）"相離"，即前"上征"意。帥雲霓而來御。（**馮眉**）陳深曰：經涉山川，役使百神，望舒、飛廉、鸞鳳、雷師、飄風、雲電，皆言神靈爲之擁護服役，以見儀衛之盛。張鳳翼曰：以上望舒、飛廉、鸞鳳、雷師，但言神靈爲之擁護耳，初無善惡之分也。舊注牽合，且以飄風、雲霓爲小人，然則《卷阿》之言"飄風自南"，《孟子》之言"若大旱之望雲霓"，亦皆象小人耶？（**張德純本**）

---

①　上集本錄此處蔣之翹語作："'飲余馬'至後'與此終古'數段，奇艷逼人。"

眉：此言已多方以悟主，而小人多端以敗之。《史記》所謂“冀幸君之一悟，俗之一改”，而無如懷王之終不悟也。正此數段之意。（**朱崇沐本**）佚名手眉：（**朱**）“帥”，鳳帥之也。（**葉邦榮本**）陳深曰：經涉山川，役使百神，望舒、飛廉、鸞鳳、雷師、飄風、雲霓，皆言神靈爲之擁護服役，以見儀衛之盛。紛總總（**朱崇沐本**）佚名手旁：（**朱**）似指雲霓。其離合兮，（**朱崇沐本**）佚名手眉：（**墨**）“紛總”句解見下。又曰：“總總”又見《九歌·大司命》。斑陸離其上下。（**來欽之本**）陳眉公眉：“總總”二句擁衛之狀，何舊注之自牽合（也）？（**朱崇沐本**）佚名手眉：（**朱**）情景寫來可恨，不望猶可。（**墨**）“陸離”，美好分散之貌。吾令帝閽開關兮，吳汝綸評：“開關”，承上“靈瑣”爲詞。倚閶闔而望予。錢夾：蓋求大君而不遇之比也。（**萬曆本**）佚名手眉：縮筆妙。又曰：以上七節，言己上征而不得見帝也。佚名手旁：渾得妙。（**光集本**）手眉：求見帝而不得。時曖曖其將罷兮，錢旁：刻世。結幽蘭而延佇兮。（**馮眉**）劉次莊曰：蘭喻君子，言其處於深林幽澗之中，而芬芳郁烈之不可掩，故《楚辭》云。（**林兆珂本**）佚名手眉：望得眼穿，想得腸斷。世溷濁而不分兮，（**方人杰本**）旁批：逸境中主筆復到。好蔽美而嫉妒。（**蔣之翹本**）蔣之翹眉：上下終不見容，可爲無聊極矣。（**來欽之本**）佚名一眉：用“蔽美而嫉妒”作小結，同下段法。（**慶安本**）蔣之翹眉：上下終不見容，可爲無聊極矣。張符升眉：以上設言觀之天上也，朱子謂此求大君之辭。（**萬曆本**）佚名手眉：忽合。佚名手旁：不敢斥言天上。朝吾將濟於白水兮，（**李陳玉本**）“朝吾”下八句，□不得見帝，因發求女之想（**以上朱**）。蓋□無一往之君，□望同心之友也（**以上墨**）。登閬風而緤馬。忽反顧（**萬曆本**）佚名手旁：三反。以流涕兮，哀高丘之無女。（**萬本**）佚名曰：上言“白水”，舉四方之色。此言“春宮”，舉四方之氣。互見耳。（**來欽之本**）佚名一眉：欲去則競去矣，而必反顧，反顧則必不忍去矣。此其所以終依彭咸而未去也。（**萬曆本**）佚名手眉：忽離。又曰：此二節乃上下轉關處。又曰：王逸皆謂比賢臣，則前後文意不貫。且《騷》中惟重賢君,無求臣之意。若謂前以靈修比君,此忽易以女□褻狎,則此乃用以寓我之情,皆是寓言,何足深泥。(**光集本**)手眉:因求見帝而不得,幻想到求女一着。是時鄭袖專寵,故以古賢后爲感,諷之微詞。《史記》稱"好色不淫",指立言之體如此。○"求女",不必依注作"求賢君"解。(**林兆珂本**)佚名手眉:前泛言其他,□□魂飛魄散;此指實其人,刻刻意惹情牽。溘吾游此春宮兮,錢旁:求女。(**葉邦榮本**)上言"白水",舉四方之色。此言"春宮",舉四方之氣。互見耳。折瓊枝以繼佩。及榮華之未落兮,(**方人杰本**)旁批:纏綿潦倒,可勝煩冤。相下女之可詒。(**來欽之本**)來聖源眉:自此以至"來違棄而改求",始詒之以下女。既理之以謇修,而不幸遭讒人(之)間,至使神妃離合,其意緯繣乖戾,卒難遷其拒絶之意。而且神妃又復驕傲淫游,不循禮法,故來違棄而改求也。此求宓妃不得之始終。(**陸本**)張焕如曰:纏綿潦倒,可勝煩冤。(**張德純本**)眉:"女",君之配也;"求女"者,爲君求配也。吾令豐隆椉雲兮,(**李陳玉本**)(**朱**)"豐隆"下十二句,求皇佐之合而不得。求宓妃之所在。解佩纕以結言兮,吾令謇脩以爲理。(**萬本**)佚名曰:王逸以"謇脩"爲伏羲之臣,朱子辨其非,當是媒妁泛名。紛總總其離合兮,忽緯繣其難遷。(**慶安本**)《蒙引》云:"緯繣",繚繞之意也。此二句蓋即伏衛服役而言,以見己意耳。言己紛總總其離合,而急於求合如此。然伏衛服役,一離一合之間,反爲繚繞相結,不得遷徙前進。以言己亦急於求進,而又擇視賢君,故難合也。夕歸次於窮石兮,朝濯髮乎洧盤。(**蔣本、百本**)《淮南子》曰:"弱水出於窮石。"《禹大傳》曰:"洧盤之水,出崦嵫山。"(**聽本同**)保厥美以驕傲兮,吳汝綸評:云"保厥美以驕敖",此謂苴遒之賢之不可强起者。(**朱崇沐本**)佚名手眉:(**朱**)"保",作"恃"字看。日康娛以淫游。(**潘三槐本**)陳仁錫曰:大出意表,又生波瀾。雖信美而無禮兮,(**方人杰本**)旁批:自寓去國求君,承上起下。來違棄而改求。(**蔣之翹本**)張鳳翼眉:"信美"二句,蓋自寓去國之意。(**陳深**

本）唐順之眉："信美""無禮"二句，原蓋自寓其去國之意。（慶安本）
"信美"二句，蓋自喻去國之意。（光集本）手眉：求女不合者一。（朱崇
沐本）佚名手眉：（朱）"來違棄"，猶言"違棄來"。（葉邦榮本）唐順之
曰："信美""無禮"二句，原蓋自寓其去國之意（同萬本）。覽相觀於四
極兮，（李陳玉本）（朱）"覽相"下十二句，求帝佐之合而不可得。（朱
崇沐本）佚名手眉：（墨）"四極"，同前"四荒"。周流乎天余乃下。
（來欽之本）佚名一眉："周流"句法亦是小小段落。又云：前云"吾將上
下而求索"，此云"余乃下"，知前爲上求索，後爲下求索。錢旁：對前上
征。（萬曆本）佚名手旁：峭。又曰：應上征。（朱崇沐本）佚名手眉：
（朱）"余"字多入得妙，此更妙。望瑤臺之偃蹇兮，見有娀之佚女。
錢眉：總只是托求女以寫求君之意。（慶安本手錄）劉知幾曰：可以方
駕南董，俱稱良直。（張德純本）眉："佚女"者，遺佚之賢也。（葉邦榮
本）劉知幾曰：可以方駕南董，俱稱良直。吾令鴆爲媒兮，（方人杰
本）旁批：無思不盡，愈幻愈真。鴆告余以不好。①（百本）陳任錫眉：
層層變化，杳無可踪。（聽本同）雄鴆之鳴逝兮，余猶惡其佻巧。
（蔣之翹本）陳仁錫眉：層層變化，杳無可尋，文章一至此乎。（來欽之
本）陸時雍眉：鴆與雄鴆，聊以自戲，還以自傷。心猶豫而狐疑兮，
（方人杰本）旁批：爲下二占伏筆。欲自適而不可。（萬本）佚名曰：
"自適不可"者，求女當須媒，猶事君必待介也。（葉邦榮本）"自適不
可"者，求女當須媒，猶事君必待介也。鳳皇既受詒兮，恐高辛之先
我。（來欽之本）來子重眉：自"覽相觀於四極"至"恐高辛之先我"，始
間於鴆之爲媒。既慮鴆之佻巧，終恐高辛之詒而先我。此言求有娀不
得之始終。（蔣本、慶安本）陳深眉：從"猶豫""狐疑"，爲下二占起。
（光集本）手眉：求女不合者二。（張德純本）眉：遺佚之賢進用，望而莫

---

① 　慶安本原刻此處錄陳任錫語，作："層層變化，杳無可尋，文章一至此
乎。"上集本佚名手旁錄作："層層變化，杳無可尋。"（墨筆）

有爲之媒者,使鳩爲媒,其不能爲賢者之先容,可知拙如鳩者,猶恐其巧言佞人之多也。楚國既不能招致賢人,則恐爲他邦所先得矣。○鳩鳩既蔽賢,己又無力進賢,故曰:"欲自適而不可。"此詞難通處,如中間求女三節,然文意坦然明白,而寄懷屬望之懇到,全在此段。蓋帝閽既不爲我開關,是詔佞蔽賢,而聖心無由悟矣。於是嘆息彷徨,而傷朝暮之無人。高邱之女,貴近者也,下女,亦在位而未甚貴近者也。貴近既無人,其余亦惟保禄懷安,無有憂國之意。故康娱淫游而不足求也,在位者又無人,庶幾遺佚者見用,則國猶有人也。然而讒毒高張,巧佞盈朝,誰爲賢人道達者,己欲爲之道達,而又不可,則賢人自有求之者,恐不爲國家有矣。朝雖無賢,或嗣君左右,有人輔導,有以爲異,曰:中興之基,國尚可爲也。又無有爲賢人媒者,則吾又何望乎? 故終嘆息於君之不悟,以卒受讒之欺蔽,而己不能隱忍以久居矣。欲遠集而無所止兮,(李陳玉本)(朱)"遠集"下六句,求王佐之合,而又不可得。聊浮游以逍遥。(朱崇沐本)佚名手眉:(朱)遠游全意,已盡露於此。及少康之未家兮,(方人杰本)旁批:"恐先我""及未家",構意絶妙。(潘三槐本)孫鑛曰:"恐先我""及未家",構意絶妙。留有虞之二姚。(陸本)孫鑛曰:"恐先我""及未家",構意絶妙。(百本)孫鑛眉:"恐高辛之先我,及少康之未家。"意絶妙而語似遥對。(萬曆本)佚名手眉:皆匪夷所思。(張德純本)旁:"少康",喻嗣君;"二姚",喻嗣君左右之臣也。(葉邦榮本)按,《左傳》:"少康因寒浞之亂逃奔有虞,虞思於是妻之以二姚。"詳見《哀公元年》。理弱而媒拙兮,錢旁:刻世。(慶安本)"理",《蒙引》云:媒之別名也。恐導言之不固。(李陳玉本)(墨)皇道不可求,而帝道;帝道不可求,而王道;至王道不可得求,而途窮矣。屈子所以懷情終古也。(萬曆本)佚名手眉:忽合。(張德純本)旁:庸碌不能進賢,嫉蔽又其甚也。世溷濁而嫉賢兮,(李陳玉本)"混濁"六句,接上啓下(以上朱)。"閨中邃遠",總上"求女"一段;"哲王不悟",總上見帝一段。下文"靈氛"一段,承"閨中邃遠"來;"巫咸"

一段，承"哲王不悟"來。好蔽美而稱惡。（**陳深本**）劉知幾眉：可以
方駕南董，俱稱良直。（**來欽之本**）佚名一眉：用"蔽美而稱惡"，又一小
節，同前法。張符升眉：以上設言觀於天下也。朱子謂此節求賢伯之
辭。（**光集本**）手眉：求女不合者三。閨中既以邃遠兮，張符升眉：
"閨中"，統指上所求言。又曰："既"字下有"以"字。（**萬曆本**）佚名手
旁：束上。（**方人杰本**）旁批：昌黎《文王操》爲得其意。《史記》"王之不
明"，非也。至此又作一束，如蛾眉羊腸，一層深一層。哲王又不
寤。①（**馮眉**）王應麟曰："閨中既以邃遠兮，哲王又不寤。"以楚君之
闇，而猶曰哲王，蓋屈子以堯舜之耿介，湯武之祗敬，望其君不敢不謂
之不明也。太史公《列傳》曰："王之不明，其足福哉！"此非屈子之意。
洪興祖曰：懷王不明而曰"哲王"者，以明望之也。太史公所謂"冀幸君
之一悟，俗之一改也"。韓愈《琴操》云："臣罪當誅兮，天王聖明。"亦此
意。（**蔣之翹本**）洪興祖評：韓愈《琴操》云："臣罪當誅兮，天王聖明。"
從此"哲王"意出。（**來欽之本**）朱子升眉：懷王既已不明，而猶興言哲
王，即韓愈云"臣罪當誅兮，人主聖明"之意。（**百大家評本**）金蟠眉：許
多情緒到此收結，又復起下情之無己，思之離奇如此（**聽本同**）。（**葉邦
榮本**）洪興祖曰：同此馮本。懷朕情而不發兮，余焉能忍而與此終
古。（**來欽之本**）佚名一眉：不能忍，所以終依彭咸之所居。又曰：此
句結上起下，惟不能忍，故問卜問巫，欲之他國，然終不可去。終不能
忍，所以死也。佚名一夾："閨中"句承"蔽美而稱惡"以上，"哲王"句承
"蔽美而嫉妒"以上。朕情之所以不發，皆壅蔽之故也。吳汝綸評：自
"欲少留靈瑣"，至"結蘭延佇"，言多方以救楚國之將亡，而爲小人所
隔。自"朝濟白水"，至"導言不固"，言廣求群賢，卒無一得，而各以渾
濁妒蔽束之。然後以"閨中邃遠"，結求賢，以"哲王不悟"，結危亡之無

---

　　①　慶安本原刻此處録洪興祖語，作："韓愈《琴操》云：'臣罪當誅兮，天
王聖明。'從此'哲王'意出。"

救，總束二事。姚氏所説，殊非本旨。又云："跪敷衽"四句，是蒼莽特起之筆。"閨中"四句，迷離總束與起四句，又自爲一段之首尾。（**北大集注本**）佚名手批："終古"，言久也，見《考工記》。（**萬曆本**）佚名手眉：（**墨**）金蟠曰：許多情緒到此收結，又復起下情之無已，思之離奇如此！（**朱**）自"跪敷衽"章至此十九節，總言上下四方，皆無所遇，而情之鬱而不發者，漸不能忍，以起下靈氛、巫咸二段之意。張符升眉："忍"字下有"而"字（原文無）。（**光集本**）手眉：以上涉出世之遐想，即遠游之意也。宓妃、有娀、二姚，冀有所遇合而皇皇耳。往觀四荒，上下求索，一無知我類我者。則君必不能冀其一悟，俗必不能冀其一改矣，於是下文欲決之於卜。（**張德純本**）眉："終古"，言没世不可待也。（**林兆珂本**）佚名手眉：惡痛易，忍癢難，"忍"字下得可憐！（**朱崇沐本**）佚名手眉：（**朱**）惡不佞，去不得，有死而已。佚名手旁：聲淚俱下。

索瓊茅以筳篿兮，（**李陳玉本**）"瓊茅"下十句，靈氛勸其往九州以求女（**以上朱**）。靈氛之意，謂女誰□孔極高，然天之生才，不□九州博大難□寬不得一個半個（**以上墨**）。（**萬曆本**）佚名手旁：又轉。命靈氛爲余占之。錢眉：疑而托靈氛占之，勸女別求。（**陳深本**）汪道昆眉："瓊茅""筳艸"，此即用龜策《卜居》意。（**蔣本、慶安本**）蔣之翹眉：此《卜居》之所本。（**林兆珂本**）佚名手眉：前數段急拍促節矣，此復托之占，托之巫，緩言之，長言之。曰兩美其必合兮，（**方人杰本**）旁批：意合語離。孰信脩而慕之？思九州之博大兮，豈唯是其有女？曰勉遠逝而無狐疑兮，（**陳深本**）何景明眉："狐疑"二字應前，此即蓋設爲靈氛之詞。（**萬曆本**）佚名手旁：伏后數段。（**葉邦榮本**）何景明曰：同此陳深本。孰求美而釋女？（**張鳳翼本**）張鳳翼眉：情至之語，宛轉迷離。（**蔣本、慶安本**）王逸曰：天下博大，豈獨楚國有君臣而可見乎？（**萬曆本**）佚名手旁：與前末句呼應。（**張德純本**）眉："女"與下"芳草"皆指賢人，非謂君也。何所獨無芳草兮，（**馮眉**）朱熹曰："何所獨無芳草"，即上"豈惟是其有女"之意，又申言之而勉其行也。

（**方人杰本**）旁批：淡語自憐，擬騷豈在難字。（**朱崇沐本**）佚名手眉：（朱）"芳草"比之美女，則易遇矣。（**潘三槐本**）朱熹曰："何所獨無芳草"，即上"豈唯是其有女"之意，又申言之，而勉其行也。**爾何懷乎故宇？**（**蔣之翹本**）鍾惺眉：淡語自憐，擬騷豈在難字。（**張鳳翼本**）鍾惺眉：淡語自憐（百本作"淡語自情"），擬騷豈在難乎？吳汝綸評：靈氛言止"故宇"句，以下答言人情相同，猶吾大夫不必去也。（**慶安本**）王逸曰：故宇，故居也。張符升眉：靈氛之言止此。**世幽昧以眩曜兮，**（**李陳玉本**）（朱）"幽昧"以下十句，言黨人心性不同，楚國如此，九州可知。（**萬曆本**）佚名手旁：反復言之。（**方人杰本**）旁批：上托辭，此自念。**孰云察余之善惡。**（**來欽之本**）佚名一眉：自知直道事人，必不見用當時，故寧死而不忍去父母之邦也。（**慶安本**）洪氏曰：眩，一作眴。眴，日光也。玉卿云：是也。眩曜與炫耀字同。是謂世人之喜炫爛夸耀，致飾於外，而不能好修者也。（**萬曆本**）佚名手旁：領下。**民好惡其不同兮，惟此黨人其獨異。**吳汝綸評：王注"黨人"爲楚國，是也。言豈楚國人獨異乎？"其"字皆如"豈"字讀。（**朱崇沐本**）佚名手旁：（朱）更好笑。**戶服艾以盈要兮，**吳汝綸評："時幽昧"四句，言不必去。"戶服艾"六句，又言不可留。所謂狐疑也。（**朱崇沐本**）佚名手旁：（朱）好笑。**謂幽蘭其不可佩。**（**來欽之本**）佚名一眉：蓋天下皆亂，不獨楚王不能用賢，屈子之所悲，并有余於愛君憂國之外者。張符升眉："不可佩"上有"其"字。（**朱崇沐本**）佚名手眉：（朱）好惡入以黨，而變愈不同矣。○人即惡蘭好艾，豈無一好蘭而惡艾者，惟出於黨，遂至成俗耳，并舉好朋，所以不可戶説也。**覽察草木其猶未得兮，**（**方人杰本**）旁批：文如貝紋，非一面可盡其奇。**豈珵美之能當？**（**北大集注本**）佚名手批：《相玉書》亡，惟見《周禮》，注與此同。"珵"，一作"斑"。**蘇糞壤以充幃兮，謂申椒其不芳。**（**馮旁**）（朱熹語）自念之詞至此。（**慶安本**）玉卿云：此"當"字，乃"擔當"之"當"，謂任也能當，猶言堪任也。謂覽察草木，尚且不知香臭，況玉之美惡，疑似之間猶所

難辨，豈堪任此職乎？張符升眉：以上係原自念之言，蓋因靈氛之言，
睠顧楚國而覺其真不可留也。（**萬曆本**）佚名手眉：以上五節，言占之
靈氛，而告以遠逝，因嘆黨人好惡之異，而果不可久居也。（**林兆珂本**）
佚名手眉：大聲痛罵黨人一番，爲申椒揚其聲價。欲從靈氛之吉占
兮，錢旁：巫咸占。（**李陳玉本**）（**朱**）"欲從"下二十四句，巫咸勸其去
楚國以求君。（**方人杰本**）旁批：百折而見不回。心猶豫而狐疑。
（**蔣之翹本**）蔣之翹眉：重猶豫句應前。（**聽雨齋本**）蔣之翹旁：重"猶
豫"句應前。巫咸將夕降兮，懷椒糈而要之。（**萬本**）佚名曰：此屈
子自念之詞。錢眉：一占不已，而又決之巫咸。（**慶安本**）此屈子自念
之詞。（**李陳玉本**）（**墨**）靈氛猶是世間人，故又決之巫咸，天上人也。
（**萬曆本**）佚名手眉：只一遠逝意，務寫作兩層，不肯一番說盡，使文字
淺深退進，出奇無窮。（**光集本**）手眉：以上"兩美必合"至"何懷故宇"，
靈氛之詞。"幽昧眩曜"至"猶豫狐疑"，屈子答靈氛之詞。（**葉邦榮本**）
此屈子自念之詞。百神翳其備降兮，九疑繽其並迎。皇剡剡其揚
靈兮，告余以吉故。（**慶安本**）《蒙引》云："百神翳其備降"，所以申
"巫咸將夕降"句。"九疑繽其並迎"，所以申"懷椒糈而要之"句。"皇
剡剡其揚靈"，言神降而顯其咸靈。"告余以吉故"，言己要神而得吉兆
也。看《楚辭》，須要如此照應，方有得處。曰勉陞降以上下兮，（**馮
旁**）（**朱熹語**）此記巫咸語。吳汝綸評：梅曰：靈氛勸其去之他，巫咸則
欲其留，以求合。"勉升降"二句，是求合大指。某案，"勉升降"，猶言
與世浮沉。（**萬曆本**）佚名手旁：應前。（**方人杰本**）旁批：又托辭。（**朱
崇沐本**）佚名手眉：（**朱**）人之勉之終無□，己之浮游，亦自前世固然也。
求矩矱之所同。（**張德純本**）眉："求矩矱之所同"，則無不量鑿而正
枘之患也。湯禹儼而求合兮，摯咎繇而能調。（**萬本**）佚名曰：按，
上二句言臣之擇君，下二句言君之擇臣。（**慶安本**）《蒙引》曰："調"字，
隱然有都俞吁咈之風。（**又**）《詩》曰："決矢既飲，弓矢既調，射夫既同，
助我舉柴。""飲"與"柴"協，"調"與"同"協。（**葉邦榮本**）按，上二句言

臣之擇君，下二句言君之擇臣（**同萬本**）。苟中情其好脩兮，又何必用夫行媒。（**蔣之翹本**）陳仁錫眉："又何必用夫行媒"一句結上。（**聽雨齋本**）：陳任錫旁：一句結上。（**萬曆本**）佚名手旁：（**墨**）陳任錫曰：一句結上。（**方人杰本**）旁批：偏作斬絕語。（**潘三槐本**）陳仁錫曰：一句結上。説操築於傅巖兮，（**萬曆本**）佚名手旁：引古以證之。武丁用而不疑。（**來欽之本**）佚名一眉：世無湯、禹、武丁、周文、齊桓，雖有摯、咎繇、傅説、呂望、甯戚，必非行媒所能使之遇也。巫咸雖勸他適，已隱隱有必不見用之意。（**萬曆本**）佚名手眉：前所令下女、寋修、鴆鳥、雄鳩及理弱媒拙之類，皆藉行媒，至此更翻進二層。（**方人杰本**）旁批：世豈無人，是誰之過。呂望之鼓刀兮，遭周文而得舉。（**李陳玉本**）巫咸意謂有武丁、周文之君，不患不遇，何慮黨人。故答言讒邪害正，□遭挫折。又曰：一人不交者，自然無處立身。欲求榘矱之所同，安可得也？甯戚之謳歌兮，齊桓聞以該輔。（**陳深本**）王慎中眉：傅説、呂望、甯戚，此皆不必用行媒者。（**蔣之翹本**）桑悦眉：世非乏呂、甯流也。第恨文、桓無從遇耳，爲之三嘆。（**慶安本**）《蒙引》：朱子《辨證》曰：傅説、太公、甯戚，皆巫咸語。《補注》以爲原語，非也。瑗按，王逸注頗欠明白。洪氏自湯禹以下，皆爲屈原語，不獨此三子也。朱子亦未之深考。桑悦眉：世非乏呂、甯流也。第恨文桓無從遇耳，爲之三嘆。（**林兆珂本**）佚名手眉：堯、舜、禹、湯、文、武，前已經歷數矣，此又從巫咸口中，再歷數一番，懷古之情，前修之志，三復不能已。及年歲之未晏兮，時亦猶其未央。（**百本**）金蟠眉：此托巫咸至此，心更熱也。讀者猶難爲情，况當日乎？恐鵜鴂之先鳴兮，（**方人杰本**）旁批：驚心動魄，叫絕百世騷憤情緒。使夫百草爲之不芳。（**馮旁**）（朱熹語）巫咸之言至此。（**萬本**）佚名曰：師曠《禽經》曰："鵜鴂鳴而草衰。"是也。（**來欽之本**）章有四眉：此恐歲月之易逝而言。鵜鴂即伯勞，秋分前鳴則草木凋落。佚名一眉：不但忠臣去國，聞此傷心，即豪杰未遇，能不爲之感嘆欲絕乎？（**陸本**）張燁如曰："鵜鴂先鳴""百草不芳"，

叫絶百□騷憤情緒。張符升眉：巫咸之言止此。上節已知楚不可爲，
而猶以前此上天下地，無媒作合，故尚狐疑，而巫咸盛言好修作合之
易，無俟於媒，又惕以行之少遲，患害將及，以勸其速往，蓋視靈氛語加
迫矣。（**萬曆本**）佚名手眉："何所無芳草"，靈氛之言，寬緩勸之行也；
"百草爲不芳"，巫咸之言，迫切懼之行也。立言之序如此。（**葉邦榮
本**）師曠《禽經》曰："鶖鴂鳴而草衰。"是也。何瓊佩之偃蹇兮，（**馮
旁**）（朱熹語）自此至終又原自叙之詞。錢旁：嘆世。（**李陳玉本**）"瓊
佩"以下二十四句，言江河日下，君子遂消。總之，上有好讒之君，下必
無從善之俗。楚國如此，天下可知（**以上朱**）。（**萬曆本**）佚名手旁：根
前"豈理美之能當"意來。（**方人杰本**）旁批：又自念。衆薆然而蔽
之。（**百本**）金蟠眉：士苟有心，能不三嘆。惟此黨人（**萬曆本**）佚名
手旁：再言。之不諒兮，錢眉：黨人三見。恐嫉妒而折之。（**來欽之
本**）胡應麟眉：兩"之"字自爲韵。金兆清眉：（自"及年歲"）叫絶百世，
騷憤情緒。（**李陳玉本旁**）（朱）答"何必用行媒"句。（**萬曆本**）佚名手
眉：錢云：嘆世。（**張德純本**）眉：李云巫咸言至此。時繽紛其變易
兮，（**李陳玉本旁**）（朱）答"時亦猶其未央"句。張符升眉：以下又爲原
自言巫咸勸駕之詞，固已甚迫，而深觀世變，更有迫於巫咸所言者，於
是行計決矣。（**萬曆本**）佚名手眉：又轉。又曰：此下較前"靈氛"一段
中語，又相近一層。佚名手旁：領下。又何可以淹留。金兆清眉：感
憤之極，翻成調笑，令委美者咉然而起。蘭芷變而不芳兮，（**李陳玉
本旁**）（朱）答"百草不芳"句。荃蕙化而爲茅。（**馮眉**）洪興祖曰：上
謂幽蘭其不可佩，以幽蘭之別於艾也。謂申椒其不芳，以申椒之別於
糞壤也。今曰蘭芷不芳，荃蕙爲茅，則更與之俱化矣。（**萬本**）佚名曰：
"蘭芷不芳"二句，怪而嘆之詞。（**慶安本**）《蒙引》云：《補》説，朱子采
之。其説雖善，而未盡也。蓋前謂幽蘭不可佩，申椒其不芳，是言小
人。謂椒蘭不芳，不可佩服，在人物上説，則是謂君子之不可用；在義
理上説，則是謂道德之不可行。以見小人原不知美惡之分、好惡之正

也。此謂蘭芷變而不芳,荃蕙化而爲茅,是言當世之好人,原號爲君子者,本知美惡之分、好惡之正,而其初亦有志向,有意趣者,后來見舉世小人得肆其欲,而已獨偃蹇不進,遂舍其所學,而學焉。(**葉邦榮本**)曰"蘭芷不芳"二句,怪而嘆之詞。何昔日之芳草兮,今直爲此蕭艾也。(**方人杰本**)旁批:感憤之極,翻成調笑,令委美者崛然而起。(**張德純本**)眉:此所謂"衆芳之蕪穢"也。本爲同類,而信道不篤,隨俗遷貿,不忍斥言,故托爲巫咸告我若是也。豈其有他故兮,莫好脩之害也。(**馮眉**)朱熹曰:世亂俗薄,士無常守,乃小人害之,而以爲莫如好修之害者,何哉?蓋由君子好修,而小人嫉之,使不容於當世。故中才以下,莫不變化而從俗,則是其所以至此者,反無有如好修之爲害也。東漢之亡,議者以爲黨錮諸賢之罪,蓋反其詞以深悲之,正屈原之意也。(**蔣之翹本**)蔣之翹眉:叔季之世,士無常守,司風者可不慎與?(**來欽之本**)來旦卿眉:中材以下變化從俗,君子好修,小人嫉之,不容於世,故謂"莫好修之害也"。佚名一眉:爲君師者,使一世皆化而爲惡,其不仁孰甚哉!錢眉:以上第五節。陳詞欲上征求女,而決占於靈氛,曰:"可。"又決占於巫咸,曰:"不必。"吳汝綸評:巫咸言,止"好修之害"句。以下答辭。巫咸勸其詭遇以避害,引他賢變易者,以爲證也。"蘭爲可恃"以下,答"繽紛變易",意茲佩可貴。以下答"升降求合",意言他人雖變,我則不能改也。(**慶安本**)洪曰:時人莫有好自修潔者,故其害至於荃蕙爲茅、芳草爲艾也。《蒙引》云:總承上章,言君子之所以中變爲小人者,無他故也,只因不肯好修,故其弊至於如此,爲茅爲蕭艾而不芳耳。"莫",猶不肯也。"害",猶弊也。安貞云:世君莫所好修,而反賊害之也。蔣之翹眉:權季之世,士無常守,司風者可不慎與?(**萬曆本**)佚名手眉:(**朱**)曲折頓挫。(**墨**)金蟠曰:士苟有心,能不三嘆。佚名手旁:巫咸之言驗矣。錢云:深隖。(**林兆珂本**)佚名手眉:前敬然危壯,理道深重,申椒決無不芳之理,小人其如我何;此惴然神驚,時勢蒼黃,恐百學盡廢,□□之手,雖君子亦當懼矣。又曰:□鳴不芳,所□者百學耳。非黃蘭□蘭，變黃化失時敗節黃者亦不可保，又況其下□者乎？於罵黨人□一着而於憑吊千古號呼□痛，又更深着緊一着矣。**余以蘭爲可恃兮，**（**萬曆本**）佚名手旁：申上文未暢之旨。（**方人杰本**）旁批：蒙上是皴染法。**羌無實而容長。**（**蔣之翹本**）張鳳翼眉：此言蘭，下言椒，指賢人之改節者。舊注直以爲指子蘭、子椒，然則下文揭車、江離又誰指哉？（**潘三槐本**）潘三槐眉：折出妙絕。**委厥美以從俗兮，苟得列乎衆芳。**（**馮旁**）（**朱熹語**）此即上"蘭芷變而不芳"之意。（**陸本**）張煥如曰：感憤之極，翻成調笑，令委美者蹶然而足。（**萬曆本**）佚名手眉：極流連三復之致，蓋至蘭、椒亦變，而其望絕矣。**椒專佞以慢慆兮，**錢旁：刺蘭、椒。吳汝綸評："慢謟"之"謟"，同"慆"。**樧又欲充夫佩幃。**（**馮眉**）張鳳翼曰：此言蘭椒，指賢人之改節者。舊注直以爲指子蘭、子椒，然則下文揭車、江離又誰指哉？（**慶安本**）《蒙引》云：椒云云二句，又當串講。蓋謂椒本芳烈之物，今亦變專佞慢蹈者，而欲化爲椒，以充夫佩幃耳。以爲世之所用者椒也，而己則椒也，焉得不變，爲椒以求用於世邪。此小人不進務入之心，而中材之君子，亦復如是也。**既干進而務入兮，又何芳之能祗。**（**來欽之本**）佚名一夾：世未有端人正士而干進者。**固時俗之流從兮，**吳汝綸評："流從"字，從洪朱本。《哀郢》篇亦有"流從"字。**又孰能無變化。**（**百本**）金蟠眉：椒、蘭當必無變此，是其痛心疾志之語。**覽椒蘭其若茲兮，又況揭車與江離。**（**萬本**）洪興祖曰：當是時，守死而不變者楚國一人而已，屈子是也。（**來欽之本**）佚名一眉：賢智移於習俗，何況中材，何況□□者乎？屈子此言，非止嘆一己之不遇，正哀民生之多艱也。錢旁：總承上八句。（**萬曆本**）佚名手眉：一起抹殺，操縱如意。又曰：自"欲從靈氛"章至此十二節，言又問之巫咸，而巫告以升降上下，及時而行，因嘆黨人嫉妒之甚。而芳馨之物，亦改其舊時之變易已極而不可以久留也。（**方人杰本**）旁批：拖筆有餘，慨有逸致。（**光集本**）手眉：以上"升降上下"起，至"百草不芳"，巫咸之詞。"瓊佩偓寒"起，至"揭車江離"，屈子答詞。**惟兹佩之可貴兮**，（**李陳玉本**）（**朱**）"惟兹"下八句，言我□絶意於世，歇却求君求友念頭，落得縱情肆志，周流四荒也。（**萬曆本**）佚名手旁：又轉。承前"瓊佩之偃蹇"章來。委厥美而歷兹。**芳菲菲而難虧兮**，錢旁：自信。（**張德純本**）旁：緣上"昭質"來。（**林兆珂本**）佚名手眉：又復鄭重自道他人之蘭蕙有變化，而在我之芬芳必不虧也。**芬至今猶未沫**。（**馮眉**）朱熹曰：上譏蘭既有委厥美之文矣，此美瓊佩又以爲言者，蓋彼真棄其美之實以從俗，此則棄其美之利以徇道，其事固不同也。故彼雖苟得一時之勢，而惡名不減；此雖失其一時之利，而芬芳久存，二者之間，正有志者所當明辨而勇決也。（**萬本**）佚名曰：朱子言瓊佩有可貴之質，而能不挾其美，以取世資，委而棄之，以至於此。其言甚爲警策。錢眉：以上第六節。巫咸之占，而無奈蘭椒不可居也。（**慶安本**）王逸云：歷，降也。兹，此也。言己內行中正，外佩衆芳，此誠可貴重，不意明君棄其至美，而逢此咎也。《蒙引》云：大抵"何瓊佩"至此一段，一氣講下，首尾相應："惟兹佩"四句，與上"何瓊佩"四句相應；"固世俗"二句，與上"世繽紛"二句相應；"覽椒蘭"二句，雖總"蘭可恃"以下八句，而"蘭芷變"以下六句，亦在其中矣。此可見《離騷》文章之妙也。（**萬曆本**）佚名手旁：錢云：自信。又曰：則衆雖蔽之，而亦終不得而抑之也。（**張德純本**）旁：虧芳菲彌章。**和調度以自娛兮**，（**萬曆本**）佚名手眉：總束上，以起下。**聊浮游而求女**。（**方人杰本**）旁批：眷眷之意，終不能忘，太史公所謂"一篇三致意也"。**及余飾之方壯兮**，（**李陳玉本旁**）（**朱**）應"年歲未晏"句。**周流觀乎上下**。（**蔣之翹本**）蔣之翹眉：眷眷之意終不能忘，太史公所謂"一篇三致意"也。（**來欽之本**）佚名一夾：而將上下而求索也矣。吳汝綸評："和調度"四句，仍將從靈氛也。至於《遠游》自疏，則天上海外之幻想，非靈氛所稱"九州相君"之旨矣。（**慶安本**）《蒙引》云："度"，亦即如今人所謂"度態"之"度"。蔣之翹眉：眷眷之意，終不能忘。太史公所謂"一篇三致意"也。（**李陳玉本夾**）至此則無意人間□矣。

曰"勉陞降以上下",又曰"周流觀乎上下"。非得乎? 時一□熱腸,不過任□。(萬曆本)佚名手眉:上二節又上下轉接處。佚名手旁:上二句結靈氛之言,所謂"豈惟是其有女也";下二句結巫咸之言,所謂"勉升降以上下也"。(光集本)手眉:"周流上下"起,下文皆支離其説,出於無可奈何。(朱崇沐本)佚名手眉:(朱)既周流,又上下,無所不極矣。其實浮游而已,非真有所求也。

靈氛既告余以吉占兮,(馮眉)洪興祖曰:靈氛告以吉占,百神告以吉故,而此獨曰靈氛者,初疑靈氛之言,復要巫咸,巫咸與百神無異詞,則靈氛之占誠吉矣。然原故未嘗去也,設詞以自寬耳。(蔣之翹本)張鳳翼眉:自此至"聊假日以娛樂",皆叙其遠行所歷之道。(百本)張鳳翼眉:自此至"聊假日以媮樂",皆叙其遠行所歷之道。(方人杰本)旁批:認真不假,服其志之堅決。歷吉日乎吾將行。(馮旁)托詞又欲遠行。錢眉:卒用靈氛之占而遠行。(李陳玉本)(朱)自此至末,言周流四荒,目空世界,□底無一人可與同伴者,一生虞憂之思,竟成遺願。環顧舊鄉,那得不肝腸寸斷也。(林兆珂本)佚名手眉:靈氛巫咸分作兩項,照應收結。折瓊枝以為羞兮,精瓊爢以為粻。(朱崇沐本)佚名手眉:(朱)好行糧。為余駕飛龍兮,(萬曆本)佚名手眉:自此下,疑與前"埃風""上征"數段復出。然前之"上征",主於見帝;此之"周流",主於自疏。前之"求女",托於古人;此之"求女",托於九州。前之求,至於再三;此之求,曾不一見。蓋語雖近而意各有主,以此章末句及后"聊假日"句,思之可見。雜瑤象以為車。(朱崇沐本)佚名手眉:(朱)好行色。何離心之可同兮,(李陳玉本)(墨)此"離"字,與前"余既不難夫離別兮""離"字相應。吾將遠逝以自疏。(方人杰本)旁批:二字冷。(來欽之本)來有虞眉:下"遭昆侖""至西極""行流沙""遵赤水""指西海",皆是其遠逝以自疏者。(萬曆本)佚名手旁:應前起下。(張德純本)眉:"何離心之可同",言不同他焉者可離。"吾將"者,彷徨瞻顧之詞,猶前猶豫狐疑也。遭吾道夫昆侖兮,路脩遠以周流。（**陳深本**）李夢陽眉：以誃欲言蜷局顧而不能行，先以"修遠""周流"起之。其文有起伏有開合，此所以爲詞賦之祖也。（**潘三槐本**）李夢陽曰：以後欲言"瞻局顧"，而不能先以"修遠""周流"起之。其文有起伏，有開合，此所以爲詞賦之祖也。（**葉邦榮本**）李夢陽曰：以后欲言"蜷局顧"，而不能行，先以"修遠""周流"起之。其文有起伏，有開合，此所以爲詞賦之祖也。揚雲霓之晻藹兮，鳴玉鸞之啾啾。（**萬曆本**）佚名手眉：（墨）張鳳翼曰：自此至"聊假日以娛樂"，皆叙其遠行所歷之道。朝發軔於天津兮，（**方人杰本**）旁批：高響亮節，霍然雲表。夕余至乎西極。（**張德純本**）眉："發軔天津"，扶桑析木之津也；"夕至西極"，以比日西方暮也。鳳皇翼其承旂兮，高翱翔之翼翼。（**萬曆本**）佚名手眉：周流於上。忽吾行此流沙兮，遵赤水而容與。麾蛟龍使梁津兮，詔西皇使涉予。（**陸本**）張煥如曰：高響亮節，霍然雲表。（**萬曆本**）佚名手眉：周流於下。路脩遠以多艱兮，騰衆車使徑待。（**蔣之翹本**）陳仁錫眉：即夾石碣石書法。（**百本**）陳仁錫眉：即夾石他石書法。路不周以左轉兮，指西海以爲期。（**萬本**）佚名曰：按，《淮南子》云："立冬日不周風。"又曰："北門開以納不周之風。"可見不周爲北方之總名。（**陸本**）孫鑛曰：語特精峭（原作哨）。錢旁：遠。（**慶安本**）《蒙引》云：指，指示也。（**朱崇沐本**）佚名手眉：（朱）極周流上下之致。（**葉邦榮本**）按，同此萬本。屯余車其千乘兮，齊玉軑而並馳。駕八龍之婉婉兮，載雲旗之委蛇。抑志而弭節兮，神高馳之邈邈。（**萬本**）佚名曰：《少司命》篇曰："高馳兮冲天。"《東君》篇曰："撰余轡兮高馳。"《涉江》篇曰："吾方高馳而不顧。"是也。吳汝綸評："神"，《爾雅》"慎"也，與《詩》"予慎無罪"之"慎"同。（**葉邦榮本**）《少司命》篇曰："高馳兮冲天。"《東君》篇曰："撰余轡兮高馳。"《涉江》篇曰："吾方高馳而不顧。"是也。奏《九歌》而舞《韶》兮，聊假日以媮樂。（**來欽之本**）張鳳翼眉：意彌悲促，當是卒章。佚名一眉：雖神馳而非實欲去也，不過假日耳。（**萬曆本**）佚名手眉：自"靈氛既告余"

至此八節，言從此遠逝，周流上下，聊以爲樂，無所適也。（**林兆珂本**）佚名手眉：“奏《九歌》而舞《韶》”，□□作《九歌》之原委，自注□於□矣。而後世猶曰：屈子因楚人信鬼，作迎送曲也。嗚呼！何其不思！

陟陞皇之赫戲兮，忽臨睨夫舊鄉。（**馮眉**）朱熹曰：屈原托爲此行，而終無所詣，周流上下，而卒反於楚焉，亦仁之至而義之盡也。錢眉：懷鄉一句，挽上不能舍故國之意。（**方人杰本**）旁批：一筆掉轉，將上文都放活。（**朱崇沐本**）佚名手眉：（**朱**）“忽反顧”“忽臨睨”，二“忽”字所謂中心藏之，何日忘之，真不自由。**僕夫悲余馬懷兮，**（**萬曆本**）佚名手旁：一句凡□曲。（**朱崇沐本**）佚名手眉：（**朱**）“馬懷”妙，下句正“馬懷”也。馬當如□人，何以堪！**蜷局顧而不行。**（**來欽之本**）佚名一眉：屈子非欲去者，設爲此辭，以見其終不忘楚。佚名一夾：上文遠至，無處不到，幾疑其欲轉到楚國，不知當用多少語言。豈意忽然一轉，且一轉便住，文章之離奇變幻，至此已極。錢旁：無處可去。錢眉：以上第七節。信靈氛之占而遠行，而究竟不得不念故鄉，總只是懷舊君之意。吴汝綸評：曾文正云：欲遠游以自疏，有浩然長往之意，末言“蜷局不行”，則眷眷君國，不能忘也。（**李陳玉本**）（**墨**）一腔忠孝，際地蟠天，亦何往迣而不自得者，奈此身早已許國，非一死，固不足以自安也。求仁得仁，其屈子之謂夫？（**朱**）欲遠逝以自疏，豈可得哉？信乎一死之外，無他路也。（**萬曆本**）佚名手眉：轉合作結。又曰：如此攬轉，何等筆力。佚名手旁：住得不盡。又曰：不說“余懷”，却說“馬懷”，不說“余悲”，却說“僕夫悲”。而□之者，之懷與悲，更不可言矣。蓋爲正面寫不盡，故用側面寫之，入神之筆。（**光集本**）手眉：以上欲遠游以自疏，有浩然長往之意，末言“蜷居不行”，則眷眷君國，不能忘也。又曰：宗國世卿，無可去之義。一觸目間，西海不能到，娛樂不能終，遠游自疏之舉，徒成虛願。總是忠君愛國之心，鬱結不解，惟有死而已。（**張德純本**）眉：“陟升”，猶言升遐，此終言至死不能或忘楚國，反應焉能忍與此終古之辭也。

　　亂曰：(**馮眉**)洪興祖曰：《離騷》有亂有重。亂者，總理一賦之終；重者，情志未申，更作賦也。(**潘三槐本**)洪興祖曰：《離騷》有亂有重。亂者，總理一賦之終；重者，情志未申，更作賦也。已矣哉，(**馮旁**)以下賦也。(**方人傑本**)旁批：通篇意極直，辭極曲，結末意中無限曲折，而辭又最簡最直，令全身血脈震蕩，光芒四射。國無人莫我知兮，(**李陳玉本**)(**朱**)結出"國無人"三字，是全篇骨髓。死諫一着，早有定見。一時雖莫我知，千秋萬世，定有人知者。張符升眉："人"字下有"兮"字。又何懷乎故都？(**張德純本**)眉：所謂不懷故都者，將從彭咸之所居耳，非謂他適也。(**朱崇沐本**)佚名手眉：(**朱**)與馬同懷。既莫足與為美政兮，吾將從彭咸之所居。(**來欽之本**)佚名一眉：巫不足信，卜不足憑，天高無言，惟前聖則合余心。上天下地，無如故都之可親，至於故都之必不能存，則準之中正之道，而以自沉。欷歔乎哉！何楚王之昏，昏竟同於後世之人君。錢夾：八節總收故鄉。卒"莫無知""無與為美政"，收前二節。願依彭咸之遠則，從彭咸所居，總結周流四若，上下求索，而終無可適矣。又曰：讀《燕燕于飛》諸詩，與《離騷》同一開鈕。女中莊嚴，男中三閭，千古愛君顧主，情事至矣。(**蔣本、慶安本**)陳深眉：托為遠行，而卒反故都。曰"又何懷"，懷之至矣。(**李陳玉本**)(**墨**)豈非大自在？(**萬曆本**)佚名手眉：又特繳出主意。又曰：既至舊都矣，然終以國無人知，而一死自期，此一篇結煞處也，却作兩層寫出，總不一直說盡，使覽者無餘思。

馮本篇末評：

　　淮南王安曰：《國風》好色而不淫，《小雅》怨誹而不亂，若《離騷》者，可謂兼之矣。

　　又曰：蟬蛻於濁穢之中，以浮游塵埃之外，不獲世之滋垢，皭然泥而不滓，推此志也，雖與日月爭光可也！

　　賈島曰：騷者，愁也。始乎屈原，爲君昏暗時，寵乎讒佞之臣，含忠抱素，進於逆耳之諫。君暗不納，放之湘南，遂爲《離騷經》。以香草比君子，以美人喻其君，乃變風而入其騷，刺之貴正其風，而歸於化也。

　　宋祁曰：《離騷》爲詞賦之祖，後人爲之，如至方不能加矩，至圓不能過規矣。

　　蘇軾曰：楊雄好爲艱深之詞。以文淺易之説，若正言之，則人人知之矣，此正所謂"雕蟲篆刻"者。其《太玄》《法言》，皆是物也。而獨悔於賦，何哉？終身雕蟲，而獨變其音節，便謂之經，可乎？屈原作《離騷經》，蓋風雅之再變者，雖與日月爭光可也。可以其似賦，而謂之雕蟲乎？

　　高似孫曰：《離騷》不可學，可學者章句也，不可學者志也。楚山川奇，草木奇，原更奇。原人物高，志高，文又高，一發乎詞，與《詩三百》文同志同。後之人沿規襲武，摹效制作，言卑氣嫚，志鬱弗舒，無復古人萬一。武帝詔漢文章士修《楚辭》，大山、小山，竟不一企，況《騷》乎？嗚呼！《詩》亡矣，《春秋》不作矣，《騷》亦不可再矣！獨不能忘情於《騷》者，非以原可悲也，獨恨夫《騷》不及一遇夫子耳。使《騷》在，刪《詩》時聖人能遺之乎！

　　朱熹曰：古人文章大率只是平説，而意自長。後人文章，務意多而酸澀。如《離騷》初無奇字，只恁説將去，自是好。後來如魯直，恁地著力做，却自是不好。

　　祝堯曰：晦翁云《詩》之興多而比賦少，《騷》則興少而比賦多。要必辨此，而後辭義可尋。然其游春宮、求宓妃之屬，又兼風之義。述堯舜、言桀紂之類，又兼雅之義。故淮南王安曰：《國風》好色而不淫，《小雅》怨誹而不亂，若《離騷》者，可謂兼之矣。讀者誠能體原之心而知其情，味原之行而知其理，則自有感動興起省悟處。孟軻氏論説詩曰：不以文害辭，不以辭害意，以意逆志，是爲得之。凡賦人之賦與賦己之賦，皆當於此體會，則其情油然而生，粲然而見，决不爲文辭所害矣。

　　嚴滄浪曰：風雅頌既亡，一變而爲《離騷》，再變而爲西漢五言，三變而爲歌行雜體，四變而爲沈、宋律詩。

李涂曰：《離騷》者，《詩》之變。

馮覲曰：《離騷經》斷如復斷，亂如復亂，而綿邈曲折，讀者莫得尋其聲，而繹其緒，又未嘗斷，未嘗亂也。至其才情艷發，則龍矯鴻逸；志意悱惻，則啼猩嘯鬼，濃至慘黯，并臻其妙。蓋由獨創，自異規倣耳。

王世貞曰：《離騷》所以總雜重復，興寄不一者，大抵忠臣怨夫，惻怛深至，不暇致銓，亦故亂其叙。使同聲者自尋，修郤者難摘耳。今若明白條易，便垂厥體。

張之象曰：長篇長句如《離騷經》，一篇中轉換反覆，凡更七十餘韻。其間有八句爲一韵者五段，十句爲一韵者一段，十二句爲一韵者二段，餘則四句爲一韵也。

陳深曰：《離騷經》凡二千四百九十二字，可謂肆矣。然氣如纖流，迅而不滯，詞如繁露，貫而不糅，故曰‘騷人之情深，君子樂之，不恩其長’。漢氏猶步趨也，魏晋而下卮焉，灟焉，浩矣，博矣，忘其祖矣。

陳深本篇末評：

吳國倫曰：屈原諸篇，皆以寫其憤懣無聊之情，幽愁不平之狀。至今讀者傷感，如入墟墓而聞秋蟲之吟，莫不咨嗟，泣下沾襟，彼其忠實誠心，信於天下也。

楊起元曰：自古文章家不掩其情質者，屈子一人而已。

金兆清評：《離騷》備極幽怨，而委蛇百折，愴有餘悲，其文情如霧縮絲縈而下。

又曰：余讀《離騷》，弗可尚已，事醜而辨，言肆而檢，情委折而不亂，愛君憂國，必欲一反之正而後已。而後之論序者多疑之，謂矢歌爲驕，殉節爲悁，令原再起，何以自解焉。嗚呼！自孔子列三仁之後，世無完人，士無粹行，三代以下，難爲人矣。

張鳳翼本篇末評：

王世貞曰：擬騷勿令不讀書人便竟覽之，須令人裴回循咀，且感且疑，再反之，沉吟歔欷，又三復之，涕泪俱下，情事欲絶。

胡應麟曰：騷風之衍，詞賦之祖也。

陳繼儒曰：《騷》不難讀，惟自其怨慕無己，反覆再四處求之，即情境在我，而襟亦欲沾矣。豈不倫不理，忽鬼忽人，蓋乃作者之欲藏其情，而擬之者令易窺尋，便垂厥指。

陸時雍曰：《離騷》變風爲歌，環異詭喬，上自《谷風》《小弁》之所不睹。

百大家評本篇末評：

李賀曰：感慨沉痛，讀之有不歔歐欲泣者，其爲人臣可知矣。

蘇軾曰：見前，只"屈原作《離騷經》"以後文。

高似孫曰：見前。

嚴羽曰：見前。

馮覲曰：見前。

桑悅曰：《騷經》一篇，令人讀之，撫劍於數千載下，猶若歔歐不盡者。可見屈子孤忠，感人最深。

王廷相曰：《三百篇》比興雜出，意在辭表；《離騷》引喻借論，不露本情。

王世貞曰：見前馮本。

馮夢正(當爲"禎")曰：攬其菁華，如浮雲之染空，映手脱去；玩其瑤實，將青春之無主，移人愈深。婉緬翶翔，從容綽至，來去如風雨之無從，明睎若日月之停照，乃若沿隨注疏，何異學究談禪，或更執生意見，又是痴人説夢。惟當掃地焚香，憑山帶水，不偕入於人間。竟遠投於芳草，於是行潔琳琅，聲震金石，冷然而讀，一唱三嘆，見其血縷清微激徹，挂空中之素膚空丹，的層凌生水上之瀾，開意忽驚鬼神，披真不減提耳。

陳深曰：見前。

金蟠曰：文章不本至性，矜奇炫好何益？必如屈子之志之品之遇之才，可生可死可帝可鬼，則極灝縱，自有準繩，極元渺，皆爲真篤矣。今人小不得意，輒擬廢絕風雅，聊擅一偏，又謂甲世也。讀《離騷經》，自秦漢來，無人落筆處。

聽雨齋本篇末評：

王逸曰：其詞溫而雅，其義皎而朗。

李賀曰：見前。

蘇軾曰：見前。

高似孫曰：見前。

嚴羽曰：見前。

馮覲曰：見前。

桑悅曰：見前。

蔣之翹本篇末評本：

王逸曰：見前。

李賀曰：見前。

蘇軾曰：見前。

高似孫曰：見前。

嚴羽曰：見前。

馮覲曰：見前。

桑悅曰：見前。

徐禎卿曰：《離騷》深永，可以裨其思。

王廷相曰：見前。

王世貞曰：見前。

孫鑛曰：前世未聞，後人莫繼，亘古奇作也。劉勰曰："不有屈原，豈見《離騷》。"信哉！

馮夢禎曰：見前。

陳深曰：見前。

焦竑曰：深婉凄愴，極得風雅之趣。

陳繼儒曰：見前。

蔣之翹曰：《離騷經》以復弄奇，以亂呈妙，直是龍文蜃霧，令人不可擬着其警策處，語語石破天驚，鬼泣神嘯矣。

萬曆本佚名批篇末評：

曰：就全篇大意，不過以己志行潔白，而讒人間之，被放於君，己益自修飾。欲退而隱居，至死不變，而內外交困，乃至上下四方，一無所遇。遂思舍此他適，而終戀故都，竟以一死自明。爲此等意，實乃數段可了。看他回環往復，每一意有數層曲折，每一段有幾番頓挫，長言之，反覆言之，逐層變換，逐段脫卸，或突然而起，或[瞥]然而去，斷而復續，合而仍離，爲層峰叠嶂，爲曲水連波。按之只此數意，却總無一筆寫完，一句道盡之患。至其措思造語，真是無中生有，絕處逢生，或婉轉，或峭勁，或決烈，或纏綿，或奇麗，或古樸，或幽艷，或明媚。總之，筆有餘情，詞多遺響，真可謂無美不臻，有奇皆備者也。

方人杰本篇末評：

感慨沉痛，讀之有不歔欷欲泣者，其爲人臣可知矣。《詩》曰："云誰之思，西方美人。"意甚悠婉。《離騷》曰："惟草木之零落兮，恐美人之遲暮。"意甚激烈。可見風與騷，僅在一間耳。李長吉

《楚辭》前無古，後無今。吾文終其身企慕而不能及萬一者，惟屈子一人耳。蘇和仲

淮南王安曰："《國風》好色而不淫，《小雅》怨誹而不亂。若《離騷》者，可謂兼之矣。"又曰："蟬蛻於濁穢之中，以浮游塵埃之外，不獲世之滋垢，皭然泥而不滓，推此志也，雖與日月爭光可也。"宋景文公曰："《離騷》爲辭賦之祖，後人爲之，如至方不能加矩，至圓不能過規矣。"按，《周禮》："太師掌六詩以教國子，曰風，曰賦，曰比，曰興，曰雅，曰頌。"《毛詩·大序》謂之"六義"。蓋古今聲詩條理無出此者。風則閭巷風土，男女情思之辭；雅則朝會宴享、公卿大夫之作；頌則鬼神宗廟、祭祀歌舞之樂。所以分者，以其篇章節奏之異而別之也。賦則直陳其事，比則取物爲比，興則托物興辭。所以分者，又以其屬詞命意之異而別之也。讀者辨乎此，則《三百篇》，若網在綱，有條而不紊矣。不特《詩》也，《楚詞》亦以是求之，則其寓情草木，托意男女，以極游觀之適者，變風之流也；其序事陳情，感今懷古，不忘乎君

臣之義者，變雅之類也；至於語冥昏而越禮，攄怨憤而失中，則又風雅之再變矣。其語祀神歌舞之盛，則幾乎頌。而其變也，又有甚焉。其爲賦，則如《騷經》首章之云也。比則香草、惡物之類也，興則托物興辭，初不取義。如《九歌》沅芷澧蘭以興"思公子未敢言"之屬也。然《詩》之興多而比賦少，《騷》則興少而比賦多，要必辨此而後辭義可尋，讀者不可以不察也。**朱晦翁**

《離騷》不可學，可學者章句也，不可學者志也。楚山川奇，草木奇，原更奇。原人物高，志高，文又高。後之人沿規襲武，言卑氣嫚，無復古人萬一。武帝詔文章士修《楚辭》，大山、小山，竟不一企，況《騷》乎？嗚呼！《詩》亡矣，《春秋》不作矣，《騷》亦不可再矣！獨不能忘情於《騷》者，以《騷》不及一遇夫子耳。使《騷》在，刪《詩》時，聖人能遺之乎！**高似孫**

風雅頌既亡，一變而爲《離騷》，再變而爲西漢五言，三變而爲歌行，四變而爲沈、宋律詩。**嚴滄浪**

《離騷經》斷如復斷，亂如復亂，綿邈曲折，端倪莫得。尋其聲而繹其緒，又未嘗斷未嘗亂也。至才情濃發，則龍矯鴻逸；志意悱惻，則啼猩嘯鬼，穠至慘黯，并臻其妙。蓋由獨創，自異規倣耳。**馮覲氏**

前世未聞，後人莫繼，亘古奇作也。劉勰曰："不有屈原，豈見《離騷》。"信哉！○構法全亂，然別是一格調。中間突然陡說處，了不具原委，只是難苦氣人。東說兩句，西說兩句，只道自己心事，不管人省不省，然却是真切語，不必盡而實無不盡。**孫文融**

變風爲雅，環異詭喬，上自《谷風》《小弁》之所不睹，廣言類規，溫言類諷，款言類訴，狂言類號，要一發於忠愛，雖激昂憤懣，世莫得而訾也。處季世，事暗君，賈慝罹禍，心雖無疵，君子有遺議焉。觀《離騷》之辭，推原所以婉變於君者，可幸無罪，而姱夷弗缺，怨日以深。太史公讀其辭，而嗚咽慨涕，有以也。**陸昭仲**

《離騷》備極幽怨，而委蛇百折，愴有餘悲，其文情如霧縮絲縈而下，真奇作也。**張泰先**

　　詩言志,歌咏言,讀《離騷》須知其志之所在。淵源世系,於君則親也,於國則家也,休戚何如關切也。況又委摯圖君,更非泛泛者比。不能格君心之非,正君身之瞻聽,又不能驅除黨比,以振興國祚,即主臣相得,猶未保其盡善,乃放廢乎? 忠不一聞,佞倖滿室,暗者愈暗,危者愈危,此原之志萬難萬難,莫可如何者也。此而欲吐其情,直是一字不可著手,此而欲達而意,即至萬言亦有難盡。今觀運想之深,攬取之博,筆墨之橫溢,音節之琳琅。所哀者,哀己之生,之遇合,之遭逢;所望者,望君之悟,之悔,之挽回文。但見有一屈子,并不見有屈子。但見只有一我在其間萬難萬難而莫可如何者也。此入人爲何如,豈僅永言言志而已乎。

楚辭卷第二

九歌第二（馮眉）祝堯曰：諸篇全體

皆賦而比，而賦比之中又兼數義。（蔣本、來本）陳眉公眉：
《九歌》《九章》等篇，俱以《騷》例讀，語更覺其幻眇（慶安本
原刻作"妙"，作陳繼儒。蔣本同慶安本。張鳳翼本録陳語
同，作陳繼儒。聽本同張本）。（光集本）手眉：《九歌》中，迎
神皆原自迎，祭神皆原自祭，歌舞或召巫，而其詞意，皆《九
章》之變調，非他人祀神者所能取用。凡注中涉及於巫者，
不必盡從（指《集注》）。（潘三槐本）姚寬曰：《九歌章句》名
曰九，而載十一篇，何也？曰九以數名之，如《七啓》《七發》，
非以其章名。孫鑛曰：《九歌》諸篇，句法稍碎，而特奇峭，在
《楚騷》中最爲精潔。（葉邦榮本）楊慎曰：《楚辭·九歌》巫
以事神，其女妓之始乎？又曰：《九歌》："滿堂兮美人，忽獨
與余兮目成。"宋玉《招魂》："娭光眇視目曾波。"相如賦："色
援魂與，心愉於側。"枚乘《菟園賦》："神連未結，已諾不分。"
陶淵明《閑情賦》："瞬美目以流盼，含言笑而不分。曲盡麗
情，深入冶態。"裴硎《傳奇》、元氏《會真》，又瞠乎其後矣。
所謂詞人之賦麗以淫也。

東皇太一（馮眉）朱熹曰：此篇言其竭

誠盡禮以事神，而願神之欣説安寧，以盡（國來本作"寄"）人

臣盡忠竭力、愛君無己之意,所謂全篇之比也。張鳳翼曰:自此至《少司命》,皆寓意,以神喻君,巫喻臣也。(**朱燮元本**)佚名手批:"太一",神名,祠在楚東,以配東帝,故曰"東皇"。張符升眉:此篇蓋頌體(汲古過録本手批作:蓋頌體之詞)。(**方人杰本**)"太一",星名,天之尊神,祠在楚東,以配東帝,故云"東皇"。

　　吉日兮辰良,①(**馮眉**)沈括曰:"吉日兮辰良",蓋相錯成文,則語勢矯健。如杜子美詩云:"紅豆啄餘鸚鵡粒,碧梧栖老鳳凰枝。"韓退之云:"春與猿吟兮,秋鶴與飛。"皆用此體也。張符升眉:首言諏吉之誠。(**萬曆本**)佚名手旁:是第一章起法。穆將(**萬曆本**)佚名手旁:埋伏。愉兮上皇。(**萬曆本**)佚名手旁:正皇。(**方人杰本**)旁批:起筆虛象妙如實境。(**馮眉**)洪興祖曰:此章以東皇喻君,言人臣陳德義禮樂以事上,則其君樂康無憂患也。吳汝綸評:逆攝末句。汝綸案,"穆",美也。撫長劍兮玉珥,璆鏘鳴兮琳琅。吳汝綸評:汝綸案,"璆"與"觓"同,皆語詞。(**聽雨齋本**):孫鑛眉:以神喻君,以祀神喻愛君。意非不合,但説出便覺無味(蔣本、慶安本原刻録孫鑛語同,上集本爲墨筆手眉,最后一句作"但説出便無味")。瑶席兮玉瑱,盍將把兮瓊芳。(**光集本**)手眉:"盍",何也。"將把",奉持也。合衆芳之貴如玉者,奉持而列於堂前,不獨一玉鎮而已。此"盍"字,不必依注作"何不"解。蕙肴蒸兮蘭藉,吳汝綸評:以蕙爲肴蒸,以蘭爲藉也。(**方人杰本**)旁批:同首句,錯對法勢最矯健。奠桂酒兮椒漿。②(**馮眉**)沈括曰:"蕙肴蒸

　　① 　來欽之《楚辭述注》眉間亦録此處沈括語,但未引杜甫詩。國來本手批補之,云:"吉日兮辰良",蓋相錯成文,則語勢矯健。如杜子美詩云"紅豆啄餘鸚鵡粒,碧梧栖老鳳凰枝"是也。張鳳翼本所引沈括語同來本。

　　② 　聽雨齋本引洪邁語作:"唐人詩文,或於一句中自成對偶,謂之(慶安本無"之"字,餘同)當句對,蓋起於'蕙蒸''蘭藉''桂酒''椒漿'也。"

分蘭藉，奠桂酒兮椒漿"，當曰：蒸蕙肴對奠桂酒，今倒用之，謂之蹉對。洪邁曰：唐人詩文，或於一句中自成對偶，謂之當句對，蓋起於《楚辭》"蕙蒸""蘭藉""桂酒""椒漿""桂櫂蘭枻""斫冰積雪"。自齊梁以來，亦如此。王勃《宴騰王閣序》一篇皆然。（**蔣之翹本**）蔣之翹眉："蕙肴蒸"宜對以"桂酒奠"，今倒用之，亦是一格。余有詩云："千林黄葉下，夜雨一燈收。"蓋仿此。洪邁評：唐人詩文，或於一句中自成對偶，謂當句對。蓋起於"蕙蒸（蔣本另一本作"蕙蒸"，上集本墨筆手眉作"蕙肴"，餘同）""蘭藉""桂酒""椒漿"也（上集本墨筆手眉録此處洪邁語）。（**陸本**）張煒如曰：《九歌》愷亮。張焕如曰：《九歌》貌情寫色，拂水成珠種種，有鬼舞神歌之况。（**慶安本**）蔣之翹眉："蕙肴蒸"宜對以"桂酒奠"，今倒用之，亦是一格。余有詩云："千林黄葉下，夜雨一燈收。"蓋仿此。張符升眉：備言陳設饗薦之□潔。（**葉邦榮本**）沈括曰："蕙肴蒸兮蘭藉，奠桂酒兮椒漿"，當曰：蒸蕙肴對奠桂酒，今倒用之，謂之蹉對。洪邁曰：唐人詩文，或於一句中自成對偶，謂之當句對，蓋起於《楚辭》"蕙蒸""蘭藉""桂酒""椒漿""桂櫂蘭枻""斫冰積雪"。自齊梁以來，亦如此。王勃《宴騰王閣序》一篇皆然（同馮本）。**揚枹兮拊鼓，疏緩節**（**方人杰本**）旁批：安詳。兮安歌，吳汝綸評：汝綸疑此句衍"緩"字，本作"疏節"。逸注釋"疏"爲希，"希節"即"緩節"。故注又云："使靈巫緩節而舞。"今正文因注中"緩節"字誤衍。"疏緩"連言不詞，亦嫌增字失音節也。張符升眉：歷舉聲歌之盛以娱神也。**陳竽瑟兮浩倡。靈偃蹇兮姣服，**（**方人杰本**）旁批：方作實筆，妙致仍虚。（**光集本**）手眉："靈"，指東君，非指巫，謂靈之將來，若見其服之美也。**芳菲菲**（**萬曆本**）佚名手旁：妙句可思。**兮滿堂。五音**（**萬曆本**）佚名手旁：續。**紛兮繁會，君欣欣**（**萬曆本**）佚名手旁：照應。**兮樂康。**（**來欽之本**）佚名一眉：譬賢臣盈廷讒匿不作，而後人君得樂康也。佚名一夾："芳菲菲"句收"瑶席"以下，"五音紛"句收"揚枹"以下。（**陸本**）孫鑛曰：《九歌》諸篇句法稍碎，而特奇陗，在《楚騷》中最爲精潔。吳汝綸評："姣服"承"撫長劍"二句;"芳菲"承"瑤席"四句;"五音"承"揚枹"三句。(聽雨齋本):楊慎眉:《楚辭·九歌》,巫以事神,其女妓之始乎?(萬曆本)佚名手夾:通篇清麗莊雅,蓋東皇至(時)祀事,伊始有和樂而無愁怨,□固立言之體也。

雲中君(馮眉)朱熹曰:此篇言神既降而久留,與人親接,故既去而思之不能忘也,足以見臣子慕君之深意矣。(朱燮元本)佚名手批:謂雲神也。張符升眉:此篇皆貌雲之詞。(方人杰本)雲神。(潘三槐本)呂延濟曰:每篇之目,皆楚之神名。

浴蘭湯兮沐芳,(馮眉)劉次莊曰:《楚詞》曰:"新沐者必彈冠,新浴者必振衣。"又曰:"與女沐兮咸池,晞汝髮兮陽之阿。"皆潔濯之謂也。李白亦有此作(國朿本手批作"詩"),其詞曰:"沐芳莫彈冠,浴蘭莫振衣。處世忌太潔,至人貴藏暉。"與屈原意同。(蔣本另兩本)蔣之翹眉:"雲中君",恐以其澤名雲,故指澤中之神爲君,未知是否。(葉邦榮本)劉次莊曰:《楚詞》曰:"新沐者必彈冠,新浴者必振衣。"又曰:"與沐者兮咸池,晞汝髮兮陽之阿。"皆潔濯之謂也。李白亦有此詩,其詞曰:"沐芳莫彈冠,浴蘭莫振衣。處世忌太潔,至人貴藏暉。"與屈原意同。華采衣兮若英。(馮眉)洪興祖曰:此章以雲神喻君,言君德與日月同明,故能周覽天下,橫被六合,而懷王不能如此,故心憂也。(蔣之翹本)蔣之翹眉:屈子作文,不過就題寫去,自覺別有會心。乃洪興祖謂此章以雲神喻君,言君德與日月同明,故能周覽天下,橫行四海,懷王不能,故憂之。此説大是拘腐。(慶安本)蔣之翹眉:"雲中君",恐以其澤名"雲",故指澤中之神爲君。未知是否。靈連蜷兮既留,(方人杰本)旁批:在尊處見其親筆,意幽穆。爛昭昭(萬曆本)佚名手旁:妙句可思。兮未央。(張鳳翼本)陸時雍眉:太乙雲君,似疏星滴雨,

寥落希微，情境雅合，着一麗語不得，着一秾語不得。（**聽雨齋本**）蔣之
翹眉：就題寫去，自覺別有會心。搴將憺兮壽宮，與日月兮齊光。
張符升眉：以上序神降。龍駕兮帝服，聊翱游兮周章。（**萬曆本**）佚
名手眉：寫雲神妙。（**光集本**）手眉：以上叙迎神而望其降之切。靈皇
皇兮既降，張符升眉：此句爲承上起下之詞。猋遠舉兮雲中。（**萬
曆本**）佚名手旁：正點。覽冀州兮有餘，（**北大集注本**）佚名手批："冀
州"，當謂中國。（**方人杰本**）旁批：末二句意先到，此爲寫想望之神。
橫四海兮焉窮。（**萬曆本**）佚名手眉：更妙。思夫君兮太息，（**李陳
玉本**）（**墨**）"夫君"，應只是男子之美稱，不定是婦人目其夫也。極勞
心兮忡忡。（**萬本**）佚名曰：《淮南子》曰"正中冀州曰中土"是也。楚
指中州爲冀州。"夫君"還指雲神，何必以慕君解之乎？（**來欽之本**）佚
名一眉："猋遠舉"即"羌中道而改路"意。又曰：慕君之意，惟此篇爲最
明。（**聽雨齋本**）金蟠眉：讀下便有天顏咫尺之想。（**萬曆本**）佚名手夾：
通首雄壯，結處微露愁思。（**光集本**）手眉：此叙神降之遲，而去之速，不
以人之迎神爲念。（**葉邦榮本**）《淮南子》曰"正中冀州曰中土"是也。楚
指中州爲冀州。"夫君"還指雲神，何必以慕君解之乎？

湘君（**馮眉**）朱熹曰：此篇蓋爲男主事陰

神之詞，故其情意曲折尤多，皆以陰寓忠愛於君之意。祝堯
曰：此篇亦賦而比也，然其中有比之比與興而比之處。（**朱
燮元本**）佚名手批：堯長女娥皇，舜正妃，死於江湘，□俗謂
之"湘君"。張符升眉：此指舜妃娥皇也。（**方人杰本**）湘君、
湘夫人，堯之二女，舜之二妃。舜陟方死於蒼梧，二妃從之
以終焉。（**光集本**）手眉：《湘君》《湘夫人》兩章，即《離騷》
"求女"之意（原題在文後）。

君不行（**萬曆本**）佚名手眉："不行"是通篇之眼。又曰：得體。佚

名手旁：先點君。**兮夷猶，**（**李陳玉本**）起三句，恍見其身。（**方人杰本**）旁批：惝怳高超，文中神境。（**葉邦榮本**）祝堯曰：此篇亦賦而比也，然其中有比之比與興而比之處。**蹇誰留兮中洲？**（**來欽之本**）佚名一眉：起句已譬楚王聽讒言矣。（**陸本**）張煥如曰：一□情涌如濤。**美要眇兮宜修，**吳汝綸評："美要眇"四句，皆預想神來享後事。**沛吾乘兮桂舟。令沅、湘**（**萬曆本**）佚名手旁：次點湘。（**林兆珂本**）佚名旁眉：忽作此想。**兮無波，**（**方人杰本**）旁批：寫得濃至。**使江水兮安流！望夫君**（**方人杰本**）旁批：望君。**兮未來，**（**李陳玉本**）"夫君"二句，遙度其心。張符升眉：以上迎神未至之詞。（**潘三槐本**）陳仁錫曰：妙在未來。**吹參差兮誰思！**（**蔣之翹本**）孫鑛眉：此是事神女之辭，以男女之情道説，尤爲濃至。王世貞眉："日暮碧雲合，佳人殊未來。"本此而各自佳。（**來欽之本**）王弇州眉："日暮碧雲合，佳人殊未來。"本此。（張鳳翼本作：王世貞眉："日暮碧雲合〔聽本"合"作"盡"，慶安本亦作"盡"〕，佳人殊未來"，本此而各自佳。）黄伯宗（來本作"沈素先"）眉：此歌七章，句句本首句着想。望之切，思之深，極言其相睽之甚。至"馳鶩江皋""弭節北渚""逍遥容與"，皆其不見答，而聊以寫憂也。下篇大指同此。（**聽雨齋本**）孫鑛眉：此是事神女之詞，以男女之情道説，尤爲濃至。（**李陳玉本**）一折言湘君竟不肯顧我。（**光集本**）手眉：此叙待湘君而不至。"吹參差兮誰思"，謂我望湘君，而湘君未來登舟，但吹舜所作之洞簫，將誰思乎？殆思舜而欲他往也，不必依注解。**駕飛龍兮北征，**①（**馮眉**）張鳳翼曰："駕飛龍"以下，皆指湘君而言，想望之詞也。舊注以爲屈原自叙，疑誤。（**蔣之翹本**）張鳳翼眉："駕飛龍"以下，皆指湘君而言，想望之辭也。王逸注以屈原自序，疑誤。吳汝綸評：駕龍北征，而道之洞庭，言神陸行，而迎之於水也。故下文有"薜荔

---

①　聽雨齋本引張鳳翼語作："以下皆指湘君而言，想望之詞也。王逸注以屈原自叙，疑誤。"慶安本原刻全同。

水中""芙蓉木末"之喻。（**萬曆本**）佚名手眉：（**朱**）此蓋有所思，而北征以赴之耳。（**墨**）張鳳翼曰：以下皆指湘君而言，想望之詞也。王逸注以屈原自叙，疑誤。（**光集本**）手眉："駕飛龍"，謂湘君駕也。遭吾道兮洞庭。王念孫眉：□□《吳都賦》注引班固注云："洞庭，澤名。"薜荔柏兮蕙綢，蓀橈兮蘭旌。望涔陽兮極浦，橫大江（**萬曆本**）佚名手旁：□出紙上。兮揚靈。吳汝綸評：舊説"靈"爲"舲"，非是。《離騷》云："皇剡剡其揚靈。""揚靈"謂神也。逸注屈原揚己精誠，失之。（**光集本**）手眉：一解"揚靈"者，謂發揚我之精神以感悟之。（**朱崇沐本**）佚名手眉：（**墨**）《離騷》："皇剡剡其揚靈兮。"揚靈兮未極，（**方人杰本**）旁批：筆筆有凌空躡景之奇，而又曲折沉著。女嬋媛兮爲余（**萬曆本**）佚名手旁：曲。太息。（**李陳玉本**）又一折，言湘君之侍女亦憐我。橫流涕兮潺湲，隱思君（**萬曆本**）佚名手旁："思君"二字束上起下，一篇之紐。（**方人杰本**）旁批：思君。兮陫側。（**來欽之本**）佚名一眉：人同此心，故忠臣義士，亦每爲庸夫庸婦之所太息，然其隱痛，則有非他人所能知者。（**北大集注本**）佚名手批：《士虞禮》："改設饌於西北隅，幾在南扉用席。"注云："於扉隱之處，從其幽暗。"愚謂：西北隅，所謂陫側也。"扉"與"陫"實一字。主子以"側"爲"不安"，誤矣。張符升眉：以上言神雖降，而不能久留也。（**光集本**）手眉：以上叙邀湘君而不遇。"女嬋媛"指湘君侍女也。桂櫂（**萬曆本**）佚名手旁：斷。兮蘭枻，（**馮眉**）張鳳翼曰："桂櫂"以下，言勤苦潔清以候神也。斲冰兮積雪。采薜荔（**萬曆本**）佚名手旁：（**墨**）蔣之翹曰：語陗甚。（**方人杰本**）旁批：工陗。兮水中，搴芙蓉兮木末。（**陳深本**）何景明眉："采薜荔"二句，有點綴風景之妙，唐人作詩，多模擬此。（**蔣之翹本**）蔣之翹眉："采薜荔"二語陗甚。（**聽雨齋本**）蔣之翹旁：語陗甚（慶安本原刻爲眉語："采薜荔"二語，陗甚）。（**朱崇沐本**）佚名手眉：（**墨**）"搴芙蓉"，天麻本作"騫芙蓉"，今仍之不改。《段注》內"騫"音"寋"，依《説文》改作"搴"，音"騫"。（**葉邦榮本**）何景明曰：同此陳深本。心不同兮媒勞，（**萬曆**

本)佚名手旁:(墨)金蟠曰:名言諷咏不盡。恩不甚兮輕絶。①（馮眉）朱熹曰:此篇本以求神而不答,比事君之不偶。而"桂櫂"至"輕絶",又別以事比求神而不答也。（來欽之本）佚名一眉:事之顛倒,實有如此。（蔣之翹本）胡應麟評:寄情微,而措語麗。（張鳳翼本）胡應麟評:寄情微,而措語麗,千古（慶安本原刻無"千古"后語）遂無敵□。（聽雨齋本）金蟠旁:名言諷咏不盡。（李陳玉本）又一折,言湘君畢竟不能求我。（萬曆本）佚名手眉:嗚咽低徊,千古短氣。（方人杰本）旁批:不得留君。（潘三槐本）潘三槐曰:文生於情,字字真切。石瀬兮淺淺,（萬曆本）佚名手眉:此二章皆借題發揮,曲盡情致,略一執著,生解便非。飛龍兮翩翩。吳汝綸評:"瀨淺""龍翩",似若可渡,其如不信何。交不忠兮怨長,（方人杰本）旁批:觸緒紛來,前節節虛境,皆實而仍不實。期不信兮告余以不閒。（萬本）佚名曰:"交不忠""期不信",亦爲婚既成而中變者耳,所以責湘夫人也。（陸本）張煥如曰:其聲如夏玉追水,其色如新荑始荬,文情妙麗,獨絶千載矣。（蔣本、聽雨齋本）陳仁錫眉:"恩不甚兮輕絶""交不忠兮怨長",足盡交態。（李陳玉本）至此則心盡氣絶,不得不作怨懟之詞矣。張符升眉:以上神去而自嘆也。（萬曆本）佚名手眉:俯仰所見,唯此而已,語淡而□自有節奏。（光集本）手眉:以上言遇湘君而不留。鼂騁鶩（萬曆本）佚名手旁:續。兮江皋,（李陳玉本）"馳鶩"四句,荒涼之極。李賀詩"梨花落盡成秋苑",仿佛似之。夕弭節兮北渚。鳥次兮屋上,水周兮堂下。吳汝綸評:"鳥次屋上",無人至也;"水周堂下",不可至也。此四句又言迎之於陸,而神乃在水中也。（蔣本、聽雨齋本）陳仁錫眉:"鳥次"二句如畫。（萬曆本）佚名手眉:(墨)陳仁錫曰:"鳥次"二句如畫,妙在不說出。（朱崇沐本）佚名手眉:(朱)其實無聊。捐余玦（林兆珂本）佚名手旁:情癡。兮江中,（萬曆本）佚名手旁:

---

① 　聽雨齋本引胡應麟語作:"寄情微,而措語麗。"

無聊之思,情所必至。(**方人杰本**)旁批:幽情密意,字字撩人。**遺余佩兮醴浦。**①(**馮眉**)洪興祖曰:捐玦遺佩,以誚湘君。與《騷經》"解佩纕以結言"同意,喻求賢也。(**萬曆本**)佚名手眉:洪興祖曰:此與《騷經》"解佩纕以結言"同意。(**葉邦榮本**)洪興祖曰:同此馮本。**采芳洲兮杜若,將以遺兮下女。**(**方人杰本**)旁批:又無以遺君一句結爽然鬱然。(**光集本**)手眉:"下女",即上文之"女嬋媛"也。**昔不可兮再得,聊逍遙兮容與。**(**張鳳翼本**)劉辰翁評:幽情密緒,字字撩人。(**蔣之翹本**)劉辰翁評:幽情密意,字字撩人。錢夾:通篇無神來之意,至"時不再得"一語,神宛然在矣。以其遇之難,故云"不可再得"也。張符升眉:以上言神已越江而去,而慕念無已,朝馳夕宿,不敢暫離江上也。吳汝綸評:汝綸案,時謂沅湘無波,江水安流之時也。(**萬曆本**)佚名手眉:此篇則哀矣怨矣,一吐其纏綿之意矣。或疑施之湘君則太褻,不知以男事女本(化)所宜,習俗相沿,未能一變。原首句即云"君不行"矣,明其必不來也;"北征洞庭",言其自有所思也;"水中薜荔""木末芙蓉",喻其一無所益也;"告以不閒",冷語也;至於"捐佩遺玦",而托之下女,則又言秣其馬,以寫其愛敬之意也。而遂以"時不可再""逍遙容與"終焉,則庶可一覺其褻嫚荒淫之俗矣。不然,豈有事鬼神之始,而即預料其不行者乎?通章但叙其隔遠之情,略不及求合之昵,其微意亦可知矣。此尤文之立言有體處,蓋庶乎獵較之旨云。佚名手夾:"時不可再",所謂日月逝矣,歲不吾與也;"逍遙容與",所謂優哉游哉,聊以卒歲也。其諸怨誹而不亂者歟!(**光集本**)手眉:"聊逍遙兮容與",謂且自排遣,正無聊之極也!(**潘三槐本**)陳仁錫曰:妙在不見。

---

① 蔣本此處引洪興祖語作:"此與《騷經》'解佩纕以結言'同意。"聽雨齋本、慶安本原刻録全同。

湘夫人[①](馮眉)樓昉曰：此篇情意與《湘君》篇同。正妃爲君，則次妃降稱夫人。所謂"沅有芷兮澧有蘭，思公子兮未敢言"。其詞甚平，乃所以爲相思之至也。祝堯曰：與前篇比賦同至。"沅有芷兮澧有蘭，思公子兮未敢言"，則又屬興矣。(朱燮元本)佚名手批：堯次女女英，爲舜次妃也。張符升眉：此指舜次妃女英，女英自宜降稱夫人也。(萬曆本)佚名手夾：欲擒還縱，收合復離，落想用筆，莫能窺其端倪。合二作論之，所謂發乎情，止乎禮義，而好色不淫，怨誹不亂者備矣。(方人杰本)湘君正妃稱君，次妃故降稱夫人也。

帝子(萬曆本)佚名手旁：暗點夫人。降兮北渚，(李陳玉本)首句突然極妙，與下句是倒裝法。望之既誠，恍若有見，而實未嘗有所見也。秋波木葉，一片空明也，不啻見之而已。張符升眉：神雖降而在北渚，則未臨乎祭所也。(方人杰本)旁批：每從本題落筆，妙得全神。目眇眇(萬曆本)佚名手旁：暗説望字妙。兮愁予。錢眉：此是事神女之詞，以男女之情説，故尤爲濃至。(萬曆本)佚名手旁：神得陪。(葉邦榮本)樓昉曰：此篇情意與《湘君》篇同。正妃爲君，則次妃降稱夫人。所謂"沅有芷兮澧有蘭，思公子兮未敢言"，其詞甚平，乃所以謂相思之至也。嫋嫋(萬曆本)佚名手旁：二字妙妙，亦從"木葉"上描出。兮秋風，(方人杰本)旁批：寫實物，情緒紛來，此神於寫景者。洞庭波兮木葉下。(蔣之翹本)孫鑛眉：《月賦》得"洞庭"一句，遂令一篇增色。可見《楚辭》寫景之妙。錢眉：《月賦》："洞庭始波，木葉微脱。"二語一篇生色，然本此，可見《楚騷》寫景之妙。然希逸收作八字，此可悟古人脱化、融鑄之妙。吴汝綸評：秋風落木，歲雲徂矣，而神久

不來，此所以望而興愁也。張符升眉：即所見而賦之。（**萬曆本**）佚名
手旁：淡遠入神。（**光集本**）手眉："目眇眇兮愁予"，乃怳忽中無端癡
想，而知其神如此景象也。"嫋嫋"二句，即寫愁意。蓋觸景而更生愁
也。"眇眇"，遠視而目小也。（**朱崇沐本**）佚名手眉：（**朱**）不過一味情
真，能令千載諷味無數。（**潘三槐本**）孫鑛曰："嫋嫋"二句，《月賦》得
此，一篇遂增色。可見《楚騷》寫景之妙。白蘋兮騁望，（**萬曆本**）佚
名手眉："望"字應。與佳期兮夕張。（**林兆珂本**）佚名手旁：字法。
鳥何萃兮蘋中，（**方人杰本**）旁批：兩"何"字是望斷語，曲折而深。罾
何爲兮木上。①（**陸本**）張煥如曰：風□蕭瑟嫋嫋□□水波木□□緒
當與□水相量耳。孫鑛曰："嫋嫋"一句，《月賦》得□一篇遂增□，可見
《楚騷》寫景之妙。（**陳深本**）何景明眉："蘋中""木上"，與上"采薜荔"
二句意同。後"庭中""水裔"亦仿此，以喻己志，反覆失所也。張符升
眉：此神意之乘不能來也。（**萬曆本**）佚名手旁：與前"薜荔""芙蓉"同
意。此承"騁望"來，得疑訝神味。（**朱崇沐本**）佚名手眉：（**朱**）與"采薜
荔"同意，而詞不及。（**葉邦榮本**）何景明曰：同此陳深本。沅有芷兮
（**萬曆本**）佚名手旁：二句忽變緩調。澧有蘭，（**方人杰本**）旁批：再落
筆，妙如首句。思公子兮未敢言。②（**來欽之本**）胡應麟眉：此篇（國
來本作"四"）語，唐人絕句千萬不能出此。佚名一眉："未敢言"，而不
敢忘。（**聽雨齋本**）蔣之翹旁：情景相生，摹寫曲至。張符升眉：思而不
敢言，絕望矣。（**萬曆本**）佚名手旁：立言之體。荒忽兮遠望，（**萬曆
本**）佚名手眉："望"又是應。佚名手旁：上二句長，此一句短，自然節
奏。"荒忽"二字，一篇之神。（**方人杰本**）旁批：情境相生，摹寫曲至，
淡蕩中疊出無限烟波。觀流水（**萬曆本**）佚名手旁：接得淡妙。兮潺

---

① 聽雨齋本引孫鑛語作："《月賦》得'洞庭'一句，遂令一篇生色。可見
《楚詞》寫景之妙。"錢陸燦襲此。

② 慶安本原刻錄此處蔣之翹語爲眉批，文云："情景相生，摹寫曲至，淡
蕩中疊出無限烟波。"

湲。(**蔣之翹本**)蔣之翹眉:情景相生,摹寫曲至,淡蕩中疊出無限烟
波。(**萬本**)佚名曰:"荒忽兮"二句,乃湘夫人思慕之餘,欲水陸并進,
往從湘君之迎。下章所謂"將騰駕兮偕逝",是也。吳汝綸評:以上言
思而不見。(**聽雨齋本**)樓昉評:其詞甚平,乃所以謂相思之至也。(**葉
邦榮本**)"荒忽"二句,余同此萬本。麇何食(**萬曆本**)佚名手旁:承"遠
望"來。兮庭中?蛟何爲兮水裔?張符升眉:此神意又似與人相親
者,以起下"佳人招予"之意。朝馳余馬(**萬曆本**)佚名手旁:二句長。
兮江臯,夕濟(**萬曆本**)佚名手旁:一句短。兮西澨。金兆清眉:情景
相生,摹寫曲至。聞佳人(**萬曆本**)佚名手旁:"聞"亦是應。兮召予,
(**李陳玉本**)又忽如聞其聲。(**方人杰本**)旁批:以虛筆作實情,文備至
矣。(**光集本**)手眉:"聞佳人兮召予",又因思極而怳忽中無端痴想,而
若聞其如此也。(**葉邦榮本**)一本"佳人"指湘君,如言"佳士""佳賓"之
類。將騰駕兮偕逝。(**萬本**)佚名曰:一本"佳人"指湘君,如言"佳
士""佳賓"之類。(**來欽之本**)佚名一眉:纏綿繾綣,不能自已。(**聽雨
齋本**)金蟠眉:思路何處來?張符升眉:與之向往夕張之所也。(**萬曆
本**)佚名手眉:若如前篇,則上文"朝""夕"句下,便當接"捐佩"云云,章
法毫無變化矣。得"聞佳人"一般,又轉出數行,文字奇麗奪目,須是知
皆幻想,乃極狀"荒忽"二字之神。非本有召之者,又特誰與偕逝哉?
築室兮水中,錢旁:奇語。張符升眉:以下四句言築室之具。(**萬曆
本**)佚名手旁:(**墨**)金蟠曰:思路何處來?(**朱**)二句總領。(**方人杰本**)
旁批:寫出實境。葺之兮荷蓋。(**朱崇沐本**)佚名手眉:(**朱**)自是清
涼國。蓀壁兮紫壇,(**萬曆本**)佚名手旁:四句自外而內。匊芳椒兮
成堂。(**方人杰本**)旁批:藻麗如天孫雲錦。桂棟兮蘭橑,辛夷楣兮
葯房。(**光集本**)手眉:六句言築室既成。(**林兆珂本**)佚名手眉:情長
則語短。罔薜荔兮爲帷,張符升眉:以下四句,言室中所陳。(**萬曆
本**)佚名手旁:四句雲房中之所有。擗蕙櫋兮既張。白玉兮爲鎮,
疏石蘭兮爲芳。芷葺兮荷屋,吳汝綸評:"荷屋",即上"荷蓋"之屋,

今又以芷葺其上也。張符升眉：以下四句，又言室上下內外之裝束。（萬曆本）佚名手旁：收到水中。（朱崇沐本）佚名手眉：（朱）總是荷屋。

繚之兮杜衡。① （聽雨齋本）焦竑眉：藻麗如天衣雲錦。（萬曆本）佚名手眉：焦竑曰：藻麗如天孫雲錦。（光集本）手眉：六句言室內之供具。 **合百草兮實庭，**（萬曆本）佚名手旁：二句是補筆自內而外。**建芳馨兮廡門。**（光集本）手眉：二句言室外之供具。（朱崇沐本）佚名手眉：（朱）好住處。**九嶷繽兮並迎，**（李陳玉本）□□九嶷，正與首句“北渚”相應，是言神在，非言神來也。（萬曆本）佚名手旁：只二句輕輕收住，亦是荒忽中，情思如此。（方人杰本）旁批：虛處皆實，誠至之語，神來之文。**靈之來兮如雲。**（蔣之翹本）蔣之翹眉：舜有三妃：長娥皇，次女英，次癸比。此僅稱湘君、湘夫人者，豈正妃為君，次妃概為夫人耶？并詳之。（萬本）佚名曰：看來湘夫人思至之切，赴召之速，俱不減於湘君迎己之意。（來欽之本）佚名一眉：恍惚不可為象，善於形容，善於跌宕，善於轉捩。來聖源眉：“庭”與“迎”叶，“門”與“雲”叶，四語兩韻。吳汝綸評：以上將與同居忽復遠去。張符升眉：以上極序夕張之盛。（萬曆本）佚名手眉：接得妙！打（美）方畢，而忽然迎去，令啞人然失笑。蓋明其可思而不可見，未嘗一馨其祀也。（朱崇沐本）佚名手眉：（朱）神既答而復去，愈難為情。（墨）《離騷》：“九疑繽其并迎。”**捐余袂兮江中，遺余褋兮醴浦。搴汀洲兮杜若，將以遺兮遠者。時不可兮驟得，**（馮眉）洪興祖曰：不可再得則已矣。“不可驟得”，猶冀其一遇焉。錢眉：一曰“不可再得”，又曰“不可驟得”，正見其邀之二難。（萬曆本）佚名手眉：前云“時不可再得”，終無望也；此云“不可驟得”，猶有待也。蓋君與夫人之別，而立言之嚴婉分也。（方人杰本）旁批：“驟”字是“再”字轉身妙絕。（光集本）手眉：“驟”字跟“佳期”句來，

---

① 蔣本錄此處焦竑語中，“天衣雲錦”作“天孫雲錦”，疑誤。慶安本原刻錄同。

言神本不易邀致，至神去後方知前此之輕妄。聊逍遥兮容與。（**蔣本另兩本**）蔣之翹眉：曹操《碣石》篇四章末，俱用"幸甚至哉，歌以咏志"，蓋此例也。（**來欽之本**）張鳳翼眉：此結與湘君相同。想《九歌》亦原之雜作，非出一時，故不檢點耳。（**李陳玉本**）湘君二□，一樣結法，矯矯如龍文，固有以不更爲變者矣。（**潘三槐本**）洪興祖曰：不可再得則已矣。"不可驟得"，猶冀其一遇焉。

大司命（**馮眉**）

洪興祖曰：《周禮·大宗伯》："以槱燎祀司中、司命。"疏引《星傳》云："三台，上台司命，爲太尉。"又文昌宮第四曰司命。然則有兩司命也。（**注**）祝堯曰：首兩章興也，中間意思纏綿處似風，末段正言稱贊處又似雅與頌。然前篇比賦之義，故已在風與雅頌之中矣。（**朱燮元本**）佚名手批：上台曰司命，又文昌宮第四星亦曰司命。此謂上台。張符升眉：《周禮》及《祭法》皆有司命。（**方人杰本**）《周禮》："祀司中、司命。"《星傳》云："三臺，上臺曰司命。"文昌第四亦曰司命，故兩司命。（**光集本**）手眉：屈子以忠見疏，不得復用，老已至矣，人壽幾何，安能留爲有待？此二《司命》所由作也。篇中壽夭離合，是其眼目。（**林兆珂本**）佚名手夾：《大司命》何其贊嘆之至也！以其□而不可近，無可奈何，而安之若命，非念情事者也。因人命有當，孰離合可爲，可謂冷語熱衷矣。

　　廣開兮天門，（**萬曆本**）佚名手眉：洪興祖曰：自此以下，屈原陳己之志於司命也。紛吾乘兮玄雲。（**李陳玉本**）起手作排空御氣之想。言願迎大司命之神，而隨其後也。（**萬曆本**）佚名手眉：觀後東君章，則"吾"作主祭者自稱，亦可。令飄風兮先驅，（**方人杰本**）旁批：是中庸使字之神正大而工麗。使凍雨兮灑塵。（**葉邦榮本**）洪興祖曰：自此以下，屈原陳己之志於司命也。君迴翔（**萬曆本**）佚名手旁：
二字從上"乘雲"生出。兮以下，逾空桑兮從女。紛總總兮九州，
何壽天兮在予！吳汝綸評："余""吾"謂大司命；"君""女"謂后離居
者也。（**李陳玉本**）"何壽天兮在予"，猶雲何壽天之不在予也。張符升
眉：以上言迎神。（**萬曆本**）佚名手眉：此司字淺。佚名手旁：暗點司
命。高飛兮安翔，（**萬曆本**）佚名手眉：精語。佚名手旁：神方下，從
而旋復飛翔，故己願與君同逝也。（**方人杰本**）旁批：寫得與神爲一，親
之至，尊之至也。乘清氣（**萬曆本**）佚名手旁：長句。兮御陰陽。吾
與君兮齋速，（**萬曆本**）佚名手旁：此則主祭者之首"吾"也，即作巫自
稱亦可。導帝之兮九坑。靈衣兮被被，玉佩兮陸離。（**蔣之翹本**）
洪興祖評：以下自陳其志於神也。壹陰兮壹陽，（**萬曆本**）佚名手旁：
疊三短句。（**方人杰本**）旁批：筆墨飛舞。眾莫知（**萬曆本**）佚名手旁：
煞一長句。兮余所爲。（**萬本**）佚名曰："莫知所爲"，謂使之壽，或使
之天，眾皆不測耳。（**來欽之本**）佚名一眉：運至實之理於恍惚渺冥之
中，藏極腐之言於香艷嫵媚之内，千古未有此文。張符升眉：以上言神
降。吳汝綸評：以上合以下離。（**萬曆本**）佚名手眉：微妙。又曰：此司
字深。又曰：所可知者，君之靈衣、玉佩而已，至其乘氣以御者，則不可
知也。雖欲與之偕逝，而豈可得乎？佚名手旁：倒煞出峭，一倒轉便不
成語。（**葉邦榮本**）"莫知所爲"，謂使之壽，或使之天，眾皆不測耳。
折（**萬曆本**）佚名手旁：斷。折疏麻兮瑤華，（**方人杰本**）旁批：思之
深，故懃之切。將以遺兮離居。①（**馮眉**）洪興祖曰：自此以下，屈原
陳己之志於司命也。（**光集本**）手眉："離居"，指上不合於君，下不合於
俗，與屈子相類之人。老冉冉兮既極，吳汝綸評："極"，至也。不寖
近兮愈疏。（**馮眉**）朱熹曰：此以神既去而思之，如《雲中君》卒章之意
也。（**萬本**）佚名曰：此極敘己與少司命離別之嘆。（**李陳玉本**）疏附後

---

①　聽雨齋本録此條洪興祖語，位置在文首眉間。

先,原殆自道其本領乎?"折麻"四句,乃所謂忽反顧以游目此也。張符升眉:以上係向神自訴之詞。(萬曆本)佚名手眉:此一節乃原寓己之志也。不合而離,不近而疏者,既極矣,能無愁乎?(朱崇沐本)佚名手眉:(朱)解如前篇遠者。(葉邦榮本)此極叙己與少司命離別之嘆。乘龍(萬曆本)佚名手旁:續。兮轔轔,高馳兮冲天。結桂枝兮延佇,(朱崇沐本)佚名手眉:(墨)《離騷》:"結幽蘭而延佇。"羌愈思兮愁人。愁人(萬曆本)佚名手旁:節奏。兮奈何,(李陳玉本)"愁人"下三句,又設爲司命之詞以慰之。言只要精誠無欠缺,若離合有命,人固不能與帝爭也。(方人杰本)旁批:二語本領固高。願若今兮無虧。(朱崇沐本)佚名手眉:(朱)非有虧,皆不安命所爲。固人命(萬曆本)佚名手旁:二句峭勁。兮有當,(方人杰本)旁批:反作此語慰神妙。孰離合(萬曆本)佚名手旁:二字即第五節所謂"離居""愈疏"之意,而結之嘆其不可爲也,句句有勢。兮可爲?(馮眉)樓昉曰:原非徼福於司命也,所謂順受其正者。(來欽之本)佚名一眉:此"無虧",即昭質未虧之意,但彼自信而此自勉。又曰:思君而君終不用,愈當自勉。佚名一夾:惟其知命,是以能自守而無虧,竟是倒用文法,非末二句又一意也,不過以司命之故而發之耳。金兆清眉:冷語熱衷。吳汝綸評:"人命有當",承"壽夭在予",爲文言。死固有命,離別猶甚於死。張符升眉:以上言神去。(萬曆本)佚名手眉:知其無可奈何,而安之於命,但願無虧,不求有益,此古人頌禱之□也。然亦悲之甚矣,此等處更於言外味之。佚名手夾:言命處,無一注脚語;言愁處,無一請乞語。筆力峭潔,如其爲人。看他灑脫處,直是視爲固然。太史公所謂:"天道是耶? 非耶?"較此篇意思,遠不逮也。(光集本)手眉:自盡其所爲,而聽命於所不能爲,此孟子所謂行法以俟命也。(潘三槐本)陸時雍曰:末二語可謂冷語熱衷。

少司命(馮眉)祝堯曰:此篇賦也,似不兼別意,却有頌體。(國來本手批此語位置在上《大司命》題

下，恐誤。）（**陳深本**）祝堯眉：首兩章興也，中間意思纏綿處又似雅與頌。然前篇比賦之義，固已在風與雅之中矣。（**來欽之本**）佚名一眉：《九歌》獨《大司命》講道理，此亦司命也，不似前篇，何也？末云"撫彗星"，是罰惡也；"擁幼艾"，是賞善也；"爲民正"，是好惡得中，爲民取法也。如此謂之，司命非如世俗鬼神之説也。前篇以陰陽言鬼神，正有合於聖人之道。《九歌》中多作恍惚之辭者，亦如在其上，如在其左右，意至於正。言鬼神處，則皆樸實道理，無一游移語。可知讀《楚詞》者，當於寓言中尋出他命意所在，不可以辭害意，文害辭也。（**朱燮元本**）佚名手批：此爲文昌第四星。張符升眉：《大司命》之辭肅，《少司命》之辭昵，尊卑之等也，其寓意則一而已。（**方人杰本**）前爲上台，此爲文昌第四星。

秋蘭（**萬曆本**）佚名手旁：興起又一格。兮麋蕪，（**方人杰本**）旁批：一起愁思苦語，偏從奇艷中寫出深秀委曲。羅生兮堂下。錢眉：一云司命主人子孫，蘭主人生子之詳，麋蕪之根主婦人無子，故首言之。綠葉兮素枝，芳菲菲兮襲予。夫人（**萬曆本**）佚名手旁：應點。自有兮美子，錢眉：夫人猶言凡人也，非夫膚人之夫。美子，所美之人也，非子孫之子。蓀何以兮愁苦！（**蔣之翹本**）蔣之翹眉：筆筆是風人調度，後來作家，信不可及。（**來欽之本**）佚名一夾：指靳尚之朋。又曰：屈子亦曾見用，故云。（**陸本**）張燁如曰：中□苦語。（**張鳳翼本**）王世貞眉：《神女》《登徒》《妙處》皆本此二句來。又曰："入不言兮"二句雖爾恍惚，何言之壯；"悲莫悲兮"二句是千古情語之祖。（**聽雨齋本**）蔣之翹眉：筆筆是風人調度。（**李陳玉本**）天上決無蕪穢褻物，"愁苦"何以入其胸中。（**萬曆本**）佚名手眉：（墨）蔣之翹曰：筆筆是風人調度。（**朱**）句法短長相違，從愁苦説入，是倒唱起下文法，非必神未降而云云。（**潘三槐本**）孫鑛曰：撰語入神。秋蘭（**萬曆本**）佚名手旁：三句短。兮青青，（**方人杰**

本）旁批：大起大落，勢如八月之潮。綠葉兮紫莖。滿堂兮美人，忽
獨與（萬曆本）佚名手旁：一句長。余兮目成（萬曆本）佚名手旁：二字
奇妙。（方人杰本）旁批：寫像入神，知其落墨不在□也。① （馮眉）朱熹
曰：至此，則神降於巫，而非復前章之意矣。（蔣之翹本）王世貞眉：《神
女》《登徒》妙處，皆本此二句來。（蔣本另兩本）陸鈿眉：蔣楚稚《目成
篇》，亦自銷魂欲絕。（陸本）孫鑛曰：撰語入神。（聽雨齋本）王世貞旁：
《神女》《登徒》妙處，皆本此來。（慶安本）陸鈿眉：蔣楚稚有《目成篇》，
亦自銷魂欲絕。（李陳玉本）憐其香性之相合也。張符升眉："滿堂美
人"，指與祭之人，言於衆美中獨取余，蓋指王甚任之之時也。（萬曆本）
佚名手眉：感激在一"獨"字，原始者王甚任之，此正新知之樂，而滿堂之
所群起而爭者歟？美人滿堂，而目成獨予，則夫人雖有美子，而愁苦獨
宜予爾壬死知己不謂是歟？入不言兮出不辭，（萬曆本）佚名手旁：妙
境可想，真能繪鬼神之情狀。（光集本）手眉：未往迎而神已來，未致祭
而神已去，疑信相參，悲樂不定，寫得飄忽迷離，不可方物。末以贊嘆之
語作結。乘回風兮載雲旗。悲莫悲兮（萬曆本）佚名手旁：王世貞曰：
千古情語之祖。生別離，②（馮眉）洪興祖曰：《樂府》有《生別離》，出於
此。（蔣之翹本）王世貞眉：《樂府》有《遠別離》《古別離》《生別離》，皆本
此。（李陳玉本）畢竟人間非可久戀。（方人杰本）旁批：叙情便親昵如許，
信感神在至誠。（潘三槐本）潘三槐曰："悲莫悲兮"二語，千古情語之祖。
洪興祖曰：《樂府》有《生離別》，出於此。樂莫樂兮新相知。③ （馮眉）王

---

①　聽雨齋本此處眉間録洪興祖語"《楚辭》有以美人喻君者"一段。

②　蔣本另兩本録此處蔣之翹語，作："《樂府》有《古別離》《遠別離》《新
婚別》，皆本此。"

③　國來本作："王弇州曰：'入不言兮'二句雖爾恍惚，何言之壯；'悲莫
悲兮'二句是千古情語之祖。"國來本手批又録此世貞語，在"新相知"後作夾
批。金兆清眉："是千古情語之祖。"慶安本原刻録同金。聽雨齋本録爲旁批，
文云："王世貞曰：千古情語之祖。"

世貞曰:"入不言兮出不辭,乘回風兮載雲旗。"雖爾怳忽,何言之壯也;"悲莫悲兮生別離,樂莫樂兮新相知",是千古情語之祖。(**來欽之本**)佚名一眉:二句分承上二節,"生別離"者,屈子;"心相知"者,斯尚。吳汝綸評:以上相知,以下別離。(**慶安本**)蔣之翹眉:《樂府》有《古別離》《遠別離》《新婚別》,皆本此。(**萬曆本**)佚名手眉:生別新知,并在一刻中,以其樂愈覺其悲也。蓀之愁苦,不亦宜乎? 此一章皆長句以咏嘆之。佚名手旁:倒煞此句,妙有神龍棹尾之勢。(**朱崇沐本**)佚名手眉:(朱)追念其樂,而愈悲生。荷衣兮蕙帶,儵而來兮忽而逝。夕宿兮帝郊,(**萬曆本**)佚名手旁:句法短長相間。(**方人杰本**)旁批:風雅絕倫,無字句處都妙。君誰須兮雲之際? (**萬曆本**)佚名手眉:別離之後,思窮路已,復從雲際相須寫去,後余情真是幻筆。(**朱崇沐本**)佚名手眉:(朱)有波瀾。與女游兮九河,衝風至兮水揚波。(**來欽之本**)來聖源眉:"與女游兮九河,冲風至兮水揚波",《河伯》章中之語。古本無此二句,存不敢刪。佚名一夾:二語當刪。(**李陳玉本**)(朱)古本無此二句,乃《河伯》語誤入。與女沐兮咸池,(**方人杰本**)旁批:復從空寫,靈爽莫測。晞女髮兮陽之阿。(**陳深本**)劉次莊眉:《楚詞》曰:"新沐者必彈冠,新浴者必振衣。"又曰:"與汝沐兮咸池,晞汝發兮陽之阿。"皆潔濯之謂也。李白亦有此詩,其詞曰:"沐芳莫彈冠,浴蘭莫振衣。處世忌太潔,至人貴藏暉。"與屈原意同。(**李陳玉本**)兩"女"字,乃指所須之人。望美人兮未來,臨風怳兮浩歌。(**來欽之本**)佚名一眉:想懷王亦有憶屈子之時。(**萬曆本**)佚名手眉:"雲際"之須不在是乎? 孔蓋兮翠旌,(**萬曆本**)佚名手旁:一句短。登九天兮撫彗星。(**方人杰本**)旁批:收出嘆想無已之情。(**萬曆本**)佚名手旁:三句長。竦長劍兮擁幼艾,(**李陳玉本**)林注以"幼艾"爲"老少",甚腐! 寶媛玉女,天上固亦有之矣。(**萬曆本**)佚名手旁:須之既來而擁之。(**光集本**)手眉:十年曰"幼",五十曰"艾",言神擁護老幼,爲民取正也。"幼艾"二字,不必從注解。蓀獨宜兮爲民正。(**陳深本**)樓昉眉:末章蓋言神能驅除邪惡,擁護良善,宜爲下民之所取正,則與前篇意合。
(**來欽之本**)佚名一眉:"宜爲民正",望之也。用一"獨"字,是舍堯舜必
爲桀紂,如《騷》意。佚名一夾:彗星,指靳尚;幼艾,自指也。張符升
眉:神雖去而情不能自已,遙指而贊嘆之。(**萬曆本**)佚名手旁:總收。
佚名手眉:前三節言己之與神目成而旋別,後三節言神之於己相須而終
遇,君臣之際,何獨不然。"宜爲民正",猶曰其君也哉,云爾嘆宜者之不
概見也。佚名手夾:莊篇前重,此篇流麗,尊卑之分固然,而格律相游,
亦是文家出奇無窮處。《湘君》《湘夫人》亦然。

東君① (**馮眉**)朱熹曰:東君,日神也。

《禮》曰:"天子朝日於東門之外。"又曰:"王宮祭日也。"《漢
志》亦有東君。(**蔣之翹本**)祝堯眉:此篇却有頌體。(**陳深
本**)祝堯眉:此篇賦也,似不兼別義,然却有頌體。(**朱燮元
本**)佚名手批:此日神也。《禮》曰:天子朝日,可東門之。
《封禪志》亦曰"東君"。張符升眉:《禮》:"天子朝日於東門
之外。"《漢志》亦有東君。(**方人杰本**)日神。(**萬曆本**)佚名
手夾:只用直寫,前半淡雅,後半淋灕。

暾將出兮東方,(**萬曆本**)佚名手眉:(**墨**)祝堯曰:此篇却有頌體。
(**朱**)六字句。佚名手旁:起明點"東"字。(**葉邦榮本**)祝堯曰:同上陳深
本。照吾檻兮扶桑。(**來欽之本**)胡應麟眉:古詩"日出東南隅,照我秦
氏樓",可謂善學。(**李陳玉本**)日在扶桑,未出也,而已有照吾扶欄之
勢。"撫馬安驅",不覺東方已發白矣。"低回顧懷",尚是存熱。"聲色
娛人",方是日出。千聲萬色,皆從日出時□發,不但龍輈之聲、雲旗之
色也。"緪瑟"已下,極言聲色已盡,神遂發日而來。□日車曾□□□。

---

① 聽雨齋本此處録祝堯語作:"此篇却有頌體。"慶安本原刻録同。

舉長矢,射天狼,太□能爍群□之象。雖夜間入地,似乎暫息,而撰轡高馳,□從□冥中仍出東方矣。撫余馬兮安驅,夜皎皎兮既明。張符升眉:以上迎日。(**光集本**)手眉:叙迎日神。駕龍輈兮乘雷,(**方人杰本**)旁批:叙日出佳景,語極奇刻。載雲旗兮委蛇。(**萬曆本**)佚名手眉:六字句。長太息兮將上,心低佪兮顧懷。羌聲色兮娛人,(**潘三槐本**)唐順之曰:"聲色"二語,亦自奇麗。觀者憺兮忘歸。張符升眉:以上言神降。吳汝綸評:"聲色",目下事也。(**光集本**)手眉:叙日出佳景。"聲色娛人",即日出之佳景,有與民同樂意。絚瑟兮(**萬曆本**)佚名手旁:三句聲。交鼓,(**萬曆本**)佚名手眉:五、六字相間。簫鍾兮瑤簴。(**北大集注本**)佚名手批:"簫鍾",謂擊鍾,不通。鳴篪兮吹竽,思靈保(**萬曆本**)佚名手旁:加一"思"字。又曰:三句色。兮賢姱。(**來欽之本**)來聖源眉:"靈保",《詩》謂之神保。翾飛兮翠曾,展詩兮會舞。(**陸本**)張煥如曰:"翠曾"二字,亦生强。應律(**萬曆本**)佚名手旁:樂聲。兮合節,(**方人杰本**)旁批:筆勢飛舞而下。(**萬曆本**)佚名手旁:舞色。靈(**萬曆本**)佚名手旁:君。之來兮蔽日。(**萬本**)佚名曰:此極言聲色之美,足以享神。張符升眉:以上言神既降,因極音容歌舞之盛,以樂之也。(**萬曆本**)佚名手眉:三章直赴,至此句住。(**光集本**)手眉:叙作樂以悅神。(**葉邦榮本**)此極言聲色之美,足以享神。青雲衣兮白霓裳,(**萬曆本**)佚名手旁:(墨)陸時雍曰:此段是高步天衢語。佚名手眉:七子句。又曰:□此不標東君。舉長矢兮射天狼。①(**蔣本、慶安本**)王逸曰:"天狼",以喻貪殘,日屬王者,言王者受命,當誅貪殘也。(**方人杰本**)旁批:諷語從□思來。操余弧兮反淪降,(**光集本**)手眉:"操余"之"余"字,乃日神自稱。援北斗兮酌桂漿。(**方人杰本**)旁批:有權力,有興會,寫日入何等聲色。(**朱崇沐本**)佚名手眉:(朱)日入而星始見,

---

① 上集本佚名手録此處王逸語爲眉批,文同。

所以言神之去也。撰余轡兮高馳翔,杳冥冥(**萬曆本**)佚名手旁:與皎
應。兮以東行。(**萬本**)佚名曰:李太白《烏棲曲》:"姑蘇臺上烏棲時,
吳王宮里醉西施。"言其自朝至暮。"銀箭金壺漏水多,起看秋月墜江
波。東方漸曙察爾何?"又言自夜而晝。可謂得《東君》篇之深意矣。
(**來欽之本**)佚名一眉:望君復明也,用意渺冥,即狀日行之妙,亦未有逾
此者。(**張鳳翼本**)陸時雍評:有高步天衢語氣。(蔣本、慶安本作"此段
是高步天衢語氣"。)(**聽雨齋本**)王逸評:"天狼",以喻貪殘。日爲王者,
王者受命,當誅貪殘也。張符升眉:以上因日去而升高以送之。又曰:
"冥"字下又有一"冥"字(原文無)。(**萬曆本**)佚名手旁:再點"東"字,結
句亦奇麗獨□。佚名手眉:"操弧而降",是天狼不可射也;"北斗"句或隱
語,或謂聊酌酒;"高翔而皎皎"者,轉而冥冥矣。奈之何哉? 蓋其感於小
人之難去,而時俗之易昏也。"長太息"者,其在是歟?(**光集本**)手眉:叙
送日神。(**朱崇沐本**)佚名手眉:(朱)人知日之西行,不知日之東行。

河伯(**馮眉**)朱熹曰:舊說以爲馮夷,其言

荒誕,不可稽考,(**注**)大率謂黃河之神也。張符升眉:詳見《天
問》注。(**方人杰本**)舊注:馮夷,蓋黃河之神。(**萬曆本**)佚名
手夾:須固此想他立言蘊藉處,宜令讀者不覺,一送一迎,不
特爲沉江作讖,抑亦志之所在,自見乎詞矣。(**光集本**)手眉:
《河伯》一篇,是不得於人而求合於神,不得於境內而求合於
境外。河不在楚境內,以河爲四瀆之長,冀□能默鑒也。

與女(**萬曆本**)佚名手旁:直起。游兮九河,(**萬曆本**)佚名手旁:
明點。衝風起兮橫波。(**方人杰本**)旁批:神之來在心,知非度思語。
(**萬曆本**)佚名手眉:沉江之兆見矣。(**朱崇沐本**)佚名手眉:(朱)衝,逆
也。乘水車兮荷蓋,駕兩龍兮驂螭。張符升眉:以上序其初願,言
既迎衝風而駕龍螭,與河伯馳騁於九河之廣也。(**萬曆本**)佚名手眉:

此節合説。(**朱崇沐本**)佚名手眉:駕者龍而驂者螭也。登昆侖兮四望,心飛揚兮浩蕩。日將暮兮悵忘歸,(**方人杰本**)旁批:低徊盡致。惟極浦兮寤懷。(**李陳玉本**)"飛揚浩蕩",寫出荒闊心腸。"極浦悟懷",又曲盡綢繆情致。張符升眉:以上言遍求不得,而又不能舍之而去也。(**萬曆本**)佚名手眉:此二節分説。又曰:一節己。(**光集本**)手眉:以上叙迎河伯而不得其所在。魚鱗屋兮龍堂,紫貝闕兮朱宮。靈何爲兮水中,張符升眉:"寤懷"之後,忽見河伯而邪其漠不相接,故呼而曉之。(**方人杰本**)旁批:出神語入神。(**萬曆本**)佚名手眉:一節神。乘白黿兮逐文魚,(**萬曆本**)佚名手眉:此二節又合説。與女游(**萬曆本**)佚名手旁:言之至再。兮河之渚,(**李陳玉本**)招之出水同游。(**方人杰本**)旁批:遇合不容易,何快如之。流澌紛兮將來下。張符升眉:此言見之難,而別之易也。(**光集本**)手眉:得所在矣。子交手(**萬曆本**)佚名手旁:親之至。兮東行,(**方人杰本**)旁批:叙離合,寫盡傷心。送美人(**萬曆本**)佚名手旁:當白衣冠而送之。兮南浦。(**馮眉**)洪興祖曰:江淹《別賦》云:"送君南浦,傷如之何。"蓋用此語。(**來欽之本**)此篇皆是其托意於君臣之間而言。(**萬曆本**)佚名手眉:二句寫離情別恨,勝唱《陽關三疊》。送者,誰送之,即河伯送之也。同游而獨返,能無望於復來乎?佚名手旁:行送之后,思路已窮,看他無中生有,復留不盡,遂爲許多欲言不言之意,隱隱逗出,令人黯然魂銷,真是幻筆。(**光集本**)手眉:以上叙得見河伯而即別。"美人",指河伯,不必依注解。(**潘三槐本**)洪興祖曰:江淹《別賦》云:"送君南浦,傷如之何。"蓋用此語。波滔滔兮來迎,魚隣隣兮媵予。[①](**馮**

---

① 國來本手批:"江淹《別賦》云:'送君南浦,傷如之何。'蓋用此語。"又曰:"洪興祖曰:屈原托江海之神送迎己者,言時人遇己之不然也。杜子美詩云:'岸花飛送客,檣燕語留人。'亦此意。"據"又曰"判斷其來歷。慶安本原刻録此處洪興祖語,作:"杜子美詩云:'岸花飛送客,檣燕語留人。'亦此意。"

眉)朱熹曰：巫與河伯既相。(注)別矣，而波猶來迎，魚猶來送，是其眷眷之無已也。三閭大夫豈至是而始嘆君恩之薄乎？洪興祖曰：屈原托江海之神送迎己者，言時人遇己之不然也。杜子美詩云："岸花飛送客，檣燕語留人。"亦此意。(來欽之本)佚名一眉：意在言外。吳汝綸評：汝綸案，"美人"亦謂河伯，言子東行，我送子至南浦也。"波迎""魚媵"，言己當自沉也，痛極之詞。(李陳玉本)"滔滔來迎"，迎河伯也。"隣隣媵予"，送原歸也。別情至此，可勝腸斷。張符升眉：以上言送神，末句言魚從人，以送神也。(方人杰本)旁批：烟波無盡。(萬曆本)佚名手眉：通首一句不及祭祀歌舞，冀其來降之意，開端便云："與汝游兮九河"，若與之盟約然。既而登山四望，惟懷極浦，宛在水中，復申前說。而乃交手東行，臨流相送，波迎魚媵，□有餘情，覺茫茫宇宙，惟河伯是我莫逆知己。舍此惟有拒之逐之，安有迎且媵之眷眷乎？讀末二句，令人淒惋欲絕。又曰：此篇後遂接《山鬼》，蓋盟河之後，而原始不欲自比於人矣。惜哉！(朱崇沐本)佚名手眉：隣隣自好。

山鬼(馮眉)

樓昉曰：此篇反復曲折，言己始以志行之潔，才能之高，見珍愛於懷王。己亦愛慕懷王，納忠效善，而終困於讒，不能使之開悟。君雖未忍遽忘，卒爲所蔽，而己拳拳終不忘君也。朱熹曰：此篇文義最爲明白，今以其托意君臣之間者而言之：則言其被服之芳者，自明其志行之潔也；言其容色之美者，自見其才能之高也；子慕予之善窈窕者，言懷王之始珍己也；折芳馨而遺所思者，言持善道而效之君也；處幽篁而不見天，路險艱又晝晦者，言見棄遠而遭障蔽也；欲留靈修而卒不至者，言未有以致君之寤而俗之改也；知公子之思我而然疑作者，又知君之初未忘我，而卒困於讒也；至於思公子而徒離憂，則窮極愁怨，而終不能忘君臣之義也。(朱燮元本)佚名手批：本石之怪。張符升眉：此篇蓋涉江之後，幽處山中而作。

(**方人杰本**)《國語》曰"木石之怪夔罔",蓋謂此(**萬曆本**)佚名手夾:圈首俱用長句調。情味曲折,《集注》備之。(**光集本**)手眉:此篇只起首數語是思鬼,還他祀鬼本題。余以遇人轉入思神,殆至人不可思,將與鬼爲侶,悲愴極矣。(**林兆珂本**)佚名手眉:山鬼於人,不啻親矣,人與山鬼,不啻遠矣。而山鬼則巧言以誘之也,何然而慕,何然而思,何然而然疑作耶。代爲之思,代爲之□,而人則曾何意耶?入其肝腸,而挑其隱衷,此《山鬼》所以善□誘也。"采三秀"者,亦歸以遺所思也。

　　若有人兮山之阿,(**李陳玉本**)通篇極寫山鬼幽怨之誠,蓋如狐妖一類。此輩亦有超絶群類,此作者之意,殆□人之不如鬼也。張符升眉:此篇亦爲主祭者之詞。(**方人杰本**)旁批:灑脱。(**萬曆本**)佚名手旁:起暗破"鬼"字,明點山字。"若有"二字妙,説出"鬼"字便無味。(**潘三槐本**)孫鑛曰:起句脱灑。被薜荔兮帶女蘿。(**蔣之翹本**)孫鑛眉:起語脱灑。(**蔣之翹本**)《丹鉛録》云:"薜荔,據《本草》:絡石也,在石曰石鯪,在地曰地綿,繞水曰常春藤。"(**陸本**)孫鑛曰:起句脱灑。(**方人杰本**)旁批:志潔才美二語,描出幽懷。(**光集本**)手眉:《山鬼》一篇,因屈子既被放,處於山林幽篁之中,自分不得生還,與人道永隔,而與鬼路相通,故借題發意,以自寫其無聊之況耳。既含睇(**萬曆本**)佚名手旁:活現。兮又宜笑,子慕予兮善(**萬曆本**)佚名手旁:倒押。窈窕。① (**馮眉**)朱熹曰:以上諸篇,皆人慕神之辭。此篇鬼陰而賤,不可比君,故以人况君,以鬼喻己,而爲鬼媚人之辭也。(**來欽之本**)張湛生(來本作"陳辟生")眉:"薜荔""女蘿""含睇""宜笑",是言其被服之芳、容色之美,以自明其志行之潔與才能之高。"子慕予兮善窈窕",是又追念懷王始之珍己。下章"赤豹""文狸"

————————————

① 慶安本原刻録此處劉辰翁語,作:"此篇若思若怨,駘蕩飄摇,是千古無賴騷魂,有心才鬼。"蔣本劉語在篇名眉上,語至"千"字,後無。蔣本集注底本篇名在文後。

"辛夷""桂旗""石蘭""杜衡"，則又自表其車乘從列與夫被帶幽之美。黃□若（來本作"劉辰翁"）眉：若思若怨，駘蕩飄搖，無賴騷魂，有心才鬼。吳汝綸評："子"，公子也；"予"，山鬼也。（**方人杰本**）旁批：知遇之恩難再。（**萬曆本**）佚名手旁：始而慕。（**朱崇沐本**）佚名手眉：（**朱**）即其被帶，已畫出一山鬼矣。"宜笑""善窈窕"，不益怕人乎？（**潘三槐本**）朱熹曰：以上諸篇，皆爲人慕神之詞，以喻臣愛君之意。此篇鬼陰而賤，不可比君，故以人況君，以鬼喻己，而爲鬼媚人之詞也。乘赤豹兮從文狸，辛夷車兮結桂旗。被石蘭兮帶杜衡，折芳馨兮遺所思。張符升眉：以上遙擬山鬼容飾之工，情意之厚，下文所謂靈修也。（**方人杰本**）旁批：報之也，然是違心語，讀下知其悲惋。（**光集本**）手眉：鬼自山阿而來，修飾儀容，以禮結納於人，凡爲所思者，皆遺矣。余處幽篁兮終不見天，（**北大集注本**）佚名手批：《文選》"天"字屬上，不若屬下爲順（文中點逗將"天"屬下）。張符升眉：以下皆祭者自序之詞。（**光集本**）手眉："余處幽篁"，屈子自謂，言己獨不及受遺也。路險難兮獨後來。（**蔣本、聽雨齋本**）張鳳翼眉："處幽篁"二句，喻己不得見君，讒邪填塞，難以前進，所以索居於此（**萬曆本**）佚名手眉：（**墨**）陳仁錫曰："處幽篁"二句，喻己不得見君，讒邪填塞，難以前進，所以索居於此。表獨立兮山（**萬曆本**）佚名手旁：再點。之上，（**李陳玉本**）"獨立"二句，言陰陽隔絕，風雨晝晦，乃"路險後來"之故。雲容容兮而在下。杳冥冥兮羌晝晦，東風飄兮神靈雨。（**萬曆本**）佚名手眉：幽境可想。留靈脩兮憺忘歸，（**李陳玉本**）"靈修"二句，正"含睇宜笑"時情事。（**方人杰本**）旁批思：不答矣，獨奈何哉。歲既晏兮孰華予。（**萬本**）佚名曰：此是反言以嘲隱者之不終，舍己而去耳。金兆清眉：神句。（**李陳玉本**）"歲晏"句，尤要約得辭楚。（**萬曆本**）佚名手旁：始而留。（**光集本**）手眉：此段不遇鬼而遇神。"靈修"，即指所遇之神，不必依本注解。采三秀兮於山（**萬曆本**）佚名手旁：三點。間，（**李陳玉本**）已下又叙別后怨思，采秀忘歸，念世子豈不思我□，實以不得聞故耳。石磊磊兮葛蔓蔓。怨

（**萬曆本**）佚名手旁：繼而怨。**公子兮悵忘歸，**（**方人杰本**）旁批：終不答乎？兩轉中無限曲折。**君思我兮不得閒。**吳汝綸評："公子"，喻君；下"君"，即指此公子。（**萬曆本**）佚名手眉：未言己之思君，先言君之思我，較昌黎"以我之思足下，知足下之懸懸於我"同，語妙。（**光集本**）手眉：前敘思鬼不遇，遇神不留，此段轉而思人。"公子"，所思者之通稱。**山**（**萬曆本**）佚名手旁：四點。**中人兮芳杜若，**（**光集本**）手眉："山中人"，屈子自謂，不必依注解。**飲石泉兮蔭松柏。君思我兮然**（**萬曆本**）佚名手旁：峭。疑作。（**陳深本**）柳子厚吊文："委故都以從利兮，吾固知先生之不忍；立而視其覆墜兮，又非先生之所志。"可爲知己。（**蔣本、聽雨齋本**）桑悅眉：讀"山中人"一段，如入深徑，無人覺古藤、枯木皆有異致。（**慶安本**）蔣之翹眉：只"然疑作"三字，便寫盡懷人不見，搔首躑躅情景。（**方人杰本**）旁批：脫卸得好。（**萬曆本**）佚名手旁：終而疑。（**光集本**）手眉："然疑作"者，因己不能同俗故也。**靁填填兮雨冥冥，**（**方人杰本**）旁批：一往而深，淒其欲絕。**猨啾啾兮又夜鳴。風颯颯兮木蕭蕭，**張符升眉：此節自叙其歸境。**思**（**萬曆本**）佚名手旁：終而思。**公子兮徒離憂。**（**來欽之本**）佚名一眉：朱子總注甚明，刪之何故？（**萬曆本**）佚名手眉：三句寫山中之境，直是淒絕，結出思人，分外有力。不用多說，此亦襯□之法也。佚名手夾：言山中如此，彼公子安肯來乎？徒爲憂愁而已。（**光集本**）手眉：此段轉到思人無益，自分將於山鬼爲鄰，淒惋欲絕。（**朱崇沐本**）佚名手眉：（朱）苦境。

　　　　國殤（**馮眉**）洪興祖曰：國殤謂死於國事者。《小爾雅》曰："無主之鬼，謂之殤。"（**朱燮元本**）佚名手批：謂死於國事者。張符升眉：《禮》："死於國事者，不成喪曰殤。"（**方人杰本**）謂死於國事者。（**萬曆本**）佚名手夾：全首俱用長調。（**光集本**）手眉：《國殤》一篇，不但以慰死魂，亦以作士氣，張國威也。楚之戰死於秦者多矣。

操吾戈兮(**萬曆本**)佚名手旁:斬然而起。披犀甲,(**萬曆本**)佚
名手眉:(**墨**)洪邁曰:此篇叙殤鬼交兵挫北之迹甚奇,而詞亦凄楚。
(**朱**)著不得。車錯轂兮短兵接。(**來欽之本**)鍾伯敬眉:《國殤》《禮
魂》在《九歌》為附,然體制頗合,得此想更窈冥。(**潘三槐本**)馮覲曰:
此篇叙殤鬼交兵挫北之迹甚奇,而辭亦凄楚。旌蔽日兮敵若雲,(**方
人杰本**)旁批:開出戰場,筆能作氣。矢交墜兮士爭先。(**馮眉**)馮覲
曰:此篇叙殤鬼交兵挫北之迹甚奇,而辭亦凄楚。固知唐人吊古戰場
文,為有所本。(**李陳玉本**)四句寫赴敵之勇。張符升眉:此上叙戰之
始。(**林兆珂本**)佚名手旁:(**墨**)接戰之勇。(**葉邦榮本**)馮覲曰:同馮
本。張之象曰:短句如《九歌》諸篇,或二三句為一韵,或四五句為一
韵,或六七八句為一韵。惟《鬼殤》更韵最多。《東皇太一》自首至尾不
更一韵,全篇十五句為一韵,皆陽韵也。凌余陣兮躐余行,左驂殪
兮右刃傷。霾兩輪兮縶四馬,(**方人杰本**)旁批:有聲有境。援玉
枹兮擊鳴鼓。(**陳深本**)張之象眉:短句如《九歌》諸篇,或二三句為一
韵,或四五句為一韵,或六七八句為一韵。惟《國殤》更韵最多。《東皇
太一》自首至尾不更他韵,全篇十五句為一韵,皆陽韵也。天時墜兮
威靈怒,嚴殺盡兮棄原壄。(**張鳳翼本**)陸時雍評:語氣飽沃。(**蔣
本、聽雨齋本**)陳深眉:摹寫志士輕生,介胄不可犯。(**李陳玉本**)六句
寫拒□之烈。張符升眉:以上叙戰敗。(**光集本**)手眉:以上寫國殤戰
死之勇。(**林兆珂本**)佚名手旁:(**墨**)其武不屈於戰敗。出不入兮往
不反,(**方人杰本**)旁批:已盡《吊古戰場》一文。(**萬曆本**)佚名手旁:
只一句,勝《吊古戰場文》。平原忽兮路超遠。帶長劍兮挾秦弓,
(**萬曆本**)佚名手旁:上二句近於悲矣,卻忙接此二句,若無上二句,亦
襯此二句不起。首身離兮心不懲。(**李陳玉本**)四句寫死猶不死。
張符升眉:以上言死後之勇。(**萬曆本**)佚名手旁:奇絕之想,從生前
寫,猶是恒意,從死後再描畫,便十分壯氣。(**林珂本**)佚名手旁:(**墨**)
雖死有剛強之志。(**葉邦榮本**)洪興祖曰:國殤謂死於國事者。《小爾

雅》曰："無主之鬼，謂之殤。"誠既勇（**林珂本**）佚名手旁：（墨）首段。
兮又以武，（**林珂本**）佚名手旁：（墨）次段。終剛強（**林珂本**）佚名手
旁：（墨）三段。兮不可凌。（**萬曆本**）佚名手眉：（墨）金蟠曰：傷心慘
目之言，俱帶浩氣。後人《從軍行》諸篇，俱不出此。身既死兮神以
靈，子魂魄毅（**方人杰本**）旁批：生色。兮爲鬼雄。（**來欽之本**）佚名
一眉：可知楚之好戰，又可知楚軍之屢敗矣。（**聽雨齋本**）金蟠眉：傷心
慘目之言，俱帶浩氣。後人《從軍行》諸篇，都不出此。（**慶安本**）蔣之
翹眉：語氣精悍，凜凜生魂聚矣。（**李陳玉本**）四句總收。張符升眉：此
總承上文，以明設祀之意。（**萬曆本**）佚名手眉：屈大夫爲國死事，亦於
此吐露矣，殆欲自比於國殤之列乎噫？又曰：叙事一直寫去，悲壯處令
人毛髮上竪。寫奮不顧身，意躍躍欲動，并不着一凄惋語，是古人見地
高處。不然，何異釋、道兩家，施食時提唱耶。（**光集本**）手眉：以上寫
國殤死後之靈。（**林兆珂本**）佚名手眉：雄情猛氣，千古不磨，若伊人
者，其能從彭咸之所居乎？"首雖離兮心不懲，魂魄毅兮爲鬼雄"，何荃
蕙之可化爲茅也？（**林兆珂本**）佚名手旁：（墨）忠毅之□，可以護國佑
民，此《國殤》之祀所由定也。

　　　　　　　　　　禮魂（**馮眉**）洪興祖曰：或曰：禮魂，謂以
禮善終者。（**朱燮元本**）"禮"，一作"祀"，或謂以禮善終者。
張符升眉：《禮魂》，蓋有禮法之士，如先賢之類。（**方人杰
本**）謂以禮善終者。（**萬曆本**）佚名手夾：全首俱用短調。
（**林珂本**）佚名手眉：揚雄云："中正則雅，多哇則鄭。"《九歌》
婉戀已甚，昵昵兒女語何褻。情者泄而不制，語過艷而不
則，朱晦翁謂再變之鄭□，良不虛矣！後之人離去其情，而
巧爲意以追之，求其鄭而不得，悲夫！

成禮（**萬曆本**）佚名手旁：明點。兮會皷，（**葉邦榮本**）洪興祖曰：

或曰:禮魂,謂以禮善終者。**傳芭兮代舞。姱女倡兮容與,**(**萬曆本**)佚名手眉:節短味長,言外有千聲萬□。原大夫生平以蘭菊自況,終以此章,殆自喻其神之長在乎?千萬世下,見蘭菊者,即以爲見大夫也可。**春蘭兮秋鞠,**(**萬曆本**)佚名手旁:暗破魂字,如水中月。**長無絕兮終古。**(**來欽之本**)鍾伯敬眉:二語思心淡蕩而悲。金兆清眉:語素而芬。(**蔣之翹本**)孫鑛眉:江文通"春草暮兮秋風驚"數語,從此脫去而反其意,亦自凄絕。鍾惺眉:二語淡蕩而悲。(**聽雨齋本**)孫鑛眉:江文通"春草暮兮秋風驚"數語,從此脫去而反其意,亦自凄絕。(**李陳玉本**)佛爲波斯□王談觀河見性,言變者受減,彼不變在原。無生滅,正此旨。屈子於死生之際審矣。(**萬曆本**)佚名手夾:試驟問此語,未有覺其爲《禮魂》中語者,然移置別處,亦恒語耳。惟寫在此章,言外遂有無窮之思,令人百讀不厭。此二句若作祀事之不絕解,便了無餘味。今有淺深二解:謂春蘭秋菊終古不絕如此,言外便見魂則去而不返,此以不點爲點也。若如詩之比例,則"春蘭秋菊",已替却魂字;"長無絕"者,言其身雖死,而神則存,杳杳冥冥,萬古無極也,此又是暗點之筆。否則,魂字竟無著落,不知是何祭典。(**光集本**)手眉:《禮魂》一篇,承上《國殤》而作。楚屢敗於秦矣,冀自此以往,使民無送死,不復用兵。其憂國憂民之意微矣。

《九歌》馮本章評:

張鋭曰:九者,陽數之極。自謂否極,取爲歌名也。

呂延濟曰:每篇之目,皆楚之神名。所以列於篇後者,亦猶毛詩題章之趣。

姚寬曰:《九歌章句》名曰九,而載十一篇,何也?曰:九以數名之,如《七啓》《七發》,非以其章名。①

---

① 聽雨齋本録姚寬語作:"《九歌》以'九'名,而載十一篇,何也?曰:如《七啓》《七發》,以數名之,非以其章名耳。"

洪興祖曰：《九歌》十一首，《九章》九首。皆以九爲名者，取簫韶九成、啓《九辯》《九歌》之義。《騷》經曰：奏《九歌》而舞韶兮，聊假日以媮樂。即其義也。宋玉《九辯》以下皆出於此。

朱熹曰：此卷諸篇，皆以事神不答而不能忘其敬愛，比事君不合而不能忘其忠赤，尤足以見其懇切之意。

又曰：荆蠻陋俗，詞既鄙俚，而其陰陽神鬼之間，又或不能無褻慢淫荒之雜。原既放逐，見而感之，故頗爲更定其詞，去其泰甚，而又因彼事神之心，以寄吾忠君愛國眷戀不忘之意。是以其言雖若不能無嫌於燕昵，而君子反有取焉。

又曰：比其類，則宜爲三頌之屬；論其辭，則反爲國風，再變之鄭衞矣。

楊慎曰：《楚辭·九歌》巫以事神，其女妓之始乎？

又曰：《九歌》：“滿堂兮美人，忽獨與予兮目成。”宋玉《招魂》：“娭光眇視目曾波。”相如賦：“色授魂與，心媮於側。”枚乘《菟園賦》：“神連未結，已諾不分。”陶淵明《閑情賦》：“瞬美目以流盼，含言笑而不分。屈盡麗情，深入冶態。”裴硎《傳奇》、元氏《會真》，又瞠乎其後矣。所謂“詞人之賦麗以淫”也。

馮覲曰：《九歌》情神慘悗，詞復騷艷。喜讀之，可以佐歌；悲讀之，可以當哭。清商麗曲，備盡矣。①

張之象曰：短句如《九歌》諸篇，或二三句爲一韵，或四五句爲一韵，或六七八句爲一韵。惟《國殤》更韵最多，《東皇太一》自首至尾不更他韵，全篇十五句爲一韵，皆陽韵也。

陳深曰：沅湘之間，其俗上鬼，祭祀則令巫覡作樂諧舞，歌吹爲容，其事陋矣。自原爲之，緣之以幽眇，涵之以情深，琅然笙匏，遂可登於俎豆。若曰：淫於沔嫚，而少純白不備，爲屈子病，則是崇岡責其平土，

---

　　① 聽雨齋本録馮覲語作：“神情慘悗，詞復騷艷。喜讀之，可以佐歌；悲讀之，可以當哭。清商麗曲，備盡情態矣。”

激水使之安流也。固矣！

《詩冶》《九歌》總評：

陸士龍評：嘗聞湯仲嘆《九歌》：昔讀《楚辭》意不大愛之，頃日視之，實自清絶滔滔，古今來爲如此文，此爲宗矣。

張京元云：沅湘間信鬼好祀，原見其祝辭鄙俚，因爲更定，亦文人游戲，聊散懷耳。篇中皆求神語，舊注牽合，一歸怨憤，何其狹也！按，無始言似矣，但累臣之情，纏綿凄愴，往往謬悠忽怳，托寓不一，未可訓詁泥之。張鳳翼云：以事神之言，喻忠臣之意。良然。

金兆清評：《九歌》貌情寫色，簡折多思，種種有鬼舞神歌之况。（原在陸氏小叙後）

又曰：詩之爲言，深長而可思；騷之爲歌，搖蕩而可喜。此雅正之分也。天下有境所可至，而情不至焉，有情所可至，而言不至焉。《九歌》婉孌已甚昵昵兒女語，何褻也。情太泄而不制，語過艷而不則，朱晦翁謂再變之鄭衛，良不虛矣。後之人離去其情，巧爲意以追之，求其鄭而不得。悲夫！（卷末評）

聽雨齋本：

王逸曰：上陳事神之敬，下以見己之冤結，托之以風諫，故其文意不同，章句錯雜，而廣異義焉。

李賀曰：其骨古而秀，其色幽而艷。

姚寬曰：見前。

張鋭曰：見前。

馮覲曰：見前。

陳深曰：見前。

孫鑛曰：《九歌》句法稍碎，而特奇陗，在《楚辭》中，最爲精潔。

呂延濟曰：見前。

郭正域曰：《九歌》簡峻微婉，《三百篇》以下絶調，後人蹈襲可厭。

張之象曰：見前。

蔣之翹曰：借他人之酒杯，澆自己之塊壘，骨力自是道上。後唐王維《魚山迎送神曲》及韓愈《羅池廟詞》，皆不能仿佛矣。

金蟠曰：此楚風也。國風自《邶》以下皆變，終之《豳風》以正之。若屈子《九歌》，所以正楚風也。朱子謂祀神之盛，幾於變頌。夫緣頌之義，盡風之情，流連蓋惻，則終不失其正者爾。所謂刪詩不能遺信矣。

蔣本：

王逸曰：見前。

李賀曰：見前。

姚寬曰：見前。

張銳曰：見前。

馮覲曰：見前。

陳深曰：見前。

孫鑛曰：見前。

胡應麟曰：和平婉麗，整暇雍容，使人一唱三嘆。

蔣之翹曰：曰以事神之心，寄吾忠君愛國、繾綣不忘之意。所謂借他人之酒杯，澆自己之塊壘也，其間急節短棹，雖乏和緩，而骨力自是道上。後唐王維《魚山迎送神曲》及韓愈《羅池廟詞》，皆不能仿佛矣。

陸時雍曰：《九章》短節簡奏，觸響有琳琅之聲。

方人杰本：

上陳事神之敬，下以見己之冤結，托之以風諫，故其文意不同，章句錯雜，而廣異義焉。**王叔師**

歌以九名，而載十一篇，何也？曰：如《七啓》《七發》，以數名之，非以章名之也。**洪慶善**

以神喻君，以祀神喻愛君，意非不合，但説出便覺無味。〇句法稍碎，而特奇陗，在《楚辭》中最爲精潔。**孫文融**

《九歌》貌情寫色，拂水成珠，種種有鬼舞神歌之況。**張道先**

昔人云："沅湘之間，其俗尚鬼，祭祀則令巫覡作樂諧舞，歌吹爲容，其辭陋矣。自原爲之，緣之以幽渺，涵之以清深，琅然笙匏，遂可登於俎豆。"又云："急節短拍,雖乏和緩,而骨力自是道上。後唐王維《魚山迎送神曲》、韓愈《羅池廟辭》,皆不能仿佛矣。"然此論其事之緣起耳。讀屈子之全文,曰《騷》,曰《游》,曰《問》,曰《卜》。蓋其無可奈何之意,真有莫知其然而然者。觸事興懷,雖木石猶將扣之。而況洞洞漆漆,視聽於無形聲者乎?豈借題之謂哉?至其文曲折幽艷,奇古深微,學之亦得其兒耳,其神未易求也。**方人杰**

楚辭卷第三

天問第三①（**歸本**）楊升庵眉曰：屈子
何不言"問天"，天尊不可問，故曰"天問"。（**蔣之翹本**）王逸
評：天尊不可問，故不言"問天"，而言"天問"。王世貞眉：
《天問》雖屬《離騷》，自是四言之詩，但詞旨散漫，事迹惝怳，
不可存也。（**來欽之本**）王弇州眉：《天問》雖屬《離騷》，自是
四詩之韵，但詞旨散漫，事迹惝恍，不可存也。（**聽雨齋本**）
王逸評：天尊不可問，故不曰"問天"，而曰"天問"。（**李陳玉
本**）若作"問天"，是人所不能解，而欲談天以求解之。今曰
"天問"，是天亦在不可解中，而無望世之能解之也。二字奇
絕。（**葉邦榮本**）陳深曰：特創爲百餘問，皆容成葛天之語，
入神出天，此爲開物之聖。後有作者，皆臣妾也。

曰：遂古之初，（**方人杰本**）旁批：開口便覺大奇，只"遂古"二字，
不知管下多少問端。誰（**萬曆本**）佚名手旁：真不解。傳道之？②（**聽
雨齋本**）桑悦眉：開口便覺大奇，只"遂古"二字，不知管下許多問端。
孫鑛眉：語多不經，蓋當時稗官之記猶多。（**潘三槐本**）陳深曰：特創爲

---

① 聽雨齋本此處録王世貞語作："《天問》雖屬《離騷》，自是四言之詩。"
② 蔣本此處録孫鑛語，作："語多不經，蓋當時稗官之記猶多。後人不
得見，遂指爲妄耳。"慶安本原刻録同。

百餘問，皆容成蕩天之語，入神出天。此爲開物之聖，後有作者，皆臣妾也。（**葉邦榮本**）洪興祖曰：《離騷》《天問》多用《山海經》，而劉勰《辨騷》以"康回傾地""夷羿斃日"爲"譎怪之談"，"異乎經典"。如高宗夢傳説，姜嫄履帝武之類，皆見於《詩》《書》，豈誣也哉？ 上下未形，（**萬曆本**）佚名手旁：領下。何由考之？（**萬曆本**）佚名手眉：此章是總冒語。冥昭瞢闇，誰能極之？馮翼惟像，何以識之？（**李陳玉本**）未問天，先問天從何時有起。畢竟有人傳道之，而後知其爲天也。但知其爲天，究不知天是何物。萬古悶端，從此起矣。（**萬曆本**）佚名手眉：此節承上"未形"來。明明闇闇，（**方人杰本**）旁批：陰陽。（**萬曆本**）佚名手眉：此下十章，皆天地日月星辰之事。又曰："明明暗暗"，疑是言混沌未分之際，此時若明若暗，則何所爲乎？"三合"則上下巳形，此句轉出下文來。惟時何爲？（**林兆珂本**）佚名手眉："遂古之初"，無古也。有古則有可傳，無古矣，又何傳？形時輕清，未分幽明，□剖又何由考之，而極之，而識之。陰陽三合，（**馮眉**）洪興祖曰：《天對》云："合焉者三，一以統同。吁炎吹冷，交錯而功。"引穀梁子云："獨陰不生，獨陽不生，獨天不生，三合然後生。"逸以爲天地人，非也。《穀梁》注云："古人稱萬物負陰而抱陽，衝氣以爲和。"然則傳所謂天，盡名其衝和之功，而神理所由也。會二氣之和，極發揮之美者，不可以柔剛滯其用，不得以陰陽分其名，故歸於冥極，而謂之天。凡生類秉靈知於天，滋形於二氣，故又曰："獨天不生"，必三合而形神生理具矣。（**北大集注本**）佚名手批："陰陽三合"，詳見《（內）經》。何本何化？（**蔣之翹本**）陸時雍眉：此皆不可以理論，不可以情求。逆其意者，當得之寥廓之表，幻窔之中耳。（**萬本**）佚名曰：上二句直問晝而明明，夜而暗暗，一明一暗，循代不已，果將何所營爲。"三""參"古通用，謂陰陽二氣參錯會合，發生萬物，果何所本，始而變化乎？（**聽雨齋本**）陳深眉：特創爲百餘問，皆容成蕩天之語，入神出天，此爲開物之聖。後有作者，皆臣妾也。張符升眉：以上皆問造化以前之事。（**林兆珂本**）佚名手眉：斯時已恍然拓出一世界矣，凡山河、大地、帝王、賢聖、草木、禽魚，都有生身托命處，故曰"惟時何爲"，是天地已□矣，豈體止天地之□□□。"陰陽三合，何本何化"，蓋乾坤列彼此之位，六子成交配之功，震巽同宮坎離。圜則九重，孰營度之？（**歸本**）王鳳洲眉曰：覽之令人徘徊循咀，且感且疑；再反之，沈吟歔欷；又三復之，涕泪俱下，情事欲絕。惟兹何功？孰初作之？（**萬曆本**）佚名手眉：天。斡維焉繫？（**北大集注本**）佚名手批："斡"，即"轄"，謂車轄也，音"管"。天極焉加？八柱何當？東南何虧？（**萬曆本**）佚名手眉：天地。（**林兆珂本**）佚名手眉：互體山澤通氣，三陰三陽合同而化也。元辰紀言：陰陽之氣，各有多少。如太陰爲正陰，太陽爲正陽，次陰者爲少陰，次陽者爲少陽，又次爲陽明，又次爲厥陰，故曰三陰三陽也。三陰三陽，爲標寒暑、燥濕、風火爲主。天置元氣，分爲六化以統坤元生成之用，此即本化之說也。

九天之際，安放安屬？（**林兆珂本**）佚名手旁：天圓地方，地有四游，觸着便成方。隅而實無定□，又誰知其數乎？隅隈多有，誰知其數？（**萬本**）佚名曰：屈子之說固是。不知天地自相依附之外，又何所依附耶？無涯而無涯之外，又何如耶？宋儒徒以理，亦不能使人昭然也。宋儒徒能言之於口，亦未能飛出乾坤之外，以觀覽之，又安能豁然於心也？周孔未嘗一言及此，亦（後無）。王念孫眉：張載注《魏都賦》云："隈，猶隅也。"引鄒衍書云："四隈不靜。"（**北大集注本**）佚名手批：邵子焉知地。又曰：大氣舉之，千古卓識。邵子乃小兒之見耳。（**萬曆本**）佚名手眉：天地。（**葉邦榮本**）邵子之說固是。不知天地自相依附之外，又何所依附耶？無涯而無涯之外，又何如耶？宋儒徒以理，亦不能使人昭然也。宋儒徒能言之於口，亦未能飛出乾坤之外，以觀覽之，又安能豁然於心也。天何所沓？十二焉分？日月安屬？列星安陳？（**李陳玉本**）上問世界未成，無形無像事。此則問世界既成，有形有像事也。張符升眉：日月星麗乎天，故承天體以立問，而下遂及日月列星也。（**萬曆本**）佚名手眉：天地日月列星。（**林兆珂本**）佚名手眉：日月麗乎天也，有分屬之義。天一生水，地二生火，一結胎於離，一結胎於坎，一屬奇，而專司晝，一屬偶，而專司夜也。又有轉屬之義，日往則月來，月往則日來，日行其疾，月行其遲，日拖耀而精熺，月借魄而光燦，所謂日月自相統屬也。眾星布列，其所以神著有五列焉，是為三十五□居中央謂之北斗，布於方為廿八宿，中外之宮常明者，百二十有四，可明者三百二十，為星二千五百微星之數萬一千五百二十，凡帝王、卿牧、人事、庶物、昆蟲，咸系命焉。"陳"者，陳設也。分度分野，森然布列也。又陳示也，所謂天垂象，現吉凶，稽死□，隕□順，逆□□，以窮□祥是也。**出自湯谷，次於蒙汜。（歸本）**朱潛溪眉曰：屈子身遭放逐，憂心□悴，彷徨山澤，經歷陵陸，嗟號旻昊，仰天嘆息。見楚有先王之廟及公卿祠堂，圖畫天地山川神靈，琦瑋譎佹，及古賢聖怪物行事，周流疲倦，休息其下，仰見圖畫，因書其壁，呵而問之，以發泄憤懣，舒瀉愁思，故其文藝不次序。**（林兆珂本）**佚名手眉："湯谷""蒙汜"，皆地上山穴之名。日從地出，從地入也。朱子以周天赤道答之，大無謂！蓋日行空中，而所過之步，則有方所。猶死鳥不著地，而所過之影，則涉某山某水，程途近遠，歷歷可數也。**自明及晦，所行幾里？（萬曆本）**佚名手眉：日。**（朱崇沐本）**佚名手眉：（朱）妙在以小視之。**夜光何德，（方人杰本）**旁批：語極翩逸有致。**死則又育？厥利維何，而顧菟在腹？（來欽之本）**"顧菟在腹"，或看以為日月在天，如兩鏡相照，而地居其中，四旁皆空水也，故月中微黑之處，乃鏡中天地之影，略有形似，而非真有是物也。**（聽雨齋本）**焦竑眉：語極翩逸有致。**（李陳玉本）**出東入西，日之所照遠矣。然既有出入，即有道里。世界之外，豈無遺照也。魄死明生，光輝不竭，月之所得厚矣。此"顧兔在腹"，□影藏形，苟無侵蝕，何以竊據也。**（北大集注本）**佚名手批：騷人風雅游戲，或對答之，愚矣。**（萬曆本）**佚名手眉：月。**女歧無合，（方人杰本）**旁批：氣化不齊。**（萬曆本）**佚名手眉：此章雜出，然亦氣化形化之事。**夫焉取九子？（萬本）**佚名曰：此上十段皆問天道。"女歧"一段，疑錯簡在此。此篇頗有條理，不是漫然亂道的。張符升眉：此皆堂中所繪，而附於天者，故言天而類及之。（**林兆珂本**）佚名手眉：遂古至□光□洪荒□□矣，天地既□矣，日月星既麗矣，至此□□生出人來，總□世界。余謂"九子"乃人類之種，"女歧"乃生育之母也。"伯强""惠氣"，風屬。上指日月星，此專言風也。伯强何處？惠氣安在？（**李陳玉本**）一則生氣自然，無夫而生子；一則害氣所鍾，無□而殺人如此。何闔而晦？（**方人杰本**）旁批：晦明不測。何開而明？角宿未旦，曜靈安藏？吳汝綸評：以上天文。（**李陳玉本**）天既有日，何難常明而不晦，不知角宿未出之時，曜靈安在，而使人間黑暗也。以上俱問天上許多不可解。（**夾紙批**）未問天，先問天從何時有起，畢竟有人傳道之，而後知其爲天。"誰傳道之"，"誰"字正問此。初□第一個人也，以下至"何本何化"十句，是問開天未有形象時；自"圓則九重"，至"列星安陳"十六句，是問開天既有形象後；"出自湯谷"，至"顧菟在腹"八句，又提出日月來問。蓋有形有象中，莫大於日月。謂出東入西，日之所照遠矣。然既有出入，即有道理。世界之外，豈無遺照也。魄死明□，光輝不竭，月之所及厚矣。然"顧菟在腹"，匿形□形，苟無侵蝕，何以□□也。"女歧"四句，言一則生氣，自然無夫而生子，一則害人所□。"何暗而晦"四句，言天既有日，何難倡明不晦，不知角宿未出之時，耀靈安在。而使人間黑暗也。此段問日月，已寓王之不明，使女寵奸邪，一暴十寒意。以上問天上事了畢。張符升眉：以上皆問天之事。（**萬曆本**）佚名手眉：日。

　　不任汩鴻，（**李陳玉本**）以下問地下事。天上有象者，莫大於日月。地上有象者，莫大於水。故提出治水來問。（**方人杰本**）旁批：洪水。（**萬曆本**）佚名手眉：此上十節，叙天事多。此下十二節叙地，而水尤地之大者，惟鯀禹首成天平地以治水，故先及之。師何以尚之？僉曰何憂？何不課而行之？（**萬曆本**）佚名手眉：言鯀本不能治水，而衆何以當之，而"僉曰"云云乎？二句即《虞書》所謂"异哉，試可乃巳”也。（**林兆珂本**）佚名手眉：“何不課而行之”，若□之，若訝之。此其所以爲《天問》之發難，以理論事□者也。（**朱崇沐本**）佚名手眉：（**朱**）“杳冥冥兮以東行”。（**潘三槐本**）陸時雍曰：《天問》中有一等漫興語，如此類是也。鴟龜曳銜，鯀何聽焉？（**陸本**）李思誌曰：識□□與《書》合。（**潘三槐本**）陳仁錫曰：爲鯀開路亦奇。順欲成功，帝何刑焉？永遏在羽山，夫何三年不施？（**林兆珂本**）佚名手眉：“鴟龜曳銜”，鯀障水法也。鯀睹鴟龜曳尾相銜，因而築爲長堤高城，參差綿亘，亦如鴟龜之曳尾相銜者。然《史稽》曰：張儀依龜迹築蜀城。即其證。殛死猶言貶死，實未嘗殺之則死，遏在羽山，似乎永不施矣。而曰三年何也？《公羊注》：“古人疑獄，三年而始定，三年不施，永不施矣。惟有永遏之而已。”伯禹腹鯀，（**萬曆本**）佚名手旁：倒字法。夫何以變化？（**歸本**）楊南峰眉：舜之四罪，皆未嘗殺也。《書》曰“殛死”，言貶死耳。聖人寬仁如此。（**萬曆本**）佚名手眉：此節鯀禹轉接。佚名手旁：領下。纂就前緒，遂成考功。何續初繼業，而厥謀不同？（**李陳玉本**）鯀若不任治水，庭臣何以交薦，帝亦豈肯輕試？且洪水之害，溺人皆飽鴟龜之腹。鯀本有才，自不能無視，實須順帝欲以成功。羽山之永遏，毋乃太過。究竟續父功者，即其聖子。豈禹善變化，而鯀不能耶？又曰：天之下有地，地上事莫大於治水。想起治水，又得着“鯀悻直以亡身”一語。故先從鯀、禹父子事問起，非爲鯀訟冤也。悻直人往往不容於世，若鯀之功多罪少，而猶遭天罰，不知讒邪害□之人，天將何法處置。故首以此事，向天發問也。（**萬曆本**）佚名手眉：承上變化來。洪泉極深，何以窴之？地方九則，何以墳之？（**林兆珂本**）佚名手眉：洪水滿藪，有九淵，禹乃息土填洪水，爲名山，似指此。“九則”，九州也。帝嚳制九州洪水時，經塗界限漫滅莫理。洪水既治，故道宛然。《左傳》：“茫茫禹迹，畫爲九州。”非禹始創畫之也，言襄陵之勢既夷，而九州之界限復井然隆起，歷歷可稽也。（**葉邦榮本**）楊慎曰：“東流不溢，孰知其故？”柳子之對、朱子之注，大抵以歸墟爲説。予謂水由氣而生，亦由氣而滅。今以氣嘘物則得水，以氣吹水則即乾。由一滴可知其大也，歸墟尾閭是水之大，窮盡氣之大升降處。河海應龍，（歸本）楊升庵眉：《山海經》："應龍以尾畫地，即水泉流通。"何盡何歷？王念孫眉：《易林》"師之咸：長尾蝼蛇，畫地成河。"（萬曆本）佚名手眉：上三節叙禹。（林兆珂本）佚名手眉：應龍，有翼而飛者。應龍佐禹治水，畫地泉流爲□已久。又《嶽瀆經》"堯時九年洪水，巫支祈爲孽，蓋水妖也。應龍驅之淮陽龜山足下，其後水平，禹乃放應龍於東海之區。"鯀之治水也，龜之。禹之治水也，龍之。嗚呼！此成敗之由耶？鯀何所營？禹何所成？（李陳玉本）此承"變化"二字來。應龍以尾劃地，而水泉流，河海奠。禹之變化，殆亦賴神助耶？張符升眉：問天之後，未及問地，而先言禹者，禹有平地之功，故先地而致問也。康回馮怒，（李陳玉本）此下方將地上許多不可解，從頭問起，而先問共工憑怒一事。似地上有一種□□人，天地亦做主張不來者，托意遠矣。（夾批）"康回"二句應連上節讀，若謂禹□可以釋□，則康回憑怒，其惡何啻□鯀，地之東南傾，豈亦怕凶故耶？墜何故以東南傾？（馮眉）洪興祖曰：《離騷》《天問》多用《山海經》，而劉勰《辨騷》以"康回傾地""夷羿弊日"爲"譎怪之談"，"異乎經典"。如高宗夢傅説，姜嫄履帝敏之類，皆見於《詩》《書》，豈誣也哉！（萬本）佚名曰：以上言鯀禹之事，而下二段言地理，蓋地平天成，實鯀禹之功，故屢言之。（李陳玉本）（夾紙批）自"不任汩鴻"起，至"地何故以東南傾"，言鯀本才臣，而成功必待其子。禹雖聖子，而施功亦因其父。否則，洪泉極深，豈易填之使平；地方九則，豈易填之使高。雖有應龍、河海，豈能隨畫而定。然則鯀禹之功，并當不朽矣。若獨以圯族之罪，加之於鯀，正不知開辟以來，好端端一個世界，何以任共工憑怒，使之缺陷東南，使水潦無邁耶？豈地亦怕凶人耶？（方人杰本）旁批：治水歸東南，因思其傾，蒙上開下，妙想妙文。（萬曆本）佚名手眉：此節接上鯀禹，又帶出"地東南傾"以起下。九州安錯？川谷何洿？東流不溢，（潘三槐本）周拱辰曰："東流不溢"，

555

妙處不在能受，正在能消。孰知其故？（**馮眉**）楊慎曰："東流不溢，孰知其故？"劉子之對、朱子之注，大抵以歸墟爲説。余謂水由氣而生，亦由氣而減。今以氣噓物則得水，又以氣吹水則即乾。由一滴可知其大也，歸墟尾閭是水之大，窮盡氣之大升降處。（**林兆珂本**）佚名手眉："東流不溢"，諸家皆爲"歸墟受之"之説所誤。余嘗見善飲者，至一石不醉，腹僅貯斗餘，而既受逾。十倍，非其量之能受，乃其量之能消，即佛語所云"消受"也。"東流不溢"，妙處不在能受，而在能消，所以爲造化之神。我朝楊升庵以柳子之對、朱子之注爲非，而曰："歸墟尾閭，是水之大，窮盡大升降處。""窮盡升降"二語，□未夢見在。東西南北，其脩孰多？南北順墮，其衍幾何？（**張鳳翼本**）鍾惺眉：四語翩妙多風。（**萬曆本**）佚名手眉：上二節因禹治水平地而後，而遂及之。昆侖縣圃，其尻安在？（**歸本**）王逸評：昆侖山在西北，元氣所出。其巔之縣圃，上通乎天。增城九重，其高幾里？四方之門，其誰從焉？西北辟啓，何氣通焉？（**萬曆本**）佚名手眉：昆侖，水之所自出，故連及之。（**林兆珂本**）佚名手眉：《淮南子》云："闔四海之内，東西二萬八千里，南北二萬六千里。禹乃使太章步自東極，至於西極，二億三萬三千五百里七十五步。使竪亥步自北極，至於南極，二億三萬三千五百里七十五步。"則大段爲是矣。而又曰："南北順墮，其衍幾何？"則似南北狹，而東南長也。張衡《靈憲》曰："八極之維，經二億三萬二千三百里，南北則短減千里，東西則廣增千里。自地至天，半於八極，則地之深，亦如之。"二説略殊，而張言似與此合。

日安不到？燭龍何照？（**方人杰本**）旁批：荒幻如讀異書，不可以理論情求。羲和之未揚，若華何光？（**萬本**）佚名曰：此四句乃斷詞。屈子明闢世俗之妄矣，乃謂此章所問無是兒戲之語，何其不察之甚耶？（**萬曆本**）佚名手眉：若木在昆侖之西極，此又因上二節而連及之。（**葉邦榮本**）此四句乃斷詞。屈子明闢世俗之妄矣，乃謂此章所問無是兒戲之言,何其不察之甚耶?**何所冬暖?**(**萬曆本**)佚名手眉:此下六章,皆敘鳥獸草木之事爲多,蓋皆天之所産,地之所出,故次之。**何所夏寒?**(**萬本**)佚名曰:或曰:從篇首至"何所夏寒",參錯言天道地理也。亦通。(**來欽之本**)鍾伯敬眉:李賀"月寒日暖,來煎人壽",語有奇悲,大近此。**焉有石林?**(**歸本**)陶主敬眉:《吴都賦》:"雖有石林之岧嶤,請環攘臂而靡之。雖有雄虺之九首,將抗足跐之。"石林當在西極。缺九衢從《莊子》"缺有九岐",以岐路解。**何獸能言?**(**蔣本、聽雨齋本**)李賀評:《海外紀》云:"石林山在東海之東,有洞深五百里,有鳥多翠羽,入水化爲虬。有獸色白九尾,善飛亦能言。風多四面,一時則東西南北皆起焉。有石如木,挺立數仞,枝干皆備,亦開花,朱色,爛然滿山,故名。"桑悦眉:據李説甚合。宗元小生,以西極猩猩爲對,誤矣。(**萬曆本**)佚名手旁:末句以起下文鳥獸怪異事。**焉有虬龍,負熊以游?雄虺九首,儵忽焉在?何所不死?長人何守?**(**萬曆本**)佚名手眉:并及人者,蓋亦怪異之事,所謂物怪人妖也。**靡蓱九衢,枲華安居?靈蛇吞象,厥大何如?**楊訥庵眉:此後段多有無稽之言,學者不必費心力也。**黑水玄趾,**(**方人杰本**)旁批:事以地異,故切切不置。**三危安在?**(**歸本**)楊升庵眉:玄趾在北,三危在南。**延年不死,壽何所止?**(**萬曆本**)佚名手眉:前問何所有不死之人,此果如果有之,則其壽當何所止乎?與物之怪者作一類夾叙,是作者深意。**鯪魚何所?鬿堆焉處?**

羿焉(**萬曆本**)佚名手旁:帶筆。**彃日?烏焉解羽?**(**萬本**)佚名曰:以上皆述世俗所傳人物奇異之妄,而録之也。金兆清眉:似調似詫,雅合問語。吴汝綸評:以上地輿。(**李陳玉本**)(**夾紙批**)自"九州安錯"句起,至"烏焉解羽"一段,言究竟自禹平水土以後,地上有許多不可解處。且地上所生之物,千奇萬怪,使人種種不平,恐禹亦不能自解也。張符升眉:以上皆舉地上之遐異者以窮之。(**萬曆本**)佚名手眉:因鳥及羿,蓋欲問鳥解羽之異,不可不先及羿也。觀上二句,可知以類而問。(**林兆珂本**)佚名手眉:"羿焉彃日"二句,舊訓抹却一"焉"字,而曰:"羿射九日,九鳥墮其羽。"非也。二"焉"字即鯢雀焉處"焉"字,問詞也。言十日并出,羿即神射,豈能發而參天乎? 以何術而能射落九日也? 且蹲而發矢之地何地也? 鳥以風化,鳥焉朔風所吹,□吹□高□入罡風,即化而無□,羽毛解落在地矣。解羽之所,□在何處?《水經注》:流沙積羽之鄉,是也。(**葉邦榮本**)以上皆述世俗所傳人物奇異之妄,而闢之也。禹(**萬曆本**)佚名手旁:禹二章。之力獻功,(**李陳玉本**)此下要問人間許多不可解,而仍從禹之治水説起,歸到鮌殛修盈一語,亦仍爲"悖直亡身"者頌冤也。(**夾紙批**)此下至末,乃問人間事不可解,而仍借上文治水事,而從禹發端。蓋人間事莫大於治水,治水之功,獨歸諸禹。而原意,猶爲"悖直亡身"一語,代鮌不平。故又言禹之功大矣,而亦幸得塗山之女佐之。世傳禹鑿軒轅道,變形爲黃熊。塗山女亦九尾狐也,塗山氏見之而慚,遂化爲爲石。時方孕啟,禹曰歸我子,於是石破北方而啟出。回思辛壬癸甲,雖曰繼體爲急,何人與狐嗜欲不同味,而快一朝之飽乎? 至禹已薦益,而啟辛代之。啟既見廢,而卒能離罿,爲朝覲訟獄謳歌之□。事若不成,幾爲衆射之的。何烈山播種,益禹同有萬世之功,而啟傳祚至商,時猶被三恪之位。《九辯》《九歌》,禹祀不絶,宜禹與塗山氏,雖勤子屠母,而死分竟地,而有所不暇恤也。降省下土四方,(**來欽之本**)下"土方"蓋用《商頌》語。(**萬曆本**)佚名手眉:此下至末,歷叙帝王賢聖之事,及衰世喪亡之由,與夫奸凶篡弑之迹。上自唐虞,下至列國,而終以己意結。中間插入妖異之説,義不必連,文無所取次,皆憤悶時衝口肆筆而及之,今正不得強爲之解也。又曰:前入鮌禹事,乃因地與水而及之,當以地水爲主。此下方專説鮌禹,讀者須詳辨賓主。焉得彼嶽山女,而通之於台桑? 閔妃匹合,厥身是繼,胡爲嗜不同味,而快鼁飽?(**歸本**)彭可齋眉:禹娶塗山,田急於治,四日而出此典,衆之嗜欲不同,而豈快一朝之飽乎?(**李陳玉本**)禹承治水之命,亦無□謀及妃匹,而有塗山之娶。

雖曰嗣續大計，然彼塗山女爲九尾狐，豈人獸之嗜欲不同味，而快一朝之飽乎？（**林兆珂本**）佚名手眉：問意以爲禹承命獻功，而將通塗山女於台桑，是疑聖人之忽君臣也。既閔妃匹合，厥身之是繼耳，胡爲嗜不同味，而快毫飽，又疑聖人之輕父子也。所云堯舜之抗行，被以不慈之僞名，大率類此，所以爲憤詞也。**啓代益作后，**（**萬曆本**）佚名手眉：啓三章益附。**卒然離蠥。何啓惟憂，而能拘是達？皆歸射鞠，而無害厥躬。**（**歸本**）康礪峰眉：射，行。鞠，窮也。有扈氏所行，窮凶極惡，啓誅之，而得無害。（**陳深本**）王逸眉：射，行。鞠，窮也。言有扈氏所行，皆歸於窮惡。啓誅之，而得無害也。（**潘三槐本**）王逸曰：射，行。鞠，窮也。言有扈氏所行，皆歸於窮惡。啓誅之，而得無害也。**何后益作革，而禹播降？啓棘賓商，《九辯》《九歌》。**（**林兆珂本**）佚名手眉：問意謂啓賓天得《九辯》《九歌》，此天方開憂，豈患無嗣。禹何汲汲然者，當化石之時，乃勤屠母而死分竟地也。人化爲石，石裂竟地，則不可以後形，生死界分，神人道隔，在此際矣。**何勤子屠母，而死分竟地？**①（**馮眉**）洪興祖曰：言坼剖而産，則有之，死分竟地，未必然也。竟地猶言竟天也。唐段成式云“逝分竟地”，蓋用此語。（**聽雨齋本**）金蟠眉：舊注引《帝王世紀》，言禹“㡄剖母背而生”。朱子以言啓，不應反說禹事，故引其母化石爲證。其說皆未可定。總之，原之心緒奇紗也。（**李陳玉本**）“蠥”，憂也，殷憂之境。似天□賢君，使之從拘得達。若萌蘖之雜然離土，而有扈等國，皆窮誅而不能爲害也。顧播降大功，禹與益勤勞一體，乃□後傳世至商，猶在家佫之位。《九辯》《九歌》，禹祀不絕，益不能及，何耶？且天既□厚報禹，而如土山化石之說，不免勤子屠母，而死分竟地，又何其艱難也。射，誅討也。鞠，窮也。言窮誅不服之國也。**帝降夷羿，**（**萬曆本**）佚名手眉：羿三章。

---

① 聽雨齋本録此處洪興祖語作：“言坼剖而産，則有之，死分竟地，未必然也。”

革孽夏民。（**林兆珂本**）佚名手旁：夷羿造孽，實天意也。胡羿射夫
河伯，而妻彼雒嬪？①（**馮眉**）洪興祖曰：此言射河伯、妻洛嬪者，何
人乎？乃堯時羿，非有窮羿也。（**林兆珂本**）佚名手旁：即河伯眷屬也，
不與之仇，而反與之婚，何耶？（**潘三槐本**）洪興祖曰：此言射河伯、妻
洛嬪者，何人乎？乃堯時羿，非有窮羿也。馮珧利決，（**方人杰本**）旁
批：煉句。封豨是射。何獻蒸肉之膏，而后帝不若？（**聽雨齋本**）
桑悦眉："馮珧利決"四字，精煉之極。浞娶純狐，（**萬曆本**）佚名手眉：
浞附。眩妻爰謀。（**林兆珂本**）佚名手旁：此之爲問，若疑之，實快之
也。何羿之射革，而交吞揆之？（**歸本**）岳季方眉：夏后太康畋游洛
表，羿拒之河北，而僭其位，其臣寒浞又殺羿而代之。（**李陳玉本**）天既
佑啓矣，又生夷羿，以革孽夏民。射河伯與妻洛嬪，□漢亦有天助耶？
乃其射封豨，而獻蒸肉，天又終不能堪也。阮生羿，又生浞，卒使之死
於婦人之手，而不使（羿）之子孫殛殺之。又可怪也。阻窮西征，巖
何越焉？（**馮眉**）洪興祖曰：上文言永遏在羽山，夫何三年不施，則鯀
非死於道路，此但言何以越巉險而至羽山耳。吴汝綸評：《淮南子》云：
"禹治鴻水，通轘轅山，化爲熊。"此"西征越巖"，蓋其事也。化爲黄
熊，巫何活焉？咸播秬黍，莆雚是營。王念孫眉：《吕氏春秋·辯士
篇》："子能使藋夷毋淫乎？"何由并投，而鯀疾修盈？吴汝綸評：自
"阻窮西征"以下，覆述禹功。此所云"并投"者，謂四凶并投四裔。何
鯀之惡，而子孫獨長盛乎？（**李陳玉本**）"阻窮西征"，即所謂"永遏在羽
山"也，自不能越位而出，即化爲黄熊，豈隨巫祝而活，其神靈似有不可
泯滅者，厥後禹功既成，烝民乃粒。實則鯀有以開其先，乃後人并其功
而棄之。致疾於鯀，則鯀誠冤矣。上文言□逆如羿，天猶曲庇之。勞
勤如鯀，帝必悉罰之。不可解也。上言"射河伯""妻洛嬪"者，帝猶無

---

① 聽雨齋本此處引洪興祖語作："此言射河伯、妻洛嬪，乃堯時羿，非有
窮羿也。"

據加顯戮與？何罪鯀者之太甚？張符升眉：以上皆問夏事。（**林兆珂本**）佚名手眉：言禹平治水土，咸播五穀，葅藿之地，亦得耕營，厥功大矣。宜其蓋鯀之愆，何故既已并投，而惡聲後長滿於世也。“并投”者，當年之事，“疾盈”者，後世之□原之此問。（**朱崇沐本**）佚名手眉：（朱）非其所業之事。白蜺嬰茀，吳汝綸評：“白蜺”以下八句，況譬之旨。“得藥不能固藏”，喻羿之不能成事。“鳥鳴體去”，喻夏祀之不能絕也。（**方人杰本**）旁批：離奇悃悃，其情可憫，其理不可求。（**萬曆本**）佚名手眉：此三章插入。始化爲蜺，終化爲鳥，而厥體不喪，與化黃熊而殛死者異矣，故連類及之。胡爲此堂？（**歸本**）陳白沙眉：此堂，即所見先王祠堂也。安得夫良藥，不能固藏？天式從橫，（**萬曆本**）佚名手旁：言人惟天所使。陽離爰死。（**歸本**）王夢澤眉：此言得藥不善，仙人不可殺。（**萬曆本**）佚名手旁：陽離則宜死矣。大鳥何鳴，夫焉喪厥體？（**張鳳翼本**）劉辰翁評：荒忽怳宕，其情可憫，其理不可求。（**李陳玉本**）因言鯀之化熊，不能後活。思古亦有死而後活之神仙，而傷鯀之不能也。（**萬曆本**）佚名手旁：此豈前所謂“延年不死”者歟？蓱號起雨，何以興之？撰體協脅，鹿何膺之？張符升眉：作“撰體脅鹿，何以膺之？”鼇戴（**萬曆本**）佚名手旁：句法。山抃，（**萬曆本**）佚名手眉：因舜及神，因神及怪，皆牽連書法。何以安之？（**歸本**）楊升庵眉：言鼇所以能負山者，以在水中也。使釋水陸行，則何能遷徙乎山？釋舟陵行，何之遷之？吳汝綸評：“釋舟陵行”，即《論語》之蕩舟澆之事。“蓱號”六句，皆興此句。（**李陳玉本**）因化鳥之事，而思天亦常有□□厚者。如雨何無端而興，體何無端而雙，山何無端而抃，安舟可釋水而陵行。所謂神仙之皆妖妄也，以上皆爲化熊之可數衍，其文勢之宕縱如此。張符升眉：自“白蜺嬰茀”至此，皆物類之神者，錯見於斯，豈以鯀神化爲黃熊，而以類圖之，故遞以爲問乎？惟澆在戶，（**李陳玉本**）（夾紙批）“惟澆在戶”以下，又接上淀妻誅羿事，爲妹喜、妲己作引。事反復於此禍之傾人國，爲何□也。（**葉邦榮本**）洪興祖曰：上文言“永過在羽山，夫何三年不施"，則鯀非死於道路，此但言何以越岩險，而至羽山耳。何求於嫂？（**萬曆本**）佚名手眉：少康二章，澆附。何少康逐犬，而顛隕厥首？女歧縫裳，楊訥庵眉：前曰神女也。（**萬曆本**）佚名手旁：承"求騷"來。而館同爰止。（**潘三槐本**）周拱辰曰：兩段文氣似倒，而意實融貫。何顛易厥首，（**萬曆本**）佚名手旁：承"隕首"來。而親以逢殆？金兆清眉：叙述即入咏嘆，簡雋酷金公羊。（**李陳玉本**）天下女子儘多，澆偏盡惑於嫂，而隕首於少康之手，豈禍本神昧耶？此又接上涅妻謀羿事，爲妹喜、妲己作引。（**北大集注本**）佚名手批：皆沈約注《紀年》語，不知沈約何據。湯（**萬曆本**）佚名手旁：康。（**林兆珂本**）佚名手旁：疑爲"康"字，謂少康也。不然，與上下文不相涉。謀易旅，何以厚之？張符升眉：朱注"湯"字蓋"康"字之誤，謂少康也，語少康以一旅之主，易而爲王。覆舟（**萬曆本**）佚名手旁：字法。斟尋，何道取之？[①]（**蔣之翹本**）蔣之翹眉：桑民懌以"馮珧"句爲精煉，余以"覆舟斟尋"及後"緣鵠飾玉"句，尤爲精煉。所謂百煉成字，千煉成句也。（**歸本**）汪南溟眉：湯伐桀曰："有夏多罪，天命殛之。"（**來欽之本**）王芳侯眉："取"與"旅"叶，當是首尾叶法。吳汝綸評：言澆謀夏而危殆，至後之成湯，天獨何以厚之。若謂澆無謀人之材，則其取斟尋，又用何道？（**聽雨齋本**）蔣之翹眉："覆舟斟尋"，及後"緣鵠飾玉"，尤爲工煉。（**李陳玉本**）湯以七十里之小侯，□如少康易一□而成王業，豈□□耶？且以□桀之雄□，懲斟之覆舟，豈能輕取其國者。張符升眉："惟澆在戶"至此，終前羿澆之事。桀伐蒙山，（**萬曆本**）佚名手眉：桀一章，湯附。又曰：已上十八章叙交事，鯀、禹、啓、少康、桀爲主，餘皆附見插入。何所得焉？妹嬉何肆，湯何殛焉？（**李陳玉本**）不料蒙山之伐，他無所得，而獨得妹喜。遂肆爲淫惡，而湯得以爲兵端，

---

① 慶安本原刻此處録蔣之翹語，作："桑民懌以'馮珧'句爲精練，余以'覆舟斟尋'及後'緣鵠飾玉'句，尤爲精練。所謂百煉成字，千煉成句也。"

孰使之也。（**林兆珂本**）佚名手眉：蒙山之伐桀，利在□也。得一美人，失一國家，折閱多矣。或曰：南巢之放，乃與妹嬉及□媵五□人同舟。桀且曰□吾得也，而已矣。

舜閔在家，（**萬曆本**）佚名手眉：堯一章，舜附。父何以鱞？堯不姚告，（**萬曆本**）佚名手旁：句法。二女何親？張符升眉：以上八句，一以婦人而亡，一以婦人而興，故問之。厥萌在初，（**方人杰本**）旁批：紂事。何所意焉？瑤臺十成，誰所極焉？（**蔣之翹本**）陳仁錫眉：微語。吳汝綸評：以上夏事。又云：此以舜之娶二女，明桀得末喜，不足異也。下文即足成此義，言舜娶二姚，亦女寵之漸。層臺十成，固起於累土。（**慶安本**）陳任錫眉：微語。（**林兆珂本**）佚名手眉："誰所極焉"，紂之奢侈，至瓊宮玉宇，亦極矣，亦知即初念之萌極之乎？登立為帝，孰道尚之？女媧有體，孰制匠之？（**歸本**）康明河眉：女媧氏煉石補天，何以施王而蛇首人身？孰見而圖之？（**李陳玉本**）（**夾紙批**）此將言妲己，而顯將舜之二女作引。夫以舜女而嫁有鱞，誠屬奇遇。豈知姻緣簿已早定自天矣。天則何所不可，如紂寵妲己，至為玉臺十重以處之，以妖婦而極此崇高之□，非天為之乎？護不但此已也，以伏義之聖君，□□生女媧以為之妹，天之養女流□天位且不□矣。十二句皆言商之後有妲己，其業端變化不測如此。張符升眉：以上八句，一寵婦人行侈而亡，一尊婦人為帝而王，故類舉之。（**萬曆本**）佚名手眉：女媧上二章雜入無倫，不宜強解。（**林兆珂本**）佚名手眉：舊以"登立為帝"屬伏義，非也。人皇以上，燧人以下，帝者多矣，何以專指義乎？余謂皆指女媧。女媧，伏義氏妹，古以男子帝天下，女媧獨以女子為天下君，豈女媧自擅而自立之乎？抑伏義以天下私，不傳之子，不傳之弟，不傳之臣，獨傳之妹乎？又豈女媧聖德，遠邁往帝，群臣百姓自往從之乎？"孰道尚之"，言亦禀何道德，天下翕然尊尚之也。按，女媧生而神靈，佐太昊，正婚姻，是為神媒。共工作亂，振滔洪水，以禍天下，女媧誅殺之。都於中皇之山，煉五色石以補蒼天，斷鰲足以立四極，殺黑龍以濟冀州,積蘆灰以止淫水。又作笙簧以通殊風,用十五弦之瑟於澤丘,以郊天侑神。聽之極悲,乃更爲十五弦以抑其情,而樂乃和。乘雷車,駕應龍,登九天,朝帝於靈門。《淮南子》所云"考其功烈,上極九天,下契黃壚"者也。女子帝天下者,前有媧,後有嬰,開辟以來所未有,扶綱常而警伏雌,可少此屈原之一問哉?舜服厥弟,(**萬曆本**)佚名手眉:舜二章。終然爲害。何肆犬豕,(**萬曆本**)佚名手旁:句法。而厥身不危敗?(**李陳玉本**)舜善待其弟,而象必引害之。□犬豕之行,而終享□□之封。何也?象本無行,而終身安享;吳本荆蠻,而至德容儀,皆不可解者。此下又因舜之崛興,廣及後代興亡事,爲楚事作引。吳獲迄古,南嶽是止。(**潘三槐本**)周拱辰曰:"吳獲迄古"二句,即下"兩男子"事也。上句不說出人名,下二句指出。問中多有此句法。孰期去斯,得兩男子?(**歸本**)鄒東郭眉:周太王生三子,長太伯,次仲雍,次季歷。仲雍即虞仲。季歷傳位生子昌,爲西伯文王也。(**張鳳翼本**)鍾惺眉:必尋其解致,斯索矣。此異人異書,正資奇賞。張符升眉:以上八句,一以弟而殺兄,一以兄而讓弟,皆相形之辭。吳汝綸評:自"登立爲帝"至此,皆言帝王有真。綠鵠飾玉,(**李陳玉本**)此下問意較前益憤。前猶是無可□何事論之於天,此下則竟以夢之責天矣。文之奇宕至此。(**方人杰本**)旁批:必尋其解致,斯索矣。此異人異書,正資異賞。(**萬曆本**)佚名手眉:湯三章。佚名手旁:句法。后帝是饗。何承謀夏桀,終以滅喪?帝乃降觀,(**萬曆本**)佚名手旁:簡在帝心。下逢伊摯。(**萬曆本**)佚名手眉:伊尹附。何條放致罰,而黎服大說?吳汝綸評:"黎",王訓爲衆,是也。《毛詩·桑柔》傳訓"黎"爲"齊",與此同。言"齊服"與"大說"對文,洪謂"群黎",非。簡狄在臺,(**李陳玉本**)以下歷叙商周之事,而深致憾於女禍之致亡。而商之發祥,由簡狄。周之肇邦,自姜嫄。總爲褒、妲作引子,其意蓋爲鄭袖發也。譽何宜?吳汝綸評:追溯王迹所基,與前"阻窮西征"、後"稷爲元子",同一文法。玄鳥致貽,女何喜?(**李陳玉本**)(**夾批**)此因湯之革夏命，而言商之發祥，實由此婦人起也。張符升眉：此因湯而及其先世也。（萬曆本）佚名手眉：此一章乃因湯而及其世注，即長發之詩之例。該秉季德，（萬曆本）佚名手眉：此下四章雜出，然玩其文意，似是一串事。厥父是臧。胡終弊於有扈，牧夫牛羊？（萬本）佚名曰：按，啟與有扈戰於甘，則滅扈者非少康也。又《左傳》“少康滅澆於過”，則滅澆者少康也，非有扈也。問意蓋言禹得天下以揖讓，而啟用兵滅有扈，有扈子孫為牧豎。（歸本）陸寶山眉：《尚書·甘誓》：“有扈氏威侮五行，怠棄三正，天用剿絕其命，今予惟恭，行天之罰。”張符升眉：按，夏初之事，篇中屢見，蓋以世道升降之原，惟此時為甚，故三致意焉，又以為湯武征誅起例也。干協時舞，（方人杰本）旁批：禹事。何以懷之？平脅曼膚，何以肥之？（朱崇沐本）佚名手眉：（朱）“平脅”，脅平也。“曼膚”，膚曼也。有扈牧豎，云何而逢？吳汝綸評：“有扈牧豎”，謂少康也。擊床先出，其命何從？恒秉季德，（方人杰本）旁批：湯事。焉得夫朴牛？何往營班祿，吳汝綸評：自“該秉季德”至此，皆皆觀扈少康之得失，以詰天命之靡常，以見商不必興。不但還來？（歸本）王渼陂眉：稷、契，皆帝嚳之子。契始封商，湯因以為有天下之號。（李陳玉本）（夾批）且天之待有夏，不薄矣。傳啟之後，歷世□□，而卒歸於湯。何有扈之不幸，而湯之有幸也。昏微遵迹，（李陳玉本）“遵迹”，應指姜嫄。姜嫄出祀郊禖，履巨人迹而□□有娠，亦如簡狄之食遺卵事。後世至有陳大夫、解居父等事，又何夷也。（萬曆本）佚名手眉：此章亦雜出。有狄不寧。何繁鳥萃棘，負子肆情？（朱崇沐本）佚名手眉：以“肆情”二字作“淫”字注，可不見其醜。眩弟并淫，（李陳玉本）此又承“肆情”而言。象之眩惑，欲使二嫂治棲。天亦未嘗絕其後嗣也。（方人杰本）旁批：舜事。（萬曆本）佚名手眉：象一章。危害厥兄。何變化以作詐，而後嗣逢長？（歸本）王鳳洲眉：《尚書》言舜父頑母嚚，象傲克諧，以孝烝父，不格□是也。吳汝綸評：此言昏微者，居然肆恣；變詐者，居然逢長。而湯興桀喪，徒以伊尹去留耳。張符升眉：以上八句皆壁上所繪淫亂之事。又曰：作"而後嗣逢長"。成湯東巡，有莘爰極。（**萬曆本**）佚名手眉：復接湯尹三章。何乞彼小臣，而吉妃是得？水濱之木，得彼小子。夫何惡之，媵有莘之婦？（**李陳玉本**）一空□之小兒，湯以無心得之，而致興。有莘以媵臣使之，而不識。天之欲興一姓，其巧如此。不但商之發祥由簡狄，即湯之得伊尹以代夏，亦由吉妃也。湯出重泉，夫何罪尤？不勝心伐帝，夫誰使（**萬曆本**）佚名手旁：句法。挑之？吳汝綸評：以上商事。（**李陳玉本**）桀以無罪囚湯被罰，當其囚湯之時，不知誰實挑之，如妲己□之譖文王也。天之欲亡一姓，又如此。按之明指妲己言，見女媧之可恨如此。（**北大集注本**）佚名手批："挑""尤"古韻通，注以之叶"尤"，非也。

　　會鼂爭盟，（**萬曆本**）佚名手眉：武三章。因湯之伐桀，而遂及武之伐紂也。何踐吾期？蒼鳥群飛，（**萬曆本**）佚名手旁：此句奇。孰使萃之？（**歸本**）王陽谷眉：膠鬲，商賢人也，後武王舉之於魚鹽。蒼鳥□鷹揚孟津也。金兆清眉：可綴實牟問末。到擊紂躬，（**方人杰本**）旁批：感慨歷落。（**萬曆本**）佚名手旁眉：周公附。叔旦不嘉。何親揆發足，張符升眉："發"字□句，"足"作"定"。周之命以咨嗟？（**萬曆本**）佚名手旁：長句。（**潘三槐本**）周拱辰曰：太白之懸，亦太慘矣。曰"不嘉"，曰"咨嗟"，明乎旦，雖佐發定命，非其本心也。授殷天下，其位安施？反成乃亡，（**萬曆本**）佚名手旁：拗句。其罪伊何？（**聽雨齋本**）蔣之翹眉：論者謂原（下無）。（**蔣之翹本**）蔣之翹眉：論者謂原有不滿武王之意，亦自附夷齊之義也。似得之。（**萬曆本**）佚名手眉：末句非謂紂之無罪也，正欲深思其罪，以爲戒耳。爭遣伐器，（**朱崇沐本**）佚名手眉：（朱）兵器結言也。何以行之？并驅擊翼，何以將之？（**歸本**）張方洲眉：史言武王人人樂戰，并載驅載馳，赴敵爭先，前歌後舞，鳧藻歡呼，奮擊其翼。（**李陳玉本**）此節言物效其靈，人效其力。總見天之興一姓，以亡一姓，又如此。張符升眉：自"成湯東巡"至此，類舉放伐之事。昭后成游，（萬曆本）佚名手眉：昭一章。（林兆珂本）佚名手夾：何以行，何以歸，皆隱語，言以仁伐不仁，何用許多陰謀，使後世疑也。（朱崇沐本）佚名手眉：（朱）成事不説之成。南土爰底。厥利惟何，逢彼白雉？金兆清眉：凡問語諷即諷，語嘲即嘲，咏慨憑吊，替嘆揄揚，無不神與俱往。穆王巧梅，（萬曆本）佚名手眉：穆一章。夫何周流？環理天下，夫何索求？（歸本）莊定山眉："索求"在説而懷來之也。妖夫曳衒，何號於市？周幽誰誅，（方人杰本）旁批：警悚。（萬曆本）佚名手眉：幽一章。焉得夫褒姒？（聽雨齋本）蔣之華眉："周幽誰誅"四字，極有警醒之意。（李陳玉本）昭穆二王，猶可言也。天忽生褒姒，以滅周，不可言也。昭以雉，穆以駿，幽以妖女。天竟忘興周伐商時耶？天命反側，（萬曆本）佚名手眉：齊桓附。何罰何佑？齊桓九會，卒然身殺。（馮眉）洪興祖曰：小白之死，諸子相攻，身不得斂，與見殺無異，故曰"卒然身殺"，甚之也。（聽雨齋本）陳仁錫眉：文勢奇。（李陳玉本）不但幽以褒姒也，齊桓以好内而身死不殮，蟲流出户，女禍至此。張符升眉：自"會黿爭盟"至此，歷問周事，而春秋所最著者，莫如齊桓，故特舉焉。蓋因不從輔弼之言，内多惑亂，外用讒諂故也。故下文紂之亂惑，因類及之。（萬曆本）佚名手眉：以上七章叙周事。自武至幽，其興衰治亂，皆自致之，非天有所伐佑於其間也。桓之九合，而不克終，一人之身，且有然者。（葉邦榮本）洪興祖曰：小白之死，諸子相攻，身不得斂，與見殺無異，故曰"卒然身殺"也。彼王紂（萬曆本）佚名手旁：另提。之躬，（萬曆本）佚名手眉：紂三章。孰使亂惑？何惡輔弼，讒諂是服？（萬曆本）佚名手眉：前紂事叙於交末，此紂事叙於周後，皆文勢之錯綜。佚名手旁：前所謂反成乃正者，至此而真罪見矣。比干何逆，而抑沉之？雷開阿順，而賜封之？（萬曆本）佚名手眉：毅若怒霆，蓋作者志之所存，而大毅疾呼耳。何聖人之一德，（方人杰本）旁批：句明順而意愈恢奇。卒其異方？（潘三槐本）潘三槐曰：此段詞氣，甚鬆而逸。梅伯受醢，（萬曆本）佚

名手旁:先提後注,文勢妙。箕子詳狂。(張鳳翼本)胡應麟評:句稍
明順,而意愈恢奇。(李陳玉本)違懟王紂之躬,殘殺忠良,專寵讒諂。
非妲己之惑,亂何至於此。(萬曆本)佚名手眉:因比干而及梅、箕,有
擇一而處之意耶? 稷維元子,(萬曆本)佚名手眉:稷二章。又曰:此
下六章,乃因武而及其世系,即《生民》《皇矣》諸詩。帝何篤之? 吳汝
綸評:"帝",謂嚳也。《毛詩傳》亦以帝爲嚳。投之於冰上,鳥何燠
之? (歸本)楊升庵眉:姜嫄出見大人之迹,怪而履之,遂有怪而生后
稷。后稷生而仁賢,大而何獨厚之。(朱崇沐本)佚名手眉:(朱)事出
於經史者則信之,出於諸子異書者則不信也,似亦太拘,好□亦齊飛奇
怪事。何馮弓挾矢,(方人杰本)旁批:語及興亡,不覺其言之激而痛
也。殊能將之? 既驚帝切激,吳汝綸評:"驚帝",謂稷。諸異驚其
父帝嚳。何逢長之? (蔣之翹本)桑悅眉:語及興亡,自不覺其言之激
而痛也。想其當日光景,必怒發直上指冠。(聽雨齋本)王逸注:"后稷
長大,持大強弓,挾箭矢,桀然有殊異,將相之才也。"帝謂紂也。武王
能奉承后稷之業,致天罰加誅於紂,切激而數其過,何逢後世繼嗣之長
也。(慶安本)桑悅眉:語及興亡,自不覺其言之激而痛也。(李陳玉
本)姜嫄履巨人迹而生稷,實帝之元子。何篤厚之若此。棄之冰上,而
鳥猶燠之。信乎至人,非人所能害也。第不知王紂之射,憑弓挾矢,材
力過人,既爲帝之所怒,而又使人逢長之,何也? (夾批)稷實元子,何
藉乎帝之篤厚耶? 既棄之冰上,何賴鳥翼□活耶? 伯昌號衰,(萬曆
本)佚名手旁:字法。秉鞭(萬曆本)佚名手旁:句法。作牧。(歸本)
祭虛齋眉:鞭以喻政。何令徹彼岐社,(萬曆本)佚名手旁:此宜主文
王言,即《詩》"父王受命"之謂。命有殷國? (朱崇沐本)佚名手眉:
(朱)想亦以蒲爲之。遷藏就岐,(萬曆本)佚名手眉:太王附。何能
依? 殷有惑婦,何所譏? (歸本)準后渠眉:大王遷岐,從之者如歸
市。《尚書》言紂作奇技淫巧以悦婦人,是也。受賜兹醢,西伯上告。
何親就上帝罰,殷之命以不救? (李陳玉本)文王得號令於衰殷之

時，秉鞭作牧，亦紂所命耳。何□使之徹□岐社，而全有殷國。若謂妲己爲孽，則太王遷岐之時，亦有厥妃姜女，何獨悔於妲己耶？乃如□紂醢伯邑考，以其肉賜西伯，天因西伯上高，而命之罰殷，則梅伯獨不受醢耶。師望在肆，（**萬曆本**）佚名手眉：太公附。昌何識？（**歸本**）諸理齋眉：史言姜（當爲呂）尚釣於渭濱，文王遇之。鼓刀揚聲，后何喜？（**蔣本、慶安本**）李賀評：原每於遇合之際，三致意焉，令讀者無限淒愴。武發殺殷，何所悒？張符升眉：前已類叙湯武放伐之事，自王紂至此，復取商周興廢之原而申問之。載尸集戰，何所急？（**陸本**）陸時雍曰：成湯有慚，仲虺釋之。武王誅紂，而不以爲意。然夫子曰：‘湯武革命，顧乎天而應乎人。’而武王且以一人橫行爲恥，意聖人心事，各有所極耳。（**歸本**）李於鱗眉：“載尸集戰”，言武王伐紂，載文王木主，稱太子發，急欲奉行天誅，爲民除害也。（**李陳玉本**）古記曰：呂望者，老婦之出夫也。嘗屠牛而牛敗。文王於屠牛之肆，聞其鼓刀之聲，異而舉之。此段□□，豈非自天開之耶？否則，何以八十之年，白首□事，何憐於紂，而載木主以集戰，如是之急耶。伯林雉經，（**萬曆本**）佚名手眉：申生事雜入。申生孝而遇讒，與原忠而獲謗同，故及之。維其何故？何感天抑墜，夫誰畏懼？（**歸本**）楊南峰眉：慎子云：申生孝而不能安晉。伯林，長君也。吳汝綸評：以上周事。（**李陳玉本**）且天□抒憤於紂之醢伯邑考，則申生之雉經於柏林。至震動天地，卒不免一死，豈天亦有可畏懼耶？（**夾批**）自“緣鵠飾玉”起至此，問商周事畢。皇天集命，（**萬曆本**）佚名手眉：此一章唱嘆以結上文。佚名手旁：與前“天命反覆”句應作收束。惟何戒之？受禮天下，又使（**萬曆本**）佚名手旁：拗句。至代之？（**聽雨齋本**）桑悅眉：語及興亡，自不覺其言之激而痛也。想其昔日光景，必怒髮直上指冠。（**李陳玉本**）四句總括上文商周事。張符升眉：此綜三代之事而浩嘆之，又以哀後人也。初湯臣摯，後兹承輔。何卒官湯，尊食宗緒？（**李陳玉本**）湯不信任伊摯，無由得興。勳闔夢生，少離散亡。何壯武厲，能流厥嚴？（**李陳玉本**）閭閻不信任子胥，無由得興。張符升眉：以上二節獨類言湯閭者，皆用敵國之臣以立功也。賢才向背，爲天命去留之本，故承"皇天集命"之後而致意焉。彭鏗斟雉，（**方人杰本**）旁批：悲歌感慨，拉雜如錦如大火聚。帝何饗？受壽永多，夫何久長？（**歸本**）吳瓠庵眉：《列子·力命篇》："彭祖之智不出堯舜之上，而壽八百。"是也。中央共牧，后何怒？蜂蟻微命，力何固？（**聽雨齋本**）王逸注：牧，草名也。言中央之州，有岐首之蛇，爭共食牧草之實，自相啄嚙，以喻夷狄相與忿爭君上何故當怒乎？蟲蟻者，毒之蟲，受天命負力堅固，以喻蠻夷自相毒蠚，故其也，獨當夏秦吳耳。驚女采薇，鹿何祐？北至回水，萃何喜？（**萬本**）佚名曰：采薇驚鹿，因而得福。以車易犬，竟以取禍。此亦事之不可結者。（**葉邦榮本**）采薇驚鹿……同此萬本。兄有噬犬，弟何欲？易之以百兩，卒無祿？（**李陳玉本**）公子鍼，秦伯之賢弟也，因請一噬犬，□逐之。天何不爲秦伯，爲一鍼。又曰：自"皇天集命"至此，言國之所賴，在賢臣。天竟不肯退其爲命，免其放逐也。

　　薄暮雷電，（**李陳玉本**）此下乃屈子自訴之詞。"薄暮"，言年歲不吾與也；"雷電"，言君怒不可馴也；"歸何憂"，言□□□於楚，雖死不悔也。今既不爲奉事舊君矣，天將何責於我，理當伏匿穴居，不及有云矣。（**方人杰本**）旁批：俯仰四顧。蕩胸決眦之文。歸何憂？（**馮眉**）洪興祖曰："薄暮"，日欲晚，喻年老也。"雷電"，喻君暴怒也。"歸何憂"者，自寬之詞。（**潘三槐本**）洪興祖曰："薄暮"，日欲晚，喻年老也。"雷電"，以喻君暴怒也。"歸何憂"者，自寬之詞。（**葉邦榮本**）洪興祖曰：同馮本。厥嚴不奉，帝何求？（**蔣之翹本**）孫鑛眉：《補注》"薄暮"喻將老，"雷電"喻君怒，似得文情。（**慶安本同**）又曰：以上總是説天地間多不可解之事，似俱是興起語。此下乃是正意，言君欲徼福，但當自奉其威嚴，厥嚴不奉，而作師長，先吳光可鑒也，爰出子文，亦只是天道不測之意。敖堵，比懷王也。伏匿穴處，爰何云？荆勳作師，夫何長？（馮眉）洪興祖曰："荆勳作師,夫何長先（注）",言楚雖有功,吳復伐楚,非長久之策也。此楚平王時事,屈原徵往事以諷耳。（來欽之本）張鳳翼眉:人言七言始於《柏梁》,不知濫觴於此。（張鳳翼本録同來本）（歸本）楊升庵眉:荆勳狗師,乃兩國邊邑處;夫何長,言楚雖有功,吳復伐楚,非長久之策。（《補注》語）。孫鑛眉:以上總是説天地間多不可解之事,似俱是興起語,此下乃是正意。言君欲徵福,但嘗自奉其威嚴,厥嚴不奉,而作師長,先吳光可鑒也,爰出子文,亦只是天道不測之意。教堵比懷王也。（慶安本原刻録同）悟過改更,我又何言？（李陳玉本）但有勞勞,不能忘懷者。"荆勳作師",言楚方興師求功也,竟不計□□者,是何等人物,而使之長□。吳光爭國,（方人杰本）旁批:怪怪奇奇,不可方物。久余是勝。（馮眉）洪興祖曰:懷王與秦戰,爲秦所敗,亡其六郡,入秦不返。故屈原徵荆勳作師,吳光爭國之事諷之。張符升眉:此望君之改過。何環穿自閭社丘陵,爰出子文？吾告堵敖以不長。（馮眉）洪興祖曰:《左傳》:"楚子滅息,以息媯歸,生諸敖及成王焉。"楚子,文王也。莊公十九年,杜敖生。二十三年,成王立。杜敖,即堵敖也。《天對》注云:"楚人謂未成君而死曰堵敖。堵敖,楚文王兄也。"今哀懷王將如堵敖不長而死,以此告之。逸注以堵敖爲楚賢人,大謬。然宗元以堵敖爲文王兄,亦誤矣。（萬本）□□云:堵敖名瑉,爲王五年,爲弟惲所弑。惲既弑兄自立,當時有以忠名之者,故屈子怪而問之。張符升眉:此悼君之棄賢。（葉邦榮本）一云堵敖名囏,爲王五年,爲弟惲所弑。惲既弑兄自立,當時有以忠名之者,故屈原怪而問之。何試上自予,忠名彌彰？（來欽之本）佚名一眉:此《天問》之本意也,原只消問此一句耳。（聽雨齋本）王逸注言,我何敢嘗試君上,自號忠直之名,以顯章後世乎？（李陳玉本）問至此,真覽天上、地下、人間,□怨若不平事,未有甚於原之一身者矣。此《天問》所以作與？

《天問》馮本章評：

洪興祖曰：《天問》之作，其旨遠矣。蓋曰遂古以來，天地事物之變，不可勝窮。欲付之無言乎？而耳目所接，有感於吾心者，不可以不發也。欲具道其所以然乎？而天地變化，豈思慮智識之所能究哉？天固不可問，聊以寄吾之意耳。楚之興衰，天邪，人邪？吾之用舍，天邪，人邪？國無人，莫我知也。知我者，其天乎？此《天問》所爲作也。太史公讀《天問》，悲其志者以此。柳宗元作《天對》，失其旨矣。王逸以爲文義不次序，夫天地之間，千變萬化，其可以次序陳哉。①

朱熹曰：此篇所問，雖或怪妄，然其理之可推，事之可見鑒者，尚多有之。而舊注之說，徒以多識異聞爲功，不復能知其所以問之本意，與今日所以對之明法。至唐柳宗元始欲質以義理，爲之條對，然亦學未聞道，而夸多衒巧之意猶有雜乎其間，以是讀之，常使人不能無遺恨。

馮覲曰：屈大夫作忠造怨，正志離憂，是以觸目激衷，無之焉而不爲憤懣。若曰：此莫非天地之生物，而胡其順逆、得喪、大小、衆寡之不齊？若是，蓋陰寓其中不見報之意。此《天問》之所以作也。說者乃謂其怪妄不根，而或復撫實以爲對。嗟夫！是皆烏識屈大夫之離憂？屈大夫而無離憂也者，奚事問？亦奚事對哉？

陳深曰：《天問》發難，至千五百言。書契以來，未有此體，原創爲之。先儒謂其文義不次，乃原雜書其壁，而楚人輯之。今讀其文，章句之短長，聲勢之詰崛，皆有法度，似作也，非輯也。屈子以文自聖，且在無聊，何之焉而不爲作也？深嘗愛曾子問五十餘難，亦至奇之文。說者乃曰非曾不能問，非孔不能答，非也。禮家托於曾孔以盡禮之變耳，抑獨出於曾氏之門乎？何文之辯而理也。②

---

① 聽雨齋本録洪興祖語，無"太史公讀《天問》，悲其志者以此。柳宗元作《天對》，失其旨矣"一句。

② 聽雨齋本録陳深語，無"屈子以文自聖"以下語。

陳深本：

陳深曰：特創爲百餘問，皆容成葛天之語，入神出天，此爲開物之聖。後有作者，皆臣妄也。（**國來本手批録此，位置在朱熹小序眉上**）

歸本：

楊升庵曰：有文字以來，此爲創格，鏗訇汗漫，怪怪奇奇，邈焉寡儔，卓乎高品。（**陳深語**）

王鳳洲曰：特創爲百餘問，皆容成葛天之語，入神出天，此爲開物之聖，後有作者，皆臣妄也。（**陳深語**）

來本：

佚名一手批：問：《天問》，屈子不知而問乎？曰：不知而問若天地之化，久遠之事，或云不知，其最近而明顯者，亦不知乎？且如"陰陽三合，何本何化"，"九天之際，安放安屬"，不知者又能問乎？至其言古今興亡之故，皆足以聳動人君，垂戒後世，何不知之有？但其中雜以戰國時荒誕之語，爲不可解耳。朱子之答，據事據理，最足解後學之惑，且分别其妍媸，使人不爲異説所惑，盡善矣！而此本删之，真可哭也。

又曰：《天問》一篇，亦是創體，語雖無次第，而觀其用意，仍是《騷經》"瞻前顧後"節意。其福善禍淫之理，曉然明白，不過欲感悟君心耳。觀結句可知，讀者苟徒欲實其事，效其句法，真不善讀書者矣。

金兆清評：意緒漫漫，讀之覺形神實悴。（陸氏小叙後）

又曰：《天問》發難，至千五百言，書契以來，未有此體。先儒謂文次不序，夫天地之間，千變萬化，豈可以次序陳哉？但詞旨散漫，事迹惝恍，未許學究矗讀。至其文，或陷險，或嫵媚，佶倔而不傷於詭，縱横而不病於離，斯稱極文之變。百世而下，寧有子云之反，不可有子厚之答。

張鳳翼本：

陸時雍曰：千載以上，惟有此問，千載以下，并無此答。

聽雨齋本：

李賀曰：《天問》語甚奇崛，於《楚辭》中可推第一。即開闢以來，亦可推第一。賀極意好之，時居南園，讀數過，忽得文章何處哭秋風之句。

桑悅曰：《天問》字法奇，句法奇，章法奇，亂而無序，正是大奇。若以事之怪僻爲奇，又失所爲奇矣。

陳深曰：見前。

孫鑛曰：或長言，或短言，或錯綜，或對偶，或一事而累累反覆，或聯數事而熔成一片。其文或陗險，或淡岩，或佶倔，或流利，諸法備盡，可謂極文之變態。

馮夢禎曰：不知屈原胸中，忽然有天，其胸中之天，忽然而有問，問忽然而在此，問忽然而在彼，問忽然可解，問忽然不可解。總之，雲行水流，即原亦莫知其然，而然也。

金蟠曰：每一問，發人多少想路，句則鬼劇神鏤，味則山珍海錯，勢則星飛電閃，思則冢缺枕笈，藻則寶缺丹穴，體則鼇負鯨掀。開天地間無數文章膽識矣。

蔣之華曰：《天問》奧義，若太古篆，亦霹靂石文。

蔣本：

李賀曰：《天問》語甚奇崛，於《楚辭》中可推第一，即開辟來，亦可推第一。賀極意好之，時居南園，讀數過，忽得“文章何處哭秋風”之句。

洪興祖曰：《天問》之作，其旨遠矣。蓋曰遂古以來，天地事物之變，不可勝窮。欲付之無言乎？而耳目所接，有感於吾心者，不可以不發也。欲具道其所以然乎？而天地變化，豈思慮知識之所能究哉？天固不可問，聊以寄吾之意耳。楚之興衰，天邪，人邪？吾之用舍，天邪，人邪？國無人，莫我知也。知我者，其天乎？此《天問》所爲作也。太史公讀《天問》，悲其志者以此。柳宗元作《天對》，失其旨矣。王逸以爲文義不次序，夫天地之間，千變萬化，豈可以次序陳哉。

桑悅曰：《天問》字法奇，句法奇，章法奇，亂而無序，正是大奇。若以事之怪僻爲奇，又失所爲奇矣。

馮覲曰：屈大夫作忠造怨，正志離憂，是以觸目激衷，無之而不爲憤懣。若曰：此莫非天地之生物，而胡其順逆、得喪、大小、衆寡之不齊？若是，蓋陰寓其忠不見報之意。此《天問》之所以作也。說者乃謂其怪妄不根，而或復摭實以爲對。嗟夫！是皆烏識屈大夫之離憂？屈大夫而無離憂也者，奚事問？亦奚事對哉？

陳深曰：《天問》發難，至千五百言。書契以來，未有此體，原創爲之。先儒謂其文義不次，乃原雜書於壁，而楚人輯之。今讀其文，章句之短長，聲勢之佶崛，皆有法度。似作也，非輯也。

孫鑛曰：或長言，或短言，或錯綜，或對偶，或一事而累累反覆，或聯數事而熔成片語。其文或陷險，或淡宕，或佶倔，或流利，諸法備盡，可謂極文之變態。

蔣之翹曰：《天問》一篇，原屈子不顧其可問不可問，只是矢口而談，縱筆之所之，以發吾之牢騷也。故後之讀者，亦不必論其言之經否。奈何柳宗元不知，迺作《天對》以摭其實，詞多附會可笑。試思凡事皆於發難生情，一說出，縱解頤之論亦覺無味，況所對大不合所問者乎。

蔣之華曰：《天問》奧義，若太古篆，亦霹靂石文。

方人杰本：

《天問》語甚奇崛，於《楚辭》中可推第一。即開辟來，亦可推第一。賀極意好之，時居南園時，讀數過，忽得"文章何處哭秋風"之句。**李協律**

《天問》之作，其旨遠矣。蓋曰遂古以來，天地事物之變，不可勝窮。欲付之無言乎？而耳目所接，有感於吾心者，不可以不發也。欲具道其所以然乎？而天地變化，豈思慮知識之所能究哉？天固不可問，聊以寄吾之意耳。楚之興衰，天邪，人邪？吾之用舍，天邪，人邪？國無人，莫吾知也。知我者，其天乎？此《天問》所爲作乎？太史公讀《天問》，悲其志者或以此。柳宗元作《天對》，失其旨矣。王逸以爲文義不次，天地之間，千變萬化，豈可以次序陳哉。**洪慶善**

　　《天問》字法奇，句法奇，章法奇，亂而無序，正是大奇。若以事之怪僻爲奇，又失所爲奇矣。**桑民懌**

　　《天問》發難，至千五百言。書契以來，未有此體，原創爲之。先儒以其文義不次，謂楚有先王之廟，及公卿祠堂，圖畫天地山川神靈，琦瑋僑佹，及古賢聖怪物行事，原因書其壁，呵而問之，以泄憤懑，楚人哀而輯之。今讀其文，章句之短長，聲勢之佶倔，皆有法度。是作也，非輯也。**陳深氏**

　　或長言，或短言，或錯綜，或偶對，或一事而累累反覆，或聯數事而熔成片語。其文或陷險，或淡岩，或佶倔，或流利，諸法備盡，可謂極文之變態。○通篇總是説天地間多不可解之事，末一段乃命意所在，意謂君欲徼福，嘗自奉其威嚴，厭嚴不奉而作師長，先吳光可鑒也。爰出子文，亦只是天道不測之意。堵敖喻懷王也。**孫月峰**

　　《天問》一篇，原屈子不顧其可問不可問，只是矢口而談，縱筆所之，以發吾之牢騷焉。故後之讀者，亦不必論其言之經與否也。柳宗元乃作《天對》，非其意矣。且事每於發難生情，一經説出，縱解頤之論，亦覺無味矣。**蔣楚稗**

　　如讀異書，平地增人今古常變無窮情事。**方人杰**

楚辭卷第四

九章第四（來欽之本）陸時雍眉：

《九章》《遠游》，即是《離騷》之疏。（聽雨齋本）王逸評：章者，著也。言己所陳忠信之道，甚著明也。（所據蔣本《九章》朱熹序眉上佚名手批此王逸語）張符升眉：原既得罪，觸事成吟，後人輯之，共得九章，合爲一卷，非必一時一地之言也。（萬曆本）佚名手眉：（墨）王逸曰：章者，著也。言己所陳忠信之道，甚著明也。（光集本）手眉：讀《九章》不厭其沓。文字犯一"沓"字，便無味，獨《楚詞》則否。（葉邦榮本）洪興祖曰：《騷經》之詞緩，《九章》之詞切，淺深之序也。馮觀曰：古今之能怨者，莫如屈子。至於《九章》，而淒入肝脾，哀感頑艷，又哀怨之深者乎？陳深曰：有文字以來，此爲創格，鏗訇汗漫，怪怪奇奇，邈爲寡儔，卓然高體。張之象曰：長篇長句如《九章·惜往日》篇。自"惜往日之曾信兮"至"幽隱而備之"二十二句爲一韵。自"臨沅湘"至"因縞素而哭之"二十句爲一韵。一篇止更三四韵。

惜誦（李陳玉本）此篇見時窮勢極處，

雖天地鬼神，亦無如之何。吾所以重著自明此，但使世界上有一人知我者，可以不恨。（萬曆本）佚名手夾：此章言己之忠誠，不合於衆，不得於君，而終不變其志也。

惜誦(**萬曆本**)佚名手旁:法。以致愍兮,(**方人杰本**)旁批:激楚沉著,一起已盡章意。發憤以抒情。①(**馮眉**)洪興祖曰:此章言己以忠信事君,可質於明神,而爲讒邪所蔽,進退不可,惟博采衆善以自處而已。朱熹曰:此篇全用賦體,無他寄托,其言明切,最爲易曉。而其言作忠造怨,遭讒畏罪之意,曲盡彼此之情狀,爲君臣者皆不可以不察。(**蔣之翹本**)李賀評:泪瀾澈於風雷,而憂讒畏譏之衷,尤甚奈何。張鳳翼眉:起句已盡章旨。(**來欽之本**)佚名一眉:首二句乃一篇大旨。(**張鳳翼本**)張鳳翼眉:惜誦致愍,發憤抒情,章旨已盡。(**潘三槐本**)陳深曰:有文字以來,此爲創格,鏗汗漫,怪怪奇奇,邈焉寡儔,卓然高品。

所作忠而言之兮,(**萬曆本**)佚名手旁:句峭,是倒押法,本是謂使所言之□忠合倒□□□去有力。指蒼天以爲正。(**陸本**)張煥如曰:《九章》極纏綿之致。(**慶安本**)李賀評:泪瀾徹於風雷,而憂讒畏譏之衷尤甚,奈何。(**萬曆本**)佚名手眉:此二節□起通章設誓以明己言之可信。佚名手夾:沉痛。未言而先謂所言之非忠,則任天神察之,此亦是倒喝文法。其勢突□聳聽,若綴在末章,便覺□緩失勢。(**光集本**)手眉:《惜誦》之爲言,惜其君而誦之。但覺念念不置,純是一種想頭,忽生出無窮往復。又曰:《惜誦》一篇,乃懷王見疏之後,又進言得罪而作,蓋在疏而未放之時也。令五帝以折中兮,(**李陳玉本**)此即"就重華而陳詞"之意。又曰:此段猶言天地鬼神在上。戒六神與嚮服。(**北大集注本**)佚名手批:"六神",即六宗。俾山川以備御兮,命咎繇使聽直。(**歸本**)楊升庵眉:此章言己忠信事君,可質於神明,而爲讒邪所蔽,進退不可,惟博采衆善自處而已。(**來欽之本**)佚名一眉:此正指天爲正也。(**聽雨齋本**)金蟠眉:浩氣干霄。張符升眉:原以自陳而獲罪,必有謂其不忠而讒之者,故因而誓之曰:使吾言而不忠,則天地鬼神實昭鑒之。憤極之詞也。(**萬曆本**)佚名手眉:(**墨**)金蟠曰:浩

___

① 聽雨齋本録此處張鳳翼語,作:起句已盡章旨。(慶安本原刻録同。)

氣干霄。(**光集本**)手眉：以上指天爲誓，所謂發憤以抒情者。竭忠誠以事君兮，反離群而贅肬。忘儇媚以背衆兮，待明君其知之。(**來欽之本**)佚名一眉：止知有君，故背衆。言與行其可迹兮，情與貌其不變。(**方人杰本**)旁批：極易知，極不易知，數語括盡古今情變，是爲一篇關紐。故相臣莫若君兮，(**萬曆本**)佚名手旁："相"字從上二句生出，若仍用"知"字便非。句法峭。所以證之不遠。(**來欽之本**)佚名一眉：果能相臣，誠明君矣。(**聽雨齋本**)陳深眉：忠邪易辨，味哉斯言！(**萬曆本**)佚名手眉：疏上"待明君知之"句，言本不難知也。吾誼先君而後身兮，羌衆人之所仇也。吳汝綸評：此下皆兩兩相較，略似《卜居》。專惟君而無他兮，又衆兆之所讎。(**萬本**)汪瑗曰："先君後身"，猶有身也。至於"專惟君而無他"，則不有其身矣。(**來欽之本**)佚名一眉：二節一意，蓋屈子爲衆人所仇讎，身不保而招禍，皆楚王不能相臣，不明之過也，而不明言，忠厚之至也。(**葉邦榮本**)汪瑗曰：同此萬本。壹心而不豫兮，吳汝綸評：王注"下行婷直而不豫"，云"豫，厭也"。羌不可保也。張符升眉："保"下有"也"字(原文無)。疾親君而無他兮，(**方人杰本**)旁批：盤旋繚繞，黯然神傷。有招禍(**萬曆本**)佚名手旁：押得勁。之道也。(**陸本**)張煥如曰：不慁君，不誹衆，鬱鬱忠悃，嗚咽自鳴，誠千古善言人也。(**歸本**)羅整庵眉：此篇全用賦體，無他寄托。其言明切，最爲易曉。而其言作忠造怨，遭讒畏罪之音，曲盡彼此之情狀，爲君臣者，皆不可以不察。(**聽雨齋本**)李賀評：淚灑徹於風雷，而憂讒畏譏之哀尤甚，奈何。張符升眉：此節蓋誦言之旨，而欲正之天神者。又曰："道"下有"也"字(原文無)。(**萬曆本**)佚名手眉：此二節正明己之竭忠事君，而離群背衆也。又曰：承上節"仇讎"來。(**光集本**)手眉：以上推言前此所以見疏之故。(**潘三槐本**)朱熹曰：此篇全用賦體，無他寄托，其言明切，最爲易曉。

　　思君其莫我忠兮，忽忘身之賤貧。(**萬曆本**)佚名手旁：摹寫得出，句以縮住，妙！事君而不貳兮，迷不知(**萬曆本**)佚名手旁：句

法峭。寵之門。（**來欽之本**）佚名一眉：設使屈子見棄，而楚猶有人
焉，則宗社可保，屈子可以不必發憤抒情矣。（**慶安本**）安貞云：言我唯
思君，君實以我爲惑也。"迷不知寵之門"，一心事君，欲以此得寵遇，
以行道而迷途，不知所寵之可以入也。桑悅眉："迷不知寵之門"句，竟
寫出一個桑判官。（**方人杰本**）旁批：《楚辭》中，此言最直。（**萬曆本**）
佚名手眉：摹想處在"忘"字、"迷"字，試思之。佚名手旁：忠誠如此，惟
待明君之知耳。（**光集本**）手眉：忘身賤貧，蓋己見疏，不在左徒之位，
而又進言，所謂不憚位卑而言高也。事君不貳，乃一篇之志。忠何罪
以遇罰兮，亦非余心之所志。（**方人杰本**）旁批：反覆處烟雲無際。
（**萬曆本**）佚名手眉：此數節言己忠如此，而終以遇罰，所待於明君之知
者，不可得矣。行不群以巔越兮，又衆兆之所咍。（**蔣之翹本**）陸時
雍眉：作忠造怨，違衆取咍，此千古大不平事，故《九章》紬繹此意，以明
《騷》也。張符升眉："咍"下有"也"字（原文無）。紛逢尤以離謗兮，
謇不可釋。張符升眉："釋"下有"也"字（原文無）。情沈抑而不達
兮，又蔽而莫之白。（**來欽之本**）佚名一眉：大約皆一意言楚無忠臣，
而忠者又被放，所以發憤抒情。張符升眉："釋"下有"也"字（原文無）。
心鬱邑余侘傺兮，（**朱崇沐本**）佚名手眉：（**墨**）《離騷》："忳鬱邑余侘
傺兮。"又莫察余之中情。吳汝綸評：古人用韵與今異，"心鬱邑"句，
韵在上句，"傺"與"詒"韵。朱子改"中情"爲"善惡"，陳第改"情"爲
"愫"。張惠言以四句倒易，皆非是《離騷》"長太息以掩涕"四語，亦以
"涕"與"羈"韵也。（**方人杰本**）痛就莫察中求察，婉而愈傷。固煩言
不可結詒兮，願陳志而無路。（**萬本**）焦竑曰："煩言"，只是詳細委
曲之言，欲煩悉其詞，以自道達，非謂煩亂之言，不可遺於君也。（**歸
本**）莊定山眉：此自傷處。（**來欽之本**）（**葉邦榮本**）焦竑曰："煩言"，只
是詳細委曲之言，欲煩悉其言，以自道達，非謂煩亂之言，不可道於君
也。退靜默而莫余知兮，（**萬曆本**）佚名手旁：一語收上二章。進號
呼又莫吾聞。申侘傺之煩惑兮，中悶瞀之忳忳。（**萬本**）佚名曰：

此細結至篇首,反覆言己事君之思深,與黨人所讒蔽,以致己得罪於王。後段至末,復爲占夢問答之詞。(**李陳玉本**)以上皆自訴之詞,以下則自爲五帝諸神代答也。張符升眉:此節言致愍之實也。(**林兆珂本**)佚名手旁:但有癡絕而已。(**葉邦榮本**)此總結至篇首,反覆言己事君之思,深與黨人所讒蔽,以致己得罪於君。後段至末,復爲占夢問答之辭。

　　昔余夢登天兮,魂中道而無杭。(**歸本**)楊升庵眉:凄然如秋,暖然如春。(**方人杰本**)旁批:幻妙。(**林兆珂本**)佚名手眉:忽然説夢,癡迷得妙,無端得妙。吾使厲神占之兮,(**李陳玉本**)"厲神",殤鬼也,即超□之類。曰有志極(**萬曆本**)佚名手旁:二字連讀。而無旁(**萬曆本**)佚名手旁:字法。(**蔣之翹本**)蔣之翹眉:句甚陗拔。(**來欽之本**)佚名一眉:"無旁"仍承上"莫我忠"。(**聽雨齋本**)陳仁錫眉:無限低佪。(**方人杰本**)旁批:幽陗生色。(**萬曆本**)佚名手眉:(**墨**)陳仁錫曰:無限低佪。(**朱**)上數段意已盡,此忽借夢引起,又開出數段文字,筆之幻,思之曲如此。終危獨以離異兮,(**萬曆本**)佚名手旁:收應"離群""背衆"。曰君可思而不可恃。(**來欽之本**)佚名一眉:即下"知其信然"意。(**萬曆本**)佚名手眉:"恃"字妙,前此所云"忘"與"迷"者,固深"恃"也,語極沉痛。"可思"更妙,視君如美人,視君如良友,視君如慈母,有無限戀戀之意。(**光集本**)手眉:三句乃屬神之占詞。(**潘三槐本**)潘三槐曰:"可思不可恃"一語,爲人臣子者,皆當尋味。故衆口其鑠金兮,吳汝綸評:"故"與"固"同,"掌故"亦作"掌固",即其證。此與"固亂流其鮮終"句法同。初若是而逢殆。(**蔣之翹本**)陳仁錫眉:無限低佪。(**萬曆本**)佚名手旁:又起下文。又曰:"曰"者,心計之也。懲於羹(**萬曆本**)佚名手旁:比。者而吹齏兮,(**聽雨齋本**)陳任錫旁:念意翻空。張符升眉:作"懲熱羹而吹齏兮"。(**方人杰本**)旁批:造語似諧,轉多奇致。(**林兆珂本**)佚名手旁:一作"熱",無"者"字。何不變此志(**萬曆本**)佚名手旁:伏。也?(**蔣之翹本**)鍾惺眉:造語似諧,

轉多奇致。陳仁錫眉：恣意翻空。（**來欽之本**）鍾伯敬眉：造句似諧，轉
多奇致。（**林兆珂本**）佚名手旁：一生憒憒墮落夢境，自罵得痛絕。欲
釋階而登天兮，猶有曩之態也。（**萬本**）佚名曰："懲羹""吹齏"，即
是傷弓之鳥高飛，驚餌之魚深逝意思。"曩態"，猶嚴子陵所謂往奴故
態也。（**歸本**）康對山眉：言欲使己變節而從俗，猶向者欲釋階登天之
態也。（**來欽之本**）佚名一夾：即《騷經》"悔而不忍"意。吳汝綸評："初
若是而逢殆"，謂懷王時疏絀也。《史記》"《離騷》作於懷王時"，而《離
騷序》謂"《九章》頃襄王時遷江南時所作"。姚謂：此與《離騷》同時，難
信。（**萬曆本**）佚名手眉：此三節蹴起波瀾，皆自詰自戒、心口相語之
詞。又曰：承上來，言初既逢殆，今何不變前之志，而猶有故態乎？
○"儇媚"者，譬登天之階也，今忘之而竭忠事上，譬登天而欲釋其階，
故我當在奈何？（**林兆珂本**）佚名手眉："懲羹吹齏"，則見月而喘畏有
餘地矣。"釋階登天"，則絕迹而行，□有餘喪矣。（**葉邦榮本**）"懲羹"
"吹齏"，即是傷弓之鳥高飛，驚骍（誤）之魚深逝意思。"曩態"，猶嚴子
陵所謂往奴故態也。衆駭遽以離心兮，張符升眉："駭"上有"衆"字
（原文無）。又何以爲此伴也？吳汝綸評：此用詩無然畔援字。（**萬
曆本**）佚名手旁：句飄逸。同極而異路兮，又何以爲此援也？楊訥庵
眉：此世情皆然也。（**方人杰本**）旁批：又何處見察哉？（**萬曆本**）佚名手
眉：所謂志極無旁也。（**光集本**）手眉：以上明人情之疏，君所以不察之
故。晉申生之孝子兮，父信讒而不好。行婞直而不豫兮，鯀功用
而不就。（**馮眉**）洪興祖曰：申生之孝，未免陷父於不義。鯀績用弗成，
殛於羽山。屈原舉以自比者，申生之用心善矣，而不見知於君父，其事
有相似者。鯀以婞直亡身，知剛而不知義，亦君子之所戒也。（**來欽之
本**）佚名一眉：自比於其下者，不敢直以龍逢、比干自居，而以君爲桀紂
也。楊訥庵眉：此二段故事。（**萬曆本**）佚名手旁：所謂君不可恃也。
（**葉邦榮本**）洪興祖曰：同陳深本。

　吾聞作忠以造怨兮，（**方人杰本**）旁批：憤激悲涼。（**潘三槐本**）

陳仁錫曰：苦言痛言。忽謂之過言。（萬曆本）佚名手旁："忘"與
"迷"時。九折臂（萬曆本）佚名手旁：比。而成醫兮，吾至今（萬曆
本）佚名手旁：又起下文。而知其信然。（來欽之本）佚名一眉："吾
聞"二字即指上二事。"知其信然"，所以發憤抒情。（張鳳翼本）陸時
雍評：語婉而酸，撩人木衷，應知痛癢。（聽雨齋本）全蟠旁：鄱陽云：臣
始不信，乃今知之。此屈子徘徊之致也。張符升眉：此節申言己之始
終遇困，皆由於竭忠也。（萬曆本）佚名手眉：總收上三節，抑揚頓挫，
唱嘆不盡。末句婉折有態，別本作"吾今而知其然"，又押得勁峭。佚
名手旁：終危獨而知君難恃。矰弋機（萬曆本）佚名手旁：比。而在
上兮，罻羅張而在下。設張辟以娛君兮，吳汝綸評："娛君"之
"君"，屈原自謂也。（林兆珂本）佚名手眉："娛"字奸臣快絕。願側身
而無所。（蔣之翹本）馮觀眉：上則矰弋，下則張羅，欲僵個則重患，欲
高飛則誣君，然則何適而可哉？（來欽之本）佚名一眉：此"知其信然"
矣。（萬曆本）佚名手眉：（墨）張觀曰：文全同上馮觀語。佚名手旁：所
謂"志極無旁"也。（葉邦榮本）馮觀曰：上則矰弋，下則張羅，欲僵個則
重患，欲高遠則誣君，然期何適而可哉？欲僵個以干儌兮，恐重患
（萬曆本）佚名手旁：止不可。而離尤。（方人杰本）旁批：獨不可卷懷
耶？寫忠愛不解之情，何等曲至。欲高飛而遠集兮，君罔謂汝何
之？①（馮眉）馮觀曰：上則矰弋，下則張羅，欲僵個則重患，欲高遠則
誣君，然期何適而可哉？（萬曆本）佚名手旁：所謂"君不可恃"也，行不
可。（光集本）手眉：以上明讒人之毒，君所以必罰之故。欲橫奔而失
路兮，（萬曆本）佚名手旁：即前"變志"之謂，更不可。（林兆珂本）佚
名手旁：三"欲"字呼得慘。堅志（萬曆本）佚名手旁：應。又曰：句勁。
而不忍。（來欽之本）佚名一眉："知其信然"，而不忍變其志，是以發
憤，是以抒情。張符升眉："堅"上有"蓋"字。背膺牉以交痛兮，（方

---

①　聽雨齋本云爲張觀語，誤。

人杰本）旁批：總收三段。（萬曆本）佚名手旁：二句總收上三"欲"。
心鬱結而紆軫。① （蔣之翹本）孫鑛眉："背膺"二句，總收上三"欲"。
（萬本）佚名曰：按，此上四章蓋因屬神觀已變志，而答以志已堅而不忍
變。（歸本）莊定山眉：此又自傷處。（聽雨齋本）金蟠眉：處世之難，笑
啼不敢。讀至此，涕淚交集矣。孫鑛旁：二句總收上三"欲"。（萬曆
本）佚名手眉：（墨）金蟠曰：處世之難，笑啼不敢。讀至此，涕淚交集
矣。（朱）三"欲"疊成文勢，須知此"欲"為主，上二項特借作波瀾，令文
字有曲折耳。蓋自前"懲熱羹"章來，一路頓跌，至此章方說明主意。
（葉邦榮本）按，此上四章……同此萬本。橰木蘭（萬曆本）佚名手旁：
比。以矯蕙兮，鑿申椒以為糧。播江離與滋菊兮，願春日以為糗
芳。（歸本）方布古眉：此言已修善不倦，而系守不變。（米欽之本）佚
名一眉：愚謂此節指作《離騷》，言我已作《離騷》矣，今又有此云云者，
恐情質之不信，故重著以自明也。（方人杰本）旁批：正結深。（萬曆
本）佚名手眉：疏上"堅志"句，用比體，渾雅之極，所謂情貌不變者如
此。（光集本）手眉：結出自己本領，以明不易素志。恐情質之不信
兮，（萬曆本）佚名手旁：即前所云"非忠"也（即文首"所作忠而言之"，
此本作"所非忠而言之"）。故重著以自明。（光集本）手眉："重著自
明"，謂作《離騷》之後，再著是篇也，應篇首"發憤抒情"句。矯茲媚以
私處兮，願曾思而遠身。（萬本）佚名曰：末二句即楊子云所謂"鴻飛
冥寞，弋人何慕焉"，是也。（來欽之本）佚名一眉：屈子前此作《騷》，未
自言所作之故。此篇起結反覆言之，所以謂之"惜誦""重著"云者，正
發憤抒情也。張符升眉：此節序抒情之由，而歸於潔身以避患也。（方
人杰本）旁批：反結更深。（萬曆本）佚名手眉：結出作文之意，與前起
處正應。末句便開出下《涉江》一篇文字。佚名手旁：以自戒作結，非

---

① 慶安本原刻錄此處孫鑛語，作眉批，云："背膺"一句，總收上二，欲
（下無）。

正意也。（**葉邦榮本**）末二句即楊子云所謂"鴻飛冥冥，戈人何慕焉"，是也。

歸本篇評：

楊升庵曰：此章無端杳思，妙不可言，非不能言，知言之無以加也。

方人杰本：

泪灑潝於風雷，而憂讒畏譏之衷，尤堪奈何。李長吉

此篇全用賦體，其言明切易曉，中述作忠造怨、遭讒畏罪之意，曲盡彼此之情狀，爲君臣者皆不可以不察。朱晦翁

專病黨人，而不與黨人爲訟，有自重之道焉，有忠告之誠焉。情冤抑而莫白者，何若是之從容也。語婉而酸，撩人本衷，應知痛癢矣。陸昭仲

所欲愛吾之言，以致其憂思也。豈忍發吾之憤，以抒其情悃哉。讀首二句，知命題意已含有無數曲折。至發憤誓言，豈得已也。篇中言及君身，便字字憾及讒小。及言至讒小，又字字怨及己身。曰"指天"，曰"夢天"，曰"登天"，悲憫之衷，真有知我惟天之意。此固非不合，則去之臣之流所能知也。

涉江 張符升眉：《涉江》《哀郢》，皆頃襄時放於江南所作，然《哀郢》發郢而至陵陽，皆自西徂東。《涉江》從鄂渚入溆浦，乃自東北往西南，當在既放陵陽之後。《哀郢》迫於廢讁，而有去國之悲；《涉江》激於憤懷，而有絶人之志。其命意不侔。曰"將行"，蓋未行時所作也。（**萬曆本**）佚名手夾：此章言己不能變志從俗，終必遇害，於是涉江而思遠逝也。

余幼好此奇服兮，年既老而不衰。（**萬曆本**）佚名手旁：伏。

（**來欽之本**）佚名一眉：此正遷江南時作，故曰“涉江”。計其年已老，然老而不變其初服，所以南遷。（**陸本**）孫鑛曰：是《離騷》餘韵，而微□清澈。張煥如曰：語意簡掉，誦之琅琅。（**方人杰本**）旁批：渾舉天意，聲情震屬，“幼”“老”是代進退字法。（**潘三槐本**）孫鑛曰：是《離騷》餘韵，而微較清澈。（**葉邦榮本**）洪興祖曰：同下陳深本。帶長鋏之陸離兮，冠切雲之崔嵬。① （**馮眉**）洪興祖曰：此章言己佩服殊異，抗志高遠，國無人知之者，徘徊江之上，嘆小人在位，而君子遇害（陳深批本作“遇禍”）也。朱熹曰：此篇多以“余”“吾”并稱，詳其文義，“余”平而“吾”倨也。（**蔣本另兩本**）郭正域眉：《九章》如《惜誦》《哀郢》《抽思》《懷沙》，意真響切，俱是絶調，昭明止取此，何也？（**光集本**）手眉：《涉江》篇，屈平之氣愈高愈亢，志概之剛，直同金石。又曰：《涉江》篇次第，應在《抽思》後，爲《九歌》之第四篇。被明月（**萬曆本**）佚名手旁：單句領起。兮珮寶璐。世溷濁而莫余知兮，吾方高馳而不顧。（**萬曆本**）佚名手旁：伏。駕青虬兮驂白螭，吾與重華游兮瑶之圃，（**萬曆本**）佚名手眉：何等胸襟，有志者須從此着眼。佚名手旁：自有個頂天立地的人，作我千古以上知己，那顧世眼，此大夫自信之堅。登昆侖（**萬曆本**）佚名手旁：單句起。兮食玉英，（**陳深本**）楊慎眉：“瑶圃”“玉英”皆美言之，願得聖君而食禄也。（**葉邦榮本**）楊慎曰：除“聖賢君”外，餘同陳深本。與天地兮同壽，張符升眉：上句“與”字上有“吾”字。（**萬曆本**）佚名手旁：言有大而非夸，此類是也，夫如是，是安得與螻蟻争鳴哉？與日月兮齊光。張符升眉：首序己志行高潔，遠追至帝，足以光四表，而垂萬世，以起下“莫知”之意也。（**光集本**）手旁：以上自叙素行之端直。哀南夷之莫吾知兮，② （**馮眉**）王應麟曰：

①　上集本佚名手墨録洪興祖語作：“此章言己被服殊異，抗志高遠，國無人知之者，徘徊江之上，嘆小人在位，而君子遇害也。”

②　上集本佚名手墨録王應麟語與此聽本全同。

屈原楚人，而曰"哀南夷之莫吾知兮"（聽本"吾"作"我"，無"兮"字，蔣本、慶安本同聽本），是以楚俗爲夷也。陰邪之類，讒害君子，變於夷矣。（**方人杰本**）旁批：上極焜耀，接此句極蕭瑟，寫不衰字神悚。（**葉邦榮本**）王應麟曰：屈原楚人，而曰"哀南夷之不我知"，是以楚南爲夷也。陰邪之類，讒害君子，變於夷矣。旦余濟乎江湘。（**來欽之本**）佚名一眉：愚謂楚地最大，兼并南方諸夷，故至今辰沅間猶華夷雜處。中國謂楚爲南夷，而楚亦復謂辰沅爲南夷也。若曰：余志行如此高遠，君猶不我知，彼南夷安知我哉？而我旦將濟江湘而處南夷，可悲之甚也。苟謂南夷爲楚，屈子似不應爾。張符升眉："濟"上有"將"字。吳汝綸評：南夷，謂貶所也。"濟江湘""登鄂渚"，還楚國也。以秋冬緒風，止而不進，於是又乘船上沅，又不進，則又南至僻遠也。此皆虛設之詞，非實事。說者以南夷爲楚國。大謬。（**萬曆本**）佚名手眉：此班固所謂露才揚己者耶？然只要論其人，當得起否耳。（**光集本**）手眉：原之放江南，雖曰"東遷"，却是由東而南。如郢都爲荆州，鄂渚爲武昌，則在郢之東矣，《哀郢》所謂"遵江夏"是也；湘江在長沙，乃過岳州、洞庭而東行，《哀郢》所謂"上洞庭而下江"是也。從此上沅，發枉渚，宿辰陽，入漵浦，皆在辰州，則至南耳。手旁："南夷"非指楚本境，蓋濟江湘而南，遠至辰州，苗猺雜處之地也。屈子豈忍以楚爲夷耶？郢都之人，且莫吾知，何況南夷，然吾將濟江湘而南矣。二句應如是解。

乘鄂渚而反顧兮，欸秋冬之緒風。（**來欽之本**）佚名一眉：此下三節皆"反顧"意，不忍舍故都也。步余馬兮山皋，邸余車兮方林。（**萬曆本**）佚名手眉：叙次中時露惓惓不忍決去之意。（**光集本**）手眉：仲春而放，而曰："秋冬緒風"，以餘寒未盡耳。"緒"者，餘也。手旁：四句未濟時一番低徊。（**葉邦榮本**）張之象曰：長句中間以短句。陳深曰：情景凄然。乘舲船余上沅兮，齊吳榜以擊汰。（**蔣之翹本**）蔣之翹眉：王維"擊汰復揚舲"句，本此。船容與而不進兮，淹回水而凝滯。（**來欽之本**）陸時雍眉：建安六朝，盡向此中摸索。（**慶安本**）

蔣之翹眉：王維"□□復揚舲"句，本此。(**光集本**)手旁：四句方濟時又低佪一番。**朝發枉陼兮，夕宿辰陽。**(**馮眉**)張之象曰：長句中間以短句。**苟余心其端直兮，雖僻遠之何傷！**(**聽雨齋本**)陳深眉：此叙南游經歷荒遠慘滄之景。(**萬曆本**)佚名手旁：略作一頓。(**光集本**)手旁：四句既濟後又自慰一番。(**葉邦榮本**)郭正域曰：同下國來本。①

　　入溆浦余僬佪兮，張符升眉：按，《辰州志》："溆浦在萬山中，雲雨之氣，皆山嵐烟瘴所爲也。"**迷不知吾所如。**(**來欽之本**)佚名一眉：以下三節言南夷風土之惡，非人所居之地。(**方人杰本**)旁批：筆意蒼莽，不覺所歷之荒遠慘愴也。極寫不衰，與上掩映。**深林杳以冥冥兮，乃猿狖之所居。山峻高以蔽日兮，**(**方人杰本**)旁批：觸目傷懷。**下幽晦以多雨。**②(**陳深本**)郭正域眉：《九章》如《惜誦》《哀郢》《抽思》《懷沙》，意真響切，俱是絕唱。而昭明只取一首，何也？(**萬曆本**)佚名手眉：(**墨**)王逸曰：日以喻君，山以喻臣，霰雪以興殘賊，雲以象佞人。(**潘三槐本**)郭正域曰：《九章》如《惜誦》《哀郢》《抽思》《懷沙》，意真響切，俱是絕唱。而昭明止取一首，何也？**霰雪紛其無垠兮，雲霏霏而承宇。**(**歸本**)林尚默眉：情景凄然。(**蔣之翹本**)王逸評：日以喻君，山以喻臣，霰雪以興殘賊，雲以象佞人。李賀評：孔子《龜山操》云："欲望魯兮，龜山蔽之。"屈原"山峻高"句蓋本此。張符升眉：以上叙自江而湘，而沅，而枉，而辰，而溆，皆自東至西之路。原之往此，豈聖人浮海居夷之意。又曰："而"作"其"。(**光集本**)手旁：以上叙見放涉歷之苦境。**哀吾生之無樂兮，幽獨處**(**萬曆本**)佚名手旁：束上數節。**乎山中。**(**歸本**)莊定山眉：此自傷處。**吾不能變心而**

────────────

①　國來手批此處録朱熹語："此篇多以余吾并稱，詳其文意余平而吾倨也。此本前頁即刻有此語，蓋手批者抄之未審之故，或爲其承襲之一證。"

②　此處郭正域語，於慶安本，位置在此篇文首處，文云："《九章》如《惜誦》《哀郢》《抽思》《懷沙》，意真響切，俱是絕調。而昭明止取此，何也？"

從俗兮，（萬曆本）佚名手旁：即"高馳不顧"之謂，既老不衰，亦謂此也。固將愁苦而終窮。（來欽之本）佚名一眉：惟其不變，是以南遷。（萬曆本）佚名手眉：有志者須從此決計。佚名手旁：此大夫自知之明。

接輿髡首兮，（萬曆本）佚名手旁：以下又引古以證之。桑扈臝行。（萬曆本）佚名手旁：首尾四句實，中間兩句虛，便用事不排板。忠不必用兮，賢不必以。伍子逢殃兮，比干菹醢。（來欽之本）佚名一眉：此又舉古人以自解。錢眉：宋儒魏了翁詩曰："回風惜往日，音韵何凄其。追吊屬後來，父類玉與差。"又曰：按，子胥挾吳敗楚，幾墟其國，三閭決不稱胥以自況。《涉江》"五子"正引奢尚，王逸陋儒，顧以爲胥，謬矣！《悲回風》："吳信讒而弗味兮子胥死而後憂。"吳之憂，楚之喜也。此足明爲後人哀原而吊之之作。《懷沙》既作之后，父詞尚多，吾將從彭咸之所居，與漁夫葬江魚之腹中俱見。乘桴浮海之意，自投汨羅，乃祖來傳襲之誤。（葉邦榮本）馮觀曰：除"忠良誅滅""閨中既邈遠"兩處，餘同下馮本。與前世（方人杰本）旁批：悲壯。而皆然兮，王念孫眉："與"讀爲舉。吾又何怨乎今之人！①（馮眉）馮觀曰：忠良誅戮，前世固然。屈子之見達矣，奈何復從彭咸而死乎？蓋不欲以夫差、殷紂望其君耳。《離騷經》云："閨中既以邈遠兮，哲王又不寤。"屈子用意蓋如此。（萬曆本）佚名手旁：收前兩"莫知"句。余將董道而不豫兮，（朱崇沐本）佚名手眉：（朱）董，治也。固將（萬曆本）佚名手旁：應"愁苦"句。重昏而終身！（來欽之本）佚名一眉："重昏終身"，自知必不能返故都矣。哀哉！（光集本）手旁：以上敘雖見放，不能棄道以自全。

亂曰：鸞鳥鳳皇，日以遠兮。燕雀烏鵲，巢堂壇兮。露申辛夷，死林薄兮。腥臊並御，芳不得薄兮。（萬本）王逸曰：露，暴也。

---

① 蔣本録此處馮觀語，無"《離騷經》云：'閨中既以邈遠兮，哲王又不寤。'屈子用意蓋如此"一句。

申，重也。言重積辛夷，露而暴之，使死於林薄之中亦明。（**葉邦榮本**）
王逸曰：同萬本。陰陽易位，（**方人杰本**）旁批：總承上意。時不當
兮。（**來欽之本**）佚名一眉：屈子可謂深知《易》道者矣。懷信侘傺，
忽乎吾將行兮！（**萬本**）佚名曰：《惜誦》篇“恐情致之不信兮”，此云
“懷信”，典不忘前日之言也。前篇其詞危，此篇其詞平。前篇其志悲，
此篇其志激。張符升眉：總言己之去君日遠，由君側多小人也。（**萬曆
本**）佚名手眉：前曰“將濟”，此曰“將行”，是原尚未行也。“乘鄂渚”數
章，亦是意中之言，非必實境如此。（**葉邦榮本**）前《惜誦》篇“恐情質之
不信兮”，此云“懷信”，與不忘前日之言也。前篇其詞危，此篇其詞平。
前篇其志悲，此篇其志激。

歸本篇評：

王鳳洲曰：此章言己佩服殊異，抗志高遠，國無人知之者。徘徊江
之上，嘆小人在位，而君子遇害也。

顧東江曰：此章渡江、湘，乘鄂渚，入乎莽蒼叢薄之中，而不欲聞於
人也。其古魯崎嶇之聲可挹。

方人杰本：

忠良誅戮，前世固然，屈子之見達矣，奈何復從彭咸而居乎？蓋不
欲夫差、殷紂望其君也。馮覲氏

是《離騷》餘韵，而微較清澈。孫月峰

此初放江南而涉江之辭也，文最激直而復清朗。（方人杰）

哀郢吳汝綸評：向疑此篇爲頃襄王徙

陳時作。徙陳在襄王二十一年，屈原遷逐，蓋在襄王初年，
不能至徙陳時尚在也。然篇內百姓震愆，離散相失，及兩東
門之可蕪，皆非一身放逐之感，且必皆實事，非空言。殆懷
王失國之恨與？又曰：《史記》遷屈原乃襄王事，懷王但疏之

耳。故猶爲楚使齊,諫釋張儀,諫入秦,未嘗被放也。姚謂懷王放之郢東,襄王放之郢南,殆不足據。又曰:江與夏之不可涉,述其諫入秦之言也。九年不復,則未報此國仇耳。舊謂放且九歲,非也。然自劉向《九嘆》,已爲此説矣。(**萬曆本**)佚名手夾:此篇全寫去國後眷戀之情,所謂不忘欲返者也。

　　皇天(**萬曆本**)佚名手旁:不敢斥君。之不純命兮,何百姓之震愆?(**馮眉**)洪興祖曰:此章言己雖被放,心在楚國,徘徊而不忍去,蔽於讒諂,思見君而不得。故太史公讀《哀郢》而悲其志也。錢眉:郢滅在頃襄王之世,今哀郢,則知未嘗投汨羅也。(**來欽之本**)陳眉公眉:《哀郢》《遠游》,萬不可遺,不知何爲不入《昭明文選》。(**蔣之翹本**)蔣之翹眉:《哀郢》篇於《九章》中最爲淒惋,讀之實一字一泪也。太史公雅好之,梁昭明乃舍此而選《涉江》,何哉?(**潘三槐本**)洪興祖曰:此章言己雖被放,心在楚國,徘徊而不忍去,蔽於讒諂,思見君而不得。故太史公讀《哀郢》而悲其志也。(**葉邦榮本**)洪興祖曰:作"心在楚,故徘徊而不忍去",餘同上。民離散而相失兮,(**方人杰本**)旁批:原之去,天命民心之所系也,況經目擊得不心傷。方仲春而東遷。(**歸本**)樓迂齋眉:此章始南渡,將至沅湘而曰:□於故都,旌門之淒泣,孟嘗之歔歟,何足爲道。(**來欽之本**)佚名一眉:自哀先哀人者,賢人日遠,民生日困,一事非二事也。佚名一夾:《騷經》云:"哀生民之多艱。"張符升眉:原遷江南,而至陵陽,正在郢之東也,故曰"東遷"。(**光集本**)手眉:《哀郢》篇,仍是戀戀故都,不忍去之意。又曰:《哀郢》次在《惜往日》之下,爲《九章》之第八篇。手旁:放逐之命,恰當此時。(**林兆珂本**)佚名手旁:感其候也。去故鄉而就遠兮,遵江夏(**萬曆本**)佚名手旁:紀地。(**光集本**)手旁:起行之地。以流亡。出國門而軫懷兮,甲(**萬曆本**)佚名手旁:紀月。之鼂(**光集本**)手旁:起行之日。吾以行。

（慶安本）蔣之翹眉："甲之鼂"一句簡勁，絕類史法。（上集本）佚名手眉：前云"將行"而此竟行矣。（林兆珂本）佚名手旁：憶其時也。發郢都而去閭兮，張符升眉：以下皆追敘初放之時。怊荒忽其焉極？（慶安本）"怊"，《說文》"悲也"，《字林》"恨也"。楫齊揚以容與兮，哀見君而不再得。（萬本）佚名曰：無限愁思，眾人誰能知之。（來欽之本）佚名一眉：以下一步遠一步，一步九回頭。（萬曆本）佚名手眉：君不可見。佚名手旁：倒押。（葉邦榮本）無限愁思，眾人誰能知之。望（萬曆本）佚名手眉：近望。長楸而太息兮，（方人杰本）旁批：有怨慕之思，無決絕之意，轉側深至。涕淫淫其若霰。過夏首而西浮兮，（萬曆本）佚名手眉：自西而東。顧龍門而不見。（萬本）佚名曰：按，此上三章初言去故鄉，次言去閭里，次言去墳墓。敘事漸而愈切，敘情亦漸而愈懇。吳汝綸評：云東行過夏首，又西浮以望龍門也。故下云"回舟下浮"。（聽雨齋本）桑悅眉：語最淡，情最深。（李陳玉本）"龍門"，楚都南關二門之一。（萬曆本）佚名手眉：（墨）桑花曰：語最淡，情最深。（朱）君門亦不可見。又曰：此二節是初去國時。（葉邦榮本）按，此三上章初言去故鄉，次言去閭里，次去言墳墓。敘事漸而愈切，敘情亦漸而愈懇。心嬋媛而傷懷兮，眇不知其所蹠。順風波以從流兮，焉洋洋而為客。金兆清眉：一語更覺□然。（聽雨齋本）李賀評："洋洋為客"一語，便覺黯然。（方人杰本）旁批：心不與俱去也。（萬曆本）佚名手眉：若自笑而實自憐也。佚名手旁：自亦不解。凌陽侯之氾濫兮，（方人杰本）旁批：一筆寫兩層，慘傷都在境外，工妙入神。（萬曆本）佚名手眉：前後皆實說，此二節虛描，作一頓。忽翱翔之焉薄。心絓結而不解兮，思蹇產而不釋。（歸本）袁元峰眉：言己始船蹈波，而恐湘則心懸結念詰曲而不可釋也。（萬曆本）佚名手旁：此二節去國後心緒。將運舟而下浮兮，張符升眉：此下記東遷之實。（萬曆本）佚名手眉：自此下五節，是在途時。上洞庭而下江。張符升眉：自荊達岳，東向而行，洞庭在其南，故以洞庭為上，而江為下

也。去終古之所居兮，（**方人杰本**）旁批：去來恒義，黯淡如是。今逍
遙而來東。（**來欽之本**）佚名一眉：宗國當終古居之，故屈子不之他
國。（**聽雨齋本**）金蟠眉：許多去國之情，言之有不忍思，思之有不忍
言。（**萬曆本**）佚名手眉："逍遙"字與前"洋洋"字，皆是以好字眼形容
失意光景，更覺悲慘。又曰：自東而南。（**光集本**）手旁：以上被放南
行，水路所往。

　　羌靈魂之欲歸兮，（**萬曆本**）佚名手眉：此下皆在途時回念故都
心緒。何須臾而忘反。背夏浦而西思兮，（**萬曆本**）佚名手旁：二句
領起下文。（**光集本**）手旁：故都在東，遷之西，故曰"西思"。哀故都
之日遠。（**萬本**）佚名曰：上二句言夢寐之頻，下二句言思歸之甚。登
大墳以遠望兮，（**萬曆本**）佚名手眉：遠望。佚名手旁：思之不已而望
之。聊以（**萬曆本**）佚名手旁：折。舒吾憂（**萬曆本**）佚名手旁：伏。
心。哀州土之平樂兮，（**萬曆本**）佚名手旁：哀其將不復然也，言多外
少含蓄。悲江介之遺風。（**張鳳翼本**）鍾惺眉：長□□望，極□之致。
（**萬曆本**）佚名手眉：去國時已望矣，至此而又望，一路不知多少回首；
不見君已哀矣，至此而又哀故都，哀州土，一心不知多少悲涼。當陵
陽之焉至兮，張符升眉：至陵陽則東至遷所矣。（**光集本**）手眉："陵
陽"，楚地。下和封陵陽侯。淼南渡之焉如？（**萬本**）佚名曰：按，洪
氏解前陽侯引淮南注曰："陽侯，陵陽國侯也。"則此陵陽即陽侯也明
矣。曾不知夏之爲丘兮，（**光集本**）手眉："夏"，水口也。不必依本注
解。孰兩東門之可蕪？[①]（**蔣之翹本**）焦竑評："六朝如夢鳥空啼"，
何若"夏丘"二語，尤覺凄絕。（**歸本**）高中玄眉：此見懷王信用讒佞，國
將危亡也。金兆清眉：六朝如夢鳥空啼，不若此二語，尤覺凄絕。（**方
人杰本**）旁批："六朝如夢鳥空啼"，何若此二語，尤爲凄絕。（**萬曆本**）

---

　　① 聽雨齋本錄焦竑語，作："六朝如夢鳥空啼，何若'夏丘'二語，尤覺
慘絕。"

佚名手眉：平樂未改，荒涼早已在目，心頭眼底，真有無數不得處。心不怡之長久兮，（**方人杰本**）旁批：上已極痛哭流涕矣，此下復用惋轉自傷。憂與愁其相接。吳汝綸評：懷王不反，已被復放。故曰"憂與愁其相接"。（**李陳玉本**）只改一"愁"字，語妙盡失矣。（**萬曆本**）佚名手旁：雖欲舒之，而不可得矣。惟郢路（**萬曆本**）佚名手旁：束上。之遼遠兮，江與夏之不可涉。（**蔣本、慶安本**）蔣之翹眉：此段賦中有興，興中有賦。其旨微，其情切，真風雅合作也。（**萬曆本**）佚名手眉：自初去國時至此，無日不憂，而郢都愈遠，□江反以流亡者，不可復涉而悔矣。忽若不信兮，（**萬曆本**）佚名手眉：以下四節，言己所以去國之久者，以讒人日進而間之也。補說於末亦倒叙體。至今九年（**萬曆本**）佚名手旁：紀年。總紀去國之年。而不復。慘鬱鬱而不通兮，蹇侘傺而含慼。（**來欽之本**）佚名一眉：此非追憶當日，蓋今日之遷，由於當日之放也。張符升眉："開"作"通"（原文作"不開"），"慼"作"慽"（原文作"含慼"）。（**光集本**）手眉：以上叙被放九年中，無日不憂國憂民。

　外承歡（**萬曆本**）佚名手旁：摹寫。之汋約兮，（**方人杰本**）旁批：并得其情性妙絕。諶荏弱而難持。（**聽雨齋本**）金蟠眉：骯髒之骨，寫妖冶如醉，"承歡"二語，已攝其魄。（**李陳玉本**）朱注解此語極精，此云"有母在"，何其無謂。（李注："外承歡"句，原尚有母在。）忠湛湛而願進兮，（**方人杰本**）旁批：是謂怨而不怒。妒被離而鄣之。（**馮眉**）朱熹曰：此章形容邪佞之態，最爲精切（注：節），則知佞人之所以殆。又信此語與孔聖之言，實相發明也。（**來欽之本**）佚名一眉：此其所以遷。（**蔣本、慶安本**）宋瑛眉：欲泣矣。（**萬曆本**）佚名手旁：追溯去國之故。（**潘三槐本**）朱熹曰：此章形容邪佞之態，最爲精切。堯舜之抗行兮，瞭杳杳而薄天。張符升眉："而"作"其"。眾讒人之嫉妒兮，被以不慈之僞名。（**萬本**）佚名曰：此承上章"妒被離而鄣之"二句而言，以責讒人也。見得堯舜不以讒妒貶聖，屈子豈因讒妒而有所損哉？

（**來欽之本**）佚名一夾：應"忠湛湛"二句。（**萬曆本**）佚名手眉：言外見聖猶被謗，而況於我受其讒，不知何極。憎愠惀之脩美兮，好夫人之忼慨。張符升眉：自"外承歡"至此，似承上"鬱鬱不開"而言。既以自哀不得，不深恨黨人也。衆踥蹀而日進兮，美超遠而逾邁。（**來欽之本**）佚名一眉：應"外承歡"二句。（**蔣本、聽雨齋本**）陳仁錫眉：文章沉奧，有忠質，文之遺，蓋三代法物也。（**萬曆本**）佚名手眉：（**墨**）陳仁錫曰：文章沉奧，有忠質，文之遺，蓋三代法物也。（**朱**）"美"者，修美之謂。衆既日進，而修美者超越遠去，日以逾邁，可嘆之甚也。佚名手旁：結到自身束住。（**光集本**）手眉：以上叙讒人嫉妒之言，妨賢誤國，致己有生離之感。（**林兆珂本**）佚名手眉：小人饒有媚骨，□□可喜，多飾□態，傾□□心誠，令人心意軟弱，而□自主也。"愠惀"，心有所會，而不敢自明之意。小人飾詐翹名，托爲慷慨，常□□□然欲動悍□難下之意。

　　亂曰：曼余目以流觀兮，冀壹反之何時？（**方人杰本**）旁批：惡得決絶也。（**萬曆本**）佚名手旁：收前半篇。鳥飛（**萬曆本**）佚名手旁：比。反故鄉兮，狐死必首丘。張符升眉：申明不能忘郢之意。（**萬曆本**）佚名手眉：橫插二語，淒絶！若用正説，不能如此沉痛。信非吾罪（**萬曆本**）佚名手旁：收末四段。而棄逐兮，（**方人杰本**）旁批：惡得不決絶也，讀者腸斷。何日（**萬曆本**）佚名手旁：句法。夜而忘之？① （**馮眉**）馮覲曰：記云：狐死正丘，首仁也。屈子之詞，前極憤懣，至亂而每以非其罪而自安，其亦仁人之用心歟！（**蔣之翹本**）陸時雍眉：一叫腸斷矣。（**陸本**）張煥如曰：二語可作絶命詞矣。金兆清眉：二語可作絶命詞。

_____

　　①　聽雨齋本録此處馮覲語，作："屈子之詞，前極憤懣，至亂而每以非其罪而自安，其仁人之用心歟！"

歸本篇評：

楊升庵曰：此章言己雖被放，心在楚國，徘徊而不忍去，蔽於讒諂，思見君而不得，故太史公讀《哀郢》而悲其志也。

金兆清評：此篇於《九章》中最爲凄惋，讀之一字一泪。

方人杰本：

屈子去郢之朝，即郢亡之日乎？故篇中累累叙去思。而所謂哀郢者，止“夏丘”兩言已耳。其痛情者在於去國，而不忍言者，乃其郢亡也。讀至掉尾“信非吾罪”二語，可謂一叫腸斷。陸昭仲

文如獨繭抽絲，一意千迴百折，寫身之所歷，皆是寫心之所至。傷悼之念，皆從君身蠱惑處曲曲傳出，絶不見怨天尤人之意，文境清幽淡折，無聲無臭之中，令人一見心傷，不待辭畢，固知感人處不在聲華色相也。方人杰

抽思（來欽之本）朱熹評：以篇内“少歌”首句二字爲名。吴汝綸評：“思”，當爲“怨”，“抽”，讀爲“詘”。《説文》：“詘，詘也。”抽怨，即復仇也。張符升眉：此篇蓋原懷王時斥居漢北所作也。（萬曆本）佚名手夾：原既南行，值秋夜之方長，念己平日陳詞於君而不見聽，今又無媒以自達，魂夢彷徨有感，而作此章。

心鬱鬱之憂思兮，獨永嘆乎增傷。（馮眉）洪興祖曰：此章言己所以多憂者，以君信諛而自聖，眩於名實，昧於施報，雖忠直無所赴愬，故反復其詞，以泄憂思也。（潘三槐本）陳深曰：此章陳詞以望君之察，而君若不聞，是以憂心不遂，作頌自解。思蹇產之不釋兮，曼遭夜之方長。（蔣之翹本）李賀評：“曼遭夜之方長”，正不知何時旦也。（來欽之本）佚名一眉：秋夜方長，秋風起，所以抽思。佚名一夾：是有憂思而不寐，非因秋夜而有憂思也。（聽雨齋本）李賀評：正不知何曉旦也。

(**慶安本**)郭正域眉：意旨纏綿惻怛，三復讀之，應使山鬼夜哭。（**方人杰本**）旁批：正不知何時旦也，語悲絕。（**萬曆本**）佚名手眉：此總一章之旨而言。（**光集本**）手眉：《抽思》一章，詞多反覆，言之又言，是直華周杞梁之妻之哭□也。又曰：《抽思》一篇，當在《思美人》之下，爲《九歌》之第三篇。（**朱崇沐本**）佚名手旁：（朱）入秋也。悲秋風之動容兮，何回極之浮浮。（**蔣之翹本**）宋瑛眉：一說"浮浮"，風動貌。（**蔣本另兩本**）郭正域眉：意旨纏綿惻怛，三復讀之，應使山鬼夜哭。（**光集本**）手眉："回極"，當作"四極"，謂四方之極處，浮動之容也。又曰：以上提出己之憂君之怒，爲下文作引。（**林兆珂本**）佚名手眉：《九辯》悲秋，可謂痛寫無余矣。不如此兩言之荒□也。（**朱崇沐本**）佚名手眉：（朱）"秋風"，喻君怒；"浮浮"，喻君怒之無常也。即多怒意，□□遠了。數惟蓀之多怒兮，（**方人杰本**）旁批：婉轉。（**萬曆本**）佚名手旁：此處虛說，未言所怒爲誰也。傷余心之懮懮。（**歸本**）王陽明眉：此下諸篇用字、用句，先儒多不能解。願搖起而橫奔兮，（**萬曆本**）佚名手眉："遙赴橫奔（佚名手批所用底本原文作'遙赴而橫奔'）"者，不循規矩，如《惜誦》章所云"橫奔失路"也。覽民尤之如此，則自止而不爲，但陳詞以告而已，所陳之詞在後。佚名手旁：因多怒而云然。覽民（**萬曆本**）佚名手旁：曲。尤以自鎮。結微情（**萬曆本**）佚名手旁：伏。以陳詞兮，張符升眉：此篇之所爲作也。矯以遺夫美人。昔君與我成言兮，（**方人杰本**）旁批：繚前繞后，鬱結不分。曰黃昏以爲期。羌中道而回畔兮，反既有此他志。（**陳深本**）陳深眉：此章陳詞以望君之察，而君若不聞，是以憂心不遂，作頌自解。（**歸本**）王鳳洲眉：此意陳詞以望君之察，君佯聾而不聞，是以憂心不遂，作頌自解。（**來欽之本**）佚名一夾：承上陳詞。憍吾以其美好兮，（**萬曆本**）佚名手旁：此后不聽言之根。覽余以其脩姱。與余言而不信兮，蓋爲余而造（**萬曆本**）佚名手旁：字法。"造"字妙，包多少情景。怒。①（**蔣之翹本**）

---

① 聽雨齋本録此處孫鑛旁，作："語最婉。"

孫鑛眉：語最惋。（**萬本**）佚名曰：此言楚王自恃其才能，驕矜夸示其
己，故畔成言，而怒遂已也。（**陸旁**）孫鑛曰：惋語。（**方人杰本**）旁批：
過則歸已，兩"余"字更婉轉。（**萬曆本**）佚名手眉：此處實說，點明多怒
之故。王欲以原所作憲令自爲，而讒之者謂原伐其功，曰非我莫爲，王
由此怒。（**林兆珂本**）佚名手眉：曰"含怒以待臣"，曰"爲余而造怒"，□
而舍也。無□而不獲罪矣，怒而造也，無刻而不開端矣。佚名手旁：君
本無怒，爲余而造，則敵余□，恐其不□去，余□恐其不力矣。（**潘三槐
本**）孫鑛曰：惋語。

　　願承閒而自察兮，心震悼而不敢。張符升眉："而"作"以"。悲
夷猶而冀進兮，心怛傷之憺憺。（**來欽之本**）佚名一眉：不忠者惟其
敢，欲言而不言。（**光集本**）手眉："夷猶冀進"二句，傷不能至郢都，面陳
其事也。茲歷情（**萬曆本**）佚名手旁：應。以陳辭兮，蓀詳聾而不聞。
（**來欽之本**）佚名一眉：雖聽而善忘。張符升眉："佯"作"詳"。（**萬曆本**）
佚名手眉：稱呼奇。佚名手旁：赴。固切人之不媚兮，（**李陳玉本**）"切
人"，猶云樸實頭地人也。（**方人杰本**）旁批：忼慨悲壯。衆果以我爲
患。（**陸本**）孫鑛曰：伉語。（**聽雨齋本**）孫鑛旁：句最煉。（**慶安本**）"切
人"，安貞云：深切於人也。張符升眉：以上追叙主朝時蒙讒被放之事
也。（**林兆珂本**）佚名手旁："衆以爲患"者，一人正襟，而四座不得詭語
故也。（**潘三槐本**）孫鑛曰：伉語。初吾所陳之耿著兮，豈至今其庸
亡？何毒藥之謇謇兮？張符升眉：作"何獨樂斯之蹇蹇兮"。（**方人杰
本**）旁批：曲曲折折，與下開合盡致。願蓀美之可完。（**萬本**）佚名曰：
追言昔日直道之害，因表己盡忠之心。（**來欽之本**）佚名一夾：所以陳詞
遺美人者，欲其美之可完也，照應明白。吳汝綸評："光"，亡韵，充也。
（**聽雨齋本**）宋瑛眉：語至腸斷，猶從容永懷，如此厚之至也。（**萬曆本**）
佚名手眉：上但言結情以陳詞，而未及所陳之辭如何。此下乃追溯其初
之所陳，章明如此，而如君之不聞不聽，何哉？佚名手旁：此微情之所
在。（**葉邦榮本**）追言昔日直道之害，因表己盡忠之心。望三五以爲像

兮,（萬曆本）佚名手旁:願君之如此。（光集本）手旁:此句指君。指彭咸（萬曆本）佚名手旁:此微情所在。（光集本）手旁:此句指己。以爲儀。夫何極而不至兮,故遠聞而難虧。（萬曆本）佚名手眉:此正所陳之詞也,下節同。補叙在後,亦倒接文勢。佚名手旁:如《騷經》中所言是也。（朱崇沐本）佚名手眉:（朱）"難虧"則完。善不由外來兮,（方人杰本）旁批:光明磊落,極愷直語,從極委曲中來。（萬曆本）佚名手眉:此節正對針第五節說。名不可以虛作。（陸本）孫鑛曰:豪語。（李陳玉本）修身事君,只此一副本領,所謂切人也。孰無施而有報兮,孰不實而有穫?（馮眉）朱熹曰:"善不由外來"四語,明白親切,雖前聖格言,不過如此,不可但以詞賦讀之(來欽之本)佚名一眉:忽着此四句者,屈子不忍自變。知之真,故守之固,即余之從容。佚名一夾:不接上而上意自接,不接下而下意自接。文之離奇,至此已極。張符升眉:此又舉上歷情陳辭之實,而反復著明之,猶□君之徐繹而有悟也。（萬曆本）佚名手眉:此亦所陳之大意也。王以美好夸人,無實善而慕虛名,故規之以此末二句。或暗指秦人獻地之事,蓋商於六百里,王之所詔,美好者也。（光集本）手眉:此叙既完君之美,所以不憚勞而必陳詞也。（潘三槐本）朱熹曰:"善不由外來"四語,明白親切,雖前聖格言,不過如此,不可但以詞賦讀之。

少歌曰:①（馮眉）洪興祖曰:此章有少歌,有倡,有亂。少歌之不足,則又發其意而爲倡。獨倡而無與和也,則總理一賦之終,以爲亂辭云爾。（葉邦榮本）洪興祖曰:此章有少歌,有倡,有亂。少歌之不足,則又發其意而爲倡。獨倡無與和也,則總理一賦之終,以爲亂云。與美人抽怨兮,吳汝綸評:"怨",朱本作"思"。案,王注云:"爲君陳道拔恨意也。"是本爲

---

①　上集本佚名手墨錄此處洪興祖語作:"洪興祖曰:此章有少歌,有倡,有亂。少歌之不足,則又發其意以爲倡。獨倡而無與和也,則總理一篇之終,以爲亂云爾。"

“怨”字之證。張符升眉:“抽”上有“之”字,“怨”作“思”。(**方人杰本**)旁
批:短節悲歌,正極蒼莽。(**萬曆本**)佚名手旁:即上所云結情以陳詞也。
并日夜而無正。(**朱崇沐本**)佚名手眉:(**朱**)上二句自指。憍吾以其美
好兮,敖朕辭而不聽。吳汝綸評:上勸頃襄王復仇,而不見聽,以下哀懷
王之不返也。(**光集本**)手眉:此總申前意。

　　倡曰:(**萬本**)佚名曰:此章十句皆是歌詞。張符升眉:此總前意而申
明之也。(**萬曆本**)佚名手旁:另起。(**葉邦榮本**)此章十句皆是歌辭。有
鳥自南兮,來集漢北。(**歸本**)朱熹眉:屈子生於夔峽,而仕於鄢郢,是自
南而集於漢北也。(**萬曆本**)佚名手眉:此下以陳詞而不聽,而猶不忘君,
以至魂夢之中,微情尚結,而終以無媒永棄,憂思之所以鬱鬱也。(**光集
本**)手眉:“有鳥南來,集於漢北”,蓋當年懷王遷原於漢北也。漢北與上庸
接壤,漢水出嶓冢山,在漢中府寧羌縣。《思美人》篇云:“指嶓冢之西隈”,
以身在漢北,舉現前漢水所自出,以喻置身之高也。原非夔峽之人,不必
依此注解。好婸佳麗兮,胖獨處此異域。既惸獨而不群兮,又無良
媒在其側。道卓遠而日忘兮,願自申而不得。(**朱崇沐本**)佚名手眉:
(**墨**)“日忘”,忘家也。“自申不得”,不欲去國也。望北山而流涕兮,臨
流水而太息。吳汝綸評:望南山言懷王在秦,望楚山也。(**朱崇沐本**)佚
名手眉:(**墨**)出兩不遇,故流涕太息而空歸也。望孟夏(**萬曆本**)佚名手
旁:曲。之短夜兮,吳汝綸評:遭夜方長,秋風動容,屈子作此篇之時令
也。孟夏短夜,則代設懷王,夢歸之幻境也。(**方人杰本**)旁批:縹緲忽荒,
一唱三嘆,是情是文,上入九天,下入冲淵矣。(**萬曆本**)佚名手眉:此下俱
本首章意來。何晦明之若歲!(**萬本**)佚名曰:此下三章,言夢歸郢都之
情。(**蔣本、聽雨齋本**)蔣之華眉:古詩愁多知夜長,本此。(**萬曆本**)佚名
手旁:所云遭夜之方長也。(**葉邦榮本**)此下三章,言夢歸郢都之情。惟
郢路之遼遠兮,魂一夕而九逝。(**萬曆本**)佚名手旁:煉句。“腸一日而
九回”句本此。(**朱崇沐本**)佚名手眉:(**墨**)斥歸后之言,所謂道思也。曾
不知路之曲直兮,(**方人杰本**)旁批:沈約“夢中不識路,何以慰相思”,是

反此意,各□入妙。南指(萬曆本)佚名手旁:夢境可想。月與列星。①
(來欽之本)王弇州眉:沈休文"夢中不識路,何以慰相思",反此又佳。
(萬曆本)佚名手眉:摹寫至此,石人下淚。"南指"者,原家所在也,而
又不得以徑逝者,欲歸南而又望,比戀戀君門,不忍徑去,是靈魂之信
直也。或作欲從此長往以依君,而無如魂仍識路,尚復營營也。意尤
淒激。願徑逝而不得兮,魂識路之營營。(萬曆本)佚名手旁:思路
幻甚曲甚,而一一能達。(朱崇沐本)佚名手眉:(墨)應"日忘"。因月
星而知南之在前也。何靈魂之信直兮,人之心不與吾心同!(萬
曆本)佚名手旁:所謂衆果以我爲患也。理弱而媒不通兮,尚不知
余之從容。(萬本)佚名曰:有云:自此以上皆倡歌也。甚爲有理。
(歸本)朱熹眉:此言靈魂忠信而質直,不知人心之異於我。故雖得歸,
亦無與左右而道達之者,彼又安能知我之間暇而不變守乎?吳汝綸
評:"人",秦也。"吾",余懷王也。"尚",曾也。(蔣之翹本)蔣之翹眉:
"魂一夕而九逝""魂識路之營營""何靈魂之信直"三句,愈知宋玉"招
魂",果招於生,非招於死也。如招於死,則何以并不道及沉江事耶?
張符升眉:此敘謫居漢北以後,不忍忘君之意也。(光集本)手眉:以下
瑕生等説,以此篇爲作襄王時,不必□。又曰:瑕生能納晉惠子展子
鮮,能推挽衛獻,而懷王無之,此屈子所以痛心於"理弱"也。亂曰:長
瀨湍流,(方人杰本)旁批:前已盡情盡義,一結浩渺,神韵無窮。泝
江潭兮。狂顧南行,(萬曆本)佚名手旁:叙此時所行之地。(光集
本)手眉:"南行"而曰"狂顧",見不能南歸也。不必依本注解。聊以
娛心兮。(萬本)佚名曰:此言遷誦之遠。(葉邦榮本)此言遷謫之遠。
軫石崴嵬,(李陳玉本)"軫石"六句,承"娛心"來。蹇吾願兮。(萬
本)佚名曰:此言志行之堅。一注:軫,轉動也。崴嵬,巨石貌。《詩》

---

① 聽雨齋本録此云"王世貞",文作:"沈約'夢中不識路,何以慰相思',
反此意又佳。"

曰：“我心匪石，不可轉也。”則石之可轉動明矣。超回志度，張符升眉：“忘”作“志”（原文作“忘度”）。行隱進兮。低徊夷猶，宿北姑兮。（萬曆本）佚名手旁：叙此篇所由作。煩冤瞀容，實沛徂兮。（萬本）此言留滯之久。（光集本）手眉：懷王之事，不可追矣，聊作頌爲戒，以救襄王，尚可及也。（葉邦榮本）此言留滯之久。愁嘆苦神，靈遙思兮。（李陳玉本）“煩冤”二字，是以往。“愁嘆”二句，是方來。路遠處幽，又無行媒兮。（萬本）佚名曰：此言不歸之由。（葉邦榮本）此言不歸之由。道思（萬曆本）佚名手旁：結出。作頌，聊以自救兮。張符升眉：“聊”下有“以”字（原文無）。憂心不遂，斯言誰告兮。（萬本）佚名曰：此言作頌之由。（歸本）李卓吾眉：無所誰處，憂思鬱結極矣。張符升眉：此序作賦時，從漢北而南行之事也。（光集本）手眉：此篇傷懷王之囚秦，屬襄王報仇之心，而君臣惡聞國耻，此子蘭所以大怒也。不必依此説。（林兆珂本）佚名手眉：幽憂欲絶矣，長歌當哭，以救死也。（葉邦榮本）此言作頌之由。

　　金兆清評：意旨纏綿惻怛，三復讀之，應使山鬼夜哭。

方人杰本：

　　此章有少歌，有倡，有亂。少歌之不足，則又發其意以爲倡，獨倡而無與和也，則總理一篇之中以爲亂云耳。**洪慶善**

　　以篇内少歌首句一字爲名，“善不由外”一章，明白親切，前聖格言，不過如此，不得僅以辭賦讀之也。**朱晦翁**

　　語至腸斷，猶從容永懷如此，厚之至也。**宋小玉**

　　美人之思，良媒之致，總於中心不忍忘也。而窅窅冥冥，蒼蒼凉凉，夢不識其虛實，魂不知其去來。而夏夜苦短，郢路遼遠，迴思成言爲期如彼，無正不聽又如此。望山流涕，臨水太息，而良媒終不得通，美人終不得與，惟有一望叫絶而已。此結末作亂，極淡而濃不能盡，極淺而深不可窮。讀之有不黯淡神傷者，未得謂之知屈子者也。（方人杰）

懷沙（來欽之本）朱熹評：《懷沙》，言

懷抱沙石以自沉也。陸時雍評：《懷沙》情窮語迫，太史公獨
載此篇，以卒原志也。吳汝綸評：《九章》自《懷沙》以下，不似屈
子之辭。子雲《畔牢愁》所仿，自《惜誦》至《懷沙》而止，蓋《懷
沙》乃投汨羅時絕筆，以后不復有作。《橘頌》或屈子少作，以篇
末有"年歲雖少"之語。《悲回風》文字奇縱，而少沉鬱謫變之
致，奇所謂"佳人"，乃屈子也。眇志所惑，則作者自言，諫君不
聽，任石何益？即眇志所惑也。通篇皆叙屈子之憤懣自沉、諫
君二語，乃稱其死之無益，所謂惑也。此必吊屈子者之所爲
矣。張符升眉：《懷沙》之名，與《哀郢》《涉江》同義，蓋寄懷其
地，欲往而就死耳。"沙"，即長沙汨羅所在也。（萬曆本）佚名
手夾：二字篇中無之，蓋總章内之意以名篇，撫情效志，有死而
已。○此章多用短調，其筆更爲峭勁□潔之氣，至死愈屬耶？

　　滔滔孟夏兮，張符升眉：此原遇漁父之後，決計沈湘，而自沉越
湖而南之所作也。（光集本）手眉："滔滔"，或作"陶陶"，解作盛陽貌。
草木莽莽。①（馮眉）洪興祖曰：此章言己雖放逐，不以窮困易其行。
小人蔽賢，群起而攻之。舉世之人，無知我者。思古人而不得見，伏
（陳深本、今本作"仗"）節死義而已。太史公曰："乃作《懷沙》之賦，遂
自投汨羅以死。"原所以死，見於此賦，故太史公獨載之（歸本録，云王
鳳洲語，聽本最後爲"原所以死，見於此，故載之"。蔣本同聽本）。（張
鳳翼本）王世貞眉：此即孟夏草木，長昔謂淵明詩從《騷》中來，信然。
（潘三槐本）陸時雍曰：《懷沙》情窮語迫，太史公獨載此篇，以卒原志
也。傷懷永哀兮，汩徂南土。（來欽之本）佚名一夾：文亦滔滔莽莽。

---

　　① 　慶安本原刻此處録洪興祖語，作："太史公云：'乃作《懷沙》之賦，遂
以投汨羅以死。'原所以死，見於此，故載之。"

（李陳玉本）按，"汩"字與"汨"字，音義各別："汩"，音骨，亂也，没也；"汨"音聿，水流疾貌。《離騷》"汨余若將不及兮"。及此處似應從"汨"字□□，音□或音骨，恐俱有誤。主"汨羅"之"汨"字，又是别音，似不容混。（光集本）手眉：《懷沙》篇，多伏節死義之言，賦體也。汨羅之投，已決於此矣。《懷沙》爲《九章》之第九篇。昫兮杳杳，（方人杰本）旁批：無歸無告，二句寫盡"無"字之神。孔静幽默。（陸）張焕如曰：二語寫到神魄不營處，可謂極其眇穆矣。鬱結紆軫兮，離慜而長鞠。張符升眉："慜"作"愍"。撫情（萬曆本）佚名手旁：領起一篇。效志（萬曆本）佚名手旁：字法。兮，（方人杰本）旁批：短節字字咽住。冤屈而自抑。（蔣之翹本）佚名手旁：結六句言傷懷永哀之實。（歸本）余同麓眉：辭語短長於邑，鬱結不倫，有不任其聲，而促舉其詞者焉。（來欽之本）佚名一夾：惟冤抑，故有言而必死也。此篇中綱領。張符升眉："俛"作"冤"（原文作"俛屈"）。（萬曆本）（朱）佚名手旁：此二章言在南土静默以處，念己之情志冤屈而憂哀也。（墨）洪興祖曰：此章言己雖放逐，不以困窮易行，小人蔽賢，群起而攻之。舉世之人，無知我者。思夫人而不得見，仗節死義而已。太史公曰："乃作《懷沙》之賦，遂自投汨羅以死"，原所以死見於此，故載之。（光集本）手眉：六句所謂傷懷永哀也。（林兆珂本）佚名手旁："抑"，按止之也。俛屈不自抑，則有暴怒之情，誹訕之言矣。

　　刓方以爲圜兮，（方人杰本）旁批：縱觀上下，不覺放聲。（萬曆本）佚名手眉：以下不用正筆，多借喻以明之，異樣精彩。常度未替。易初本迪兮，君子所鄙。章畫（萬曆本）佚名手旁：句琢。志墨兮，前圖未改。（萬本）佚名曰：按，篇首至此，正所謂己雖放逐，不以窮困易行者。（來欽之本）佚名一眉：二節皆不忍自變其守意。佚名一夾：此下寓意，正意相同。内厚質正兮，（萬曆本）佚名手旁：亦喻語。大人所盛。巧倕（萬曆本）佚名手旁：上下文轉接（指"所盛"句與此句）。不斵兮，孰察其撥正。吴汝綸評：撥不正也，讀如"弓撥矢鉤"

之撥。張符升眉：此本上"撫情效志"而言，以起"人莫知"之意。（萬曆本）佚名手眉：世無良匠，孰知所揆之正乎？○或以"不斷"自喻其繩墨之正。

　　玄文處幽兮，（方人杰本）旁批：語極幽雋，雙承處復錯綜。（萬曆本）佚名手眉：自此以下，皆所謂冤屈而自抑者。矇瞍謂之不章。（歸本）王逸眉：矇，盲者也。《詩》云："矇瞍奏公。"章，明也。言持玄墨之文，居於幽冥之處，則矇瞍以爲不明也。離婁微睇兮，瞽以爲無明。（蔣之翹本）桑悅眉：可恨真可恨。（來欽之本）佚名一眉：七節皆群小讒間忠良意。變白以爲黑兮，（方人杰本）旁批：蒙上即卻下，是事是情，渾渾不可分。（萬曆本）佚名手旁：間二虛句。倒上以爲下。鳳皇在笯兮，雞鶩翔舞。（張鳳翼本）鍾惺眉："笯鳳"字雅。（萬曆本）佚名手眉：句極琢煉。同糅玉石兮，（萬曆本）佚名手眉：玉石相較，《詩》《書》多有之，如"他山之石，可以攻玉"及"玉石俱焚"之類是也。此更變作妙句，令人太息。一概而相量。夫惟黨人鄙固兮，（萬曆本）佚名手旁：一路用比體，至此點出，亦倒煞文勢。羌不知余之所臧。（萬本）佚名曰："黨人"，指上官之徒。上句結上文，下句起下文。（光集本）手眉：以上追言己獨守正，而世德顛倒日甚，所以見放。任重載盛兮，（萬曆本）佚名手旁：又比。陷滯而不濟。懷瑾握瑜兮，（萬曆本）佚名手旁：又比。窮不知所示。（萬本）佚名曰：傳曰：鐘山之玉，瑾瑜爲良。（萬曆本）佚名手夾：此一章言己之所藏。邑犬之群吠兮，（方人杰本）旁批：罵得痛快。（萬曆本）佚名手旁：興二句。吠所怪也。（歸本）胡相泉眉：德高者不合於衆，行異者不合於俗，故爲犬之所吠，衆人之所□。非俊（萬曆本）佚名手旁：句法。疑傑兮，張符升眉："誹"作"非"（原文作"誹俊"）。（萬曆本）佚名手旁：妙。固庸態（萬曆本）佚名手旁：峭勁。也。（聽雨齋本）焦竑眉：罵得痛快。（萬曆本）佚名手眉：（墨）焦竑曰：罵得痛快。（朱）惟"庸"故妄，大夫道盡千古矣。佚名手旁：此一章言人之鄙固。文質疏內兮，（慶安本）"文質疏内"，王解通曉。眾不知余之異采。（萬曆本）佚名手眉：此下總根"不知余所藏"句。佚名手旁：所謂"巧倕不斲"也，精語深意，此理千古難知。材樸委積兮，莫知余之所有。張符升眉："莫"作"孰"。

重（萬曆本）佚名手旁：字法。仁襲義兮，（萬曆本）佚名手旁：所謂"文質疏内"也。謹厚以爲豐（萬曆本）佚名手旁：字法。（朱崇沐本）佚名手眉：（朱）今人以馳騁爲"豐"矣。重華不可遌兮，（方人杰本）旁批：筆筆埽盡，獨占空□。孰知余之從容！（來欽之本）來聖源眉："遌"當（國來本作"通"）作"梧"，讀"梧"平聲者非是。（光集本）手眉：以上言見放之后，復招誹謗，通國無一知己，故不復見召。古固有不竝兮，（方人杰本）旁批：文氣疏宕，有不可一世之意。豈知其何故？湯禹久遠兮，邈而不可慕。①（萬本）佚名曰：此□上章皆承上庸眾不知己而言。（歸本）胡雅疊眉：此言禹湯不可得，雖有留戀之意，亦勉強以自慰耳。（來欽之本）佚名一眉：上言今人不知我，知我者惟古人。古人不可得見，故死而已矣。（聽雨齋本）孫鑛眉：思之不得，轉而爲怨；怨之不已，轉而自解。最是懊恨處。張符升眉："任重"至此，詳舉不知所藏之實。又曰：作"邈而不可慕"。（葉邦榮本）此并上章，皆承上"庸眾不知己"而言。懲連改忿兮，（萬曆本）佚名手眉：此二章應起處作束。佚名手旁：冤屈之甚，不免於違（底本作"懲違改忿"）而忿矣，懲而改之，所謂自抑也。抑心而自強。離愍而不遷（萬曆本）佚名手旁：二字括第三章。兮，願志之有像。（萬曆本）佚名手旁：收到情志。進路北次兮，（萬曆本）佚名手旁：應南土。日昧昧其將暮。（方人杰本）旁批：苦節愴音，孰堪卒讀。舒憂娛哀兮，（萬曆本）佚名手旁：應首二節。限之以大故。（歸本）邵國賢眉：抗志欲沉

---

① 慶安本原刻此處録孫鑛語，作："思之不得，轉而爲已，轉而自解。最是懊恨處。"

者,其文也。而未沉者,其文以後之事也。(**來欽之本**)佚名一眉:死意已決,故太史公以爲此將死之作。又曰:以死爲大故,則屈子非輕生者矣,舍生取義,則屈子之死,更是大故。(**萬曆本**)佚名手旁:結到《懷沙》意。(**光集本**)手眉:以上前不見古人,後當示來者,汨羅之沉,必不可已矣。

亂曰:浩浩沅湘,張符升眉:"湘"下無"兮"字(原文有)。(**萬曆本**)佚名手旁:徂南。分流汨兮。脩路幽蔽,張符升眉:"蔽"下無"兮"字(原文有)。道遠忽兮。(**萬本**)佚名曰:此章因行役之勞,述己放逐於寬間寂寞之濱,抱道自守,而世無知己者。(**慶安本**)陸時雍眉:《懷沙》意絕緒之歌乎? 哀之迫矣,何暇緩歌,否,何言之肆而直地。懷質(**萬曆本**)佚名手旁:情志。抱情,張符升眉:"質"下無"兮"字(原文作"懷情抱質兮")。獨無匹兮。伯樂既没,張符升眉:"殁"下無"兮"字(原文作"既殁")。(**萬曆本**)佚名手旁:重華湯禹。驥焉程兮? 吴汝綸評:錢大昕云:"匹"與"程"韵,"程"讀"秩"。萬民之生,張符升眉:"人"作"民","有"作"稟","命"下無"兮"字(此句原文作"人生有命兮")。各有所錯兮。定心(**萬曆本**)佚名手旁:字法。廣志,(**朱崇沐本**)佚名手眉:(朱)四字爲處困之極則。余何畏懼兮? (**來欽之本**)佚名一眉:屈子知名,又能立命。佚名二評:按,此四句若依《史記》移著上文"懷質抱情"之上,而以下文"死不可讓,願勿愛兮"承"余何畏懼"之下,文意尤通貫。但《史》於此又再出,恐是後人因校誤加也。(**萬曆本**)佚名手:引起弗愛死意。曾傷爰哀,(**萬曆本**)佚名手旁:憂不可舒,哀不可娛,收起處。永嘆喟兮。世溷濁莫吾知,(**萬曆本**)佚名手旁:收中間數節。人心不可謂兮。(**萬本**)佚名曰:無限傷情。(**來欽之本**)佚名一夾:自當依《史記》移在上。張符升眉:"溷"下有"濁"字,"不"作"莫","心"上有"人"字(原文作"世溷不吾知,心不可謂兮")。(**葉邦榮本**)無限傷情。知死不可讓(**萬曆本**)佚名手旁:字法。張符升眉:"讓"下無"兮"字(原文有)。(**方人杰本**)旁批:易簀結纓氣

象,文猶淵淵有金石聲。**願勿愛兮**。① （**馮眉**）洪興祖曰:馮覲曰:屈子
《懷沙》,特《九章》之一耳。史遷作史獨采此篇,蓋以煩音促節,至此而
欲深耳。其曰"知死不可讓,願無愛兮",何其志之決,而詞之悲也。**明
告君子**,張符升眉:無"以"字。"君子"下無"兮"字(原文作"明以告君
子兮")。**吾將以爲類**(**萬曆本**)佚名手旁:字法。又曰:志之有像。兮。
(**歸本**)馮開之眉:屈子《懷沙》,特《九章》之一耳。史遷作史,獨采此篇,
蓋以煩音促節至此而愈深耳。其曰:"知死不可讓兮,願勿愛兮。"何其
志之決,而詞之悲也。(**來欽之本**)佚名一夾:已所應得而不受,曰"讓"。
愛生必讓死,舍生而後能取義,故曰"不可讓",曰"勿愛"。又曰:"明告
君子",自明其所以死,且以勉人也。(**張鳳翼本**)陸時雍評:《懷沙》情窮
語迫,太史公獨載此篇,以卒原志也。張符升眉:此總前意而申言之也。
(**萬曆本**)佚名手眉:(**朱**)氣直詞峭,生氣凜凜。(**墨**)馮覲曰:《九章》煩
音曲節,至愈深。如曰:"知死不可讓",何其志之決,而詞之悲也。佚名
手夾:"讓"字奇,知天下無能死之人也,一"讓"便是無志。"類"字又奇,
死豈有法耶? 知天下後世人有死所也,不類皆小人也。

方人杰本:

此章言已雖放逐,不以困窮易其行,小人蔽賢群起而攻之。舉世
之人無知我者,思古人而不得見,伏節死義而已。太史公曰:乃作《懷
沙》之賦,遂自投汨羅以死,原所以死見於此,故載之。**洪慶善**

　　思之不得,轉而爲怨;怨之不已,轉而自解。最是懊恨處。**孫月峰**
　　煩苦曲節,至此愈深。末曰"知死不可讓",何其志之決而辭之悲
也。**馮覲氏**
　　《懷沙》意絕緒之音乎? 衷之迫矣,何暇緩歌,何言之肆而直也。

---

① 　蔣本錄此處馮覲語,作:"《九章》煩音曲節,至此愈深。如曰'知死不
可讓',何其志之決,而詞之悲也。"

陸昭仲

　　此靈均絕筆之文，最爲鬱切，亦最爲哀慘。慷慨而談，歸之天命，見得舍生取義，聖賢所以立命處，一絲不苟。其行文、章法、句法、承接照應，無不井然，又其餘事。林西仲

　　節短、勢險、氣壯、情高，絕非詹詹細響，非得讀書養氣之功，未易語此。方人杰

　　　　　　思美人張符升眉：此篇大旨，承《抽思》之説。（萬曆本）佚名手夾：前篇已決死志，而此尚思君而致嘆於無媒，蓋終不欲變節以從俗也。原死豈得已哉？

　　思美人兮，（方人杰本）旁批：起語無限曲折，下文反覆皆明此意。攬涕而竚眙。①（馮眉）洪興祖曰：此章言己思念其君，不能自達，然反觀其志，不可變易，益自修飭，死而後已也。（來欽之本）張鳳翼眉：“思美人”“悲回風”，便是後世詩題。張符升眉：此亦懷王時斥居漢北之辭，蓋繼《抽思》而作也。（潘三槐本）洪興祖曰：此章言己思念其君，不能自達，然反觀初志，不可變易，益自修飭，死而後已。媒絕路阻兮，（光集本）手旁：無人代白，被疏見外。言不可結而詒。（來欽之本）佚名一眉：“媒絕路阻”，所以必死。（慶安本）蔣之翹眉：“思美人”一語，已便懇惻，及反覆重綣，真令續之者無限隱憂，千載猶恨。張符升眉：“媒絕”二句，本《抽思》卒章而言。“寒寒”以下，申“媒絕路阻”之意也。（光集本）手眉：《思美人》者，思懷王也，托美人以爲喻。中間有無盡華嚴之樓閣，都在清虛想像之中，一發吻間，泪已應□而下。又

────────────

　　①　蔣本録此處洪興祖語，作：“此章言己之思君，不能自達。然反觀斯志，不可變易，益自修飾，死而後已也。”上集本佚名手墨録作：“此章言己之思君，不能自達。然反觀斯志，無變易，益自修飾，死而後已也。”

曰:《思美人》一篇,其次序當在《惜誦》之下,爲《九歌》之第二篇。蹇
蹇之煩冤兮,陷滯而不發。(林兆珂本)佚名手旁:寫出憂之苦盡
此。申旦以舒中情兮,志沉菀而莫達。(來欽之本)佚名一眉:此節
承“路阻”。願寄言於浮雲兮,(方人杰本)旁批:雲豈無知? 鳥亦有
能? 而絶者,真絶也,言之傷感。遇豐隆而不將。因歸鳥而致辭
兮,羌迅高而難當。(來欽之本)佚名一眉:此節承“媒絶”。(萬曆
本)佚名手眉:幻思苦語。根言不可結而詒來“不將”“難當”,則亦媒絶
路阻之謂也。(光集本)手眉:所謂“擊涕竚眙,媒絶路阻”也。高辛之
靈盛兮,張符升眉:“盛”作“晟”。遭玄鳥而致詒。吴汝綸評:此即
《離騷》所云“高辛之先我”也。(萬曆本)佚名手旁:鳥之靈如此,而今
竟難當耶? 欲變節以從俗兮,愧易初而屈志。(萬本)佚名曰:慨古
傷今之情,悲俗勵身之志,俱見之矣。(來欽之本)佚名一眉:二節言雖
“媒絶路阻”,不必易初服而寧死也。獨歷年而離愍兮,(方人杰本)
旁批:蒙愧字痛,發此意淋灕激越。羌馮心猶未化。寧隱閔而壽考
兮,吴汝綸評:“壽考”,猶言“至死”也。何變易之可爲!(來欽之本)
佚名一眉:屈子以死於汨羅爲壽考。(李陳玉本)世豈有隱閔而壽考
者,但變爲則不□爲耳。

　　知前轍之不遂兮,未改此度。車既覆而馬顛兮,蹇獨懷(萬曆
本)佚名手旁:結上。此異路。(歸本)朱熹眉:知直道之不可行,而不能
改其度,雖至於車傾馬僕,而猶獨懷其所由之道,不肯同於衆人也。勒騏
驥而更駕兮,造父爲我操之。(慶安本)孫鑛眉:“車覆馬顛”“而更駕”,
以自況,非謂君也。遷逡次而勿驅兮,聊假日(萬曆本)佚名手旁:起下。
以須旹。指嶓冢之西隈兮,(方人杰本)旁批:辭意斬截。與纁黄以爲
期。(萬本)佚名曰:曾子曰:士不可以不弘毅。屈原庶幾乎此矣。(來欽
之本)佚名一眉:三節言所以即死而逡巡者,不過假日須時耳。張符升眉:
(首)章至此,承上言,所□維窮,然工即不可變,而設言寧守道以俟時也。

又曰："曛"作"纁"（原文作"曛"）。（**光集本**）手眉："嬃冢西隈""纁黃爲期"，蓋知世路之不可由，期置身最高之地，窮日之力而休焉。

　　開春發歲兮，（**方人杰本**）旁批：蕩漾中益見道煉。（**萬曆本**）佚名手旁：所須之時既至，則聊以娛樂。（**光集本**）手旁：應前"假日須時"。白日出之悠悠。張符升眉："高辛"至此，承上言所處雖窮，然命不可變，而設言寧守道以俟時也。（**林兆珂本**）佚名手旁：幽憂在懷，當春而秋。吾將蕩志而愉樂兮，遵江夏以娛憂。（**萬本**）佚名曰：此四句指屈子言己所佩。（**來欽之本**）劉辰翁評：李、杜歌行，往往得此意。（**光集本**）手眉："遵江夏"，南行兩水之間也。手旁：應前"所懷之異路"。（**葉邦榮本**）此四句指屈子言己所佩。擥大薄（**光集本**）手旁：叢也。之芳茝兮，搴長洲之宿莽。惜吾不及古人兮，張符升眉："古"下有"之"字。（**方人杰本**）旁批：傷。吾誰與玩此芳草？（**來欽之本**）佚名一眉：三節言吾內美既足，雖放廢而死，修名自立。楊訥庵眉：此章字意見《騷經》。（**萬曆本**）佚名手眉：顧盼自憐。所感者深，悠然不盡。解萹薄與雜菜兮，吳汝綸評："菜"，即"采"字。張符升眉："萹薄"四句，承"誰與玩此芳草"，言即下所云"南人變態"也。備以爲交佩。（**萬本**）佚名曰：此乃指南人所佩。（**葉邦榮本**）此乃指南人所佩。佩繽紛以繚轉兮，遂萎絕而離異。（**萬曆本**）佚名手旁：所謂"雖萎絕其亦何傷兮"。吾且僵佪以娛憂兮，觀南人（**萬曆本**）佚名手旁：冷眼。之變態。（**歸本**）楊南峰眉：此有軒頭箕踞，長松下白眼看他世上人之態。（**光集本**）手眉："觀南人之變態"，"南"，指郢都，"變態"，如《離騷》所云蘭之委美從俗、椒之專佞，慢慆也。竊快在其中心兮，張符升眉："快"下有"在其"二字。（**方人杰本**）旁批：慰。揚厥憑而不竢。（**萬曆本**）佚名手旁：前云憑心未化，而此則揚之矣。

　　芳與澤其雜糅兮，羌芳華自中出。（**萬曆本**）佚名手旁：此則不可得而萎絕者。（**林兆珂本**）佚名手旁：字挾蘭氣。紛鬱鬱其遠承兮，張符升眉："承"作"烝"。（**方人杰本**）旁批：發上快字精神百倍。

滿內而外揚。（**萬曆本**）佚名手旁：有志者須想此境界。情與質信可保兮，羌居蔽而聞章。（**萬本**）佚名曰：玩"情與質信可保"，則與南人之變態異矣。張符升眉：此節承"僊日須時而暢"言之。（**光集本**）手眉：以上叙志之伸不論窮達，但保其前度，所得已多。（**葉邦榮本**）"情與質信可保"，則與南人之變態異矣（無"玩"字）。令薜荔以爲理兮，張符升眉："薜荔"四句，申前"愧易初而屈志"之意。又曰：上句"而"字作"以"（原文作*而爲理*）。憚舉趾而綠木。（**方人杰本**）旁批：兩"憚"字寫出孤高身分，筆有餘姿。因芙蓉而爲媒兮，憚褰裳而濡足。（**歸本**）羅一峰眉：至此覺語亦和平，意亦隱婉。（**來欽之本**）佚名一眉：此節言內美既足，耻求媒而媒絕。（**張鳳翼本**）陳繼儒眉：托雅語於芳辭，俊不可言。（**蔣之翹本**）蔣之華眉：語極俊傑。（**萬曆本**）佚名手眉：婉轉低佪，含蓄無限。登高吾不説兮，入下吾不能。（**萬本**）佚名曰："登高"句申緣木，"入下"句申濡足。固朕形之不服兮，然容與而狐疑。（**來欽之本**）佚名一眉：此節言內美既足，耻行路而路絕。廣遂前畫兮，（**方人杰本**）旁批：結極簡潔，絕無依回之態。未改此度也。（**萬曆本**）佚名手旁：收前半篇。（**林兆珂本**）佚名手旁：應前作結。命則處幽，吾將罷兮，願及白日之未暮也。（**來欽之本**）佚名一眉：此節言媒絕路阻，此命之使然，故及國之未亡而死。張符升眉："暮"下有"也"字（原文無）。（**萬曆本**）佚名手旁：收後半篇。（**林兆珂本**）佚名手旁：應前。（**潘三槐本**）陳仁錫曰：無限徘佪。獨煢煢（**萬曆本**）佚名手旁：音"瓊"，不止也。而南行兮，思彭咸之故也。① 金兆清眉：泠然餘音，揮涕千古。（**張鳳翼本**）張鳳翼眉：思美人、悲回風，便是後世詩題。（**蔣之翹本**）陳仁錫眉：泠然餘音。（**萬曆本**）佚名手眉：思美人而不得見，而終於思彭咸事，可哀也已。佚名手旁：結出主意。（**光集本**）手眉：以上叙無求媒伎倆，輾轉思，維舍死諫，無他路。

---

　　① 聽雨齋本錄陳仁錫語，作："泠然餘音。"

歸本篇評:

袁中郎曰:此章思憤懣之不可化,而優游以壽耇,世路之不可田,而遠去以俟命。樂中心之有餘,觀南人之變態,不阻不絕也。

方人杰本:

《思美人》非爲邪也,鞏涕焉,而竚眙焉,而又莫達焉。於此而能改吾度,猶有可以須者,而忍出此哉!則舍彭咸何之矣。悲凄引泣,用拙爲工,讀之不勝欷歔矣。陳深氏

《九章》此賦,獨寫出骨鯁身分,思美人而不得不怨也。無良媒而不通不怨也,怨己之何以不容也。而變節則不能,怨己之何以不遇也。而有美則不愧,將滿天怨氣,四面無著,則惟有成仁取義或冀一悟己耳,而他又何知焉。故篇中托物取材,當於空空色色之中,想其隱痛無聊之意,斯爲得之。

惜往日
張符升眉:此篇詞最淺易,不暇雕飾,其靈均絕筆歟?(**萬曆本**)佚名手夾:臨絕而追惜往日,即《詩》所云"不念昔日,伊余來墍"也。於是重著壅君之罪,而必欲一畢其詞焉。亦冀凡百君子,敬而聽云而已。○通章平叙,而氣自古樸。

惜往日之曾信兮,吳汝綸評:此篇不類屈子之辭,疑後人僞托也。又曰:曾文正謂此篇不類屈子之辭,而識別其淺句。今更推衍文正之旨,蓋他篇皆奇奧,此則平衍而寡蘊。其隸字亦不能深醇,文正之識卓矣。(**萬曆本**)佚名手眉:(**朱**)追往。(**墨**)洪興祖曰:同下。(**光集本**)手旁:任左徒之時也。**受命詔以昭詩。**(**馮眉**)洪興祖曰:此章言己初見信任,楚國幾於治矣。而懷王不知君子、小人之情狀,以忠爲邪,以僞爲信,卒見放逐,無以自明也。吳汝綸評:起用《史記》本傳。(**聽雨齋本**)金蟠眉:君子念其君之恩,瀕死不忘如此。豈非因哀怨,而愈見者乎?

孔子所謂"可以怨"者也。張符升眉:"詩"作"時"。奉先功以照下兮,
明法度之嫌疑。(**來欽之本**)王儀甫眉:此一節自叙其信任之專,而兼
明其職守之重。(**光集本**)手眉:《惜往日》篇,是屈原決計沉湘,趁其未
死之時,作死後悲涼之語,如病人奄奄一息中,說死後情況。怨而不怒,
純是戀恩憂國之言,誠可悲也。又曰:《惜往日》次在《悲回風》之下,爲
《九章》之第七篇。國富強而法立兮,屬貞臣而日娭。秘密事之載
心兮,雖過失猶弗治。(**來欽之本**)佚名一眉:四節言君昔任我,我治
楚國,遭讒而至於此也。(**李陳玉本**)以上明己所以見信,以明法度故。
(**光集本**)手旁:以上追叙懷王之知遇。心純厖而不泄兮,遭讒人而
娭之。(**歸本**)唐荆川眉:平疾王聽之不聰,讒諂之蔽明,邪曲之害公,
方正之不容,正此意。(**方人杰本**)旁批:從首句折下,呼合有力。君含
怒而待臣兮,(**潘三槐本**)陳深曰:"含"字妙。不清澈其然否。張符升
眉:"而"作"以","澈"作"澂"。(**萬曆本**)佚名手眉:悲今。(**林兆珂本**)
佚名手眉:千古忠臣,被罪庸君,亡國根由,盡此兩語。蔽晦君之聰明
兮,(**方人杰本**)旁批:形容處令人髮指眦裂。虛惑誤又以欺。(**來欽
之本**)王逸評:專權恩威,握主權也。欺罔戲弄,若轉丸也。斯言得之
矣。弗參驗以考實兮,遠遷臣而弗思。吳汝綸評:語多平淺。信讒
諛之溷濁兮,盛氣志而過之。(**萬本**)佚名曰:按,此篇作於初放之時,
洪氏謂懷王十八年復招用之,有使齊及誅張儀之事,則此遷未爲遠也。
(**李陳玉本**)以上明己所以見疑,以娭己之明法度故。張符升眉:"盛"作
"賊"。(**光集本**)手眉:以上叙懷王信讒放己。何貞臣之無辜兮,(**方
人杰本**)旁批:自寫只一"貞"字便已天驚鬼注。被離謗而見尤。慚光
景之誠信兮,(**方人杰本**)旁批:痛語復妙。身幽隱而備之。(**歸本**)朱
熹眉:無罪見尤慚見光景,故竄身於幽隱,然亦不敢不爲之備也。(**林兆
珂本**)佚名手旁:萬象昭昭,我獨黯汶,對之所以□耳。臨沅湘之玄淵
兮,遂自忍而沈流。(**萬本**)佚名曰:沅、湘二水名。吳汝綸評:《懷沙》,
乃投汨羅時絕筆也。若此篇已自明言沉淵,則《懷沙》可不作矣。彼文

云："舒憂娛哀,限之大故。"不似此爲徑直之辭也。若下文不畢辭而赴淵,則似更作於《懷沙》後者。史公何爲棄此録彼邪?（**李陳玉本**）（**朱**）言我所以不即投淵者,尚望君之一悟耳。若使一片愚誠,終無感正,恐自此以後,貞臣解體,以我爲戒也。卒没身而絶名兮,惜廱君（**萬曆本**）佚名手旁:字法妙。之不昭。①（**歸本**）何啓圖眉:此皆設詞,勿認以爲真死也。率（**與女**）典文類同歸,而國人共悦,名其郡曰秭歸。秭歸,本名建平郡。（**來欽之本**）佚名一眉:此所以有言也。（**聽雨齋本**）蔣之翹眉:慮君子身後之事,直是古龍、比者流。班固謂其"忿懟沉江",誤甚矣。張符升眉:"廱"作"廱"（原文作"廱"）。（**萬曆本**）佚名手眉:（**墨**）蔣之翹曰:慮君於身後之事,直是古龍、比者流。班固謂其"忿懟沉江",誤矣。君無度而弗察兮,使芳草爲藪幽。（**萬曆本**）佚名手旁:夾喻一筆。（**林兆珂本**）佚名手眉:記曰:無節於内者,其察物弗省矣。王逸所謂"上無檢柙以知下也"。焉舒情而抽信兮,恬死亡而不聊。獨鄣廱而蔽隱兮,張符升眉:"廱"作"廱"（原文作"廱"）。使貞臣爲無由。張符升眉:"由"作"繇"。（**萬曆本**）佚名手旁:束住自己。（**光集本**）手眉:以上言頃襄放己,不加察而致死亡。

　　聞百里（**萬曆本**）佚名手旁:貫二節。之爲虜兮,伊尹烹於庖廚。（**來欽之本**）鍾伯敬眉:憂讒畏譏,旁引曲喻,情文兩深。吕望屠於朝歌兮,甯戚歌而飯牛。不逢（**萬曆本**）佚名手旁:總煞。湯武與桓繆兮,世孰云而知之。（**萬本**）佚名曰:四臣逢此四君,所以得行其道。（**萬曆本**）佚名手眉:引古一反一正。吴信讒而弗味兮,（**方人杰本**）旁批:排奡激烈,凛凛欲生。子胥死而後憂。錢眉:豈子胥死時屈大夫尚在邪? 子胥,楚先世之仇,屈決不引以自傷。（**李陳玉本**）承"貞臣"來。言不但貞臣之未遇者,無由□□。即貞臣之已用者,

_____

　　①　蔣本此處蔣之翹語作:"慮君於身後之事,直是古龍、比者流。班固謂其'忿懟沉江',誤甚矣。"

恐終被遮蔽也。介子忠而立枯兮，文君寤而追求。封介山而爲之禁兮，報大德之優游。思久故之親身兮，因縞素而哭之。（**歸本**）李空峒眉：其詞之危迫如此，蓋欲死而女嬃勸之歸也。太史公遂以爲實然。（**來欽之本**）佚名二眉：自沉懷至此二十四句爲一韵。一説自篇首至"孰申旦而別之"爲一韵。（**陸本**）張煒如眉：誦而□諷。金兆清眉：誦之恫有餘音。（**萬曆本**）佚名手眉：知己沉淵後，并無縞素而哭之者，比於介推又不幸矣。（**光集本**）手眉：以上分別君之能察不能察，貞臣之用不用，申上文"使貞臣而無由"句。或忠信（**萬曆本**）佚名手旁：承上文。而死節兮，（**李陳玉本**）"忠信"句，指子胥。"訑謾"句，指子推。或訑謾（**萬曆本**）佚名手旁：起下文。而不疑。弗省察而按實兮，聽讒人之虛辭。芳與澤其雜糅兮，（**萬曆本**）佚名手旁：根上芳草爲藪幽來。孰申旦而別之？（**萬本**）佚名曰：旦，明也。如《詩》"昊天曰旦"之旦。（**來欽之本**）佚名一眉：此以上言我之被讒，如古人但恨死，而無人別之。（**葉邦榮本**）旦，明也。如《詩》"昊天曰旦"之旦。何芳草之早殀兮，（**萬曆本**）佚名手眉：以下多正喻夾説。微霜降而下戒。諒聰不明而蔽壅兮，張符升眉："壅"作"廱"（原文作"壅"）。使讒諛而日得。張符升眉：承上言"古忠臣之死，未有不由佞讒"者。自前世（**萬曆本**）佚名手旁：束上。之嫉賢兮，（**方人杰本**）旁批：筆墨縱恣，其叙論皆無今昔彼我痕迹，則其氣渾而意厚也。謂蕙若其不可佩。妒佳冶之芬芳兮，嫫母姣而自好。雖有西施之美容兮，讒妒入以自代。（**蔣之翹本**）蔣之翹眉：讀《騷》至此，而不裂眦豎髮，按劍長叫彼蒼者，非夫也。願陳情（**萬曆本**）佚名手旁：接入自己。以白行兮，得罪過之不意。（**歸本**）陸貞山眉：平此遭遇，實出意外，故云"不意"。（**萬曆本**）佚名手旁：視雖過弗治時大相遠矣。情冤見之日明兮，如列宿之錯置。（**來欽之本**）佚名一眉：此以上言我之被讒，如婦人之見妒，無人別之，自言而冤則明也。（**李陳玉本**）當其改悔之后，哪個不是明君。（**光集本**）手眉：以上分别貞臣之死節於忠信，讒諛之得志於訑謾。（**潘三槐本**）陸時雍曰：此篇專於諷君，不勝憂危之感。乘騏驥而馳騁兮，（**方人杰本**）旁批：文有奇氣若切直，其實婉折。無轡銜而自載。（**來欽之本**）佚名二眉："騏驥"，按王逸解爲駑馬。又詳下文，恐當作駑駒。乘氾泭以下流兮，無舟楫而自備。（**萬本**）佚名曰："騏驥""氾泭"，譬國家也；"轡銜""舟楫"，譬法度也。（**葉邦榮本**）"騏驥""氾泭"，譬國家也；"轡銜""舟楫"，譬法度也。背法度而心治兮，（**方人杰本**）旁批：筆端隱迫。（**萬曆本**）佚名手旁：倒出正意。辟與此其無異。（**來欽之本**）佚名一眉：此言國之必亡。（**陸本**）張焕如曰：語意頓疊如霙。寧溘死（**萬曆本**）佚名手旁：根"沉淵"節。而流亡兮，恐禍（**萬曆本**）佚名手旁：沉痛。殃之有再。（**李陳玉本**）千古炯戒，本不難知，吾死不足惜，但恐國家禍患方深耳。不畢辭而赴淵兮，吳汝綸評：洪云："子云《畔牢愁》所仿，自《惜誦》至《懷沙》。"然則《懷沙》以後，不盡屈子詞矣。張符升眉："而"作"以"。（**方人杰本**）旁批：其辭愈深，其情愈痛。惜雍君之不識。（**歸本**）張玄超眉：末哀上愚蔽之不照察也。（**來欽之本**）佚名一眉：國將亡，不忍不死，死又不忍不言，使讒人之罪不彰。（**聽雨齋本**）李賀評：驚心動魄之語，徒令千載後，恨血碧於土中耳。張符升眉："雍"作"廱"（原文作"雍"）。（**萬曆本**）佚名手旁：與前句照應作結。（**光集本**）手眉：以上言治國以法度爲本，法度而國隨之，應篇首"法度"句以作結。（**朱崇沐本**）佚名手眉：（墨）上"惜雍君之不昭"。

方人杰本：

此章言己初見信任，楚國幾於治矣。而懷王不知君子、小人之情狀，以忠爲邪，以譖爲信，卒見放逐，無以自明也。**王叔師**

驚心動魄之語，徒令千載後，恨血碧於土中耳。**李長吉**

《九章》之辭，大抵多直致，無潤色。而《惜往日》《悲回風》，又其臨絶之音,以故顛倒重複,倔强疏鹵,尤憤懣而極悲哀,讀之使人太息流涕而不能已。董子有言:"爲人君者,不可以不知《春秋》,前有讒而不見,後有賊而不知。"嗚呼! 豈獨《春秋》也哉! 朱晦翁

　　文氣縱佚宕渺,有不可一世之概。實叙中有虚致,直言中有婉致,回環反覆,一氣凝結,揮刀不斷,千載如生。只一"廱"字寫得鏤心刻骨,而惜字精神,便已透露百倍。方人杰

橘頌
張符升眉:此篇作文之時不可考,然玩卒章之語,愀然有不終永年之意焉,殆亦近死之音矣。吳汝綸評:姚注疑初被讒時作。此篇疑屈子少作,故有"幼志"及"年歲雖少"數語,未必已被讒也。(萬曆本)佚名手夾:大夫平生所矢者,只不變節以從俗耳,而橘獨似之,故取以爲頌。篇中有刻畫處,有推原處,古人咏物,志不在物也,自寓其情性而已。

　　后皇嘉樹,橘徠服兮。[①] (馮眉)洪興祖曰:美橘之有是德,故曰頌。《管子》篇名有《國頌》。説者云:頌,容也,陳爲國之形容。(萬曆本)佚名手眉:(朱)一起鄭重。(墨)洪興祖曰:文同下聽本。劉辰翁曰:文同下聽本。(潘三槐本)洪興祖曰:美橘之有是德,故曰頌。《管子》篇名有《國頌》。説者云:頌,容也,陳爲國之形容。受命不遷,(方人杰本)旁批:自托。生南國兮。(歸本)解大紳眉:美橘之有是德,故云頌,以橘目喻也。(張鳳翼本)劉辰翁評:似原雜著,此賦橘托意與荀《鍼賦》,俱是後來咏物之祖。(李陳玉本)此以橘不逾涯,自比不忍去國之義。章首至"姱而不醜"句截前,是實賦橘□,後則自寓也。(光集本)手眉:《橘頌》一篇,托橘以自方。又曰:此篇在《涉江》之下,爲《九

---

　　① 蔣本録洪興祖語,作:"美橘之有是德,故爲頌。"

歌》之第五篇。深固難徙,更壹志兮。(歸本)李見羅眉:平見根深堅固,終不可從,則專一己志,守忠信也(《章句》語)。(方人杰本)旁批:語琢而渾,而更多逸致。(萬曆本)佚名手旁:以上美其志。綠葉素榮,(萬曆本)佚名手旁:以下美其形。紛其可喜兮。曾枝剡棘,圓果摶兮。青黃雜糅,文章爛兮。(萬曆本)佚名手眉:刻畫。精色內白,(萬曆本)佚名手旁:峭煉。類可任兮。(萬本)洪興祖曰:"青黃雜糅",言其外之文;"精色內白",言其中之質。(方人杰本)旁批:嘆美意已盡,此下更發論。(葉邦榮本)洪興祖曰:"青黃雜糅",言其外之文;"精色內白",言其中之道。紛縕宜脩,姱而不醜兮。

嗟爾幼志,張符升眉:此下申不遷難徙之意,而咏嘆之,蓋作頌之旨也。(方人杰本)旁批:是兩曾不是兩曾,妙絕。(萬曆本)佚名手眉:"爾"字待物如人,亦視物如己,以下竟作原替。佚名手旁:獨承"一志""不遷",而反覆嘆美之。有以異兮。(李陳玉本)忠孝從天性□來,何□幼老也。獨立不遷,豈不可喜兮?(馮眉)洪興祖曰:自此以下,申前義,以明己志。(光集本)手眉:句句頌橘,句句不是頌橘,有鏡花水月之妙。深固難徙,廓其無求兮。蘇世獨立,(李陳玉本)"蘇",舊注作"悟",猶云醒世也。橫而不流兮。(萬本)佚名曰:劉向《九嘆·逢紛》篇曰:"吸精粹而吐氣濁兮,橫邪世而不取容。"與"蘇世"二句意同。閉心自慎,不終失過兮。秉德無私,參天地兮。(歸本)王逸眉:秉,執也。言己執履忠正,行無私阿,故參配天地,通之神明。(萬曆本)佚名手眉:推廣言之。(朱崇沐本)佚名手眉:(朱)《莊子》"唯蟲能天,唯蟲能蟲",亦猶此理。一志以全其所受之命而已,勿遠看了。願歲并謝,與長友兮。(李陳玉本)後人所稱歲寒三友,比此何如?淑離不淫,梗其有理兮。(萬曆本)佚名手眉:結到作頌意。(光集本)手眉:"梗其有理",謂橘之枝梗文理也。"淑",即上文"青黃""精白"諸善也。(朱崇沐本)佚名手眉:(朱)"淑離不淫"二句,即《中庸》"中立不倚,強哉矯也"。年歲雖少,(方人杰本)旁批:高唱應節,眇眇入雲,更奇。(**萬曆本**)佚名手旁:竟不辨是人是物。可師長兮。
(**李陳玉本**)"年歲"句,與"幼志"句相應。天性□成,不待年壽,非□不
及松柏也。行比伯夷,(**萬曆本**)佚名手旁:即"明告君子"意。置以
爲像兮。(**朱崇沐本**)佚名手旁:(朱)奇。

歸本篇評:

汪南溟曰:此篇雖橘以起興,舉天地以自明,引伯夷以自比,乃所
以爲愛國忠君之初念也。

《詩冶》《橘頌》篇評:

按,漢詩《橘柚》《垂華》實一篇,全出於此。

徐禎卿云:古詩三百,可以博其源;遺篇十九,可以約其趣;《樂府》
雄高,可以厲其氣;《離騷》深永,可以裨其思。

方人杰本:

《橘誦》似原雜著,此賦托意,與荀《鍼賦》,俱是後來咏物之祖。劉
會孟

《楚辭》咏物之作,不多概見,《橘頌》一篇,已爲後世作者之祖。今
讀其辭,有比喻,有寄托,有發揮,有感慨,短音階節之中,腴而不枯,宕
而不實,後人窮工極巧,妙處亦不能出其範圍。方人杰

悲回風 <small>張符升眉:此篇總《懷沙》而作。</small>

吳汝綸評:此篇文字奇縱,而少沉鬱謫變之致,疑亦非屈子
作。所謂"佳人",乃屈子也。"眇志所惑",則作者自言。蓋
諫君不聽,任石何益? 即眇志所惑也。然則此殆吊屈子者
之所爲與?

悲回風(**萬曆本**)佚名手旁:比起。之搖蕙兮,(**李陳玉本**)"回風
搖蕙",別是一個世界矣。(**方人杰本**)旁批:精於天人興替倚伏之理,

而又不惜補救之力,故感慨中皆極傷切。**心冤結而内傷。**(馮眉)洪
興祖曰:此章言小人之盛,君子所憂,故托游天地之間,以泄憤懣,終沉
汨羅,從子胥、申徒,以畢其志也。(來欽之本)王弇州眉:此章宛纏凄
傷,秋燈夜雨中,每讀一過,仿佛(國來本作"彷徨")難及晨矣。(萬曆
本)佚名手眉:(朱)蒼涼。(墨)洪興祖曰:文同上。(朱)"回風摇蕙",
比世俗反側,使君子不得寧也。○風摇蕙則必有毇,蕙將隕則毇亦隱
矣。而今乃隨風先倡者,比己之將死而賦詩也。**物有微而隕性分,
聲有隱而先倡。**(來欽之本)佚名一夾:從天地間公共道理説起,是
最沉鬱處。(陸本)張焕如曰:語意清微。(光集本)手眉:《悲回風》篇,
極寫小人之壅蔽,諫之不能,救之無術,則寓情高遠,翱翔天地之間,以
泄其憂憤之懷,終極無聊,則從子胥、申徒諸人於地下也。又曰:《悲回
風》次在《橘頌》之下,爲《九章》之第六篇。(林兆珂本)佚名手眉:微物
隕性,風聲先倡,物之□傷於因而起世之秋人心之憂憤,皆□此矣。
(潘三槐本)陳仁錫曰:二語摹秋入神。**夫何彭咸**(萬曆本)佚名手旁:
提出。**之造思**(萬曆本)佚名手旁:字法。"造",始也,作也。此處宜
就彭咸身上説,則以沉淵之事,自彭咸始作之也。**兮,暨志介而不
忘!**(歸本)袁元峰眉:因回風之倡,而感彭之志。吴汝綸評:此因屈
子之自沉,歸咎於彭咸之先倡也。"志介",謂屈子也。**萬變其情豈
可蓋兮,孰虛僞之可長!**(來欽之本)佚名一眉:三節因秋風而嘆天
下事,皆實而非僞,自信蘭茞獨芳,非虛也。佚名一夾:屈子文章,人謂
其有芳氣而已,吾謂其有理致。(聽雨齋本)金蟠眉:芬芳之志,觸於景
物,形於咏嘆,兩相流連,而味益雋。(方人杰本)旁批:反辭正意。(光
集本)手旁:以上四句,表彭咸以爲己法。**鳥獸鳴以號群兮,**(李陳玉
本)"鳥獸"六句文法,是浮沉體。**草苴比而不芳。魚葺鱗以自別
兮,蛟龍隱其文章。**(歸本)楊碧川眉:言聚魚張其發尾,葺其鱗甲,
則蛟龍隱其文章而蔽之也,喻小人進而賢人退避隱去。**故荼薺不同
畝兮,蘭茝幽而獨芳。**(萬曆本)佚名手眉:又比。皆各從其類,不能

相入之意。（**光集本**）手眉：以上言楚正值回風搖蕙之時，以起下文。
惟佳人（**萬曆本**）佚名手旁：入自己。之永都兮，更統世而自貺。楊
訥庵眉：此“佳人”亦原自謂以陳己之志也。此二節不注者，蓋義可曉
也。吳汝綸評：“統”，繼也。言屈子終古無絕之美，乃繼嗣彭咸，而以
咸自況也。（**李陳玉本**）“統世自貺”，猶云以當世爲己任耳。（**光集本**）
手眉：“佳人”，指彭咸。“永都”，長保其志介之美也。“統世”，統包一
世之事，以自予獨立承當也。眇遠志之所及兮，憐浮雲之相羊。張
符升眉：“佯”作“羊”（原文作“佯”）。（**方人杰本**）旁批：悲字一起，清微
曲折方出，大意義論中此爲叙事句。介眇志之所惑兮，吳汝綸評：
“介”，因也。此憂屈子而故反其詞。竊賦詩之所明。（**萬本**）佚名
曰：按，言不忘則曰“介志”，言及浮雲則曰“遠志”，言所感則曰“眇志”，
其用字極有斟酌。（**來欽之本**）佚名一眉：獨芳而欲自明，故有是詩。
（**沈圻本**）佚名眉：讀此可見《詩》《騷》異體同義，《騷》亦古詩之流也。
（**萬曆本**）佚名手眉：此一節言己賦詩之故。

　　惟佳人之獨懷兮，折若椒以自處。曾歔欷之嗟嗟兮，獨隱
伏而思慮。涕泣交而淒淒兮，（**李陳玉本**）“涕泣”八句，皆承“隱伏
思慮”句耳。思不眠以至曙。（**歸本**）陳克庵眉：叙己憂悴心重，嘆辛
苦氣逆憤懣結不下也。終長夜之曼曼兮，掩（**林兆珂本**）佚名手旁：
字法。此哀而不去。（**萬曆本**）佚名手眉：以下十一章，俱根“心冤結
而內傷”來。○此等情況，惟歷過苦境者方知。（**朱崇沐本**）佚名手眉：
（朱）□哀不去，乃長夜也，妙甚！寤從容以周流兮，聊逍遙以自恃。
（**陳深本**）陳深眉：忠州有屈原廟，蘇軾詩云：“聲名實無窮，富貴亦暫
熱。大夫知此理，所以持死節。”第忠州《竹枝歌序》云：“傷二妃而哀屈
原，思懷王而憐項羽。”此亦楚人之意，何其不倫哉？傷太息之愍憐
兮，張符升眉：“嘆”作“憐”（原文作“嘆”）。氣於邑而不可止。糾（**萬
曆本**）佚名手旁：字法。思心以爲纕兮，（**方人杰本**）旁批：委曲撩亂，
寫盡無聊，一筆勾出全神煩冤百倍。編（**萬曆本**）佚名手旁：字法。愁

苦以爲膺。（**林兆珂本**）佚名手眉：開鬼語之□。折若木以蔽光兮，
吳汝綸評：“折若木以蔽光”，謂障蔽之極至也。王注蔽日使之稽留，即
少留靈瑣之旨義。亦通。（**萬曆本**）佚名手旁：不欲見天日也。隨飄
風之所仍。（**萬曆本**）佚名手眉：摹寫刻苦。佚名手旁：任其飄蕩也，
即伏下“惘惘以行”意。存仿佛而不見兮，心踴躍其若湯。撫珮袵
以案志兮，超惘惘而遂行。（**光集本**）手眉：以上思彭咸既諫見拒，
而己之哀思不能自遣，有相符者。歲曶曶其若頹兮，時亦冉冉而將
至。蘋蘅槁（**萬曆本**）佚名手旁：夾喻一筆。而節離兮，芳以歇而不
比。（**光集本**）手旁：同時無相助之人。憐思心之不可懲兮，（**方人杰
本**）旁批：一篇轉捩。眇冥幽默，令人凜然不可留。證此言之不可
聊。寧逝死而流亡兮，張符升眉：“逝”作“濫”。不忍爲此之常愁。
（**萬本**）佚名曰：遠游之志已決了。（**聽雨齋本**）劉辰翁評：幻寞幽默，令
人凜然不能留。金蟠旁：千古情言。（**萬曆本**）佚名手眉：沉痛。佚名
手旁：千古情言。（**葉邦榮本**）遠游之志已決。孤子（**萬曆本**）佚名手
旁：又比。吟而抆淚兮，放子出而不還。孰能思而不隱兮，照彭
咸之所聞。（**歸本**）許子春眉：遠離父母，無依歸處，是原傷己無安樂
之志，而有孤放之罪，意欲終命，心始決也。（**來欽之本**）佚名一眉：以
上言日夜思君不見，惟有死而已矣。（**張鳳翼本**）劉辰翁評：□實幽默，
令人凜然不能□。“昭”“紹”同，《字書》汝紹乃顯祖用會，紹乃辟魏石
經，均作“昭”。以上言屈原之愁思，不能無言。（**聽雨齋本**）孫鑛眉：
“孤子”自喻，“放子”喻君。（**萬曆本**）佚名手眉：（**墨**）孫鑛曰：文同上。
（**朱**）畢竟皆是自喻。佚名手旁：應前束住。（**光集本**）手眉：以上言己
之思君，至死方已，與彭咸同。

　　登石巒（**萬曆本**）佚名手旁：又起。以遠望兮，路眇眇之默默。
入景響之無應兮，（**方人杰本**）旁批：文境無思不入。聞省想而不可
得。（**來欽之本**）佚名一夾：“遠望”，望君也。去君之地日遠，去君之
時日久，君已忘屈子矣，故止得雲仿佛影響。佚名二眉：“景”，於境反，

葛洪始加"彡"爲"影"字。"響"一作"嚮"，古字借用。（**李陳玉本**）若知
我害□思，我甘心爲你死之，正此意也。（**萬曆本**）佚名手眉：根上"存
仿佛而不見"來。愁鬱鬱之無快兮，居戚戚而不可解。張符升眉：
"解"上有"可"字（原文無）。心鞿羈而不形兮，氣繚轉而自縮。穆
眇眇之無垠兮，莽芒芒之無儀。金兆清眉：□廓無窮，□□無象。
（**潘三槐本**）陸時雍曰：秋氣愈高，孤衷愈凜。聲有隱而相感兮，（**方
人杰本**）旁批：二句反側盡意，急節中忽作曼聲，總是念念不忘，非妙筆
亦必不達。物有純而不可爲。（**馮眉**）王應麟曰：《哀郢》云："忠湛茫
（聽本作"湛湛"）而願進兮，妒披離而鄣之。"壅蔽之患也，元帝似之。
故周堪、劉更，生不能攻一石顯。此云："聲有隱而相感兮，物有純而
可爲。"偏聽之害也，德宗似之。故陸贄、陽城不能攻一延齡。（**李陳玉
本**）"隱而相感"，不止隱而相倡矣。"純而不可爲"，不止□而損性矣。
（**朱崇沐本**）佚名手眉：（**朱**）送他一個好字面。（**葉邦榮本**）王應麟曰：
《哀郢》云："忠湛湛而願進兮，妒被離而鄣之。"壅蔽之患也，元帝似之。
故周湛、劉更，生不能更攻一石顯。此云："聲有隱而相感兮，物有純而
不可爲。"偏聽之害也，德宗似之。故陸贄、陽城不能攻一延齡。邈蔓
蔓之不可量兮，張符升眉："薆"作邈。縹綿綿之不可紆。愁悄悄
之常悲兮，翩冥冥之不可娛。（**陸本**）張燁如曰：非思纏愁膚者，不
潦倒至此。凌大波而流風兮，托彭咸之所居。（**來欽之本**）佚名一
眉：以上言去君日遠日久，思君不見，惟有死而已矣。吳汝綸評：以上
言屈原之愁思之不可聊，不能不死。（**聽雨齋本**）陸時雍眉：無聊之極，
神魂不居，故遂爲此。飄忽蕩颻，而上極至高，下臨至深也。此即《遠
游》所自作矣。（**萬曆本**）佚名手眉：前云"彭咸之造思"，未及己之所思
也；次云"昭彭咸之所聞"，未及所昭之何在也；此云"托彭咸之所居"，
方（總）實點。文之層次如此。佚名手旁：又應前來住。（**光集本**）手
眉：以上言惘惘而行於國中，無可自察處。

　上高巖（**萬曆本**）佚名手旁：又起。"上"者，由淵而天也。之峭

岸兮，（**李陳玉本**）以下皆從"凌波"二句開出。張符升眉：以下皆預設魂游之境。（**方人杰本**）旁批：無聊之極，神魂不居，故遂爲此飄忽蕩颺，而上臨至高，下臨至深也。此《遠游》所自作矣（陸時雍語）。處雌蜺之標顛。據青冥而攄虹兮，遂儵忽而捫天。①（**歸本**）王鳳洲眉：詞若不倫，方寸亂矣。（**來欽之本**）陸時雍：飄忽薄颺，此即《遠游》所自作矣。吸湛露之浮源兮，漱凝霜之雰雰。王念孫眉：張載注《魏都賦》引司馬相如《梨賦》云："唰啾其漿。"依風穴（**萬曆本**）佚名手旁：復由天而淵也。以自息兮，忽傾寤以嬋媛。（**萬本**）佚名曰：按，"依風穴以自息"者，特謂伏匿於窟穴之中而托宿耳。此篇因《悲回風》而作。吳汝綸評：以上言上天，而風吹傾落。張符升眉：此節言由水而登天也。吳汝綸評："忽傾寤"以上，言上天而風忽吹落；"馮昆侖"以下，言隱江而波濤無定。（**萬曆本**）佚名手眉：以下至末，皆根"托彭咸之所居"來，是從沉淵后，摹擬神魂飄忽不定，倏上倏下，往來無定也。馮昆侖（**萬曆本**）佚名手旁：復上。以瞰霧兮，隱岷山（**萬曆本**）佚名手旁：復下。以清江。張符升眉：作"以瀓霧兮"。憚涌湍之礚礚兮，（**李陳玉本**）"涌湍"二句，又開出下段來。聽波聲之洶洶。（**陳深本**）陳深眉：此篇砧砧似沉，似未沉也。既沉矣，焉用沉詞？（**來欽之本**）鍾伯敬眉：游記中秀傑語。（**萬曆本**）佚名手旁：束到凌波，略作一頓，以起下文。紛容容之無經兮，（**方人杰本**）旁批：波迴筆轉，斷續處入神。罔芒芒之無紀。軋洋洋之無從兮，馳委移之焉止。（**歸本**）彭彥實眉：言己欲隨衆容容，則無經緯於入世。（**聽雨齋本**）陳深眉：永嘉林應辰推議以爲，屈子之死於汨羅，比諸浮海居夷之意。今者諸秭歸傳記秭官里人皆云。（**萬曆本**）佚名手眉：二章皆三句疊，一句束。又曰：此與下節皆寫凌波流風之狀。佚名手旁：無經無

---

　　① 蔣本録此處陸時雍語，作："無聊之極，神魄不居，故遂爲此飄忽蕩颺，而上極至高，下臨至深也。此即《遠游》所自作矣。"

紀，無度則焉，止乎而原則馳之。漂翻翻其上下兮，翼遥遥其左右。
氾濫濫其前後兮，(**李陳玉本**)"紛"字、"岡"字、"軋"字、"馳"字、"漂"
字、"翼"字、"氾"字，皆指水言。伴張弛之信期。(**萬本**)佚名曰：此
章直從前"寤從容以周流"以下，而總結之。(**來欽之本**)佚名一眉：放
逐之后，忠君愛國之心鬱結於中，久而不伸。一旦宗國淪亡，此身就
死，其心煩亂，理勢之自然也。然必得伴張馳之信期，一句乃是聖賢學
問。又曰：以上言心歷遍上下左右前後，無可如何，惟有一死，而死合
乎正道，非心煩亂而死也。吳汝綸評：以上言隱江，則波濤無定。(**萬
曆本**)佚名手眉："張馳"者，潮水之消長；"信期"者，一定而不易也。上
下、左右、前後皆信期也，而原則伴之。(**光集本**)手眉：以上言惘惘而
行於天上，亦無可着力處。觀炎氣之相仍兮，窺烟液(**萬曆本**)佚名
手旁：幽細。之所積。(**來欽之本**)陳眉公眉：寫天南風濤烟景，尺幅
萬里。(**方人杰本**)旁批：寫天南風濤烟景，尺幅萬里。悲霜雪之俱
下兮，聽潮水之相擊。張符升眉：此節又言由天而入江水也。(**萬曆
本**)佚名手旁：應前句束住上二節。凄然。(**潘三槐本**)陳深曰：此篇砣
砣似沉，實未沉也。既沉矣，焉用沉詞？借光景以往來兮，(**方人杰
本**)旁批：接入實境矣，終無際涯，知其憤懣何限。(**萬曆本**)佚名手眉：
以下皆竊比古人之意，蓋忠君而死者，不獨一彭咸矣。施黃棘之枉
策。(**萬本**)佚名曰："借光景以往來"，總承上四句而言，蓋恐時光迅
邁，欲急於追古之意。(**歸本**)李於鱗眉：一云秦楚嘗盟於黃棘，後懷王
再會武關，遂被執。是黃棘之盟，楚禍所始，若以爲棘，刺，恐可商。
求介子之所存兮，見伯夷之放迹。(**萬曆本**)佚名手旁：介焚死，夷
餓死，異心而同事。心調度而弗去兮，刻著志之無適。

　　曰：吾怨往昔之所冀兮，吳汝綸評："曰"者，即志之無適也，代
爲屈子之詞。悼來者之愁愁。(**來欽之本**)佚名一眉：以上言歷遍四
時光景，思合古人，惟有一死，而又自悲其死也。張符升眉：此節又由
江而登陸也。(**萬曆本**)佚名手眉：兩頭皆引古，此節獨虛説，是相間

法。浮江淮而入海兮，從子胥而自適。（歸本）袁元峰眉：此篇乾乾似沉，實未沉也。既沉矣，焉作沉詞？吴汝綸評：所引子虛入江，申徒狄赴河二事爲比，明是屈子沉汨羅。後引彼二證，若屈子自言，則期必於死可也。安能自必其死於水哉？（萬曆本）佚名手眉：（墨）金蟠曰：同下。（朱）二人皆水死，同志而同途。○胥猶是死後而投之江者，徒則更與原無二，故下獨承之。望大河之洲渚兮，悲申徒之抗迹。（聽雨齋本）金蟠眉：臨絶命詞，歷歷容與，乃爾所謂從容就死，難也。驟諫君而不聽兮，重任石之何益。吴汝綸評：洪引《文選》注："任石，即懷沙也。"通篇皆叙屈子之憤懣自沉。此二句乃嘆其死之無益，終前"眇志所惑"之説。此豈屈子所自爲哉？心絓結而不解兮，張符升眉："結絓"作"絓結"（原文作"結絓"）。（方人杰本）旁批：蒼莽深兀，訕然竟住。思蹇產而不釋。（來欽之本）佚名一眉：一死不足以盡事君之道，故死而不能忘君也。（陸本）張焕如曰：訕然而止。（慶安本）蔣之翹眉：屈原明知死之無益，而又不得不死，其情深，其志烈，故其詞悲憤而詳快。（李陳玉本）上言托彭咸之所居，已下便都是□彭咸后光景。結處又言雖死而終不□□存楚國，一片忠誠□□□□之時也。張符升眉：此節又由陸返江，而遍歷諸水也。（萬曆本）佚名手眉：可知大夫非以死爲名高者，特舍此更無自處之道耳。佚名手夾：雖死而猶自恨其無益，而其思心終不一以死謝也。大夫之忠，於是爲至矣。（光集本）手眉：以上頃襄棄賢任奸，危亡日迫，念念以死自夭，求合於彭咸。（葉邦榮本）陳深曰：此篇矻矻似沉，實未沉也。既沉矣，焉作沉詞？

方人杰本：

其意凄愴，其辭環瑰，其氣激烈，雖使事間有重複，然臨死時求爲感動庸主，自不覺言之不足，故重言之，要自不爲冗也。李協律

《騷經》之辭緩，《九章》之辭切，深淺之序也。洪慶善

《悲回風》，負重石，聽波聲之相擊，惴惴其栗，滅矣，没矣，不可復

見矣。此以材苦其生者也。嗟乎！神人不材，原獨不聞乎？其義不得存焉爾。**陳深氏**

此章宛縟凄傷，秋燈夜雨中，每讀一過，彷徨難及晨矣。**王元美**

辭氣糾結，意境窅眇，隱喻入微，立志堅決，反反覆覆，風雲歷亂之中，皆是自敘其萬無奈何之意，故愈讀而愈見迫切隱痛，淺而嘗之，故自不覺也。**方人杰**

《九章》馮本章評：

洪興祖曰：《騷經》之詞緩，《九章》之詞切，淺深之序也。

朱熹曰：《九章》非必出於一時之言也。今考其詞，大抵多直致無潤色。而《惜往日》《悲回風》又其臨絕之音，以故顛倒重複，倔強疏鹵，尤憤懣而極悲哀，讀之使人太息流涕而不能已。董子有言："爲人君者不可以不知《春秋》，前有讒而不見，後有賊而不知。"嗚呼，豈獨《春秋》也哉！

馮覲曰：古今之能怨者，莫若屈子。至於《九章》，而凄入肝脾，哀感頑艷，又哀怨之深者乎？

張之象曰：長篇長句如《九章·惜往日》篇：自"惜往日之曾信兮"至"身幽隱而備之"二十二句爲一韻；自"臨沅湘之雲淵兮"至"因縞素而哭之"二十四句爲一韻；自"前世之嫉賢兮"至"惜廱君之不識"二十句爲一韻；一篇止更三四韻而已。

又曰：中句如《九章·涉江》之"亂"及《橘頌》全篇，率皆四句爲一韻，其餘損益間亦有之。

陳深曰：《九章》悲凄引泣，因拙爲工，篇雖不倫，各著其志：《惜誦》稱作忠造怨，君可思而不可恃也；《涉江》則彷徨鉅野，"死林薄兮"；《哀郢》篇："曾不知夏之爲丘乎，孰兩東門之可蕪"，三復其言而悲之；《抽思》："憂心不遂，斯言誰告"；《懷沙》自沉也，"知死不可讓"，"明告君子"，太史公有取焉；《思美人》非爲邪也，蹇涕焉，而竚眙焉，而又莫達焉，舍彭咸何之矣；《惜往日》有功見逐，而弗察其罪，讒諂得志，國勢瀕危，恨壅君之不昭，故願畢詞而死也；《橘頌》獨庭南國，曠然精色；《悲回風》負重石,聽波聲之相擊,揣惴其栗,滅矣,沒矣,不可復見矣。此以材若其生者也。嗟乎!神人不材,原獨不聞乎?其義不得存焉爾。

陳深本:

陳深曰:有文字以來,此爲創格,鏗訇汗漫,怪怪奇奇,邈爲寡儔,卓然高品。

金兆清評:不懟君,不誹衆,鬱鬱忠悃,嗚咽自鳴,尤極纏綿之致。(陸氏小叙後)

又曰:其言飄眇無方旋繞無掭,可謂繪風之筆。

聽雨齋本:

李賀曰:其意凄愴,其辭環瑰,其氣激烈。雖使事間有重複,然臨死時,求爲感動庸主,自不覺言之不足,故重言之。要自不爲冗也。

洪興祖曰:見前。

桑悦曰:字字是血,字字是泪,讀之不盡隱痛。

孫鑛曰:是《離騷》餘韵,而微較清澈。

陳深曰:見前。

焦竑曰:《九章》有泪無聲,有首無尾,灑一腔之熱血,而究無所補,原真難瞑目於汨羅也。讀其詞,但當悲其志,亦何必問工不工耶?

郭正域曰:《九章》如《惜誦》《哀郢》《抽思》《懷沙》,意真響切,俱是絕唱。而昭明止取一首,何也?

蔣之翹曰:《九章》大略辭章,已見《騷經》。但《騷經》此心睠睠,尚冀懷王之一悟也。《九章》則知其國勢已危,主辱臣死,無他道矣。故其辭意,激烈慷慨。試婉讀之,誰不感憤欷歔,潸然泣數行下。

陸時雍曰:《九章》《遠游》,即《離騷》之疏。

金蟠曰:讀《九章》,不徒閔其志,耽其詞,當得其義而珍之。觀夫"忘身賤貧",則自待菲薄者,愧矣。"可思不可恃",則熱中者非矣。"顧龍門",則悻悻者小矣。"爲余造怒",則作惡有道矣;"善不繇外","死不可讓",則成仁決矣。"惜廱不昭",則孝子慈孫之痛,至矣。"無轡衘舟楫",則喪亡炯戒,再三矣。"后王嘉樹",惜祖宗之培植。"重石何益”,恨一死之未補。嗚呼！豈特後人箕尾,山河之壯烈已哉！

蔣本:

李賀曰:見前。

洪興祖曰:見前。

桑悅曰:見前。

孫鑛曰:見前。

陳深曰:見前。

胡應麟曰:惻愴悲鳴,參差繁複,讀之使人涕泣沾襟。

焦竑曰:見前。

蔣之翹曰:見前。

陸時雍曰:見前。

楚辭卷第五

遠游第五（蔣之翹本）洪興祖評：

《騷經》、《九章》，皆托游天地之間，以泄憤懣，卒從彭咸之所居，以畢其志。至此章獨不然，初曰"長太息而掩涕"，思故國也；終曰"與太初而爲鄰"，則世莫知其所如矣。（陳深本）洪興祖眉：《古樂府》有《遠游》篇，出於此。（來欽之本）張鳳翼眉：《遠游》亦《詩》之漫興。吳汝綸評：此篇殆後人仿《大人賦》，而托爲之。其文體格平緩，不類屈子。世乃謂相如襲此爲之，非也。辭賦家輾轉沿襲，蓋始於子云、孟堅。若太史公所錄相如數篇，皆其所創爲。武帝讀《大人賦》，飄飄有凌雲之意。若屈子已有其詞，則武帝聞之熟矣。此篇多取《老》《莊》《呂覽》以爲材，而詞亦涉於《離騷》《九章》者。屈子所見書博矣。《天問》《九歌》所稱神怪，雖閎識不能究知，若夫神仙修煉之説，服丹度世之旨，起於燕齊方士，而盛於漢武之代，屈子何由預聞之。雖《莊子》所載，廣成告黄帝之言，吾亦以爲後人羼入也。（潘三槐本）洪興祖曰：《古樂府》有《遠游》篇，出於此。（葉邦榮本）洪興祖曰：《古樂府》有《遠游》篇，出於此。王世貞曰：古之怨者，莫過於屈子，至《遠游》數語，而微露其體。

悲時俗之迫阨兮，張符升眉：起首四語，乃作文之旨也。願輕舉而遠游。（萬曆本）佚名手旁：提綱。（來欽之本）佚名一眉：看起句非真欲仙也，乃憤激之所托也。質菲薄而無因兮，焉托乘而上浮。（來欽之本）佚名一夾：世人不視此篇若後之游仙詩，即以之爲丹經矣。得朱子正之，而后屈子忠君愛國之心，千古如見。但世之愚人多曰"神仙必有"，庸人多曰"非真欲仙"，何以篇中所載，盡合丹經？不知王喬數語，乃近聖賢，不如今日神仙家言也。若果欲仙，則睨舊鄉二節，不可解矣。（萬曆本）佚名手眉：此章冒出下十章意。佚名手旁："托乘雲"者，如黄帝騎龍上天，而從者數十人是也。遭沉濁而汙穢兮，（萬曆本）佚名手眉：此下三章，乃"悲時俗之迫阨"也。獨鬱結其誰語！夜耿耿而不寐兮，魂縈縈而至曙。（來欽之本）鍾伯敬眉：淵明語俱出此。

惟天地之無窮兮，（方人杰本）旁批：立四語作骨，字字真切，任下參雲駕霧，總非蜃樓海市之觀。（萬曆本）佚名手旁：《赤壁賦》調本此。哀人生之長勤。①（馮眉）洪興祖曰："哀人生之長勤"，此原憂世之詞。唐李翱用其言，作《拜禹言》。往者余弗及兮，來者吾不聞。（馮眉）朱熹曰："惟天地之無窮"四言，乃此篇所以作之本意也。夫神仙度世之説，無是理而不可期也審矣！屈子於此，乃獨眷眷而不忘者，何哉？正以往者之不可及，來者之不得聞，而欲久生以俟之耳。然往者之不可及，則已末如之何矣，獨來者之不得聞，則夫世之惠迪而未吉，從逆而未凶者，吾皆不得以須其反復熟爛，而睹夫天定勝人之所極，是則安能使人不爲没世無涯之悲恨？此屈子所以願少須臾無死，而僥倖萬一於神仙度世之不可期也！嗚呼遠哉，是豈易與俗人言哉！（來欽之本）佚名一眉：苟不依朱子注則屈子誠痴人説夢矣。又曰：朱子此章注，如何可刪。佚名一夾：朱子曰："惠迪未極，從逆未凶，吾須

---

① 聽雨齋本録此處洪興祖語，作："'哀人生之長勤'，此原憂世之詞。"

反復熟爛,睹夫天定勝人之所極,是則安能使人不爲没世無涯之悲恨?"是真知屈子之心者哉!(**百本**)鍾惺旁:淵明語,俱出此。(**蔣之翹本**)孫鑛眉:往者勿及,來者勿聞。一篇本旨,托游仙以寄意耳。鍾惺眉:淵明語俱出此。(**萬曆本**)佚名手眉:了不異人意,只是古人道得出。又曰:陳子昂"前不見古人,后不見來者。念天地之悠悠,獨愴然而泪下"意悉本此。又曰:此意自好。(**潘三槐本**)朱熹曰:"天地無窮"四言,乃此篇所以作之本意也。步徒倚而遥思兮,怊惝悗而乖懷。意荒忽而流蕩兮,心愁凄而增悲。(**光集本**)手眉:以上因時俗迫阨,人生勤勞,思出世而遠游。神儵忽而不反兮,形枯槁而獨留。内(**萬曆本**)佚名手旁:上下轉接。惟省以端操兮,(**方人杰本**)旁批:神仙原是聖賢,代身字面。求正氣之所由。(**來欽之本**)佚名一眉:"内省",屈子之學正氣,屈子之忠。(**萬曆本**)佚名手眉:此六章乃願輕舉遠游,而先引古人之遺迹,以實之也。(**葉邦榮本**)祝堯曰:此篇雖記神仙以起興,舉天地、百神以自比,而實非比原之作。此實以往者弗及,來者不聞爲恨,悲宗國將亡,而君不悟。似欲求神仙不死,以觀國事終久何如爾。故其辭皆與莊周寓言同,有非復詩人托興之義,大抵用賦體也。後來賦家,爲閎衍鉅麗之詞者,莫不賦祖此。司馬相如《大人賦》尤多襲之,然原之情,非相如所可窺也。漠虛静以恬愉兮,澹(**萬曆本**)佚名手旁:提綱。無爲而自得。(**萬曆本**)佚名手眉:上二句乃赤松能如此也。

聞赤松之清塵兮,願承風乎遺則。貴真人之休德兮,美往世之登仙。與化去而不見兮,名聲著而日延。(**萬曆本**)佚名手眉:間一節虛,以承上起下。奇傅説之托辰星兮,羨韓衆之得一。張符升眉:朱鬱儀《靈異篇》:"□衆服葛蒲十三年,舉體生毛,日誦萬言。"形穆穆以浸遠兮,離人群而遁逸。吳汝綸評:憂思不寐,時則神去形留,繼乃形與俱去。(**蔣之翹本**)陸時雍眉:《遠游》放矣,托則未有不放者,故曰隱居放言,君子惟其旨之存,而不必其詞之屬也。因

氣變而遂曾舉兮,忽神奔而鬼怪。時仿佛以遙見兮,精皎皎以
往來。超氛埃而淑尤兮,張符升眉:"尤"作"郵"。終不反其故都。
免衆患而不懼兮,世莫知其所如。張符升眉:"漠虛靜"至此,述神
仙輕舉之樂。(方人杰本)旁批:筆亦飄飄欲仙。(萬曆本)佚名手眉:
上二章正言其輕舉遠游之可樂。(光集本)手眉:以上思煉氣以登仙。

　　恐天時之代序兮,(方人杰本)旁批:折筆自悲,低回極致。(萬
曆本)佚名手眉:此章接入自己所謂"質菲薄而無因","托乘而上浮"
也。耀靈曄而西征。(萬本)佚名曰:自篇首至此,意思周密,詞旨痛
快,議論平正,可歌可承,飄然令人有凌雲之志。微霜降而下淪兮,
悼芳草之先零。聊仿佯而逍遙兮,永歷年而無成。誰可與玩斯
遺芳兮,(方人杰本)旁批:非干塵念不絕,總是休戚相關,寫得痛心。
晨向風而舒情。(陸本)張煥如曰:此□□世語,知□深於托者。(蔣
之翹本)陸時雍眉:鄉風抒情,知相接者誰耶,亦聊以自寄耳。(潘三槐
本)陸時雍曰:鄉風舒情,知相接者誰耶,亦聊以自寄耳。高陽邈以
遠兮,(萬曆本)佚名手眉:《騷經》首云:"帝高陽之苗裔",此乃思其祖
德,非必意在軒轅也。佚名手旁:顓頊所都軒轅孫也,疑原意當指軒
轅,觀下文可見。余將焉所程。楊訥庵眉:"高陽"古聖帝,蓋原所
自出之帝也。程,法式也。今邈且遠矣。則余將(後無)。(張鳳翼
本)陸時雍眉:鄉風抒情,知相接者誰,亦聊以自寄耳。吳汝綸評:獨
身仙去,衆患免矣。又恐日暮霜淪,芳草零落,逍遙仙鄉,誰與把玩。
念此又不能徑去,然古人已遠,吾安取法乎?張符升眉:此節言知己
難期,祖業難復,蓋自決求仙之志,以起下文也。(萬曆本)佚名手
旁:引起下文。

　　重曰:春秋忽其不淹兮,(方人杰本)旁批:黃河西來,千回百
折,至海門又一來,方另成異觀。(萬曆本)佚名手眉:此二章求道。佚
名手旁:四語承上章來。奚久留此故居?軒轅不可攀援兮,(萬曆
本)佚名手旁:托乘無從。吾將從王喬(萬曆本)佚名手旁:正所程之

人。而娛戲！（**光集本**）手眉：以上惡人生勤勞，思出世而戲娛。餐
六氣而飲沆瀣兮，漱正陽而含朝霞。保神明之清澄兮，精氣入
而（**萬曆本**）佚名手旁：煉句微妙。麤穢除。楊訥庵眉：此修養之術。
張符升眉：此節求正氣之始事也。順凱風以從游兮，至南巢而壹
息。見王子而宿之兮，楊訥庵眉："王子"，王喬也。審壹氣之和
德。（**朱崇沐本**）佚名手眉：（朱）思其可受而已，何必求仙海上。

　　曰：道可受兮，（**方人杰本**）旁批：識得道，方下得功，層次俱精。
不可傳；（**蔣之翹本**）孫鑛眉：真語實語有此悟境，會須脫穎而出，區區
楚裏，何足道也。張符升眉：作"道可受，而不可傳"（原文有"兮"字）。
吳汝綸評："道可受"以下，皆王喬之言，至"此德之門"止。（**萬曆本**）佚
名手眉：（朱）此一章受道。（墨）孫鑛曰：文同上。佚名手旁：微妙。
其小無內兮，其大無垠；無滑而魂兮，張符升眉：無"滑"字。（**方人
杰本**）旁批：真語實語，有此悟境，會須脫穎而出（孫鑛語）。彼將自
然；壹氣孔神兮，於中夜存；虛以待之兮，（**方人杰本**）旁批：內外交
盡，此豈兩截之學。無爲之先；張符升眉：此節求正氣之中事也。庶
類以成兮，此德之門。（**萬本**）佚名曰：廣成子告黃帝不過如此，實神
仙之要訣也。（**萬曆本**）佚名手眉：前已有虛靜恬愉、無爲自得之說，而
此則詳其所以致此之故，乃下手功夫也。此等語屈子其有所受耶？抑
得之於書冊如老、莊之徒耶？才人有此本領奇知，而不爲更奇，不特不
爲，而且不惜一死，尤奇之奇也。然惟知此道，而後能死之，何嘗有害
於此道哉！佚名手旁：短調峭煉！（**光集本**）手眉：以上思煉氣而上升！

　　　聞至貴而遂徂兮，吳汝綸評："至貴"，謂道要也。（**萬曆本**）佚名
手眉：此下三章修道。忽乎吾將行。仍羽人於丹丘兮，留不死之
舊鄉。（**北大集注本**）佚名手批：《呂氏春秋》曰："禹南至九陽之山，羽
人裸民之處不死之鄉。"（**方人杰本**）旁批：二氏無此實落境界。（**萬曆
本**）佚名手旁："舊鄉"字有味。朝濯髮於湯谷兮，夕晞余身兮九陽。
吸飛泉之微液兮，懷琬琰之華英。（**萬本**）佚名曰：張平子《思玄賦》

云："且余沐於清源兮,晞余髮於朝陽,漱飛泉之瀝液兮,阻石之流英。"
語意皆祖此。(**潘三槐本**)祝堯曰:後來賦家,爲閎衍鉅麗之詞者,莫不
祖此。(**葉邦榮本**)張平子《思玄賦》云:"旦余沐於清源兮,晞余髮於朝
陽,漱飛泉之瀝液兮,阻石箇之流英。"語意皆祖此。玉色頩以脕顏
兮,張符升眉:"頩",淺赤色。"脕",澤也。(**方人杰本**)旁批:姑射之
姿,故冰雪淖約乃爾(劉辰翁語)。精醇粹而始壯。(**百本**)金蟠眉:
形容仙姿,恍惚欲仙。質銷鑠以汋約兮,神要眇以淫放。①(**張鳳
翼本**)劉辰翁評:姑射之姿,冰雪綽約。張符升眉:此節求正氣之終事
也。嘉南州之炎德兮,(**萬曆本**)佚名手眉:此二章登仙。麗桂樹之
冬榮。(**蔣之翹本**)蔣之翹眉:王融《游仙詩》云:"八桂常冬榮。"本此。
山蕭條而無獸兮,野寂漠而無人。載營魄而登霞兮,(**方人杰本**)
旁批:上言理,此述其事,筆墨縱橫,不可控制。掩浮雲而上征。(**萬
本**)佚名曰:首四句言境物幽美,可爲修煉之地。張符升眉:此節言仙
質既成,而遂能輕舉以上浮也。(**光集本**)手眉:以上渾寫遠游。命天
閽(**萬曆本**)佚名手旁:上至天。其開關兮,排閶闔而望予。(**來欽
之本**)佚名一眉:此以下皆可譬人身,然必如是,是屈子真欲仙矣。張
符升眉:此下歷言遠游之境。召豐隆使先導兮,問大微之所居。
集重陽入帝宮兮,造旬始而觀清都。(**朱崇沐本**)佚名手眉:(**朱**)一
排一倚,仙鬼判然。

　朝發軔於太儀兮,夕始臨乎於微閭。(**萬本**)佚名曰:自"順凱
風以從游"至此,蓋推衍遠游之樂,而始於南方者也。張符升眉:此節
言游於天關也。又曰:"微閭於"作"於微閭"。(**葉邦榮本**)自"順凱風
以從游"至此,蓋推衍遠游之樂。屯余車之萬乘兮,(**方人杰本**)旁
批:優游曼衍,指顧自如,真若按步隊而校班行者,何其裕也(張煥如
語)。紛溶與而並馳。(**蔣之翹本**)焦竑眉:讀《遠游》至此,兩腋習習

---

　① 蔣本録此處劉辰翁語,作:"始射之姿,故冰雪綽約乃爾。"

風舉。張符升眉："容"作"溶"（原文作"容"）。（萬曆本）佚名手眉：
（墨）焦竑曰：文同上。（朱）此下十六章，皆登仙後輕舉遠游之事。駕
八龍之婉婉兮，載雲旗之逶蛇。（萬本）佚名曰：仙人以龍爲馬，駕
車前曰八龍。張符升眉："逶"作"委"（原文作"逶"）。建雄虹（萬曆
本）佚名手旁：正好對"雌蜺"。之采旄兮，五色雜而炫燿。服偃蹇
以低昂兮，驂連蜷以驕驁。（百本）金蟳眉：絶筆所如，得游仙之樂。
（光集本）手眉：以上升天。騎膠葛以雜亂兮，斑漫衍而方行。撰
余轡而正策兮，吾將過乎句芒。（陸本）張煥如曰：優游曼衍，指顧
自如，真若按步隊而校班行者，何其裕者。張符升眉："鈎"作"句"（原
文作"鈎"）。（萬曆本）佚名手眉：（朱）東游。（墨）金蟳曰：縱筆所如，
得游仙之樂。歷太皓以右轉兮，張符升眉：此游於東方也。前飛廉
以啓路。（蔣之翹本）孫鑛眉：句甚陗。陽杲杲其未光兮，凌天地
（方人杰本）旁批：陗遠。以徑度。（萬本）佚名曰：自南而東乃曲行，
故曰"右轉"，自東而西乃直石，故曰"徑度"。（萬曆本）佚名手眉：（墨）
孫鑛曰：句甚陗。（光集本）手眉：以上東。（葉邦榮本）自南而東乃曲
行，故曰"右轉"，自東而西乃直行，故曰"徑度"。風伯爲余先驅兮，
氛埃辟而清涼。鳳凰翼其承旂兮，遇蓐收乎西皇。（萬曆本）佚
名手眉：西游。擥彗星以爲旍兮，（萬曆本）佚名手眉：此下三節，言
役使鬼神之事。舉斗柄以爲麾。吴汝綸評：古謂之杓，謂之玉衡，不
謂"斗柄"。惟小正有"斗柄"字，然本作"斗枋"，傳寫誤爲"柄"也。叛
陸離其上下兮，游驚霧（萬曆本）佚名手旁：字法。之流波。張符升
眉：此游於西方也。（萬曆本）佚名手旁：二節以星辰爲主，不指比方
言。皆曖曃其曭莽兮，召玄武而奔屬。（來欽之本）"曖曃"一本作
"晻曀"，"晻"音"衍"，"曀"音"意"。後文昌使掌行兮，選署衆神以
並轂。（萬本）佚名曰：以上言經營四方已周遍矣。路曼曼其修遠
兮，徐弭節而高厲。左雨師使徑侍兮，右雷公以爲衛。（張鳳翼

本）鍾惺眉：自是《遠游》蕩滌語。張符升眉："侍"作"待"。"以"作"而"（原文作"以爲衞"）。（**萬曆本**）佚名手眉：（墨）鍾惺曰：文同上。欲度世以忘歸兮，張符升眉：無"遠"字（原文作"欲遠度世以忘歸"）。（**方人杰本**）旁批：峰回路轉，方窮極奇變。意恣睢以擔撟。（**萬曆本**）佚名手眉：此節束上，作一頓。東西游後，却不徑接南北，又間此四節作一頓錯，可悟文家游板之法，《楚詞》中蓋多有之。內欣欣而自美兮，聊媮娛以自樂。（**光集本**）手眉：以上西。涉青雲以汎濫游兮，忽臨睨夫舊鄉。（**朱崇沐本**）佚名手眉：（朱）自東西游，而始至南楚地也。僕夫懷余心悲兮，邊馬顧而不行。（**蔣本10冊本**）王世貞眉：古之怨者，莫過於屈氏。至《遠游》數語，而微露其體。吳汝綸評：此《離騷》歸宿之言，他句或可自用，此數語，屈子必不再襲矣。"邊馬"二字，亦不倫。思舊故以想像兮，（**方人杰本**）旁批：觸緒萬端，總見詩人忠厚之思。（**萬曆本**）佚名手眉：此二章如丁令威化鶴歸來，城郭是，而人民非，其所感深矣。長太息而掩涕。（**潘三槐本**）陳仁錫曰：每於退舉處自按抑。泛容與而遐舉兮，聊抑志而自弭。（**萬本**）佚名曰：古詩曰："胡馬嘶北風，越鳥栖南枝。"屈子悲思，亦不爲過。（**來欽之本**）佚名一眉：觀朱子此注，則知前數節皆寓言耳。（**萬曆本**）佚名手眉：又不遞接南北，却將故鄉之思插放中間，漸引入南方去，何等做法！○拙手不將此節放在游遍四方之後，即放在游南下耳，不知《騷經》於末章結出，乃重在戀故都也。此篇重在遠游，故鄉乃是帶説，位置中間爲得宜，若於入南後寫出，猶是順叙庸法，且下文如許快意，又何從插入悲凄，不如逆提在前，不知不覺早已度過南方矣。斷續之間，古人有深意，不可移易如此。有之，亦不重觀末句可見。指炎神而直馳兮，（**萬曆本**）佚名手旁：上已在南方，故可直馳。吾將往乎南疑。（**來欽之本**）佚名一眉：此下云云，多指江南之地，蓋以死爲仙也。（**萬曆本**）佚名手眉：南游。

　　覽方外之荒忽兮，沛罔象而自浮。（**萬本**）佚名曰：興盡悲來，樂極哀生,其此之謂乎?(**來欽之本**)佚名一夾:若云此後皆是仙游,屈子果仙乎哉?且前以説明己意,後不應支離若此也。愚謂屈子之意,仙亦非所樂而舍生取義,死之樂同於仙也。張符升眉:"罔象"作"澗濛"。祝融戒而還衡兮,騰告鸞鳥迎宓妃。張《咸池》(**萬曆本**)佚名手旁:忽插短句,有頓挫。奏《承雲》兮,二女御《九韶》歌。(**萬曆本**)佚名手眉:獨於南方盡態極妍者,故都所在,徘徊不去。文勢亦疏密互見。若各方如此鋪陳,更無其體,不免於排矣。使湘靈(**萬曆本**)佚名手旁:下至淵。鼓瑟兮,令海若舞馮夷。(**蔣之翹本**)蔣之翹眉:詞極環瑋。杜甫詩"馮夷擊鼓群龍趨,湘妃漢女出歌舞",本此。(**方人杰本**)旁批:此當與西王母宴穆天子於瑤池盡出寶器者并同,一觀鈞天之樂,不屬人間矣。玄螭(**萬曆本**)佚名手旁:長句。蟲象(**萬曆本**)佚名手旁:頓挫。並出進兮,形蟉虬而逶蛇。張符升眉:"迆"作"蛇"(原文作"迆")。雌蜺便娟以增撓兮,張符升眉:"蜗"作"娟"(原文作"便蜗")。鸞鳥軒翥而翔飛。音樂(**萬曆本**)佚名手旁:總一句。博衍無終極兮,焉乃逝以徘徊。(**來欽之本**)佚名一眉:故作縹緲恍惚之辭,非其用意之所在也。(**陸本**)張煥如曰:此當與西王母宴穆天子於瑤池,盡出寶器者,并爲一觀,鈞天之樂,不屬人間矣。(**蔣之翹本**)李賀曰:《省試湘靈鼓瑟》竟無一佳句,惟錢郎"曲中人不見,江上數峰青"二語,似得《楚辭》餘韵,而微覺清澈。張符升眉:此節言游於南方也。(**萬曆本**)佚名手眉:雜雜拉拉,艷麗之極,紙上如有萬怪惶惑。(**光集本**)手眉:以上南。(**葉邦榮本**)興盡悲來,樂極哀生,其此之謂乎?舒并節以馳騖兮,逴絶垠乎寒門。軼迅風於清源兮,從顓頊乎增冰。(**萬本**)佚名曰:此二章言自此而南,還於故鄉也。(**張鳳翼本**)鍾惺眉:俊潔調雅。張符升眉:此節言游於北方也。(**萬曆本**)佚名手眉:北游。(**葉邦榮本**)此三章言自北而南。還於故鄉也。歷玄冥以邪徑兮,乘間維以反顧。(**來欽之本**)佚名一眉:"寒門""增冰""玄冥",皆水也。召黔嬴而見之兮,(**萬本**)佚名曰:"黔嬴",《史記》

作"含靁",《漢書》作"黔靁"。**爲余先乎平路。**(**光集本**)手眉：以上北。**經營四荒兮，**張符升眉："荒"作"方"。**周流六漠。上至列缺兮，降望大壑。**(**萬曆本**)佚名手眉：此章總束遠游數段。**下崢嶸而無地兮，上寥廓而無天。**(**蔣之翹本**)洪興祖評：長卿作《大人賦》，宏放高妙，讀者有凌雲之意，然其語多出此。**視儵忽而無見兮，聽惝怳而無聞。超無爲**(**萬曆本**)佚名手旁：主意結穴。**以至清兮，與泰初而爲鄰。**(**陳深本**)洪興祖眉：《騷經》《九章》皆托游天地之間，以泄憤懣，卒從彭咸之所居，以畢其志。至此章獨不然。初曰"長太息而掩涕"，思故國也。終曰"與太初而爲隣"，則世莫知其所如矣。(**來欽之本**)佚名一眉：屈子以死爲仙。張符升眉：此節言縱游於上下、四方之極際也。(**方人杰本**)旁批：本以來者不聞爲憂，而爲神仙之道，至此真可以後天不老，而凋三光矣。下視人世之頃，萬起萬滅，何足道哉！(**萬曆本**)佚名手眉：收束通篇。前面周流天地，窮極見聞，禪家所謂空拳指上生實解根境法中虛搜怪也。至此若浮雲落葉，一起掃盡。在文字則更進一步，在斯道則最上一層。嗚呼！蓋未有不學道而能爲至文者也。佚名手旁：讀注語，大夫亦可吐氣千古矣。《楚詞》無一首不使人傷心慘目，至此差強人意。豈大夫亦自覺其詞過悲，作此以一道其胸中之所樂，且使後世讀吾書者，心目亦一曠然也。

《遠游》馮本章評：

洪興祖曰：或問：古人有言：殺其身有益於君則爲之。屈原雖死，何益於懷、襄？曰：忠臣之用心，自盡其愛君之誠耳。死生、毀譽，所不顧也。故比干以諫見戮，屈原以放自沉。比干，紂諸父也。屈原，楚同姓也。爲人臣者，三諫不從則去之。同姓無可去之義，有死而已。《離騷》曰："阽余身而危死兮，覽余初其猶未悔。"則原之自處審矣。或曰：原用智於無道之邦，虧明哲保身之義，可乎？曰：愚如武子，全身遠害可也。有官守言責，斯用智矣。山甫明哲，固保身之道。然不曰夙夜匪解，以事一人乎！士見危致命，況同姓，兼恩與義，而可以不死乎！且比干之死，微子之去，皆是也。屈原其不可去乎？有比干以任責，微子去之可也。楚無人焉，原去則國從而亡。故雖身被放逐，猶徘徊而不忍去。生不得力爭而强諫，死猶冀其感發而改行，使百世之下，聞其風者，雖流放廢斥，猶知愛其君，眷眷而不忘，臣子之義盡矣。非死爲難，處死爲難。屈原雖死，猶不死也。後之讀其文，知其人，如賈生者亦鮮矣。然爲賦以吊之，不過哀其不遇而已。余觀自古忠臣義士，慨然發憤，不顧其死，特立獨行，自信而不回者，其英烈之氣，豈與身俱亡哉！仍羽人於丹丘，留不死之舊鄉，超無爲以至清，與太初而爲隣，此《遠游》之所以作，而難爲淺見寡聞者道也。仲尼曰：樂天知命，故不憂。又曰：樂天知命，有憂之大者。屈原之憂，憂國也；其樂，樂天也。《離騷》二十五篇，多憂世之語。獨《遠游》曰："道可受兮不可傳，其小無內兮其大無垠。無滑滑而魂兮，彼將自然。壹氣孔神兮，於中夜存。虛以待之兮，無爲之先。"此老莊、孟子所以大過人者，而原獨知之。司馬相如作《大人賦》，宏放高妙，讀者有凌雲之意。然其語多出於此。至其妙處，相如莫能識也。太史公作《傳》，以爲："其文約，其辭微，其志潔，其行廉，其稱文小，而其指極大，舉類邇而見義遠。其志潔，故其稱物芳。其行廉，故死而不容見疏。濯淖汙泥之中，以浮游塵埃之外。推此志也，雖與日月爭光可也。"斯可謂深知己者。楊子云作《反離騷》，以爲"君子得時則大行，不得時則龍蛇。遇不遇，命也。何必沉身哉！"屈子之事，蓋聖賢之變者。使遇孔子，當與三仁同稱。雄未足以與此。班孟堅、顏之推所云，無異妄婦兒童之見。余故具論之。

又曰：《騷經》《九章》，皆托游天地之間，以泄憤懣，卒從彭咸之所居，以畢其志。至此章獨不然。初曰"長太息而掩涕"，思故國也。終曰"與太初而爲隣"，則世莫知其所如矣。

又曰：《古樂府》有《遠游》篇，出於此。

朱熹曰：屈原既放，悲嘆之餘，眇觀宇宙，陋世俗之卑狹，悼年壽之不長，於是作爲此篇。思欲制煉形魂，排空御氣，浮游八極，後天而終，以盡反復無窮之世變。雖曰寓言，然其所設王子之詞，苟能充之，實長生久視之要訣也。

祝堯曰：此篇雖托神仙以起興，舉天地、百神以自比，而實非比原之作。此實以往者弗及，來者不聞爲恨，悲宗國將亡，而君不悟。思欲求仙不死，以觀國事終久何如爾。故其詞皆與莊周寓言同，有非復詩人托興之義，大抵用賦體也。後來賦家，爲閎衍鉅麗之辭者，莫不祖此。司馬相如《大人賦》尤多襲之，然原之情，非相如所可窺也。

王世貞曰：古之怨者莫過於屈氏，至《遠游》數語，而微露其體。

金兆清評：簡折奧卓，此非度世語，知其深於托者。（陸氏小叙後）

百本：

李賀曰：《遠游》篇，鋪叙暢達，托志高遠，取其意可也，若以文論，尚不盡屈氏所長。

祝堯曰：此章皆與莊周寓言同，有非復詩人托興之義，大抵用賦體也。後來賦家，爲閎衍鉅麗之詞者，莫不祖此。

王世貞曰：見前。

桑悦曰：《樂府》有《遠游》篇，云："九州不足步，願得凌雲翔。"詞雖間麗，實可作此章傳注。

孫鑛曰：鋪叙間整，過續分明，但其蹊徑近方，令步武者易襲耳。

陳深曰：厭世之迫隘而欲升舉，亦無聊之詞。

金蟠曰：身已閒，而志愈忙，腸甚熱，而才益曠。理國理身，皆有成訣，非他人罹困，但感憤悲壯已也。讀此章，宜更上一層想。

聽雨齋本：

李賀曰：見前。

洪興祖曰：見前第二段。

祝堯曰：見前。

王世貞曰：古之怨者莫過於屈子，至《遠游》數語，而微露其體。

桑悦曰：見前。

孫鑛曰：見前。

陳深曰：見前。

金蟠曰：見前。

蔣本：

李賀曰：《遠游》篇，僅鋪叙暢達，托志高遠，取其意可也，若以文論，尚不盡屈氏所長。

祝堯曰：此章原實以往者弗及，來者不聞爲恨。悲宗國將亡，而君不悟，思欲求仙不死，以觀國事終究何如爾。故其辭皆與莊周寓言同，有非復詩人托興之義，大抵用賦體也。後來賦家，爲閎衍鉅麗之詞者，莫不祖此。

桑悦曰：《樂府》有《遠游》篇，云："九州不足步，願得凌雲翔。"詞雖間麗，但可作此章傳注。①

胡應麟曰：曠蕩虛無，絶去筆墨畦徑。

孫鑛曰：鋪叙間整，過續分明，但其蹊徑近方，令步武者易襲耳。

陳深曰：厭世之迫隘而欲升舉，亦無聊之詞。

蔣之翹曰：宋人讀原《遠游》，遂疑沉江爲羽化之事，嘻誤矣。②

方人杰本：

《騷經》《九章》，皆托游天地之間，以泄憤懣，卒從彭咸之所居，以畢其志。至此章獨不然，初曰"長太息而掩涕"，思故國也；終曰"與太初而爲隣"，則世莫知其所如矣。長卿作《大人賦》，宏放高眇，讀者有凌雲之想，然其語意多出此。**洪慶善**

原自既放，悲嘆之餘，眇觀宇宙，陋世俗之卑狹，悼年壽之不長，思欲制煉形魂，排空御氣，浮游八極，後天而終，以盡反復無窮之世變。

---

①　蔣本另兩本引此處桑悦語作："《樂府》有《遠游》篇，詞雖間麗，不堪爲此作僕。"

②　蔣本另兩本引此處蔣之翹語，作："厭世迫隘而欲升舉，亦無聊之詞，故其意旨恍惚汗漫，無所栖泊。宋玉《招魂》似爲此章，對子讀者，乃稱原善於仙術，何異夢中説夢。"

雖曰寓言，然其所設王子之辭，苟能充之，實長生久視之要訣也。○章首"往者弗及"二語，乃此篇所以作之本意也。夫神仙度世之說，無是理而不可期也審矣。屈子於此乃獨眷眷而不忘者何哉？正以往者之不可及，來者之不得聞，而欲久生以俟之耳。然往者之不可及，則已末如之何矣；獨來者之不得聞，則夫世之惠迪而未吉，從逆而未凶者，吾皆不得以須其反復熟爛而睹夫天定勝人之所極。是則安能使人不為沒世無涯之悲恨，此屈子所以願少須臾毋死，而僥倖萬一於神仙度世之不可期也。嗚呼遠矣！是豈易於俗人言哉！**朱晦翁**

願以往者弗及，來者不聞爲恨，悲宗國之將亡而君不悟，思欲求仙不死，以觀國事終久何如耳。故其辭皆與莊周寓言同，非復詩人托興之義，大抵用賦體也。後來賦家，爲閎衍鉅麗之辭者，莫不祖之。**祝堯氏**

唐虞事業三杯酒，湯武征誅一局棋，帝王師相一瞬息事耳。人處身世迫仄中，何能曠觀統視，然此一息中，居臣家國，既已理治一番，又不能盡善盡美，爲千秋萬世之不可少。復忽中道棄捐，流離潰決，以之上下千古，不更虛此一息乎？此屈子所以更痛定思痛也。《遠遊》之作，神仙云乎哉！觀其志之所在，本領學問，總非一切人間淺見寡聞所及，知其置身何等，更何暇計其文之工與拙耶？"往者"二句，一文主根處，所傷不在一身也。梁孝王客之《哀時命》，蓋傷之而用是慰之辭也。晋徵士之《歸去來》，蓋俯仰今昔而用是自慰之辭也，要皆本"接輿鳳兮"一歌來。警醒悔悟，及時補救，雖皆有進一層意，而在屈子則托意愈覺深遠，非僅泛泛作好文字之立意也。

楚辭卷第六

卜居第六（蔣之翹本）張鳳翼眉：《卜居》《漁夫》，爲原幽憤寄托之作，豈當時實有是事。（歸本）楊升庵眉：有文字以來，此爲創格。（來欽之本）張鳳翼眉：《卜居》《漁夫》，爲幽憤寄托之音，豈當時實有是事。（汲古手批本）佚名眉：擇所居也。《史記》云："成王使周公卜居。"（萬曆本）佚名手眉：抑揚高下，不可捉搦，千古絶調也。（葉邦榮本）李君翁《詩話》："《卜居》云：'寧誅鋤草茅，以力耕乎？'詩人皆以爲宋玉事，豈《卜居》亦宋玉擬屈子作耶？"庾信《哀江南賦》云："誅茅，宋玉之宅。"不知何據而言此，君翁之陋也。王世貞曰：《卜居》《漁父》，便是赤壁諸公作俑，真可令人永慨。又曰：今人以賦作有韵之文，爲《阿房》《赤壁》，累固耳。然長卿《子虚》，已極曼衍，《卜居》《漁父》，實開其端。

屈原既放，（萬曆本）佚名手旁：頃襄王立後。三年不得復見。張符升眉：此"三年"未知何時，詳其詞意，疑在懷王斥居漢北之日也。（潘三槐本）孫鑛曰：雖設爲質疑，然却是譽己嗤衆，以明決不可爲，彼意細味，造語自見。竭知盡忠，而蔽鄣於讒。（方人杰本）旁批：登高而呼，陵谷俱震。心煩慮亂，不知所從。乃往見太卜鄭詹尹曰："余有所疑，願因先生決之。"詹尹乃端策拂龜，曰："君將何以教之?"(**陸本**)孫鑛曰:雖設質疑,然却是譽己嗤衆,以明決不可爲,彼意細味,造語自見。(**歸本**)王鳳洲眉:以卜佯爲不知所居,并舉兩端以卜之。其不平之氣勃勃然,如龍蛇交錯於胸中。屈原曰:(**萬曆本**)佚名手眉:以下皆是創調。○三節句法長短相等。此節渾説立身行己大概。"吾(**萬曆本**)佚名手旁:直入。寧悃悃款款,樸以忠乎?(**方人杰本**)旁批:調法高妙須玩,上每一句入微,下每一句加巧。(**林兆珂本**)佚名手旁:"樸"字是屈子一生苦處。將送往勞來,(**萬曆本**)佚名手旁:周旋世故,可以不致窮困也。斯無窮乎?①(**馮眉**)洪興祖曰:上句皆原所從也,下句皆原所去也。(**陳深本**)洪興祖眉:卜以決疑,不疑何卜。而以問詹尹何哉?時之人,去其所當從,從其所當去,其所謂吉,乃吾所謂凶也。此《卜居》所以作也。(**蔣之翹本**)張鼐眉:"寧"字、"將"字,一篇運法,正是卜處。(**葉邦榮本**)郭正域曰:忠情之極,若計無所之,其文渤然。寧誅鋤(**萬曆本**)佚名手旁:多一字。草茅,以力耕乎? 將游大人,以正名乎?(**萬曆本**)佚名手眉:此節引到事君意當含蓄。佚名手旁:問當隱居與仕也。又曰:沈亞之《外傳》紀原被讒後,遂放而耕。《離騷》倚來號泣,則原固嘗力耕矣。(**葉邦榮本**)陳深曰:句極長,不見有餘,極短,不爲不足,以十六"乎"字爲之,固抱或佟或弇或牟或抒,惟意所適,無不中繩,必也聖乎? 後此無病。寧正言不諱,以危身乎? 將從俗富貴,以媮生乎?(**萬曆本**)佚名手眉:此節説入既放後心事。佚名手旁:問仕則有此兩途,當何就也。寧超然高舉,(**萬曆本**)佚名手旁:既仕而復去之。以保真乎?(**百本**)郭正域眉:忠憤之板("**板**"聽本作"**極**"),若計無所之,其文渤然。將呢呰栗斯,(**萬曆本**)佚名手旁:摹擬從俗之言貌。喔咿儒兒,以事婦人乎?(**蔣之翹本**)蔣之翹眉:凡依佪得寵者,即爲婦人。僅以鄭袖當

---

① 　聽雨齋本此處録張鼐語,作:"'寧'字、'將'字,一篇運法,正是卜處。"

之,似太説煞。（**此條蔣之翹語蔣本另兩本均無**）來眉："哫",音足。"訾",音貲。"喔",音握。"咿",音"伊"。"哫訾",以言求媚。"喔咿儒兒",強笑語貌。婦人,蓋爲鄭袖。（**《集注》語**）（**萬曆本**）佚名手眉:三節一句短,一句長。佚名手旁:以下暢言之。（**林兆珂本**）佚名手旁:此法以事婦人也,敢以事君乎？寧廉潔正直,（**萬曆本**）佚名手旁:既去而仍守其故我。以自清乎？將突梯滑稽,（**萬曆本**）佚名手旁:摹寫從俗之精神。如脂如韋,以潔楹乎？（**來欽之本**）佚名二眉："突梯滑稽",謂無隅角,脂韋是鮮挺直。（**方人杰本**）旁批:辭氣間已難奈,妙筆如風。（**潘三槐本**）陳深曰:句極長不見有餘,極短不爲不足,以十六"乎"字爲之,固抱或侈或弇或年或杆,惟意所適,無不中繩。（**葉邦榮本**）朱熹曰:《卜居》篇字義從來曉不得,但以意看可見。如"突梯滑稽",只是軟熟逢迎,隨人坐,隨人起底意思。如這般文字,便無些小窒礙。想只是信口恁地説,皆自成文。寧昂昂若千里之駒乎？（**萬曆本**）佚名手眉:以下皆用比體。佚名手旁:以上可謂暢所欲言矣。意復不盡,乃假物以明之,波瀾更不窮也。將氾氾若水中之鳧乎？張符升眉:"鳧"下無"乎"字。與波上下,（**百本**）金蟠眉:其翩不可止也。偷以全吾軀乎？（**聽雨齋本**）金蟠旁:其勢翩逸,不可止也。（**萬曆本**）佚名手旁:違時與從俗之辨。寧與騏驥亢軛乎？（**方人杰本**）旁批:急拍。將隨駑馬之迹乎？（**萬曆本**）佚名手眉:二節句長短相同,接前長句後則前爲緩調,此爲促調;前參差,此整齊,極相間之妙也。佚名手旁:有爲與無爲之辨。寧與黃鵠比翼乎？將與雞鶩爭食乎？（**歸本**）楊升庵眉:句極長不見有餘,極短不爲不足,多不爲橫,少不爲儉,以十六"乎"字運之,惟適所適,無不中繩。（**陳深語**）。（**蔣之翹本**）蔣之華眉:李白詩："焉能與雞群,刺蹙爭一餐。"用此意更佳。（**方人杰本**）旁批:太白:"焉能與雞群,刺蹙爭一餐。"即此意。（**萬曆本**）佚名手旁:遠舉與苟祿之辨。此孰吉孰凶？（**馮旁**）此總結上文以問之。（**萬曆本**）佚名手旁:束筆千鈞。何去何從？世溷濁而不清,(萬曆本)佚名手旁:單句領起。蟬翼(萬曆本)佚名手旁:又比。爲重,(馮旁)以四句引下二句。來眉:"孰吉孰凶"二語接上八條,正問卜之詞。"世混濁而不清"幾句因而自嘆之詞。千鈞爲輕;(方人杰本)旁批:淋灕壯浪,寧將之間,實實難定,爲之短氣。黃鐘毀棄,瓦釜雷鳴;(蔣之翹本)蔣之翹眉:"瓦釜雷鳴",只人以其如雷之鳴而尚之,朱説謬甚。讒人高張,賢士無名。(萬曆本)佚名手眉:句更短,調更促。吁嗟默默兮,誰知吾之廉貞?"(陳深本)唐順之眉:問詹數語,如層濤疊浪,上下各自呼應,而意猶潛畜不露。(萬曆本)佚名手旁:結出主意。詹尹乃釋策而謝,曰:"夫尺有所短,寸有所長,(方人杰本)旁批:長風一掃,萬里無云,文境超絕。物有所不足,智有所不明,數有所不逮,神有所不通。(方人杰本)旁批:屈一層,卜一層,屈之外一層,卜之外又一層,結盡一部《離騷》。用君之心,(萬曆本)佚名手旁:借他人口中以替其決。行君之意,龜策誠不能知事。(萬曆本)佚名手旁:住句峭。(馮眉)樓昉曰:詹尹謂物之不齊,長短、大小、多少不能以相通。雖則智有所不能知,行己之志而已。(來欽之本)佚名一眉:無所用卜也,借此以警世也。(李陳玉本)胡文芝公嘗曰:行己大致去就去默之幾如人飲食,其饑飽、寒溫,必自斟酌,不可決之於人,亦非人所能決也。正與此篇可相證。(葉邦榮本)洪興祖曰:卜以決疑,不疑何卜。而以問詹尹何哉?時人去其所當從,從其所當去,其所謂吉,乃吾所謂凶也。此《卜居》所以作也。

《卜居》馮本章評

姚寬曰:李君翁《詩話》:"《卜居》云:'寧誅鋤草茅,以力耕乎?'詩人皆以爲宋玉事,豈《卜居》亦宋玉擬屈原作耶?"庾信《哀江南賦》云:"誅茅,宋玉之宅。"不知何據而言此。君翁之陋也。

洪興祖曰:卜以決疑,不疑何卜。而以問詹尹何哉?時之人,去其所當從,從其所當去,其所謂吉,乃吾所謂凶也。此《卜居》所以作也。

朱熹曰：屈原哀憫當世之人，習安邪佞，違背正直，故陽爲不知二者之是非可否，而將假蓍龜以決之，遂爲此詞。發其取舍之端，以警世俗。説者乃謂原實未能無疑於此，而始將問諸卜人，則亦誤矣。

又曰：問《卜居》篇內字曰："字義從來曉不得，但以意看可見。如'突梯滑稽'，只是軟熟迎逢，隨人倒，隨人起底意思。如這般文字，便無些小窒礙。想只是信口恁地説，皆自成文。"

樓昉曰：《卜居》謂立身安命之地，非宮室之居也。

王世貞曰：《卜居》《漁父》，便是《赤壁》。諸公作俑，作法於凉，令人永慨。

又曰：今人以賦作有韵之文，爲《阿房》《赤壁》累，固耳。然長卿《子虛》已極曼衍，《卜居》《漁父》實開其端。

陳深本：

郭正域曰：忠憤之極，若計無所之，其文渤然。

陳深曰：句極長，不見有餘，極短，不爲不足，以十六"乎"字爲之，故抱或侈或牟或杼，惟意所適，無不中繩，必也聖乎？後此猶病。

金兆清評：《卜居》爲騷之變體，信口恁地，皆自成文，其奇崛故不可及。

百本：

李賀曰：《卜居》爲《騷》之變體，辭復宏放，而法甚奇崛。其宏放，可及也，其奇崛，不可及也。

桑悦曰：考亭云：《卜居》文字，便無些小窒礙，想只是信口恁地説，皆自成文。

王世貞曰：見前。

陳深曰：見前。

孫鑛曰：《卜居》雖設爲質疑，然却是譽己嗤衆，以明決不可爲。彼意細玩，造語自見。

蔣之翹曰：《天問》《卜居》，辭雖迥別，然究其志意，一也。

金蟠曰：相其體勢，太湖七十二峰，參差胸前，躍出不止，九嶷列秀也。

聽雨齋本：

李賀曰：見前。

桑悦曰：見前。

王世貞曰：《卜居》《漁父》，便是赤壁諸公作俑。

又曰：同上馮本。

陳深曰：句極長，不見有餘，極短，不爲不足。以十六"乎"字爲之，惟意所適，無不中繩，必也聖乎？後此猶病。

孫鑛曰：見前。

蔣之翹曰：見前。

金蟠曰：見前。

蔣本：

李賀曰：見前。

桑悦曰：見前。

王世貞曰：《卜居》、《漁父》，便是赤壁諸公作俑作法於凉，令人永慨。

又曰：同上馮本。

孫鑛曰：見前。

陳深曰：句法變化，不可羈制。

蔣之翹曰：見前。

方人杰本：

《卜居》爲《騷》之變體，辭復宏放，而法甚奇崛。其宏放可及也，其奇崛不可及也。**李長吉**

《卜居》文字，更無些小室礙，想只是信口恁地説，皆自成文。**朱晦翁**

"寧"字"將"字，一篇運法，正是卜處。**張侗初**

《天問》《卜居》，辭雖迥別，然究其志意一也。**蔣楚稚**

中間正文，却是波瀾，前後波瀾，却是正文。○前一段理不應如此，今事已是如此，後一段事不必定如此，而理却往往如此，世事茫茫不可凭，一至此乎？詹尹一聲叫破，陰陽龜策黯然無色。**方人杰**

楚辭卷第七

漁父第七（蔣之翹本）焦竑眉：戰國文
多偶立主客，逸謂此楚人叙其事以相傳，誤。陳繼儒眉：《漁
父》一篇，却顯易不類屈氏。（萬曆本）佚名手眉：（墨）陳繼
儒曰：《漁父》一篇，却顯易不類屈氏。（朱）《漁父》大概是老
莊學問。原之作此，見此種道理：我非不知，但所處不同，各
行其志耳。題曰"漁父"，意可見也。但此篇以漁父起，以漁
父結，可知原不從，在自白己志。如《遠游》篇一例，且存此
一種學問，令後人不爲屈大夫者，則爲漁父，未始非風塵外
物耳。爲屈子之詞，不得不幽深；爲漁父之詞，不得不顯易。
繼儒便謂其"不類屈氏"。噫！又安知其非爲屈氏寫照哉！
佚名手夾：簡而隽。多作不盡之語，與其他痛快者不同，另
一格法。

屈原既放，游於江潭，（汲古手批本）佚名眉：《史記》云："至於
江濱被髮。"（潘三槐本）洪興祖曰：《卜居》《漁父》，皆假設問答以寄意
耳。行吟澤畔，顏色憔悴，形容枯槁。（陸本）孫鑛曰：撰語俱奇峭
直切，在《楚騷》中最爲明快。（張本）陳繼儒眉：《卜居》《漁父》一篇，却
顯易不類屈氏。漁父見而問之曰："子非三閭大夫與？錢眉：三
閭，官名。楚有昭、屈、景三姓，言主三族之管也，故曰三閭大夫。何
故至於斯？"屈原曰："舉世皆濁我獨清，（方人杰本）旁批：直。衆

人皆醉我獨醒，是以見放。"（馮眉）葛立方曰：此與孔子"和而不同"之言何異。漁父曰："聖人不凝滯於物，（方人杰本）旁批：婉。（萬曆本）佚名手旁：實是精語，圓熟不覺。而能與世推移。（馮眉）何孟春曰：昔者紂爲長夜之飲，七日七夜，失亡歷數，不知甲子。問於左右，莫知。使問箕子，箕子謂其私人曰："爲天下生，而一國皆失日，天下危矣。一國不知，而我知之，我其危矣。"亦辭以醉。箕子非夫漁父所謂聖人者歟？兹箕子所謂佯狂者歟？（百本）金蟠旁：《漁父》自是大有作用人。（萬曆本）佚名手旁：葛立方曰：此與孔子"和而不同"之言何異。（朱崇沐本）佚名手眉：（朱）此理原非不知。世人皆濁，何不淈其泥而揚其波？（蔣之翹本）蔣之翹眉："世人皆濁"，互從《史記》作"舉世皆濁"爲是。（方人杰本）旁批：即澄不能使清二句意語意特妙。衆人皆醉，何不餔其糟而歠其醨？（陳深本）祝堯眉：賦也，格轍與前篇同。篇中、句末用"乎"字疑辭，亦與前篇同。其即荀卿諸賦句末"者邪""者歟"等字之體也。古今賦中或爲歌固，莫非以《騷》爲祖。他有"誶曰""重曰"之類，即是亂辭。中間作歌，如《前赤壁賦》之類，用"倡曰""少歌曰"體。賦尾作歌，如齊梁以來諸人所作，用此篇體。（蔣之翹本）李廷機眉：隨流揚波者，不至於俱濁，亦不必獨清；餔糟啜醨者，不至於俱醉，亦不必獨醒。正所謂與世推移者。又曰：昔人謂醒難，醉尤難。余謂醉醒一也，醒不厭世塵，醉非躭世味。非善醒者，曷善醉哉。何故深思高舉，（萬曆本）佚名手旁：勁。自令放爲（萬曆本）佚名手旁：峭。張符升眉："懷瑾握瑜"作"深思高舉"。無"而"字（原文作"何故懷瑾握瑜，而自令見放爲"）。（萬曆本）佚名手眉：須知此與前從俗富貴一流。天地□隔，得此道而大用之者，東方朔也；聞此道而誤用之者，揚子雲也；竊此道而偏用之者，長樂老也。不可不辨。（潘三槐本）孫鑛曰：撰語俱奇陗直切，在《楚騷》中最爲明快。屈原曰："吾聞之，新沐者必彈冠，（方人杰本）旁批：更直。新浴者必振衣。安能以身之察察，（萬曆本）佚名手旁：句飄逸而峭屬。受物之汶汶者乎？（**萬本**）佚名曰：李太白《沐浴子詞》曰："沐芳莫彈冠，浴蘭莫振衣。處世忌太潔，至人貴藏暉。滄浪有釣叟，吾與爾同歸。"全反此詞。（**萬曆本**）佚名手眉：此二節皆淡淡着筆，方與前後文體相稱，且知原意不專在己也。寧赴湘流，葬於江魚之腹中。（**萬曆本**）佚名手旁：實奇語，習慣不覺。安能以皓皓之白，（**方人杰本**）旁批：文如疊浪，清澈無翳。而蒙世俗之塵埃乎？"（**陸本**）張煒如曰：此原之寫照。漁父莞爾而笑，鼓枻而去，（**方人杰本**）旁批：更婉。歌曰：張符升眉："歌"上有"乃"字。"滄浪之水清兮，（**萬曆本**）佚名手旁：仍是與世推移意。可以濯吾纓；滄浪之水濁兮，可以濯吾足。"張符升眉：按，武陵龍陽有滄山、浪山、及滄浪之水，又有滄港市、滄浪鄉、三閭港、屈原巷，參而覈之，最爲有□。舊解以滄浪爲漢水下流。按，今均州沔陽皆有滄浪，在大江之北，原游江南，固不能復至其地，且與篇首"游於江潭"不相屬矣。遂去，不復與言。[1]（**蔣之翹本**）蔣暈眉：結語冷甚，有月照寒潭、雨侵疏竹之致。（**陳深本**）郭正域眉：漁夫，有道者，當別是一家看。王維禎眉：漁夫去不與言，亦前淈泥揚波意。原蓋自傷世無知己者。（**聽雨齋本**）蔣暈旁：結語冷甚。（**李陳玉本**）此非果有漁父作此言也，不凝滯於物，而與世推移。旋轉乾坤，談何容易！不能爲魯男子而□學，柳下惠可乎？讀至結語，何等（下無）。（**來欽之本**）佚名一夾：《桃花源記》本此。又曰：不但世之奸臣從而擠之，愚人旁觀嘆之，即當時潔清自治、所稱高人隱士者，亦謂其不必如是，而屈子終不能自已，以至於死。嗚呼！非知之明守之固，又安能爲是太過之行哉！錢夾：《漢書》馮參贊屈原赴湘，師古注但引《楚辭》《漁夫》之篇"寧赴湘流，葬於江魚腹中"也。汨羅之事，疑以傳疑可知。己未初冬借雪客

---

　　① 聽雨齋本録此處郭正域語，無"有道者"三字。録王世貞語，無"亦前淈泥揚波意"一句。慶安本原刻此處録蔣暈語，作："結語冷甚，有月照寒潭，雨侵疏竹之致。"

《楚詞》一本揭一遍。陸燦記。(**方人杰本**)旁批：文亦悠然不盡。(**萬曆本**)佚名手眉：(**墨**)王維禎曰：漁父去不與言，原蓋自傷世無知己者。(**朱**)此直亂道，余謂可與原作知己者，唯此漁父耳。觀其前之所諷，欲與偕逝也。後之所歌，知其志不可奪，而又以自明所樂也。使原而設爲此詞，則末六字中正有"蒹葭秋水，道阻且長"之想，何嘗以爲不知己而傷之也哉！且一篇問答，不如此收拾，將漁父呶呶不己、原剌剌不休，如何了局。漁父歌後，原又將作何語以畢之。此六字渺然不盡，漁父之高，屈子之介，盡在里許，乃文字結束之妙。而痴人謂原自傷，真辜負古人不少。佚名手旁：結語冷，甚妙。再找一語，便嚼蠟矣。佚名手夾：太史公作《原列傳》，便删去此一段。蓋原以漁父爲主，史公以原爲主，原不可不有，公不可不删也。即此可見古人結構，自有一定不易處。又曰：凡此等題，總不要管他有此人與無此人，假饒辨得極明，與公何涉。只要看他作此文與立此題之意，是何歸宿，是何神味耳。否則，安得起古人於九原而問之耶？(**葉邦榮本**)王維禎曰：漁父去不與言，亦前"溫泥揚波"意，原蓋自傷世無知己者。

《漁父》馮本章評：

劉知幾曰：自戰國以下，詞人屬文，皆偶立客主，假相酬答。至於屈原《離騷》，稱遇漁父於江渚。宋玉《高堂賦》云："夢神女於陽臺。"夫言并文章，句結音韵，以兹叙事足驗憑虛。

洪邁曰：自屈原詞賦假爲漁父日者問答之後，後人作者，悉相規仿：司馬相如《子虛》《上林》賦，以子虛、烏有先生、亡是公；楊子雲《長楊賦》，以翰林主人、子墨客卿；班孟堅《兩都賦》，以西都賓、東都主人；張平子《西都賦》，以憑虛公子、安處先生；左太冲《三都賦》以西蜀公子、東吳王孫、魏國先生。皆改名換字，蹈襲一律，無復超然新意，稍出於法度規矩者。

洪興祖曰：《卜居》《漁父》，皆假設問答以寄意耳。而太史公《屈原傳》、劉向《新序》、稽康《高士傳》，或采《楚詞》《莊子》漁父之言，以爲實録，非也。

朱熹曰：漁父蓋亦當時隱遁之士。或曰：亦原之設詞耳。

祝堯曰：賦也，格轍與前篇同。篇中、句末用"乎"字疑辭，亦與前篇義同。其即荀卿諸賦句末"者邪""者歟"等字之體也。古今賦中或爲歌固，莫非以《騷》爲祖。他有"詄曰""重曰"之類，即是亂辭。中間作歌，如《前赤壁賦》之類，用"倡曰""少歌曰"體。賦尾作歌，如齊梁以來諸人所作，用此篇體。

金兆清評：讀此一過，有山月窺人、江云罩笠之致。（陸氏小叙後）

張鳳翼本：

陸時雍曰：漁父數言，如寒鴉幾點，孤云匹練，疏冷絶佳，至語標會，總不在多也。

百本：

李賀曰：讀此一過，居然覺山月窺人，江雲罩笠，光景宛宛在目。

洪邁曰：自屈原假漁父問答之後，作者悉相規仿。如烏有先生、子墨客卿之類，借改名換字，蹈襲一作，無復超然新意，出於規矩法度之外矣。

桑悦曰：《漁父》與《卜居》，雖皆偽立客主，假相酬答之詞。然其體格，較《卜居》又變矣。《卜居》句末用"乎"字，"乎"字上必叶韵成文；《漁父》則逐段摹寫，有《國策》風，此乃傳記體也。賦家安得誤認之，而效其法乎，須辨。

孫鑛曰：撰語俱奇陗直切，在《楚騷》中最爲明快。

李贄曰：細玩此篇，畢竟是有此漁父，非假設也。觀其鼓枻之歌，迥然清商，絶不同調。末即頓顯拒絶之迹，可以見矣。如原決有此見，肯沉汨羅乎？實相矛盾，各執一家言也。但爲漁父則易，爲屈原則難。屈子所謂邦無道，則愚以犯難者也。誰不能智，愚不可及矣。漁父之見，原亦知之，原亦能言之，則謂屈子假設之詞，亦可。

金蟠曰：《漁父》一則，實費參度。謂真有漁父，則屈子所云，重華、宓妃諸神，豈其真有？謂假設漁父，則《魯論》所記，孔子遇丈人一段，至今不得姓氏里族,豈亦假設。總之,文體獨創,忽出新境,各示名言,隨人思索。有會此《楚詞》之不可不讀,又不可徑讀也。

聽雨齋本:

李賀曰:見前。

洪邁曰:見前。

洪興祖曰:見前。

桑悅曰:見前。

孫鑛曰:見前。

李贄曰:見前。

金蟠曰:見前。

蔣本:

李賀曰:讀此一過,居然覺山月窺人,江雲罩笠,光景宛宛在目。

劉知幾曰:宋玉夢神女同兹,敘事足驗憑虛。

洪邁曰:自屈原假漁父問答之後,後人作者悉相規仿。如烏有先生、子墨客卿之類,皆改名換字,蹈襲一律,無後超然新意,出於規矩法度之外矣。

洪興祖曰:見前。

桑悅曰:見前。

孫鑛曰:見前。

李贄曰:見前。

陸時雍曰:見前。

蔣之翹曰:"舉世皆濁我獨清,衆人皆醉我獨醒"二語,乃屈子一生行狀,《史記》列傳可不讀矣。

又曰:屈子與漁父之論,雖大不相入者,然究竟亦無相違。如漁父放而隱,屈子放而死,處世已同其自處,亦不甚異,遂去,不復與言,要各當有會心處耳。

方人杰本:

讀此一過,居然覺山月窺人,江雲罩笠,光景宛宛在目。李長吉

　　《漁父》與《卜居》，皆立主客假相酬答之辭，而體各不同：《卜居》《騷》之變格，而《漁父》則直記傳體也。**洪容齋**

　　寒鴉幾點，孤雲匹練，疏冷絕佳，至語標會，總不在多也。**陸昭仲**

　　細玩此篇，畢竟是有此漁父，非假設之辭也。觀其鼓枻之歌，絕不同調，可以見矣。但爲漁父易，爲屈子難。屈子所謂邦無道則愚，以犯難者也。誰不能智，惟愚不可及矣。雖然，漁父之見，原亦知之，原亦能言之，則謂屈子假設之辭亦可。**李卓吾**

　　只此一篇，具見品格，長公："瓊樓玉宇，高處不勝寒。"有此清絕否？**方人杰**

楚辭卷第八

九辯第八吴汝綸評：《楚詞釋文》本
《離騷》第一，《九辯》第二。王逸注《九章》云："皆解於《九
辯》中。"知仲（疑爲"叔"）師目次與《釋文》略同。是舊本次
此篇於《離騷》之後、《九章》之前。吾疑固屈子之文，嘗以語
張廉卿，廉卿頗然吾説。《九辯》《九歌》，兩見《離騷》《天
問》，皆取古樂章爲題，明是一人之作。又曰：詞爲宋玉作，
則固宋玉之自悲。乃又以爲閔屈其説，進退失據。宜用曹
子建説，定爲屈子之詞。

悲哉秋之爲氣也！（馮眉）吕向曰：玉此詞皆代原之意。（陸本）
張焕如曰：《九辯》潔素，其吸湛露而御清風者。又曰：披文識相，覽物
知情，此最文家妙處。（蔣之翹本）孫鑛眉：攢簇景物景事，句句警策，
一層逼一層，音調最悲切，骨氣最遒緊，真是奇絶。以下諸篇，莫能及
也。（萬曆本）佚名手旁：起得陡，總喝通章。蕭瑟兮，草木（萬曆本）
佚名手旁：物。搖落而變衰。（方人杰本）旁批：横空而入，正是觸序
興懷，氣與志悲。憭栗兮，若在（萬曆本）佚名手旁：人。遠行。（方
人杰本）旁批：江潭行吟圖也，凄絶。（萬曆本）佚名手旁：觀"若"字，是
摹擬秋之意况如此。登山臨水兮，送將歸。（馮眉）洪邁曰："憭栗
兮，若在遠行。登山臨水兮，送將歸。"潘安仁《秋興賦》引其語，蓋暢演
厥旨，而下語之工拙，較然不侔矣。（歸本）陶主敬眉：《九辯》，妙詞也，

凄婉寂寥。宋玉他詞甚多，率荒淫靡嫚矣。（**張本**）陳繼儒眉：秋氣可悲，想古人悶如也。自玉一爲指破，遂開千古怨端。譬諸制文字於結繩之時，鬼當夜嘆。（**萬曆本**）佚名手眉：（**墨**）陳繼儒曰：秋氣可悲，想古悶如也。自玉一爲指破，遂開千古怨端。譬諸制文字於結繩之後，鬼當夜哭。孫鑛曰：見上。（**朱崇沐本**）佚名手眉：（**朱**）悠揚而起無限悲凄。沆寥兮，天高而氣清；（**方人杰本**）旁批：攢簇景物情事，一層逼一層，音調悲切，骨氣道緊。寂寥兮，收潦而水清。（**蔣之翹本**）蔣之翹眉："氣清"之"清"，還宜依古本"靜"字叶爲平音，不應二句皆以"清"爲韵也。（**百本**）孫鑛眉：攢簇景物景事，句句警策，一層逼一層，音調最悲切，骨氣最道緊，真是奇絶。以下諸篇，亦莫能及也。憯凄增欷兮，薄寒之中人；（**萬曆本**）佚名手旁：此句乃天時人事轉接處，以下乃單說人事。愴怳懭悢兮，去故而就新；坎廩兮，貧士失職（**萬曆本**）佚名手旁：去故則失職。而志不平；（**百本**）汪道昆旁：二語蓋自放蕩逐之情。（**方人杰本**）旁批：相形處刻削淋灕，字字悲壯。（**林兆珂本**）佚名手眉：宋玉作《九辯》，衍述原意，□悼來者，故語多□聲。其云"貧士失職而志不平"，所寄慨於千古者多矣。廓落兮，羈旅（**萬曆本**）佚名手旁：就新則羈旅。而無友生。（**陳深本**）汪道昆眉："貧士失職""羈旅無友生"，蓋自傷放逐之情。惆悵兮，而私自憐。楊訥庵眉：此段中四句另是一韵。（**張本**）鍾惺眉：千古惟李長吉"秋來一咏，凄黯自憐"同此深痛，《四愁》《七哀》之所不及。（**李陳玉本**）"私自憐"三字，悶絶千古。古詩云："枯葉知天風，海水知天寒。入門各自媚，誰肯相爲言。"（**方人杰本**）旁批：千古惟李長吉"秋來一咏，凄黯自憐"同此深痛。（**萬曆本**）佚名手旁：總結上。燕翩翩其辭歸兮，蟬寂漠而無聲。雁廱廱而南游兮，鶤鷄啁哳而悲鳴。（**歸本**）王鳳洲眉：談節序則披文見候，叙孤寒則循聲觀冤，首篇尤爲□切。（**萬曆本**）佚名手眉：斷。四句一往一來，一無毅，一有聲，作對。獨申旦而不寐兮，哀蟋蟀之宵征。（**方人杰本**）旁批：即草木零落、美人遲暮意，全是急節哀旨。(**萬曆本**)佚名手旁：夾一句物哀字仍主人說。時亹亹而過中兮，蹇淹留而無成。(**歸本**)陳明卿曰：一幅落日歸帆圖。(**百本**)金蟠眉："過中""無成"二語，使人痛絕。劉先主肉生之感，亦猶是也。(**萬曆本**)佚名手夾：此章感時起興，以作下八章之冒，故語多含蓄。音外之音，味中之味，令人流連不已，中慨嘆處不必執定屈子身上，至下章方說出耳。(**林兆珂本**)佚名手眉：宋玉《九辯》，感秋氣而作也，鬱□之氣，束人□衷，則疇昔磈□不平之意，奔迸□□，遂與天地之氣爭散。至憂讒畏譏，閔忠悼亮，抑又甚焉。九之一絕，不預原事，若爲自悼，或別有深痛不散，撩及之與。

　　悲憂窮戚兮獨處廓，(**朱崇沐本**)佚名手眉：(**朱**)與《九歌》同體。有美　人兮心不繹。(**陳深本**)郭正域眉：玉故原弟子，其文慷慨悲憤，亦酷似之，信是班門作首。去鄉離家兮徠遠客，超逍遙兮今焉薄？(**李陳玉本**)鮑照《行路難》，本此。專思君兮不可化，(**方人杰本**)旁批："不化"，不知而猶沉痛，若此休戚之悲，非言可盡。君不知(**萬曆本**)佚名手旁：句有態。兮可奈何！(**歸本**)顧東江眉：悲傷之詞，讀之欲涕。可謂勢雖懸而情則親，君雖昏而臣則忠者。蓄怨兮積思，心煩憺兮忘食事。吳汝綸評："食事"，爲事也。《三國·魏志·華佗傳》"恃能厭食事"，本此。《爾雅》："食，僞也。""僞""爲"，古今字。願一見(**萬曆本**)佚名手旁：曲折盡致。兮道余意，君之心兮與余異。(**陸本**)張煥如曰：急節短奏，哀過清角。(**方人杰本**)旁批：疊"余"字與"思君"二句開合，又深一層。車既駕兮朅而歸，(**方人杰本**)旁批：轉折婉至。不得見兮心傷悲。(**馮眉**)楊慎曰：舊注："朅，去也。"又按，《呂氏春秋》："膠鬲見武王於鮪水，曰：'西伯朅去，無欺我也。'武王曰：'不子欺，將伐殷也。'膠鬲曰：'朅至武王，曰將以甲子日至。'"注："朅，何也。"然則朅之爲言，盍也。若以解《楚辭》，則謂：車既駕矣，盍而歸乎以不得見，而心傷悲也。意尤婉至。楊訥庵眉：此一段見三韻。倚結軨兮長太息，涕潺湲兮下霑軾。忼慨絕兮不得，中瞀亂兮迷惑。（**方人杰本**）旁批：道及此，尤以見原之餘裕也。私自憐兮何極，心怦怦兮諒直。（**歸本**）方初庵曰：《尚書·五子之歌》，五子悲宗廟社稷危亡之不救，母子兄弟離散之不可保，憂愁抑鬱，情不自已。此章詞意，不相上下。（**萬曆本**）佚名手夾：此章入屈子見棄於君之事，語疏宕而悲。

皇天平分四時兮，竊獨（**萬曆本**）佚名手旁：句峭。悲此廩秋。（**方人杰本**）旁批：俯仰上下，奮筆而作，悲憤與首章異。（**萬曆本**）佚名手眉：接章首意說來。白露既下百草兮，奄離披此梧楸。去白日之昭昭兮，（**方人杰本**）旁批：語淡而峭。襲長夜之悠悠。（**蔣之翹本**）鍾惺眉："白日"二句淡而峭。（**萬曆本**）佚名手眉：（墨）鍾惺曰："白日"二句淡而峭。（**朱崇沐本**）佚名手眉：（朱）《九章》"長夜曼曼，掩此哀而不去"，可悟"襲"字意。離芳藹之方壯兮，余（**萬曆本**）佚名手旁：入自己。萎約而悲愁。（**歸本**）陳明卿眉：此謂天□。（**張本**）鍾惺眉："白日"二語良可悼嘆。陸時雍評：淡而悄。吳汝綸評："余"者，余梧楸也。秋既先戒（**萬曆本**）佚名手旁：接上章來。以白露兮，冬又申之以嚴霜。（**萬曆本**）佚名手眉：根章首"搖落變衰"句細繪一番。收恢臺之孟夏兮，（**方人杰本**）旁批：在氣機終則有□，而君人則宜扶陽抑陰，□霜冰至，苟不知慎，國事未可知也。言之痛切。然欱傺而沈藏。（**歸本**）魏莊渠眉：時序朗朗。（**萬曆本**）佚名手旁：領下。葉菸邑而無色兮，枝煩挐而交橫；顏淫溢而將罷兮，柯仿佛而萎黃；（**陳深本**）汪道昆眉：秋氣凜然而萬物搖落，喻己爲讒邪所害，是以播遷，故竊悲也。萷櫹槮之可哀兮，形銷鑠而瘀傷。惟其（**萬曆本**）佚名手旁：束上。紛糅而將落兮，恨其失時而無當。擥騑轡而下節兮，（**方人杰本**）旁批：聊用自慰，亦見無聊。（**萬曆本**）佚名手旁：接入自己，根首章末句來。聊逍遙以相伴。歲忽忽而遒盡兮，恐余壽之弗將。吳汝綸評：洪引五臣云："將，長也。"（**萬曆本**）佚名手

眉：情景幽絶。**悼余生之不時兮，逢此世之俇攘。**（歸本）李右麓
眉：幽淒孤恨之情，溢於言表。**澹容與而獨倚兮，蟋蟀鳴此西堂。**
金兆清眉：徘徊歎歔。（**李陳玉本**）"獨坐悲雙鬢，空堂欲二更。"此時此
境，誰與同參。李詩："夜懸明鏡青天上，獨照長門宮裏人。"（**萬曆本**）
佚名手旁：接得妙，有不盡之味。**心怵惕而震蕩兮，何所憂之多方！**
（**方人杰本**）旁批：感時撫志，恫有餘悲，皆失職不平中語意。**卬明月**
而太息兮，步（**萬曆本**）佚名手旁：字法。**列星而極明。**（**陸本**）張燁
如曰：徘徊歎歔。（**歸本**）楊升庵曰：《九辯》固玉賦之最精者，此章尤
《九辯》中之最佳者。然纖濃而純白不載，洄漫而遠於世教，屈氏之風
微矣。楊訥庵眉：此段通前段，作一韵。（**張本**）陸時雍評：此皆失職不
平中語意。（**百本**）金蟠眉："仰明月""步列星"，有傷心不語之致。（**萬**
曆本）佚名手眉：（墨）金蟠曰：同上。（朱）解人。又曰：仍轉到秋氣作
結。佚名手旁：住得又妙，有不盡之味。佚名手夾：描寫景物有許多説
不盡處，皆藏裏許，所謂無筆墨處皆到也。語極淡，味極長，猶見風人
之致，乃後來王、孟之祖。無他，善用縮筆耳。此等意度，實原所獨得。
又曰：此章乃見棄之後，覽秋氣而心悲，與章首相應。

　　竊悲夫蕙（**萬曆本**）佚名手旁：比起。**華之曾敷兮，**（**方人杰本**）
旁批：頓挫宛折，烟波無限。**紛旖旎乎都房。**（**馮眉**）楊慎曰："旖
旎"，今詩作"猗儺"。司馬相如賦"有旖旎以招摇"，楊雄賦"旗旎邪偈
之旖旎"，王褒《洞簫賦》"形旖旎以順吹"，其用字皆自《詩》《楚辭》來
（此句陳深批點本作"其用字皆本《楚辭》"），當依《詩》音（陳深批點本
無）作"猗儺"，特古今字形有異耳。今以猗儺爲平音，旖旎作仄音誤
矣。吳汝綸評：洪引五臣云："都，大也。房，花房也。"（**蔣之翹本**）蔣之
翹眉：楊升庵云：旖旎，即今猗儺二字，特古今字形有異耳。今以猗儺
爲平，旖旎爲仄，誤矣。（**萬曆本**）佚名手旁：從百草摇落中抽出蕙來，
嘆之以其宜異而不異也。（**葉邦榮本**）楊慎曰：旖旎，今詩作阿儺。司
馬相如賦"又旖旎以招摇"，楊雄賦"旗旎邪偈之旖旎"，王褒《洞簫賦》

“形旖旎以順吹”，其用字皆本《楚辭》，當依詩作“猗儺”，特古今字形有異耳。今以“猗儺”爲平音，旖旎作仄，誤矣。何曾華之無實兮，（**方人杰本**）旁批：沉痛語却飄灑。從風雨而飛颺。（**陸本**）孫鑛曰：飄灑。以爲君獨服此蕙兮，（**方人杰本**）旁批：二句分承上意，悲不在蕙。羌無以異於衆芳。（**萬曆本**）佚名手眉：《文選》注謂此節以比原之始任而終棄，以與下文皆貫，當存之。佚名手旁：宛轉飄逸。閔奇思之不通兮，將去君而高翔。心閔憐之慘凄兮，（**方人杰本**）旁批：筆筆轉。願一見而有明。（**歸本**）王鳳洲眉：前半正言，以明己志。重無怨而生離兮，吳汝綸評：洪引五臣云：“重，念也。”（**方人杰本**）旁批：慘淡。中結軫而增傷。（**陸本**）張煥如曰：“無怨生離”語最慘淡。楊訥庵眉：此段通前，共是一韻。（**萬曆本**）佚名手眉：第二章“願一見兮道余意”，乃初被讒王怒時也。此則將辭君遠去，而更願一見耳。豈不鬱陶而思君兮？君之門以九重。（**歸本**）解大紳眉：掩泣涕淋。（**方人杰本**）旁批：四顧彷徨，豈盡君之故，然無非君之故，愈婉愈深。猛犬狺狺而迎吠兮，關梁閉而不通。皇天淫溢而秋霖兮，后土何時而得漧！塊獨守此無澤兮，仰浮雲而永嘆。（**張本**）劉辰翁評：少陵苦雨，嘆似不愧此。（**方人杰本**）旁批：淫溢如彼，無澤如此，更何望哉！（**萬曆本**）佚名手夾：此章乃將去時，不得一見君而嘆之。

何時俗之工巧兮，背繩墨而改錯！（**朱崇沐本**）佚名手眉：（墨）《離騷》：“偭規矩而改錯。”却騏驥而不乘兮，（**方人杰本**）旁批：“却”言工巧，筆意穎妙。策駑駘而取路。（**萬曆本**）佚名手眉：設兩喻以明之，下皆正喻夾説，文勢如蔓之相承。當世豈無騏驥兮，（**方人杰本**）旁批：怨而不怒，深得風人之旨。誠莫之能善御。（**陸本**）孫鑛曰：流動。見執轡者非其人兮，故騑跳而遠去。（**歸本**）王鳳洲眉：後半引喻，以明去就之決。鳧雁皆唼夫梁藻兮，（**方人杰本**）旁批：與“騏驥”兩對文字，氣渾秾葱弗覺也。（**萬曆本**）佚名手旁：上一喻長,此一喻短,參差有致。鳳愈飄翔而高舉。(**慶安本**)蔣之翹眉:通章以"騏驥""鳳凰"并提,亦俚亦淺。(**萬曆本**)佚名手眉:"遠去""高舉",根上"將去君而高翔"句來。圜鑿而方枘兮,(**方人杰本**)旁批:此句錯落有致。(**萬曆本**)佚名手旁:又插一喻,不板。吾固知其鉏鋙而難入。眾鳥皆有所登栖兮,鳳獨遑遑而無所集。(**歸本**)沈君典眉:照應前段"去君而高翔",是反覆微切處。(**慶安本**)楊慎眉:鑿枘本相入之物,惟方枘圓鑿則不相入。今人去方圓字而曰枘鑿則不相入,文義荒謬如此。(**萬曆本**)雖高舉而仍無托,足之所奈何。願銜枚(**方人杰本**)旁批:轉合。(**萬曆本**)佚名手旁:又作一抑。而無言兮,(**方人杰本**)旁批:窺原深隱。嘗被君之渥洽。(**朱崇沐本**)佚名手眉:(**墨**)嘗被渥洽,故不能無言也。太公九十乃顯榮兮,誠未遇其匹合。(**歸本**)陸貞山眉:諷切。(**萬曆本**)佚名手眉:末二句又且自慰,皆文字中頓挫。否則,一直說盡矣。謂騏驥兮安歸?(**方人杰本**)旁批:文氣蒼莽,頃刻萬變,短節急拍,聲光壯浪欲絕。謂鳳皇兮安栖?(**馮眉**)張之象曰:長句中間以短句。(**李陳玉本**)所謂燕雀安知鴻鵠志哉!變古易俗兮世衰,(**萬曆本**)佚名手旁:而嘆其亦無所底也。今之相者兮舉肥。(**張本**)陸時雍評:"舉肥",語諧而儁。(**萬曆本**)佚名手眉:上節尚冀終有所遇,此言世衰之甚。雖遠舉而亦何所遇耶?傷之甚也。佚名手旁:妙語使人哭與笑俱。(**葉邦榮本**)張之象曰:長句中間以短句。王維禎曰:同下陳深本。騏驥伏匿而不見兮,鳳皇高飛而不下。鳥獸猶知懷德兮,何云賢士(**萬曆本**)佚名手旁:縮筆以起下。之不處?(**歸本**)陳明卿眉:名言。(**萬曆本**)佚名手眉:無所歸則不見矣,無所栖則不下矣,末二句乃反言以明之。豈有有德之邦,而賢士不處者乎?驥不驟進而求服兮,(**方人杰本**)旁批:步步逼入，愈直愈曲。鳳亦不貪餒而妄食。①（**陳深本**）王維禎眉：篇中"驥""鳳"凡屢言之，原之自待，良亦高矣。君棄遠而不察兮，雖願忠其焉得？（**方人杰本**）旁批：筆墨之光，每一合即止，真正盡情之文。（**萬曆本**）佚名手眉：鳥獸惟德之懷，故不見者未嘗求服，不下者未嘗妄食也。然則賢士之不處，亦君自棄之，而不敢苟合以干進耳。欲寂漠而絕端兮，竊不敢忘初之厚德。（**歸本**）楊升庵曰：巧筆如畫，纖手如絲，意動成文，吁氣成彩，燁燁有神。後之名家，能優孟者幾人。（**陳深本**）陳深眉：末又應前悲秋。（**萬曆本**）佚名手夾：此章嘆其雖去君而亦無所止，而終亦不能忘君也。（**葉邦榮本**）陳深曰：末又應前悲秋。霜露慘凄而交下兮，心尚幸其弗濟。霰雪糅糅其增加兮，乃知遭命之將至。（**萬曆本**）佚名手眉：前以秋冬并舉，此則單承冬來。願徼幸而有待兮，泊莽莽與壄草同死。（**歸本**）沈霓川眉：既知遭遇之有命，又豈圖一時之徼幸者，蓋不甘與草木同死也。（**方人杰本**）旁批："壄草"豈欲死哉，曲曲寫出。（**萬曆本**）佚名手旁：乃願一見陽春之意。願自往而徑游兮，（**萬曆本**）佚名手旁：即願一見而有明意。路壅絕（**萬曆本**）佚名手旁：君門九重。而不通。（**方人杰本**）旁批：轉折幽悲，純是自責自怨。欲循道而平驅兮，（**萬曆本**）佚名手旁：即願遇其正合意。又未知其所從。（**萬曆本**）佚名手旁：安歸安栖。然中路而迷惑兮，（**萬曆本**）佚名手旁：欲進不可，欲退不可。自厭按而學誦。（**歸本**）羅念庵曰：此章痛哭流涕，長太息，收之數言，而不簡。（**朱崇沐本**）佚名手眉：（墨）"學誦"，即道思作頌，聊以自救之意。性愚陋以褊淺兮，信未達乎從容。吳汝綸評：王本此下，自爲一章。

---

①　百本引王維禎語作："篇中'驥''鳳'屢言之，自待良高矣。"

竊美申包胥之氣盛兮，（萬曆本）佚名手旁：存君與國之義。恐時世之不固。（方人杰本）旁批：與上章太公同一住筆最有餘韵。（萬曆本）佚名手眉：承上兩章來，言己進退維谷，如此者志在故君，而慮同志者之無人也。何時俗之工巧兮？（方人杰本）旁批：又間間而起，春雲秋水，蘊蓄深遠，非層次可盡。（萬曆本）佚名手旁：承上時世不同來。滅規榘而改鑿。（歸本）陸貞山眉：古今同弊。（陳深本）張之象眉：長句中間以短句。獨耿介而不隨兮，願慕先聖之遺教。處濁世而顯榮兮，非余心之所樂。與其無義而有名兮，寧窮處而守高。（歸本）陳明卿眉：名亦不受。（陳深本）陳深眉：孤介硬特之詞，真不忘溝壑之心也。（萬曆本）佚名手眉：承上言同志者既無其人，而我則守而不變而已。食不媮（萬曆本）佚名手旁：句法。而爲飽兮，衣不苟而爲溫（萬曆本）佚名手旁：音“襖”，此處或叶“溫”字，或叶上“飽”字，或當屬上節（原文爲“溫”，佚名改爲“媪”）。（方人杰本）旁批：覺不在溫飽，語猶爲傷激。竊慕詩人之遺風兮，願托志乎素餐。蹇充倔而無端兮，泊莽莽而無垠。無衣裘以御冬兮，吳汝綸評：洪云一本自“霜露慘凄而交下”至此，爲一章。朱從一本。（方人杰本）旁批：辭意屬而傷。恐溘死不得見乎陽春。[①]（歸本）王鳳洲曰：孤介鯁持之詞，真不忘溝壑之心也。（蔣本 10 冊本）蔣之翹眉：李太白《愁陽春賦》語似不類，而意實相發明（此條蔣之翹語 10 冊本有，4 冊本、所據本均無）。（萬曆本）佚名手眉：“陽春”比君，前願與楚草同死，蓋一見君而死即不恨也。至此則嘆其困已甚，而將不可待矣。語沉痛欲絕。佚名手夾：此章言己之嬖嬖靡靡，騁而其節益堅，將遂溘死以流亡也。

靚杪秋（萬曆本）佚名手旁：起語幽絕。之遥夜（萬曆本）佚名手旁：復從秋説入。兮，吳汝綸評：王本“靚杪秋”以下一章，與朱本同。心繚悷而有哀。（方人杰本）旁批：柔婉綿渺，是西京建安之所祖。

---

　　①　百本引此作陳深語，文云：“孤介便時之回，真不忘溝壑之心也。”

春秋（**萬曆本**）佚名手旁：謂己之年。遻遻而日高（**萬曆本**）佚名手旁：字法。兮，（**朱崇沐本**）佚名手眉：（**墨**）"春秋"當作年看。然惆悵而自悲。四時遞來而卒歲兮，陰陽不可與儷偕。（**歸本**）孫李泉眉：寂寥簡矩，自言有盡而思無窮。（**張本**）張鳳翼眉：此西京、建安之所祖。（**李陳玉本**）《莊子》云："寇莫大於陰陽，無所逃於天地之間。"所謂不可與儷偕也。每讀此語，毛骨俱竦。（**萬曆本**）佚名手眉：不堪回首。白日婉晚其將入兮，明月銷鑠而減毀。歲忽忽而遒盡兮，老冉冉而愈弛。心搖（**萬曆本**）佚名手旁：折。悦而日幸兮，吳汝綸評：洪云："搖，憂也，無悦意。"某案："蓋愉之假字。"然怊（**萬曆本**）佚名手旁：音"超"。悵而無冀。（**方人杰本**）旁批：曰"幸"曰"冀"，展轉難盡。中憯惻之淒愴兮，長太息而增欷。年洋洋以日往兮，老嵺廓而無處。（**方人杰本**）旁批：反覆鬱積，黯然神傷。事亹亹而覬進兮，蹇淹留而躊躇。（**陸本**）張焕如曰：孤寂數語，黯然傷抱。（**歸本**）唐荆川曰：此章見四時日月，無不傷懷，可謂尺幅中有遠致。楊訥庵夾：蓋謂原年歲洋洋而邁，漸覺老將至，而無所為。而人事皆勉，勉以圖進用，而原等獨淹留，躊躇無進也。吳汝綸評：舊本自"霜露慘淒而交下"至此，為一章。（**李陳玉本**）（**朱**）太白詩："百年落半途，前期浩漫漫。中宵不成寐，天明起長嘆。"（**墨**）正是無可奈何時。（**萬曆本**）佚名手夾：此章言時過年老，而淹留於外，是為以之怊悵而躊躇也。蓋亦不忘欲返之意歟？

　何氾濫之浮雲兮，（**萬曆本**）佚名手旁：比起。猋癰蔽此明月！吳汝綸評：此與《九歌》"猋遠舉兮云中"，《大人賦》"猋風涌而云浮"諸"猋"字，疑皆當作"倏"字。（**方人杰本**）旁批：以日月之過喻君，婉絕淒絕。忠昭昭而願見兮，然霠曀而莫達。①（**張本**）劉辰翁評：情至援

---

① 百本引此劉辰翁語作："情至援筆，故一往奔發，神采俱在，起語後惟抒寫鬱紓，正不在句句求工。"蔣本引此劉辰翁語作："情至援筆，故一往奔發，神采俱在。起語後唯抒寫鬱紓，正不在句句求工耳。李、杜亦然，不知者便為强弩末矣。"

筆,故一往奔發,神采俱有,起語後唯抒寫鬱紆,正不在句句求工耳。李、杜亦然,不知者,便爲强弩末矣。願皓日之顯行兮,(**方人杰本**)旁批:一意分層次便深厚。(**萬曆本**)佚名手旁:又比。雲蒙蒙而蔽之。(**歸本**)李西崖眉:閔時悼主,冀望回心。竊不自料而願忠兮,或黙點而汙之。堯舜之抗行兮,(**方人杰本**)旁批:風人忠厚之思。瞭冥冥而薄天。何險巇之嫉妒兮,被以不慈之僞名?彼日月之照明兮,(**方人杰本**)旁批:回環頓挫。尚黯黮而有瑕。何況一國之事兮,亦多端而膠加。(**百本**)金蟠眉:以日月有瑕况君,亦猶望其更明也。屈子忠厚之道乎?吴汝綸評:王本"亦多端而膠加"以上爲一章。自"被荷裯之晏晏",至"妒被離而鄣之",爲一章。(**萬曆本**)佚名手眉:束上起下。

　被荷裯之晏晏兮,然潢洋而不可帶。(**方人杰本**)旁批:言此以悼主之不明也。既驕美而伐武兮,負左右之耿介。憎慍惀之脩美兮,好夫人之慷慨。衆踥蹀而日進兮,美超遠而逾邁。農夫輟耕而容與兮,恐田野之蕪穢。事綿綿而多私兮,竊悼後之危敗。(**方人杰本**)旁批:此章總言讒蔽之害,而不能不罪及君身,深得忠焉,能勿二字之意。(**朱崇沐本**)佚名手眉:(墨)四句見《哀郢》。世雷同而炫曜兮,何毀譽之昧昧!(**歸本**)沈君典眉:比慮後之思,蓋爲君爲國,而讒人高張,賢士無名,如《卜居》所云者,則一身不足惜也。今脩飾而窺鏡兮,(**方人杰本**)旁批:字字含情。後尚可以竄藏。(**朱崇沐本**)佚名手眉:(墨)"竄藏",言危敗尚可躲得脱也。願寄言夫流星兮,羌儵忽而難當。(**方人杰本**)旁批:如窮人無所歸,是忠孝盡頭語。卒壅蔽此浮雲兮,(**萬曆本**)佚名手旁:比結。下暗漠而無光。(**馮眉**)朱熹曰:此章首尾專言讒蔽之禍。(**歸本**)王鳳洲曰:宋玉深至不如屈原,宏麗不如司馬,可謂兼撮二家之勝。(**萬曆本**)佚名手眉:仍結歸章首意。佚名手夾:此章欲寄言以悟君,而卒嘆讒人之讒蔽，雖願忠而不得也。堯舜（**萬曆本**）佚名手旁：引古起。皆有所舉任兮，故高枕而自適。諒無怨於天下兮，心焉取此怵惕？棵驥驥之瀏瀏兮，（**方人杰本**）旁批：辭騰躍而上，氣鳴咽而下。（**萬曆本**）佚名手旁：夾喻一筆。馭安用夫強策？諒城郭之不足恃兮，雖重介之何益？（**歸本**）羅念庵眉：此章首尾專言壅蔽之禍。（**張本**）鍾惺眉：首章情有餘悲，卒章叙微近劣，故知典謨垂訓，不如《三百》之風人也。（**萬曆本**）佚名手眉：（**墨**）鍾惺曰：同張本。邅翼翼而無終兮，（**萬曆本**）佚名手眉：此下四節，言今不逢堯舜之主，功不成，名不布，由於不知用賢，而妒嫉者鄣蔽之也。忳惛惛而愁約。生天地之若過兮，（**萬曆本**）佚名手旁：句法峭。功不成而無效。（**歸本**）楊碧川眉：憤懣中忘忠厚。（**方人杰本**）旁批：人生天地間，忽如遠行客，悲涼欲絕。願沈滯而不見兮，尚欲布名乎天下。然潢洋而不遇兮，直怐愁而自苦。莽洋洋而無極兮，（**方人杰本**）旁批：忽又推開，偏反盡致。忽翱翔之焉薄？國有驥（**萬曆本**）佚名手旁：應前一喻。而不知棵兮，焉皇皇而更索？吳汝綸評：曹子建《陳審舉表》引屈平曰"國有驥"云云，洪《補注》亦載此語。則子建固以《九辯》爲屈子作，不用王氏"宋玉閔師"之説。甯戚謳（**萬曆本**）佚名手旁：又引古。於車下兮，桓公聞而知之。無伯樂之善相兮，今誰使乎譽之。罔流涕以聊慮兮，惟著意而得之。紛純純之願忠兮，妒被離而鄣之。（**歸本**）岡蘭亭眉：一腔忠愛，涕泣而道之。吳汝綸評："忠"與"彰"韵。舊本自"何泛濫之浮云兮"至"妒被離而鄣之"爲一章。

　　願賜不肖之軀而別離兮，（**蔣本 10 册本**）蔣之翹眉：以下十二句俱用疊字，奇絕（4 册本、所據本均無）。（**萬曆本**）佚名手眉：此下三章因不逢明君而願放游天上，如《騷經》後半之云及《遠游》章之志也。放游志乎雲中。（**方人杰本**）旁批：千迴百折，忍能作此決絕語，故知天命國祚，萬不可回也。淋灘浩渺，一往而深，通章萬緒，結盡無餘。棵精氣之搏搏兮，鶩諸神之湛湛。驂白霓之習習兮，歷群靈之豐豐。（歸本）朱潛溪眉：《九辯》清姿歷落，驚才壯逸，似此高品，恐不得譏其不如屈子也。左朱雀之茇茇兮，右蒼龍之躍躍。屬雷師之闐闐兮，通飛廉之衙衙。（百本）金蟳眉：疊字皆奇麗，後人因作奇字，據古矣。（萬曆本）佚名手眉：（墨）金蟳曰：同聽本。前輕輬之鏘鏘兮，後輜棄之從從。載雲旗之委蛇兮，扈屯騎之容容。計專專之不可化兮，（方人杰本）旁批：一聲叫轉江上峰青矣。（萬曆本）佚名手旁：直應次章"專思君兮不可化"句。願遂推而爲臧。吳汝綸評：吳刻"推"作"催"。案，"推"字勝。"臧"，讀"藏"，或據別本，或姚讀如此，惜無説以明之。賴皇天之厚德兮，還及君之無恙。（陸本）張煒如曰：懇紬備至，何言之藹也。（歸本）王槐野眉：結案異望，心思鬱結，不化如此。楊升庵曰：此章首言前聖之可法，次言己志之不伸，次願乞身以遠去，而終不忘於吁天以正其君耳。九篇中此尤緊切。（李陳玉本）王立信所謂：我今日猶得死於塞也。（萬曆本）佚名手眉：此章收，轉言己思君之心，終不可化，但冀天之覺悟吾君，使之無恙而還歸也。佚名手旁："無恙"，高枕而自適也。終以堯舜望其君耳。佚名手夾：此章總嘆己之生不逢時，而猶願君之一悟，而己得還歸故都也。

《九辯》馮本章評：

祝堯曰：玉賦頗多，然其精者，莫精於《九辯》。昔人以屈宋并稱，豈非於此乎得之。太史公曰："屈原之後，楚有宋玉、唐勒、景差之徒，皆以賦見稱。"或問楊子雲曰："景差、唐勒、宋玉、枚乘之賦也，益乎？"曰："必也淫。"《詩》人之賦麗以則，詞人之賦麗以淫。審此，則宋賦已不如屈，而爲詞人之賦矣。①

楊慎曰：古人言數之多，止於九。《逸周書》云："左儒九諫於王。"

---

①　陳深批點本録祝堯語爲："玉賦頗多，然莫精於《九辯》。昔人以屈宋并稱，豈非以此？"百本録此比陳本句末多一"乎"字。

《孫武子》：“善攻者，動於九天之上，善守者，伏於九地之下。”此豈實數邪？《楚辭·九歌》乃十一篇，《九辯》亦十篇。宋人不曉古人虛用九字之義，強合《九辯》二章爲一章，以協九數，兹又可笑。

陳深曰：屈氏而後，宋玉其善鳴者也。《九辯》深凄眇悅，《招魂》爛然列肆。談歡則神貽心動，心懼則縮頸咋舌，數味則讒口津津。情見乎辭，盡態極妍，雖然猶有未盡也。纖濃則純白不載，洄嫚則遠於世教。屈氏之風微矣！然其竭情奉愛，與《大招》皆振振有儒者之詞焉。①

又曰：《九辯》古樂章。《天問》云：“啓夢賓天，《九辯》《九歌》。”

金兆清評：《九辯》神情眇悅，而首章尤字字悲曠。（陸氏小叙後）

又曰：秋氣可悲，想古悶如也。自玉一爲指破，遂開千古怨端。其詞意纏綿錯落，勿令一讀便竟。

張鳳翼本：

王世貞曰：《九辯》悲涼清峭，默默傷懷。王褒、劉向擬之，作《九懷》《九嘆》，覺去人彌遠。

陸時雍曰：首章舉物態而覺哀怨之傷人，敘人事而見蕭條之感候，梗概既具，情色自章。足令循聲者知冤，感懷者興悼，不必曲爲點綴，細作粗描也。

百本：

桑悅曰：宋玉不如屈原。以《九辯》與《九章》《九歌》較之，遂不啻天淵矣。

王世貞曰：見前。

孫鑛曰：騷至宋大夫乃快，其語最醒而俊。

馮夢禎曰：春女怨，秋士悲，可以知物化矣。

陳深曰：見前。

---

① 百本引作：“《九辯》神情眇悅，而首章尤字字悲曠。”

陳繼儒曰:《九辯》首章,舉物態而覺哀怨之傷人,叙人物而見蕭條之感候。梗概既具,情色自章,足令循聲者知冤,感懷者興悼,不必曲爲點綴,細作粗描也。

陸時雍曰:《九辯》得《離騷》之清、《九歌》之峭,而無《九章》之婉。

金蟠曰:《九辯》之佳,不在言情處,在不言情處。言情則屈子之情,自道已至,再加充潤,終不出其意中。惟不言情者,隨景列況,則一段清新蕭遠之色,又自獨出矣。唐人詩律,必情景兼工,又必寫景而情自至爲工,正以此也。然則首章與諸章之辨,豈不了然矣乎?

聽雨齋本:

王逸曰:辯者,變也。謂陳道德以變説君也。

祝堯曰:玉賦頗多,然其精者,莫精於《九辯》。昔人以屈宋并稱,豈非於此乎。

桑悦曰:見前。

王世貞曰:見前。

孫鑛曰:見前。

馮夢禎曰:見前。

陳深曰:見前。

陳繼儒曰:見前。

陸時雍曰:見前。

金蟠曰:見前。

蔣本:

王逸曰:見前。

祝堯曰:見前。

桑悦曰:見前。

王世貞曰:《九辯》悲凉清峭,默默傷懷。王褒、劉向擬之,作《九懷》《九嘆》,覺去《騷》彌遠。

孫鑛曰:見前。

馮夢禎曰:見前。

陳深曰：《九辯》，古樂章。《天問》云："啓夢賓天，《九辯》《九歌》。"

又曰：《九辯》深情渺悅，而首章尤字字悲曠。

陳繼儒曰：秋氣可悲，想古悶如也。自玉一爲指破，遂開千古怨端。譬諸制文字於結繩之時，鬼當夜嘆。

又曰：《九辯》首章，舉物態而覺哀怨之傷人，敘人物而見蕭條之感候。梗概既具，情色自章，足令循聲者知冤，感懷者興悼，不必曲爲點綴，細作粗描也。

蔣之翹曰：予無論文若詩，須字字擬像屈騷。千古來，竟少其人。深恨宋玉不第生同時，居同里，而且倡和同堂者何爲，遂邯鄲步耶？①

陸時雍曰：《九辯》得《離騷》之清、《九歌》之峭，而無《九章》之婉。

又曰：文極簡直，視其制，已降原矣。所謂《騷》之亂，歌之始也。

方人杰本：

辯者，變也，謂陳道德以變君説也。**王叔師**

《九辯》神情渺悅，默默傷懷，首章尤字字悲曠。**劉須溪**

秋氣可悲，想古悶如也。自玉一爲指破，遂開千古怨端。譬諸制文字於結繩之時，鬼當夜嘆。**陳麋公**

萬物懷秋，人生苦愁，彼生不辰者，直百歲無陽日耳。屈原之於懷王，始非不遇，卒以憂死，君子哀之。宋玉作《九辯》，閔傷原意，兼悼來者，故語多商聲，其云"貧士失職而志不平"，所寄慨於千載者多矣。○得《離騷》之清、《九歌》之陟，而無《九章》之婉。**陸昭仲**

《離騷》是自言其情，故寄托隱約之意多，全副精神，須在歷亂粉碎之中見。《九辯》是爲師辯陳其情，故激直而感慨，反反覆覆，天人理事之間，其明切透快不待言，而字字皆有指點開示怨懟告愬無盡無己之意，此則風人之文，深得《離騷》之旨，而非後人之所能仿佛者也。**方人杰**

――――――――

① 蔣本另兩本引蔣之翹語，作："《騷》不易擬，詞意須纏綿錯落，愴惻濃至。王長公云：勿令不讀書人，便竟旨哉。其言之也。宋玉《九辯》已乖厥體，致詞曼寄興淺，如無疾痛而强爲呻吟者，奚但曼倩、子政輩然耶？"

楚辭卷第九

招魂第九（百本）郭正域眉：游神八

極，歌哀腸苦，升屋一聲，鬼神爲泣。（聽雨齋本）王逸評：作
《招魂》欲以復其精神，延其年壽，外陳四方之惡，內崇楚國
之美，以諷諫懷王，冀其覺悟而還之也。吳汝綸評：太史公
云"讀《離騷》《天問》《招魂》《哀郢》"，是《招魂》爲屈子作甚
明。其旨則哀懷王之入秦不返，盛稱故居之樂，以深痛在秦
之愁苦也。劉勰《辨騷》摘"士女雜坐，娛酒不廢"等句，以爲
屈原"異乎經典"之據，則固不謂此篇爲宋玉作矣。誤雖始
於王逸，沿之者昭明也。後則無復異詞矣。又曰：懷王爲秦
所虜，魂亡魄失。屈子戀君而招之，盛言"歸來"之樂，以深
痛其在秦之愁苦。古今解者，并失之。或云"諷頃襄荒淫"，
亦非本旨。（蔣之翹本）蔣之翹眉：招魂之禮，果不專施於死
者。杜甫詩屢見之。如"煖湯濯我足""剪紙招我魂"，又"魂
招不來歸故鄉"，又"南方實有未招魂"，此其一證。張鳳翼
眉：或原始死，而玉招之。（李陳玉本）太史公云："余讀《離
騷》《天問》《招魂》《哀郢》。"據此，則《招魂》定是三閭自作。
至其措詞，前半詭怪之談，即子蘭、上官、靳尚影子。後半荒
淫之語，明明是志業不遂，聊爲此反詞自遣。□信陵君醇酒
婦女熱□云耳，諫者多不得其旨。張符升眉：太史公序原傳
曰："讀《離騷》《天問》《招魂》《哀郢》，悲其志。"而王叔師乃

以此篇爲宋玉之詞。黃維章、林西仲非之,誠爲有見。(**萬曆本**)佚名手眉:欲原歸来,是作文大意。至其危詞艷語,不過助我神思,撰成奇制。玉自作文耳,非爲原起見。否則,其師之介特,玉豈不知?又豈可以禍害嚇之,以淫靡誘之者哉?且原之困苦巳甚,玉故爲此極樂之詞以反之,以一泄其胸中之憤,實亦憤世嫉俗之甚也。若曰如此世界,不如大家混帳耳。其欲沉湎日夜,肆情六博,亦猶阮嗣宗常醉不醒之意,所謂微詞者也。觀其結意,知其所感深矣。以爲諷楚王則迂,而遂欲從而訾議之,則又未知其志之可悲也。佚名手夾:通首字字組織,句句鍛煉,峭勁奇麗,精細刻削,乃玉極意爲之。《九辯》規模原體,反使本色不見;此則另開門庭,各堪千古者矣。(**林兆珂本**)佚名手眉:陸叙曰:屈原束髮事主,嬰患終身,營魂曠枯,精喪沉鬱。弟子宋玉之徒,悲其哀之一往,而無所復聊也,乃□侈其樂以招之。此亦鞠窮之救温巳。嗚呼!生無所事,死則以之,收所云□奠之餘閣也與。(**葉邦榮本**)王世貞曰:楊用修言《招魂》遠勝《大招》,足破宋人眼耳。宋玉深至不如屈原,宏麗不如司馬,而兼摘二家之勝。洪興祖曰:李善以《招魂》爲《小招》,以有《大招》故也。呂向曰:玉此詞皆代原之意。郭正域曰:游神八極,歌哀傷苦,升屋一聲,鬼神爲泣。

朕幼清以廉潔兮,身服義而未沫。(**蔣之翹本**)李賀評:起處雖作騷調,實序例也。(**陸本**)孫鑛曰:構格奇,撰語麗,侈談怪説,瑣陳縷述,務窮其變態,自是天地間一種環瑋文字。張煥如曰:《招魂》博衍宏麗,未足稱奇,簡古精奧,當屬三代時手迹。(**百本**)張鳳翼眉:或原始死,而玉作以招之。李賀評:起處雖作騷調,實序例也。**主此盛德兮**,(**方人杰本**)旁批:只數語蒼莽黯淡,全文已振。**牽於俗而蕪穢**。

（萬曆本）佚名手眉：後半所云樂事，皆"牽俗蕪穢"之事也，此處正説中卻已伏下。上無所考此盛德兮，長離殃而愁苦。（馮眉）張鳳翼曰：自"朕幼清"至"愁苦"六句，乃宋玉代爲屈原之詞。吳汝綸評："幼"，讀爲"幽"。"清"，讀爲"静"。"朕"，懷王也。言懷王本有盛德，爲俗所牽，曾不能成此盛德，而罹禍也。"上"，與"尚"同。《説文》："尚，曾也。"（萬曆本）佚名手眉：下半篇節節反此一句。蓋上既無所考此盛德，則何不及時行樂，而自苦爲哉！此節先伏下一個緣起。帝告巫陽曰："有人在下，我欲輔之。魂魄離散，汝筮予之！"吳汝綸評："人"，懷王也。是時未死，故曰"在下"。"魂魄離散"，由驚恐而致然。"筮"，與"逮"同。《爾雅》："逮，逮也。"謂逮捕之也。逮捕已失之魂魄，而還予之。巫陽對曰："掌夢。上帝其難從。吳汝綸評："從""踪"同字。巫陽言已爲上帝掌夢，難踪迹此魂也。"掌夢"，屬下讀。梅伯言以"夢"從"用"爲韵，非也。古音"夢"，不與"從""用"通。若必筮予之，恐後之謝，（萬曆本）佚名手旁：句峭而拗。不能復用巫陽焉。"楊訥庵眉：此如詩之有序。（百本）引正訓：古人立言之意如此深厚，後人有意急□，自覺索然。吳汝綸評："謝"，衰落也。言若必逮捕，則已驚之魂，更被驚恐。後遂衰落，不能復用，言必死也。（聽雨齋本）金蟠眉：斷者不可復續，本謂魂不可招，人各有志，遂上帝豈能强之不死。巫陽之技，但可欺俗人，不能欺志士。筮之不得，則後安所復用矣，此最趣達之言。玉固明知筮爲無益，托以通彼昏。所謂不仁者，不可與理道哉！（方人杰本）旁批：帝心巫，巫陽更巫，意奇用《尚書》調，鄭重有致。（光集本）手眉：以上不必從巫問，而直招之。

　　乃下招曰：楊訥庵眉：此以下爲正辭也。吳汝綸評："焉""乃"連文，據注不能復修用，是。亦以不能復用爲句，而"巫陽焉"三字自屬下讀。魂兮歸來！（方人杰本）旁批：大意已盡此。去君之恒幹，何爲乎四方些？（馮眉）洪興祖曰：些，語詞也。沈存中云："今夔峽、湖湘及南北江獠人,凡禁況句尾皆稱些,乃楚人舊俗。"(**陳深本**)洪邁眉:《毛詩》所用語助之字,以爲句絶者,若之、乎、焉、也、者、云、矣、爾、兮、哉,至今作文者皆然。他如只、且、忌、止、思、而、何、斯、旃、其之類,後所罕用。《楚詞•大招》一篇,全用"只"字,至於"些"字,獨《招魂》用之耳。朱熹眉:楚"些",沈存中以"些"爲況語,如今釋子念娑婆訶三合聲,而巫人之禱,亦有此聲。此却説得好。蓋今人只求之於雅,而不求之於俗,故下一半都曉不得。(**百本**)胡應麟評:不必秀句,古意自莽莽。(**方人杰本**)旁批:規諷中見痛切。(**葉邦榮本**)洪邁曰:同此陳深本。舍君之樂處,而離彼不祥些!(**馮眉**)朱熹曰:此下歷詆上下四方之不善,而盛稱楚國之樂也。(**張本**)陳繼儒眉:大意已盡此。魂兮歸來!東方不可以托些。長人千仞,(**萬曆本**)佚名手旁:人妖。惟魂是索些。十日代出,(**萬曆本**)佚名手旁:天妖。流金鑠石些。彼皆習之,魂往必釋些。歸來兮!不可以托些。(**陸本**)孫鑛曰:故作怪事怪語,然要必有所本,非鑿空臆造者,觀北方説,冰雪可見。魂兮歸來!南方不可以止些。雕題黑齒,(**方人杰本**)旁批:故爲怪事怪語,要必有所本,非臆造者,觀北方冰雪可見(孫鑛語)。得人肉以祀,(**萬曆本**)佚名手旁:人妖。以其骨爲醢些。(**慶安本**)蔣之翹眉:"以骨爲醢",今貴州以牛馬骨漬之經年,候其柔脆如笋。其氣迸於人鼻,以爲上品,供客謂之"賈閣"。亦此類也。蝮蛇蓁蓁,(**萬曆本**)佚名手旁:物怪。封狐千里些。雄虺九首,往來儵忽,吞人以益其心些。歸來兮!不可以久淫些。魂兮歸來!西方之害,流沙千里些。(**萬曆本**)佚名手旁:水害。旋入雷淵,麋散而不可止些。幸而得脱,吳汝綸評:"幸而得脱",殆懷王走趙,復爲秦得之後所爲也。其外曠宇些。赤螘若象,(**萬曆本**)佚名手旁:物怪。玄蜂若壺些。五穀不生,(**萬曆本**)佚名手旁:土患。藂菅是食些。其土爛人,求水無所得些。彷徉無所倚,廣大無所極些。歸來兮!恐自遺賊些。魂兮歸來!北方不可以止些。增冰峨峨,(**萬曆**

本)佚名手旁：天氣。飛雪千里些。(**方人杰本**)旁批：具有歌行逸
致。歸來兮！不可以久些。(**張本**)胡應麟眉："增冰""飛雪"，便似
魏武歌行。(**萬曆本**)佚名手眉：西獨長，北獨短，非玉才忽儉於此也，
正恐扳排四段，其體太方，故作此參差之筆以□之耳。魂兮歸來！
君無上天些。(**萬曆本**)佚名手旁：峭。虎豹九關，(**萬曆本**)佚名手
旁：猛獸。啄害下人些。一夫九首，(**萬曆本**)佚名手旁：鬼神。拔
木九千些。豺狼從目，(**萬曆本**)佚名手旁：猛獸。往來侁侁些。
懸人以娭，投之深淵些。致命於帝，(**方人杰本**)旁批：決不孟浪。
然後得瞑些。歸來歸來！往恐危身些。魂兮歸來！君無下此
幽都些。(**陳深本**)王維禎眉：宋玉設呼屈原之魂歸楚，反覆變幻，欲
以感激懷王，使還之也。土伯九約，吳汝綸評：王注"約，屈也"。(**萬
曆本**)佚名手旁：鬼神。其角觺觺些。敦脄血拇，逐人駓駓些。
(**百本**)焦竑眉：此皆甘人句法，極奇。參目虎首，其身若牛些。此
皆甘人，(**方人杰本**)旁批：句法絕奇。(**萬曆本**)佚名手旁：單句峭。
字法。歸來兮！恐自遺災些。(**蔣之翹本**)焦竑眉：此皆人句甘法，
極奇。(**光集本**)手眉：以上四方上下，皆不可往。魂兮歸來！入修
門些。(**方人杰本**)旁批：應上生下，一篇關紐。工祝招君，背行先
些(**百本**)孫鑛眉：此七言歌行之祖，《柏梁》非倡始也。吳汝綸評：王
注"倍道，先導也"。秦篝齊縷，鄭綿絡些。(**北大集注本**)佚名手批：
絡綿，誤爲"綿絡"。(**方人杰本**)旁批：非情非景，意境縹渺，神思凄愴。
招具該備，永嘯呼些。魂兮歸來！反故居些。(**蔣之翹本**)孫鑛
眉：此七言歌行之祖，《柏梁》非倡始也。(**陸本**)張煥如曰：驅難形之
景，如在目前；留未盡之情，傳之意外。

　　天地四方，多賊姦些。(**方人杰本**)旁批：又括四句，章法筋節。
(**萬曆本**)佚名手旁：結上。像設君室，靜閒安些。(**陳深本**)吳國倫
眉：自此至侍君之間，極言室中之麗、后宮之美。(**萬曆本**)佚名手旁：

起下。（**葉邦榮本**）吳國倫曰：同此陳深本。高堂邃宇，檻層軒些。
（**百本**）桑悅旁：爛若被錦。（**李陳玉本**）沉碻壯麗，其七言之胚胎乎？
（**方人杰本**）旁批：語氣深厚，不僅工琢。層臺累榭，臨高山些。（**陳
深本**）陳深眉：巧筆如畫，纖手如絲，意動成文，吁氣成采，燁燁有神。
後之名家，能優孟者幾人也。（**蔣之翹本**）張鳳翼眉：語氣沈厚。（**張
本**）張鳳翼眉：語氣沉而厚。（**百本**）孫鑛眉：枚乘《七發》，亦從此變化。
吳國倫眉：自此至侍君之間，極麗後宮之美。網戶朱綴，刻方連些。
冬有突厦，張符升眉：上"夏"作"厦"（原文作"夏"）。夏室寒些。川
谷徑復，（**萬曆本**）佚名手旁：此句是大概說，後"曲池"又其中之盛境。
流潺湲些。光風轉蕙，（**萬曆本**）佚名手旁：字法。泛崇蘭些。（**方
人杰**）旁批：以風作轉，板中放活，《子虛》具此神鍼，《七發》亦從此變
化。（**萬曆本**）佚名手旁：字法。經堂入奧，朱塵筵些。（**蔣之翹本**）
孫鑛眉：枚乘《七發》，亦從此變化。（**陸本**）張煥如曰：《招魂》備稱諸物
種種，神色飛動，意味獨親，即處盛美，而形容不能仿佛其一二耳。楊
訥庵眉：言楚國宮室之美。吳汝綸評："筵"，借為"延"。（**萬曆本**）佚名
手眉：此下二節皆言堂室之美，與夫鋪陳之艷。砥室翠翹，挂曲瓊
些。（**李陳玉本**）"瓊"，色赤。《連昌宮詞》："至今反挂珊瑚鈎。"（**方人
杰本**）旁批：此及室中。翡翠珠被，爛齊光些。（**百本**）金蟠眉：奇藻
奪目，筆墨間香風迷路。蒻阿拂壁，羅幬張些。張符升眉：自"天地
四方"至此，承"故居"而叙宮室陳設之樂也。纂組綺縞，結琦璜些。
楊訥庵眉：此言閨房綺麗之美。（**蔣之翹本**）桑悅眉：爛若披錦，無處不
善。蔣之翹眉：六朝淫麗，宋玉其作俑乎？（**光集本**）手眉：以上宮室。
室中之觀，（**萬曆本**）佚名手旁：又總一句。多珍怪些。（**方人杰本**）
旁批：總一句落下有節奏。蘭膏明燭，華容備些。（**陸本**）張煥如曰：
物色明麗，兩適相當。（**方人杰本**）旁批：爛若披錦，語語神飛。二八
侍宿，（**萬曆本**）佚名手旁：主。射遞代些。（**萬曆本**）佚名手眉：此下
五節，皆言室中之人，其妖媚如此。佚名手旁：練字省。九侯淑女，

多迅衆些。楊訥庵眉：此下盛言侍妾之美。盛鬋不同制，實滿宮
些。（萬曆本）佚名手眉：始梳妝。容態好比，順彌代些。（百本）蔣
之翹眉：六朝淫麗，宋玉其作俑乎？（方人杰本）旁批：著此便有逸蘊，
而又不實。弱顔固植，謇其有意些。（陳深本）郭正域眉：突出奇峰。
（萬曆本）佚名手眉：始侍立。（林兆珂本）佚名手眉："謇"，難也。欲啓
□而若難，甫聆聲而有味也。（葉邦榮本）郭正域曰：突出奇峰。嫭容
脩態，絙洞房些。蛾眉曼睩，目騰光些。①（蔣之翹本）鍾惺眉：清
矑一耳侍間則曰"騰光"，既醉則曰"層波"，文心静眇，豈作賦麗手。
（萬曆本）佚名手眉：初玩其眉目，則情漸親。靡顔膩理，遺視矊些。
（萬曆本）佚名手旁：前曰"弱顔"，由外觀之也；前曰"騰光"，精采焕發
也。今曰"靡"，則更入細矣。今曰"遺視"，則轉羞泪矣。（朱崇沐本）
佚名手眉：（朱）"靡顔"，柔顔也。"遺視"不難解，"矊"字亦不難解，從
本字邊傍一想，便得注脉與□□。離榭脩幕，侍君之閒些。張符升
眉：此節承奥室而序女色之美也。（萬曆本）佚名手眉：繼及其膚理，則
情已接。佚名手旁：總束上一句。翡帷翠帳，（百本）金蟠眉：此下言
設施之盛。（萬曆本）佚名手旁：由内而外。飾高堂些。（方人杰本）
旁批：此言臺中之人，寫"招"字神境。紅壁沙版，玄玉梁些。（蔣之
翹本）孫鑛眉：《説文》："紅帛赤白色"即今俗呼桃紅也。若今所謂紅，
古直謂赤耳。可補鄉黨篇紅紫注。（萬曆本）佚名手眉：此下二節，復
言其堂上修飾之華，與夫池中花木之盛，以補前文所無。仰觀刻桷，
畫龍蛇些。楊訥庵眉：此復言宮内之美觀。吴汝綸評：此言離榭之
制，故自與上文不復。坐堂伏檻，臨曲池些。（萬曆本）佚名手旁：與
前"臨高山"呼應。芙蓉始發，雜芰荷些。紫莖屏風，文緑波些。
（張本）鍾惺眉：清矑一耳侍間則曰"騰光"，既醉則曰"層波"，文心静

---

①　方人杰本引作旁批："清臚一耳侍間則曰'騰光'，既醉則曰'曾波'，
文心静眇，真作賦麗手。"

眇，豈作詞賦麗手。（**萬曆本**）佚名手旁：寫景曲。文異豹飾，侍陂陁
些。（**萬曆本**）佚名手旁：前侍女與侍臣。軒輬既低，步騎羅些。
（**陸本**）張煥如曰："低"字最得景。（**方人杰本**）旁批：藻麗中有深鬱之
致，固不在耳。蘭薄户樹，（**萬曆本**）佚名手旁：句法。瓊木（**萬曆本**）
佚名手旁：琢甚。籬些。魂兮歸來！（**方人杰本**）旁批：小收。何遠
爲些？張符升眉：此節承"離榭"而序其游覽、侍從之樂也。（**萬曆本**）
佚名手眉：前乃臨山之居，此則臨池之居，故另抽出描畫一段。佚名手
旁：總結上文八節。（**光集本**）手眉：以上女色。

　　室家遂宗，（**萬曆本**）佚名手旁：總領一句。食多方些。（**百本**）
金蟠眉：此下言飲饌之盛。（**方人杰本**）旁批：重筆實叙，文氣深厚。
稻粢穱麥，（**萬曆本**）佚名手旁：先五穀。挐黄粱些。大苦醎酸，（**萬
曆本**）佚名手旁：次五味。辛甘行些。肥牛之腱，臑若芳些。（**萬曆
本**）佚名手旁：次及牲牢禽獸之屬。和酸若苦，陳吳羹些。胹鼈炮
羔，有柘漿些。鵠酸臇鳧，煎鴻鶬些。露鷄臛蠵，厲而不爽些。
（**陸本**）張煥如曰：品物既陳，芳旨自薦，畫形得態，説物知味，實是神
手。楊訥庵眉：此言珍味異饌之美。（**張本**）劉辰翁評：華妙奇鬱，此貂
錦耳，非素手綉織可就。（**慶安本**）王世貞眉：《柏梁詩》枇杷、橘、栗、
桃、李、梅，雖極可笑，而法亦有所自，蓋宋玉《招魂》篇内句也。（**萬曆
本**）佚名手眉：先食後飲。粔籹蜜餌，（**萬曆本**）佚名手旁：次糕餅之
屬。有餦餭些。瑤漿蜜勺，（**萬曆本**）佚名手旁：終之以飲。實羽觴
些。（**蔣之翹本**）陳深眉：有以羽觴爲項羽所制而得名，此可以正其
誤。挫糟凍飲，（**萬曆本**）佚名手旁：琢甚拗甚。酎清涼些。華酌既
陳，有瓊漿些。楊訥庵眉：此言酒飲之嘉美。歸反故室，張符升眉：
無"來"字（原文作"歸來返故室"）。（**萬曆本**）佚名手旁：總結二節。
敬而無妨些。張符升眉：此節序飲食之樂也。（**方人杰本**）旁批：接上
生下，寫"招"字更深一層。（**光集本**）手眉：以上飲食。（**林兆珂本**）佚
名手旁：□敬則何所不可，故可以生而之死，亦可以死而之生。肴羞

未通，（**萬曆本**）佚名手旁：承上説下，根食來。女樂羅些。（**陳深本**）吴國倫眉：此下三節言祭時女樂之盛。楊訥庵眉：此以下盛言女樂歌詞。（**萬曆本**）佚名手旁：主總領一句。陳鍾按鼓，造新歌些。吴汝綸評：依王注校。《涉江》《采菱》，發《揚荷》些。吴汝綸評：李善改。美人既醉，（**萬曆本**）佚名手旁：結句斷而不斷。根飲來。朱顔酡些。（**方人杰本**）旁批：景事妖艷，妙俱得其神情。娭光眇視，（**萬曆本**）佚名手旁：是醉態。目曾波些。（**陳深本**）郭正域眉：當是七言古風之祖。被文服纖，麗而不奇些。長髮曼鬋，豔陸離些。（**蔣之翹本**）蔣之翹眉：景事妖艷，竟是一幅美人圖，并神情亦俱描出。（**萬曆本**）佚名手眉：一節歌。前之"二八"，主於侍宿；此之"二八"，主於歌舞。故於設食後飲，另抽出描畫。女樂云"羅"，追溯到"肴羞未通"以前，是用逆筆，便叙得不平。下却陡接"美人既醉"於發歌之後，中間便藏過上二節許多筆墨。在内參差互映，極迷離之妙。二八齊容，起鄭舞些。楊訥庵眉："長髮曼鬋"義見前，不注。"二八"見前。（**方人杰本**）旁批：文如雲手，層出不竭。衽若交竿，（**萬曆本**）佚名手旁：摹寫得出。撫案下些。竽瑟狂會，搷鳴鼓些。（**陳深本**）吴國倫眉：以下三節言宴飲之樂。宫庭震驚，發《激楚》些。吴汝綸評：李善云："《激楚》，歌曲也。"此爲歌，下"《激楚》之結"，謂舞。《上林賦》"《激楚》結風"，《淮南》云"結《激楚》之遺風"。王注誤。吴歈蔡謳，（**萬曆本**）佚名手旁：插入歌。奏大吕些。張符升眉：此節承酒食而叙歌舞音樂之樂也。（**萬曆本**）佚名手眉：一節舞。（**光集本**）手眉：以上樂舞。（**葉邦榮本**）郭正域曰：當是七言古風之祖。士女雜坐，亂而不分些。（**方人杰本**）旁批：史傳"羅襦襟解，微聞薌澤"，同有逸致。放陳組纓，班其相紛些。鄭衛妖玩，來雜陳些。《激楚》之結，獨秀先些。楊訥庵眉：此節放情無禮法之言，當刪去。（**萬曆本**）佚名手眉：此結上二節，作一頓。佚名手旁：以大概言之，肴羞未通，而女樂已陳，肴羞方進，而新歌遂發。歌而飲，飲而醉，醉而起舞，舞而樂大作，而復間之以歌焉。由是士女雜坐，而酒行未已，此日夜之所以沉湎也。篇中有筆到處，有筆不到處，有有次序處，有無次序處，節節入妙。菎蔽象棊，張符升眉："菎"作"箟"。（葉邦榮本）吳國倫曰：以下言宴飲之樂。有六簙些。（百本）吳國倫眉：此下盛言田獵之樂。金蟠眉：此當言游嬉之樂。（聽本同）吳汝綸評：王注"箟，玉也。"簙，博簙，投六箸，行六棋，故爲六博。（方人杰本）旁批：就是文之波瀾。（林兆珂本）佚名手眉：古者烏曹氏作簙，以五木爲子，有梟盧、雉犢、塞爲□負之。采簙得刻梟形者最□，盧次之，雉犢又次之，塞爲下。分曹并進，遒相迫些。（方人杰本）旁批：有奇趣。成梟而牟，呼五（萬曆本）佚名手旁：形容。白些。楊訥庵眉：此言賭博之戲爲樂也。張符升眉：《列子》："樓上博者，射明瓊張中。"又，《西京雜記》："許博昌，安陵人，善六博，其術曰方畔揭道張，張畔揭道方，張究屈元高，高元屈究張究，博，箸也。"此可與注中"射張"二句相發明。晉制犀比，吳汝綸評：某案，"犀比"一物也。《漢書·匈奴傳》"黃金犀毗"，師古云："胡帶之鈎。"張晏云："鮮卑部落帶瑞獸名也。"蓋犀毗爲瑞獸，此殆刻作玩好之器耳。費白（萬曆本）佚名手旁：字法。日些。鏗鍾搖簴，（萬曆本）佚名手旁：四顧作樂，餘音未絕。揳梓瑟些。（萬曆本）佚名手眉：歌舞之後，以此盡歡。娛酒不廢，沈日夜些。（百本）金蟠眉：此言吟咏之樂，遂爲後人尋芳選韵之本，屈宋真開千古風流。（萬曆本）佚名手眉：上云費白日，此乃由日而夜。佚名手旁：直接四節前文，峰斷而復續。字法。蘭膏明燭，華鐙錯些。結撰至思，（方人杰本）旁批：群山萬壑赴荆門，已前節節都成異采。（萬曆本）佚名手旁：賢於無所用心者。蘭芳假些。吳汝綸評：張廉卿云："假""嘉"，同字，言撰思如蘭芳之嘉美也。（萬曆本）佚名手旁：拗。人有所極，（萬曆本）佚名手旁：豈曲終而雅奏歟？同心賦些。（李陳玉本）西園公子、南國佳人，賞心快事，必藉辭章。千古一例也。酣飲盡歡，樂先故些。楊訥庵眉：此言飲醉娛樂之意。張符升眉：此節又承上而叙賓客狎戲之樂，以極之也。（林兆珂本）佚名手

眉："樂先故"者,如秦人擊缶,趙人鼓瑟,比其先時,故俗□也。魂兮
歸來!(**方人杰本**)旁批:一句總收。反故居些。(**陸本**)孫鑛曰:一
句總收。(**張本**)劉辰翁評:非結撰一段,祇成一豪家耳。(**光集本**)手
眉:以上雜舞。(**萬曆本**)佚名手旁:一句總收,與前應。

　　亂曰:楊訥庵眉:"亂曰",樂之卒章也,解見《騷經》。張符升眉:
此下皆原自序,以申篇首之意。(**萬曆本**)佚名手旁:此節起下。獻歲
發春兮,(**萬曆本**)佚名手旁:另起一頭,是文字斷續法。(**葉邦榮本**)
吳國倫曰:以下言田獵之樂以招之。汨吾南征。菉蘋齊葉兮,白芷
生。路貫廬江兮,左長薄。(**方人杰本**)旁批:一結敘時序,起有霜
露之感,筆更拉雜淋灕,有言不能盡之意。倚沼畦瀛兮,遙望博。吳
汝綸評:南征,追溯與王校獵事也。王注:"畦,猶區也。"(**萬曆本**)佚名
手眉:往獵於江南,而在途時。○讀"南征"句,令人一嚇。不知原既歸
郢,何故復至江南耶? 即讀至下節,猶令我疑之不已。即欲田獵,何用
必到夢澤? 且既至後,又如何收場? 直到末節,方知作者之意,不過要
説出此三句,以作通篇大結束耳。蓋江南者,原魂魄之所栖也。今欲
言江南之可哀,則必至江南而知之。而原已入修門,何由復去,故弄出
田獵一事,反説與王偕去相樂,然後轉到極目傷心之處,而總以歸來結
之。隱隱躍躍,有許多説不出的話,盡已藏過,與上數節斷而復續。蓋
作者經營之苦,蘊藉之巧如此。青驪結駟兮,(**萬曆本**)佚名手旁:既
至江南而獵。齊千乘,(**馮眉**)洪興祖曰:自此以下盛言田獵之樂,以
招之也。懸火延起兮,(**萬曆本**)佚名手旁:曲。玄顏烝。吳汝綸評:
"玄顏",謂青驪也。獵火照耀,若蒸然。(**方人杰本**)旁批:篇中無獵
事,故及此寫得躍如蘭徑江楓,皆因及時爲樂,及之而至於極目傷心,
則筆端化矣(**陳繼儒語**)。(**萬曆本**)佚名手旁:只三字,描出火勢。步
及驟處兮,誘騁先,吳汝綸評:王注:"誘,導也。"抑鶩若通兮,引車
右還。(**萬曆本**)佚名手旁:細。與王趨夢兮,(**萬曆本**)佚名手旁:根
上"南征"來。課後先。君王親發兮,張符升眉:此節追序歲首南行,

適遇楚王田於江南,而所見如此。憚青兕。(張本)陳繼儒眉:篇中無
獵事,故此足之。寫得躍如蘭徑江楓,皆因及時爲樂。反之,而至於目
極心傷,則筆端化矣。(李陳玉本)"憚"字字法之妙。"兕",猛獸。使
之慴服不動,見君王之神武也。注未當。(李此句注:此言魂歸,當還
故都,從王射獵,君臣之好如初,所以深招之也。)(萬曆本)佚名手眉:
前數段皆言歸郢時樂處,若獵事必於夢澤,固不便插在中間。然使直
接下去,筆勢又平鋪少變換,故作亂以間斷之。使既反故居,而復南
征,因時感事,喻其來歸,何等曲折! 否則,何由復至江南,而言其可哀
也。聊以此知古人布置,自有一定不易處,非徒補篇中所無而已。佚
名手旁:殆慮軼材之犯□車歟? 朱明承夜兮,(萬曆本)佚名手旁:前
"懸火",乃夜獵,故以日之繼夜承之。時不可淹。皋蘭被徑兮,斯
路漸。吳汝綸評:"皋蘭"句,言昔時獵路,今蕪廢矣。又曰:亂辭追溯
往日與王校獵之樂,猶沉痛不可卒讀。收三語,則一部杜詩所從出也。
(萬曆本)佚名手旁:此節又起下。看他如此轉身,真冥然無痕。湛湛
江水兮,上有楓。目極千里兮,(萬曆本)佚名手旁:應前遙望。傷
春心。魂兮歸來,哀江南洪興祖曰:庾信《哀江南賦》取
此爲名。(陸本)孫鑛曰:總嘆。(李陳玉本)始以獻歲發春,勸其速歸;
繼言由春而夏,時光迅速;至秋風極目時,則傷心彌甚矣。魂可久淹,
而不歸也哉! 是反結。注未當(就此段李注言)。(萬曆本)佚名手眉:
前面如許行樂胡爲,忽然傷心,忽然生哀,可知作者有許多説不得處,
正妙在不説出也。且可見田獵一段,不過借作江南引子,令筆墨有情,
非《招魂》中定少不得,此一番豪舉也。佚名手旁:大主意,大結束。
(林兆珂本)佚名手眉:上下四方,蘷蘷靡騁,其魂則無不之也。到底栖
只此宗國耳。斯則屈原之志,所謂死生以之也。痛恨□□□□領語血
□□層見疊出,非屈子□,能任此招者,千載而下,亭亭魂立矣。

---

① 此處洪興祖語中"取此爲名",蔣本作"本此"。

《招魂》馮本章評：

朱熹曰：古者人死，則使人以其上服升屋，履危北面而號曰：皋！某復。遂以其衣三招之，乃下以覆身，此《禮》所謂“復”。而説者以爲招魂、復魂，又以爲盡愛之道，而有禱詞之心者，蓋猶冀其復生也。如是而不生，則不生矣，於是行死事。此制禮者之意也。而荆楚之俗，乃或以是施之生人，故宋玉哀憫屈原之無罪放逐，恐其魂魄離散而不復還，遂因國俗，托帝命，假巫語以招之。以禮言之，固爲鄙野，然其盡愛以致禱，則猶古人之遺意也。是以太史公讀之而哀其志焉。若其譎怪之談，荒淫之志，則昔人蓋已誤其譏於屈原，今皆不復論也。

又曰：楚“些”，沈存中以“些”爲況語，如今釋子念娑婆訶三合聲，而巫人之禱，亦有此聲，此却説得好。蓋今人只求之於雅，而不求之於俗，故下一半都曉不得。

洪邁曰：《毛詩》所用語助之字，以爲句絶者，若之、乎、焉、也、者、云、矣、爾、兮、哉，至今作文者皆然。他如只、且、忌、止、思、而、何、斯、旐、其之類，後所罕用。《楚詞‧大招》一篇，全用“只”字，至於“些”字，獨《招魂》用之耳。

王世貞曰：楊用修言《招魂》遠勝《大招》，足破宋人眼耳。宋玉深至不如屈原，宏麗不如司馬，而兼撮二家之勝。

陳深本：

洪興祖曰：李善以《招魂》爲《小招》，以有《大招》故也。

呂向曰：玉此詞皆代原之意。

郭正域曰：游神入極，歌哀腸苦，升屋二聲，鬼神爲泣。

金兆清評：侈談怪説，瑣陳縷述，務窮其變態，自是天地間環瑋文字。（陸氏小叙後）

又曰：博衍宏麗。未足稱奇，簡古精奧，當屬三代時手迹。（篇後評）

張鳳翼本：

王世貞曰：見前。

陳繼儒曰：宋人尚理，故謂《大招》勝《招魂》。綜其實，則不然。

百本：

李賀曰：宋玉賦，當以《招魂》爲最，幽秀奇古，體格較《騷》一變。

洪邁曰：見前。

桑悦曰：《招魂》，體極奇，辭極麗，亦玉之創格也。昔人云：天不生屈原，不見《離騷》。予云：天不生宋玉，不見《招魂》。

王世貞曰：見前。

孫鑛曰：構法奇，撰語麗，備談怪説，瑣陳縷述，務窮其變態，自是天地間環瑋文字。

焦竑曰：試當風悲月慘之夕，徐誦此文，酹一杯以吊汨羅，應聞啾啾鬼泣。

陳深曰：巧筆如畫，纖手如絲，意動成文，吁氣成彩，燁燁有神。後之名家，能優孟者幾人也。

陳繼儒曰：此只玉不忍其師之意，何有於諷楚王？

金蟠曰：《天問》《招魂》，皆屈宋特立之筆，如此唱和，真不愧師弟同調。

又曰：《招魂》雖皆設詞，然孤臣罹患，所謂諸惡趣，實并有之。何必遠方魑魅，得志怙寵，所謂諸妙麗，亦實并有之，豈在蓬壺帝闕哉？讀者莫謂修詞已也，則諷諫楚王，亦一説也。

陸時雍曰：文極刻畫，然鬼斧神工，人莫窺其下手處。

聽雨齋本：

李賀曰：見前。

洪邁曰：見前。

桑悦曰：見前。

王世貞曰：見前。

孫鑛曰：見前。

焦竑曰：見前。

陳深曰：見前。

陳繼儒曰：見前。

金蟠曰：見前。

陸時雍曰：見前。

蔣本：

李賀曰：宋玉賦當以《招魂》爲最，幽秀奇古，體格較《騷》一變。予有詩云："願携漢戟招書鬼，休令恨骨埋蒿里。"亦本之。

桑悦曰：《招魂》體極奇，辭極麗，亦玉之創格也。昔人云：天不生屈原，不見《離騷》。予云：天不生宋玉，不見《招魂》。

王世貞曰：楊用修言《招魂》遠勝《大招》，足破宋人眼耳。宋玉深致不如屈原，宏麗不如司馬，而兼撮二家之勝。

孫鑛曰：構法奇，撰語麗，備談怪説，瑣陳縷述，務窮其變態，自是天地間環瑋文字。

焦竑曰：試當風悲月慘之夕，徐誦此文，酹一杯以吊汨羅，應聞啾啾鬼泣。

陳繼儒曰：此只玉不忍其師之意，何有於諷楚王？

蔣之翹曰：《招魂》文極奇艷，然較屈作，氣骨稍卑弱耳，深於《騷》者得之。

陸時雍曰：文極刻畫，然鬼斧神工，人莫窺其下手處。

方人杰本：

宋玉賦當以《招魂》爲最，幽秀奇古，體格較《騷》一變。余有詩云："願携漢戟招書鬼，休令恨骨埋蒿里。"亦本之。**李長吉**

《招魂》體極奇，辭極麗，亦玉之創格也。**桑民懌**

楊用修言《招魂》遠勝《大招》，足破宋人眼耳。宋玉深致不如屈原，宏麗不如司馬，而兼撮二家之勝。**王元美**

構法奇，撰語麗，備談怪説，瑣陳縷述，務窮其變態，自是天地一種環瑋文字。**孫月峰**

試當風悲月慘之夕，徐誦此文，酹一杯以吊汨羅，應聞啾啾鬼泣。**焦漪園**

博衍宏麗，未足稱奇，簡古精奥，當屬三代時手迹。**張泰先**

　　文極奇艷然較屈作氣骨稍弱耳，深於《騷》者知之。**蔣楚稚**

　　招魂之禮本於死者，荊楚或以施之生人。此《招魂賦》，前人訖無定說，總之宋玉憫其師無罪放逐，恐其魂魄離散，故假此辭以招之，致其誠愛之意也。故其篇中零碎怪罔藻麗敷衍處，皆極有悲愴隱痛之致，氣渾成而無斷續之迹，筆圓轉而無沉滯之病，如此作手，固宜俎豆不祧。**方人杰**

楚辭卷第十

大招第十（陳深本）陳深眉：此篇閒靚簡古。（聽本同）楊訥庵眉：後世以招屈原之魂，題曰大招，正以此也。豈或謂原作耶？張符升眉：林西仲謂此篇乃原招懷王之詞。（萬曆本）佚名手眉：（墨）陳深曰：此篇閒靚簡古。（朱）古拙拗勁，樸直謹嚴，布局仿佛前制，而用意命筆，絕不相襲。蓋古人作文，往往各樹壁壘，并道而行。前篇行樂之詞已極繁縟，此雖亦借徑於此，然一變而爲雅淡，殊有不欲盡言之意，却於後半收原意中事。極力鋪張，庶不埋没屈大夫一生面目。有前作，斷不可無此作也。（葉邦榮本）陳深曰：夫以原之孤介，枯槁赴淵，死不且惜，豈可以鬼怪懼之，以荒淫動之耶？若曰：及時歸郢，察民隱，存孤寡，治田邑，阜人民，禁苛暴，流德澤，舉賢能，退罷庸，尚三王，及君之無恙，尚可爲也。以是招之可矣。此則《小招》所不及也。

青春受謝，吳汝綸評：李善江淹《雜體詩》注，引文作"青春愛謝"。（葉邦榮本）陳深曰：此篇閒靚簡古。白日昭只。（蔣之翹本）孫鎮眉：極醇極正，却不迂腐。謂是宋人一派，未然。（萬曆本）佚名手眉：從時令起。春氣奮發，萬物遽只。（方人杰本）旁批：履雨露而迎來怵暢之心，寫得穩至。冥凌浹行，魂無逃只。（萬曆本）佚名手旁：奧語。魂魄歸徠！無遠遙只。魂乎歸徠！無東無西，無南無北只。（**方人杰本**）旁批：總起散落章法正而奇。（**萬曆本**）佚名手眉：此節總領下文。東有大海，溺水浟浟只。楊訥庵眉：魂乎無東。（**萬曆本**）佚名手旁：水患。螭龍並流，上下悠悠只。霧雨淫淫，（**萬曆本**）佚名手旁：天氣。白皓膠只。魂乎無東！湯谷寂只。（**張本**）劉辰翁評：《大招》雅淡有古致，較之《招魂》，如初唐之於元和，彼態愈華妙，氣□暗灘耳。魂乎無南！南有炎火千里，（**萬曆本**）佚名手旁：火患。蝮蛇蜒只。（**萬曆本**）佚名手旁：物害。山林險隘，虎豹蜿只。鰅鱅短狐，王虺騫只。魂乎無南！（**林兆珂本**）佚名手眉：此屈子之家，所以□也，魂不南矣。蝮傷躬只。魂乎無西！西方流沙，（**萬曆本**）佚名手旁：水患。漭洋洋只。豕首縱目，（**萬曆本**）佚名手旁：鬼神。被髮鬤只。長爪踞牙，誒笑狂只。魂乎無西！多害傷只。魂乎無北！北有寒山，逴龍赩只。（**萬曆本**）佚名手旁：山險。代水不可涉，張符升眉："伐"作"代"（原文作"伐水不可涉"）。（**萬曆本**）佚名手旁：水患。深不可測只。天白顥顥，（**萬曆本**）佚名手旁：天氣。寒凝凝只。魂乎無往！盈北極只。（**光集本**）手眉：以上言東南西北之不可往。魂魄歸徠！閒以靜只。（**方人杰本**）旁批：此一總上下生情，文境閒逸。（**萬曆本**）佚名手眉：此節又總領下文。

　　自恣荊楚，張符升眉："自恣"以下，乃指楚國之樂言。安以定只。逞志究欲，心意安只。窮身永樂，年壽延只。魂乎歸徠！樂不可言只。張符升眉："樂不可言"，總切下文之意。五穀六仞，設菰粱只。（**萬曆本**）佚名手眉：此下四節，言食飲之樂。鼎臑盈望，和致芳。內鶬鴿鵠，味豺羹只。楊訥庵眉：此以下四章皆言飲饌之美。魂乎歸徠！恣所嘗只。（**萬曆本**）佚名手旁：逐節作束。鮮蠵甘雞，和楚酪只。醢豕苦狗，膾苴蓴只。吳酸蒿蔞，不沾薄只。魂兮歸徠！恣所擇只。炙鴰烝鳧，黏鶉敶只。煎鰿臛雀，遽爽存只。魂乎歸徠！麗以先只。四酎并孰，不歰嗌只。清馨

凍飲，不歠役只。（**光集本**）手眉："役"，列也。"不歠役只"，言雖不
及飲，而皆陳列於前。吳醴白糵，和楚瀝只。魂乎歸徠！不遽惕
只。張符升眉：此招之以飲食也。（**光集本**）手眉：以上飲食。代秦鄭
衛，鳴竽張只。楊訥庵眉：此以下言樂歌之娛。（**萬曆本**）佚名手眉：
此下七節，言女樂窈窕之樂。伏戲《駕辯》，楚《勞商》只。謳和《揚
阿》，趙簫倡只。（**萬曆本**）佚名手旁：倒押。魂乎歸徠！定空桑
只。二八接舞，投詩賦只。（**萬曆本**）佚名手旁：以上二節，言女樂
已竟，後乃極言女子之美。叩鍾調磬，娛人亂只。四上競氣，（**方人
杰本**）旁批：古者樂三，上四上恐四奏以宣四氣也。極聲變只。（**蔣之
翹本**）焦竑眉：古者樂三，上乃止。此云"四上競氣"，疑四奏樂，以宣四
時之氣也。魂乎歸徠！聽歌譔只。張符升眉：此招之以歌舞音樂
也。朱唇皓齒，嫭以姱只。楊訥庵眉：此以下言女色之美。（**方人杰
本**）旁批：他人纏纏處，著一二言，如含苞微折。比德好閒，習以都
只。（**萬曆本**）佚名手旁：上叙二八侍宿之美在前，於歌舞之中，只略
點已足。此只連叙在女樂後，使筆墨不繁，至參差。此整齊，然至叙處
以次漸入，此却錯雜言之，各段自爲頭尾，又不同也。豐肉微骨，調
以娛只。魂乎歸徠！安以舒只。（**光集本**）手眉：以上歌舞。嫭目
宜笑，蛾眉曼只。容則秀雅，稚朱顏只。魂乎歸徠！靜以安只。
（**蔣之翹本**）鍾惺眉：他人纏纏處，著一二言，如含苞微折。（**張本**）鍾惺
眉：他人纏纏處，着一二言，如含苞微折。（**萬曆本**）佚名手旁：眉目容
顏。嫭脩滂浩，麗以佳只。曾頰倚耳，（**萬曆本**）佚名手旁：字法妙。
曲眉規只。（**百本**）金蟠眉：煉語秀出（**聽本同**）。滂心綽態，姣麗施
只。小腰秀頸，若鮮卑只。（**萬曆本**）佚名手旁：縮筆隱語妙。魂乎
歸徠！思怨移只。易中利心，以動作只。粉白黛黑，施芳澤只。
長袂拂面，善留客只。魂乎歸徠！以娛昔只。青色直眉，美目
媔只。靨輔（**萬曆本**）佚名手旁：前曰"層頰"。奇牙，宜笑（**萬曆本**）

佚名手旁：重見。嗎只。豐肉微骨，體便娟只。（萬曆本）佚名手旁：眉目顏輔，肉骨重見。魂乎歸徠！恣所便只。張符升眉：此招之以女色也。（光集本）手眉：以上美色。

夏屋廣大，沙堂秀只。楊訥庵眉：言宮室之美。南房小壇，觀絕霤只。曲屋步壛，宜擾畜只。騰駕步游，獵春囿只。（萬曆本）佚名手眉："獵只"一句，前不得簡，此不得詳，各有所謂也。○此段重在居室。上前篇宮室最前，游獵最後。此并叙在一處，筆又省。瓊轂錯衡，英華假只。楊訥庵眉：此言車乘之美。苴蘭桂樹，（萬曆本）佚名手旁：言園中之花木。鬱彌路只。魂乎歸徠！恣志慮只。孔雀盈園，（萬曆本）佚名手旁：言園中之鳥獸。畜鸞皇只。（方人杰本）旁批：飲食、歌舞、游獵三段，字字精悄，而更靜遠。鵾鴻群晨，雜鶩鶬只。鴻鵠代游，曼鷫鷞只。魂乎歸徠！鳳皇翔只。楊訥庵眉：此言畜養禽獸之美。張符升眉：此招之以宮室游觀也。（光集本）手眉：以上園囿禽獸。曼澤怡面，張符升眉：此下招之以興道致治。（方人杰本）旁批：此下文意深長，更非一望可盡。血氣盛只。（萬曆本）佚名手旁：此節承上"居室"來，總束上文，與前總領一節意正相應，又因以起下。永宜厥身，保壽命只。室家盈廷，（萬曆本）佚名手旁：輕舟已過。爵祿盛只。魂乎歸徠！居室定只。楊訥庵眉：上四句言順養。張符升眉：此節言修身親親之事也。（萬曆本）佚名手眉：前篇從宮室起者，接入修門而返故居也。此處從宮室結者，以便渡下之"正始昆"，而爲國家也。否則，飲食歌舞之後，如何忽接許多正大之論耶？以是知古人布置，或前或後，各有宜□，非徒以變換爲工。接徑千里，出若雲只。（朱崇沐本）佚名手眉：（朱）以下所招，魂斯徠矣。三圭重侯，聽類神只。（百本）金蟠眉：許多層疊。（聽雨齋本）金蟠眉：許多層疊，漸引正訓。古人立言之意，如此深厚，後人有意急白，自覺索然爾。察篤夭隱，孤寡存只。魂乎歸徠！正始昆只。（光集本）手眉：以上家庭福祿。（萬曆本）佚名手眉：以下至末，想原大夫得志，其設施次第當如此，乃軼伯返王手段也。不有作者，於何見之？故知此文，乃爲其師一洗面目，與玉作分道而馳，正在此處。

田邑千畛，（**方人杰本**）旁批：古意莽莽，蔚然深秀。（**萬曆本**）佚名手旁：次乃制田。人阜昌只。美冒衆流，德澤章只。（**萬曆本**）佚名手旁：次乃立教。先威後文，善美明只。魂乎歸徠！賞罰當只。（**張本**）胡應麟眉：不必秀句，古意自莽莽。張符升眉：此節言治民之事。名聲若日，（**萬曆本**）佚名手旁：歊動。照四海只。德譽配天，萬民理只。（**百本**）金蟠眉：斷者不可復續，本謂魂不可招，人各有志，雖上帝豈能强之不死。巫陽之技，但可欺俗人，不能欺志士。筮之不得，則後安所復用矣，此最趫達之言。玉固明知筮爲無益，托以通彼□，所謂不仁者，不可與理道哉。北至幽陵，南交阯只。西薄羊腸，東窮海只。魂乎歸徠！尚賢士只。（**萬曆本**）佚名手眉：至此則敎教四詑不難矣。發政獻行，禁苛暴只。（**萬曆本**）佚名手旁：政行苛暴者，則禁之。舉傑壓陛，（**萬曆本**）佚名手旁：字法。誅讒罷只。直贏在位，近禹麾只。豪傑執政，流澤施只。魂乎歸徠！國家爲只。（**萬曆本**）佚名手眉：凛然。此即三載考績，三考黜陟幽明之事，乃虞曲之終事也。雄雄赫赫，天德明只。（**萬曆本**）佚名手旁：氣象肅穆，筆力高妙，想作者何等胸襟！三公穆穆，登降堂只。（**方人杰本**）旁批：曲中之奏大射，揖讓尤奇絶。諸侯畢極，立九卿只。昭質既設，大侯張只。（**蔣之翹本**）孫鑛眉：曲中之奏大射，揖讓尤奇絶。（**萬曆本**）佚名手旁：所謂兵不用而諸侯自爲正之，具此王治之極也。執弓挾矢，揖辭讓只。（**方人杰本**）旁批：只此便住，命意高遠，含蘊不盡。魂乎徠歸！尚三王只。張符升眉：此節言天下化成之效也。林西仲曰：此皆帝王之事，非原所能自爲，其招懷王無疑。（**光集本**）手眉：以上德政威名。（**萬曆本**）佚名手眉：渾渾穆穆，筆意極古。佚名手旁：又是一則大主意、大結束。屈子爲王佐之才，知師莫若弟矣。（**林兆珂本**）佚名手眉：孤寡存也，賞罰當也，尚賢士也，尚三王也，□不能得死則以之，以是爲招屈子

逝魂蹶魄，委蹶□起忽□□矣。（**朱崇沐本**）佚名手眉：（朱）楚國僭稱，
欲踐其實矣，或亦屈平之志乎？

《大招》馮本章評：

朱熹曰：《大招》不知何人作，或曰屈原，或曰景差。其謂原作者，則
曰詞義高古，非原莫及。其謂不然者，則曰《漢志》定著原賦二十五篇，
今自《騷經》以至《漁父》，已充其目矣。其謂景差，則絕無左驗。是以讀
書者往往疑之。然又以宋玉《大》《小言賦》考之，則凡差語皆平淡醇古，
意亦深靖閒退，不爲詞人墨客浮夸艷逸之態，然后乃知此篇決爲差作無
疑也。雖其所言，有未免於神怪之惑、逸欲之娛者，然視《小招》則已遠
矣。其於天道之詘伸動靜，蓋略粗識其端倪於國體時政，又頗知其所先
後，是爲近於儒者窮理經世之學。予因表而出之，以俟後之君子。

陳深曰：夫以原之孤介，枯槁赴淵，死且不惜，豈可以鬼怪懼之，可
以荒淫動之耶？若曰：及時歸郢，察幽隱，存孤寡，治田邑，阜人民，禁
苛暴，流德澤，舉賢能，退罷庸，尚三王，及君之無恙，尚可爲也。以是
招之可矣。此則《小招》之所不及也。

金兆清評：他人纚纚處只著一二言，不必秀色古意自莽莽。（陸氏
小叙後）

又曰：不爲荒淫鬼怪之談，而尊賢士，尚三王，一軌於正，此則小招
所不及。

百本：

劉辰翁曰：《大招》雅淡有古致，較之《招魂》，如初唐之有元和，彼
態愈華妙，氣自暗灂耳。

桑悦曰：《大招》體致，不出《招魂》，而摛辭命意，又與《招隱》相似。
或者淮南八工之徒，因宋玉已有《招魂》，復擬作《大招》《小招》，未可知
也。況其詞賦，原以類從，或稱大山，或稱小山者乎？不然，何所據而
以玉之《招魂》，加其名曰"小"也。《小招》疑別有一篇，恐逸不傳。

孫鑛曰：光艷不如《小招》，而骨力過之。

陳深曰：見前。

金蟠曰：《招魂》已極一時之盛美，則後起者必變爲古鬱，勢當然也。不然，何取而復爲之。聚訟者軒輊其間，何耶？夫前無所倡，《招魂》難於創始，後踵其華，《大招》難於後勁，此二篇所以并垂千古也。後賢取材於富，廢一豈可哉！

聽雨齋本：

劉辰翁曰：見前。

桑悦曰：見前。

孫鑛曰：見前。

陳深曰：見前。

金蟠曰：見前。

蔣本：

劉辰翁曰：見前。

桑悦曰：見前。①

孫鑛曰：見前。

陳深曰：見前。

蔣之翹曰：《大招》勝於《招魂》，此沿襲宋人淺見也。就其説而論之，陳猶近是，孫謂骨力大過，謬矣。噫重濁迂腐骨力耶？即陳説鬼怪懼之，荒淫動之，亦未知寓言之義者。

陸時雍曰：《大招》舉宫室、飲食、聲色之類，與《招魂》同，其欲靡麗奇巧亦一。而語之不精，言之無味者，力不足也。

方人杰本：

《大招》不知何人所作，或曰屈原，或曰景差，自王逸時已不能明

---

①　蔣本另兩本無桑悦此段，而有楊慎語一段替之，文云："《招魂》豐蔚秾秀，先驅枚、馬而走僵班揚，千古之希聲也。《大招》體制雖同，而寒儉促迫，力追之不及。昭明選彼遺此，有見哉。朱子乃謂《大招》平淡醇古，不爲詞人浮艷之態，而近於儒者窮理之學，蓋取其尚三王、尚賢士之語也，然論詞賦不當如此。"

矣。其謂原作者，則曰辭義高古，非原莫及。其謂不然者，則曰《漢志》
定著原賦二十五篇，今至《騷經》以至《漁父》，已充其目矣。其謂景差，
則絕無左驗。今以宋玉《大》《小言賦》考之，凡差語皆平淡醇古，意亦
深靖閒退，乃知此爲差作無疑也。雖所言有未免於神怪之惑、逸欲之
娛者，然視《小招》則已遠矣。其於天道之詘伸動靜，國體時政先後之
間，要爲近於儒者窮理經世之學。予於是竊有感焉，因表而出之。**朱
晦翁**

　　《大招》雅淡有古致，較之《招魂》，如初唐之有元和，彼態愈華，妙
氣自暗灘耳。**劉須溪**

　　《大招》體制不出《招魂》，而摛辭命意，又與《招隱》相似。或者淮
南八公之徒，因宋玉已有《招魂》，復擬作《大招》《小招》，未可知也。況
其辭賦原以類從，或稱大山，或稱小山者乎？不然，何所據而以玉之
《招魂》加其名曰"小"也。《小招》疑別有一篇，恐逸不傳。**桑民懌**

　　按，晁無咎曰："屈原自傷，忠而被謗，乃作《離騷經》以諷懷王，不
見省納。及襄王立，又放之江南，復作《九歌》《天問》《九章》《遠游》《卜
居》《漁父》《大招》，自沉汨羅以死。其後宋玉作《九辯》《招魂》，漢賈誼
作《惜誓》，淮南小山作《招隱士》，東方朔作《七諫》，嚴忌作《哀時命》，
王襃作《九懷》，劉向作《九嘆》，皆擬其文而哀平之死。校書郎王逸，自
以爲南陽人，與原同里，悼傷之，作十六卷《章句》，又續爲《九思》，取班
固二序，附之爲十七篇。"按，《漢書·志》："屈原賦二十五篇。"今起《離
騷經》至《大招》凡六，《九章》《九歌》又十八，則原賦存者二十四篇耳，
并《國殤》《禮魂》在《九歌》之外十一，則溢而爲二十六篇。不知《國殤》
《禮魂》何以系於《九歌》之末，又不可合十一爲九。然則謂《大招》爲原
辭可疑也，夫以《招魂》爲義，恐非自作，或曰景差，蓋近之。**陸昭仲**

　　因天時以懷之，本人事以致之，深秀而靜，古艷而幽，情有餘痛，文
有餘韵，慰安欣幸冀祝之際，俱有有餘不盡之意。**方人杰**

楚辭卷第十一

惜誓第十一（陳深本）蘇轍曰：賈

誼、宋玉賦，皆天成自然。（萬本）王世貞曰：《惜誓》者，不知
誰所作也，或曰賈誼，疑不能明也。惜者，哀也。誓者，信
也，約也。言哀惜懷王與己信約，而復背之也。古者君臣將
共爲治，必以信誓相約，然後言乃從，而身以親也。蓋刺懷
王有始無終也。（百本）金蟠眉：觀朱子叙引，其珍重誼，何
如哉。誼當珍重，何如哉！（聽雨齋本）王逸評：惜者，哀也。
誓者，信也，約也。言哀惜懷王與己信約，而後背之也。古
者君臣將共爲治，必以信誓相約，然后言乃從，而身以親也。
蓋刺懷王有始無終也。（蔣之翹本）陸時雍眉：《惜誓》以下，
取而附之，皆非以其能楚，以其欲學楚耳。蔣之翹眉：《惜
誓》出於前代，而賈生用其語，以吊屈原，亦未可知。張符升
眉：蔣注本只限於屈原所作等篇，其餘所作者不錄，故《九
辯》及以下各篇，俱無增注。（萬曆本）佚名手眉：（墨）王逸
曰：惜者，哀也。誓者，信也，約也。言哀惜懷王與己信約，
而復背之也。古者君臣將共爲治，必以信誓相約，然後言乃
從，而身以親也。蓋刺懷王有始無終也。佚名手夾：（朱）清
深豪邁，激昂自異，有旁若無人之態，想見太傅高才。（葉邦
榮本）王世貞曰：《惜誓》者，不知誰所作也。或曰賈誼，疑不
能明也。惜者，哀也。誓者，信也，約也。言哀惜懷王與己

信約，而復背之也。古者君臣將共爲治，必以信誓相約，然
後言乃從，而身以親也。蓋刺懷王有始無終也。

　　惜余年老而日衰兮，歲忽忽而不反。[①]（馮眉）何孟春曰：賈誼
《惜誓賦》不知作於何時，誼死時年才三十三耳，賦已有“惜余年老而日
衰兮，歲忽忽而不反”語。（張本）陸時雍評：《惜誓》以下，取而附之者，
非以其能楚，以其欲學楚耳。（葉邦榮本）蘇轍曰：賈誼、宋玉賦，皆天
成自然。登蒼天而高舉兮，（方人杰本）旁批：一氣縱筆，瀰渺無際。
歷眾山而日遠。觀江河之紆曲兮，離四海之霑濡。攀北極而一
息兮，吸沆瀣以充虛。楊訥庵眉：“沆瀣”，夜半北方之氣，吸之令人
充體益壽。飛朱鳥使先驅兮，駕太一之象輿。蒼龍蚴虯於左驂
兮，白虎騁而爲右騑。建日月以爲蓋兮，載玉女於後車。馳鶩
於杳冥之中兮，休息虖昆侖之墟。（方人杰本）旁批：虛束。樂窮
極而不厭兮，願從容虖神明。涉丹水而馳騁兮，右大夏之遺風。
黃鵠之一舉兮，知山川之紆曲。（方人杰本）旁批：居身益高，所睹
愈遠，氣調高朗迴翔。（萬曆本）佚名手眉：（墨）朱子曰：“黃鵠之一舉”
數句，超然傑出，意言之表未易以筆墨蹊徑，論其高下淺深。（朱）朱子
謂其“傑出”者，蓋許其爲見道之言，蓋非尋常夸語也。佚名手旁：何等
氣象，何等襟懷，俯視塵世，皆蚊蚋耳。此豪傑自負之言，却用比體寫
出，尤有意味。（葉邦榮本）朱熹曰：“黃鵠之一舉兮”數句，此語超然拔
出，言意之表，未易以筆墨蹊徑，論其高下淺深。再舉兮，睹天地之
圜方。臨中國之眾人兮，（方人杰本）旁批：筆突兀而氣雄厚。托回
飇乎尚羊。乃至少原之壄兮，赤松王喬皆在旁。二子擁瑟而調
均兮，余因稱乎清商。澹然而自樂兮，吸眾氣而翱翔。念我長

――――――――――

　　① 百本引何語作：“賈誼《惜誓賦》不知作於何時，誼死年總三十三耳，
已有‘惜余生老’等語。”

生而久仙兮，（**方人杰本**）旁批：與上作開合，文盡致，意盡情。（**萬曆本**）佚名手旁：二句上下轉接。不如反余之故鄉。①（**陳深本**）朱熹眉："鴻鵠之一舉兮"數句，此語超然拔出，意言之表，未易以筆墨蹊徑，論其高下淺深。黃鵠後時而寄處兮，（**萬曆本**）佚名手眉：此節似與上下不接，然妙處在此。又曰：若不經意。佚名手旁：斷而復續，筆法豪橫。鴟梟群而制之。神龍失水而陸居兮，爲螻蟻之所裁。夫黃鵠神龍猶如此兮，（**方人杰本**）旁批：陡出正筆，前後文情震悚。（**萬曆本**）佚名手旁：倒喝起下文，有勢。況賢者之逢亂世哉！壽冉冉而日衰兮，固儃回而不息。俗流從而不止兮，衆枉聚而矯直。或偷合而苟進兮，或隱居而深藏。苦稱量之不審兮，同權概而就衡。或推迻而苟容兮，或直言之諤諤。傷誠是之不察兮，并紉茅絲以爲索。方世俗之幽昏兮，眩白黑之美惡。（**方人杰本**）旁批：感傷淋漓，不勝古今一轍之恨。放山淵之龜玉兮，（**萬曆本**）佚名手旁：又比。相與貴夫礫石。梅伯數諫而至醢兮，來革順志而用國。悲仁人之盡節兮，反爲小人之所賊。比干忠諫而剖心兮，箕子被髮而佯狂。水背流而源竭兮，（**方人杰本**）旁批：至理可以慰汩羅。（**萬曆本**）佚名手旁：又比。木去根而不長。（**萬曆本**）佚名手旁：折。非重軀以慮難兮，（**萬曆本**）佚名手旁：二句又轉。惜傷身之無功。（**萬曆本**）佚名手眉：養生之道，學問之方，皆可從此二語悟入。已矣哉！（**方人杰本**）旁批：一結文氣振越獨能生色。獨不見夫鸞鳳之高翔兮，（**萬曆本**）佚名手旁：又比。乃集大皇之壄。循四極而回周兮，見盛德而後下。彼聖人之神德兮，（**方人杰本**）旁批：冷冷清響，陰翳俱消。（**萬曆本**）佚名手旁：結出主意。遠濁世而

---

① 　聽雨齋本録此處朱熹語，作："'黃鵠之一舉兮'數句，超然傑出，意言之表，未易以筆墨蹊徑，論其高下淺深。"

自藏。使麒麟可得羈而係兮,(萬曆本)佚名手旁:又比。名語,亦快語,傲岸淋漓之至。又何以異虖犬羊?(萬曆本)佚名手眉:前三節言欲去而學仙,而終不能忘情故鄉;中五節言既返故鄉,而世俗之迷亂如此,將欲捐軀以殉,而又惜其無益,則仍遠逝以待時而已;末二節結出此意,蓋誼之爲原謀如此,而非復《騷》之本意矣。

《惜誓》馮本章評:

朱熹曰:《史》《漢》於《誼傳》獨載《吊屈原》《鵩鳥》二賦,而無此篇,故王逸雖謂"或云誼作,而疑不能明",獨洪興祖以爲其間數語,與《吊屈原賦》詞指略同,意爲誼作無疑者。今玩其詞,實亦環異奇偉,計非誼莫能及。

又曰:"黄鵠之一舉兮,知山川之紆曲。再舉兮,睹天地之圓方。"此語超然拔出,言意之表,未易以筆墨蹊徑,論其高下淺深。

百本:

蘇轍曰:賈誼、宋玉賦,皆天然自成。

孫鑛曰:光芒四射,不可迫視,自是洛陽年少。然屈宋遺踪,爲之一變矣。

蔣之翹曰:王逸云:"誓,信也,約也。"恐未必是。予謂:誓,近("近"聽本作"逝")也。古字通用。即屈子《惜往日》之意,觀首句可見。

金蟠曰:吟咏無多,孤遠絕俗,寓言處有高崖斷壑之概,斬斬嚴嚴。

蔣本:

桑悦曰:《惜誓》不知誰作,洪、朱二人信以爲賈誼,非也。誼死時,僅年三十有三,何以此章起句遂曰"昔年老而日衰兮,歲忽忽而不反"。

孫鑛曰:見前。

蔣之翹曰:王逸云:"誓,信也,約也。"言惜楚懷與己信約,而復背之,恐未必是。予謂:誓,逝也。古字通用。即屈子《惜往日》之意,觀首句可見。

方人杰本：

《史》《漢》於《誼傳》獨載《吊屈原》《鵩鳥》二賦，而無此篇，故王逸雖謂"或云誼作"，而疑不能明。獨洪興祖以爲其間數語，與《吊屈賦》辭指略同，意爲誼作無疑者。今玩其辭，實亦瓌異奇偉，計非誼莫能及也。○自原之後，作者繼起，而宋玉、賈誼、相如、揚雄爲之冠。然較其實，則宋、馬辭有餘而理不足，長於頌美而短於規過。雄乃專爲偷生苟免之計，既與原異趣矣，其文又以摹擬掇拾之故，斧鑿呈露，脉理斷續，其視宋、馬猶不逮也。獨賈太傅以卓然命世英傑之材，俯就《騷》律，所出三篇，皆非一時諸人所及。而此《惜誓》所謂"黃鵠之一舉兮，知山川之紆曲。再舉兮，睹天地之圓方"者，又於其間超然拔出，言意之表，未易以筆墨蹊徑，論其高下淺深也。**朱晦翁**

光芒四射，不可迫視，自是洛陽年少。然屈、宋遺踪，爲之一變矣。**孫月峰**

王逸云："誓，信也，約也。"言惜楚懷與己信約而復背之，恐未必是。予謂：誓，逝也。古字通用，即屈子《惜往日》之意，觀首句可見。**蔣楚稚**

議論精微，意氣悲壯，其勞安悼痛之意，俱從精義至理中曲曲寫出，兼有風人學人之致。**方人杰**

楚辭卷第十二

招隱士第十二（張本）胡應麟眉：漢

詩文賦皆極至，獨騷不逮。然大風之莊、小山之奇，冠絕千古，故不在多。吳汝綸評：仲師解《楚辭》他人之作，輒謂其傷悼屈子。此殊未然，然如此篇，亦實爲遷客而作，非避世之士也。（聽雨齋本）《漢·藝文志》有淮南王群臣賦四十四篇。王逸評：小山之徒，閔傷屈原，又怪其文升天乘雲，役使百神，似若仙者。雖身沉没，名德顯聞，與隱處山澤無異。故作《招隱士》之賦，以章其志也。（葉邦榮本）高似孫曰：少愛讀《楚辭》，淮南小山篇，聲峻環磊，他人制作不可企攀者。馮覲曰：淮南《招隱士》詞，即《招魂》《大招》之意。第其詞，環奇而意隱約。今讀之，亦猶有隆碪魂碢之氣，蓋比漢世諸作，庶幾超乘而上，與屈宋并驅矣。嘗聞淮南王安招延天下英俊，故八公之輩，俱以辭賦景從。今觀此詞，及《鴻烈》諸篇，共足以空視千古。然皆出於八公之徒，以此知其選矣。

桂樹叢生兮山之幽，（方人杰本）旁批：黯傷之意，寫境妙不在境。偃蹇連蜷兮枝相繚。① （陸本）孫鑛曰：造語特陗，咄咄敲金擊

---

① 蔣本録此處孫鑛語，作："全是急節，略無和緩，然造語特精哨，咄咄敲金擊玉。"

石。張煥如曰：古奧奇倔，當數漢文第一。又曰：悠然興思，悄然傷
懷，語短而意長矣。又曰：山中人道山中景，情致如洗。山氣龍嵸
兮石嵯峨，谿谷嶄巖兮水曾波。猨狖群嘯兮虎豹嗥，攀援（萬
曆本）佚名手旁：未出。桂枝兮聊淹留。（百本）金蟠眉：如此徑勿
使世中人知之。王孫游兮不歸，春草生兮萋萋。（馮眉）洪興祖
曰：樂府有《王孫游》，出於此。（方人杰本）旁批：悠然興思，悄然傷
懷，語短而意甚長。（萬曆本）佚名手旁：此句接得妙！有無限意致，
與"蟋蟀鳴此西堂"意同。歲暮兮不自聊，蟪蛄鳴兮啾啾。（張本）
陳繼儒眉：秀逸多風，是宋玉高弟子。（萬曆本）佚名手眉：上二節言
其淹留山中，更歷歲時，而不歸也。下二節乃承首節山木猿虎之屬
而極力描寫，言其可□如此。塊兮軋，（方人杰本）旁批：骨法奇而筆
古。山曲弟，（萬曆本）佚名手旁：二句短。心淹留兮恫慌忽。（萬
曆本）佚名手旁：一句長。罔兮沕，憭兮栗，虎豹穴，（陳深本）郭正
域眉：運斤處似《招魂》，脫略清警，自是名作。（萬曆本）佚名手旁：
三句短。叢薄深林兮人上栗。（百本）孫鑛眉：全是急節，略無和
緩，然造語特精峭，咄咄敲金擊玉。（萬曆本）佚名手旁：一句長。押
得峭。短調獨闋。嶔岑碕礒兮碅磳魂硊，樹輪相糾兮林木茷
骫。（蔣之翹本）焦竑眉：千巖競秀，萬壑爭流，草木蒙籠，其上若雲
興霞蔚。（葉邦榮本）郭正域曰：運斤處似《招魂》，脫略清□，自是名
作。青莎雜樹兮薠草靡靡，白鹿麏麚兮或騰或倚。狀兒崟崟
兮峨峨，凄凄兮漇漇。獼猴兮熊羆，慕類兮以悲。楊訥庵眉：後
二句另是一韻。（萬曆本）佚名手旁：峭。見異物猶知慕類如此。攀
援桂枝兮聊淹留。（馮眉）朱熹曰：再言其"援桂枝兮聊淹留"者，明
原未有歸意，不可得而招也。故又言由中之不可居者，而於終篇卒
致其意，若曰非不可留，但不可久耳，不敢遽必其來之詞也。（百本）
金蟠眉：極高削，而芳婉已極矣。（方人杰本）旁批：激切中深得婉孌
之意，騷人極致。（萬曆本）佚名手旁：斷而忽續。虎豹鬥兮熊羆

咆,禽獸駭兮亡其曹。(**萬曆本**)佚名手旁:更住不得。王孫兮歸來!(**萬曆本**)佚名手旁:與前句對照,作章法。山中兮不可以久留。(**萬曆本**)佚名手眉:此總上四節之意而結出,招其歸來,悲涼蕭颯之筆。

《招隱士》馮本章評:

朱熹曰:此篇視漢諸作最爲高古,説者以爲亦托意以招屈原也。

高似孫曰:少愛讀《楚辭》,淮南小山篇聲峻環磊,他人制作不可企攀者。

馮覲曰:淮南《招隱士》詞,即《招魂》《大招》之意。第其詞,環奇而意隱約。今讀之,亦猶有嶐嵷魂礧之氣蓋比漢世諸作,庶幾超乘而上,與屈宋并驅。嘗聞淮南王安招延天下英俊,故八公之輩,俱以辭賦景從。今觀此詞,及《鴻烈》諸篇,真足以空視千古。然皆出於八公之徒,以此知其選矣。

金兆清評:古奥奇倔,當屬漢文第一。(抄文中張焕如語)

又曰:詞瑰佶而意幽眇,即方諸穆天之謡,詛楚之文,未見其下,信宜與屈宋并驅。

百本:

李賀曰:《招隱士》逼似《招魂》蹊徑,而骨力似過之。

高似孫曰:少愛讀《楚辭·招隱》篇,聲峻環磊,他人不可企攀者。

桑悦曰:《招隱》筆力道上,骨奇法古,於西京中矯矯者,非後來擬作家可及。

馮覲曰:《招隱士》篇,詞環奇而意隱約,讀之有嶐嵷魂礧之氣,信宜與屈宋并驅。嘗聞淮南王安招延天下英俊,故八公之輩景從。今觀此詞,及《鴻烈》諸篇,知其選矣。

胡應鱗曰:漢詩文賦皆極至,獨《騷》不逮。然大風之壯、小山之奇,冠絶千古,故不在多。

　　楊慎曰：劉子《辨騷》云：“《招魂》《大招》，耀艷而深華。”皮日休評《楚辭》“幽秀古艷”。予稍易之云：《招魂》耀艷而深華，《招隱》幽秀而古朗。

　　馮夢禎曰：讀此如晨躋終南，獨立千仞，峰嶽皴皺，仄漫明晦，遠樹歷歷，煩草芊芊，禽鹿奔趹，真有山靜太古之意，儼然王孫出沒其間，留連而莫知其所處也。更復筆力驚絕，如夏鑄九鼎，龍文漫滅，已成，自然蒸變絪縕，將興神怪，八公之徒，寧特西漢異人，焉知非三代先秦遺耇耶？即并諸穆天之謠，詛楚之文，吾見其上，未見其下，可謂屈氏之畏友也。

　　陳繼儒曰：逸秀多風，是屈宋高弟子。

　　金蟠曰：文字中別有洞天，誠位置三閒於此，南面百城勿易也。況郢中濁世，招之肯來耶？

　　又曰：人生苦無多僥（“僥”聽本作“佳”）境，但時讀《招隱士》，胸襟自閒，丘壑骨子，自脫烟火。

蔣本：

　　李賀曰：見前。

　　高似孫曰：見前。

　　桑悅曰：見前。

　　馮覲曰：《招隱士》篇，詞環奇而意隱約，讀之有崟崰魂礧之氣，信宜與屈宋并驅。

　　楊慎曰：劉子《辨騷》云：“《招魂》《大招》，耀艷而深華。”四字尤盡二篇妙處。皮日休評《楚辭》“幽秀古艷”，亦與此相表里。予稍易之云：《招魂》耀艷而深華，《招隱》幽秀而古朗。

　　馮夢禎曰：見前。

　　陳繼儒曰：見前。

　　蔣之翹曰：人但知淮南鴻烈，才極鉅麗。此作獨出之以精陗，詎識其構思，吐語每清韻逼眉宇間，後左太冲本之，而反其意以作“非必絲與竹，山水有清音”之句，亦可爲善會心者。①

方人杰本：

《招隱士》，逼是《招魂》蹊徑，而骨力過之。**李長吉**

淮南王安好古愛士，招致賓客，客有八公之徒，分造辭賦，以類相從，或稱大山，或稱小山，如詩之有大小雅焉。此篇視漢諸作最爲高古，説者以爲亦托意以招屈原也。**朱晦翁**

漢詩文賦皆極至，獨《騷》不逮。然大風之壯、小山之奇，冠絶千古，固不在多。**胡應麟**

少愛讀《楚辭·招隱》篇，英峻環磊，他人不可企攀者。**高似孫**

全是急節，略無和緩，然造語特精牐，呾呾敲金擊玉。**孫月峰**

讀此如終南秋霽，千峰林立，其中草樹明滅，烟霞歷亂，真有山靜太古之意，儼然高士出没其間，留連而莫知其處所也。更復筆力驚絶，如夏鑄九鼎，龍文漫滅，已成自然。八公之徒，寧特西漢異人，焉知非三代先秦遺耆耶？即幷諸穆天之謡，詛楚之文，吾見其上，未見其下。**馮開之**

《招隱士》，却言山中不可留，其間有曲折，豈得草草卒業也。昔人謂與屈原無與，夫與屈子無與何過哉？然何以道得如許凄愴歷落，感憤痛惜，與《大招》《小招》悲慘之意無異也。安得謂非招屈子者哉？○一氣蟠折，而又欲鋒利若此，斷不易得。**方人杰**

---

① 蔣本另兩本引蔣之翹語，作："《騷》至《招隱士》，蓋數變矣。屈原幽深高古，宋玉秀朗艷逸，賈誼和平婉暢，淮南王安則奇瑰佶屈。蓋其意本以簡貴爲工，故句法令人時不能讀中，如‘塊兮軋’‘罔兮沕’‘憭兮慄’三句，其上下俱僅一字，而山石巉嚴，游人震悚之狀逼具，是何等脱略，何等清警。迨後王逸擬之，則曰‘悲兮愁，哀兮憂’，便不成句，可見文章家須以煉氣骨爲主，甚不必模仿在字句間也。"

楚辭卷第十三

七諫第十三

初放

　　平生於國兮，長於原壄。言語訥譅兮，又無彊輔。淺智褊能兮，聞見又寡。數言便事兮，見怨門下。王不察其長利兮，卒見棄乎原壄。（陳深本）陳深眉：幽悽孤恨，令人氣勃。伏念思過兮，無可改者。群衆成朋兮，上浸以惑。巧佞在前兮，賢者滅息。堯舜聖已沒兮，孰爲忠直？高山崔巍兮，水流湯湯。死日將至兮，與麋鹿同坑。塊兮鞠，當道宿，舉世皆然兮，余將誰告？（陳深本）張之象眉：長句中間以短句。斥逐鴻鵠兮，近習鴟梟，斬伐橘柚兮，列樹苦桃。便娟之脩竹兮，寄生乎江潭。上葳蕤而防露兮，下泠泠而來風。孰知其不合兮，若竹柏之異心。往者不可及兮，來者不可待。（張本）鍾惺眉：《楚辭》附《七諫》以下，音辭色味，自是兩截。惟一二奇字可撿者，另爲拈出。悠悠蒼天兮，莫我振理。竊怨君之不寤兮，吾獨死而後已。

沈江

　　惟往古之得失兮,覽私微之所傷。堯舜聖而慈仁兮,後世稱而弗忘。齊桓失於專任兮,夷吾忠而名彰。晉獻惑於驪姬兮,申生孝而被殃。偃王行其仁義兮,荊文寤而徐亡。紂暴虐以失位兮,周得佐乎呂望。修往古以行恩兮,封比干之丘壟。賢俊慕而自附兮,日浸淫而合同。明法令而修理兮,蘭芷幽而有芳。

　　苦衆人之妒予兮,箕子寤而佯狂。不顧地以貪名兮,心怫鬱而內傷。聯蕙芷以爲佩兮,過鮑肆而失香。正臣端其操行兮,反離謗而見攘。世俗更而變化兮,伯夷餓於首陽。獨廉潔而不容兮,叔齊久而逾明。浮雲陳而蔽晦兮,使日月乎無光。忠臣貞而欲諫兮,讒諛毀而在旁。秋草榮其將實兮,微霜下而夜降。商風肅而害生兮,百草育而不長。(張本)張鳳翼眉:語襲《九辯》,而有餘致。衆娿諧以妒賢兮,孤聖特而易傷。懷計謀而不見用兮,巖穴處而隱藏。成功隳而不卒兮,子胥死而不葬。世從俗而變化兮,隨風靡而成行。信直退而毀敗兮,虛僞進而得當。追悔過之無及兮,豈盡忠而有功。廢制度而不用兮,務行私而去公。終不變而死節兮,惜年齒之未央。將方舟而下流兮,冀幸君之發矇。痛忠言之逆耳兮,恨申子之沈江。願悉心之所聞兮,遭值君之不聰。不開寤而難道兮,不別橫之與縱。聽姦臣之浮説兮,絶國家之久長。滅規榘而不用兮,背繩墨之正方。離憂患而乃寤兮,若縱火於秋蓬。業失之而不救兮,尚何論乎禍凶?彼離畔而朋黨兮,獨行之士其何望?日漸染而不自知兮,秋毫微哉而變容。衆輕積而折軸兮,原咎雜而累重。赴湘沅之流澌兮,恐逐波而復東。懷沙礫而自沈兮,不忍見君之蔽壅。

怨世

　　世沈淖而難論兮，俗岭峨而嵾嵯。清泠泠而歼滅兮，溷湛湛而日多。梟鴉既以成群兮，玄鶴弭翼而屏移。蓬艾親入御於牀第兮，馬蘭踸踔而日加。棄捐葯芷與杜衡兮，余奈世之不知芳何。（張本）鍾惺眉：數語騷法猶在。何周道之平易兮，然蕪穢而險戲。高陽無故而委塵兮，唐虞點灼而毀議。誰使正其真是兮，雖有八師而不可爲。

　　皇天保其高兮，后土持其久。服清白以逍遥兮，偏與乎玄英異色。西施媞媞而不得見兮，嫫母勃屑而日侍。桂蠹不知所淹留兮，蓼蟲不知徙乎葵菜。處湣湣之濁世兮，今安所達乎吾志。意有所載而遠逝兮，固非衆人之所識。驥躊躇於弊輂兮，遇孫陽而得代。吕望窮困而不聊生兮，遭周文而舒志。甯戚飯牛而商歌兮，桓公聞而弗置。路室女之方桑兮，孔子過之以自侍。

　　吾獨乖剌而無當兮，心悼怵而耄思。思比干之怦怦兮，哀子胥之慎事。悲楚人之和氏兮，獻寶玉以爲石。遇厲武之不察兮，羌兩足以畢斷。小人之居勢兮，視忠正之何若？改前聖之法度兮，喜囁嚅而妄作。親讒諛而疏賢聖兮，訟謂閭娵爲醜惡。愉近習而蔽遠兮，孰知察其黑白。卒不得效其心容兮，安眇眇而無所歸薄。專精爽以自明兮，晦冥冥而壅蔽。年既已過太半兮，然埳軻而留滯。（張本）胡應麟眉：此段入屈宋語中，亦不易辨。欲高飛而遠集兮，恐離罔而滅敗。獨冤抑而無極兮，傷精神而壽夭。皇天既不純命兮，余生終無所依。

願自沈於江流兮，絕橫流而徑逝。寧爲江海之泥塗兮，安能久見此濁世？

怨思

士窮而隱處兮，廉方正而不容。子胥諫而靡軀兮，比干忠而剖心。子推自割而飤君兮，德日忘而怨深。行明白而曰黑兮，荊棘聚而成林。江離棄於窮巷兮，蒺藜蔓乎東廂。賢者蔽而不見兮，讒諛進而相朋。梟鴞並進而俱鳴兮，鳳皇飛而高翔。願壹往而徑逝兮，道壅絕而不通。

自悲

居愁懃其誰告兮，獨永思而憂悲。內自省而不慚兮，操愈堅而不衰。隱三年而無決兮，歲忽忽其若頹。憐余身不足以卒意兮，冀一見而復歸。哀人事之不幸兮，屬天命而委之咸池。身被疾而不閒兮，心沸熱其若湯。冰炭不可以相並兮，吾固知乎命之不長。哀獨苦死之無樂兮，惜予年之未央。悲不反余之所居兮，恨離予之故鄉。鳥獸驚而失群兮，猶高飛而哀鳴。狐死必首丘兮，夫人孰能不反其真情。故人疏而日忘兮，新人近而俞好。莫能行於杳冥兮，孰能施於無報？（**張本**）劉辰翁評：*流風結愬，無限憂傷。*

苦衆人之皆然兮，乘回風而遠游。凌恒山其若陋兮，聊愉娛以忘憂。悲虛言之無實兮，苦衆口之鑠金。遇故鄉而一顧兮，泣歔欷而霑衿。厭白玉以爲面兮，懷琬琰以爲心。邪氣入而感內兮，施玉色而外淫。何青雲之流瀾兮，微霜降之蒙蒙。

徐風至而徘徊兮，疾風過之湯湯。聞南藩樂而欲往兮，至會稽而且止。見韓衆而宿之兮，問天道之所在。借浮雲以送予兮，載雌霓而爲旌。駕青龍以馳鶩兮，班衍衍之冥冥。忽容容其安之兮，超慌忽其焉如。苦衆人之難信兮，願離群而遠舉。登巒山而遠望兮，好桂樹之冬榮。（**張本**）張鳳翼眉：此《遠游》剩語，却自佳。觀天火之炎煬兮，聽大壑之波聲。引八維以自道兮，含沆瀣以長生。居不樂以時思兮，食草木之秋實。飲菌若之朝露兮，構桂木而爲室。雜橘柚以爲囿兮，列新夷與椒楨。鵾鶴孤而夜號兮，哀居者之誠貞。

哀命

　　哀時命之不合兮，傷楚國之多憂。内懷情之潔白兮，遭亂世而離尤。惡耿介之直行兮，世溷濁而不知。何君臣之相失兮，上沉湘而分離。測汨羅之湘水兮，知時固而不反。傷離散之交亂兮，遂側身而既遠。處玄舍之幽門兮，穴巖石而窟伏。從水蛟而爲徒兮，與神龍乎休息。何山石之嶄巖兮，靈魂屈而偃蹇。含素水而蒙深兮，日眇眇而既遠。哀形體之離解兮，神罔兩而無舍。（**張本**）胡應麟眉：本《騷》風而□益俊態止所不及。惟椒蘭之不反兮，魂迷惑而不知路。願無過之設行兮，雖滅没之自樂。痛楚國之流亡兮，哀靈脩之過到。固時俗之溷濁兮，志瞀迷而不知路。念私門之正匠兮，遥涉江而遠去。念女嬃之嬋媛兮，涕泣流乎於悒。我決死而不生兮，雖重追吾何及。戲疾瀨之素水兮，望高山之蹇産。哀高丘之赤岸兮，遂没身而不反。

謬諫

　　怨靈修之浩蕩兮，夫何執操之不固。悲太山之爲隍兮，孰江河之可涸。願承閒而效志兮，恐犯忌而干諱。卒撫情以寂寞兮，然怊悵而自悲。玉與石其同匱兮，貫魚眼與珠璣。駑駿雜而不分兮，服罷牛而驂驥。年滔滔而自遠兮，壽冉冉而愈衰。心惇憚而煩冤兮，蹇超搖而無冀。

　　固時俗之工巧兮，滅規榘而改錯。却騏驥而不乘兮，策駑駘而取路。當世豈無騏驥兮，誠無王良之善馭。見執轡者非其人兮，故駒跳而遠去。不量鑿而正枘兮，恐矩矱之不同。不論世而高舉兮，恐操行之不調。弧弓弛而不張兮，孰云知其所至？無傾危之患難兮，焉知賢士之所死？俗推佞而進富兮，節行張而不著。賢良蔽而不群兮，朋曹比而黨譽。邪説飾而多曲兮，正法弧而不公。直士隱而避匿兮，讒諛登乎明堂。棄彭咸之娛樂兮，滅巧倕之繩墨。菎蕗雜於麇蒸兮，機蓬矢以射革。駕蹇驢而無策兮，又何路之能極？以直鍼而爲釣兮，又何魚之能得？伯牙之絶弦兮，無鍾子期而聽之。和抱璞而泣血兮，安得良工而剖之？（**張本**）鍾惺眉：俱撰屈氏舊辭，而音節殊乏異響。

　　同音者相和兮，同類者相似。飛鳥號其群兮，鹿鳴求其友。故叩宮而宮應兮，彈角而角動。虎嘯而谷風至兮，龍舉而景雲往。音聲之相和兮，言物類之相感也。夫方圜之異形兮，勢不可以相錯。列子隱身而窮處兮，世莫可以寄托。衆鳥皆有行列兮，鳳獨翔翔而無所薄。經濁世而不得志兮，願側身巖穴而自托。欲闔口而無言兮，嘗被君之厚德。獨便悁而懷毒兮，愁鬱鬱之焉極。念三年之積思兮，願壹見而陳詞。（**馮眉**）洪興祖曰：糜信以爲屈原著辭，見放九年，今云"三年積思願一見"，愚謂此言朔自爲也。《漢書·朔傳》:"亦鬱邑於不登用,故因名此章爲《謬諫》。"若云謬語,因托屈原以諷漢主也。予按《卜居》云:"屈原既放,三年不得復見。"則三年積思,正謂屈原也,惟以《謬諫》名篇,當如糜信之説爾。又曰:鮑慎思云:"篇目當在亂曰之後。"按,古本《釋文》《七諫》之後,亂曰別爲一篇,《九懷》《九思》皆同。不及君而騁説兮,世孰可爲明之。身寢疾而日愁兮,情沈抑而不揚。衆人莫可與論道兮,悲精神之不通。

亂曰:鸞皇孔鳳日以遠兮,畜鳧駕鵝。鷄鶩滿堂壇兮,黿鼉游乎華池。要褭奔亡兮,騰駕橐駝。鉛刀進御兮,遙棄太阿。拔搴玄芝兮,列樹芋荷。橘柚萎枯兮,苦李旖旎。甌瓿登於明堂兮,周鼎潛乎深淵。自古而固然兮,吾又何怨乎今之人!

楚辭卷第十四

哀時命第十四（**萬本**）王世貞曰：嚴
夫子名忌，與司馬相如俱好辭賦，客游於梁，梁孝王甚奇重
之。忌哀屈原受性忠貞，不遭明君而遇暗世，斐然作辭，嘆
而述之，故曰"哀時命"也。（**聽雨齋本**）王逸評：忌哀屈原受
性忠貞，不遭明君而遇暗世，斐然作辭，嘆而述之，故曰哀時
命也。（**萬曆本**）佚名手夾：初看若離然無紀，細閱之，皆有
條理。但文勢蒼鬱，令人難尋。○摹仿《騷》調，尺寸不失，
反覺寡味。蓋立意無超出前人處，徒仿其詞，則不能自拔
矣。以其僅存家法，故取之歟？（**葉邦榮本**）陳深曰：才高氣
鬱，讀之淒其。王世貞曰：同上萬本，實爲王逸語。

哀時命之不及古人兮，夫何予生之不遭時。（**蔣之翹本**）焦竑
眉：《哀時命》，直是《離騷》餘響。意致蕭《騷》，而才復宏麗，亦梁園之
傑也。（**陳深本**）陳深眉：才高氣鬱，讀之淒其。（**萬曆本**）佚名手旁：虛
領通篇。往者不可扳援兮，倈者不可與期。（**方人杰本**）旁批：上下
今古，只二語全神畢露。志憾恨而不逞兮，杼中情而屬詩。夜炯
炯而不寐兮，懷隱憂而歷茲。心鬱鬱而無告兮，眾孰可與深謀？
欿愁悴而委惰兮，老冉冉而逮之。（**方人杰本**）旁批：一氣凌空而
來，至此才住。（**萬曆本**）佚名手眉：此節哀己生不逢時，而老將至也。
以下皆疏此一段。居處愁以隱約兮，（**蔣之翹本**）蔣之翹眉：以下語

太襲而淺。(**方人杰本**)旁批：發來不可期意筆以神行。志沈抑而不揚。(**萬曆本**)佚名手旁：總一句。道壅塞而不通兮，(**萬曆本**)佚名手旁：領起下文。江河廣而無梁。願至昆侖之懸圃兮，采鍾山之玉英。攀瑤木之檀枝兮，望閬風之板桐。弱水汩其爲難兮，路中斷而不通。勢不能凌波以徑度兮，又無羽翼而高翔。(**萬曆本**)佚名手旁：上一段言仙路之難至，志之沉抑者一。然隱憫而不達兮，獨徙倚而彷徉。悵惝罔以永思兮，(**慶安本**)"惝罔"，恐與"惝怳"同意。《玉篇》："惝怳，失意不悅。"□《莊子》則陽客出而君惝然若有亡也。心紆軫而增傷。倚躊躇以淹留兮，日饑饉而絕糧。廓抱景而獨倚兮，超永思乎故鄉。(**方人杰本**)旁批：雅煉而有疏越之氣，能曲折盡其致。廓落寂而無友兮，誰可與玩此遺芳？(**萬曆本**)佚名手旁：所謂孰可深謀。白日晼晼其將入兮，哀余壽之弗將。(**萬曆本**)佚名手旁：所謂老冉冉將至。車既弊而馬罷兮，蹇邅徊而不能行。(**萬曆本**)佚名手旁：上一段言濁世之南行，志之沉抑者又一。身既不容於濁世兮，不知進退之宜當。(**陳深本**)陳深眉：此段詳論懇至，文氣纖密。

　　冠崔嵬而切雲兮，劍淋離而從橫。(**葉邦榮本**)陳深曰：此段議論懇至，文氣纖密。衣攝葉以儲與兮，左袪挂於榑桑。右衽拂於不周兮，六合不足以肆行。(**萬曆本**)佚名手旁：言己志之大。上同鑿枘於伏戲兮，下合矩矱於虞唐。願尊節而式高兮，志猶卑夫禹湯。(**萬曆本**)佚名手旁：言己志之高。雖知困其不改操兮，(**萬曆本**)佚名手旁："困"謂上二段云云。終不以邪枉害方。世並舉而好朋兮，(**萬曆本**)佚名手旁：四句又領起下文。壹斗斛而相量。眾比周以肩迫兮，賢者遠而隱藏。(**萬曆本**)佚名手眉：此節言己志之不逞，欲進不進，欲退不退，中間兩不能處，正所謂沉抑而不揚也。然迴視己之冠劍衣服，超然如故，而其志之高且大者，不以困而

少移焉，則世雖莫容，而賢者唯遠隱而已。爲鳳皇作鶉籠兮，（張本）
胡應麟眉："筴鳳"字已佳，鶉籠更有趣味。（方人杰本）旁批：轉入本
身，仍有虛致。（萬曆本）佚名手旁：比起。雖翕翅其不容。（萬曆
本）佚名手旁：曲。靈皇其不寤知兮，焉陳詞而效忠？俗嫉妒而蔽
賢兮，孰知余之從容？願舒志而抽馮兮，庸詎知其吉凶？璋珪
雜於甑窐兮，（萬曆本）佚名手旁：又比。隴廉與孟娵同宮。舉世
以爲恒俗兮，固將愁苦而終窮。幽獨轉而不寐兮，惟煩懣而盈
匈。魂眇眇而馳騁兮，心煩冤之忡忡。（萬曆本）佚名手眉：此節
承上"壹斗斛而相量"意來，言困於恒俗，而煩冤永嘆也。三喻皆一意。
志欲憾而不憺兮，路幽昧而甚難。

　　塊獨守此曲隅兮，然欲切而永嘆。（萬曆本）佚名手眉：申上
"愁苦終窮"意。愁脩夜而宛轉兮，（萬曆本）佚名手旁：二句承上。
氣涫沸其若波。握剞劂而不用兮，（方人杰本）旁批：文氣奇矯，不
可控御。（萬曆本）佚名手旁：二句轉下。操規榘而無所施。騏驥
於中庭兮，（萬曆本）佚名手旁：又比。焉能極夫遠道？置猨狖於
櫺檻兮，（萬曆本）佚名手旁：又比。夫何以責其捷巧？（萬曆本）佚
名手眉：申上"不用無施"意。馴跤鼇而上山兮，吾固知其不能陞。
釋管晏而任臧獲兮，（方人杰本）旁批：愈諧愈傷（鍾惺語）。何權衡
之能稱？（張本）鍾惺眉：愈諧愈傷。（萬曆本）佚名手眉：上三節言己
既困於恒俗，技無所施，而不才者反見任用，顛倒之甚也。佚名手旁：
斗斛既混，權衡自喪。箟簬雜於廐蒸兮，（萬曆本）佚名手旁：又比。
才者棄。機蓬矢以射革。（萬曆本）佚名手旁：不才者用。負檐荷
以丈尺兮，（萬曆本）佚名手旁：才大賤卑。欲伸要而不可得。外迫
脅於機臂兮，上牽聯於繒隹。（萬曆本）佚名手旁：勢窮力竭。肩傾
側而不容兮，固陿腹而不得息。（萬曆本）佚名手眉：總申上數節之
旨。自"世并舉而好朋"領起，此六節分疏其蔽惑之甚。至於顛倒錯

亂,所謂生不逢時者,於此盡發之矣。務光自投於深淵兮,(**萬曆本**)
佚名手旁:引古。不獲世之塵垢。(**方人杰本**)旁批:曠本於識,達在
於學,自非虛憍之氣可能仿佛。埶魁摧之可久兮,願退身而窮處。
(**萬曆本**)佚名手旁:領起下文。鑿山楹而爲室兮,下被衣於水渚。
霧露濛濛其晨降兮,雲依斐而承宇。虹霓紛其朝霞兮,夕淫淫
而淋雨。怊茫茫而無歸兮,悵遠望此曠野。下垂釣於谿谷兮,
上要求於仙者。與赤松而結友兮,比王僑而爲耦。使梟楊先導
兮,白虎爲之前後。浮雲霧而入冥兮,騎白鹿而容與。(**萬曆本**)
佚名手眉:此節承上來,言既生不逢時,如此則當退身窮處,與赤松、王
喬爲友,而往而不歸也。自此以下,皆根前"賢者遠而隱藏"一句。

　　魂眐眐以寄獨兮,汨徂往而不歸。處卓卓而日遠兮,志浩
蕩而傷懷。(**萬曆本**)佚名手眉:申上意,獨往□後此志猶存。鸞鳳
翔於蒼雲兮,(**萬曆本**)佚名手旁:又比。故矰繳而不能加。(**方人
杰本**)旁批:氣象光華,自他有耀古今一體道得聖賢青天白日心事出
來。蛟龍潛於旋淵兮,身不挂於罔羅。知貪餌而近死兮,不如下
游乎清波。寧幽隱以遠禍兮,孰侵辱之可爲?子胥死而成義
兮,(**萬曆本**)佚名手旁:引古。屈原沈於汨羅。(**萬曆本**)佚名手眉:
若代原自述,則古今不宜對□,且直呼姓,亦不可解。佚名手旁:證今。
雖體解其不變兮,豈忠信之可化?志怦怦而內直兮,(**慶安本**)字
典怦怦,忠直只。《九辯》朱注心急只。履繩墨而不頗。埶權衡而
無私兮,稱輕重而不差。(**萬曆本**)佚名手眉:言己雖獨往以遠侵辱,
而志之所存,至死不變。"履繩墨","埶權衡",皆不以邪枉而害方之
事。摡塵垢之枉攘兮,除穢累而反真。形體白而質素兮,中皎潔
而淑清。時猒飫而不用兮,且隱伏而遠身。(**方人杰本**)旁批:收
束全文,憤懣之氣,拂拂從十指間出。聊竄端而匿迹兮,嘆寂默而
無聲。獨便悁而煩毒兮,(**慶安本**)安貞按,悁,憂也。便悁,即煩毒

意也。焉發憤而抒情。時曖曖其將罷兮,(**慶安本**)"曖曖",昏昧
只。遂悶嘆而無名。(**萬曆本**)佚名手眉:此節言己退身窮處,雖抱
高大之志、潔白之行,而不得陳列,殺名俱寐,迄無成就,尚冀一見陽
春。而疾病之餘,年壽將不得終,此時命之所以絕,可哀也。伯夷死
於首陽兮,(**萬曆本**)佚名手旁:引古。卒夭隱而不榮。太公不遇
文王兮,身至死而不得逞。懷瑤象而佩瓊兮,願陳列而無正。
生天墜之若過兮,忽爛漫而無成。邪氣襲余之形體兮,疾憯怛
而萌生。願壹見陽春之白日兮,恐不終乎永年。(**方人杰本**)旁
批:一句掉轉,盡而不盡,有反焰翻壁之妙。

百本:

孫鑛曰:迎之無首,隨之無尾,纏綿反覆,亦自具章法。唐以後人
不能及,惜其調入窠白,不能脱穎出也。

焦竑曰:《哀時命》,直是《離騷》餘響。音致蕭《騷》,而才復宏麗,
亦梁園之傑也。

陳深曰:此篇識力,且在長沙之後。然朱子以爲較《七諫》諸篇,差
不推萎耳。姑輯之。

蔣本:

孫鑛曰:見前。

陳深曰:見前。

蔣之翹曰:文雖具西京本色,亦無病呻吟之流也。

方人杰本:

嚴夫子忌與司馬相如,俱好辭賦,客游於梁,梁孝王甚奇重之。忌
哀屈原受性忠貞,不遭明君而遇暗世,斐然作辭,嘆而述之,故曰哀時
命也。王叔師

《哀時命》,直是《離騷》餘響。音致蕭《騷》,而才復宏麗,亦梁園之
傑也。焦弱侯

迎之無首，隨之無尾，纏綿反覆，自具章法。唐以後人不能及。孫月峰

層次轉折，渾灝煉净，有蕭瑟之氣，又有幽艷之光，自具雅人深致。方人杰

楚辭卷第十五

九懷第十五

匡機

極運兮不中，來將屈兮困窮。余深愍兮慘怛，願一列兮無從。乘日月兮上征，顧游心兮鄗酆。彌覽兮九隅，彷徨兮蘭宮。芷閭兮药房，奮搖兮衆芳。菌閣兮蕙樓，觀道兮從橫。寶金兮委積，美玉兮盈堂。桂水兮潺湲，揚流兮洋洋。菁蔡兮踴躍，孔鶴兮回翔。撫檻兮遠望，念君兮不忘。怫鬱兮莫陳，永懷兮內傷。

通路

天門兮墜戶，孰由兮賢者？無正兮溷廁，懷德兮何睹？假寐兮愍斯，誰可與兮寤語？痛鳳兮遠逝，畜鴆兮近處。鯨鱏兮幽潛，從蝦兮游渚。乘虬兮登陽，載象兮上行。朝發兮蔥嶺，夕至兮明光。北飲兮飛泉，南采兮芝英。宣游兮列宿，順極兮彷徉。紅采兮騂衣，翠縹兮爲裳。舒佩兮綝纚，竦余劍兮干將。

（張本）劉辰翁評：奇麗俊雅，容止甚都。騰蛇兮後從，飛駆兮步旁。微觀兮玄圃，覽察兮瑶光。啓匱兮探筴，悲命兮相當。紉蕙兮永辭，吴汝綸評：“永辭”，猶《尚書》“永言”之永，讀爲“咏”。將離兮所思。浮雲兮容與，道余兮何之？遠望兮仟眠，聞雷兮闐闐。陰憂兮感余，惆悵兮自憐。

危俊

林不容兮鳴蜩，余何留兮中州？陶嘉月兮總駕，搴玉英兮自脩。結榮茝兮逶逝，將去烝兮遠游。徑岱土兮魏闕，歷九曲兮牽牛。聊假日兮相伴，遺光燿兮周流。望太一兮淹息，紆余轡兮自休。晞白日兮皎皎，彌遠路兮悠悠。顧列孛兮縹縹，觀幽雲兮陳浮。鉅寶遷兮砏磤，雉咸雊兮相求。泱莽莽兮究志，懼吾心兮惝惝。步余馬兮飛柱，覽可與兮匹儔。卒莫有兮纖介，永余思兮怞怞。

昭世

世溷兮冥昏，違君兮歸真。乘龍兮偃蹇，高回翔兮上臻。襲英衣兮緹緆，披華裳兮芳芬。登羊角兮扶輿，浮雲漠兮自娱。握神精兮雍容，與神人兮相胥。流星墜兮成雨，進瞵盼兮上丘墟。覽舊邦兮溢鬱，余安能兮久居。志懷逝兮心慄，紆余轡兮躊躇。（張本）劉辰翁評：風流凄婉，江鮑之始音也。聞素女兮微歌，聽王后兮吹竽。魂凄愴兮感哀，腸回回兮盤紆。撫余佩兮繽紛，高太息兮自憐。使祝融兮先行，令昭明兮開門。馳六蛟兮上征，竦余駕兮入冥。歷九州兮索合，誰可與兮終生？忽反顧兮西圉，睹軫丘兮崎傾。橫垂涕兮泫流，悲余后兮失靈。

尊嘉

　　季春兮陽陽，列草兮成行。余悲兮蘭生，委積兮從橫。江離兮遺捐，辛夷兮擠臧。伊思兮往古，亦多兮遭殃。伍胥兮浮江，屈子兮沈湘。運余兮念茲，心內兮懷傷。望淮兮沛沛，濱流兮則逝。榜舫兮下流，東注兮磕磕。蛟龍兮導引，文魚兮上瀨。抽蒲兮陳坐，援芙蕖兮爲蓋。水躍兮余旌，繼以兮微蔡。雲旗兮電鶩，儵忽兮容裔。河伯兮開門，迎余兮歡欣。顧念兮舊都，懷恨兮艱難。竊哀兮浮萍，汎淫兮無根。

蓄英

　　秋風兮蕭蕭，舒芳兮振條。微霜兮眇眇，病夭兮鳴蜩。（**張本**）王世貞眉：聲詞輕俊，與枚蔡媲美。玄鳥兮辭歸，飛翔兮靈丘。望谿谷兮滃鬱，熊羆兮呴嘷。唐虞兮不存，何故兮久留？臨淵兮汪洋，顧林兮忽荒。修余兮袿衣，騎霓兮南上。櫟雲兮回回，亹亹兮自強。將息兮蘭皋，失志兮悠悠。菸蘊兮黴黧，思君兮無聊。身去兮意存，愴恨兮懷愁。

思忠

　　登九靈兮游神，靜女歌兮微晨。悲皇丘兮積葛，眾體錯兮交紛。貞枝抑兮枯槁，柱車登兮慶雲。感余志兮慘栗，心惝惝兮自憐。駕玄螭兮北征，曳吾路兮蔥嶺。連五宿兮建旄，揚氛氣兮爲旌。歷廣漠兮馳騖，覽中國兮冥冥。玄武步兮水母，與吾期兮南榮。登華蓋兮乘陽，聊逍遙兮播光。抽庫婁兮酌醴，援颮瓜兮接糧。畢休息兮遠逝，發玉軔兮西行。惟時俗兮疾正，弗可久兮此方。寙辟摽兮永思，心怫鬱兮內傷。

陶壅

覽杳杳兮世惟，余惆悵兮何歸？傷時俗兮溷亂，將奮翼兮高飛。駕八龍兮連蜷，建虹旌兮威夷。觀中宇兮浩浩，紛翼翼兮上躋。浮溺水兮舒光，淹低佪兮京沶。屯余車兮索友，睹皇公兮問師。道莫貴兮歸真，羨余術兮可夷。吾乃逝兮南娭，道幽路兮九疑。越炎火兮萬里，過萬首兮巍巍。濟江海兮蟬蛻，絕北梁兮永辭。浮雲鬱兮晝昏，霾土忽兮塺塺。息陽城兮廣夏，衰色罔兮中怠。意曉陽兮燎寤，乃自診兮在茲。思堯舜兮襲興，幸咎繇兮獲謀。悲九州兮靡君，撫軾嘆兮作詩。

株昭

悲哉於嗟兮，心內切磋。款冬而生兮，凋彼葉柯。瓦礫進寶兮，捐棄隨和。鉛刀厲御兮，頓棄太阿。騏垂兩耳兮，中坂蹉跎。蹇驢服駕兮，無用日多。修潔處幽兮，貴寵沙劘。鳳皇不翔兮，鶉鴳飛揚。乘虹驂蜺兮，載雲變化。鷫□開路兮，後屬青蛇。步驟桂林兮，超驤卷阿。丘陵翔儛兮，谿谷悲歌。神章靈篇兮，赴曲相和。余私娛茲兮，孰哉復加。還顧世俗兮，壞敗罔羅。卷佩將逝兮，涕流滂沱。

亂曰：(張本)鍾惺眉：一亂似銘。皇門開兮照下土，株穢除兮蘭芷睹。四佞放兮後得禹，聖舜攝兮昭堯緒，孰能若兮願爲輔。

楚辭卷第十六

九嘆第十六

逢紛

伊伯庸之末冑兮，諒皇直之屈原。（**陳深本**）陳深眉：辭語短長於邑，鬱結不倫，有不任其聲，而促舉其詞者焉。云余肇祖於高陽兮，惟楚懷之嬋連。吳汝綸評：此子政自喻。原生受命於貞節兮，鴻永路有嘉名。齊名字於天地兮，竝光明於列星。吸精粹而吐氛濁兮，橫邪世而不取容。行叩誠而不阿兮，遂見排而逢讒。后聽虛而黜實兮，不吾理而順情。腸憤悁而含怒兮，志遷蹇而左傾。心懭慌其不我與兮，躬速速其不吾親。辭靈修而隕志兮，吟澤畔之江濱。椒桂羅以顛覆兮，有竭信而歸誠。讒夫藹藹而漫著兮，曷其不舒予情。

始結言於廟堂兮，信中塗而叛之。懷蘭蕙與衡芷兮，行中壄而散之。聲哀哀而懷高丘兮，心愁愁而思舊邦。願承閒而自恃兮，徑淫曀而道廱。（**張本**）張鳳翼眉：本《騷》辭而少變化。顏黴黧以沮敗兮，精越裂而衰耄。裳襜襜而含風兮，衣納納而掩露。

赴江湘之湍流兮,順波湊而下降。徐徘徊於山阿兮,飄風來之
汹汹。馳余車兮玄石,步余馬兮洞庭。平明發兮蒼梧,夕投宿
兮石城。芙蓉蓋而菱華車兮,紫貝闕而玉堂。薜荔飾而陸離薦
兮,魚鱗衣而白蜺裳。登逢龍而下隕兮,違故都之漫漫。思南
郢之舊俗兮,腸一夕而九運。揚流波之潢潢兮,體溶溶而東回。
心怊悵以永思兮,意晻晻而日頹。白露紛以塗塗兮,秋風瀏以
蕭蕭。身永流而不還兮,魂長逝而常愁。

　　嘆曰:譬彼流水,紛揚磕兮。波逢汹涌,潰漇沛兮。揄揚滌
蕩,漂流隕往,觸崟石兮。

　　龍卬脅圈,繚戾宛轉,阻相薄兮。遭紛逢凶,蹇離尤兮。垂
文揚采,遺將來兮。

離世

　　靈懷其不吾知兮,靈懷其不吾聞。(**張本**)劉辰翁評:半俚半
雅却妙。就靈懷之皇祖兮,愬靈懷之鬼神。靈懷曾不吾與兮,即
聽夫人之諛辭。余辭上參於天墜兮,旁引之於四時。指日月使
延照兮,撫招搖以質正。立師曠俾端辭兮,命咎繇使竝聽。兆
出名曰正則兮,卦發字曰靈均。余幼既有此鴻節兮,長愈固而
彌純。不從俗而詖行兮,直躬指而信志。不枉繩以追曲兮,屈
情素以從事。端余行其如玉兮,述皇輿之踵跡。群阿容以晦光
兮,皇輿覆以幽辟。輿中塗以回畔兮,馴馬驚而橫犇。執組者
不能制兮,必折軏而摧轅。斷鑣銜以馳騖兮,暮去次而敢止。
路蕩蕩其無人兮,遂不禦乎千里。

　　身衡陷而下沈兮,不可獲而復登。不顧身之卑賤兮,惜皇
輿之不興。出國門而端指兮,冀壹寤而錫還。哀僕夫之坎毒

兮，屢離憂而逢患。九年之中不吾反兮，思彭咸之水游。惜師延之浮渚兮，赴汨羅之長流。遵江曲之逶移兮，觸石碕而衡游。波澧澧而揚澆兮，順長瀨之濁流。凌黃沱而下低兮，思還流而復反。玄輿馳而並集兮，身容與而日遠。櫂舟杭以橫濿兮，濟湘流而南極。立江界而長吟兮，愁哀哀而累息。情慌忽以忘歸兮，神浮游以高厲。心蛩蛩而懷顧兮，魂眷眷而獨逝。

　　嘆曰：余思舊邦，心依違兮。日暮黃昏，羌幽悲兮。去郢東遷，余誰慕兮？讒夫黨旅，其以茲故兮。河水淫淫，情所願兮。顧瞻郢路，終不返兮。（張本）劉辰翁評：入寒翠袖日□倚竹幽怨□相以此□之深於《騷》也。

怨思

　　惟鬱鬱之憂毒兮，志坎壈而不違。身憔悴而考旦兮，日黃昏而長悲。閔空宇之孤子兮，哀枯楊之冤鶵。孤雌吟於高墉兮，鳴鳩栖於桑榆。玄蝯失於潛林兮，獨偏棄而遠放。征夫勞於周行兮，處婦憤而長望。申誠信而罔違兮，情素潔於紐帛。（張本）鍾惺眉：修□俊潔。光明齊於日月兮，文采燿於玉石。傷壓次而不發兮，思沈抑而不揚。芳懿懿而終敗兮，名靡散而不彰。

　　背玉門以犇騖兮，蹇離尤而干訴。若龍逢之沈首兮，王子比干之逢醢。念社稷之幾危兮，反爲讎而見怨。思國家之離沮兮，躬獲愆而結難。若青蠅之僞質兮，晉驪姬之反情。恐登階之逢殆兮，故退伏於末庭。孽臣之號咷兮，本朝蕪而不治。犯顏色而觸諫兮，反蒙辜而被疑。菀蘼蕪與菌若兮，漸藁本於洿瀆。淹芳芷於腐井兮，棄雞駭於筐簏。執棠谿以刜蓬兮，秉干將以割肉。筐澤瀉以豹韝兮，破荊和以繼築。時溷濁猶未清兮，世殽亂猶未察。欲容與以竢時兮，懼年歲之既晏。顧屈節以從流兮，心鞏鞏而不夷。寧浮沉而馳騁兮，下江湘以邅迴。

嘆曰：山中檻檻，余傷懷兮。征夫皇皇，其孰依兮。經營原野，杳冥冥兮。乘騏騁驥，舒吾情兮。歸骸舊邦，莫誰語兮。長辭遠逝，乘湘去兮。

遠逝

志隱隱而鬱怫兮，愁獨哀而冤結。腸紛紜以繚轉兮，涕漸漸其若屑。情慨慨而長懷兮，信上皇而質正。合五嶽與八靈兮，訊九魁與六神。指列宿以白情兮，訴五帝以置辭。北斗爲我折中兮，太一爲余聽之。云服陰陽之正道兮，御后土之中和。佩蒼龍之蚴虬兮，帶隱虹之逶蛇。曳彗星之皓旰兮，撫朱爵與鵔鸃。游清靈之颯戾兮，服雲衣之披披。杖玉華與朱旗兮，垂明月之玄珠。舉霓旌之墆翳兮，建黃繡之總旄。躬純粹而罔愆兮，承皇考之妙儀。

惜往事之不合兮，橫汨羅而下瀝。乘隆波而南渡兮，逐江湘之順流。赴陽侯之潢洋兮，下石瀨而登洲。陸魁堆以蔽視兮，雲冥冥而闇前。山峻高以無垠兮，遂曾閎而迫身。雪霧霧而薄木兮，雲霏霏而隕集。阜隘狹而幽險兮，石嶜嵯以翳日。悲故鄉而發忿兮，去余邦之彌久。（張本）鍾惺眉：無限蕭騷幽眇之□。背龍門而入河兮，登大墳而望夏首。橫舟航而濟湘兮，耳聊啾而憭慌。波淫淫而周流兮，鴻溶溢而滔蕩。路曼曼其無端兮，周容容而無識。引日月以指極兮，少須臾而釋思。水波遠以冥冥兮，眇不睹其東西。順風波以南北兮，霧宵晦以紛紛。

日杳杳以西頽兮，路長遠而窘迫。欲酌醴以娛憂兮，蹇騷騷而不釋。

　　嘆曰：飄風蓬龍，埃坲坲兮。中木搖落，時槁悴兮。遭傾遇禍，不可救兮。長吟永欷，涕究究兮。舒情陳詩，冀以自免兮。

　　頽流下隕，身日遠兮。

惜賢

　　覽屈氏之《離騷》兮，心哀哀而怫鬱。聲嗷嗷以寂寥兮，顧僕夫之憔悴。撥諂諛而匡邪兮，切洿涊之流俗。蕩湸湊之姦咎兮，夷蠢蠢之溷濁。懷芬香而挾蕙兮，佩江蘺之斐斐。握申椒與杜若兮，冠浮雲之峨峨。登長陵而四望兮，覽芷圃之蠡蠡。游蘭皋與蕙林兮，睨玉石之嵾嵯。揚精華以眩燿兮，芳鬱渥而純美。（張本）胡應麟眉：酷擬《騷》辭，反不如《九思》，自成結撰□。結桂樹之旖旎兮，紉荃蕙與辛夷。芳若茲而不御兮，捐林薄而菀死。

　　驅子僑之犇走兮，申徒狄之赴淵。若由夷之純美兮，介子推之隱山。晉申生之離殃兮，荊和氏之泣血。吳申胥之抉眼兮，王子比干之橫廢。欲卑身而下體兮，心隱惻而不置。方圜殊而不合兮，鉤繩用而異態。欲竢時於須臾兮，日陰曀其將暮。時遲遲其日進兮，年忽忽而日度。妾周容而入世兮，内距閉而不開。竢時風之清激兮，愈氛霧其如塵。進雄鳩之耿耿兮，讒介介而蔽之。默順風以偃仰兮，尚由由而進之。心懭悢以冤結兮，情舛錯以曼憂。搴薜荔於山野兮，采撚支於中洲。望高丘而嘆涕兮，悲吸吸而長懷。孰契契而委棟兮，日晻晻而下頽。

嘆曰:江湘油油,長流汨兮。挑揄揚汰,蕩迅疾兮。憂心展轉,愁怫鬱兮。冤結未舒,長隱忿兮。丁時逢殃,可奈何兮。勞心悁悁,涕滂沱兮。

憂苦

悲余心之悁悁兮,哀故邦之逢殃。辭九年而不復兮,獨煢煢而南行。思余俗之流風兮,心紛錯而不受。遵壄莽以呼風兮,步從容於山廋。巡陸夷之曲衍兮,幽空虛以寂寞。倚石巖以流涕兮,憂憔悴而無樂。登巑岏以長企兮,望南郢而闚之。山脩遠其遼遼兮,塗漫漫其無時。聽玄鶴之晨鳴兮,於高岡之峨峨。獨憤積而哀娛兮,翔江洲而安歌。

三鳥飛以自南兮,覽其志而欲北。願寄言於三鳥兮,去飄疾而不可得。

欲遷志而改操兮,心紛結其未離。外彷徨而游覽兮,內惻隱而含哀。聊須臾以時忘兮,心漸漸其煩錯。願假簧以舒憂兮,志紆鬱其難釋。嘆《離騷》以揚意兮,猶未殫於《九章》。長噓吸以於悒兮,涕橫集而成行。傷明珠之赴泥兮,魚眼璣之堅藏。同駑贏與棄駔兮,雜斑駮與闒茸。葛藟虆於桂樹兮,鴟鴞集於木蘭。(張本)鍾惺眉:字字□子雲之奇。偓促談於廊廟兮,律魁放乎山間。惡虞氏之簫《韶》兮,好遺風之《激楚》。潛周鼎於江淮兮,爨土鬵於中宇。且人心之持舊兮,而不可保長。遵彼南道兮,征夫宵行。思念郢路兮,還顧眷眷。涕流交集兮,泣下漣漣。

嘆曰:登山長望,中心悲兮。菀彼青青,泣如頹兮。留思北顧,涕漸漸兮。折銳摧矜,凝氾濫兮。念我煢煢,魂誰求兮?僕夫慌悴，散若流兮。

愍命

　　昔皇考之嘉志兮，喜登能而亮賢。情純潔而罔藏兮，姿盛質而無愆。放佞人與諂諛兮，斥讒夫與便嬖。親忠正之悃誠兮，招貞良與明智。心溶溶其不可量兮，情澹澹其若淵。回邪辟而不能入兮，誠願藏而不可遷。逐下袟於後堂兮，迎宓妃於伊雒。刺讒賊於中霤兮，選呂管於榛薄。叢林之下無怨士兮，江河之畔無隱夫。三苗之徒以放逐兮，伊皋之倫以充廬。（馮眉）洪興祖曰：自此以上，皆言皇考之美。自此以下，言今之不然也。

　　今反表以爲裏兮，顛裳以爲衣。戚宋萬於兩楹兮，廢周邵於遐夷。却騏驥以轉運兮，騰驢驘以馳逐。蔡女黜而出帷兮，戎婦入而綵繡服。慶忌囚於阱室兮，陳不占戰而赴圍。破伯牙之號鍾兮，挾人箏而彈緯。藏瑉石於金匱兮，捐赤瑾於中庭。（張本）劉辰翁評：俊句。韓信蒙於介胄兮，行夫將而攻城。莞芎棄於澤洲兮，䖻䗪蠚於筐簏。麒麟奔於九皋兮，熊羆群而逸囿。折芳枝與瓊華兮，樹枳棘與薪柴。掘荃蕙與射干兮，耘藜藿與蘘荷。惜今世其何殊兮，遠近思而不同。或沈淪其無所達兮，或清激其無所通。哀余生之不當兮，獨蒙毒而逢尤。雖謇謇以申志兮，君乖差而屏之。誠惜芳之菲菲兮，反以茲爲腐也。懷椒聊之蔎蔎兮，乃逢紛以罹訽也。

　　嘆曰：嘉皇既歿，終不返兮。山中幽險，郢路遠兮。讒人諓諓，孰可愬兮。征夫罔極，誰可語兮。行唫累欷，聲喟喟兮。懷憂含戚，何侘傺兮。

思古

冥冥深林兮,樹木鬱鬱。山參差以嶄巖兮,阜杳杳以蔽日。悲余心之悁悁兮,目眇眇而遺泣。風騷屑以搖木兮,雲吸吸以湫戾。悲余生之無歡兮,愁俇俇於山陸。且徘徊於長阪兮,夕仿偟而獨宿。髮披披以鬖鬤兮,躬劬勞而瘏悴。魂佂佂而南行兮,泣霑襟而濡袂。心嬋媛而無告兮,口噤閉而不言。違郢都之舊閭兮,回湘沅而遠遷。念余邦之橫陷兮,宗鬼神之無次。閔先嗣之中絕兮,心惶惑而自悲。聊浮游於山陜兮,步周流於江畔。臨深水而長嘯兮,且倘佯而氾觀。

興《離騷》之微文兮,冀靈修之壹悟。還余車於南郢兮,復往軌於初古。道修遠其難遷兮,傷余心之不能已。背三五之典刑兮,絕《洪範》之辟紀。播規榘以背度兮,錯權衡而任意。操繩墨而放棄兮,傾容幸而侍側。

甘棠枯於豐草兮,藜棘樹於中庭。西施斥於北宮兮,仳倠倚於彌楹。烏獲戚而驂乘兮,燕公操於馬圍。蒯聵登於清府兮,咎繇棄而在壄。蓋見茲以永嘆兮,欲登階而狐疑。椉白水而高騖兮,因徙弛而長詞。

嘆曰:倘佯壚阪,沼水深兮。容與漢渚,涕淫淫兮。鍾牙已死,誰爲聲兮?纖阿不御,焉舒情兮?曾哀淒欷,心離離兮。還顧高丘,泣如灑兮。

遠游

悲余性之不可改兮,屢懲艾而不迻。服覺皓以殊俗兮,貌揭揭以巍巍。譬若王僑之乘雲兮,載赤霄而凌太清。欲與天地參壽兮,與日月而比榮。登昆侖而北首兮,悉靈圉而來謁。選鬼神於太陰兮,登閶闔於玄闕。回朕車俾西引兮,褰虹旗於玉門。馳六龍於三危兮,朝西靈於九濱。結余軫於西山兮,橫飛谷以南征。絕都廣以直指兮,歷祝融於朱冥。枉玉衡於炎火兮,委兩館於咸唐。貫澒濛以東朅兮,維六龍於扶桑。

　　周流覽於四海兮,志升降以高馳。徵九神於回極兮,建虹采以招指。駕鸞鳳以上游兮,從玄鶴與鷦明。孔鳥飛而送迎兮,騰群鶴於瑤光。排帝宮與羅圃兮,升縣圃以眩滅。結瓊枝以雜佩兮,立長庚以繼日。凌驚雷以軼駭電兮,綴鬼谷於北辰。鞭風伯使先驅兮,囚靈玄於虞淵。遡高風以低佪兮,覽周流於朔方。就顓頊而陳辭兮,考玄冥於空桑。旋車逝於崇山兮,奏虞舜於蒼梧。濟楊舟於會稽兮,就申胥於五湖。見南郢之流風兮,殞余躬於沅湘。望舊邦之黭黮兮,時溷濁其猶未央。懷蘭茝之芬芳兮,妒被離而折之。張絳帷以襜襜兮,風邑邑而蔽之。日曖曖其西舍兮,陽焱焱而復顧。聊假日以須臾兮,何騷騷而自故。

　　嘆曰:譬彼蛟龍,乘雲浮兮。汎淫澒溶,紛若霧兮。潺湲轇轕,雷動電發,馭高舉兮。升虛凌冥,沛濁浮清,入帝宮兮。搖翹奮羽,馳風騁雨,游無窮兮。

楚辭卷第十七

九思第十七（馮本）洪興祖眉：逸

不應自爲注解恐其子延壽之徒爲之耳。（陳深本）陳深眉：
温文粹語，絕似《騷經》口氣。

逢尤

悲兮愁，哀兮憂。天生我兮當闇時，被詏譖兮虛獲尤。心
煩憒兮意無聊，嚴載駕兮出戲游。周八極兮歷九州，求軒轅兮
索重華。世既卓兮遠眇眇，握佩玖兮中路躕。羨咎繇兮建典
謨，懿風后兮受瑞圖。愍余命兮遭六極，委玉質兮於泥塗。遵
偉逴兮驅林澤，步屏營兮行丘阿。車軦折兮馬虺頹，䯤悵立兮
涕滂沱。思丁文兮聖明哲，哀平差兮迷謬愚。呂傅舉兮殷周
興，忌嚭專兮郢吳虛。（張本）鍾惺眉：奇句多得之《天問》。仰長嘆
兮氣噎結，悒殟絕兮咶復蘇。虎兕爭兮於廷中，豺狼鬥兮我之
隅。雲霧會兮日冥晦，飄風起兮揚塵埃。走鬯罔兮乍東西，欲
竄伏兮其焉如。念靈閨兮隩重深，願竭節兮隔無由。望舊邦兮
路逶隨，憂心悄兮志勤劬。魂祭祭兮不遑寐，目眽眽兮寤終朝。

怨上

令尹兮警警，群司兮譨譨。哀哉兮湣湣，上下兮同流。菽藟兮蔓衍，芳虈兮挫枯。朱紫兮雜亂，曾莫兮別諸。倚此兮巖穴，永思兮窈悠。嗟懷兮眩惑，用志兮不昭。將喪兮玉斗，遺失兮鈕樞。我心兮煎熬，惟是兮用憂。進惡兮九旬，退顧兮彭務。擬斯兮二蹤，未知兮所投。謠吟兮中壄，上察兮璇璣。大火兮西睨，攝提兮運低。雷霆兮硠礚，雹霰兮霏霏。奔電兮光晃，涼風兮愴凄。鳥獸兮驚駭，相從兮宿栖。鴛鴦兮噰噰，狐狸兮徾徾。哀吾兮介特，獨處兮罔依。螻蛄兮鳴東，蟊蠽兮號西。（張本）胡應麟眉：森黯滿眼。蛓緣兮我裳，蠋入兮我懷。蟲豸兮夾余，惆悵兮自悲。佇立兮忉怛，心結縎兮折摧。

疾世

周徘徊兮漢渚，求水神兮靈女。嗟此國兮無良，媒女詘兮謰謱。鴳雀列兮譁讙，鴝鵒鳴兮聒余。抱昭華兮寶璋，欲衒鬻兮莫取。言旋邁兮北徂，叫我友兮配耦。日陰曀兮未光，闃睄窕兮靡睹。紛載驅兮高馳，將諮詢兮皇羲。遵河皋兮周流，路變易兮時乖。濿滄海兮東游，沐盥浴兮天池。訪太昊兮道要，云靡貴兮仁義。志欣樂兮反征，就周文兮邠岐。秉玉英兮結誓，日欲暮兮心悲。惟天禄兮不再，背我信兮自違。逾隴堆兮渡漠，過桂車兮合黎。赴昆山兮馽騄，從邛遨兮栖遲。吮玉液兮止渴，齧芝華兮療饑。居嵺廓兮少疇，遠梁昌兮幾迷。望江漢兮濩渃，心緊絭兮傷懷。時昢昢兮且旦，塵莫莫兮未晞。憂不暇兮寢食，吒增嘆兮如雷。

憫上

　　哀世兮睩睩，謸謸兮嗌喔。衆多兮阿媚，猷靡兮成俗。貪
枉兮黨比，貞良兮煢獨。鵠竄兮枳棘，鵜集兮帷幄。蘮蒘兮青
葱，槁本兮萎落。睹斯兮僞惑，心爲兮隔錯。逡巡兮圃藪，率彼
兮畛陌。川谷兮淵淵，山岳兮峉峉。叢林兮崟崟，株榛兮岳岳。
霜雪兮漼澄，冰凍兮洛澤。（**張本**）劉辰翁評：□□倔强，自是漢人
□。東西兮南北，罔所兮歸薄。庇廎兮枯樹，匍匐兮巖石。蹠跥
兮寒局數，獨處兮志不申。年齒盡兮命迫促，魁壘擠摧兮常困
辱。含憂强老兮愁不樂。鬢髮蓬領兮顙鬢白，思靈澤兮一膏
沐。懷蘭英兮把瓊若，待天明兮立躑躅。雲蒙蒙兮電儵爍，孤
雌驚兮鳴呴呴。思怫鬱兮肝切剝，忿悁悒兮孰訴告。（**張本**）鍾
惺眉：語益恢奇。

遭厄

　　悼屈子兮遭厄，沈玉躬兮湘汨。何楚國兮難化，迄乎今兮
不易。士莫志兮羔裘，競佞諛兮讒閼。指正義兮爲曲，訛玉璧
兮爲石。鴟鴞游兮華屋，鵝蟻栖兮柴蔟。起奮迅兮奔走，違群
小兮謏詢。載青雲兮上昇，適昭明兮所處。躡天衢兮長驅，踵
九陽兮戲蕩。越雲漢兮南濟，秫余馬兮河鼓。雲霓紛兮晻翳，
參辰回兮顛倒。逢流星兮問路，顧我指兮從左。俓娵觜兮直
馳，御者迷兮失軌。遂踢達兮邪造，與日月兮殊道。志闋絶兮
安如，哀所求兮不耦。攀天階兮下視，見鄒郢兮舊宇。意逍遙
兮欲歸，衆穢盛兮沓沓。思哽饐兮詰詘，涕流瀾兮如雨。

悼亂

　　嗟嗟兮悲夫，殽亂兮紛拏。茅絲兮同綜，冠屨兮共絢。督萬兮侍宴，周邵兮負芻。白龍兮見射，靈龜兮執拘。仲尼兮困厄，鄒衍兮幽囚。伊余兮念茲，奔遁兮隱居。將升兮高山，上有兮猴猿。欲入兮深谷，下有兮虺蛇。左見兮鳴鷗，右睹兮呼梟。惶悸兮失氣，踴躍兮距跳。（**張本**）鍾惺眉：古鬱處絕類班、揚諸賦。便旋兮中原，仰天兮增嘆。菅蒯兮樊莽，蕚葦兮仟眠。鹿蹊兮躑躅，貒貉兮蟺蟺。鶗鴂兮軒軒，鶉鵠兮甄甄。哀我兮寡獨，靡有兮齊倫。意欲兮沈吟，迫日兮黃昏。玄鶴兮高飛，曾逝兮青冥。鶬鶊兮喈喈，山鵲兮嚶嚶。鴻鸞兮振翅，歸雁兮於征。吾志兮覺悟，懷我兮聖京。垂屣兮將起，跕跓兮須明。

傷時

　　惟昊天兮昭靈，陽氣發兮清明。風習習兮龢煖，百草萌兮華榮。菫荼茂兮扶疏，蘅芷彫兮瑩娛。愍貞良兮遇害，將夭折兮碎糜。時混混兮澆饡，哀當世兮莫知。覽往昔兮俊彥，亦詘辱兮係纍。管束縛兮桎梏，百貿易兮傳賣。遭桓繆兮識舉，才德用兮列施。且從容兮自慰，玩琴書兮游戲。迫中國兮迮陿，吾欲之兮九夷。超五嶺兮嵯峨，觀浮石兮崔嵬。陟丹山兮炎野，屯余車兮黃支。就祝融兮稽疑，嘉己行兮無爲。乃回竭兮北逝，遇神嫭兮宴娛。欲靜居兮自娛，心愁慼兮不能。放余轡兮策駟，忽飆騰兮浮雲。蹠飛杭兮越海，從安期兮蓬萊。（**張本**）胡應麟眉：所謂雙鶩之在烟霧，輕俊如此。綠天梯兮北上，登太一兮玉臺。使素女兮鼓簧，乘戈龢兮謳謠。聲噭誂兮清和，音晏

衍兮要婬。咸欣欣兮酣樂,余眷眷兮獨悲。顧章華兮太息,志
戀戀兮依依。

哀歲

旻天兮清涼,玄氣兮高朗。北風兮潦洌,草木兮蒼唐。蚍
蚨兮噍噍,蚸蛆兮穰穰。歲忽忽兮惟暮,余感時兮淒愴。傷俗
兮泥濁,矇蔽兮不章。寶彼兮沙礫,捐此兮夜光。椒瑛兮湟汙,
菉耳兮充房。攝衣兮緩帶,操我兮墨陽。昇車兮命僕,將馳兮
四荒。下堂兮見薑,出門兮觸蠚。巷有兮蚰蜒,邑多兮螳螂。
睹斯兮嫉賊,心爲兮切傷。俯念兮子胥,仰憐兮比干。投劍兮
脫冕,龍屈兮蜿蟺。潛藏兮山澤,匍匐兮叢攢。窺見兮溪澗,流
水兮沄沄。黿鼉兮欣欣,鱣鮎兮延延。群行兮上下,駢羅兮列
陳。自恨兮無友,特處兮熒熒。冬夜兮陶陶,雨雪兮冥冥。神
光兮頫頫,鬼火兮熒熒。**(張本)**劉辰翁評:似樂府《苦寒吟》。修德
兮困控,愁不聊兮遑生。憂紆兮鬱鬱,惡所兮寫情。

守志

陟玉巒兮逍遙,覽高岡兮嶢嶢。桂樹列兮紛敷,吐紫華兮
布條。實孔鸞兮所居,今其集兮惟鴞。烏鵲驚兮啞啞,余顧兮
怊怊。彼日月兮闇昧,障覆天兮祲氛。伊我后兮不聰,焉陳誠
兮效忠。攄羽翮兮超俗,游陶遨兮養神。乘六蛟兮蜿蟬,遂馳
騁兮陞雲。揚彗光兮爲旗,秉電策兮爲鞭。朝晨發兮鄢郢,食
時至兮增泉。繞曲阿兮北次,造我車兮南端。謁玄黃兮納贄,
崇忠貞兮彌堅。歷九宮兮遍觀,睹祕藏兮寶珍。就傳説兮騎

龍，與織女兮合婚。舉天罼兮掩邪，彀天弧兮射姦。隨真人兮翱翔，食元氣兮長存。望太微兮穆穆，睨三階兮炳分。相輔政兮成化，建烈業兮垂勛。目瞥瞥兮西没，道邅迴兮阻嘆。志稸積兮未通，悵敽罔兮自憐。

亂曰：天庭明兮雲霓藏，三光朗兮鏡萬方。斥蜥蜴兮進龜龍，策謀從兮翼機衡。配稷契兮恢唐功，嗟英俊兮未爲雙。

張鳳翼本：

鍾惺曰：《九思》去《騷》彌遠，而佻蕩生澀處，亦頗具勝致，未見氣傷局處耳。

馮本《楚辭章句》總評：

楊雄曰：或問："屈原、相如之賦孰愈？"曰："原也過以浮，如也過以虛。過浮者蹈雲天，過虛者華無根。然原上援稽古，下引鳥獸，其著意於虛，長卿亮不可及。"

魏文帝曰：優游按衍，屈原尚之；窮侈極妙，相如之長也。然原據托譬喻，其意周旋，綽有餘度，長卿、子雲不能及。

沈約曰：周室既衰，風流彌著。屈平、宋玉，導清源於前；賈誼、相如，振芳塵於後。英辭潤金石，高義薄雲天。自兹以降，情志愈廣。王褒、劉向、楊、班、崔、蔡之徒，異軌同奔，循相師祖。雖清辭麗曲，時發乎篇，而蕪音累氣，固亦多矣。若平子艷發，文以情變，絕唱高踪，久無嗣響。至於建安，按衍曹氏基命，三祖、陳王，咸蓄盛藻。甫乃以情緯物，以文披質。自漢至魏，四百餘年，辭人才子，文體三變：相如工爲形似之言；二班長於情理之説；子建、仲宣以氣質爲體；并標能善美，獨映當時。是以一世之士，各相慕習。原其飆流所始，莫不同祖《風》《騷》。徒以賞好異情，故意制相詭。

庾信曰：屈平、宋玉，始於哀怨之深；蘇武、李陵，生於別離之代。自魏建安之末、晋太康以前，雕蟲篆刻，其體三變。人人自謂握靈蛇之珠,抱荆山之玉矣。

劉勰曰:自風雅寢聲,莫或抽緒,奇文蔚起,其《離騷》哉!固已軒翥《詩》人之後,奮飛辭家之前,豈去聖之未遠,而楚人之多才乎?昔漢武愛《騷》,而淮南作《傳》,以爲國風好色而不淫,《小雅》怨誹而不亂,若《離騷》者,可謂兼之。蟬蛻穢濁之中,浮游塵埃之外,皭然涅而不緇,雖欲日月爭光可也。班固以爲露才揚己,忿懟沉江,羿澆二姚,與《左傳》不合,昆侖懸圃,非經義所載。然而文辭麗雅,爲詞賦之宗。雖非明哲,可謂妙才。王逸以爲詩人之提耳,屈原婉順,《離騷》之文,依經立義。駟虬乘鷖,則時乘六龍;昆侖流沙,則《禹貢》敷土。名儒詞賦,莫不擬其儀表,所謂金相玉振,百世無匹者也。及漢宣嗟嘆,以爲皆合經術。楊雄諷味,亦言體同《詩·雅》。四家舉以方經,而孟堅謂不合傳。褒貶任聲,抑揚過實,可謂鑒而弗精,玩而未核者也。將核其論,必征言焉。故其陳堯舜之耿介,稱禹湯之祗敬,典誥之體也;譏桀紂之猖披,傷羿澆之顛隕,規諷之旨也;虬龍以喻君子,雲霓以譬讒邪,比興之義也;每一顧而掩涕,嘆君門之九重,忠怨之辭也。觀兹四事,同於風雅者也。至於托云龍,説迂怪,豐隆求宓妃,鴆鳥媒娀女,詭異之辭也;康回傾地,夷羿彃日,一夫九首,土伯三足,譎怪之談也;依彭咸之遺則,從子胥以自適,狷狹之志也;士女雜座,亂而不分,指以爲樂,娛酒不廢,舉以爲歡,荒淫之意也。摘此四事,異乎經典者也。故論其典誥則如彼,語其夸誕則如此,故知《楚辭》者,體憲於三代,而風雅於戰國,乃雅頌之博徒,而詞賦之英傑也。觀其骨鯁所樹,肌膚所附,雖取熔經意,亦自鑄偉辭。故《騷經》《九章》,朗麗以哀志,《九歌》《九辯》,綺靡以傷情,《遠游》《天問》環詭而惠巧,《招魂》《招隱》,耀艷而深華,《卜居》標放言之致,《漁父》寄獨往之才。故能氣往轢古,辭來切今,驚采絕艷,難於并能矣。自《九懷》以下,俱躡其跡,而屈宋逸步,莫之能追。故其叙情怨,則鬱伊而易感,述離居,則愴怏而難懷,論山水,則循聲而得貌,言節侯,則批文而見時。枚賈追風以入麗,馬揚沿波而得奇,其衣被詞人,非一代也。故才高者菀其鴻裁,中巧者獵其艷辭,吟諷者銜其山川,童蒙者拾其香草。若能憑軾以倚雅頌,懸轡以馭楚篇,酌奇而不失其貞,玩華而不墜其實,則顧盼可以驅辭力,欬唾可以窮文致,亦不復乞靈於長卿,假寵於子淵矣。

又曰:詩有六義,其二曰賦。賦者,鋪也。鋪采摛文,體物寫志也。昔邵公稱公卿獻詩,師箴賦。《傳》云:"登高能賦,可爲大夫。"《詩序》亦同義。傳說則異體,總其歸途,實相枝干。劉向云明不歌而頌,班固稱古詩之流也。至如鄭莊之賦大隧,士蒍之賦狐裘,結言短韵,詞自己作,雖合賦體,明而未融。及靈均唱騷,始廣聲貌。然賦也者,受命於《詩》人,而拓宇於《楚辭》也。於是荀況《禮》《智》、宋玉《風》《釣》,爰錫名號,與《詩》畫境,六義附庸,蔚成大國。遂客至以首引,極貌以窮文,斯蓋別詩之原始,明賦之厥初也。

又曰:詩文弘奧,包韞六義,毛公述傳,獨標興體。豈不以風通而賦同,比顯而興隱哉。故比者,附也。興者,起也。附理者切類以指事,起情者依微以擬議。起情故興體以立,附理故比例以生。比則畜憤以斥言,興則環譬以記諷,蓋隨時之義不一,故詩人之志有二也。觀夫興之托諭,婉而成章,稱名也小,取類也大。關雎有別,故后妃方德;尸鳩貞一,故夫人象義。義取其貞,無從於夷禽,德貴其別,不嫌於鷙鳥。明而未融,故發注而後見也。且何謂爲比,蓋寫物以附意,颺言以切事者也。故金錫以喻明德,珪璋以譬秀民,螟蛉以類教誨,蜩螗以寫號呼,澣衣以擬心憂,卷席以方志固。凡斯切象,皆比義也。至如麻衣如雪,兩驂如舞,若斯之類,皆比類者也。楚襄信讒,而三閭忠烈,依《詩》制《騷》,諷兼比興。炎漢雖盛,而辭人夸毗,詩刺道喪,故興義銷亡。於是賦頌先鳴,故比體雲構,紛紜雜沓,信舊章矣。

又曰:韓魏力政,燕趙任權,五蠹六風,嚴於奏令。惟齊楚兩國,頗有文學。齊開莊衢之第,楚廣蘭臺之宮,孟軒賓館,荀卿宰邑。故稷下扇其清風,蘭陵鬱其茂俗,鄒子以談天飛譽,騶奭以雕龍馳響。屈平聯藻於日月,宋玉交彩於風雲。觀其艷説,則籠罩雅頌。故知暐燁之奇意,出乎縱橫之詭俗也。

又曰：《離騷》代興，觸類而長，物貌難盡，故重沓舒狀，於是嵯峨之類聚，葳蕤之群積矣。及長卿之徒，詭執環聲，模山範水，字必魚貫。所謂《詩》人麗則而約言，辭人麗淫而繁句也。至如雅咏棠華，或黃或白。《騷》述秋蘭，綠葉紫莖。凡摛表五色，貴在時見。若青黃屢出，則繁而不珍。則自近代以來，文貴則似，窺情風景之上，鑽貌草木之中，吟咏所發，志爲深遠，體物爲妙，功在密附。故巧言切狀，如印之印泥，不加雕削，而曲寫毫芥，故能瞻言而見貌，因字而知時也。然物有恒姿，而思無定檢，或率爾造極，或精思愈疏。且《詩》《騷》所標，并據要害。故後進銳華怯於爭鋒，莫不因方以借巧，即勢以會奇，善於適要，則雖舊彌新矣。是以四序紛迴，而入興貴閑，物色雖繁，而折辭尚簡。使味飄飄而輕舉，情曄曄而更新。古來辭人，異代接武，莫不參武以相變，因革以爲功。物色盡而情有餘者，曉會通也。若乃山林皋壤，實文思之奧府，略語則闕，詳說則繁。然屈平所以能洞鑒風騷之情者，抑亦江山之助乎？

劉知幾曰：夫觀乎人文，以化成天下；觀乎國風，以察興亡。是知文之爲用，遠矣大矣！若乃宣、僖善政，其美載於周詩；懷、襄不道，其惡存於楚賦。讀者不以吉甫、奚斯爲蹈，屈平、宋玉爲謗者，何也？俱稱良直者也。

皮日休曰：屈平既放，作《離騷經》，正詭俗而爲《九歌》，辨窮愁而爲《九章》。是後詞人，撫而爲之。若宋玉之《九辯》、王褒之《九懷》、劉向之《九嘆》、王逸之《九思》，其爲清怨素艷，幽快古秀，皆得芝蘭之芬芳，鸞鳳之毛羽也。楊雄有《廣騷》，梁竦有《悼騷》，不知王逸奚罪其文，不以二家之文爲《離騷》之兩派也。

蘇轍曰：吾讀《楚辭》，以爲除書。

又曰：賈誼、宋玉賦，皆天成自然。

葛立方曰：孔子謂："甯武子邦有道則智，邦無道則愚。其志可及也，其愚不可及也。"所謂及者，繼也，非企及之及。謂甯武之愚，而後人不可繼耳。居亂世而愚，則天下塗炭將誰拯？屈原事楚懷王，不得志,則悲吟澤畔,卒從彭咸之居。究其初心,安知拯世之意不得伸,而至於是乎?賈生謫長沙傅,渡湘水爲賦以吊之,所遭之時,雖與原不同,蓋亦原之志也。

洪興祖曰:《藝文志》云:"屈原賦二十五篇。"然則自《騷經》至《漁父》,皆賦也。後之作者苟得其一體,可以名家矣。而梁蕭統作《文選》,自《騷經》《卜居》《漁父》之外,《九歌》去其五,《九章》去其八。然司馬相如《大人賦》率用《遠游》之語,《史記‧屈原傳》獨載《懷沙》之賦,楊雄作《畔牢愁》,亦旁《惜誦》至《懷沙》。統所去取,未必當也。自漢以來,靡麗之賦,勸百而諷一,無復惻隱古詩之義。故子云有"曲終奏雅"之譏,而統乃以屈子與後世詞人同日而論,其識如此,則其文可知矣。

朱熹曰:《周禮》:"太師掌六詩以教國子,曰風,曰賦,曰比,曰興,曰雅,曰頌。"而毛詩《大序》謂之六義。蓋古今聲詩,條理無出此者。風則閭巷風土、男女情思之詞;雅則朝會燕享、公卿大夫之作;頌則鬼神宗廟、祭祀歌舞之樂。其所以分者,皆以其篇章、節奏之異而別之也。賦則直陳其事,比則取物爲比,興則托物興詞。其所以分者,又以其屬辭命意之不同而別之也。誦詩者先辨乎此。則《三百篇》者,若網在,網有條而不紊矣。不特《詩》也,楚人之詞,亦以是而求之,則其寓情草木,托意男女,以極游觀之適者,變風之流也。其叙事陳情,感今懷古,以不忘乎君臣之義者,變雅之類也。至於語冥昏而越禮,檃怨憤而失中,則又風雅之再變矣。其語祀神歌舞之盛,則幾乎頌,而其變也,又有甚焉。其爲賦,則如《騷經》首章之云也;比則香草惡物之類也;興則托物興詞,初不取義,如《九歌》沅芷澧蘭以興思公子而未敢言之屬也。然《詩》之興多而比賦少,《騷》則興少而比賦多。要必辨此,而後詞義可尋,讀者不可以不察也。

又曰:《楚辭》不甚怨君,今被諸家解得都成怨君,不成模樣。《九歌》是托神以爲君,言人間隔不可企及,如已不得親近於君之意。以此觀之,他便不是怨君。至《山鬼》篇,不可以君爲山鬼,又倒説山鬼欲親人而不可得之意。今人解文字，不看大意，只逐句解意，却不貫。

又曰：古賦須熟看屈、宋、韓、柳所作，乃有進步處。

又曰：《楚辭》平易，後人學作者反艱深了，都不可曉。

祝堯曰：《騷》者，《詩》之變也。《詩》無楚風，楚乃有《騷》，何耶？愚按，屈原爲《騷》時，江漢皆楚地。蓋自文王之化行乎南國，《漢廣》、《江有汜》諸詩，已列於二南、十五國風之先。其民被先王之澤也深。風雅既變，而楚狂"鳳兮"之歌、滄浪、孺子"清兮濁兮"之歌，莫不發乎情，止乎禮義，而猶有《詩》人之六義，故動吾夫子之聽。但其歌稍變於《詩》之本體，又以"兮"爲讀，楚聲萌蘗久矣。原最後出，本《詩》之義以爲《騷》。但世號《楚辭》，初不正名曰賦，然賦之義實居多焉。自漢以來，賦家體制，大抵皆祖原意。故能賦者，要當熟復於此，以求古詩所賦之本義。則情形於辭，而其意思高遠，辭合於理，而其旨趣深長，成周先王二南之遺風，可以復見於今矣。

又曰：楊子雲云："《詩》人之賦，麗以則，詞人之賦，麗以淫。"夫《騷》人之賦，與《詩》人之賦雖異，然猶有古詩之義，辭雖麗而義可則。至詞人之賦，則辭極麗而過於淫蕩矣。蓋《詩》人之賦，以其吟咏情性也。《騷》人所賦，有古詩之義者，亦以其發於情也。其情不自知而形於辭，其辭不自知而合於理。情形於辭，故麗而可觀；辭合於理，故則而可法。如或失於情，尚辭而不尚意，則無興起之妙，而於則也何有？又或失於辭，尚理而不尚辭，則於咏歌之遺，而於麗也何有？二十五篇之《騷》，無非發於情者。故其辭也，麗其理也，則而有風、比、雅、興、頌諸義。漢興，賦家專取《詩》中賦之一義以爲賦，又取《騷》中贍麗之辭以爲辭，若情若理，有不暇及。故其爲麗也，異乎《風》《騷》之麗，而則之與淫遂判矣。

高似孫曰：養氣之學，孟子一人而已。士之有所激而奮者，極天地古今之變動，山川草木之情狀，人物智愚賢否、是非邪正之銷長。有觸於吾心，有干於吾氣，慮遠而志善，志切而憂深，其言往往出於危激哀傷之余，而其氣有不可過者。舉天地、今古、山川、草木、人物盛衰之變，皆不足以敵之。嗚呼！此屈原、賈誼之所爲者乎？

汪彦章曰：左氏、屈原，始以文章自爲一家，而稍與經分。

陳傅良曰：六經之後，有四人焉。撫實而有文采者，左氏也；憑虛而有理致者，莊子也；屈原變國風、雅頌而爲《離騷》；子長易編年而爲紀傳。皆前未有比，後可以爲法。非豪傑特立之士，其孰能之！

李塗曰：《楚辭》氣悲。

葉盛曰：昔周道中微，《小雅》盡廢。宣王興滯補弊，明文武之功業，而《大雅》復興。褒姒之禍，平王東遷，《黍離》降爲國風，王德夷於邦君，天下無復有雅。然列國之風，達於事變而懷其舊俗，故風雖變而止乎禮義。逮《株林》《澤陂》之後，變風又亡。陵夷至於戰國，文武之澤既斬，三代禮樂壞，君臣、上下之義潰亂，舛逆邪説、奸言之禍，糜爛天下。屈原當斯世，正道直行，竭忠盡智，可謂持操之士。而懷、襄之君，昵比群小，諂佞傾覆之言，惱烟心耳。原信而見疑，忠而被謗，《離騷》之作，獨能崇同姓之恩，篤君臣之義。憤悱出於恩泊，不以污世而二其心也；愁痛發於愛上，不以污君而輡其賢也。故《離騷》源流於六義，具體而微，興遠而情愈親，意切而辭不迫。既申之以《九章》，又重之以《九歌》《遠游》《天問》《大招》，而猶不能自已也，其忠厚之心亦至矣。班固乃謂其露才揚己，苟欲求進，甚矣！其不知原也，是不察其專爲君而無他，迷不知寵之門之意也。顔之推至謂文人常陷輕薄，是惑於固之説，而不體其一篇之中三致其意之義也。《遠游》極黄老之高致，而楊雄乃謂棄由、聃之所珍。《大招》所陳，深規楚俗之敗，而劉勰反以娱酒不廢，謂原志於荒淫。豈《騷》之果難知哉？王逸於《騷》，好之篤矣。如謂“昔攬洲之宿莽”，則《易》之“潛龍勿用”；“登昆侖”、“涉流沙”，則《禹貢》之敷土；“就重華而陳詞”，則皋陶之謀謨。又皆非原之本意。故揚之者或過其實，抑之者多損其真。然自宋玉、賈誼而下，如東方朔、嚴忌、淮南小山、王褒、劉向之徒，皆悲原意，各有纂著。大抵紬繹緒言，相與嗟咏而已。若夫原之微言匿旨，不能有所建明。嗚呼！忠臣義士，殺身成仁，亦云至矣。然猶追琢其辭，申重其意，垂光來葉,待天下後世之心至不薄也。而劉勰猥曰:"枚賈追風以入麗,馬揚沿波而得奇","顧盼可以驅辭力,咳唾可以窮文致",徒欲"酌奇"、"玩華","艷溢錙毫"。至於扶掖名教,激揚忠蹇之大端,顧鮮及之。如此,則原之本意,又將復亡矣。

何孟春曰:比物連類,《三百篇》之一體,至楚《騷》比始多。其詞雖淡漫,而《詩》人敦厚溫柔之遺意,猶有存者。

姜南曰:屈原與楚同姓,其愛君憂國之忠,之死不變。千載之下,猶能使人讀其書,傷其志,而敬其人也。而賈誼吊之則曰:"歷九州而相君,何必懷此故都。"而太史公因之以立論,此非原之志也。蘇潁濱之言似得之矣。

又曰:文章自六經、《語》《孟》之外,惟莊周、屈原、左氏、司馬遷最著。後之學者,言理者宗周,言性情者宗原,言事者宗左氏、司馬遷。周之言,出於《易》,原出於《詩》,左氏、司馬遷,出於《尚書》《春秋》。

張時徹曰:屈子遭讒被放,九年不返,抱石懷沙,自沉汨羅以死。《九歌》《九章》之作,其悲憤極矣。余讀而傷之。王子淵作《九懷》,劉子政作《九嘆》,王叔師作《九思》,陸士龍作《九愍》,皆以極藻繢之詞,宣(缺)之抱者也。

唐樞曰:嘗讀《楚辭》,味《離騷經》,竊疑瑰士自用激發憤嫉無以概諸聖及語(缺)衷耿然,三代完節,然終不可以爲訓。況呻吟不肖,暨(缺)自以(缺)者,雜次同糅可耶?原藻致回爲詞祖,《九辯》後諸作計亦必傳。顧藝成而下,要非正性之習,靈修(缺)世麗作,同聲和者彙起,而莊山感離憂之情,道騫善昂切之韵,是則楚之辭也。傳云:"登高能賦,可以爲大夫。"夫其能者,能稱詩以諭其志,別賢不肖,而觀盛衰焉。溷之以不類,非矣。

茅坤曰:孔子刪詩,自《小弁》之怨親,巷伯之刺讒以下,其忠臣、寡婦、幽人、懟士之什,并列之爲風,疏之爲雅,不可勝數。豈皆古之中聲也哉?然孔子不遽遺之者,特憫其人,矜其志,猶曰發乎情,止乎禮義,言之者無罪,聞之者足以誡焉耳。予嘗按,次《春秋》以來,屈原之

《騷》，疑於怨；伍胥之諫，疑於脅；賈誼之疏，疑於激；叔夜之詩，疑於憤；劉（缺）之對，疑於亢。然推孔子刪詩之旨而（缺）次之，當亦未必無錄之者。

　　王世貞曰：《楚辭》十七卷，其前十五卷，爲漢中壘校尉劉向編集。尊屈原《離騷》爲經；而以原別撰《九歌》等章，及宋玉、景差、賈誼、淮南、東方、嚴忌、王褒諸子，凡有推佐原意，而循其調者爲傳。其十六卷，則中壘所撰《九嘆》，以自見其意，前後皆王逸通故爲章句。最後卷則逸所撰《九思》，以附於中壘者也。蓋太史公悲屈子之忠，而大其志，以爲可與日月爭光。至取其好色不淫，怨誹不亂，足以兼國風、小雅。而班固氏乃疑其論之過，而謂原露才揚己，競乎危國群小之間，以離讒賊，強非其人，忿懟不容，沈江而死。自太史公與班固氏之論狎出，而後世中庸之士，垂裾拖紳，以談性命者，意不能盡滿於原。而志士仁人，發於性而束於事，其感慨不平之衷無所之，則益悲原之值而深乎其味。故其人而楚則楚之，或其人非楚而辭則楚，其辭非楚而旨則楚。如劉氏集而王氏故者，比比也。夫以班固之自異於太史公，大要欲求是其見。所爲屈信龍蛇而已，卒不敢低昂其文，而美之曰："弘博麗雅，爲詞賦宗。"然中庸之士，相率而疑其所謂經者，蓋其言曰：孔子刪諸國風，比於《雅》《頌》，析兩曜之精而五之，此何以稱哉！是不然也，孔子嘗欲放鄭聲矣！又曰：桑間、濮上之音，亡國之音也。至刪詩而不能盡黜鄭、衛。今學士大夫，童習而頌重不敢廢，以爲孔子獨廢楚。夫孔子而廢楚，欲斥其僭王則可，然何至脂轍方城之內哉？夫亦以筳篿妖淫之俗，蟬緩其文，而侏偠其音，爲不足被金石也。藉令屈原及孔子時，所謂《離騷》者，縱不敢方響清廟，亦何渠出齊、秦二風下哉！孔子不云乎："詩可以興，可以怨。邇之事父，遠之事君。多識乎鳥獸草木之名。"以此而等，屈氏何忝也。是故孔子而不遇屈氏則已，孔子而遇屈氏，則必采而列之楚風。夫庶幾屈氏者，宋玉也。蓋不佞之言曰：班固得屈氏之顯者也，而迷於隱，故輕詆中壘。王逸得屈氏之隱者也，而略於顯，故輕擬。夫輕擬之與輕詆，其失等也。然則爲屈氏宗者，太史公而已矣！（張鳳翼本接云：吾友豫章宗人用晦，得宋《楚辭》善本，梓而見屬序，豈亦有感於屈氏中壘之意乎哉！明興，人主方篤親親右文之化。公卿大夫，修業而息之，無庸於深長思者。用晦即不能默默，亦推所謂雅頌而廣之爾。是則不佞所爲叙意也。弇州山人王世貞譔。）

又曰：三閭家言，忠愛悱惻，怨而不怒，悠然《詩》之風乎？

又曰：屈氏之《騷》，騷之聖也；長卿之賦，賦之聖也。一以風，一以頌，造體極玄，故自作者毋輕優劣。

又曰：雜而不亂，復而不厭，其所以爲屈乎？麗而不徘，放而有制，其所以爲長卿乎？子云雖有剽模，尚少谿逕。班張而後，愈博，愈晦，愈下。

劉鳳曰：詞賦之有屈子，猶觀游之有蓬閬，縱適之有溟海也。

沈本總評：

司馬遷曰：作辭以諷諫，連類以爭義，《離騷》有之。

班固曰：弘博麗雅，爲辭賦宗，後世莫不斟酌其英華，則象其從容。自宋玉、唐勒、景差之徒，漢興，枚乘、司馬相如、劉向、楊雄騁極文辭，好而悲之，自謂不能及也。

王逸曰：屈原膺忠貞之志，體清潔之性，直若砥矢，言若丹青，進不隱其謀，退不顧其命，此誠絕世之行，俊彥之英也。而班固謂之露才揚己，競於群小之中，怨恨懷王，譏刺椒蘭，苟欲求進，强非其人，不見容納，忿懟自沈，自虧其高明，而損其清白者也。昔伯夷、叔齊，讓國守志，不食周粟，遂餓而死。豈可復謂有求於世而恨哉！且《詩》人怨主刺上，曰："嗚呼小子，未知臧否，匪而命之。"言提其耳，風諫之語，於斯爲切。然仲尼論之，以爲大雅。引此比彼，屈原之詞，優游婉順，寧以其君不智之故，欲提攜其耳乎？而論者以爲"露才揚己，怨刺其上"，强非其人，殆失厥中矣。夫《離騷》之文，依托五經以立義焉："帝高陽之苗裔"，則《詩》"厥初生民，時惟姜嫄"也；"紉秋蘭以爲佩"，則"將翱將翔，佩玉瓊琚"也；"夕攬洲之宿莽"，則《易》"潛龍勿用"也；"駟玉虬而乘鷖"，則《易》"時乘六龍以御天"也；"就重華而陳詞"，則《尚書》咎繇之謀謨也；"登昆侖而涉流沙"，則《禹貢》之敷土也。故智彌盛者，其言博，才益者，其識遠。屈原之詞，誠博遠矣。自孔丘終没以來，名儒博達之士，著造詞賦，莫不擬則其儀表，祖式其模範，取其要妙，竊其華藻，所謂金相玉質，百歲無匹，名垂罔極，永不刊滅也。

曹丕曰：優游緩節，屈原尚之。

蕭統曰：屈原含忠履潔，君匪從流，臣進逆耳，深思遠慮，遂放湘南。耿介之意既傷，壹鬱之懷靡愬，臨淵有懷沙之志，吟潭有憔悴之容。騷人之文，自兹而作。

江淹曰：楚謡漢風，既非一骨；魏制晋造，固亦二體。譬猶藍朱成彩，錯雜之變無窮；宫商爲音，靡曼之態不極。

李白曰：屈宋長逝，無堪與言。

韓愈曰：上規姚姒，渾渾無涯；《周誥》《殷盤》，佶屈聱牙；《春秋》嚴謹，《左氏》浮夸，《易》法而奇，《詩》正而葩；下逮《莊》《騷》、太史所録、子云、相如，同工異曲。

柳宗元曰：本之《書》，以求其質；本之《詩》，以求其情；本之《禮》，以求其宜；本之《春秋》，以求其斷；本之《易》，以求其動。參之《穀梁》，以厲其氣；參之《孟》《荀》，以暢其支；參之《老》《莊》，以肆其端；參之《國語》，以博其趣；參之《離騷》，以致其幽；參之《太史》，以著其潔。

杜牧曰：《騷》之有感怨刺懟，言及君臣理辭，時有以激發人意。

賈島曰：騷者，愁也。始乎屈原，爲君昏亂時，寵乎讒佞之臣，含忠抱素，進於逆耳之諫，君暗不納，放之湘南，遂爲《離騷》。以香草比君子，以美人喻其君，乃變風而入其騷，刺之貴正其風，而歸於化也。

劉知幾曰：見前。

皮日休曰：屈原既放，作《離騷經》，正詭俗而爲《九歌》，辨窮愁而爲《九章》。是後詞人，摭而爲之，若《九辨》《九懷》《九嘆》《九思》，其清怨素艷，幽快古秀，皆得芝、蘭之芬芳，鸞鳳之一羽者也。

蘇軾曰：《楚辭》前無古，後無今。

又曰：吾文終其身企慕，而不能及萬一者，惟屈子一人耳。

蘇轍曰：吾讀《楚辭》，以爲除書。

洪興祖曰：梁蕭統作《文選》，自《騷經》《卜居》《漁夫》之外，《九歌》去其五，《九章》去其八，去取未必當也。自漢以來，靡麗之賦，勸百而諷一，無復惻隱古詩之義，故揚子雲有“曲終奏雅”之譏。而統乃以屈子與後世詞人同日而論，其識如此，則其文可知矣。

又曰：或問：“古人有言：殺其身，有益於君，則爲之。屈原雖死，何益於懷、襄？”曰：“忠臣之用心，自盡其愛君之誠耳，死生毀譽，所不顧也。故比干以諫見戮，屈原以放自沉。比干、紂諸父也；屈原，楚同姓也。爲人臣者，三諫不從則去之。同姓無可去之義，有死而已。《離騷》曰：‘阽余身而危死兮，覽余初其猶未悔。’則原之自處審矣。”或又曰：“甯武子邦無道則愚，而仲山甫明哲以保其身，今原乃用智於無道之邦，以虧明哲保身之義，亦何足爲賢乎？”曰：“愚如武子，全身遠害可也，有官守言責，斯用智矣。山甫明哲，故保身之道，然不曰夙夜匪懈，以事一人乎？如見危致命，況同姓兼恩與義，而可以不死乎？且比干之死、微子之去，皆是也。屈原豈不可去乎？有比干以任責，微子去之可也。是無人焉，原去則國從而亡，故雖身被放逐，猶徘徊而不忍去。生不得力爭而強諫，死猶冀其感發以改行，使百世之下，聞其風者，雖流放廢斥，猶知愛其君，眷眷而不忘，臣子之義盡矣！非死爲難，處死爲難。屈原雖死，猶不死也。後之讀其文，知其人，如賈生者，亦鮮矣！然爲賦以吊之，不過哀其不遇而已。余觀自古忠臣義士，慨然發憤，不顧其死，特立獨行，自信而不回者，其英烈之氣，豈與身俱亡哉？仍羽人於丹丘，留不死之舊鄉，超無爲以至清，與太初而爲鄰，此《遠游》之所以作，而難爲淺見寡聞者道也。仲尼曰：“樂天知命，故不憂。”又曰：“樂天知命，有憂之大者。”屈原之憂，憂國也；其樂，樂天也。《離騷》二十五篇，多憂世之語。獨《遠游》曰：“道可受兮不可傳，其小無內兮，其大無垠。無滑而魂兮，彼將自然，一氣孔神兮，於中夜存。虛以待之兮，無爲之先。”此老莊、孟子所以大過人者，而原獨知之。司馬相如作《大人賦》，宏放高妙，讀者有凌雲之意，然其語多出於此。至其妙處，相如莫能識也。太史公作《傳》，以爲："其文約，其辭微，其志潔，其行廉。其稱文小，而其指極大；舉類邇，而見義遠。其志潔，故其稱物芳；其行廉，故死而不容自疏。濯淖污泥之中，以浮游塵埃之外。推此志也，雖與日月爭光可也。"斯可謂深知己者。揚子雲作《反離騷》，以爲"君子得時則大行，不得時則龍蛇，遇不遇命也，何必沈身哉？"屈子之事，蓋聖賢之變者，使遇孔子，當與三仁同稱，雄未足以與此。

朱熹曰：嗚呼！余觀洪氏之論，其所以發屈原之心者至矣。然屈原之心，其爲忠清潔白，固無待於辨論而自顯。若其爲行之不能無過，則亦非區區辨說所能全也。故君子之於人也，取其大節之純全，而略其細行之不能無弊。則雖三人同行，猶必有可師者，況如屈子，乃千載而一人哉！孔子曰："人之過也，各於其黨。觀過，斯知仁矣。"此觀人之法也。夫屈原之忠，忠而過者也。屈原之過，過於忠者也。

又曰：《楚辭》不甚怨君，今被諸家解得都是怨君，不成模樣。

又曰：《楚辭》平易，後人學作者，反艱深了，都不可曉。

又曰：王逸所傳《楚辭》篇次，本出劉向。自原之後，作者繼起，而宋玉、賈生、相如、揚雄，爲之冠。然較其實，則宋、馬辭有餘，而理不足，長於頌美，而短於規過。雄乃專爲偷生苟免之計，既與原異趣矣。其文又以摹擬掇拾之故，斧鑿呈露，脉理斷續，其視宋、馬，猶不逮也。獨賈太傅，以卓然命世英傑之材，俯就騷律，所出三篇，皆非一時諸人所及。

又曰：《七諫》《九懷》《九嘆》《九思》，雖爲騷體，然其詞氣平緩，意不深切，如無所疾痛，而强爲呻吟者，故今不復以累篇（缺）也。

祝堯曰：見前。

高似孫曰：見前。

陳傳良曰：見前。

李涂曰：見前。

葉盛曰：《離騷》源流於六義，興遠而情逾親，意切而詞不迫。

蔣冕曰：詩文有不從《楚辭》出者，縱傳弗貴也。能於《楚辭》出者，愈玩愈佳,如太史公文,李太白、李長吉詩是也。

何孟春曰:見前。

又曰:古今文章擅奇者六家:左氏之文,以葩而奇;莊生之文,以玄而奇;屈原之文,以幽而奇;《戰國策》之文,以雄而奇;太史公之文,以憤而奇;班孟堅之文,以整而奇。

姜南曰:見前。

李孟陽曰:史稱班馬,班實不如馬;賦稱屈、宋,宋實不如屈。屈與馬二人,皆渾渾噩噩,如長江大海,探之不窮,攬之不竭者也。

何景明曰:遜國臣有雪庵和尚者,好觀《楚辭》,時時買《楚辭》袖之,登小舟,急棹灘中流,朗誦一葉,輒投一葉於水。投已輒哭,哭未已又讀,讀終卷乃已,衆莫測其云何。嗚呼! 若此人者,其心有與屈大夫同抱隱痛者矣。

又曰:經亡而《騷》作,《騷》亡而賦作,賦亡而詩作。秦無經,漢無《騷》,唐無賦,宋無詩。

茅坤曰:見前。

朱應鱗曰:《楚辭》皆以寫其憤懣無聊之情,幽愁不平之致。至今讀者,猶爲感傷,如入墟墓而聞秋蟲之吟,莫不咨嗟嘆息,泣下沾襟。

王世貞曰:三閭家言,忠愛悱惻,怨而不怒,悠然《詩》之風乎?

又曰:《離騷》每令人覽之裴回循咀,且感且疑;再反之,沈吟歔欷;又三復之,涕泣俱下,情事欲絕。

劉鳳曰:見前。

胡應鱗曰:《離騷》,風雅之衍,詞賦之祖也。

孫鑛曰:自古文章家不掩其情質者,屈子一人。

又曰:古文之必傳者,如雲蒸霞蔚,石皺波紋,極平常,極變幻,却自然天成,不可模仿,若可仿者,定非至文。賈生、小山得《騷》之意,而自出機杼者也。以後仿之愈似,去之愈遠。紫陽作《集注》,芟去《諫》《懷》《嘆》《思》四篇,極是。

陳深曰:《離騷》,變風之遺也,興比賦,錯出成章,驟讀似未易曉,細玩井然有理。

黃汝亨曰：儒家談文，則《莊》《騷》并稱云。間或以莊生浩蕩自恣，詭於大道，其言多洸洋幻眇不可訓。屈《騷》所稱古連類，與經傳不合，小疵《風》《雅》。總之，文生於情，莊生游世之外，故清濁一流，醉醒同狀，寄幻於寰中，標旨於象先。而屈子以其獨清獨醒之意，沈世之內，殷憂君上，憤懣涵濁。六合之大，萬類之廣，耳目之所覽睹，上極蒼蒼，下極林林，摧心裂腸，無之非是。辟之深秋永夜，凄風苦雨，鬱結於氣，宣豹於聲，皆化工毆。豈文人雕刻之末枝，詞家模擬之艷詞哉！馬遷讀莊生書，而歸之寓言，此可與言《騷》也已！宋玉而下，有其才而非其情。賈誼有其情而非其才，誼之泣以死也，又其甚者也。亦猶晋人者之嫉物輕世也，莊之流也。相如因緣得意，媚於主上，所爲《子虛》《大人》之篇，都麗寥廓，乏於深婉，其情可知已。道不同不相爲謀，嗚呼！此《反騷》之所以作也。儒者探《易》之幽，而參於《莊》；諷《詩》之深，而參於《騷》。參於《莊》，可以群；參於《騷》，可以怨，其庶幾矣乎！

陳繼儒曰：古今文章，無首尾者，獨《莊》《騷》兩家。蓋屈原、莊周，皆哀樂過人者也。哀者毗於陰，故《離騷》孤沉而深往；樂者毗於陽，故《南華》奔放而飄飛。哀樂之極，笑啼無端，笑啼之極，言語無端。

又曰：王孝伯言，名士不必須奇才，但使常得無事，痛飲酒，熟讀《離騷》，便可稱名士。

黃道周曰：屈、宋而下，以至班、揚、左、馬之流，而及張、蔡，嶰谷之竹遁宣，楚澤之蘭互蒨，莫不鏗其鉅響，樹爲弘標。

陳仁錫曰：以原比之左氏、相如、揚雄、莊周，可謂寃極，以宋玉、劉向、王逸諸人作合爲《楚辭》，可謂辱極。

蔣之華曰：原抱嘉猷，賫鴻術，以圖議國政，使王舉國聽之，管晏之業，不足語矣。何信讒見疏，漸至逼逐，原之素志，竟不知發洩何地。將攄忠一諫，得剖心殿陛，不失爲比干，而君顏不可望；將去此故都，完身草莽，不失爲微子，而宗國其永懷；將佯狂朝市，悲歌浩嘆，不失爲箕子，則慮指爲廢人。而卒不見用，憂心孔棘，若之何而後可耶？不得已而一腔熱血,灑之爲腐墨數行。故今之讀其詞者,但當悲其志,哀其遇,欷歔再四,泣下可也。

陸時庸曰:風雅既湮,《離騷》繼作,人取而經之,《騷》誠可經也。詩以持人道之窮者也,愛君憂國,顯忠斥佞,《騷》曷爲不可經哉?得聖經存,無聖經亡。十五風不折衷於孔氏之門,其或存或亡亦久矣。《騷》之存而不没,《騷》自足於存世也。或曰:《詩》發乎情,止乎禮義,故足稱耳。然則謂《騷》不經,謂《騷》之不止於禮義,則謂愛君憂國,顯忠斥佞之非禮義也,非待世之論也。

又曰:厲言類規,温言類諷,竊言類訴,狂言類號。聆其音,均可當浪浪之致焉。要一發於忠愛,雖激昂憤懣,世莫得而訾也。

又曰:宋玉所不及屈原者三:婉轉深至,情弗及也;嬋娟嫵媚,致弗及也;古則彝鼎,秀則芙蓉,色弗及也。所及者亦三:氣清、骨峻、語渾。清則寒潭千尺,峻則華岳削成,渾則和璧在函,雙南出範。

宋瑛曰:《左氏》羽翼《春秋》,屈氏羽翼風雅,一也。是宜以《離騷》作《詩》傳。

陸鈿曰:謂《楚辭》語多亂,多復,多不經,非也。熱中展轉,自不覺語言無端,而至於此。

蔣之翹曰:予讀《楚辭》,觀其悲壯處,似高漸離擊築,荆卿和歌於市,相樂也,已而相泣,旁若無人者;凄惋處,似窮旅相思,當西風夜雨之際,哀蛩叫濕,殘燈照愁;幽奇處,似入山徑無人,但聞猩啼蛇嘯,木魅山鬼,習人語,來向人拜;艷逸處,似美人走馬,玉鞭珠勒,披錦綉,佩琳琅,對春風,唱一曲《楊白華》;仙韵處,似王子晋騎白鶴,駐緱山最高峰,吹玉笙,作鳳鳴,揮手謝時人,人皆可望不可到。

金蟠曰:天賦屈子之才,必有是著作;天賦屈子之性,必有是沉抑不困陋。嗚呼!激龍門子長之論是已。向使以如是之才,不爲文章而爲事業,以如是之性,不使懷憤而使效忠,所表建當何似耶?故君子讀《楚騷》,不能不再三嘆也。

又曰:《南華》《離騷》,皆古今奇絶之文。而後人於六經之後,并尊爲經。夫經，常也，奇而不可越，乃常也。讀《南華》，使人不敢萌利達之心，讀《離騷》，使人不敢忘生民之意。

又曰：忠藎語易腐，偏侻麗；懇切語易戇，偏婉轉；寄諷語易諧，偏雄峭。所以風雅、道學之家，俱不可廢。

又曰：屈子去古未遠，世事猶稀，其臚列衍奧，已如是。使生於漢唐、宋後，興懷捉筆，更安極耶？

又曰：恨不得屈子當年圖議政事，應對賓客諸辭令，一并讀之，當不僅射父、倚相等圬。

馮開之《讀楚辭語》（見萬曆刻本《楚辭集注》卷首附録）：

《離騷》：世有屈原，乃見《離騷》，《離騷》不易讀也。攬其菁華，如微雲之染空，映手脱去；玩其瑶實，將青春之無主，移人愈深。婉嫿翔翔，從容綽至，來去如風雨之無從（"從"似當爲"踪"），明睇若日月之停照。乃若沿隨注疏，何異學究談禪，或更執生意見，又是痴人説夢。唯當掃地焚香，馮山帶水，不偕入於人間，竟遠投於芳草。於是行潔琳琅，聲震金石，彼湘靈者，不難見其冰雪之膚，何啻售我芬芳之志。泠然而讀，一唱三嘆，見其血縷清微激徹，挂空中之素膚，空丹的，層凌生水上之瀾開意，忽驚鬼神，披真不減提耳。

所謂消塵滓之上乘，涵雲天之秘典也。至於王逸注，取其句制《爾雅》，意調質雋，其間不無求實過多，鑿空取病，殆是叔師之雅言，而非屈子之本趣也。是時留連吳間，累月無事，泊舟菰蒲水草之際，四窗洞開，甌香茗沸，展讀數翻，口齒清歷。諷覽之餘，稍爲下意分析，是未免刻畫西施，取譏才士爾。癸巳三月上浣日真實居士馮夢禎題。

《九歌》

余愛《九歌》最爲情韻，清吟細嚼，攸然善懷。友人徐南山善瑟，國工也。按其宫商而譜之，時一撫弄，即游神於三湘、七澤之間，邀雲神，謁帝子，索靈均而友之，此誠楚材之最珍，逸聖之天籟也。若以神喻君，以事神比愛君，意非不合，而言出便覺無味耳。

《天問》

《天問》謂天尊不可問，故不曰問天，而曰天問。不知屈原胸中，忽然而有天，其胸中之天，忽然而有問，問忽然而在此，問忽然而在彼，問忽然不可解，問忽然可解，非情見事物之可限量，而亦不出於情見事物之外。總之，雲行水流，即原亦莫知其然而然也。如化工之點綴，如天籟之附比，其通篇恢奇譎怪，似莫可捉摸，而審視題目，便躍然洞達，奈何反於二字生顛倒見耶？

《九辯》

春女怨，秋士悲，可以知物化矣。誦此章，令人肌骨生凉，肺腸空澈。時當九日，連朝風雨如晦，友生鮮少，命侍兒展拭窗檻，移烏皮幾，列古鼎，焚香危誦，泛覽周流，如入禪定。少之瞠目而望，忽見西山歷落可數，晴光爽氣，激射於亂雲堆黛之間，便覺天高氣明，神志清邁。忽戶外屐聲甚厲，則姜羊石樂、子晋二君子至矣，不覺喜劇，共啜白茗數壺。今年登高不出閨櫳，游昆侖，升帝庭，賀九若此，差不寂寞。

《招隱士》

讀《招隱》，如晨躋終南，獨立千仞，峰嵌皴皵，仄漫明睇，遠樹歷歷，煩草芊芊，禽鹿奔跂，真有山靜太古之意。儼然王孫出没其間，留連而莫知其所處所也。更復筆力驚絶，如夏鑄九鼎，龍文漫滅，以成自然，蒸變烟縕，將興神怪、八公之徒。寧特西漢異人，焉知非三代先秦遺耆耶？即并諸穆天之謡、詛楚之文，吾見其上，未見其下，可謂屈氏之畏友也。

《楚辭》評點諸本提要

明萬曆十四年馮紹祖校刊本《楚辭章句》

馮紹祖校刊本《楚辭章句》十七卷、附録一卷,明萬曆丙戌年(1586)刻,是筆者所知見《楚辭》評點本中問世最早的一種,各地圖書館所藏有二册本、三册本、四册本、六册本、八册本數種①。該本首録黄汝亨《楚辭序》。黄汝亨,明末著名文學家,字貞父,號泊玄居士、寓林居士,浙江仁和人。萬曆戊戌(1598)進士,授進賢知縣,官至江西布政司參議,有《寓林集》《天目游記》《廉吏傳》《古奏議》等傳於世②。次爲馮紹祖《校楚辭章句後序》③,《後序》馮氏自署:"萬曆丙戌月軌青陸朔鹽官馮紹祖繩武父書於觀妙齋。"馮紹祖事迹不詳,後世關於他的相關著録皆大

---

① 中國科學院國家科學圖書館藏本爲一函二册,浙江省圖書館藏本爲一函三册,清華大學圖書館藏本爲一函四册,復旦大學圖書館、北京師範大學圖書館藏本爲一函六册,中國國家圖書館、北京大學圖書館、南京圖書館藏本爲一函八册。本提要著録以復旦大學圖書館藏本爲據。

② 參馮夢禎《快雪堂集》卷三(《四庫存目叢書》影印萬曆四十四年黄汝亨、朱之蕃等刻本)。另,曹溶《明人小傳》、朱彝尊《明詩綜》、陳田《明詩紀事》及《四庫全書總目》、《浙江通志》等俱有關於黄汝亨的相關記載,亦可參。

③ 姜亮夫先生舊藏本此《後序》位置在書末,蓋後出諸本將之移前也。

致由此自署一句而來。今核"觀妙齋重校楚辭章句議例",其四"核評"云:"兹悉發家乘,若張氏《楚範》、陳氏《楚辭》、洪氏《隨筆》、楊氏《丹鉛》、王氏《卮言》等集,一一搜載。而先王父小海公間有手澤,隨列之。"按,小海,爲馮覲別號。據此可知紹祖爲馮覲後人。

《後序》之後,承以"觀妙齋重校楚辭章句議例"五則,録之如下:

第一印古

《楚辭》先輩稱王逸本最古,蓋去楚未遠,古文不甚流濫脫軼耳。後人人各以意擅易,若晦翁所次《九辯》諸章,固自玢豳,要非古人之舊矣。今一意存古,故斷以王氏本爲正。

第二銓故

《楚辭》解當漢孝武時,已令淮南王安通其義矣。惜乎言湮世遠,今不復存。東漢王逸匯其故爲《章句》,蓋其詳哉!至宋洪興祖、朱晦翁,俱有補注,總之不離王氏者居多。兹顓主王氏《章句》。洪、朱兩家,間各有裨益處,爲標其概於端,俾讀者得以詳考,亦毋混王氏之舊焉。

第三遴篇

《楚辭》編於劉子政者十六卷,《章句》於王叔師者十七卷。至唐宋而下,互有編次。而《楚辭後語》,則朱子仍晁無咎氏之故云。今主《章句》,則仍《章句》,即莫贍《後語》不論矣。

第四核評

《楚辭》評,先輩鮮成集。即抽緒論,亦咸散漫。兹悉發家乘,若張氏《楚範》、陳氏《楚辭》、洪氏《隨筆》、楊氏《丹鉛》、王氏《卮言》等集,一一搜載。而先王父小海公間有手澤,隨列之。要以佐《章句》及洪、朱二氏所不逮。如世所譏,優場博戲,觀者亦與寓焉。固用修濫觴,抑似續梟不取也。

第五譯響

屈、宋楚材,故音多楚,而間韵語,亦必尋聲。《章句》弗詳考,欲一通其響難。兹取洪、朱二氏者謂爲紬繹焉,務宣其音響而已。至與他本相證,若一作某某云者,節之并從大文,爲治古文者要删焉。

十七卷目後,承以附録三種:其一《史記·屈原傳》,其二"各家楚詞書目","書目"共擇取王逸《楚詞》十七卷、《楚詞釋文》、洪氏《補注楚辭》與《考異》、晁氏《重編楚辭》、《續楚辭》、《變離騷》、《八人通九十六首》、林應辰《龍岡楚辭説》、周紫芝《楚辭贅説》、朱熹《楚辭集注》等十一種①,并配以陳氏《直齋書録解題》、晁氏《郡齋讀書志》所作提要;其三爲"楚辭章句總評"。

該本正文首列卷次及篇目,下題"漢劉向子政編集,王逸叔師章句"、"明後學武林馮紹祖繩武父校正"②。每半頁九行,行十八字,小字雙行同,左右雙邊,有行綫,白口,無魚尾。中縫處上列楚辭卷次,下爲頁數,最下處時現刻工名字,除正文第一頁"杭州郁文瑞"外,文中所見,還有信中、信文、信武、信巳、信、子信、英中、英元、英文、英奇、昂文等多人。復旦大學圖書館藏本鈐有"周氏中吉""玉糊漁父""佩玉堂""寶藏""□山珍藏""喜咏軒""蕭山黄彪更都父珍藏賞玩之章""黄彪之印""□在兹玉待價""古檇李北□□園"等印記。

---

① 姜亮夫先生《楚辭書目五種》著録無《八人通九十六首》,爲十種。
② 據崔富章《楚辭書目五種續編》,浙江省圖書館藏本此處無"明"字。

　　該本輯録諸家評語，共采用了以下三種形式：於卷首附録處設"楚辭章句總評"一目，雜選歷代論及屈子、屈賦及《楚辭》之詞；於正文天頭、文旁處輯引各家論説爲眉評、旁批；又於各卷後選取相關評説設爲卷末總評。其所引評家，依文中所列先後，共有揚雄、曹丕、沈約、庾信、劉勰、劉知幾、皮日休、蘇轍、葛立方、洪興祖、朱熹、祝堯、高似孫、汪彦章、陳傳良、李涂、葉盛、何孟春、姜南、張時徹、唐樞、茅坤、王世貞、劉鳳（以上見"楚辭章句總評"）、鍾嶸、馮覲、陳深、王應麟、張鳳翼、劉次莊、沈括、洪邁、樓昉、楊慎、吕向、張之象（以上爲眉批增益）、劉安、賈島、宋祁、蘇軾、嚴羽、張鋭、吕延濟、姚寬（以上爲卷末總評增益）等44人。

　　就品評内容而言，此本所引評語多集中在對於語詞、語句、篇章大旨及行文脉絡的釋解，以及對於《楚辭》影響在後世文學創作中具體體現的説明等方面，從而表現出濃重的"以注爲評"、"注評交融"的傾向。而造成這一傾向的最突出表現是該書對於洪興祖《楚辭補注》、朱熹《楚辭集注》二書的大量擇取與接受。關於這一點，馮紹祖在"議例"之二"銓故"中有所説明，文云："東漢王逸匯其故爲《章句》，蓋其詳哉！至宋洪興祖、朱晦翁，俱有補注，總之不離王氏者居多。兹顓主王氏《章句》。洪、朱兩家，間各有裨益處，爲標其概於端，俾讀者得以詳考，亦毋混王氏之舊焉。"由此可知紹祖將其認爲洪、朱二注中有益於讀者閲讀的材料擇取出來，分别置於此書的"總評"、眉端、文旁及卷末總評處，而與其他各家的品評話語融爲一體。

　　洪、朱二家之外，此本所引其他諸家亦表現出這種"注評交融"的傾向。兹略舉幾例以爲證：如該本《離騷》"飄風屯其相離兮，帥雲霓而來御"句眉上，引張鳳翼曰："以上望舒、飛廉、鸞鳳、雷師,但言神靈爲之擁護耳,初無善惡之分也。舊注牽合,且以飄風、雲霓爲小人,然則《卷阿》之言'飄風自南',《孟子》之言'若大旱之望雲霓',亦皆象小人耶?"在這裏,張鳳翼對"望舒、飛廉、鸞鳳、雷師"之意作出了新的解釋,并在此基礎上對王逸的説法進行辨正。

又如,此本《九歌·山鬼》篇文首眉間引有樓昉詮釋篇章大旨之辭,文云:"此篇反復曲折,言己始以志行之潔、才能之高,見珍愛於懷王。己亦愛慕懷王,納忠效善,而終困於讒,不能使之開悟。君雖未忍遽忘,卒爲所蔽,而己拳拳終不忘君也。"

再如,《九辯》"車既駕兮朅而歸,不得見兮心傷悲"處引楊慎曰:"舊注:'朅,去也。'又按,《吕氏春秋》:'膠鬲見武王於鮪水,曰:西伯朅去,無欺我也。武王曰:不子欺,將伐殷也。膠鬲曰:朅至?武王曰:將以甲子日至。'注:'朅,何也。'然則朅之爲言,盍也。若以解《楚辭》,則謂車既駕矣,盍而歸乎以不得見,而心傷悲也。意尤婉至。"此類例證較多,兹不贅引,以上三例,可收斑窺之功。

除此之外,該本所收評點中也有不少是著眼於《楚辭》的文學特色來立論的。如《離騷》卷末總評引馮覲語曰:"《離騷經》斷如復斷,亂如復亂,而綿邈曲折,讀者莫得尋其聲而繹其緒,又未嘗斷,未嘗亂也。至其才情艷發,則龍矯鴻逸;志意悱惻,則啼猩嘯鬼。濃至慘黯,并臻其妙,蓋由獨創,自異規仿耳。"

此本問世之後,曾連年翻刻、重印,流播甚廣,在社會上產生了較大的影響。如就明代《楚辭》評點史的意義而言,此本更是有著舉足輕重的地位。後世所出的諸如萬曆二十八年凌毓柟校陳深批點二色套印本、天啓六年蔣之翹忠雅堂《楚辭》評校本、崇禎十年吳郡八咏樓刻沈雲翔《楚辭集注評林》本以及其他相關的《楚辭》評點本，均在編排體例、内容確定等方面或多或少地受到了它的影響。而這種影響甚至一直持續到清代問世的一些評點本當中。

關於此本，晚清著名藏書家丁丙所撰《善本書室藏書志》有載，云："《楚辭》十七卷，明萬曆丙戌刊本，漢劉向子政編集，王逸叔師章句。前有漢太史令龍門司馬遷撰《屈原傳》，此本題'明後學武林馮紹祖繩武校正'，萬曆丙戌自序於觀妙齋。附録諸家《楚辭》書目、諸總評，又重校《章句》議例，并列音義於上方。皕宋樓所藏同是。此槧尚有黄汝亨一序。"①此外，饒宗頤《楚辭書録》②、姜亮夫《楚辭書目五種》③、王重民《中國善本書提要》④、洪湛侯《楚辭要籍解題》⑤、崔富章《楚辭書目五種續編》⑥、沈津《美國哈佛大學哈佛燕京圖書館中文善本書志》⑦等亦有著録，其中尤以崔書於版本流變考證爲最詳。

明萬曆十五年《楚辭句解評林》

《楚辭句解評林》十七卷、附録一卷，漢王逸章句，明馮紹祖

---

①　丁丙《善本書室藏書志》卷三，清光緒二十七年(1901)錢塘丁氏刻本。
②　見饒宗頤《楚辭書録》，《選堂叢書》本，香港東南出版社 1956 年版，第 3—4 頁。
③　姜亮夫《楚辭書目五種》，中華書局 1961 年版，第 15 頁。
④　王重民《中國善本書提要》，上海古籍出版社 1983 年版，第 489 頁。
⑤　見洪湛侯《楚辭要籍解題》，《楚辭研究集成》本，人民出版社 1985 年版，第 8 頁。
⑥　崔富章《楚辭書目五種續編》，上海古籍出版社 1993 年版，第 24 頁。
⑦　沈津《美國哈佛大學哈佛燕京圖書館中文善本書志》，上海辭書出版社 1999 年版，第 602—603 頁。

輯評,六册①。此本爲馮紹祖校刊《楚辭章句》之改刻本,易以
"評林"之名,書坊商業宣傳、促銷之迹顯見。首黄汝亨《楚辭
序》,下題"錢唐黄汝亨貞父撰",末署"萬曆丁亥之歲秋且朔"。
次"楚辭章句目録"十七卷,承以"觀妙齋重校楚辭章句議例",
通計五則②。再次爲"各家楚辭書目"③,"書目"之後承以"楚辭
章句總評",所收俱同馮紹祖本④。

　　正文首行題"楚辭句解評林卷之一",下分行署"漢劉向子
政編集,王逸叔師章句""明後學武林馮紹祖繩武父校正"。每
半頁十行,行二十三字,有行綫,四周雙邊,黑魚尾,中縫處上署
"楚辭句解評林"數字,下列卷次,最下爲頁碼。此本天頭處有
欄框,欄框内録諸家評點,所收與馮本同。《離騷》《九嘆》兩篇
有朱筆圈點,餘則無。正文之後爲馮紹祖"校楚辭章句後序",
署"萬曆丁亥月軌青陸朔鹽官馮紹祖繩武父書於觀妙齋"。

　　其中該本卷前附録"楚辭章句總評"中縫下端三次出現"士
章",卷五《遠游》篇三次出現"啓吾",卷八《九辯》篇一次出現
"啓吾",蓋爲當時刻工之名。

---

　　①　本提要以上海圖書館藏本爲據,北京大學圖書館所藏爲二册本,版
式與此同。另據嚴紹璗《日藏漢籍善本書録》著録,日本諸館所藏此書有一册
本、二册本、四册本、六册本、八册本不等,版式、附録内容亦與此本異。
　　②　此本"議例"至"第四核評"時,忽竄入《史記·屈原傳》,起自"秦欲伐
齊,齊與楚從親",終至《傳》末。後再無"議例"之五。
　　③　"各家楚辭書目"中無《八人通九十六首》,與姜亮夫先生著録馮紹祖
校刊《楚辭章句》本同,由此可見,此本與姜氏所見《章句》本或出自一源。
　　④　王世貞《楚辭序》"班固得屈氏之顯者也,而迷於隱,故輕詆中壘。王
逸得屈氏之隱者也,而略於顯,故輕擬。夫輕擬之與輕詆,其失等也。然則爲
屈氏宗者,太史公而已矣"一段,此本"總評"引作:"班固得屈氏之顯者也,而
迷於隱,略於顯,故輕擬之。與輕詆其失等也,然則爲屈氏宗者,太史公而已
矣!"而此處天頭又注出"迷於隱,故輕詆中壘。王逸得屈氏之隱者也"數語。

關於此本，姜亮夫《楚辭書目五種》①、王重民《中國善本書提要》②、崔富章《楚辭書目五種續編》③、沈津《美國哈佛大學哈佛燕京圖書館藏中文善本書志》④、嚴紹璗《日藏漢籍善本書錄》⑤等皆有著錄。

《新刻釐正離騷楚辭評林》

北京圖書館藏本，共四冊。扉頁題"新刻釐正離騷楚辭評林，萬曆著雍赤奮歲⑥金陵益軒唐氏梓"。首起黃汝亨《楚辭序》，《序》未完而插入《史記·屈原傳》一段。次"各家楚詞書目"，書目未完又接上黃汝亨《楚辭序》。次"觀妙齋重校楚辭章句議例通計五則"，承以"楚辭章句目錄"，再次為《屈原傳》，《傳》未完又接"各家楚詞書目"，其中"楚辭集注八卷"後全錄朱熹《楚辭集注序》。由此可見此本之濫。次接"楚辭章句總評"。次正文，題"漢劉向子政編集，王逸叔師章句""明後學武林馮紹祖繩武父校正"。內容、版式、行款俱同丙戌本，由此知此本實為金陵唐氏翻刻馮氏丙戌本也，其所做惟剜去版心刻工姓名，增一扉頁耳。

---

① 姜亮夫《楚辭書目五種》，第 316 頁。

② 王重民《中國善本書提要》，第 490 頁。

③ 崔富章《楚辭書目五種續編》，第 24 頁。

④ 沈津《美國哈佛大學哈佛燕京圖書館藏中文善本書志》，第 604 頁。

⑤ 嚴紹璗《日藏漢籍善本書錄》，中華書局 2007 年版，第 1388 頁。

⑥ 依《爾雅·釋天》，"著雍"為"戊"，"赤奮"（當作"赤奮若"）為"丑"，而萬曆無"戊丑"年，崔富章先生定此本為萬曆十六年，但未云所以。沈津先生以為："干支中無戊丑，顯是唐氏胡編亂造，再冠以'新刻釐正'之標號，以達射利之目的。"今以該書乃竄改馮紹祖本而成，姑附於此。

　　關於此本，崔富章《楚辭書目五種續編》①、沈津《中國珍稀古籍善本書録》②有著録。

萬曆十九年《諸子品節》之《屈子》

　　《諸子品節》五十卷，明陳深輯。内收《楚辭》作品共三卷，其卷次分布爲：《離騷經》《九歌》爲一卷（全書第二十六卷）；《天問》《九章》爲一卷（全書第二十七卷）；《遠游》《卜居》《漁父》《九辯》《招魂》《大招》爲一卷（全書第二十八卷）。該書首起陳深《諸子品節序》，末署“萬曆辛卯孟春日吴興陳深子淵甫撰”，由此知此書當刊於萬曆十九年（1591）。次録“河上公”語一段。承以“凡例”十二則，言其擇取、編排、標注等體例。再次爲“諸子品節目録”，首起“老子《道德經》八十一章”，終以“徐幹《中論》下五篇”，凡五十卷。正文每半頁九行，行二十字，小字雙行同，有行綫，四周單邊，黑口，單魚尾，版心上列“諸子品節”卷次，魚尾下列該卷所屬，如“老子”、“莊子”、“屈子”之類，最下爲頁碼。正文爲二節版，天頭録眉語。

　　陳深於“凡例”言及該書編選範圍及標準時云：“不佞所采掇者，乃晚周以後、西京以前，爲其世代近古，文辭奥雅，故取其諸子衆家，及《史》《漢》記載，無問真贋，雜陳於前，而摘其尤傑異者而輯録之，爲之品騭，爲之節文，以便作者臨池器使，故總命之曰‘諸子品節’。其魏晋以後，及唐宋、五代、北魏、南唐之文，則別有一種趣味，當徐議之。”言及摘選諸家之文時又云：“葛稚川云：‘抄掇衆書，撮其精要，用功少而所收多，思不煩而

---

　　① 崔富章《楚辭書目五種續編》，第 25 頁。
　　② 沈津《中國珍稀古籍善本書録》，廣西師範大學出版社 2006 年版，第 341 頁。

所見博。'此集書之意也。然亦有全書,出一人之手,成一家之
言,一句一字,皆其精神融結,而不容取捨者,摘之則非全璧矣。
故不佞於《老子》、《莊子》、屈宋《騷》辭及《孫子兵法》,一句爲一
義者,皆全録之,不遺一字,所以見畸人瑋士,構思落筆,學問之
所自來,不如是,不足探其底也。若《管子》《淮南》《呂覽》,皆非
一家之言,亦非出一人之手,則采其雋艷,遺其沉斥,所謂采珠
而遺室,琢玉而捐石,淘金而棄砂也。若《列子》《關尹子》《文
子》《鶡冠子》,則後人雁辭耳,皆好爲窈曠無訾量之語,然亦有
精神感會處,録其十之二三。"由此可見,屈宋之文,在陳深眼
中,當屬第一層次。陳深又仿《莊》内篇、外篇、雜篇之例,將
其所選歸作内品、外品、雜品三類,三品之中"無甚優劣",所以
然者,在於便學者之"按名求珍"。屈宋《騷》辭則屬外品,所謂
學者觀於外品,而"知雄名之獨禪"也。

　　該書所録《屈子》,正文以數句爲單位,句下置注文,以雙行
小字刊之。經檢核,文中注文均係節取朱熹《楚辭集注》而成。
文旁時有詞句,亦係摘録《集注》而成。如該書《離騷經》:"前望
舒使先驅兮,後飛廉使奔屬。鸞皇爲余先戒兮,雷師告余以未
具。"其中"望舒""飛廉""雷師"三詞旁,各有"月御""風伯""豐
隆"與之對應。又如,《離騷經》:"何所獨無芳草兮,爾何懷乎故
宇。世幽昧以眩曜兮,孰云察余之善惡。"其中"孰云察余之善
惡"句旁有云:"以下乃原之詞。"以上皆由朱熹《楚辭集注》
而來。

　　《屈子》正文所載眉語,亦偶有釋義、注音及校讎之語,多
摘自《楚辭集注》。除此之外,則多爲品評之語。其中有引自
他人者,皆明確予以注明。如《離騷經》文首,此本即引王世貞
語兩則:"弇州山人曰:覽之令人裴回循咀,且感且疑,再反之,

沈吟歔欷，又三復之，深淚俱下，情事欲絕。""又曰：騷雖有韵
之言，其於詩文，自是竹之與草木，魚之與鳥獸，別爲一類，不
可偏屬。余取其惻怛深至，杳思沉音，則與詩文無所不屬耳。"
有的在引用時則稍微進行了一定的改動：如《天問》："皆歸射
鞠，而無害厥躬"句眉上，此本有云："王逸曰：射，行。鞠，穹
也。言有扈氏所行，皆穹凶極惡，啓誅之，而得無害也。"此條
王逸《楚辭章句》原作："射，行也。鞠，窮也。言有扈氏所行，
皆歸於窮惡，故啓誅之，長無害於其身也。"①這種改動較爲隨
意，無規律可尋。

　　《屈子》所録眉語中，更多的則是未對評語作者進行注明
者，對於該書所録評語的來源問題，陳深在《諸子品節序》及"凡
例"中亦未作説明。筆者將他本所載陳深評語與此本匿名評語
進行對照後，發現其中有部分相同者。據此推斷，此本未注明
出處者，或即爲陳深自己所評。陳深輯此書，引録他人者，皆加
以標明，而自評之語，如逐一注明，既顯繁瑣，又有自譽之嫌，不
如略去，因他書有載，亦不致引起誤解。

　　而就這些評語來看，其中多數都是揭示文句語意及篇章主
旨之例。略舉數例，列次如下：如《離騷經》"衆女嫉余之蛾眉
兮，謠諑謂余以善淫"句眉上，該本有云："此言小人之嫉妒，己
不能與之同朝共處也。""羿淫游以佚畋兮，又好射夫封狐"句眉
上，又云："太康以後皆暴君，禹湯以後皆賢君，自傷生不逢時，
不值賢君，而值暴君。"疏解篇章旨意者，如《九章·涉江》眉批：
"此章渡江湘，乘鄂渚，入乎蒼莽林薄之中，而不欲聞於人也。"
《九章·抽思》眉批："此章陳詞以望君之察，君佯聾而不聞，是

---

① 　見洪興祖《楚辭補注》，中華書局 1983 年版，第 98 頁。

以憂心不遂,作頌自解。"《九章·思美人》眉批:"此章思憤懣之不可化,而優游以壽考,世路之不可由,而遠去以俟命,樂中心之有餘,觀南人之變態,不阻不絕也。"

此外,該本所錄,亦有著眼於《騷》辭的藝術特色來立論者。如《卜居》眉批:"句極長,不見有餘,極短,不爲不足,多不爲廣,少不爲儉,以十六'乎'字爲之,固抱或侈或弇或牟或杅,惟意所適,無不中繩,必也聖乎?後此猶病。"《九辯》眉批:"談節序則披文見候,叙孤寒循聲見冤,首篇尤爲簡切。"前者叙及屈賦的用字規律,後者則重在強調《楚辭》行文所達到的藝術效果,皆概括貼切,於人亦多有啓發。

關於此書,《四庫全書總目》有載,但多有批評,文云:"《諸子品節》五十卷,明陳深編。深有《周禮訓雋》,已著錄。是書雜抄諸子,分内品、外品、小品,内品爲《老子》《莊子》《荀子》《商子》《鬼谷子》《管子》《韓子》《墨子》。外品爲《晏子》《子華子》《孔叢子》《尹文子》《文子》《桓子》《關尹子》《列子》、屈原、司馬相如、《揚子》《吕覽》、《孫子》、《尉繚子》、陸賈《新語》、賈誼《新書》《淮南子》。小品爲《説苑》《論衡》《中論》。又以桓譚《陳時政書》、崔實《政論》、班彪《王命論》、竇融《奉光武》及《責隗器》二書、賈誼《吊屈原賦》、司馬相如、揚雄諸賦及《諭巴蜀檄》《難蜀父老》《劇秦美新》諸文,錯列其中,尤爲龐雜,蓋書肆陋本也。"[1]

明萬曆二十八年淩毓柟校刊朱墨套印本《楚辭》

《楚辭》十七卷,附録一卷,題"王逸叙次,陳深批點"、"吳興

---

① 《四庫全書總目》卷一百三十一,中華書局 1965 年版,第 1119 頁。

凌毓殿卿父校”，萬曆庚子（萬曆二十八年，1600）刻。一函四
册①。每半頁八行，行十八字，四周單邊，白口，無魚尾，無行綫，
中縫處首刻“楚辭”二字，下列卷數，最下爲頁數。

　　卷首“楚騷附録”起《史記·屈原賈生列傳》，行書，末題“萬
曆庚子九月既望王稚登書”，後有“王稚登印”、“王氏百穀”二印
記。文中朱筆圈點，眉間録陳沂、茅坤、楊慎、余有丁、董份、王
鰲、唐順之、柯維驥、黄省曾、樓昉、何孟春諸家批語。如録陳沂
曰：“二子一傳，自成一片，詞皆屬，而意皆可悲者。”録楊慎云：
“太史公作《屈原傳》，其文便似《離騷》，其論作《騷》一節婉雅淒
愴，真得《騷》之趣者也。”

　　王稚登，字百谷，或作百穀、伯穀，號玉遮山人，吳縣人。嘉
靖中布衣。四歲能屬對，六歲善擘窠大字，十歲能詩，長益駿
發，有盛名。嘉靖四十三年（1564）游京師，深受大學士袁煒賞
識。隆慶初再游京師，時徐階當國，與袁煒不洽，或勸其勿名袁
煒客，不從。吳中自文徵明後，風雅無定屬，稚登嘗及徵明門，
遙接其風，主詞翰之席者三十餘年。嘉隆、萬曆間布衣山人以
詩名者十數，然聲華烜赫，稚登爲最。有《王百穀全集》《吳郡丹
青志》《奕史》《吳社編》等行於世②。

　　二子《傳》後承以劉勰《辨騷》篇，亦朱筆圈點，眉間録蕭統、
沈約、高似孫、楊慎諸家批。如《辨騷》“《招魂》《招隱》，耀艷而
深華”句眉上引楊慎曰：“‘耀艷深華’四字，尤盡二篇妙處，故重

---

　　① 　本提要以復旦大學圖書館藏本爲據，復旦大學圖書館藏又一本，與
此本全同。美國哈佛大學哈佛燕京圖書館所藏爲二册本，版式與此本同。

　　② 　參《四庫全書總目》卷一百一十四及卷一百四十三、《明史》卷二百八
十八、《江南通志》卷一百六十五、朱彝尊《明詩綜》卷五十五、沈季友《橋李詩
繫》卷四十、錢謙益《列朝詩集小傳·丁集中》等。

圈之。皮日休評《楚辭》'幽秀古艷',亦與此相表裏。稍異之云:'《招魂》耀艷而深華,《招隱》幽秀而古朗。'"

次爲晁氏《郡齋讀書志》"王逸《楚詞》十七卷"解題。再承以《楚辭》目録十七卷,爲王逸舊次。

正文起"《楚辭》卷第一",下朱筆題"王逸叙次""陳深批點"一行,此題識全書僅此一見,餘卷皆無。全書白文,唯取《章句》各大小序附録皆備。眉間録評,屬"某某曰",形式同馮紹祖本。文中朱筆圈點,亦有旁批,皆爲校正之語。如《離騷》"朝搴阰之木蘭兮,夕攬中洲之宿莽","中"字旁批曰:"一本無。""飄風屯其相離兮,率雲霓而來御","率"字旁批曰:"一作帥。"諸如此類,文中多見。每卷末皆附"疑字音義",實則有音無義。

十七卷正文之後,節録王世貞《楚辭序》爲跋,眉間録黄汝亨語爲批,云:"屈子以其獨醒獨清之意,沈世之内,殷憂君上,憤懣溷濁。六合之大,萬類之廣,耳目之所覽睹,上極蒼蒼,下極林林,摧心裂腸,無之非是。辟之深秋永夜,凄風苦雨,鬱結於氣,宣豁於聲,皆化工殿,豈文人雕刻之末技,詞家模擬之艷辭哉!"又云:"宋玉而下,有其才而非其情,賈誼有其情而非其才。"王《序》之後有"吴興凌毓枬殿卿父校"一行,又有"凌毓枬印""殿卿父""弇州山人"等印記。

此本雖題"陳深批點",實則雜取諸家品評之語入其内,非僅爲陳深一家所評。所選評語,皆以朱刊眉批的形式出現,無總評、卷(章)末評等形式。所選評家,以文中所列先後,依次有蘇轍、李涂、劉鳳、賈島、宋祁、馮覲、蘇軾、王世貞、劉知幾、鍾嶸、洪興祖、朱熹、張之象、郭正域、唐順之、楊慎、陳深、王慎中、劉次莊、汪道昆、何景明、李夢陽、嚴滄浪(羽)、吴國倫、楊起元、吕延濟、張鋭、姚寬、沈括、洪邁、祝堯、張鳳翼、樓昉、王逸、王應麟、葛立方、王維禎、吕向、何孟春、高似孫等四十家。

　　通檢此本所錄評語，知其實爲於馮紹祖校刊本《楚辭章句》基礎上略加删削補充而成。這突出表現在二本在所選評家及評語内容上的大量雷同。非但如此，馮本有些評語在内容及所處位置上明顯有誤，而此本所載却與之完全相同，從而成爲此本承襲馮本的有力證據。

　　如《離騷》"衆女嫉余之蛾眉兮，謡諑謂余以善淫"句眉上，馮本引洪興祖曰："《反離騷》云：'知衆嫭之嫉妬兮，何必揚累之蛾眉。'此亦班孟堅、顔推之以爲'露才揚己'之意。夫冶容誨淫，目挑心與，孟子所謂'不由其道'者。而以污原，何哉？"文中"顔推之"顯係"顔之推"之誤，而此本所錄與此全同。

　　又如，馮本《九歌·少司命》文末眉上引洪興祖曰："《周禮·大宗伯》：'以槱燎祀司中、司命。'疏引《星傳》云：'三臺，上臺司命，爲太尉。'又文昌宫第四曰司命。然則有兩司命也。"這段文字於《楚辭補注》位置實在《大司命》篇題之下，不知何故馮紹祖選之入其本後對其位置進行了改動，而此本所錄與馮本亦全同。

　　在馮本基礎上，此本又增加了郭正域、唐順之、楊慎、王慎中、何景明、汪道昆、王維禎、吴國倫、陳深等人的一些批語，爲馮本所無。

　　如《離騷》"初既與余成言兮，後悔遁而有他"句眉上，此本錄郭正域曰："人知先生之忠，顧其縱恣奇絶，搏弄千古，要自一氣流出，雖奇偉而實真情，千古一人。""既替余以蕙纕兮，又申之以攬茝"句眉上引唐順之曰："'蕙纕'、'攬茝'，與前'江離'、'辟芷'等一意。總之，自表其清白之節也。""邅吾道夫昆侖兮，路修遠以周流"句眉上引李夢陽曰："以後欲言'眷局顧而不能行’，先以‘修遠周流’起之，其文有起伏有開合，此所以爲詞賦之祖。”

與馮本相同，此本所選，亦多爲諸家疏解《楚辭》文意、篇旨之詞，表現出較濃厚的“以注爲評”、“注評交融”的傾向。這是早期《楚辭》評點發展過程中所存在的一個突出表徵。

陳深，字子淵，長興人。嘉靖乙酉（1525）舉人，知歸州，調荆門，官至雷州府推官。著作有《周禮訓雋》二十卷、《十三經解詁》五十六卷、《諸子品節》五十卷、《諸史品節》三十九卷、《周易然疑》、《春秋然疑》、《秭歸外志》、《金丹刊誤》等①。陳深品評《楚辭》之語，馮紹祖校刊本《楚辭章句》已酌加選錄，共計八條。此本有所增益，共計二十條。雖如此，亦不至於於書中獨標顯而重之。對此，王重民先生以爲：“蓋深爲凌氏鄉人，故特尊之耳。”②

關於此本，姜亮夫《楚辭書目五種》③、王重民《中國善本書提要》④、沈津《美國哈佛大學哈佛燕京圖書館中文善本書志》⑤、嚴紹璗《日藏漢籍善本書錄》⑥、饒宗頤《楚辭書錄》⑦等皆有著錄。

———————

① 參《四庫全書總目》卷二十三、卷三十四、卷六十五、卷一百三十一，《吳興備志》卷二十二，《浙江通志》卷一百三十七，《千頃堂書目》卷二、卷三、卷五、卷七、卷十二、卷十六，《長興縣志》等。
② 王重民《中國善本書提要》，第 489 頁。
③ 姜亮夫《楚辭書目五種》，第 15 頁。
④ 王重民《中國善本書提要》，第 489 頁。
⑤ 沈津《美國哈佛大學哈佛燕京圖書館藏中文善本書志》，第 602—603 頁。
⑥ 嚴紹璗《日藏漢籍善本書錄》，第 1388—1389 頁。
⑦ 饒宗頤《楚辭書錄》，第 4 頁。

　　國家圖書館藏一種，二册，名曰"楚辭述注"，十七卷，題（宋）洪興祖、（明）王世貞撰，而附錄、目次、行款、版式、題署、内容皆全同陳深本，知此本實爲陳深本，只因其中録有王世貞《楚辭序》，故刊刻者特將其名號抽出，又改易書名也。此乃坊賈慣用伎倆。

明萬曆四十四年《二十九子品彙釋評》之《屈子》

　　該書全稱爲"新鍥翰林三狀元會選二十九子品彙釋評"，共二十卷，題明焦竑輯，明萬曆四十四年（1616）刻本。該本首起李廷機《題二十九子品彙序》，末署"時萬曆丙辰歲孟夏月吉旦九我李廷機識"。李廷機，字爾張，號九我，福建晉江人。隆慶庚午，舉北闈第一，張居正延之教子，辭不就。萬曆癸未會試第一，殿試第二，累官宫坊，侍皇太子講學，旋晉祭酒，轉南京吏部侍郎，後以禮部尚書拜東閣大學士，未幾致仕，歸殁，謚"文節"。著作有《宋賢事彙》二卷、《春官要覽》六卷、《明朝閣臣録》六卷、《漢唐宋名臣録》五卷、《燕居録》一卷、《李文節公集》十八卷等①。李《序》之後，承以"二十九子品彙目録"二十卷。次爲凡例八則。再次爲正文。正文首起"新鍥翰林三狀元會選二十九子品彙釋評"卷次，後分三行署"從吾焦竑校正""青陽翁正春參閲""蘭嵎朱之蕃圈點"，此即所謂"三狀元"也。每半頁十行，行二十四字，小字雙行同，四周單邊，黑口，順魚尾，有行綫，二節版，上節録眉語。

---

　　①　參《明史》卷二百一十七、《福建通志》卷四十五所載李廷機本傳。關於李廷機的著作情況，黄虞稷《千頃堂書目》記載較詳，共十一種，除以上所列外，還有《家禮簡要》一卷、《四書臆説》、《大方綱鑒》三十九卷、《明朝名臣言行録》、《經國鴻謨》八卷。

該本卷前所載凡例，有專及"評品"與"圈點"者兩則，録之如下：

評品凡例：

按諸子百家，各持一指。精者、奥者、微者、妙者、流浣者、輕快者，不可殫述。評品或繪其文字之工妙，或證其意旨之異同，或闡其秘奥之深遠，或訂其刊刻之謬訛，或取其行事之嫩美，或探其垂世之謨訓，同中有異，異中有同，諸家刻俱爲下品矣。

圈點凡例：

讀文者貴得意於文字之外，有文若淺易，而意絶精到；有文實佶崛，而意若平正，談吐有關於世教，文墨有裨於詞藻，如此之類，不能遍舉。讀者但於圈點處求之，各有所指，能得其意，解悟便多。

該本所載《屈子》，以其先後所列，共包括《離騷經》《漁父》《九章》諸篇（分名載之，不列"九章"總名）、《遠游章》《天問章》《卜居》《九歌》諸篇。其中所載評點，只眉評一種形式，核其來源，主要有以下三種情况：

多數評語是轉抄馮紹祖校刊本《楚辭章句》而來。馮紹祖本《楚辭章句》以王逸注爲本，又雜選衆家彙爲一帙。此本《屈子》諸篇有注語，皆係節取《楚辭章句》而成，這是該本《屈子》因襲馮本《楚辭章句》的一個方面。更重要的則是其中所載的評語問題。以兩本對核，此本《屈子》所載評語多數均係抄襲馮本而成。其中有録自馮本眉評者，又有將馮本之卷末總評變爲眉評的。此類較多，兹不煩引。

部分評語是轉抄陳深輯《諸子品節》而來。陳深輯《諸子品節》五十卷，其中屈宋之文三卷。文中所載評點，有引自他人者，皆予以注明，又有較多無署名者，係陳深自評之語。而此本摘抄陳深輯本相關評語後，多數都加以僞托。

　　部分評語是摘抄王逸《楚辭章句》、朱熹《楚辭集注》而成。該本所載眉語中，還有不少是抄自王、朱二注，與陳深輯本的處理方式相同，該本將此類材料列之眉端後，亦僞托於他人。其中摘自《楚辭章句》者，均不見於文中所録注文，只因文中注文較簡略，逸注中仍有取者，該本又予以收録。

　　對於該本的這種僞托現象，《四庫全書總目》多有批評："其書雜録諸子，毫無倫次，評語亦皆托名，謬陋不可言狀，蓋坊賈射利之本，不足以當指摘者也。"①該本抄自馮紹祖校刊本《楚辭章句》而托名者，如《涉江》"哀南夷之莫吾知兮"句眉評："屈原楚而曰'哀南夷之莫吾知'，是以楚俗爲夷也。陰邪之類，讒害君子，變於夷矣。"此條爲王應麟語，原文見於王氏《困學紀聞》卷十七，而此本則托之於張之象名下。另，文中"屈原楚"當作"屈原楚人"，此本脱一"人"字，據此可見其"謬陋"之一斑。如此之類，又如《東皇太一》，此本所載此篇無篇名，文中"蕙肴蒸兮蘭藉，奠桂酒兮椒漿"句眉上有云："'蕙肴蒸兮蘭藉，奠桂酒兮椒漿'，當曰'蒸蕙肴'，對'奠桂酒'，今倒用之，謂之磋對。"此條爲沈括語，原見於《夢溪筆談》卷十五，馮紹祖始引入其書，該本抄之，而置於張鳳翼名下。核馮本此條之上即爲張鳳翼評語，二者緊鄰，該本輯刊者不審，遂將二者相混。

　　抄自陳深《諸子品節》而托名者，如該本《離騷經》篇首眉評："騷雖有韵之言，其於詩文，自是竹之與草木，魚之與鳥獸，別爲一類，不可偏屬。余取其惻怛深至，杳思沉音，則與詩文

---

① 《四庫全書總目》卷一百三十二，第 1123 頁。

無所不屬耳。"此條原見《諸子品節·屈子·離騷經》文首眉端，陳深署爲"弇州山人"，而此本則托於王守仁名下。其他陳深輯本不署名者，此本多數抄襲後歸於王世貞、袁宗道、唐順之、馮覲、余有丁、董份、呂祖謙、楊慎等人名下。除此之外，也有抄襲後亦不署名者，則更能證明此本抄襲陳深輯本的事實。此類如該本《離騷經》"忽反顧以流涕兮，哀高丘之無女"句眉評："此復托言①求神女、宓妃。""及少康之未家兮，留有虞之二姚"句眉評："此復托詞，欲求二姚。""曰兩美其必合兮，孰信修而慕之"句眉評："此復托詞求靈氛，以求其所適。""巫咸將夕降兮，懷椒糈而要之"句眉評："此伏托詞要巫咸，而占吉凶也。"②"時繽紛以變易兮，又何可以淹留"句眉評："此下皆倘易自況。"③

　　抄自王逸《楚辭章句》、朱熹《楚辭集注》而托名者，如該本《抽思》"願遙起而橫奔兮，覽民尤以自鎮"句眉語："王世貞曰：憍，矜也。《莊子》：'虛憍而盛氣。'覽，示。娭，好也。言君自多其能，本無可怒，但以惡我之故，作怒也。""悲夷猶而冀進兮，心怛傷之憺憺"句眉語："袁宗道曰：切人不媚，言懇切之人不能軟媚，君或未怒，而衆已病之，蓋惡其傷己也。"以上俱爲《楚辭集注》中語，而該本托之於王世貞、袁宗道名下。抄自逸注者，如《橘頌》"秉德無私，參天地兮"句眉語："胡時化曰：崇④，執也。言己執履忠正，行無私阿，故參配天地，通之神明，使知之。"《遠

---

① "托言"，陳深輯本作"托詞"。
② "伏"，陳深輯本作"復"，此本誤。最後"也"字，陳深輯本無。
③ "易"，陳深輯本作"蕩"，此本誤。
④ "崇"，逸注爲"秉"，此本誤。另逸注句中有"也"字。見洪興祖《楚辭補注》，第155頁。

游章》"朝濯髮放①湯谷兮"句眉語:"顧天峻曰:'湯谷',右②東方少陽之位。《淮南》言'日出湯谷,入虞淵也'。"以上俱見王逸《楚辭章句》③,而此本托之於胡時化、顧天峻名下。

此外,該本所載評語中脫字、誤字的現象亦較嚴重,對此,茲不詳論,由此可知《四庫全書總目》所言"謬陋不可言狀,蓋坊賈射利之本"者,當屬可信。

明萬曆刻《楚辭集注》八卷

復旦大學圖書館藏,共六册。首"勸楊子云《反離騷》",行書。次"楚辭集注目錄"及朱子序,再次爲"馮開之先生讀《楚辭》語",共有《離騷》《九歌》《天問》《九辯》《招隱士》五篇。馮夢禎,字開之,秀水人。萬曆丁丑進士,改庶吉士,除編修。後忤張居正,病免。起爲南國子監祭酒。有《快雪堂集》等傳於世④。次爲正文。每半頁九行,行十八字,小字雙行同,有行綫,單魚尾,中縫處上刻"楚辭"二字,中爲卷次,下列頁碼。文中偶有朱筆圈點。《天問》篇正文至"久余是勝"句止,疑有缺頁。此本通書無年月叙次,不詳刊刻年代,但其中引有汪瑗《楚辭集解》和《楚辭蒙引》的部分内容,而汪氏所著《楚辭集解》十五卷、《天問初解》一卷、《楚辭蒙引》二卷、《考異》一卷、《大序》一卷、《小序》一卷,初刊於萬曆四十三年(1615),據此則可知此本至早亦不出於萬曆四十三年。

此本所錄評點,只眉批一種形式,與陳深本同。而就評語内容而言,此本情况較爲複雜,主要表現爲以下兩個方面:其

---

① "放"爲"於"字之誤。
② "右"爲"在"字之誤。
③ 分別見洪興祖《楚辭補注》,第155、167頁。
④ 參朱彝尊《明詩綜》卷五十八。

一，文中所錄評點多數與陳深本同，與其爲同一源流系統；其二，文中所錄評點在一些地方又不同於陳深本所載，與其有差異之處，而這種差異的最集中表現就是增加了一些陳深本所没有的評點内容。

筆者在通檢此本所收評點後發現，無論就所選評家，還是所錄評語，其中多數與陳深本同，如核其來源，據此本刊刻年代判斷，當爲抄襲、轉錄陳深本而成。其中有些眉語與陳深本所錄表現出完全的一致性，可證二者之間的承襲關係：

如《離騷》“衆女嫉余之蛾眉兮，謡諑謂余以善淫”句眉上，此本有云：“洪興祖曰：《反離騷》云：‘知衆嫭之嫉妒兮，何必揚累之蛾眉。’此亦班孟堅、顏推之以爲‘露才揚己’之意。夫冶容誨淫，目挑心與，孟子所謂‘不由其道’者。而以污原，何哉？”這條材料作爲眉批，最早見於馮紹祖校刊《楚辭章句》，其中“顏推之”顯係“顏之推”之誤，後來陳深本襲之而未改，至此本亦不審而抄之。

又如，《離騷》“女嬃之嬋媛兮”句眉上，有洪興祖語曰：“觀女嬃之意，蓋欲原爲甯武子之愚，不欲爲史魚之直耳。非責其不能爲上官、椒蘭也。”此條材料作爲眉批，亦最早見於馮紹祖校刊《楚辭章句》，但比此處所引多出“而王逸謂女嬃罵原，以不與衆合，不承君意，誤矣”一句。陳深本刊刻者將後面一句删掉後采入其書，此本亦承之。

再如，《天問》“上下未形，何由考之”句眉上，此本又引洪興祖曰：“《離騷》《天問》多用《山海經》，而劉勰《辨騷》以康回傾地、夷羿弊日爲譎怪之談，異乎經典。如高宗夢得説，姜嫄履帝敏之類，皆見於《詩》《書》，豈誣也哉。”洪氏此語於《楚辭補注》原在《離騷》“啓《九辯》與《九歌》兮”句下，馮紹祖將之置於《天

問》"康回憑怒,地何故以東南傾"句眉上,而入陳深本後,位置
又被調到了《天問》篇首"上下未形,何由考之"處,而此本又全
承之。

　　此本底本爲朱熹《楚辭集注》,但由於刊刻者只知照録陳深
本評語而不加審辨,以至於將其中朱熹的一些評語亦加以轉
録,從而與其正文中的相同内容構成重複,有的甚至二者都在
同一頁,這在成爲此本抄襲陳深本力證的同時,也反映出其成
書過程的粗糙與質量的低劣。如《離騷》"麾蛟龍使梁津兮,詔
西皇使涉余"句眉上,此本引朱熹曰:"屈原托爲此行,而終無
詣,周流上下,而卒反於楚焉,亦仁之至而義之盡也。"此條即在
該本《離騷》"忽臨睨夫舊鄉"句句下。又如,此本《九歌·河伯》
"與汝游兮九河,沖風起兮橫波"句眉上所録朱熹語,即見於該
本此篇篇末。而此本《河伯》"波滔滔兮來迎,魚鄰鄰兮媵予"
句、《招隱士》"攀援桂枝兮聊淹留"句眉上所引朱熹語,其位置
皆與朱熹原文在同一頁。如此類似的例子還有很多,兹不
煩引。

　　此本所録評點,亦有不同於陳深本者。如《九章·涉江》
"步余馬兮山皋,邸余車兮方林"句眉上引陳深曰"情景凄然"。
《九章·懷沙》"世溷濁莫吾知,人心不可謂兮"句眉批曰"無限
傷情"。以上兩條均不見於陳深本,不知其所出①。另外,此本
還有兩處僞托之例。一處見《惜誓》篇朱熹小序天頭處,該本
云:"王世貞曰:《惜誓》者,不知誰所作也,或曰賈誼,疑不能明
也。惜者,哀也;誓者,信也,約也。言哀惜懷王與己信約而復
背之也。古者君臣將共爲治,必以信誓相約,然後言乃從而身

---

　　①　"情景凄然"條亦見於《諸子彙函·玉虚子》,但云爲林尚默言。

以親也。蓋刺懷王有始無終也。"此實爲洪興祖《楚辭補注·惜誓》小序之語,陳深本未取,此本録之而托於王世貞名下。另一處見《哀時命》,此本將王逸《楚辭章句·哀時命》小序之語置於朱熹小序眉上,亦托於王世貞名下。

與陳深本相同,此本所引諸家皆以"某某曰"的形式注出,但還有一些評語此本并未注明其出處,而且其中還時以"按"語的形式出現,讓人初看很難摸清頭緒,不知何人所爲。如《離騷》"紛吾既有此内美兮,又重之以修能"句眉批曰:"'内美'總言上二章祖父、世家之美,日月生時之美,所取名字之美,故曰'紛'。"又曰:"按,'能'字即古'耐'字,通用,見《禮記》,'扈'字與'護'義通。"又如,《離騷》"余固知謇謇之爲患兮,忍而不能舍也"句眉批云:"按,屈子此章之義,本諸《易·蹇卦》'六二'爻詞而來。孔子曰:'蹇,難也,陷在前也。'當作'蹇蹇'爲是。"如此之類,自《離騷》至《漁父》皆有,且數量較多。

經檢核後發現,這些評語其實皆出自汪瑗《楚辭集解》與《楚辭蒙引》,此本刊刻者加以擇選後轉録置此,不加注明者,或有奪美之嫌。但此本另引有汪瑗語兩條,皆明確加以注明:《離騷》"名余曰正則兮,字余曰靈均"句眉批曰:"汪瑗曰:五臣以正則爲釋原名,靈均爲釋平字,其見卓矣。"《九章·惜誦》"專爲君而無他兮,又衆兆之所讎也"句眉批曰:"汪瑗曰:'先君後身',猶有身也。至於'專爲君而無他',則不有其身矣。"此二條前者見於《楚辭蒙引》,後者見於《楚辭集解》,與其他材料并無區別,而就處理方式而言,二者却判若二途,其或欲借重於汪瑗之名,或爲刻工偶誤,内中因由,已難以確考,姑置於此,以俟方家通達之論。

汪瑗,字玉卿,新安(今安徽歙縣)人。明諸生。平生博雅,攻古文辭,恬淡自修,不慕浮艷,優游自適,以著述爲心。曾與其弟汪珂(字鳴卿)從歸有光學,歸氏將之比肩於"雙丁"、"二陸",許之"非凡士也"①。一生汲汲於《騷》,爲之作注,嘔心爲之,堪稱有明一代治《騷》大家。《明史》無傳,事詳康熙《徽州府志》卷十五《人物志》四《隱逸傳》附《風雅傳》②。

關於此本,諸書皆無著録,特詳於此。

明萬曆刻本《楚辭集注》八卷

復旦大學圖書館藏,共二册③。首起何喬新《楚辭序》,署"成化十一年歲在乙未秋八月既望盱江何喬新書"④。何喬新,字廷秀,江西廣昌人,景泰進士,有《椒邱文集》四十四卷等,事迹詳《明史》本傳。次"楚辭集注目録"及朱子《序》,承以"馮開之先生讀楚辭語",共《離騷》《九歌》《天問》《九辯》《招隱士》五篇。次正文,首行署"楚辭卷第一",下爲"朱子集注"四字,次行自上而下分署"離騷經第一"、"離騷一"。此本《離騷》篇首和《天問》文中有兩處缺頁。版式、行款俱同前一本。

該本《離騷》篇有佚名手批,皆書於文旁,語及音義。如"朕"旁批"屈子自稱","攝提"旁批"大概相當於北斗星","降"旁批"東韻"之類,實無所發明,至"擥木根以結茝兮,貫薜荔之落蕊"句止,餘皆無。其中所收評點,除多出幾處外,餘全同前

---

① 見歸有光《楚辭集解序》,明萬曆四十六年汪仲弘修版補刻本《楚辭集解》。

② 參崔富章《楚辭書目五種續編》,第 89 頁。

③ 北京師範大學圖書館亦藏,與此同。

④ 何喬新此《序》係官河南按察使時所作,原載於明成化十一年(1475)吳原明刊本《楚辭集注》,題"成化十一年乙未八月既望賜進士出身嘉議大夫河南按察使司按察使盱江何喬新書"。此序又收入何氏《椒邱文集》卷九,《景印文淵閣四庫全書》本。

一本。多出者兹摘抄如下：

《天問》"伯强何處，惠氣安在"句眉批："此上十段皆問天道。'女歧'一段疑錯簡在此。此篇頗有條理，不是漫然亂道的。""吾告堵敖以不長"句眉批："□□云：堵敖名縞，爲王五年，爲弟惲所弒。惲既弒兄自立，當時有以忠名之者，故屈子怪而問之。"

《九章·抽思》"與余言而不信兮，蓋爲余而造怒"句眉批："此言楚王自恃其才能驕矜，夸示其①己，故畔成言而怒逐己也。""顧蓀美之可完"句眉批："追言昔日直道之害，因表己盡忠之心。"

以上多出四條，俱見汪瑗《楚辭集解》，由此又可知其與前本之關係也。

明嘉靖三十八年葉邦榮刊《楚辭集注》之手録評點

國家圖書館藏，共四册。首起葉邦榮《楚辭序》。次"楚辭各家書目"，選《補注楚辭》十七卷、《考異》一卷、《重編楚辭》十六卷、《續楚辭》二十卷、《變離騷》二十卷、《龍岡楚辭説》五卷、《楚辭贊説》數種，疑有缺頁，并録陳氏《直齋書録解題》與晁氏《郡齋讀書志》語。次朱熹《序》，前無《集注》目録。再次以《史記·屈原傳》。正文首起"楚辭卷第一　朱子集注"，次行題"閩中葉邦榮校刊"，三行題"離騷經第一　離騷一"，下有"丁丑歲臘月既望黃氏集説書額"墨筆題記一行。每半頁十行，行二十字，小字雙行同，白口，四周雙邊，有行綫，單魚尾，魚尾下自上而下依次列卷次、頁碼。

此本眉間所收評點，皆爲墨筆手書轉録，由上題記"黃氏集

---

①　"其"，當作"於"，見汪瑗《楚辭集解》。

説”云云，知爲“黄氏”所爲無疑。而“黄氏”不可考。核其評點内容，則全同於前一本，所謂“集説”者，實爲抄襲、轉録前萬曆本而成①。而“丁丑歲”者，或指崇禎十年耶？姑附於此，待考。

明萬曆四十八年閔齊伋校刊套印本《楚辭》

閔齊伋校刊本《楚辭》，末署“皇明萬曆庚申烏程閔齊伋遇五父校”，“萬曆庚申”爲萬曆四十八年（1620），故知該本初刊於此年。該本有一册本、二册本、四册本等多種②，而其中又有朱墨二色套印、朱墨靛三色套印之别③。筆者所見數種，均無扉頁，饒宗頤先生云“題曰‘楚辭評點’”④。核該本文中無此題署，

---

①　崔富章先生《楚辭書目五種續編》亦著録此本曰：“眉間多墨筆録前人注評，自王逸以下至汪瑗、黄省曾、陳深數十家，亦間下己意，或以‘按’字别之。如：按，‘能’字即古‘耐’字，通用，見《禮記》。‘扈’字與‘護’義通。‘撫’字注皆不解，有撫己自省之意。‘昔三后’指楚三君，而後及堯舜，在屈子則得立言之序也，‘羌’，楚人語詞也，猶言卿何爲也。《文選注》云：羌，乃也，一云嘆聲也。是‘集説’者頗有見地，惟不知‘黄氏’爲何人也。”崔先生以爲“黄氏”“間下己意”或以‘按’字别之”者，皆出自汪瑗《楚辭蒙引》與《楚辭集解》，爲前萬曆刻本刊刻者移至眉間而未加著録，而“黄氏”又移録至此。關於上萬曆刻《楚辭集注》，《楚辭書目五種續編》未著録，疑崔先生未見也。

②　國家圖書館、中國人民大學圖書館、浙江圖書館所藏爲二册本，浙江圖書館又藏有一册本，華東師範大學圖書館所藏爲四册本，筆者於該處所見爲膠片，無法判斷其册數，今參崔富章先生著録（見崔富章先生《楚辭書目五種續編》，第10頁）。

③　國家圖書館、中國人民大學圖書館所藏均爲朱墨靛三色套印本，浙江省圖書館所藏一册本爲朱墨靛三色套印本，一册本爲朱墨二色套印本。另據崔富章先生著録，華東師範大學圖書館所藏爲四色套印，但未明爲哪四色，筆者於該處所見則亦爲朱墨靛三色套印，或與崔先生所見非一本。另崔富章先生又稱有五色套印本，南開大學圖書館、江西贛州市圖書館均有藏，但亦未明爲哪五色，附此待核（見崔富章《楚辭書目五種續編》，第10頁）。

④　饒宗頤《楚辭書録》，《選堂叢書》本，第10頁。

蓋是饒先生所見本之扉頁題字。該本正文前無序跋、凡例、總
評之類，僅有"楚辭目錄"，鑒於該"目錄"與他本所載皆不同，茲
錄之如下：

上篇：

《離騷》，屈原著。一篇。舊本《離騷》下有經字，而《九歌》
以下諸篇俱有傳字。洪興祖曰：其謂之經者，蓋後世之士祖述
其辭尊而名之耳，非屈子意。

《九歌》，屈原著。十一篇。

《東皇太乙》《雲中君》《湘君》《湘夫人》《大司命》《少司命》
《東君》《河伯》《山鬼》《國殤》《禮魂》

《天問》，屈原著。一篇。

《九章》，屈原著。九篇。

《惜誦》《涉江》《哀郢》《抽思》《懷沙》《思美人》《惜往日》《橘
頌》《悲回風》

《遠游》，屈原著。一篇。

《卜居》，屈原著。一篇。

《漁父》，屈原著。一篇。

右凡二十五篇，見《漢志》。舊爲七卷，以其皆屈子作也，定
爲上篇。

下篇：

《九辯》，宋玉著。舊本十一篇，朱子改訂爲九篇，詳本章。

《招魂》，宋玉著。一篇。

《大招》，景差著。一篇。或云屈原自著，或云不知何人
所作。

《惜誓》，賈誼著。一篇。或云不知何人所作。

《招隱士》，淮南王劉安著。一篇。《傳》稱小山者，淮南王

安好古愛士，招致賓客，客有八公之徒，分造辭賦，以類相從，或稱大山，或稱小山，如《詩》之有大小雅焉。

《七諫》，東方朔著。七篇。

《初放》《沈江》《怨世》《怨思》《自悲》《哀命》《謬諫》

《哀時命》，嚴忌著。一篇。

《九懷》，王褒著。九篇。

《匡機》《通路》《危俊》《昭世》《尊嘉》《蓄英》《思忠》《陶壅》《株昭》

《九嘆》，劉向著。九篇。

《逢紛》《靈懷》《離世》《怨思》《遠逝》《惜賢》《憂苦》《愍命》《思古》

《九思》，王逸著。九篇。

《逢尤》《怨上》《疾世》《憫上》《遭厄》《悼亂》《傷時》《哀歲》《守志》

右自《九辯》而下，凡五十篇，舊爲十卷，以其皆爲屈子而作也，定爲下篇。

正文亦分上下，皆白文，諸篇皆録王逸《楚辭章句》之小叙，但皆置於篇末。每半頁九行，行十九字，白口，無魚尾，四周單邊，中縫處上列楚辭及當頁篇目，最下處列頁碼，分"上一"、"上二"、"下一"、"下二"等，行款疏朗，印刷較精美。

該本全書朱筆圈點，所載評語，主要有眉批、旁批和篇末評三種形式，而三種形式中亦有分色，朱靛錯雜。其中最讓人感到麻煩的是，該本所載評語，除篇末評中的少數幾條外，其餘皆不注明出處，令人頗感費解。對此，王重民先生以爲"其分朱黛之義蓋朱色爲馮夢禎《讀騷》，黛色則齊伋所輯諸家評語也"①。
核馮夢禎《讀楚辭》於此本只見三處，分別爲《讀離騷》《讀九辯》
《讀招隱》中的部分内容，其位置均出現在篇末。如果"朱色"爲
馮夢禎語的話，那麽眉批、旁批及篇末評中的另外一些"朱色"
評語就無法解釋，并且除馮夢禎語之外的這些"朱色"評語，在
該本中數量極多，馮氏語與之相較，可謂僅爲冰山之一角。筆
者以他本相校，并經過詳細地考察後發現，此本所載評點的情
況較爲複雜：就"朱色"而言，眉批、旁批皆爲孫鑛批點之語，而
篇末評則是孫鑛、馮夢禎評語及朱熹小序三者的結合。就"黛
色"而言，眉批和篇末評爲閔齊伋所選諸家評語，其中主要以陳
深評語爲主，另外還包括馮覲、王世貞等人，除此之外，眉批和
旁批中的"黛色"語，似應爲閔齊伋所作校正、音釋之詞。

　　先看孫鑛評語，據現有材料來看，該本是明代《楚辭》評點
本中最早載録孫鑛評語的一種。筆者所見浙江圖書館藏朱墨
套印本，朱色爲眉批和部分篇末評，墨色爲正文及少數旁批，而
將其朱色評語與三色套印本中朱色評語對校，皆全同，而三色
套印本中朱黛二色評語的字體却不相同。據此來判斷，筆者以
爲，該本當有初印本與重印本之别，初印本僅録孫鑛評語、馮夢
禎《讀騷》及朱熹小叙一則，後又重引，復增入陳深諸家評語，以
黛色刊之，也就成了三色套印本。此外，崔富章先生所見該本，
又有四色套印、五色套印兩種，豈或是於三色套印基礎上，又有
增益耶？附此待核。

　　孫鑛，字文融，號月峰，浙江餘姚人。萬曆甲戌（1574）進
士，官至南京兵部尚書。是明代評點史上的一位極爲重要的評

　　①　王重民《中國善本書提要》，第 489 頁。

點家，對明代及之後的文學評點有着重要的影響。而就該本所載孫鑛評語的内容來看，也可謂是代表了明代《楚辭》評點的較高成就。孫鑛評語多着眼於《楚辭》的文學成就及藝術特色來立論，多能言前人之所未能言，因而頗具觀覽之價值。兹舉幾例爲證：如《離騷》文首，該本引孫鑛云："前世未聞，後人莫繼，亘古奇作也。劉勰曰：不有屈原，豈見《離騷》。信哉！""雜申椒與菌桂兮，豈維紉夫蕙茝"句眉上，該本引孫鑛云："構法全亂，不可謂似亂非亂，然别是一格調。中間突然陡説處，了不具原委，只是難苦氣人。東説兩句，西説兩句，只道己心事，不管人省不省。然却是真切語，不必盡，而實無不盡。"《九歌》文首，該本引孫鑛云："《九歌》句法稍碎而特奇陗，在《楚騷》中最爲精潔。"又云："以神喻君，以事神比愛君，意非不合，而言出便覺無味耳。"又如《天問》文首眉上，該本引孫鑛曰："或長言，或短言，或錯綜，或對偶，或一事而累累反覆，或聯數事而鎔成片語。其文或陗險，或澹宕，或佶倔，或流麗，章法、句法、字法無所不奇，可謂極文之態。"文中此類較多，不再贅引。由於孫鑛立論精當，其論一出，即産生了較大的影響，而這也正是該本一再重印的原因之所在。後來，陸時雍刊《楚辭疏》、蔣之翹刊《七十二家評楚辭》、以及張鳳翼本《楚辭合纂》、來欽之本《楚辭述注》，其中所載孫鑛評語，也均是由閔齊伋此本而來。

　　除孫鑛評語之外，該本所載評點的另一亮點，是對於陳深評語又有了進一步的增益，而這些内容多不見於馮紹祖校刊本《楚辭章句》與凌毓柟校刊本《楚辭》，因而亦頗爲珍貴。陳深是明代《楚辭》評點史上較早出現的一個評點家，其評語最先被馮紹祖本《楚辭章句》收録，後凌毓柟校刊《楚辭》，雜録四十家評語置於眉端，而專題之以"陳深批點"，特加標顯，可見其《楚辭》

評點在當時影響之大。至該本出，亦對於陳深多加推重。核該本全書共引陳深語二十三處，就數量而言，僅次於孫鑛，而遠超於王世貞等人，從這一點我們也可以看出閔齊伋對於陳深的重視。而就該本所載陳深評語來看，亦多論及屈賦的藝術特色，其中如《離騷》"老冉冉其將至兮，恐修名之不立"句眉上，該本引陳深云："即'汩余'一段意，而語益深矣。""回朕車以復路兮，及行迷之未遠"句眉上，該本引陳深云："顛倒深思，想及退修初服，意尤淒惋。下文'女嬃'、'重華'、'靈氛'、'巫咸'，俱就此轉出，真是無中生有。"又如《離騷》篇末，該本引陳深云："《離騷》凡字二千四百九十，可謂肆矣。然氣如纖流，迅而不滯，詞如繁露，貫而不糅，故曰'騷人之情深，君子樂之，不愿其長'。漢氏猶步趨也，魏晉而下厄焉，瀰焉，浩矣，博矣，忘其祖矣。"

除孫鑛、陳深二人外，該本還引有馮夢禎、王世貞、馮覲等三人語，而對於它們的選錄，閔齊伋似乎也多以是否論及屈賦的文學藝術特色爲標準。三人之中，馮夢禎、王世貞二氏自不待言，而馮覲亦然如此。核馮覲語於該本只見一處，位置在《九歌》文首眉上，文云："《九歌》情神慘惋，辭復騷艷。喜讀之，可以佐歌；悲讀之，可以當哭。清商麗曲，備盡情態矣。"馮覲此條評語最早見引於馮紹祖本《楚辭章句》，位置在《九歌》卷末，至凌毓柟本《楚辭》，因其只采用了眉批一種形式，故將此條的位置移到了《九歌》文首眉間，而閔齊伋此本與凌毓柟本同，由此則又可見閔齊伋本與前世《楚辭》評點本關係之一斑。

綜上所述，該本所引評家評語多着眼於《楚辭》的"文學性"來立言，同時其又載錄了作爲明代評點大家孫鑛的《楚辭》評點内容，這對於整個《楚辭》評點史的發展演變來說，是非常重要的，從某種意義上來說，該本也可謂代表了《楚辭》文學評點的初步成熟。

　　關於此本，饒宗頤《楚辭書録》①、姜亮夫《楚辭書目五種》②、王重民《中國善本書提要》③、崔富章《楚辭書目五種續編》④等皆有著録。

明天啓五年刻《諸子彙函》之《玉虚子》《鹿溪子》

　　《諸子彙函》二十六卷，題明歸有光“搜輯”、文震孟“參訂”。據文震孟《諸子彙函序》“天啓乙丑冬日藥園逸史文震孟題”云云，知此書刊於明天啓五年（1625）。該書扉頁題“合諸名家批點《諸子彙函》”，又有“識語”云：“太僕歸震川先生，精研老莊，沉酣子集，手輯玄晏，有功來學。文太史特爲標顯，先梓老莊，踵刻諸子，名曰《彙函》，堪開玄悟之津梁，明文□之胸次。”關於此書，周中孚《鄭堂讀書記》有著録，文云：“《諸子彙函》二十六卷，明刊本。舊題明歸有光編。有光字熙甫，號震川，昆山人。嘉靖乙丑進士，官至太僕寺丞。《四庫全書存目》《明史・藝文志》不載，震川集中亦無序及之者，蓋坊賈所托名也。其書自周鬻子、子牙子以迄明之郁離子、龍門子，凡九十四家，各采摭數條，附以注釋，加以圈點，又於書之上闌及每條之後，俱綴以評證。其本非子書，而强蒙以子名，多出於杜撰無稽，不可究詰，真兔園册之最下者。每卷又題長洲文震孟文起參訂，并冠以文起之序，恐俱出於依托耳。前有凡例及姚希孟序，此序或亦僞

　　①　饒宗頤《楚辭書録》，《選堂叢書》本，第 10 頁。
　　②　姜亮夫《楚辭書目五種》，第 5—6 頁。
　　③　王重民《中國善本書提要》，第 489 頁。
　　④　崔富章《楚辭書目五種續編》，第 10 頁。

撰，又有諸子評林姓氏及談藪篇目。"①

　　《四庫全書總目》卷一百三十一載此書，歸之子部雜家存目類，不知周氏何云"不載"。和周氏一樣，《總目》亦將此書歸於僞托之作，且批駁的口吻更加犀利："是編以自周至明子書每人采錄數條，多有本非子書而摘錄他書數語稱以子書者。且改易名目，詭怪不經。如屈原謂之玉虛子，宋玉謂之鹿溪子……皆荒唐鄙誕，莫可究詰，有光亦何至於是也。"②而姜亮夫《楚辭書目五種》對此書并未產生懷疑，以爲"明時諸家爭立文統"，此書"選文以示範而張其軍者也"。又以爲"明人輯評之七十二家、八十四家，固已多見於此書。亦有爲他家所不及見者"。基於此，筆者擬對此書所選《楚辭》篇目中的評點情況進行必要的討論和審核。

　　該書自先秦迄明代，雜選歷代九十四家，許之爲"子"，又錄其文輯爲一秩，謂之"《彙函》"。"諸子"文中，選輯者皆摘選各名家評語，或錄之眉端，或置於文後，其中又有圈點抹畫之類。《諸子彙函》"凡例"云："先哲評論子集者，具有卓識，悉搜載首末。其圈點抹畫，則太僕先生玄心獨造，未嘗有成迹也。"諸子之中，屈、宋亦與其列，爲"玉虛子"、"鹿溪子"。其中《玉虛子》包括《天問》《惜誦》《涉江》《哀郢》《抽思》《懷沙》《思美人》《惜往日》《橘頌》《悲回風》《卜居》等十一篇。《鹿溪子》包括《九辯》《對楚王問》兩篇。

　　《諸子彙函》卷首附錄有"諸子彙函談藪"一目，以"諸子"順序依次收錄各名家評語，對所收文章作出總體性的評價。這類

---

　　①　周中孚《鄭堂讀書記》，《清人書目題跋叢刊》第八册，中華書局 1993年版，第 293 頁。

　　②　《四庫全書總目》卷一百三十一，第 1121 頁。

似於諸評點刻本中普遍設有的“總評”部分。其中“玉虛子”題下，録沈約《宋書·謝靈運傳論》和馮覲語中各一段：

沈約曰：周室既衰，風流彌著，屈平、宋玉導清源於前，賈誼、相如振芳塵於後。蓋英辭潤金石，高義薄雲天者也。

馮覲曰：《離騷》斷如復斷，亂如復亂，而綿邈曲折，又未嘗斷，未嘗亂也。諸篇皆然。

《鹿溪子》題下，摘引黄汝亨《楚辭序》中一句：宋玉而下，有其才而非其情，賈誼有其情而非其才。

《諸子彙函》正文首列卷次，下題“昆山歸有光熙甫搜輯，長洲文震孟文起參訂”字樣。次爲諸子名號及選輯者所作題注，如稱屈原爲“玉虛子”，其題注云：“楚歸州有玉虛洞，可容千人，石壁異文成龍虎草木之狀。平嘗讀書于此，故名。”知“玉虛”之義如此。稱宋玉爲“鹿溪子”，但題注未對此名號之由來作解。再次爲正文。每半頁九行，行十八字，小字雙行同，白口，四周單邊，單魚尾。

正文之中，該書皆以夾注雙行小字爲原文作解，眉間和篇（章）後則輯録各家評語。就《玉虛子》和《鹿溪子》而言，其中所屬《楚辭》作品者，所録評家依書中先後所列，有楊升庵、王鳳洲、宋潛溪、楊南峰、洪實夫、李于麟、陶主敬、彭可齋、康礪峰、岳季方、陳白沙、王夢澤、汪南溟、廖明河、鄒東郭、陸貞山、王渼陂、王陽谷、張方洲、莊定山、蔡虛齋、崔後渠、諸理齋、吳瓠庵、羅整庵、康對山、徐匡岳、方希古、解大紳、胡雅齋、張玄超、林尚默、樓迂齋、袁元峰、高中玄、馮琢庵、王陽明、羅近溪、宗方城、唐荆川、李卓吾、余同麓、穆少春、胡柏泉、邵國賢、馮開之、秦華峰、羅一峰、何啓圖、李空峒、李見羅、楊碧川、陳克庵、許子春、彭彦實、洪景廬、顧東江、陳明卿、魏莊渠、李石庵、沈君典、沈霓川、孫季泉、李西崖、羅念庵、陶蘭亭、王槐野、方初庵等 68 人①。

筆者將其評點內容逐一摸查核對後發現，其中多有僞託之例。這主要表現爲以下兩種情況：

一、從《楚辭章句》《楚辭補注》《楚辭集注》中摘取出相關文句，或全文照搬，或稍作改動，而置於諸如楊升庵、王鳳洲、洪實夫、李于麟、康礦峰、張方洲、羅整庵、康對山、解大紳、諸理齋、王陽明、羅近溪、宗方城、唐荊川、帥楚澤、穆少春、胡雅齋、秦華峰、汪南溟、張玄超、洪景廬、羅念庵等名家時賢名下。這種情況約占全部評語的三分之一。

二、本爲此人語，而託於彼人名下。這主要涉及陳深、馮覲和王應麟三人。其中共引陳深語 8 處，而皆歸於楊升庵、王鳳洲、袁元峰三人名下；引馮覲語 3 處，而歸於徐廷岳、康對山、馮開名下；引王應麟語 1 處，而歸於胡雅齋名下。

以上所列僞託之例中，所占比重最大的要數楊升庵、王鳳洲二人。其中列於楊升庵名下評語共 16 處，有 12 處爲僞託；列於王鳳洲名下共 17 處，有 8 處爲僞託。由此再來反觀此書所謂"合諸名家批點""昆山歸有光熙甫鬼輯"云云，也就不難理解了，這不過是刊刻者欲借名家評點以招徠顧客，擴大銷量而不惜造假并使用的促銷話語而已。

大量摘抄《楚辭章句》《楚辭補注》《楚辭集注》中的語句，不可避免地造成《玉虛子》《鹿溪子》"以注爲評"的評點樣式。受

① 其中"鄒東郭""王渼陂""張玄超""宗方城""余同麓""邵國賢""許子春""李石麓"等人，姜亮夫先生《楚辭書目五種》分別作："鄒東軒""王深陂""張立超""宗方誠""余向麓""邵國寶""許少春""李石庵"。又，其中"何啓圖"、"李空峒"二人，《楚辭書目五種》無（見《楚辭書目五種》，第 314 頁）。

此影響,該本所收其他評家的評點内容中,也較多地流露出這種趨向。它們或是詮解字句之義,或是申述篇章之旨,爲避文繁,兹不贅引。此外,此本所録評點,亦多有文學性的品評話語,這主要集中在《鹿溪子》中的《九辯》一篇。該篇共收眉語、篇評 32 條,其中較多地論及其文學特色、意境藴涵、行文脈絡及其所具有的藝術感染力等方面。如録陶主敬語曰:"《九辯》,妙詞也,凄婉寂寥。宋玉他詞甚多,率荒淫靡嫚矣。"又如,録陳明卿語曰:"一幅落日歸帆圖。"又如,録沈君典曰:"照應前段去君而高翔,是反覆微切處。"再如,引顧東江曰:"悲傷之詞,讀之欲涕。可謂勢雖懸,而情則親;君雖昏,而臣則忠者。"皆能言之成理,論之有據,發人之所未發,且對於讀者更深層次地理解宋玉其人其文,亦有着較大的神益。

　　綜上而言,關於此書,我們要采取較爲審慎的態度來看待和使用它。

明天啓六年蔣之翹評校本《七十二家評楚辭》

　　蔣之翹評校本《楚辭集注》八卷、《辯證》二卷、《後語》八卷、《附覽》二卷,又稱"七十二家評楚辭",明天啓六年(1626)刊,有四册本、八册本、十册本數種①。首起蔣之翹《楚辭序》,題"石林山人蔣之翹楚稚撰"②。次爲黄汝亨《楚辭序》(行書),題"天啓

---

① 　南開大學圖書館藏本爲四册,上海圖書館藏有四册本、八册本、十册本(缺一册:《後語》卷一至卷三)三種,此提要以上海圖書館藏八册本爲據。
② 　蔣之翹,字楚稚,號石林,浙江秀水人。明末文學家、藏書家。家貧,好藏書,明末避盗村居,收羅名人遺集數十種,選有《甲申前后集》。嘗校刊《楚辭》《晋書》《韓柳文集》,又輯《橋李詩乘》四十卷。晚年無子,書籍散佚無餘。關於蔣之翹生平記述,可參《小腆紀年》卷五十八、《静志居詩話》、《藏書紀事詩》、《嘉興府志》、《明詩綜》等。

柔兆攝提格之歲杪秋寓生黄汝亨題於浮梅樓"①。承以司馬遷《屈原傳》、沈亞之《屈原外傳》及李贄《屈原傳贊》三種。再次爲蘇軾《屈原廟賦》、顔延之《祭屈原文》、蔣之翹《哀屈原文》②及李白、劉長卿、王叔承、何景明、蔣之翹、宋瑛、戴叔倫、鄒維璉、楊維楨、蔣之華、陸鈿等人所作《吊屈原詩》③。

次爲"評楚辭姓氏"：司馬遷、班固、劉向、揚雄、王逸、曹丕、顔之推、顔延之、蕭統、沈約、江淹、庾信、劉勰、鍾嶸、李白、韓愈、李賀、柳宗元、杜牧、顔籀、劉知幾、賈島、皮日休、洪興祖、蘇軾、朱熹、祝堯、高似孫、汪彦章、陳傳良④、劉辰翁、嚴羽、葉盛⑤、李涂、王應麟、姚寬、張銳、洪邁、樓昉、蔣鼉、桑悦、何孟春、馮覲、胡應麟、朱應麒、李夢陽、何景明、徐禎卿、王廷相、茅坤、楊慎、許國⑥、王世貞、劉鳳、張鳳翼、李贄、孫鑛、李廷機、馮夢禎、黄汝亨、焦竑、陳深、張鼐、陳繼儒、鍾惺、黄道周、蔣之華、蔣之翹、陸鈿、宋瑛、陳仁錫、陸時雍。共計七十二家，故此本又有"七十二家評《楚辭》"之稱。

次爲"楚辭總評"，收司馬遷以下至蔣之翹諸家品評之詞⑦。再承以"《楚辭》目録"，卷次順序同朱熹《楚辭集注》。再次爲正

---

①　上海圖書館藏本黄序後有手批詩文一首，録之如下："楚王不屈屈原身，千載何能得尺□。江上秋波明月夜，遺父只憶舊冤魂。丙橋氏沐手拜顯。"

②　姜亮夫先生藏本無蘇軾《屈原廟賦》，而蔣之翹《哀屈原文》后有許國所作《屈原論》。見姜亮夫《楚辭書目五種》，第 51 頁。

③　上海圖書館藏本諸人《吊屈原詩》後，又有手批語曰："予謁三閭楚大夫廟，尺陰靈正大，作詩投火祭之，以述己志；謁罷三閭欲嘆痴，當年何苦至於斯。蕭然隱遁高□志，未必投江恨兩儀。嘉慶戊寅觀蓮日高河丙橋岢春（煦）敬題。"

④　"陳傳良"，此本原作"陳傳巳"，誤。

⑤　上圖藏另一本與姜亮夫先生藏本"葉盛"均作"黄伯思"。

⑥　上圖藏另一本與姜亮夫先生藏本"許國"均作"葉盛"。

⑦　姜亮夫先生藏本"楚辭總評"起自司馬遷終至陸鈿。

文，首起“楚辭卷一”，題“宋新安朱熹集注，明檇李蔣之翹評校”。每半頁九行，行二十一字，小字雙行同，有行綫，四周單邊，無魚尾，中縫處首列“楚辭”及篇名，中列卷次，下爲頁碼。眉上鐫評，諸篇後又有總評，文中亦有圈點。自卷一《離騷經》至卷八《招隱士》皆然。卷一總評後有“海虞宋瑛閱”數字，卷二總評後有“檇李陸鈿閱”數字，卷三總評後有“檇李蔣之華閱”數字，卷四總評後有“海虞宋璞閱”數字，卷五總評後有“御兒周九罳閱”數字，卷六總評後有“海昌盛唐詩閱”數字，卷七總評後有“海昌盛唐詩閱”數字，卷八總評後有“就李李燁閱”數字①。

　　正文八卷之後爲《楚辭辯證》兩卷，其後爲《楚辭後語》八卷，首有蔣之翹所作序文，曰：“予聞秦無經，漢無騷。騷之爲道，要必發情止義、興觀群怨之用備，而又別爲變調者也。噫！何難甚哉！儻持此論以求之，即宋景諸人，猶不能及，何況曰漢，又何況曰漢以後耶？故朱子論《七諫》《九懷》《九嘆》《九思》

---

　　①　上圖藏另一本原十册，今缺一册（《後語》卷一至卷三）。書中文首附録及正文注録與此本稍異。該本首爲蔣之翹《楚辭序》，接以黃汝亨《楚辭序》，又承以朱熹《楚辭集注原序》，次爲“楚辭總目”及“楚辭目録”，再次爲“評楚辭姓氏”與“楚辭總評”。正文題署、版式、行款皆與此本同，唯無卷末“某某閱”字樣。文中所録眉語、篇末總評，亦時與此本所録異，值得注意。上圖藏又一本，四册，缺附覽二卷，有扉頁，稱“檇李蔣之翹先生評校　朱注楚辭”。左上方又有題記曰：“蔣家原版向因闕失二十餘板，今已照舊補鐫，一字無訛。”下方有“潯川雨新堂藏板”數字。與其他兩本均不同，該本文首附録處司馬遷《屈原傳》後，依次接以“評楚辭姓氏”、“楚辭總評”和“楚辭目録”。正文題署、版式、行款與其他兩本同，卷末亦無“某某閱”字樣，而眉語、篇末評與十册本一樣亦多有與所據本異者，但又有與十册本不同者，值得注意。由此知此三本成於三時也。姜亮夫先生云：“余別庋一部，無《外傳》以後各部，蓋書賈裁去矣。”又云：“余所庋別本，尚有《楚辭集注原序》，則録熹序目，而省總目者。”（《楚辭書目五種》，第50頁）由此知姜先生“別庋”之一部，或與上圖藏四册本同。

爲無病呻吟。今觀茲後語所録，并呻吟而亦無之矣。特爲原作者，意亦皆憫屈子之忠，而悲其不遇者也，所以不可不輯，復廣而續之。檇李蔣之翹撰。"《後語》起卷一，下題"宋新安朱熹輯""明檇里蔣之翹校"二行。以下至卷六皆同。卷七卷八，則題"檇里蔣之翹補撰"。上海圖書館藏八册本間有抄配，起《七諫》王逸序至正文"衆并諧以妬賢兮"句。

最後爲《楚辭》附覽二卷，之翹亦有序，云："漢本《楚辭》載《諫》《懷》《嘆》《思》四篇，朱子删之，謂其無病呻吟。是矣。奈讀者罔聞其説，猶報遺珠之痛。予聊附之篇外，以備覽云。天啓丙寅冬蔣之翹識。"

此本除卷首附録"楚辭總評"外，正文中主要以眉批、旁批、篇末評三種評點形式來收録各家評語。作爲繼馮紹祖校刊本《楚辭章句》、凌毓柟校、"陳深批點"本《楚辭》之後出現的一種非常重要的《楚辭》評點集評刻本，此本在評家擇取、評語選定方面在之前諸本的基礎上又有了很大的擴充，毫不夸張地講，此本一出，即基本奠定了明代《楚辭》評點的格局。關於此本評點的形成情況，蔣之翹有所叙述，文云："王逸、洪興祖二家訓詁僅詳，會意處不無遺議。惟紫陽朱子注甚得所解。原其始意，似亦欲與六經諸書并垂不朽。惜其明晦相半，故余敢參古今名家評，暨家傳李長吉、桑民懌未刻本，裁以臆説，謀諸剞劂氏。"①由此可見，蔣氏是在有意識地加强《楚辭》評的内容。王、洪二家"訓詁僅詳"，爲其所議，而朱子《集注》又"明晦相半"，故其方遍擇古今諸名家評，悉發家藏，再益以己説，"遺兹來世"，以見其"與原爲千古同調"也。

---

① 　見蔣之翹《楚辭序》。

　　"參古今名家評"，蔣氏在選取諸家評語的過程中，對於先前所出的《楚辭》評點本是有所繼承的。如該本與馮紹祖校刊本《楚辭章句》，於卷首附錄處均有"《楚辭》總評"一目。在這一部分，雖然蔣本在收錄範圍上大大超過了馮本，但其對後者的承繼痕迹還是非常明顯的。馮本此處共錄引評家二十四人，其中有十九人爲蔣本所取。其中有些評語二本完全相同，如揚雄、庾信、劉勰（《辨騷》）、劉知幾、朱熹（馮本所錄第三段）、汪彥章、陳傅良、姜南、王世貞（馮本所錄第二段）、劉鳳等人之語。

　　有些則因爲馮本較繁而在入蔣本之前，經過了蔣之翹的删節和加工。如馮本引沈約云："周室既衰，風流彌著。屈平、宋玉，導清源於前；賈誼、相如，振芳塵於後。英辭潤金石，高義薄雲天。自兹以降，情志愈廣。王褒、劉向、楊、班、崔、蔡之徒，異軌同奔，循相師祖。雖清辭麗曲，時發乎篇，而蕪音累氣，固亦多矣。若平子艷發，文以情變，絶唱高踪，久無嗣響。至於建安，按衍曹氏基命，三祖、陳王，咸蓄盛藻。甫乃以情緯物，以文披質。自漢至魏，四百餘年，辭人才子，文體三變：相如工爲形似之言，二班長於情理之説，子建、仲宣以氣質爲體，并標能善美，獨映當時。是以一世之士，各相慕習。原其飆流所始，莫不同祖《風》《騷》。徒以賞好異情，故意制相詭。"

　　這段話於蔣本則被拆爲二段："沈約曰：周室既衰，風流彌著。屈平、宋玉，導清源於前；賈誼、相如，振芳塵於後。自兹以降，情志愈廣。王褒、劉向、楊、班、崔、蔡之徒，雖清辭麗曲，時發乎篇，而蕪音累氣，固亦多矣。"又曰："自漢至魏，四百餘年，辭人才子，各相慕習，原其飆流所始，莫不同祖風騷。"如此删節、變動之例較多，兹不贅引。

　　而正文中所錄評點也同樣如此：蔣本一方面對馮本有所繼

承，一方面在繼承的過程中有的又加以必要的改動。如馮本《離騷》"帝高陽之苗裔兮，朕皇考曰伯庸"句眉上引劉知幾曰："作者自叙，其流出於中古。《離騷經》首章上陳氏族，下列祖考，先述厥生，次顯名字，自叙發迹，實基於此。降及司馬相如，始以自叙爲傳，至馬遷、揚雄、班固自叙之篇，實煩於代。"蔣本此條則改爲："上陳氏族，下列祖考，先述厥生，次顯名字，實爲馬、班、揚雄自序篇之祖。"又如，馮本《離騷》"衆女嫉余之蛾眉兮，謡諑謂余以善淫"句眉批曰："洪興祖曰：《反離騷》云：'知衆嬃之嫉妒兮，何必揚累之蛾眉。'此亦班孟堅、顏之推①以爲'露才揚己'之意。夫冶容誨淫，目挑心與，孟子所謂'不由其道'者，而以污原，何哉？"此條於蔣本之翹則以己意出之，云："蛾眉受妒是古今一大恨事。《反騷》云：'知衆嬃之嫉妒兮，何必揚累之蛾眉。'所見亦淺矣。"顯然，經過删節、改動後，以上兩條評語更爲簡潔，也更易於爲讀者所接受。

　　與之前諸本相比，此本的一個突出特點是大大增加了明代諸名家評點《楚辭》的内容。馮紹祖校刊《楚辭章句》共録歷代評家四十四人，"陳深批點"本《楚辭》録四十人，而此本則增益至七十二人，其中多出者多爲有明一代之時賢名家，尤其是鍾惺、孫鑛、李贄等明代評點大家，其品評《楚辭》之語，皆首次爲此本收録。由於這些評點家較多地關注於《楚辭》的文學特色來立論，同時蔣之翹在此本中亦有意識地縮減洪興祖等人的疏解之語，兩風互扇，使得此本之評點更具文學性，也更接近於"文學評點"。

　　以下筆者以《離騷》篇爲例，試對此本所收評點内容進行簡

---

① "顏之推"，馮本原作"顏推之"，誤。

要的評述。縮減前人疏解之語者，如馮本於《離騷》共擇取洪興祖語十條置之眉端，至蔣本則僅餘三條，且其中有二條經過了改動，改動後的内容釋解的語氣則漸趨薄弱。如上引批評"《反騷》"條，之翹出以己意，強化了"評"的色彩。再如，"閨中既已邃遠兮，哲王又不悟"句，馮本眉批云："洪興祖曰：懷王不明而曰'哲王'者，以明望之也。太史公所謂'冀幸君之一悟，俗之一改也。'韓愈《琴操》云：'臣罪當誅兮，天王聖明。'亦此意。"蔣本眉批則改爲："洪興祖曰：韓愈《琴操》云：'臣罪當誅兮，天王聖明。'從此'哲王'出。"在此，蔣之翹删去洪興祖關於"哲王"用意的訓釋，僅保留韓愈《琴操》用例，無疑旨在強調屈賦對於後世文學作品所産生的的具體影響，而這對於讀者得以更直觀地了解屈原高超的遣詞抒情能力而言，是有很大裨益的。

　　《離騷》篇馮本眉批中，引自洪興祖與朱熹的占了大多數，而蔣本則完全改變了這種情況，取而代之的是諸如金蟠、桑悦、陳深、孫鑛、陳仁錫、黃汝亨、王世貞、陸時雍、鍾惺等時賢名家的評語及蔣之翹自批語。這些評語較多地關注於屈賦中的用詞特色、行文脉絡及情感表現等方面，意在挖掘屈賦所藴含的"文學性"因素①。

　　如"扈江離與辟芷兮，紉秋蘭以爲佩"句，蔣本引桑悦曰："語極香艷。""昔三后之純粹兮，固衆芳之所在"句引孫鑛曰："構法全亂，不可謂似亂非亂，然别是一格調。中間突然陡所處，了不具原委，只是難苦氣人，東説兩句，西説兩句，只道自己心事，不管人省不省，然却是真切語，不必盡而實無不盡。""曰黃昏以爲期兮，羌中道而改路"句，蔣之翹自批云："予讀《騷》至

---

①　"文學性"加了引號，在此僅指諸家評所具有的客觀效果而言。

'黄昏'二語,未嘗不垂涕也。本是同調,得無相憐。""雄鳩之鳴
逝兮,余猶惡其佻巧"句引陳仁錫云:"層層變化,杳無可尋,文
章一至此乎?""世幽昧以眩耀兮,孰云察余之善惡"句又引鍾惺
云:"淡語自憐,擬《騷》豈在難字。"

　　值得注意的是,蔣本所引陳深語,多爲署名"陳深批點"本
無,故可爲此本係托名之證。如《離騷》篇蔣本共引陳深語八
條,皆不見於"陳深批點"本。兹摘抄如下:"老冉冉其將至兮,
恐修名之不立"句,引陳深云:"即'汩余'一段意,而語益深矣。"
"回貞車以復路兮,及行迷之未遠"句,引陳深云:"顛倒深思,想
及退修初服,意尤凄惋。下文女嬃、重華、靈氛、巫咸俱就此轉
出。""依前聖以節中兮,喟憑心而歷兹"句,引陳深云:"進退維
谷,就先聖以取衷,志亦苦矣。""不量鑿而正枘兮,固前修以菹
醢"句,引陳深曰:"進則危吾身,退則危吾君,雖舜其何以告之
哉。""路曼曼其修遠兮,吾將上下而求索"句,又引陳深曰:"重
華亦無所折衷,故將上下求索。""心猶豫而狐疑兮,欲自適而不
可"句,又引陳深曰:"從'猶豫''狐疑'爲下二占起。""既莫足與
爲美政兮,吾將從彭咸之所居"句,再引陳深曰:"托爲遠行,而
卒反故都,曰'又何懷乎',懷之至矣。"

　　關於此本,學術界較多關注,楊金鼎《楚辭評論資料選》①及
李誠、熊良智《楚辭評論集覽》②均收録部分評語。姜亮夫《楚辭
書目五種》③、王重民《中國善本書提要》④、崔富章《楚辭書目五

---

　　①　楊金鼎《楚辭評論資料選》,湖北人民出版社 1985 年版。

　　②　李誠、熊良智《楚辭評論集覽》,《楚辭學文庫》第二卷,湖北教育出版
社 2003 年版。

　　③　見該書第 50—52 頁、第 321—323 頁。

　　④　見該書第 490 頁。

種續編》①、嚴紹璗《日藏漢集善本書録》②饒宗頤《楚辭書録》③
等皆有著録。

明崇禎十年刻沈雲翔《楚辭集注評林》

沈雲翔《楚辭集注評林》八卷、附録一卷，明崇禎十年
(1637)吴郡八咏樓刻本。扉頁鎸"楚辭評林"，題"紫陽朱子集
注""彙采歷代百名家解""吴郡八咏樓藏版"。首起沈雲翔《楚
辭引》，末署"崇禎丁丑清和月載生魄日鹿城沈雲翔千仞識"。
次爲《楚辭》目録及序目，末有"古典堂訂輯"字樣。繼以"批評
楚辭姓氏"。次爲司馬遷《屈原列傳》，眉間録楊慎、金蟠、唐順
之、王鏊、許國等人評語。再次爲沈亞之《屈原外傳》，末有朱
熹、徐禎卿、金蟠三家評。承以"楚辭總評"，共録引自司馬遷至
金蟠等四十八家總論《楚辭》之語。再次爲正文。每半頁九行，
行二十五字，白口，四周單邊。注文低一格。評語起行頂格，次
行低一格。核篇目

此本所録評點，除卷首總評外，文中主要采用了眉批、旁
批、篇末評等三種形式。全書所引評家，總計八十四人，兹録之
如下：司馬遷、班固、劉向、揚雄、王逸、曹丕、顏之推、顏延之、蕭
統、沈約、江淹、庾信、劉勰、鍾嶸、李白、韓愈、李賀、柳宗元、杜
牧、顏籀、劉知幾、賈島、皮日休、洪興祖、蘇軾、蘇轍、朱熹、祝
堯、高似孫、汪彦章、陳傅良、劉辰翁、嚴羽、葉盛、李塗、王應麟、
姚寬、張鋭、洪邁、樓昉、蔣翬、桑悦、何孟春、馮覲、胡應麟、姜
南、朱應麒、李夢陽、何景明、徐禎卿、王廷相、茅坤、楊慎、許國、

---

① 　見該書第 63—64 頁。
② 　見該書第 1391 頁。
③ 　見該書第 10 頁。

王世貞、汪道昆、王慎中、劉鳳、余有丁、董份、李贄、孫鑛、李廷機、郭正域、馮夢禎、焦竑、黃汝亨、陳深、張鳳翼、葛立方、吳國倫、張鼐、鍾惺、陳繼儒、張之象、呂延濟、黃道周、陳仁錫、蔣之華、蔣之翹、陸時雍、金蟠、宋瑛、陸鈿。故是書又有"八十四家評楚辭"之謂。

　　關於此本所錄評家,沈雲翔在"批評楚辭姓氏"後有題識云:"《楚辭》行世者,向惟七十二家評本稱善,然尚有未盡,如宋蘇子由、國朝汪南溟、王遵巖、余同麓等十餘家,在所遺漏,兹復輯入,彙成八十四家。搜羅校訂,自謂騷壇無憾也。"姜亮夫先生考證所增十二家,除以上所舉蘇轍、汪道昆、王慎中、余有丁外,還有姜南①、董份、郭正域、葛立方、吳國倫、張之象、呂延濟、金蟠等八人。并稱此本"蓋襲蔣之翹評本,而略微增補者也。其所列總評四十八家,亦全襲蔣氏原文"②。正如姜先生所言,沈氏此本實以蔣本爲基礎,而略加增益、改動而成。如卷前總評部分,除了沈氏所做的部分改動外,其餘則全同蔣本。其改動主要表現在:將蔣本原有揚雄語去掉,替以王逸《離騷章句叙》中一段;删除蔣本中汪彥章語;節取蔣本中原有司馬遷、班固、陸時雍、陸鈿語;增益蘇轍語一段、洪興祖語一段、朱熹語三段、金蟠語五段。

　　沈氏所云蘇轍、汪道昆、王慎中等十餘家"在所遺漏,兹復輯入"者,實係據馮紹祖本與"陳深批點"本補入,并非其個人所爲。如上所述該本總評所增益蘇轍語,即原見於馮本總評,而蔣本未取,此本輯入。再如張之象、呂延濟二人評語,亦是最先

　　①　上圖藏蔣之翹本卷首總評已錄姜南語二條,但"評楚辭姓氏"却未列姜南之名,不知何故。
　　②　見姜亮夫《楚辭書目五種》,第 324 頁。

見於馮本,而不爲蔣本所取者。此外,該本所録汪道昆、王慎中、郭正域、吳國倫等人評語,則全是由陳深本録入。至於董份、葛立方二人語,則皆不見載於該本,不知何故列之於此,蓋託名耳。

對於此本,《四庫全書總目》頗多微詞,文云:“是書成於崇禎丁丑,因朱子《集注》,雜采諸家之説,標識簡端,冗碎殊甚,蓋坊賈射利之本也。”①由此可見,《總目》編纂者對於此本的批評,其實并没有抓住問題的實質,而僅是基於其對明末評點本所持有的鄙夷立場來立論的。此本的問題在於,它僅是對之前諸本的簡單糅合,而無甚發明之處。《總目》謂其“坊賈射利之本”,或是。但此本對後世影響甚大。

關於此本,《四庫全書總目》、姜亮夫《楚辭書目五種》、崔富章《楚辭書目五種續編》、饒宗頤《楚辭書録》、洪湛侯《楚辭要籍解題》②等均有著録。

舊抄本《楚辭》

《楚辭》不分卷,舊抄本,二册,復旦大學圖書館藏。首“辨騷附録”,次正文,《離騷經》篇名之後,接以朱熹《楚辭序》。全書收《離騷經》《九歌》《天問》《九章》《遠游》《卜居》《漁父》《招魂》諸篇。注文及每篇小序,皆由朱熹《楚辭集注》來,但均爲節文,此蓋與其抄本性質有關。文中無眉批、圈點,但有篇末總評,經檢核,係抄自沈雲翔《楚辭評林》。由此知此抄本當成於沈氏《楚辭評林》之後。與注文、小序一樣,該本所載篇末評,亦

---

① 見《四庫全書總目》卷一百四十八,第 1270 頁。
② 見洪湛侯《楚辭要籍解題》,第 32 頁。

多爲節選，其中除《離騷經》全録、《九歌》取六家外，其餘均僅録二三家。以之成於《楚辭評林》之後，姑附之於此。

明崇禎十一年來欽之《楚辭述注》

來欽之《楚辭述注》五卷，初刊於明崇禎十一年（1638），後又有重印本、重雕本，版本情況較爲複雜。兹就所見諸本，略述如下：

上海圖書館藏二種，一種二册，扉頁題"繪像楚辭"四字。該本首起來欽之《楚辭序》，題"崇禎歲在戊寅蕭山來欽之聖源甫書於興勝寺之昌文閣"，崇禎戊寅，即崇禎十一年也。接以陳洪綬繪圖十二幅："東皇太一""雲中君""湘君""湘夫人""大司命""少司命""東君""河伯""山鬼""國殤""禮魂""屈子行吟"。再次爲《楚辭》目録，共五卷，起《離騷》，終《漁父》，共屈原賦二十五篇，其中《九歌》《九章》并有分目，《九歌》下又有"陳章侯圖附"字樣。次爲正文，首題"楚辭卷第一"。下分二行自上而下列題銜四處：第一行爲"漢宣城王逸章句""明會稽王鼉校定"①，第二行爲"宋新安朱熹集注""蕭山來欽之述注"。其中"校定"項餘下諸卷有所變化：卷二題"蕭山來集之校定"，卷三爲"會稽王紹美校定"，卷四爲"會稽王紹蘭校定"，卷五爲"會稽劉錫和校定"。文中以四句爲單位作注，注文係節取朱熹《集注》而成，同時又增益王逸《章句》的部分内容。每半頁九行，行二十字。注文皆另起低一格，雙行小字，每行十九字。四周單邊，白口，單魚尾。中縫處上列"楚辭"，中爲篇名、卷次，最下爲頁碼。

---

① "王鼉"，姜亮夫《楚辭書目五種》作"王覺"，誤。見《楚辭書目五種》，第77頁。

　　另一本一册，扉頁題"陳章侯綉像楚辭"。該本首陳洪綬
《序》，題"戊寅暮冬□□□陳洪綬率書於善法寺"。次接來欽之
《楚辭序》，題署與上本同，惟頁尾有"康熙辛未年重鐫"七字。
由此知此本爲清康熙三十年（1691）之重刻本。再次爲"楚辭目
錄"。承以陳洪綬"九歌圖"及"屈子行吟"共十二幅。再次爲正
文，版式、行款與前本同。唯每卷端并有"蕭山黃象彝、象玉、象
霖同校"字樣。姜亮夫先生以爲"字畫傾欹，蓋用明刊挖補而
成"①，或是。

　　北京圖書館藏一種，係丁丙八千卷樓珍藏善本。該本分上
下二册，封皮有"集""楚詞類"字樣。上册卷一《離騷》、卷二《九
歌》，下册卷三《天問》至卷五《漁父》。首有手抄提要一種，云：

　　　　《楚辭》二卷，明萬曆閔氏朱藍本。

　　　　右《離騷》一篇、《九歌》十一篇、《天問》一篇、《九章》九
　　篇、《遠游》《卜居》《漁父》各一篇，凡二十五篇，見《漢志》。
　　藍爲七卷以貫，皆屈子作，定爲上篇。《九辯》，宋玉著，舊
　　本十一篇，朱子改爲九篇。《招魂》，宋玉著，一篇。《大
　　招》，景差著，一篇，或云屈原自著。《惜誓》，賈誼著，一篇。
　　《招隱士》，淮南王劉安著，一篇。《七諫》，東方朔著，七篇。
　　《哀時命》，嚴忌著，一篇。《九懷》，王褒著，九篇。《九嘆》，
　　劉向著，九篇。《九思》，王逸著，九篇。自《九辯》而下凡五
　　十篇，舊爲十卷，以其皆爲屈子而作，定爲下篇。明萬曆庚
　　申烏程閔齊伋遇父集。馮開之、王弇州、楊升庵諸家評點，
　　以朱藍分色校印，殊覺精采奪目，有貴陽陳氏藏書記一印。

　　此提要描述的對象是明萬曆四十八年（1620）閔齊伋刻套

---

　　①　見姜亮夫《楚辭書目五種》，第78頁。

印本《楚辭》,不知何故置此。該本首起陳洪綬《序》,首頁有"八千卷樓舊藏""善本書堂""國立北平圖書館收藏"諸印記,下冊首頁亦有此數印。次爲來欽之自序,再次爲"楚辭目録"。卷端題署、版式、行款俱同上海圖書館藏二冊本。惟陳洪綬所繪《九歌》及"屈子行吟"圖十二幅,位置在文中《離騷》之後、《九歌》之前。"楚辭目録"中,《九歌》下有"陳章侯圖附"字樣,由此可推知《楚辭述注》原刊本洪綬諸圖位置應在此,而後出諸本將之移至卷前矣。

復旦大學圖書館亦藏二種,一種四冊,扉頁已奪,該本卷前附録與上列三本均異:首起陳洪綬《序》。次爲來逢春《楚辭後序》,題"崇禎戊寅月嘉平來逢春正侯甫書於越王山之踞松堂"。次爲"楚辭目録"。再次爲陳洪綬繪圖十二幅。再次爲來欽之《楚辭序》,題署與前同。來逢春《楚辭後序》位置原應在書末,此本將之移前,當是後出之本。

另一本二冊,首起羅明祖《序》,次爲陳洪綬《序》,再次爲陳洪綬繪圖十二幅。再次爲正文。正文每卷首列楚辭卷次,次兩行上并署"漢宣城王逸章句""宋新安朱熹集注",下題"明蕭山黃象彝、象玉、象霖同校"字樣。據此知此本或爲崇禎刻本之後世重雕本。

而《四庫未收書輯刊》所收此本,卷前僅來欽之《楚辭序》、陳洪綬繪圖及"楚辭目録"三種。正文題署、版式、行款同上海圖書館藏二冊本。

該本所録評點,只眉批一種形式。所録評家,上列諸本亦有相異者。今以復旦大學圖書館藏四冊本所録爲據,依文中諸家出現先後,列次其名,共有王予安、來伯方、來旦卿、來聖源、陳章侯、來與京、陶岸生、來正侯、來之問、陳眉公(繼儒)、陸時

雍、來子重、來子升、章有四、胡應麟、張鳳翼、來有虔、沈括、王
弇州（世貞）、沈素先、陳辟生、劉辰翁、鍾伯敬（惺）、王芳侯、王
儀甫、王逸等二十六家。

復旦大學圖書館藏二册本與四册本稍有不同，如上列張鳳
翼（《離騷》）、沈素先、陳辟生、劉辰翁四人，該本依次作賈祺生、
黃伯宗、張湛生、黃□若。此外，該本還有佚名圈點和手批，手
批有眉評、夾批兩種形式，數量較多，堪與原刻評點相比。

北京圖書館藏本有佚名朱筆手批語，形式有眉批、旁批二
種。經檢核，這些批語皆是由他本移錄至此，而所錄均不出於
馮紹祖校刊本《楚辭章句》與凌毓枏校刊本《楚辭》二本範圍。
其中有些如朱熹、沈括等人語，該本原刻眉間已載，而手批者亦
復抄入，其不審者由此可見一斑。

《四庫未收書輯刊》所收該本，是以中國科學院圖書館藏本
爲底本影印而成，其中所載諸家，在原來基礎上又有了較多的
增益，這種增益一方面表現爲同一評家評語的增益，如“王予
安”，原本只錄評語一處，此本增益至二處。又如“來聖源”，原
本錄評語八處，此本則增益至十六處①。如此之例還有不少，兹
不贅述；另一方面則表現爲新評家的增益，該本在原有二十六
家的基礎上，又增加了孟子塞、祁止祥、王子嶼、王子樹、來石
倉、祁匭熊、章羽侯、黃儀甫、來元成、王子宜、祁季超、來式如、
朱式服、王海觀、來爾極、來元啓、來子畏等十七人。值得注意
的是，復旦圖書館所藏二本之間所載評家異者，此本皆與四册
本同，蓋二册本所載誤。以上是該本後世重刻過程中，所載評

---

① 　其中《離騷》“苟余情其信姱以練要兮，長顑頷亦何傷”句眉上，此本
所錄眉批稱爲來聖源語，而此條他本皆曰爲陳章侯語。

家的變化情況。

就品評內容而言，該本所載諸家語，多是就文中相關語句所作的理解和闡發，或是指出行文綫索，或是點出文章意旨，其中多有可參者。如該本《離騷》"及榮華之未落兮，相下女之可詒"句眉評：來聖源曰："自此至'來違棄而改求'，始詒之以下女，既理之以謇修，而不幸遭讒人之間，至使神妃離合，其意緯繡乖戾，卒難遷其拒絕之意。而且神妃又復驕傲淫游，不循禮法，故'來違棄而改求'也。此求宓妃不得之終始。"《離騷》"鳳皇既受詒兮，恐高辛之先我"句眉上，又引來聖源曰："自'覽相觀於四極'至'恐高辛之先我'，始間之鳩之爲媒，既慮鳩之佻巧，終恐鳳皇受高辛之詒而先我。此言求有娀不得之始終。"又如該本《九歌·湘君》"望夫君兮未來，吹參差兮誰思"句眉語：沈素先曰："此歌七章，句句本首句着想，望之切，思之深，極言其相睽之甚。至'馳騖江皋''弭節北渚''逍遥容與'，皆其不見答而聊以寫憂也。下篇大指同此。"

除具名評語外，該本所録還有一些不署名者。經考核，此類評語皆是由朱熹《楚辭集注》抽出，內容多言及篇章大指，位置在《九歌》《東皇太一》《雲中君》《湘君》《山鬼》及《九章》《惜誦》《懷沙》等篇。

就該本所録評語來源來看，其中有些是由他本而來。如《離騷》"委厥美以從俗兮，苟得列乎眾芳"句眉上，該本引張鳳翼曰："舊注以爲指子蘭、子椒，則'揭車''江離'誰指?"又如《九歌·東皇太一》"吉日兮辰良"句眉上，該本引沈括云："'吉日兮辰良'，蓋相錯成文，則語勢矯健。韓退之云：'春與猿吟兮，秋鶴與飛。'用此體也。"再如《九歌·少司命》"入不言兮出不辭，乘回風兮載云旗"句眉上，該本引王世貞云："'入不言'二句，雖爾恍惚,何言之壯;'悲莫悲兮'二句,是千古情語之祖。"以上三例,皆最早見引於馮紹祖校刊本《楚辭章句》,此本所引,實由馮本而來。又,《天問》"薄暮雷電,歸何憂"句眉上,該本引張鳳翼曰:"人言七言始於《柏梁》,不知濫觴於此。"此條與張鳳翼本《楚辭合纂》所録同,蓋由張鳳翼本而來。而此本所引陸時雍語,又似由陸氏《楚辭疏》而來,於此不再贅舉。

關於此本,姜亮夫先生《楚辭書目五種》有著録,兹將姜先生所作按語摘抄如下:"按來氏以朱熹《集注》本爲據,以爲詳體乎屈原之言之志,則朱子所爲予之奪之者,可類推也。故僅取屈原賦二十五篇。於晦翁之《集注》,稍稍哀多益寡,或加删節,謂之《述注》。凡熹所謂《續離騷》以下三卷,及《後語》全部,皆删而不録。而又采擇諸家評語,載之眉邊。并輯入陳洪綬屈子像及《九歌》十二圖,以成本書。實無所發明。明人陋習極好名,來氏此刊,可爲代表。列來氏子姓之説至四五家,則以屈子書作顯揚宗親之用矣。"①姜先生所言極是,但如從《楚辭》品評輯本的角度來加以看待的話,該本在《楚辭》批評史上又應有着重要的一席之地,且該本所録評語,其中亦不乏均不見於他本,獨賴此而得以流傳者,因而益顯珍貴。故而就整個《楚辭》評點史而言,此本亦有着重要的版本價值。

丁丙《善本書室藏書志》卷二十三、饒宗頤《楚辭書録》(第19頁)、柏克萊加州大學東亞圖書館編《柏克萊加州大學東亞圖書館中文古籍善本書志》亦有著録,其中對於來氏宗譜的考察,頗可參②。

---

① 　見姜亮夫《楚辭書目五種》,第 76 頁。
② 　見柏克萊加州大學東亞圖書館編《柏克萊加州大學東亞圖書館中文古籍善本書志》,第 251 頁。

明季毛氏汲古閣刻本《楚辭補注》

《楚辭》十七卷,漢王逸章句,宋洪興祖補注,明季海虞毛氏汲古閣刻本,共十二册,復旦大學圖書館藏。該本版式、行款與通行本同,惟眉端、文旁有佚名朱筆手批語,文中又有朱筆圈點。其中旁批皆及叶音、反切之類,兹不論。經考核,此本眉批皆係抄録來欽之《楚辭述注》評語而來,但是將諸評家姓名盡删去。手批者除去評家姓名者,不知何故,却似有奪美之嫌。但此本作爲來氏《述注》之後世過録本,據此亦可見《楚辭述注》於後世之影響也。

明末張鳳翼《楚辭合纂》十卷

《楚辭合纂》十卷,王逸章句,朱熹注,題張鳳翼合纂,明末刻本,有一册本、二册本、四册本數種①。所謂"合纂"者,乃"綜王逸、洪興祖、朱熹諸家之説而斷以己意也"②。國家圖書館藏本首有鄭振鐸所作跋語,云:"此本乃明末坊賈所爲。折衷漢、宋王、朱二注,復附以劉辰翁、張鳳翼、鍾伯敬諸家注評。卷首王世貞《序》,疑亦是竊取之他本者。作爲《楚辭》讀本之一,固亦未必遂遜陸時雍、蔣之翹也。一九五七年一月十九日過隆福寺修綆堂購得,西諦同時在三友堂見吕晚村評選唐宋八家古文。"③

該本首起王世貞《楚辭序》,署"弇州山人王世貞撰"。王氏

---

① 國家圖書館藏二册本,杭州市圖書館藏一册本、四册本二種,重慶市圖書館所藏亦爲四册本。

② 崔富章《楚辭書目五種續編》,第 80 頁。

③ 此跋亦收入《西諦書跋》,見鄭振鐸撰,吳曉鈴整理《西諦書跋》,文物出版社 1998 年版,第 204 頁。

此《序》，最早見於明隆慶五年（1571）豫章王孫用晦芙蓉館覆宋本《楚辭章句》，後亦被他本收入，借以標榜①，此本亦爲一例②。次爲楚辭目録，共十卷，因與他本有別，特録之如下：卷一《離騷經》；卷二《九歌》（各篇小目均列出）、《天問》；卷三《九章》；卷四《遠游》《卜居》《漁父》；卷五《九辯》《招魂》；卷六《大招》《惜誓》《吊屈原》《反離騷》；卷七《招隱士》《七諫》；卷八《哀時命》《九懷》；卷九《九嘆》；卷十《九思》③。次爲正文。首起“楚辭卷一”。二行題“漢王逸章句宋朱熹注　明張鳳翼合纂”。三行題“離騷經第一”，下以雙行小字引班固、顏師古、洪興祖、王逸諸家詮釋“離騷”之語，又有張鳳翼曰：“諸注同異不一，今參用唐宋各家注而折衷之。”四行起王逸小序，五行起入正文。每半頁九行，行二十字，白口，左右雙邊，無魚尾，有行綫。中縫處首列書名“楚辭”，中列卷數，下列頁碼。

　　該本所收評點，有眉批和篇末評兩種形式，所録評家，依文中出現先後，共有鍾惺、張鳳翼、劉辰翁、胡應麟、陳繼儒、陸時雍、王世貞等七人。就評語内容來看，該本所載與陸時雍《楚辭疏》、蔣之翹《七十二家評楚辭》及來欽之《楚辭述注》多有相合者，亦有不見於其他評點本者，下面將分別論之。

　　先看此本與蔣之翹本的關係。二本所載評語，其中相同者，如《離騷》“芳與澤其雜糅兮，唯昭質其猶未虧”眉上，該本引

────────────

　　①　如萬曆二十八年“陳深批點”本《楚辭》即收入王氏此《序》。

　　②　王《序》開頭“梓《楚辭》十七卷，其前十五卷，爲漢中壘校尉劉向編集”云云，此本則改“十七卷”爲“十卷”，“前十五卷”爲“前八卷”，餘皆同。

　　③　作者列於篇目下端，同一作者有多篇作品者，皆於第一篇列出，餘不再注明。如屈原，僅在《離騷經》目録下署以“屈平”，《九歌》以下皆無。另，《九歌》《九章》《七諫》《九懷》《九嘆》《九思》各篇小題，目録中均予列出。

王世貞曰:"數語更俊亮雅潔。"

　　《離騷》篇末,該本引陳繼儒曰:"騷不難讀,惟自其怨慕無己,反覆再四處求之,即情境在我,而襟亦欲沾矣。豈不倫不理,忽鬼忽人,蓋乃作者之欲藏其情,而擬之者令易窺尋,便垂厥指。"又如,《天問》"梅伯受醢,箕子詳狂"句眉上,該本引胡應麟曰:"句稍明順,而意愈恢奇。"《九章·惜誦》"懲於羹者而吹齏兮,何不變此志也"句眉上,該本引鍾惺曰:"造語似諧,轉多奇志。"《漁父》篇末,該本引陸時雍曰:"漁父數言,如寒鴉幾點,孤雲匹練,疏冷絶佳,至語標會,總不在多也。"

　　以上數例,亦見於蔣之翹本。如此之例還有不少,其中有兩例,則更能説明二本關係之密切:《離騷》"畦留夷與揭車兮,雜杜衡與芳芷"句眉上,該本引劉辰翁曰:"纏綿宛變,一字一泪,亦一字一珠矣。"蔣之翹本所載與此全同。值得注意的是,上引劉辰翁語亦見於沈雲翔《楚辭評林》,但無"亦一字一珠"一句。《楚辭評林》在評點的擇取上,是以蔣之翹本爲基礎而稍作增益而成,此例顯然是沈雲翔自蔣本轉引時,刪掉了最後一句。蔣之翹本刊於天啓六年(1626),沈雲翔本刊於崇禎十年(1637),該本對於劉辰翁此語的處理與蔣本同,而與沈本異,這對於我們進一步探知此本的大致刊刻時間而言,在某種意義上而言,不可謂不是一種必要的參照。又如,《遠游》"高陽邈以遠兮,余將焉所程"句眉上,此本引陸時雍曰:"鄉風抒情,知相接者誰,亦聊以自寄耳。"此條見陸時雍《楚辭疏》,但原文"知相接者誰"後,比此多出一"耶"字①。沈雲翔本未録此語,蔣本所載

_____

　　①　見陸時雍《楚辭疏》卷三《遠游》"誰可與玩斯遺芳兮,長鄉風而抒情。高陽邈以遠兮,余將焉所程"句下注文。明末緝柳齋刻本。

與此本全同。此又可作爲考察此本與蔣本關係之一證。

　　該本所載評語，又多有與來欽之《楚辭述注》本相同者，亦值得注意。如《離騷》"椒專佞以慢慆兮，樧又欲充夫佩幃"句眉上，該本引張鳳翼曰："舊注以爲指子蘭、子椒，則揭車、江離誰指？"此條最早見於馮紹祖校刊本《楚辭章句》，原作："此言蘭椒，指賢人之改節者。舊注直以爲指子蘭、子椒，然則下文揭車、江離又誰指哉？"後來蔣之翹本亦引此條，在將"此言蘭椒"改作"此言蘭，下言椒"後，餘全襲馮紹祖本。而來欽之本所載與此本則全同。又如，《九歌·東皇太一》"吉日兮辰良"句眉上，該本引沈括曰："'吉日兮辰良'，蓋相錯成文，則語勢矯健。韓退之云：'春與猿吟兮，秋鶴與飛。'皆用此體也。"此條亦最早見引於馮紹祖本，較此略詳，原作："'吉日兮辰良'，蓋相錯成文，則語勢矯健。如杜子美詩云：'紅豆啄餘鸚鵡粒，碧梧栖老鳳凰枝。'韓退之云：'春與猿吟兮，秋鶴與飛。'皆用此體也。"蔣本未錄此語，而來欽之本與此亦全同。

　　來欽之《楚辭述注》原刻於明崇禎十一年（1638），原刻本之後，後出之本較多，諸本彼此間在所收評語數量及具體内容上亦有差異，而此本所載，則全同於筆者所見北京圖書館藏二册本《楚辭述注》[①]。如《九歌·湘夫人》"沅有芷兮澧有蘭，思公子兮未敢言"句眉上，復旦大學圖書館藏二册本《楚辭述注》（下稱復旦本）引胡應麟語作："此篇語，唐人絶句千萬不能出此。""此篇語"，國家圖書館藏二册本《楚辭述注》作"此四語"，該本所載與國圖本全同。核胡應麟此語，是就《湘夫人》"鳥何萃兮蘋中，

---

　　① 國家圖書館所藏二册本《楚辭述注》，爲八千卷樓珍藏舊本，具體信息詳見前《楚辭述注》提要。

罾何爲兮木上。沅有芷兮澧有蘭,思公子兮未敢言"四句而發,并非概括全篇之言,復旦本誤。又如,《九章·悲回風》:"悲回風之遙蕙兮,心冤結而内傷"句眉上,該本引王弇州曰:"此章宛孌凄傷,秋燈夜雨中,每讀一過,彷徨難及晨矣。"①北圖本與此全同,而復旦本"彷徨"一詞作"仿佛"。

　　綜上所述,由該本與蔣之翹本、來欽之本及沈雲翔本之間的關係來看,此本當成於天啓、崇禎年間。但其中仍有一個問題,即該本所載諸家評語與蔣之翹、來欽之二本同者,究竟是該本由二本來,還是二本由該本來,這對於進一步考察此本的大致刊刻年代而言,則有着至關重要的意義。但據現有材料來看,却很難能够準確地考證出這一點。鄭振鐸先生認爲此本成於坊間,對此筆者完全同意。之所以如此,是因爲該本所載評語中還是存在着一定的問題。如張鳳翼評語,最早見引於馮紹祖校刊本《楚辭章句》,後來蔣之翹刊《七十二家評楚辭》,又予以增益,馮、蔣二氏皆爲"嬈嬈慕《騷》"之人,其所刊書亦皆校選極精審,其中所選張鳳翼語應當可靠。該本題爲張鳳翼"合纂",文中亦録有張氏語,但馮、蔣二書中的張氏語却多不見載,由此推測,所謂"張鳳翼合纂",或是書賈僞托而成。而由此再結合明代坊間刻書多抄襲、轉録的習慣來推測,該本與蔣之翹本同者,似應當是由蔣本轉引而來。但值得注意的是,該本所載評語中,也有不少是不見於蔣本,亦不見於他本者。如劉辰翁評語,就筆者知見而言,明代《楚辭》評點諸本中,第一個收入劉氏評語的是蔣之翹本《七十二家評楚辭》,之後的相關《楚辭》評點本對於劉氏語的選引,也多是從蔣之翹本而來。

---

①　此條蔣之翹本亦收,但"王弇州"蔣本作"王世貞"。

而該本所載劉辰翁語,却多有不見於蔣本者。因此,在對此類
材料作出準確的考證之前,我們又很難得出該本即是因襲蔣
本而來、成於蔣本之後的結論。同理,該本與來欽之《楚辭述
注》之間的關係,亦是如此。由此來看,鄭振鐸先生將此本定
爲"明末坊賈所爲",立論堪稱精審。

　　如前所述,該本所載評語中,亦多有未見於他本者,兹對此
作一簡單介紹。如以陸時雍爲例,經過比對,該本所引陸氏語
中,不見於他本者,皆與《楚辭疏》原文全同,其或即是由該本刊
刻者直接由陸氏《楚辭疏》中摘選出來,如此,則又可見《楚辭
疏》在當時影響之一斑矣。此類如:《離騷》篇末,該本引陸時雍
曰:"《離騷》變風爲歌,環異詭喬,上自《谷風》《小弁》之所不
睹。"《九歌·雲中君》:"雲連蜷兮既留,爛昭昭兮未央"句眉上,
該本引陸時雍曰:"《太乙》《雲君》,似疏星滴雨,寥落希微,情境
雅合,着一麗語不得,着一秾語不得。"①《天問》篇末,該本引陸
時雍曰:"千載以上,惟有此問,千載以下,并無此答。"《九章·
惜誦》"九折臂而成醫兮,吾至今而知其信然"句眉上,該本又引
陸時雍曰:"語婉而酸,撩人木衷,應知痛癢。"《九辯》篇末,又引
陸時雍曰:"首章舉物態而覺哀怨之傷人,叙人事而見蕭條之感
候,梗概既具,情色自章。足令循聲者知冤,感懷者興悼,不必
曲爲點綴,細作粗描也。"以上所引,除第一條見於陸時雍《離騷
經》小叙外,其他均見於陸氏《讀楚辭語》②。陸時雍《楚辭疏》的
最早刻本爲緝柳齋刻,但刊刻時間不詳,目前相關著録多署"明

---

　　①　此條見陸時雍《讀楚辭語》,原文與之小異,原文作:"《東皇太一》《雲
中君》,似疏星滴雨,寥落希微,正其情境雅合,着一麗語不得,着一秾語不
得。"見陸時雍《楚辭疏》,明末緝柳齋刻本。

　　②　見陸時雍《楚辭疏》,明末緝柳齋刻本。

末緝柳齋刻本"。如果能夠考證出《楚辭合纂》的刊刻時間,則對於確定《楚辭疏》的刊刻時間而言,亦是一個有力的參照。

此外,該本所録評語而不見於他本者,有不少是出現在《七諫》《九嘆》《九懷》《九思》等漢代擬騷作品中,亦值得注意。對於這些篇目,明代《楚辭》評點諸本大都缺乏關注,以至於在有些評點本中,上述各篇中竟存在無一評的現象。而此本則改變了這種狀況,對於論及這些漢代擬騷作品的相關評語多加徵引,如《七諫》該本載八條評語,《九懷》載四條,《九嘆》載八條,《九思》亦載八條,這在明代《楚辭》評點諸本所載此四篇評語中占了決定性的比重。而其中又多有論及此四篇之藝術特色者,頗可參,略舉幾例如下:如《七諫》"棄捐藥芷與杜衡兮,余奈世之不知芳何"句眉上,該本引鍾惺曰:"數語《騷》法猶在。""莫能行於杳冥兮,孰能施於無報"句眉上,引劉辰翁曰:"流風結愙,無限憂傷。"《九懷》"微霜兮眇眇,病殀兮鳴蜩"句眉上,引王世貞曰:"聲詞輕俊,與枚、蔡媲美。"《九嘆》"靈懷其不吾知兮,靈懷其不吾聞"句眉上,引劉辰翁曰:"半俚半雅却妙。"《九思》"螻蛄兮鳴東,蟊蠚兮號西"句眉上,引胡應麟曰:"森黯滿眼。"《九思》"惶悸兮失氣,踴躍兮距跳"句眉上,又引鍾惺曰:"古鬱處絶類班、揚諸賦。"

關於此本,鄭振鐸《西諦書跋》①、姜亮夫《楚辭書目五種》②、崔富章《楚辭書目五種續編》③等有簡單著録。

---

①　見鄭振鐸撰、吳曉鈴整理《西諦書跋》,第204頁。

②　見姜亮夫《楚辭書目五種》,第52頁。

③　見崔富章《楚辭書目五種續編》,第80—81頁。

明末寫刻本潘三槐注《屈子》六卷

　　《屈子》六卷，明潘三槐注，明末寫刻本。中國科學院圖書館藏本，一冊。首起晁無咎《屈子序》。次"屈子目録"：卷一《離騷經》、卷二《九歌》、卷三《天問》、卷四《九章》、卷五《遠游》、卷六《卜居》《漁父》。再次爲正文，首起"屈子卷一"，次行題"楚屈原著　明錢塘潘三槐酉黄父閱"，再行題"離騷經"。全書各篇先白文，後接潘三槐注，再接"音釋"。如"離騷經"原文後，接"離騷注"二十六條，注末又附以"離騷經音釋"。每半頁九行，行二十五字，楷書，四周單邊，白口，無行綫。中縫處首"屈子"二字，中爲卷次，下爲頁碼。此本崔富章先生以爲："'校'字缺筆，當是天啓間杭州嘉興一代所刻。"①

　　該本文中有圈點，所録評點，只眉批一種形式，所引評家，依文中出現先後，依次有孫鑛、朱熹、馮覲、郭正域、潘三槐、陳深、陳仁錫、王慎中、李夢陽、洪興祖、姚寬、吕延濟、王逸、陸時雍、唐順之、周拱辰、祝堯等十七家。經考核，該本所載評語，主要有以下三種情況：其一，多數轉録自"陳深批點"本《楚辭》和陸時雍《楚辭疏》；其二、部分不見載於他本者，蓋由潘三槐增益而成；其三、少數爲潘三槐自評之語。

　　先看該本轉録自"陳深批點"本《楚辭》者。這一部分就所引評家而言，在該本所載評家整體中占了大部分，共有朱熹、馮覲、郭正域、陳深、王慎中、李夢陽、洪興祖、姚寬、吕延濟、王逸、祝堯等十一人。但其中除朱熹、陳深、洪興祖三人被引録次數較多外，其餘均較少，多數都是於此書僅出現一次。今就能説

---

　　①　見崔富章《楚辭書目五種續編》，第106頁。

明此二本間承襲關係者,稍作討論。

　　"陳深批點"本《楚辭》在所録評點的確定上,是以馮紹祖校刊本《楚辭章句》爲基礎,再加增益而成。在轉録馮本部分評語的過程中,"陳深批點"本進行了一些改動,改動後的評語重新得以確立,而此本所引録的評語中,即有屬於此類者。如《九歌·國殤》"旌蔽日兮敵若云,矢交墜兮士爭先"句眉上,馮紹祖本引馮覲語曰:"此篇叙殤鬼交兵挫北之迹甚奇,而辭亦淒楚。固知唐人吊古戰場文,爲有所本。"①"陳深批點"本《楚辭》在引入此條時,將"固知唐人吊古戰場文,爲有所本"一句删去。而此本所録此條,與"陳深批點"本全同。又如,《遠游》"惟天地之無窮兮,哀人生之長勤。往者余弗及,來者吾不聞"句眉上,該本引朱熹曰:"'天地無窮'四言,乃此篇所以作之本意也。"此條最早見引於馮紹祖本,但原引文較長,至"陳深批點"本始僅留此一句,由此知該本所引,實由陳深本而來。再如,《遠游》"吸飛泉之微液兮,懷琬琰之華英"句眉上,該本又引祝堯曰:"後來賦家,爲閎衍鉅麗之詞者,莫不祖此。"此條亦最早見引於馮紹祖本,而原引亦較長,且位置在《遠游》篇末,形式爲篇末評。至"陳深批點"本《楚辭》,僅取出其中"後來賦家"云云一句,并將其位置移到了"吸飛泉之微液兮,懷琬琰之華英"句眉間,也就是成了上引該本中的這種面目。

　　"陳深批點"本所增益諸家評語,見於該本者,如《離騷》"雖不周於今之人兮,願依彭咸之遺則"句眉上,録郭正域曰:"人知先生之忠,顧其縱恣奇絶,搏弄千古,要自一氣流出,雖奇偉而實真情,千古一人。""朝發軔於蒼梧兮"句眉上,録王慎中曰:

---

①　見馮紹祖校刊本《楚辭章句》卷二,明萬曆十四年刻本。

“前云‘就重華而陳詞’，故此云‘發軔於蒼梧’，一字非漫用。”
《天問》“遂古之初，誰傳道之”句眉上，録陳深曰：“特創爲百餘
問，皆容成葛天之語，入神出天。此爲開物之聖，後有作者，皆
臣妾也。”《九章·抽思》“心鬱鬱之憂思兮，獨永嘆乎增傷”句眉
上，又録陳深曰：“此章陳詞以望君之察，而君若不聞，是以憂心
不遂，作頌自解。”以上所引，皆屬此類。

　　該本所載評語，轉録自陸時雍《楚辭疏》者，主要集中在孫
鑛、陸時雍與周拱辰三人之間。其中孫鑛語、陸時雍語，全是由
《楚辭疏》而來。陸時雍刊《楚辭疏》，於《天問》篇采周拱辰“別
注”，而該本所引周拱辰語，即見於此。其中所引孫鑛語，如《離
騷》“名余曰正則兮，字余曰靈均”句眉上，曰：“名字却只以意
説，煞是奇絶。”“及少康之未家兮”句眉上，曰：“‘恐先我’‘及未
家’，構意絶妙。”《九歌》文首眉上，曰：《九歌》諸篇，句法稍碎，
而特奇峭，在《楚騷》中最爲精潔。”《九章·涉江》文首眉上，曰：
“是《離騷》餘韵，而微較清澈。”《卜居》文首眉上，曰：“雖設爲質
疑，然却是譽己嗤衆，以明決不可爲，彼意細味，造語自見。”《漁
父》“何故深思高舉，自令放爲”句眉上，又曰：“撰語俱奇陗直
切，在《楚騷》中最爲明快。”

　　所引陸時雍語，如《天問》“僉曰何憂，何不課而行之”句眉
上，曰：“《天問》中有一等漫興語，如此類是也。”《九章》：《懷沙》
文首眉上，曰：“《懷沙》情窮語迫，太史公獨載此篇，以卒原志
也。”《惜往日》“情冤見之日明兮，如列宿之錯置”句眉上，曰：
“陸時雍曰：此篇專於諷君，不勝憂危之感。”《悲回風》“穆眇眇
之無垠兮，莽芒芒之無儀”句眉上，曰：“秋氣愈高，孤衷愈凛。”
以上所引，皆見於陸時雍疏解各篇之語中，除《懷沙》條外，餘三
條皆不見載於他本，可知是由此本直接從陸氏書中抽出。

　　所引周拱辰語,皆見於《天問》篇。如"東流不溢"句眉上,曰:"'東流不溢',妙處不在能受,正在能消。""女歧縫裳,而館同爰止"句眉上,曰:"兩段文氣似倒,而意實融貫。""吳獲迄古,南嶽是止"句眉上,曰:"'吳獲迄古'二句,即下'兩男子'事也。上句不説出人名,下二句指出。問中多有此句法。""周之命以咨嗟"句眉上,曰:"太白之懸,亦太慘矣。曰'不嘉',曰'咨嗟',明乎旦,雖佐發定命,非其心也。"

　　另外,該本還有兩條評語,亦不見於他本所載,兹録此待核:《九歌·東君》"羌聲色兮娱人,觀者憺兮忘歸"句眉上,引唐順之曰:"'聲色'二語,亦自奇麗。"《九章·惜往日》"君含怒而待臣兮"句眉上,引陳深曰:"'含'字妙。"

　　該本評語中,亦有少量潘三槐自評之語,這對於我們借以了解這位刊刻者而言,頗爲有益。此類如《離騷》"背繩墨以追曲兮,競周容以爲度"句眉上,曰:"莊語帶有逸致。"《九歌·湘君》"心不同兮媒勞,恩不甚兮輕絶"句眉上,曰:"文生於情,字字真切。"《天問》"何聖人之一德,卒其異方"句眉上,曰:"此段詞氣,甚鬆而逸。"《九章·惜誦》"曰君可思而不可恃"句眉上,又曰:"'可思不可恃'一語,爲人臣子者,皆當尋味。"以上所引,多着眼於屈賦的藝術特色立論,於讀者閱讀而言,多有裨益之處。

　　值得一提的是,此類中還有一處僞托之例。《九歌·少司命》"悲莫悲兮生別離"句眉上,有署爲潘三槐語一條,曰:"'悲莫悲兮'二語,千古情語之祖。"此條實爲節取王世貞語而成,王氏語原就"入不言兮出不辭,乘回風兮載雲旗。悲莫悲兮生別離,樂莫樂兮新相知"四句而發,作:"'入不言兮出不辭,乘回風兮載雲旗。'雖爾悗忽,何言之壯也。'悲莫悲兮生別離,樂莫樂兮新相知。'是千古情語之祖。"王世貞此語影響較大，且就《楚辭》評點諸本而言，此條自馮紹祖本引録後，"陳深批點"本、蔣之翹本、沈雲翔本等亦皆承之，而該本竟至僞托，不免失之輕薄。

　　關於此本，崔富章《楚辭書目五種續編》有著録。